PART 1

–

사람이라면
밥값해라!

01

2021년 뚜벅뚜벅 황소걸음으로

얼음장 속 복수초(福壽草), 2020년

2020년은 뜻하지 않았던 복병 코로나19가 지구촌을 덮쳐 모두 하나같이 집(방)콕생활(home-stay life)로 숨죽이면서 자성했던 한 해였다. G1 강대국 미국도, G2 중국도, 유럽 선진국이라고 뻐겼던 어떤 나라도, 아니 잘났다고 오만을 부렸던 나라의 사람들도 콧대가 여지없이 납작하게 짓눌려졌다. 힘 있다고 거들먹거렸던 미국 도널드 트럼프(Donald Trump) 대통령도, 중국 시진핑(習近平)도, '해 지지 않는 제국(empire on which the sun never sets)'의 역사를 가졌던 영국의 보리스 존슨(Boris Johnson) 총리도 예외 없이 세계 지도자라는 이름값을 못하고 나가떨어졌다. 이런 꼴을 우리는 두 눈으로 똑똑히 봤다. 한편으로 속 시원함도 있었고, 반면교사(反面教師)를 통해 우리의 현재 위상을 바로 아는 계기가 되었다. 지구촌 최강대국 미국이 의외로 허약함과 매사에 빈틈없다는 일본이 저렇게도 엉성할 수 있을까 의아함을 느꼈다. 우리가 이제까지 가졌던 선입감이 허상임을 다시 경험했다. 코로나19 진단키트, 워크스루진단(Walk-through screening clinic), 스마트폰 전자방역(smart-phone electronic defense) 등으로 뜻하지 않았던 우리의 유비무환(有備無患)이 가장 돋보였다. 한국 사람이란 자체가 자랑스러웠던 한 해였다.

대구시에 한정하면, 지난해 1월 20일, 우리나라에 온 중국인 관광객으로부터 코로나19가 최초 발견되었다. 그때만 해도 대구시는 2015년 메르스(MERS) 때 '선진 철통방역의 경험(advanced iron-coating experience)'을 자랑하고 있었기에 우한폐렴(武漢肺炎) 정도는 가볍게 봤고, 심지어 '문xx 폐렴'[1]이라고 얕잡아봤다. 대구 방역당국에서도 '강 건너 불(對岸之火)'로만 여겼다. 그러나 2월 18일 31번 확진자(conformed case)가 대구시에서 신호탄을 쏘았고, 신천지교회에서 집단으로 확산되었으며, 다른 지역에서는 '대구폐렴'이라는 오명을 되받았다. 대구시장은 눈물로 따뜻한 사랑과 지원을 호소했다. 끝내는 2월 29일에 하루 741명을 정점으로 소강상태로 비로소 접어들었다. 결과는 참혹하게도 6,000명을 넘어서는 꼴불견을 보였다.

한편, 씨름판 구경에 가장 통쾌한 재미가 '막판 뒤집기'에 있듯이, 대구시민은 누구 하나 그대로 주저앉을 수 없다는 '소리 없는 아우성'으로 뭉쳤다. i) 달구벌에 살았던 선비들이 '나라가 위험하다면 목숨까지 내놓는다(見危授命).'2의 선비정신이 발휘되었다. 1907년 국채보상운동과 1961년 2·28 민주화운동에서처럼 "부러질지언정 굽히지 않겠다(寧折不屈)."의 올곧음(rightness)이 되살아났다. ii) 권영진 대구시장은 이를 간파하고 "대구에서 코로나19의 무덤을 만들자"는 비상한 각오와 간절함을 담아 '3·28 시민운동(Citizen's Campaign)'을 제안했다. iii) "간절함이 닿지 않는 곳 어디 있으랴!"3 대구시 모두가 어려운 처지임에도 자신보다도 남을 배려하는 가슴 따뜻한 일들이 이어지더니, iv) 결국은 해외언론에서 극찬한 최단기 코로나19 위기를 극복한 사례까지 만들었다. v) 이뿐만 아니라 대구 시민의 뒤집기 뒷심은 여기에 그치지 않고, 지역경제에까지 파급되었고, 9월부터는 생산과 수출이 확산되더니 2019년 동월에 비해 4.1% 증가했다. 이뿐만 아니라 경제 전반에 완만한 회복세를 되찾았다. 코로나19 질환이란 진흙탕 속에서도 대구경제회복이라는 연꽃을 피워내었다. 불교 용어로 "진흙탕 속 연꽃 피우기(泥中蓮生)."4의 기적을 만들어내었다.

물론 이렇게 대구시가 코로나19 질환을 극복하도록 돕고자 전국에서 몰려든 의료인을 비롯해 각종 자원봉사자님의 도움이 초석(cornerstone)이 되었다. 여기에다가 국무총리님께서는 대구시 방역 현장에서 진두지휘하시면서 대구시민과 동고동락해 주셨고, 때를 놓치지 않고, 중앙정부와 국회(의원)에서도 특별재난지역 지정과 각종 재정 지원을 신속히 조치해

마치 물들어 올 때 배를 띄우는(水到汎舟) 재치를 보였다. 이로 인해 대구 시민 모두가 합심 단결했기에 '얼음장 속 복수초(福壽草)'를 피워낸 2020 년 한 해였다.

2021년은 아모르 파티(Amor Fati)로

2021년 신축(辛丑)년은 육십갑자로 '하얀 수소의 해(白雄牛歲)'다. 뚜벅뚜 벅 우직하게 황소걸음으로 앞으로 나가라(愚直牛步)는 의미다. 우리나라의 역사에서 신축년에 생겼던 주요사건은 1721(경종 2)년 당시 실권은 노론(老 論)이 장악했고, 정치 목적으로 연잉군(延礽君, 영조)을 왕세자로 책봉했으 며, 대리청정(代理聽政)을 무리하게 추진하다가 신축옥사(辛丑獄事)를 촉발 시켰다. 한편 중국 청나라에선 1900년 8월에 러시아, 일본, 독일, 영국, 미 국, 이탈리아, 오스트리아 및 프랑스 등의 8개국 열강이 연합군으로 의화 단운동(義和團運動)을 진압하고, 베이징(北京)을 점령한 다음 1901년 9월 7 일에 청나라 정부를 압박해 신축조약(辛丑條約)이란 불평등조약을 체결했 다. 또한, 1961년 우리나라에선 박정희 장군을 중심으로 5·16 군사정변이 발생했다. 국내외 큰 정치적 변혁이 신축년에 빈발했다. 올해 4월 7일엔 서울, 부산 등에 보궐선거가 있을 것이고, 2022년 대선을 겨냥한 후보자 의 윤곽이 드러나는 한 해가 될 것이다.

2021년, 한 가지 분명한 건 2020년에 지구촌을 뒤덮었던 코로나19 질 환의 그늘로부터 어느 정도 벗어날 것이다. 즉 백신(vaccine)과 치료제를 접 종함으로써 확진 공포(confirmation phobia)에서 벗어날 수 있고, 앞이 캄캄 했던 집콕생활(home-stay life)에서 조심스럽게 '새로운 정상(new normal)'에 익숙할 수 있다. 장병훈련소 훈병의 말을 빌리면, "숨 막히는 깔딱고개에 올라왔으니, 국가를 부르면서 내려가는 여유를 즐길 수 있다."

2020년 우리나라는 유비무환(有備無患)의 지혜를 발휘해 선점한 '지구촌 선진 K-방역'이란 위상을 유지하며, 국제시장에서 새로운 한국의 자리매김과 몫(stance and share of Korea)을 챙겨야 한다. 이에 따른 책무인 새로운 국제적 표준(global standard)을 제시하고, 궂은일 도맡아 하는 선각자로도 역할도 해야 한다. 그러나 조선 시대 선비들의 말을 빌리면 "도포 소매가 길면 춤추기에 좋고, 돈이 많으면 장사하기가 좋다(長袖善舞多錢善賈)."라는 대양의 순풍과 같은 현상도 생겨날 것이다. 대구지역에서도 중국의 마고소양(麻姑騷痒), 즉 "손톱이 길면 등 긁기에 좋다."라는 고사처럼 때로는 생각지도 않았던 일까지 '술~ 술~ 풀림(萬事亨通)'도 있을 것이다.

그러나 다른 한편으로는 "좋은 일에는 반드시 나쁜 악귀가 많이 덮치는 법이다(好事多魔)."라고 선인들은 경고했다. 만사불여튼튼이다. 노파지심(老婆之心)에서 딱 2가지만 언급하면, 하나는 '내 탓이요(Mea Culpa)', 다른 하나는 '운명을 그대로 받아들어라(Amor Fati).'다.

지구촌 사람들은 모든 책임을 네(남) 탓으로 돌리는 경향이 있다. 조상 탓, 부모 탓, 야당 탓, 대통령 탓 등. 남 탓만을 입에 달고 산다. 성경에서도 "남의 눈에 티끌은 보여도 자기 눈의 들보는 보이지 않는가?"[5]라고 외쳤다. 우리나라의 속담에서도 "남을 책망할 때는 분명하나, 자기의 책임은 하나도 모른다(責人卽明, 責己卽暗)."라고 했다. 이를 사회계몽캠페인으로 전개한 건 1986년 교황 요한 바오르 2세(Pope John Paul II, 1920~2005)가 추진했던 '메아 쿨파(Mea Culpa: 내 탓이요)' 운동이다. 2014년 8월 14일 프란치스코(Franciscus, 1936년생) 교황이 우리나라를 방문함으로써 재기되던 '내 탓이요(反求諸己)!' 운동이 한때 반짝했다. 올해도 4·7 보궐선거가 있고, 2022년 대선후보자가 결정되기에 서로 남 탓 공방이 심각해질 것이다. "내 탓이오. 내 탓이오, 모두가 내 탓이로다(Mea Culpa. Mea Culpa. Mea maxima culpa)." 하는 '자성의 지도자(self-reflected leader)'가 먼저 되었으면 좋겠다.

독일의 철학자 니체(Friedrich Wilhelm Nietzsche, 1873~1976)가 운명관을 한 마디로 '운명에 대한 사랑(love of fate)'을 표현하면서 라틴어로 "네 운명을 사랑하라(Amor Fati)."라고 명명했다. 2019년부터 특히 코로나19로 인해 가정주부들 사이에 유행을 했던 노래가 「아모르 파티(amor fati)」다. 지난 6월 코로나 질환이 극심했던 때에 아내가 가요 교실에 갔다가 와서 불렀던 걸 더듬어 보면 "오늘보다 나은 내일이면 돼. 인생은 지금이야. 아모르 파티, 아모르 파티 … 가슴 뛰는 대로 가면 돼."라는 노래 가사다. 올해는 운명을 사랑하기 위해 "지금 이 순간을 잡아라(Carpe Diem)."라는 말을 명심해야 한다. 우리말사전엔 '신축'은 i) 움츠리고 있는 희망과 꿈을 펼치라(伸縮)는 의미다. ii) 새로운 계획을 세워서 무지개다리(rainbow bridge)도, 에덴동산(Eden Garden)도 뭔가를 새롭게 세우라(新築)는 의미도 분명히 있다. 2021년 올해, 대구시는 2020년 코로나19 질환으로부터 어느 도시보다도 i) 가장 먼저 혹독하게 진통을 겪었으며, ii) 가장 짧은 기간에 코로나19의 무덤을 대구에서 만들었고, iii) 새로운 '뉴 노멀(New Normal)'을 맞아 발 빠른 행보를 하고 있다는 시대 상황을 살려서, iv) '물들어 올 때 배 띄워라(水到汎舟).'라는 시대적 사명을 자각하고 미래먹거리를 마련하고자 한다. 이를 통해 대구의 음식 자원과 음식 문화를 발굴하고, 동시 관광자원에다가 때깔과 맛깔을 덧입히는 스토리텔링(storytelling)을 시도한다.

02

사람, 인간답게 먹고, 밥값해라!

축심 시대(axis age), 인류 음식 맛까지 형성

독일의 실존주의 철학자 칼 야스퍼스(Karl Theodor Jaspers, 1883~1969)는 1949년 출간한 자신의 저서 『역사의 기원과 목표(Vom Ursprung und Zielder Geschichte)』에서 기원전 800년부터 기원전 200년 사이를 인류 문명사에 중심축을 형성하는 축심 시대(Axial Age)라고 했다. 이 시대에 태어난 성인들로는 탈레스(Thales, BC 625~547), 피타고라스(Pythagoras, BC 570~495), 석가모니(Siddhartha Gautama, BC 563~483), 공자(孔子, BC 551~479), 소크라테스(Socrates, BC 470~399), 묵자(墨子, BC 470~391), 데모크리토스(Democritus, BC 460~370), 플라톤(Πλάτων, BC 428~348), 아리스토텔레스(Ἀριστοτέλης, BC 384~322), 맹자(孟子, BC 372~289), 장자(莊子, BC 369~286), 순자(荀子, BC 298~238) 등의 선인들이 오늘날 문화사의 중심축을 차지하고 있다는 주장이었다.

　동양 유교의 창시자 공자(孔子)를 기준으로 살펴보면 띠동갑 혹은 12살 선배인 "살생을 하지 말라(לֹא תִרְצָח)." 혹은 "자비(慈悲)"로 중생구제를 외쳤던 불교의 창시자 석가모니, 39살 선배인 수학의 창시자 피타고라스(Pythagoras), 66살 선배인 철학의 창시자 탈레스(Thales), 죽고 난 9년 뒤에 "너 자신을 알라."라고 외쳤던 소크라테스(Socrates)가 태어났고, 같은 해에 중국에서는 "평등과 사랑으로 모두가 평화롭게 살자(兼愛交利)"[6]는 겸애설을 주장했던 묵자(墨子)가 탄생했다. 공자는 석가모니의 이야기를 들었고, 소크라테스(Socrates)의 명성을 멀리서 희미한 소문으로 알았다. 서양에 소크라테스(Socrates)와 동양에 묵자(墨子)는 동년배이며, 소크라테스가 10살 때에 '우주의 4원자론'에 이어 세상 음식 맛은 단맛, 쓴맛, 짠맛과 신맛뿐이라는 '4원미론(四原味論, four-taste theory)'을 외쳤던 데모크리토스(Democritus)가 태어났고, 42세 때에 수제자(首弟子) 플라톤(Πλάτων)이 태어났다. 플라톤(Πλάτων)이 34살 때에 아리스토텔레스(Ἀριστοτέλης)가 태어났다. 아리스토텔레스(Ἀριστοτέλης)의 사후 50년 중국 전국시대를 유세할 맹자가 출현했다. 마무리는 BC 3년에 중국의 묵자(墨子)에게 한 수 배운 것 같은 "네 이웃을 네 몸같이 사랑하라(Love your neighbor as yourself)."[7]라고 외쳤던 예수 크리스트(Jesus Christ, BC 4~AD 30)가 태어났고, 그는 끝판 왕으로 지구촌의 축심 시대를 장식했다. 축심 시대의 황금률(golden rule)로 공자는 "내가 하기 싫은 일을 남에게 시키지 말라(己所不欲, 勿施於人)[8]."라고, 예수는 "대접을 받고 싶으면 먼저 대접을 하라(do to others what you would have them do to you)."라고 말했다.[9]

이걸 먹어도 죽지 않을까?

1719년 영국 작가 대니얼 디포(Daniel Defoe, 1660~1731)가 쓴 장편소설 『요크의 선원 로빈슨 크루소의 생애와 이상하고 놀라운 모험(The Life and Strange Surprising Adventures of Robinson Crusoe of York)』을 썼다. 주요 내용은 폭풍의 난파선으로 표류해 무인도에 도착한 로빈슨 크루소(Robinson Crusoe)는 아사 직전에 닥치는 대로 먹었다가 죽음 직전에서 먹을 수 있는 것이 따로 있다는 사실을 깨달았다. 즉 선험자의 지혜를 훔치자. 수십만 년 전부터 지구촌에서 생존 지혜를 익힌 새나 짐승들로부터 배워야 했다. 그러나 그들은 접근조차 허용하지 않았고, 결국은 그들의 똥을 보고 그들이 먹었던 먹이를 따라 먹었다. 그렇게 2년 동

안 무인도에서도 생존할 수 있었다. 1966년 칠레 정부는 소설의 배경이 되었던 그 섬을 '로빈슨 크루소 섬(Robinson Crusoe Island)'이라고 개칭했다.

식물이나 동물은 자신의 생존과 번식을 위해서 독성을 만든다. 사람이 식물이나 동물을 음식으로 먹기 위해서는 독성이 없는 것을 선택해야 한다. 복어와 같은 동물은 물론이고, 식물도 3,600여 종의 식물화학물질(phyto-chemical materials)을 생성하여 생존에 필요한 방어용 독성을 만든다. 인간은 이런 독성을 줄이기 위해 볶기, 덖기, 삶기 혹은 삶아 말리기 등으로 저독작업(低毒作業)을 한다. 그렇게 하고도 안정성을 확보하고자 희석(稀釋), 중화(中和) 혹은 해독(解毒)한 뒤에 음식이나 약으로 먹는다.

대표적으로 중국에서 흙으로 집을 짓는 민족인 토가족(張家界土家族)의 민속박물관에 '독(毒)단지'가 전시되어있으며, "옛날 모계사회 토가족에서는 남편이 바람을 피우면 음식에 독을 넣어서 죽게 하고, 반성하면 해독해서 살린다."라는 2019년 10월 어느 날 여행안내원의 설명이다. 복숭아, 사과, 살구, 은행, 대추, 매실 등의 씨앗에서도 시안배당체(cyanogenic glycosides)란 맹독이 있기에 이를 모았다가 음식에 넣어서 서서히 죽일 수도 있다. 우리나라에서도 과거 조선 시대 산수, 갑산, 함흥, 제주도 등지에서 귀양살이를 할 때 뜰에 유도화(柳桃花)를 화초로 심어 감상하다가, 사화광풍(士禍狂風)이 불면 9족멸문의 참사를 차단하고자 혼자서 자결할 독살용으로 사용했다. 오늘날에도 조폭살인 혹은 보험 관련 살인사건에 자주 사용되었던 투구 꽃(草烏) 혹은 협죽도(夾竹桃) 등의 푸성귀에서도, 옛날 동물수렵용 '싸이나(靑酸加里)'의 3,000배가 넘는 시안산나트륨(sodium cyanate)이란 맹독이 있다. 여기서 팁을 하나 제공하면, 시안배당체는 쓴맛이기에 단맛 사카린(saccharin)이나 벌꿀 등을 해독제로 사용하고자 가정상비약으로 시골 집집마다 갖고 있었다.

로마 네로황제를 만들기 위해 클로디우스(Claudius) 황제를 독살했던 아그리피나(Agrippina)의 독버섯이나, 우리나라 고려 혹은 조선 시대 사극에서 빈번히 나오는 독살사건에 자주 등장하는 복어독(鰒魚毒) 혹은 수은 독이 있다. 일상생활 속에서도 싹 감자의 푸른 부분에도 놋(鍮器)그릇의 녹청에서도 맹독이 있다. 은(銀)은 황화수은((HgS)의 진사(辰砂) 혹은 경면주사(鏡面朱砂) 등의 황화합물((sulfur compound) 독약에선 황화은(silversulfide, Ag$_2$S) 반응에 검은색으로 변하기에 1429년 법의학서『무원록(無寃錄)』에서는 은수저(silver spoon)를 독성탐지용으로 이용했다. 조선 시대 사대부들은 은수저를 선호하고 있다.

이런 독성에 대한 해독방안으로는 과거 동양에서는 일반가정에서는 녹차(綠茶), 녹두(綠豆), 레몬, 미배아(쌀뜨물), 미역 및 다시마 등을 해독제로 애용했다. 한약에서는 대부분 탕약이 쓴맛이라서 단맛 나는 감초(甘草)를 일반적인 중화제로 사용했다. 비상상황에는 경면주사(황화수은) 혹은 비소 등으로 이독제독(以毒制毒)의 극약처방을 했다. 일본식 회전문 식당에서는 식중독 위험에 대비해 유황성분이 함유한 '삶은 계란(卵黃)' 혹은 물고기잡이 독풀인 고추여뀌(ヤナギタデ, 辣蓼) 잎사귀(꽃)로 토핑(topping)해서 이독제독(以毒制毒)하는 재치를 발휘하고 있다. 물론 오늘날 현대 의학에서도 우리의 화단에 흔히 볼 수 있는 악마의 나팔꽃(흰독말풀), 천사의 나팔꽃 혹은 벨라돈나(belladonna) 등에서 추출한 맹독성 아트로핀(atropine) 성분으로 이독제독(以毒制毒)으로 해독하고 있다.

음식물이란 생명체의 시신!

BC 500년경 불교의 영향으로 '살생을 하지 말라'는 금지가 지구촌에 퍼졌고, 당시에 살았던 모든 인류에게 인식되었다. 우리나라에서도 불교를 도입한 신라에서는 성덕왕 4년에 "살생을 금지하라."라는 명을 내렸으며[10], 오늘날까지 교리로 전수되어 오고 있다. 살생을 하는 자는 등활지옥(等活地獄)으로 간다고 한다. 그러나 불교에서는 '같은 생명체인 식물엔 정식(情識)이 없어 윤회(輪廻)의 업을 만들지 못한다'고 믿었기에 인간과 축생을 살생하지 말라고 규정한다. 살생한 고기라도 3가지의 깨끗한 조건으로 i) 살생 현장을 두 눈으로 보지 않았거나, ii) 죽는 동물의 비명 소리를 듣지 않았을 경우나, iii) 나로 인해 살생하지 않았고 다른 사람들이 잡은 경우다. 이런 경우는 '깨끗한 고기(淨肉)'로 먹을 수도 있다[11].

한편, 성경에서도 "지구촌의 인류에게 먹을거리를 주었으니 그 먹거리들을 생산하고 생육시켜 지구촌을 번창으로 가득 차도록 하라."[12] 그리고 "모든 동물에게 푸른 채소를 먹거리로 주었노라 하시니 그대로 되어라."[13] 이로 인하여 "이리와 어린 양이 함께 먹고, 사자와 소가 같이 짚을 먹으며, 흙이 뱀의 양식이 되리라."[14] 그러나 노아의 대홍수 이후에는 "모든 생명이 있는 동물들도 너희들의 먹을 것이 되니, 채소와 같이 지구촌 인류들에게 먹을거리로 주노라."[15] 그런데 "그 생명체를 다른 동물과는 달리 생명이 붙어있는 핏덩어리 고기를 그대로 먹지 말라."[16]라고 했다.

오늘날, 2014년 프랑스 영화 「러브 인 프로방스(Avis De Mistral)」에선 파리 도시에서 행복하게 살았던 3남매가 이혼한 어머니의 직장 일로 프랑스 남서부 프로방스(Provance) 지방에 사는 친정 부모님께 여름방학 동안 맡겨졌다. 청각장애를 갖고 있는 막

내아들 테오(Théo, Lukas Pelissier)는 난생처음으로 마당에서 자기와 같이 뛰어놀았던 닭을 잡아서 저녁식사로 주는 것을 봤다. 저녁을 도저히 먹을 수 없었다. 누나는 "착한 놈은 잡지 않고 말을 안 듣고, 나쁜 짓을 하는 못된 놈만 잡았다."라고 설득을 해도 먹을 수 없었다. 테오(Théo)는 그제야 사람의 음식은 동물 혹은 식물의 죽은 시신(屍身)이라는 사실을 비로소 알았다.

제5 미는 2,500년 만에 출현하다

지구상 생명체는 자신의 생명유지현상을 위하여 다른 생명체를 잡아먹는다. 그러나 인간은 맛을 통해서 독성이 있어 못 먹을 것 등을 가려내는 지혜를 가졌다. 원시인에서 현생인류까지 음식 맛에는 단 4가지로 단맛(sweet), 신맛(sour), 짠맛(salty)과 쓴맛(bitter)이다. 이는 기원전 400년경 데모크리토스(Democritus, BC 460~370)는 혀끝에 닿은 원자를 맛으로 느낀다고 생각했다. 크게 4대 원소론에 따라서 4가지 맛(四原味說)을 주장했다.[17] 과거 초등학교 자연 교과서에서 혀끝은 단맛, 중간 부분에 짠맛과 신맛, 혀뿌리에선 쓴맛을 느낀다고 '단(sweet) - 짠(salty) - 신(sour) - 쓴(bitter)'이라고 암기했던 경험이 있다. 아직도 독일 100년 이전의 모 학자의 주장을 일본이 교과서에 실었고, 우리나라는 일본 자연 교과서를 그대로 받아쓴 결과로 아직도 그대로 외우고 있다. 2006년 8월 24일 『네이처(Nature)』 과학 전문지에서는 미각수용체(taste receptor)가 혀 전체에 분포되어있다는 학설을 내놓았다.[18]

2008년 3월 24일에야 비로소 제5미(The 5th taste)으로 '감칠맛(umami, うま味, pleasant savory taste)'이 공인되었다. 1908년 동경제대 이케다 기쿠

나네(池田菊苗, Kikunae Ikeda,1864~1936)[19] 교수가 L-글루탐산나트륨을 발견해 '감칠맛(旨味, うま味)'을 주장하고 100년 만에 국제적인 공인을 받았다.[20] 사실 이 맛은 1910년 조선총독부의 정책으로 일본사람보다 우리나라 사람들이 아지나모도(味元, MSG, monosodium glutamate, $C_5H_8NO_4Na$)로 인해 맛 들어졌다. 우리나라는 미원(味元)이라는 MSG 제품을 만들어 세계인을 대상으로 지구촌 인류에게 맛 들이고 있었던 것이다. 결과적으로 한국인을 실험용 대상에서 세계화 첨단홍보맨으로 활약한 셈이다.

한편, 우리 동이족(東夷族)은 갓나물(芥菜)과 갓나물 씨앗 황개자(黃芥子)의 매운맛을 기원전 10,000년부터 선호해 먹었다. 중국에선 동이족(東夷族) 특유의 매운맛(辛味, spicy taste)으로 기록하고 있다. 우리 민족의 음식맛에 제5 미 매운맛(Korea 5th spicy taste)을 더하여 풍요한 음식 맛을 더하

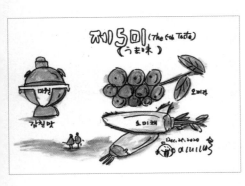

였다. 이뿐만 아니라 오미(五味)를 한꺼번에 먹을 수 있는 오미자(五味子, Schisandra fruit)와 오미채(五味菜, radish)까지 식품으로 먹었다. 오미자는 한반도 어디서나 자생했으며, 오미채는 불교 전승과 삼국시대부터 재배해 총각무김치, 깍두기김치, 무말랭이, 단무지 등 다양한 식품으로도, 때로는 소화제(diastase) 혹은 진해제거담제(antitussive and expectorant)로도 식치(食治)에 애용했다. 옛날 시골에선 '겨울철 의사(冬醫)'로 무동치미는 상빈(上賓)처럼 극진한 대접을 받았다. 16세기에 남미(南美) 고추가 우리나라에 도입되었고, 유럽 남부지역의 겨자 무(horseradish)까지 도입되면서 우리나라는 지구촌에선 '매운맛의 성지(holy place of spicy taste)'가 되었다.

다른 한편, '제6 미(the 6th taste)'로 '칼슘 맛'을 주장하고 있으나 아직은 공인되지 않았다. '한국의 매운맛(Korea spicy taste)'은 한국, 중국, 일본, 남미 등에는 음식 맛으로 인정되어가고 있으나, 아직은 일반적으로 혀의 미뢰(taste bud)나 미수용체(taste receptor)도 발견되지 않고 있다. 미뢰가 형성되지 않은 외국인들에겐 '뜨거움(hot) 혹은 통증(pain)'으로만 인지되고 있는 단계다. 따라서 제6 미(the 6th taste) 혹은 제7 미(the 7th taste)로 인정받기 위해선, 일본 우마미(旨味) 인정 사례를 감안하면 적어도 100년 이후엔 가능하다.

인간의 품위를 살려서 먹자!

고려 충렬왕(忠烈王, 재위 1274~1308) 때 예문관 대제학을 지낸 추적(秋適, 1246~1317)이 쓴 『명심보감(明心寶鑑)』에선 "하늘은 못 먹고 살 인간을 태어나지 않게 하고, 땅은 이름 없는 풀을 자라지 않게 한다(天不生無祿之人, 地不長無名之草)."[21]라고 말했다. 당시 동양에서는 "사람은 자기의 먹을 복을 타고난다."라고 믿었다. 물론 서양에서도 AD 80~100년경에 작성된 마태복음에서도 "뭘 먹고, 뭘 마시고, 뭘 입을까를 걱정하지 말라."[22]라는 생각을 가졌다. 이렇게 인간에게 먹을 걱정을 없앤 대신에 인간으로서 '먹음에 품위'를 지키고자, 동서양을 막론하고 기원전 1,500년부터 i) 예기제의편(禮記祭儀篇)이나 구약성서 레위기(Leviticus) 등에선 먹거리를 주심에 감사(祭典), ii) 정성과 올바른 음식 만들기(食治, 藥治), iii) 먹는 사람의 마음가짐과 행동거지(table manners, eating ethic, 鄕飮酒禮), 그리고 최근에 와서 서양에서부터 iv) 먹거리 빈곤(food poverty)과 식량 전쟁 방지와 같은 먹거리 복지(global welfare)를 도모하고, 개인에게 있어도 건강과 참살이(wellbeing)

를 동시에 챙기는 음식 철학 캠페인(campaign of food philosophy)을 전개하고 있다.

　오늘날 선진국에서 개인적 '음식 철학(food philosophy)'으로 실천하고 있는 걸 8가지로 간추려 보면, i) 신체적 여건, 지병(持病) 및 생리특성을 고려해야 하고(individuality), ii) 국가별, 지역별, 사회적 특성 등을 고려한 현실적 삶(real life), iii) 송(宋)나라의 무명인의 저서 『경행록(景行錄)』에선 "음식이 담백하면 정신이 상쾌해지고, 마음이 맑아져서 꿈자리도 편안하다(食淡精神爽, 心淸夢寐安)."라고 했듯이 음식을 통해 지덕체(智德體)를 함양한 전인적 인간(whole person)으로 도야, iv) '음식 3대 유전'²³ 사실을 인식하고 자신뿐만 아니라 후손을 위해 유기농산물(organic)²⁴, 공정무역(fair trade), 착한 음식 소비 혹은 음식 정의(food justice) 등을 고려, v) 제레미 리프킨(Jeremy Rifkin, 1945년생)의 2002년 저서 『육식의 종말(Beyond Beef)』의 경고를 실천해 '삶의 질적 향상'을 위한 채식 중심(plant-based), vi) 공자의 "제철 음식이 아니면 먹지 않는다(不時不食)."에 기인한 '지역에서 나는 제철 음식(seasonal and local)'을, vii) 음식이 입으로 들어오기까지 노고하신 모

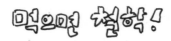

든 분에게 감사와 사랑(love)을 표시하고, viii) 같은 음식이라도 의미와 삶의 변혁을 초래하는 여행(journey), 자선, 봉사 등을 곁들인다.[25]

마지막으로 사람이면 밥값해라!

2012년 네이트(nate) 사이트 유머 게시판에 사진 한 장이 올라왔는데, 젖먹이 아이 옷에다가 걸레조각을 달아서 아이가 움직이면 방이 닦이도록 만들었다. 제목이 "태어났으면 밥값해라!"[26] 기어가도 뒹굴려도 방

이 닦인다는 아이디어였다. 이에 반해 당연히 해야 할 일을 하지 않았을 때에도 밥값 이야기가 나온다. 계란에 대한 문제가 대두될 때마다 우리나라 공무원들은 원산지 증명을 위해서 2002년부터 생산지역별 구분 코드화를 했으나 프랑스 등에서는 생산지, 양계업자(닭장), 사육 방법 등을 알 수 있게 코드화했다. 이런 사실은 프랑스의 계란 껍데기를 본 누리꾼들은 "공무원들 밥값해라!"라고 글을 올렸다.[27]

우리나라에서 가장 많이 '밥값해라(pay for the meal).'라는 요구를 받고 있는 집단은 국회의원들이다. 선출하고 지켜보는 지역 주민은 물론 안타까움을 갖고 바람을 표현한 말이다. 지난 언론기사를 살펴보면 "~당 밥값하라."[28] 혹은 "~당 의원들도 밥값 좀 해라."[29] 혹은 "밥값 못한 채 피켓 든 국회의원들."[30]이라는 언론의 기사가 빈번히 게재되고 있다.

심지어 밥값을 소재로 대선 광고를 한 사례로는 지난 2007년 11월 29

일 텔레비전 광고로 '낙원동 국밥집 욕쟁이 할머니' 편에서 대구 표현으로 '구수걸직한(구수하고 걸직한)' 할머니의 욕, "쓰잘데기 없는 싸움박질만 하고 지랄이여. 우리 먹고 살기 힘들어 죽겠어. 밥 처먹으니까 경제는 꼭 살려라 이놈아."는[31] 국민들의 마음속을 파고들었고, 제17대 대한민국 대통령으로 당선되었다.

달구벌에 살았던
선비들이 남긴 음식 철학

날짐승조차도 함부로 둥지를 틀지 않는다

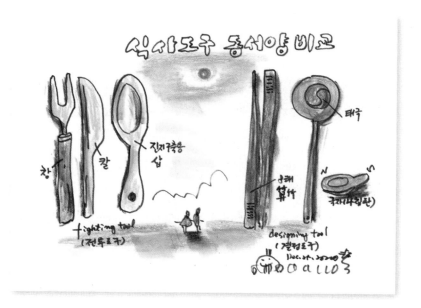

2003년 9월 19일 "신이 틀어준 둥지, 축복받은 땅(神阜福地)"이라는 달구벌 대구에도 매미호 태풍이 휩쓸고 갔다. 가로수는 모두 넘어졌고, 전신주, 교회 첨탑 및 간판마저도 길바닥을 다 덮었다. 온통 대구시는 쓰레기 더미 속에 있었다. 그런데 달성공원의 나무들 가운데 까치집이 있는 나무만은 그대로 꼿꼿하게 서있었다. 옛 어른들이 "슬기로운 날짐승은 보금자리를 틀 나무를 선택한다(良禽相木棲)."[32]라고 했던 생각이 났다. 날짐승들이 보금자리 틀 나무를 선별하는 데는 적어도: i) 평소 먹이가 많고, 쉽게 구할 수 있는 장소의 위치(生理), ii) 독수리 등의 맹금류 기습을 탐지하고 위기상황을 모면할 수 있는 위치의 나무(要塞), iii) 태풍 혹은 지진과 같은 천재지변에도 전혀 피해를 받지 않을 곳(遯地)을 선택했다.

만물의 영장이라는 사람들은 날짐승보다 더 많은 자연적 요소와 사회적 여건을 고려해서 삶터를 결정한다.[33] 그 가운데 가장 먼저 생존과 번식을 위해서 먹거리를 중요시했다. "백성들의 하늘은 먹거리다(食爲民天)."라는 위정 철학이 있다. 같은 사상은 유태인들의 상술에서도 "가장 많은 이득을 얻고자 한다면 입을 노려라(הפה תא הסכ ,ברמה תא קיפהל הצור התא םא שקד)."는 제1원칙이다. 성웅 이순신 장군도 "끼니는 파도처럼 정확하고 쉴 새 없이 밀어닥쳤다. 끼니를 건너뛰어 앞당길 수도 없었고 옆으로 밀쳐낼 수도 없었다."[34]라고 끼니와 전쟁에서 참패를 당했다고 실토하고 있다.

불교의 만다라(Mandala) 그림 혹은 과거 아날로그 시계의 맞물린 톱니바퀴(cog-wheel)처럼 세상만사는 서로 물고 물리는 인과관계, 상관관계, 대립관계 혹은 함수관계로 '꼬여진 실타래(twisted thread)'를 형성하고 있다. 음식 문화(food culture)는: i) 자연·생태적 여건, ii) 사회·문화적 여건, iii) 경제·기술적 여건, iv) 신분·심리적 여건, 그리고 v) 군사·외교적 여건까지 서로 얽혀져 땔 수 없을 정도로 '피 묻은 실타래(bloody thread)'로 융합

된 상태다. 음식 문화는 여타문화와 다른 특이성은 공유성(share), 통합성(consolidate) 및 변동성(change)을 갖고 있다.

공유성(共有性)은 '같이 나눠 먹기(sharing)'를 통해 부족 혹은 민족 전통음식, 인류 공유음식 등으로, 통합성은 같이 먹음을 통해서 의식, 전통, 민족성, 문화를 통합해나간다. 같은 밥을 먹는다는 '한솥밥' 의식(同鼎意識), '가신(家臣)'다짐(同家決意) 혹은 군사훈련소의 '짬밥 질서' 등의 통합성(統合性)이 형성된다. 과거 1970년대 시월유신 홍보와 1980년대 정의사회구현 차원에서 '밥상머리 교육'을 실시했던 걸, 서울대학교 학부모정책연구센터(Center For Family-School Partnership Policy Research, SNU)에선 2012년 5월 23일 '밥상머리 교육 매뉴얼'을 발간하고, 2016년에 교육부 국가정책으로 택해 실시하였다.[35] 그 매뉴얼을 간략히 요약하면, (1단계) 입장바꿔 편견과 선입감을 버리고 적극적으로 칭찬하라. (2단계) 자녀를 초점으로 평가하지 말고 감정에 공감하라. (3단계) 부담을 주지 않고 개방적인 질문을 하라. (4단계) 보다 구체적으로 노력하는 과정을 적극적으로 칭찬하라. 마지막으로 음식 문화 역시 변동성이 있어, 헤라클레이토스(Heraclitus, BC 535~475)가 말한 "같은 강물에 누구도 두 번 다시 발을 담글 수 없다(No man ever steps in the same river twice)."라고 했듯이 만사는 늘 변천하고 있다. 과거에 먹혀들었다고 오늘날도 먹혀든다는 보장은 없다. 옛날에 토끼를 잡았다고 그 나무그루터기에서 기다린다는 변통성이 없는 수주대토(守株待兔)가 되고 만다. 음식 문화는 가장 먼저 변천하고 있다.

런천 테크닉(luncheon technique)이라는 외교적 설득 기법

생명체는 먹이를 얻기 위해서 치열한 생존경쟁을 한다. 이런 경쟁엔 약육강식(弱肉强食)이라는 '정글의 법칙(rule of the jungle)'만 있다. 그런데 때로는 공짜로 보이는 미끼가 있어 덥석 물고 나면 하나뿐인 목숨을 요구한다. 미국 속담에 "공짜 점심은 없다. 비싼 대가를 치른다(There is no free lunch. It pays a high price)." 혹은 러시아 속담에도 "공짜는 쥐덫 위에 있는 치즈뿐이다(Единственная бесплатная вещь - сыр в мышеловке)."라고 했다. 물론 인간은 야생동물을 가축으로 기르기 위해서 먹이를 제공하여 길을 들였다. 지금도 동물 사육이나 물고기 등을 양육하는 것은 먹이를 제공해 길을 들인다. 전쟁 포로에게 음식 제공으로 세뇌시켜 사상전향을 시키거나, 설득시켜 이념과 주장에 동조하는 경우도 생긴다. 특히 국제외교 섭외, 글로벌 금융, 첨단군사거래 등에서는 만찬, 오찬, 댄스파티 등으로 '포도주에 혼미하듯이(like being confused with wine)' 설득 당하곤 한다. 미국 애리조나주립대학교 로버트 치알디니(Robert B. Cialdini, 1945년생) 교수의 『설득의 심리학(The Psychology of Persuasion)』[36]에서 최고의 설득 기법으로 '런천 테크닉(luncheon technique)'을 손꼽고 있다. 동서고금을 막론하고 국제외교는 물론 일상적인 거래에서도 많이 이용하고 있는 기법이다. 우리나라 속담에 "소금 먹은 놈이 물켠다", 영국 속담에 "만찬은 사업에 윤활유를 바른다(A dinner lubricates business)", 미국 속담엔 "삐걱거리는 마차에 기름을 바르면 조용하다(Squeaky wheel gets the grease)." 등이 있다.

중국 역사에서 청나라 강희제(康熙帝, 재위 1662~1722)부터 건륭제(乾隆帝, 재위 1735~1796)까지 주변국 제후들과 "온갖 음식을 먹으면서 평화를 만들자."라는 '만한전석(滿漢全席)'이라는 평화 체제를 구축했다. 이를 두고 당시 서양에선 "전쟁을 대신한 식사(Meals for War)"이란 칭송을 했다. 주한미군 부대에 군속으로 근무했던 친구 녀석은 양식 테이블에 놓인 포크(fork), 칼(knife) 및 숟가락(spoon)을 '전투 도구(fighting tool)'라고 한다. 칼 들고 싸우던 손에서 무기를 내려놓고 같이 악수를 하거나 식사를 한다는 건 종전이다. 이럴 땐 식사 도구를 보면 전투 도구(fighting tool)가 연상되었을 것이다.

때로는 과도하게 먹고 놀다가 문제를 해결하지 못하고 복잡하게 꼬이게 하는 사례도 많다. 대표적 사례로는 샤를 조제프(Charles-Joseph, 1735~1814) 공(公)이 "회의는 춤춘다. 그러나 진전은 없다(Der Kongress tanzt viel, aber er geht nicht weiter)."라는 말을 남긴 1814년 나폴레옹이 엘바에 유배되었다고 주변 공화국들이 오스트리아 비엔나(Viena)에서 개최했던 빈회의(Congress of Wien)가 있었다. 아무런 대책 없이 먹고 마시며 춤추기만 했다가 나폴레옹이 유배지를 탈출했다는 소식에 술판이 뒤집혔다. 1931년 당시 정세를 1시간 34분의 영화 『회의는 춤춘다(Der Kongreß tanzt)』를 만들었다. 때로는 국가정치에서도, 중국 사마천(司馬遷)의 사기(史記)엔 주왕(紂王)은 주색에 빠져 국정은 내팽개치고 "술은 못물처럼 넘쳐났고, 안주로 잡은 고기를 달아 매어놓은 게 나무숲을 이루었다(以酒爲池懸肉爲林)."[37]라는 표현이 있다. 물론 우리나라의 사례에서도 1979년 10월 26일 새벽 5시 궁정동 안가 사건을 떠올릴 수 있다. 「그때 그 사람」이란 노래를 들으면서 세상을 떠났다는 그 정도는 당시를 살았던 모두 국민들이 알았다.

사실, 술이란 과일이 기온의 변화로 자연적으로 발효되고 숙성된 음식으로 수십만 년 전에 인간에게 발견되었다. 물론 날짐승이나 들짐승들이 인간보다 더 오래전부터 먹어왔으니 사람도 따라 먹었다. 신묘한 효과에 인간은 '신이 축복으로 준 음식(god-blessed food)'으로 생각했다. 그리스 신화에서는 '포도나무와 포도주의 신', '풍요의 신' 그리고 '황홀경의 신'으로 디오니소스(Dionysos)를 섬겼다. 그는 카드모스(Kadmos)와 하르모니아

(Harmonia) 여신의 딸 세멜레(Semele)와 제우스(Zeus)의 아들이다. 로마에서는 바쿠스(Bacchus)라고 한다.

동양에서는 한문 술 주(酒)자의 기원을 살펴보면, 후한(後漢) 허신(許愼, AD 58~148)이 저술한 『설문해자(說文解字)』에서는 갑골문자로 금술단지(酉)를 상형한 글자로, 우리나라 최남선(崔南善, 1890~1957)의 『조선상식문답(朝鮮常識問答)』에서는 "술 주(酒)자는 후한 때 두강(杜康)이란 사람이 닭날[酉日] 술을 빚었다고 해서 물 수(水)자와 닭 유(酉)자를 합성해서 사용했다."라고 설명하고 있다. 그러나 초등학교에 다니는 손자 녀석은 "요사이 대구치맥 축제(Daegu Chicken-Beer Festa)가 최고인데, 그 이유는 술안주로는 닭고기가 최고란 말입니다. 따라서 옛 조상님들도 그것을 알았기에 술 주(酒)자에 닭 유(酉)자를 합성해서 사용했을 것입니다."라고 풀이했다. 1962년 상영된 영화 「개 같은 세상(Mondo Cane)」에서 마시고 토하는 엉망진창의 독일 맥주 축제가 나왔다. 독일 뮌헨(München)에서 매년 9월 말~10월 초까지 개최하는 세계 최대 맥주 축제(Oktoberfest)에선 "맥주 700만 리터, 치킨 닭 50만 마리와 소시지 25만 개가 소비된다.[38]"라고 하니 동서양 현대적 논리로는 딱 들어맞는 말이다.

달구벌(대구) 음식 문화의 특성

우리는 대구에 수십 년을 살아왔으나 정작 대구 음식의 특징을 모른다. 마치 명산대천의 멋진 풍광 속에서 살고 있는 사람은 그저 그렇다는 정도로 알고 있다. 이에 반해 다른 곳의 사람들이 대구의 절경(絕景)이니 비경(秘景)이라고 하는 말을 들을 뿐이다. 북송(北宋) 문장가 소동파(蘇東坡, 1037~1101)의 「서림사 벽에 대해 글을 쓰다(題西林壁)」라는 시에선 "가로는 태산준령이고, 옆으로는 올록볼록 산봉우리들이네. 멀리서 가까이 위에서 아래로 보는 데에 따라 각기 다른 모양일세. 여산(麗山)의 참으로 멋진 모습을 알지 못하는 건, 단지 네가 산속 깊이 들어와 있기 때문일 걸세."[39]라고 읊었다. 크게 봐서는 지름이 12,742km나 되는 거대한 지구촌에 살고 있지만, 누구도 지구를 두 눈으로 본 사람은 없다. 작게는 『법구경(法句經)』의 한 구절인 "국 속에 빠져 있는 국자는 정작 국 맛을 모른다."[40] 그 속에 빠져 있기 때문이고, 대자연의 만끽이란 타성이 시야를 가렸기 때문이다.

익숙함에서 벗어나야 한다. "머리를 돌려 보니 내가 그리도 찾아 헤매던 푸른 산이 거기에 있네!"라는 회두청산(回頭靑山)[41]의 의미를 새삼 느낄 것이다. 또한, 현재 자신의 모습을 볼 수 있다. 가장 손쉬운 방법은 대구를 찾아온 관광객으로부터 불편과 불만을 들어보고, 비교하며, 남들에게 비치는 참모습을 찾아가는 것이다. 대표적으로 과거 대구를 찾는 관광객에게 택시 운전사들은 "대구요, 먹을 것도, 볼 것도 별로 없어요."라고 자신의 무식함을 그대로 드러내고 만다. 요사이는 "대구, 먹을 것도 볼 것도 많다."라고 외지 사람들이 먼저 알고 있다. 특히 대구 맛집이 많다고 야단법석을 떤다.

대구 음식에는: i) 한반도의 대륙성 기후를 가진 유일한 분지(盆地), 삼한 각축의 중립적 요충지, 신라 지증왕 때 국빈대접을 위해 석빙고(玄風石氷庫)를 왕실 다음 가정 먼저 설치했던 곳, 임진왜란과 식민지전쟁의 병참기지, 6·25전쟁의 최후 보루라는 지리적 특성, ii) 부러질지라도 굽히지 않는 (寧折不屈) 호국정신, 경상감영과 영남유림 본거지로서 유교 선비문화라는 문화적 특성과 iii) 동학운동, 국채보상운동 및 2·28운동의 민주성, 4명의 제왕[42]을 배출한 정치적 도시로써 사회적 특성이 스며들어 있는 대구 특유 음식 맛을 내고 있다.

정성(精誠)과 인고(忍苦)가
달구벌의 음식 맛

정성(精誠), 음식의 최고

최근 인사돌 약품 광고에 "이 음식이 왜 이렇게 맛이 있는지요?"라고 최불암 씨가 옆에 있던 남자친구에게 묻자 "(웃음을 보내면서 능청스럽게도) 정성맛?"이라고 하자, 옆 있던 남성분이 "인사들 합시다."라고 말했는데 잽싼 여성분이 "인사돌 하자고요?"라고 유머를 던지자 모두가 웃는 광경이 전개되었다. 음식에 '손맛' 혹은 '정성의 맛' 과연 있을까 하는 생각을 할 때가 있다.

6·25전쟁 이후, 시골 국민학교는 건물조차도 없었다. 1~2학년에겐 말뚝을 박고 새끼줄에다가 바람막이 거적이나 보드복스 조각을 둘러친 가건물이 전부였다. 엄동설한이라고 드럼통을 잘라서 만든 솔방울 난로에다가 등·하굣길에 주워온 썩은 나무와 솔방울로 보온을 했다. 점심조차 먹지 않고 오후 교시를 마치고 5~8km를 달려서 집에 오면 기진맥진이다. 그때 안방 아랫목에 이불로 덮어놓은 놋쇠밥그릇을 보자마자. i) 추위에 떨고 배고픔에 서러움을 달래고자 손부터 따뜻하게 녹였다. ii) 콧물 묻은 소매로 밥뚜껑을 열고 보면 "야, 이놈 고생했지?"라고 하는 듯이 김이 모락모락 피어올랐다. iii) 로마 황제도 "시장이 반찬(cibi condimentum esse famem)."[43]이라고 했듯이 꿀맛으로 밑바닥까지 다 긁어먹고 나면, iv) 이불에 넣었던 발도 서서히 녹아내리고, 따사한 밥이 배 속에서 뭔가 치밀어 오른다. 따사함에 눈물이 흘러내린다. 눈물 나게 맛있는 음식, 이게 바로 어머니의 정성 맛이었다.

외형상 정성을 표시하는 방안으로는 서양 음식은 가장 먼저 '눈으로 먹도록 하기' 위해서 음식 위에다가 장식(Garnish)을 한다. 이를 드레싱(dressing) 혹은 토핑(topping)이라고 한다. 그러나 우리나라의 음식은 '(정성에 감동하여) 눈물로 먹도록 하기' 위해 '고명'[44]을 얹는다. 따라서 고명은 정성과 멋(美學)을 더한다. 지방마다 다른 이름으로 '웃기', '꾸미' 혹은 '가니쉬(Garnish)'라고도 한다. 눈으로 보기에도 아름답게, 코로 냄새를 맡아도 고소하며, 오각을 통해서 먼저 맛을 보도록 한다. 가문이나 지방에 따라 오방색으로 벽사(辟邪), 축복(祝福), 기원(祈願), 축도(祝禱) 등의 의미를 부여하는 음식 철학을 덧붙인다. 아무런 표식도 없이 정성과 감사를 표시하는 방안도 많았다. 같은 보리밥 속에 쌀밥을 넣거나 쌀밥 속에 삶은 계란을 남모르게 넣어준다. 같은 도시락을 주면서 선호하는 반찬을 넣어주기도 한다. 맛있는 밥과 반찬을 마련하지 못함에 우리 어머니는 사랑의 쪽지를 넣곤 했다.

이런 어머니의 정성을 두 분으로 보고, '나는 왜 어머니가 없는가?'라는 서러움을 느낄 친구가 없을까 늘 주변을 살폈다. 그런 조손가정(祖孫家庭)인 옆 친구는 이를 보고 서러움이 북받쳐 '눈물 젖은 배급 강냉이죽'을 먹었다고 고백했다. 성경 시편에 "그들을 눈물의 빵으로 양육하시며 많은 눈물을 마시게 하나이다."[45]라는 구절처럼 입으로 느끼는 맛이 아니라 마음속에 차곡차곡 쌓이는 음식 맛이다. 음식을 통해서 인생의 맛을 느낀다는 건 삶의 전환점을 마련할 행운의 기회가 된다. 이런 음식 맛에서 성장한 자녀들에게 인생을 숙성시키고, 품위라는 멋을 더하게 한다. 그래서 우리의 선조들은 음식은 3대까지 내려간다고 가문의 영예를 걸고 종가 전통음식을 지켜왔다.

바로 인생 철학에서도 1829년 독일 괴테(Johann Wolfgang von Goethe, 1749~1832)는 『빌헬름 마이스터의 수업시대(Wilhelm Meisters Wanderjahre oder die Entsagenden)』라는 소설 중 「하프악사의 노래(Harfenspieler)」에서 "눈물로 얼룩진 빵을 먹어본 적이 없는 사람, 근심에 싸여 수많은 밤을, 잠들지 못하고 일어나 앉아, 울며 지새본 적이 없는 사람은…."[46]라고 소회한 구절이 나온다. 삶은 '눈물 젖은 빵' 맛에 숙성되고 의미를 찾는다고 했다.

한편, 시골 서당에서 훈장님으로부터 천자문을 배울 때 사내 남(男)자를 배웠다. 제작 원리를 설명하시는데, 오늘날 중학교 한문 담임 선생님처럼 "밭(田)에 쟁기질하는 모습(力)을 본떠 상형한 글자."라고 했다. 당시 "재주와 지혜가 뛰어나고 성실과 어짊을 드러내야 뜻을 이룰 수 있다. 그렇게 하는 사람이 있으면 반드시 본받아야 한다(男子才智優, 忠良著然後, 可以成立.故有如此者,則必效之也)."라고 어느 성현이 참뜻을 전하고자 천자문에 주석을 달아놓은 것까지를 훈장님은 설명해주셨다.

그러나 '사내 남'자의 진정한 의미는 그게 아니었다. 2001년 10월 어느 날 부인사 구순의 옛 속세 성씨가 노(盧) 씨인 주지여승을 만나 대화를 하던 가운데 "사내 남자는 10명(十)의 식구(口)를 먹여 살릴 수 있는 능력(力)을 가진 사람"이라고 불가에선 해석한다고 말씀했다. 1998년 6월 18일 IMF 외환위기 상황에 마이크로소프트(MS)사 빌 게이츠(Bill Gates) 사장이 청와대 김대중 전 대통령을 접견했다.[47] "우리나라에도 사장님과 같은 기업가 1명만 있다면 30만 명 이상이 먹고 살 수 있을 것이다."라고 말했다. 남자의 능력을 새삼 생각하게 했다. 오늘날 젊은이들은 자기 입 하나도 못 먹고 살겠다고 하는데, 이런 말을 하면 사내남자의 뜻을 해명한다면 '꼰대소리'를 들을 것이다.

인고(忍苦)의 대구 음식 맛

2020년 11월 29일, 수성구 욱수동 시지노인전문병원 앞 길섶 언덕에 6

세기경 반지하식 신라가마터(新羅陶窯)를 답사했다. 그곳은 앞산 골짜기(욱수골)에서 흙(胎土)과 땔감에다가 망덕거량(旭水川)에서 물을 사용해 토기(土器)를 빚어 달구벌(대구) 주변에 공급했다. 출토된 빗살무늬토기 가운데 팽이 모양의 그릇이 있는데, 지역 고고학자들은 갯벌과 같은 연한 지반에 박아서 사용했을 것으로 봤다. 그러나 당시 민족음식(갓김치)과 연계해서 생각하면, 팽이형 토기(角形土器)를 땅에다가 묻어서 겨울김장은 물론 연중 숙성된 맛있는 김치를 먹을 수 있었다. 당시는 야생 갓나물(芥菜)을 김치로 담았다. 우리들이 김치하면 배추김치로 생각하나 병자호란 이후에 중국 '빠이차이(白寀)'가 도입되어 '배차' 혹은 '배추' 등의 이름으로 재배되어 배추김치가 주종이 되었다.

신라 갓나물 김치 때에도 "김치요. 5번은 푹~ 죽어야 제맛을 내지요."라는 말을 대구 사람들은 입에 달고 살았다. 제맛 내는 '오사숙성(五死熟成)'이란: i) 밭에서 갓나물의 모가지가 잘리는 참수사(斬首死), ii) 칼로 갓나물 포기 속을 가르는 개복사(開腹死), iii) 소금, 고춧가루, 생강, 새우젓, 계피 등 온갖 맵고 짠 양념을 다 배 속에 집어넣는 포복사(飽腹死), iv) 팽이토기에다가 빈틈없이 꼭꼭 밟아서 집어넣어 질식시키는 기절사(氣絶死), v) 마지막 음식으로 유산균 범벅인 김치 조각이 목구멍부터 향미를 풍기면서 넘어가는 종천사(終天死)를 당해야 제대로 김치 맛을 낸다. 여기서 오사숙성이란 인고의 맛이다.

1950년 6월 25일 한국전쟁이 발생하자 6월 28일 대전으로 수도이전을 감행했고, 7월 16일부터 8월 17일까지 경북도청을 임시정부청사로 1개월 간 있다가 곧바로 부산으로 이전했다. 그곳에서 1,023일간 임시수도로 있 었을 때, 북한 인민군을 막아내기 위해 포항-영천-대구(왜관) 낙동강 방어 선을 마지노선으로 하고 사활을 걸었다. 1950년 대구 인구는 8만9천667 가구에 26만9천 명이었으나 10배가량 피난민이 몰려와서 콩나물시루처 럼 복작거렸고, 외국인 종군기자들의 눈에는 "전쟁 폐허의 인간쓰레기장 (man-trash field of war's ruins)"이었다. 가옥이란 주한 미군 부대 피엑스(PX, USFK)에서 흘러나온 드럼통이나 탄피 포장 골판지(board box) 조각으로 토 끼집처럼 다닥다닥 임시천막 피난민촌이 형성되었다. 수단이 좋은 사람 들은 미군 부대 음식쓰레기통에서 나온 잔반 음식에다가 물을 더 타서 끓 인 '꿀꿀이 죽', 잔반통에서 이빨 자국이 있는 소시지나 고기 조각을 별도 로 모아서 '부대찌개'를 만들어 팔았다. 부대찌개는 최고급 음식이었다. 꿀 꿀이죽 그것도 돈이 있어야 사 먹을 수 있었다. 죽은 군인들의 소가죽신 워커(미군 군용구두)까지도 배고픔을 달래고자 허물게 푹~ 삶아서 먹었다. 그것도 쇠고기라고 '워커 쇠고기(walker beef)'라고 했다. 대구 칠성시장에 서 별미로 팔았고, 워커 쇠고기 안주로 소주 한잔을 마셨다면 어깨에 힘 을 주고 다녔다. 1920년 『황금광 시대(The Golden Rush)』 영화에 주연 찰리 채플린(Charlie Chaplin)은 자기 신발을 삶아서 먹는 '채플린의 구두 스테이 크(Chaplin's shoes stakes)'가 나온다. 미국의 서부 개척 시대 "자기 구두 먹 는다(eating his shoes)."라는 표현이 생겨났다.

6·25전쟁이 만든 대구의 음식으로는 무엇보다도 주먹보리밥과 망개 떡이 있다. 일제식민지 당시 독립군을 토벌하고자 하는 일본관동군은 넉넉한 병참 보급으로 전쟁을 치를 수 있었으나 독립군은 비상식량이 라고는 삶은 자갈감자 한 주먹을 주었고, 북풍한설에도 낙엽을 이불 삼

아 추위를 이겼다. 하루에 감자 2알로 연명했다는 사실을 누구나 다 알고 있다. 6·25전쟁 통에서도 피난민들 끼니와 전쟁을 했다. 한 입 줄이고자 학도의용군으로 전장에 나가는 어린 자식들에게 소금물에다가 담겼다가 건진 '보리쌀주먹밥' 장병환송식이라고는 한 덩이씩 나눠주었던 게 고작이다.[48]

호국도시 대구에서는 임진왜란 때에서도 동화사 승병과 의병들에게 전투 비상식량(field ration)[49]으로 먹었던 특식이 있었다. 일명 팔공산 신령이 내려준 '선유량(仙遺糧)' 망개떡이었다. 호국충렬로 출정하는 장병에게 망개떡을 손에 쥐어주었다. 집에 남은 식구들에겐 끼니거리가 없어도, 이웃에 쌀을 빌려서 오랫동안 상하지 않게 망개나무(土茯笭, Smilacis Rhizoma) 혹은 청미래덩굴 잎사귀로 싼 망개떡(土茯笭餠)[50]을 만들었다. 군가를 부르면서 오열을 지어서 전장으로 가는 자식들에게 그 떡을 손에 쥐어주었다. "전우의 시체를 넘고 넘어…"라고 시작하는 「전우야 잘 자라」[51]노래를 부르면서 망개떡을 받아 탄띠 속에 끼워넣고 앞으로 나갔다. 심지어 부모님이 건너 준 망개떡도 다 못 먹고 전사한 학도의용병도 있었다.

한편, 북한 인민군은 비상식량으로 '미숫가루(ミスッカル, 日本軍非常食糧)'[52] 자루를 마련하여 오늘날 젊은이들이 대각선(X자 모양)으로 가방을 매는 것처럼 따발총(Submachine Gun, PPSh-41) 탄띠와 같이 매었다. 시골에선 배는 고프고 먹을 건 없을 땐, 죽은 인민군의 미숫가루 자루를 풀어서 훔쳐 먹었다. 얼마나 늘 배가 고팠으면, 시골 어릴 때에 천자문을 배우는 학동이 "하늘 천 따지 가마솥에 누룽지 박박 긁어서 한입에 먹으면 맛있지요."라는 노래를 골목에서도 불렀다. 망개떡을 만들 수 없었던 가정이 더 많았다. 그럴 땐 멀리 부고를 전달하거나 유서통(諭書筒)을 짊어지고 파발(擺撥)을 나가는 사람들에게 비상식량으로 누룽지를 긁어주었다. 배고플 때 마

른 누룽지를 먹고 개울물을 마셨다. 이런 풍습을 알았던 우리의 어머니 혹은 누나들이 자기 밥을 며칠간 먹지 않고 만들었던 누룽지를 긁어서 말렸다가 품 안에서 꺼내 손에다가 쥐어주었다. 총알이 빗발치는 전투를 끝내고 조용해지면 배고픔도 찾아왔고, 그제야 망개떡이나 누룽지를 품 안에서 꺼내 먹자니 눈물의 소금 맛이 '인고의 진미'였다.

05

영남유림의 중심지,
경상감영의 음식 문화

음식 자원의 보물창고, 달구벌

달구벌은 선사시대부터 주변 강대국의 틈새에서 중립적 위치 혹은 줄타기 외교능력을 발휘하여 최혜국대우를 받으면서 성장했다. 그 사실은 선사시대 유적 발굴을 통해서 추정할 수 있는 근거로는 i) 한반도의 패권을 장악할 수 있는 강력한 왕국이 없었는데 황금왕관이 몇 차례 발굴, ii) 동구 불로동(不老洞) 고분 및 경산 압독국(押督國) 유적 그리고 칠곡 구암동 고분군(鳩巖洞古墳郡) 발굴 등에서 수혈식 목곽분, 횡혈식 석곽묘와 옹관묘(甕棺墓)가 혼재된 상태로 발굴, iii) 신라 지증왕(智證王) 당시 가야와 대치하고 있는 현풍(玄風)에다가 귀순인사와 지방 토착 세력에게 국왕(귀족)으로 음식 대접을 위해 석빙고(石氷庫)를 설치했다. 이를 종합하면 삼국각축의 요새 지역으로 중립 설득을 위한 국빈 예우를 했기에 요사이 말로 게임 체인저(game changer) 혹은 게임 딜러(game dealer)로 역할을 했다. 문화의 발생과 융성에서 본다면 시정 역할(市井役割) 혹은 중심 교량(central bridge)으로 역할을 했다.

이와 같은 지정학적(geopolitical)인 위상에서 달구벌은 군사적 요충지로 뿐만 아니라, 특히 음식 문화에 있어서는 i) 주변 강대국 왕궁의 최고급 음식이 집결하였으며, ii) 특이한 음식 문화의 결집으로 새로운 융합 음식 (fusion food)이 발달했으며, iii) 음식 관련 각종 기술로는 독성 제거기술(덖기, 삶기, 중화, 말리기, 튀김 등), 보관기술(석빙고, 지하매장, 토굴저장) 및 요리기술(굽기, 찜, 지짐, 볶음, 찌개, 무침) 등이 도입되어 하이브리드 요리기술(hybrid cooking skill)을 낳았다.

특히 신라의 갓나물김치 음식은 대구에선 6세기부터 옥수가마터(玉山陶窯)에서 만든 팽이형 토기(角形土器)를 이용해서 겨울김장으로 애용해왔다. 나중에는 김칫독을 개량해 전국으로 김치 음식을 보고하는 데 앞장섰다. 최근 조금 소홀히 하는 바람에 김치 저장용 '딤채(Winia)' 냉장고는 전남 광주에서 개발하여 선두를 차고 나가고 있다. 오늘날도 많은 분이 "김치 없이는 못 살아. 나는 못 살아."[53]라고 애찬할 정도다. 2003년 사스 (SARS)가 전 세계에 유행할 때도 방역식품 김치가 대두되었고[54], 2013년 에 유네스코 한국 고유음식으로 등재되었다. 2020년 K방역과 방역 식품 김치가 해외 언론[55]에서 극찬을 받아왔다.

음식 보관의 첨단 보관소 석빙고

과거 비단 길목(silk road)이었던 이란의 케르만(Kerman)이나 이란의 배꼽이라는 야즈드(Yazd)의 메이보드성(Mebod Castle)에서, 2017년 상영했던 만화영화 「스머프의 비밀 숲(Smurf : The Lost Village)」에 나오는 개구쟁이 스머프의 모자 모양과 같은 흙집(moayedi)에다가 사각 흙기둥(badgir) 통풍

구가 보인다. 구조는 지하 수통로, 지하 냉장고, 지상·지하의 통풍구로 구성되어있다. 이런 제빙(製氷)과 저빙(貯氷) 시설 모아예디((moayedi)를 기원전에 개발해서 설치해 음식 보관, 더위 식히기, 시신 보관 등으로 이용했다. 신라는 기원전(BC) 108년경 한사군(樂浪郡)을 통해서 산동반도의 천잠법(天蠶法)과 비단직조기술을 터득한 진한(辰韓, 신라) 땅 서라벌에선 조하주(朝霞綢)라는 명품을 만들어 중국을 거쳐 대월국(大月國, Roma)에까지 판매했다. 신라는 BC 57년부터 직접비단교역을 하면서 비단길(silk road)에서 모아예디(moayedi) 시설을 눈여겨봤다가 조국 신라에 와서 지역 자연환경에 적합하도록 개량하여 AD 27년경(弩禮王) 반월성 안에 폭 2.4m, 길이 18.8m, 높이 1.78m의 규모, 화강암 반월형구조에 3개의 환기통으로 경사지 배수와 입구 계단을 갖춘 석빙고(경주시 인왕동 387-1 외 120필)를 설치했다.[56]

이런 얼음 보관시설인 현풍석빙고(玄風石氷庫, 현풍 상리 632, 보물 제673호)는 대가야와 신라가 각축하면서 중간지역 달구벌을 극진히 예우하고, 대가야에서 전향하는 인사에게 최고 수준의 음식 대접을 위해서 지중왕 때에 현청(縣廳) 수준의 고을인 현풍에다가 설치했다. 당시 군사적 요충지로서 i) 철산지 합천야로(합천야로)에서 철정을 이용해 철제 무기생산 '논공(論工)'이라는 최첨단 무기제조창을 설립했다. ii) 이뿐만 아니라 진흥왕 때는 삼량벌정(參良火停)이란 병영을 설치해 1만여 명의 장병을 주둔시켰다. iii) 이어 고려 시대에도 철제 무기 생산을 위해 구지산 부곡(仇知山部曲)까지 설치했다.

그러나 석빙고에 대한 기록으로는 현존하는 금석문인 현풍읍성을 축성했던, 조선 영조 6(1730)년 "순정기원후이경술십일월(崇禎紀元後二庚戌 十一月)"로 새겨진 인근 건성비(建城碑)를 봐서도, 인근 지역 안동 석빙고(1737 혹은 1740)보다도, 또한 창녕 석빙고(1742)보다 8년이나 앞섰다.

이곳 현풍 석빙고에 저장된 얼음은 일반이 여름에 먹는다는 건 조선 시대에도 그림의 떡이었다. 하물며 삼국 각축 시대에 달구벌 현풍에 설치했다는 건 음식 관리의 최첨단 시설이었다. 동짓날 전후 채빙(採氷)해 석빙고에 넣는 의식인 사빙제(司氷祭) 혹은 장빙제(藏氷祭)와 석빙고 문을 여는 개빙제(開氷祭)를 거행했다. 현풍 석빙고에 관련 지역 문화재의 기록을 통해서 살펴보면, 김처정 재령 이씨 효열각(金處精 載寧 李氏 孝烈閣)에 "시아버지와 손부의 효행이 지역유림을 통해 조정에 상신되자 숙종(肅宗, 1660~1720)은 정려와 현풍 석빙고 관리관인 빙고별검(氷庫別檢, 종6품)을 교시했다."라는 기록이 있다.

경상감영(慶尙監營), 양반(선비)음식 문화의 산실

1593년 임진왜란 당시 군사전략상 경상감영을 달성공원에 임시 이전했다가 안동으로 다시 와서 1601년 안동 양반들이 대구로 오는 마차 앞에 드러눕기까지 반대했다. 그럼에도 불구하고 대구(달구벌)로 경상감영이 옮겨졌다. 경상감영이 대구로 이전함에 따른 영남유림의 본거지도 안동에서 대구로 굳어졌다. 이것보다 문화 측면에선 i) 사장중시(詞章重視) 선비 문화발전에 기폭제가 되었고, ii) 관존민비(官尊民卑) 상의 기반 위에 진공 문화(進供文化)가 제자리를 잡았다. 다시 말하면 사장중시 선비 문화 가운데 유림을 통하고, i) 지방관(감영)을 통해서 국왕에게 상신되는 민의상달(民意上達)의 체계가 정립되었다. 이에 반해 관존민비(官尊民卑) 사상이 굳어졌고, 쟁송과 억울함의 해소를 위해 정성과 모양새 좋게 접객하려는 형식적인 과정이 더욱 복잡해졌다. 조선 시대 갑인자(甲寅字) 등의 활자관리를 관영에서 했기에 유인 문화를 파생시켰다. 양반들은 관영활자를 빌려서 문집, 서책 등을 출간하게 되었다.

일반 백성들은 관공서에 접근하기 위한 과정상의 각종 비용(글 값, 도장 값, 전달비, 속행비)이 발생했고, 목민관은 물론 관리들에게 환심을 사기 위한 음식(飮食), 주가(酒歌), 수청(守廳) 등의 진공문화(進供文化)가 생겨났다. "경상감영 앞마당은 진공(進供) 없이는 한 발자국도 못 나간다."라고 할 정도였다. 조선 시대 조정에서는 "지방목민관(觀察使) 한 번 나가면 3대는 먹고 산다. 그러나 경상감사는 7대가 배 두드리고 산다."라고 할 정도로 물 좋은 곳으로 정평이 나있었다. 그래서 영조(英祖)는 경상감영 선화당(宣化堂) 기둥에다가 친필주련(親筆柱聯)을 걸어놓게 했다. "자네가 받고 있는 녹봉은 백성의 살이고 피라네. 백성들 속이기 쉽지만, 하늘을 속이지 못할 것인데(爾俸爾祿, 民膏民脂. 下民易虐, 上天難欺)."[57]라는 주련이 1970년까지 걸려 있었다. 이렇게 해도 별다른 효과는 없었고, 진공문화는 맥을 이어져 오늘날까지 유지해왔다. 인습에 젖은 진공 문화는 글로벌 시장에서는 국가

경쟁력의 일환인 국가 청렴도를 낮추고 있다. 대구시의 행정 생산성 비용을 높이고, 행정 서비스의 청렴도에서 전국 하위를 기록하고 있다.[58]

그러나 경상감영으로 인해서 음식과 접객문화엔 장족의 발전이 있었다. 경상감영은 국가의 궁궐에 해당하여 궁궐음식 문화가 그대로 접목되었다. 즉 i) 제례, 향음주례, 접빈객에 따른 음식 문화가 전파되었고, ii) 성긴 음식 재료를 자연 그대로 먹거나(素食) 적은 양으로 자주 먹는(少食) 식치개념(食治槪念)의 음식 문화가 정착되었다. 전한(前漢, BC 202~AD 8) 시대 기백(岐伯)[59]이 황제 이름을 빌려서 '황제내경(皇帝內經)[60]'을 저술했다. 황제 5경 가운데 하나인 의학서에서 언급했던 식치개념은 한 발 더 나간 식약동원(食藥同源) 혹은 의식동원(醫食同源) 원리에 따른 약선음식(藥膳飮食)으로까지 발전했다. iii) 유교 경전 『논어』에서 "나물 먹고 물 마시며 팔베개로 잠을 잔들 이보다 더 즐거울 수 있을까?"[61]라는 안빈낙도(安貧樂道)의 음식 문화가 대구에 정착되었다. 음양오행(陰陽五行), 오방색채(五方色彩), 사상의학(四象醫學) 등이 음식에 접목되어 '심신이 건강한 음식 문화(mindful healthy food culture)'를 개척했다. 특히 지역 선비 가문에서는 전통적인 종가음식 문화(宗家飮食文化)를 형성해왔다. iv) 선사시대 삼국각축의 융합음식 문화를 창조했던 달구벌의 역할은 삼국시대부터 조선 시대까지의 오신채(五辛菜[62]: 마늘, 파, 달래, 부추, 흥거)를 금기시한 연밥, 산채비빔밥, 두부(일명 콩고기), 소면(素麪), 유과(油果) 등의 불교적 사찰음식 문화를 흡수하였다. 여기에 경상감영음식 문화까지 복합하고 융합해 퓨전음식 문화의 제조창이 되었다. v) 1658(효종 9)년 임의백(任義伯, 1605~1667) 관찰사가 경상감영 내 객사 주변(오늘날 중부경찰서)에 약령시(藥令市)를 개장한 게 효시가 되어, 1908년에 현재 남성로 약령시가 자리를 잡았다. 이로 인해서 대구 음식 문화에는 약치개념(藥治槪念)이 도입되면서 지역 생산 각종 약재를 첨가하는 음식을 만들었다. 오늘날 우리가 즐기는 삼계탕(蔘鷄湯), 옻닭(漆鷄湯), 쌍화차, 약초감주(藥草甘酒), 감비음식(減肥飮食) 등의 치유음식(healing food) 혹은 웰빙음식(well-being)까지 개발했다.

06

대구 음식의 세계화와
미래 먹거리로 방향

못 쓴다고 버리기보다 새롭게 쓰자(無用之用)

우리는 가끔 "무슨 용뺴는 재주라고 있느냐?"라는 빈정거림을 듣기도 했다. 여기서 '용뺴다'는 말은 국어사전에서는 "큰 힘을 쓰거나 큰 재주를 부리다."로 풀이하고 있다. 용(龍) 그림을 그릴 때 마지막 살아있는 용으로 눈에 정기를 불어넣은 작업은 화룡점정(畵龍點睛)이다. 마무리를 잘하기 위해서 용뺴는 재주를 살리거나 화룡점정 작업을 해야 한다. 중국 음식에서 최후 과제로는 일반 사람들은 구경도 못 한 용을 잡아서 그 간으로 요리를 하는 용간요리(龍肝料理)가 극점에 있다. 요리사라면 용간요리를 하는 희망을 품고, 미식가는 용간요리를 먹어보는 게 소원이다. 무엇보다도 가장 먼저 용을 잡는 재주(屠龍之技)를 익히는 것이 첫째 관문이다.

『장자(莊子)』「잡편열어구(雜篇列禦寇)」편에 "주평만(朱泙漫)이란 사내가 지리익(支離益)이란 도사로부터 용을 잡아 배를 갈라서 간(肝)을 끄집어내어 요리하는 기술을 배우기로 했는데: i) 용이 있는 곳을 찾아내는 방법, ii) 용을 유인하고 잡는 기교, iii) 용을 결박하여 배를 가르는 기술, iv) 간을 도려낼 때에 어느 부위에 칼을 대야 하고, v) 어떤 칼로 도리는 방향과 주의사항 등을 익히며, vi) 요리법을 다 익히는 데 3년이나 걸려 가산을 탕진해 겨우 다 배웠다."라고 기록하고 있다. 그런데 결과는 "그놈의 기술을 써먹을 곳이 없다."[63]라는 것이다. 그래서 주평만이 배운 용간요리 기술이 오늘날까지 전해지지 않고 있다. 그러나 대구에서는 쓸모가 없다는 용간요리를 쓸모가 있게 하는 무용지용(無用之用)으로 미래 먹거리를 마련할 때다.

애환, 추억, 역사 전통의 맛을 창조

미국에서 지난 흑인 인권운동으로 1964년 노벨평화상을 수상한 마틴 루터 킹(Martin Luther King Jr., 1929~1968)은 1968년 "나는 하나의 꿈을 갖고 있습니다(I have a dream)."라는 마지막 연설을 하고 저격당했지만, 그 울분을 삭이지 못했던 흑인 사회는 과거 노예 시대의 애환, 추억 및 꿈을 담아서 남부 지역에서 '영혼음식(soul food)'을 만들어 먹기 시작했다. 영혼음식 대부분은 과거 노예 시대 i) 농장 주인들이 먹다가 버린 걸 주워 다시 요리한 음식(reused food)이었던 닭고기(내장, 날개, 다리, 간 등), 돼지고기(발, 내장, 껍데기) 등이며, ii) 가축용 사료로 연명했던 옥수수 혹은 고구마가 들어가는 콘브레드(corn bread), 허쉬퍼피(hush puppies), 코로케(croquette), 메기 튀김 등으로 애환을 달랬다. 추억을 되씹으면서 새로운 꿈을 만드는 영혼의 음식(soul food)으로 탄생되었다. 세계는 '애환의 맛(taste of sorrow)'에서 '추억과 고향의 맛(taste from memories and hometown)'으로, 다시 '전통과 역사의 맛(taste of tradition and history)'으로 최근에는 '영혼을 끌어내는 맛(soul-drawing taste)'으로까지 재탄생 작업(remixing)하고 있다.

1993년 미국에선 "보다 살기 좋은 세상을 만들자(Making the world a better place)!"라는 슬로건으로 과거 오랫동안 구전되어오던 스토리텔링을 모아서 책을 출판했으며, 최근에는, 애완동물 먹이, 텔레비전 및 영화제작 그리고 스마트기기의 응용프로그램을 제작하여 판매하는 회사명칭 '영혼을 위한 닭고기 수프(Chicken Soup for the Soul)'가 오늘날까지 영업을 하고 있다. 미국 사회에서는 '닭고기 수프(chicken soup)'이란 단어 속에는 '심심풀이 땅콩' 혹은 '밑져봐야 본전인데 먹어놓는 것이 득이다.'라는 의미를 갖고 있다. 그래서 CIA나 FBI 등의 정보기관에서는 언론기사에 난 정보도 첩보 보고서를 작성해서 보고하는데, 이를 두고 '닭고기 수프 작업(chicken-soup job)'이라 한다. 그러나 상대방의 영혼을 끌어내겠다고 하는 것이 '영혼을 위한 닭고기 수프(chicken soup for the soul)'다.

첫눈에 반해서 평생을 동반자로 살고 싶은 짝 '영끌이 짝(soul mate)'이라고 하며, 어떤 수를 써서라도 꼭 먹고 싶은 음식을 '영끌이 음식(soul food)'라는 표현이 자주 사용되고 있다. 최근엔 '영끌 세대(soul-drive generation)' 64 혹은 '영끌 대출(soul-driven loan)'이란 말이 우리 사회에서도 빈번히 등장하고 있다. 소울푸드(soul food)가 과연 있을까? 2020년 7월 8일 미국 스티븐 비건(Stephen Biegun) 국무부 부장관이 한국을 방문해 점심시간에 종로구 광화문 포시즌스호텔(Four Seasons Hotel) 인근'닭 한 마리 식당'에 들려서 닭 한 마리에다가 소주와 호박전으로 점심을 했다. 그는 이전부터 한국에 오면 이곳에서 식사를 하곤 했다. 주인은 아예 요리법을 메모해서 주었고, 미국 대사관 요리 팀에게 요리를 부탁해 먹었다. 국내 언론에서는 '한국 비건 소울푸드(Korea Biegun's Soul Food)'라는 용어를 사용해 보도했다.

지난 2005년부터 우리나라 업계에서 미국 식품시장에다가 삼계탕(蔘鷄湯, Ginseng Chicken Soup)을 수출하고자, 미국 FDA 기준과 미국 법제상 '공평성의 원칙' 혹은 '동등성 원칙(Billigkeitsprinzip)'이란 프로토콜에 적합하도록 노력한 결과 2015년에 통과했다. 2020년엔 미국과 캐나다시장에 방역식품(quarantine food)으로 김치와 같이 삼계탕 수출이 늘어나고 있다.

다른 한편 중국에서는 지난 2016년『태양의 후예』라는 한류드라마의 영상에 유시진(송중기 역)이 강모연(송혜교 역)에게 삼계탕을 만들어 주었다고 중국 관광객 8,000명이 방한하여 한몫에 소울푸드(soul food) 삼계탕 파티를 열었다. 이전 2013년『별에서 온 그대』라는 한류 드라마를 통해서 천송이(전지현)가 먹었던 치맥에 반했던 중국 관광객 2,000여 명이 한곳에 소울푸드(soul food) 치킨과 맥주로 치맥파티(chicken-beer party)를 열었다.

특히 대구시는 "대구는 닭을 조상신으로 여겨 숭배했던 신라의 김 씨 집단과도 친연성(親緣性)을 가진 지역이었으며, 대구의 옛 이름인 '달구벌

(達句伐)'의 옛 의미는 '닭의 벌판'을 뜻하기도 했다."[65]라고 한다. 지난 2013년부터 매월 7월에 5일간 ㈜대구시치맥산업협회와 대구시치맥축제조직위원회 주관으로 음악콘서트, 벼룩시장(flea market), 체험 활동 및 요리 경연 대회 등으로 대구 치맥 페스티벌(Daegu Chimac Festival)을 국제적 관광자원으로 정착시키고자 노력을 하고 있다. 2020년 지구촌을 덮었던 코로나19로 인해 중단하고 말았으나 각종 소울푸드를 대구시에서 만들어낸다면 '국제적 소울푸드 메카(global soul-food Mecca)'로 거듭날 수 있다.

현시점에서 대구가 갖고 있는 소울푸드자원(soul-food resources)으로는: i) 애환의 맛으로 임진왜란, 일제 병참기지, 6·25동란 등 관련 주먹밥 등의 전투 비상 음식(field-ration food), ii) 질환의 고초 맛으로 조선 시대의 홍역에서 천연두의 질환, 1946년 콜레라의 희생 및 2020년 코로나19 등 질환에 관한 김치, 동치미 등 방역음식(quarantine food)[66], iii) 가슴을 도리는 매운맛으로 일본 14연대의 의병장 100여 명 참수, 1946년 대구 폭동 사건, 상인동 대폭발 사고, 중앙역 대참사에 대한 추모 음식(Memorial Food), iv) 경신대기근(庚申大饑饉, 1670~1671) 등 천재지변에서도 연명했던 메밀묵, 고구마 음식, 갈분국수 등 구황음식(救荒飮食), v) 한반도 달구벌 분지로써 혹서와 혹한을 대응하는 달구벌 지역 특색이 담긴 보신탕, 대구탕, 떡볶기 등의 지역 기후 음식(local climate food), vi) 동짓날 세수 및 송구영신의 팥죽, 수수떡, 가래떡국 등 벽사음식(辟邪飮食, disaster-repellent food)과 소운음식(召運飮食, luck-bring food) 등이 있다. vi) 대구시의 부존자원인 약령시, 의료복합단지, 의료관광자원 및 뷰티산업을 종합한 뷰티음식(beauty food)과 약치음식(medical food)을 개발할 수 있는 풍요한 음식 문화 기반과 자원이 구비되어있다.

타 시도의 관광음식 자원 개발 경쟁

대구시는 지리적으로 한반도의 분지에 해당한다. 지정학적 위상에서는 외풍이 불어도 들어올 수 없는 외딴 섬(孤島)이다. 그러나 타 시도는 케이 팝(K-pop)의 여파를 몰아서 케이 푸드(K-food)의 열풍까지 몰아 이어가고자 지역 전통음식(local traditional food) 혹은 소울푸드 자원(soul food resources) 확충에 박차를 가하고 있다. 2013년부터 인천시, 의령군 등은 지역 전통음식의 관광 자원화를 위해서, 2016년부터 관광 자치도 제주도에서는 식치 기반(food-curing platform)의 전통 의료와 식품 종합개발을[67], 영주시에서는 식치 상품화[68], 대전시에선 한국한의학연구원을 중심으로 학회와 『승정원 일기(3,243책)』를 분석해서 식치 프로토콜(food-curing protocol)을 개발하고 있다[69].

물론 대구시에서는 의료관광 진흥 차원에서 뷰티산업을 살려보고자 뷰티푸드(beauty food)를 한때 생각한 적이 있다. 서울특별시는 노점상과 야시장을 접목한 코로나19 시대에 애환을 달래도록 광장시장(Gwangjang Market)을 개설해 많은 시민이 집콕 스트레스(home-stayed stress)를 달래고 있다. 지구촌의 코로나19가 어느 정도 진정된다면 '새로운 정상(new normal)'으로 다가올 것을 대비해서 대구시도 챙기고 준비해야 한다. 대구시는 이제는 버려야 한다. '누군가 빠질 때까지 돌다리만 두드리는 타성'에서 벗어나야 한다. 옛날 선인들이 말했듯이 "물 들어 온다. 배 띄워라(水入汎船)."의 지혜를 살려야 할 때다.

PART 2

–

뭘 어떻게
먹고 살아왔는가?

01

고고학과 유전자를 더듬어 선인들의 먹거리를

과학이란 더듬이(scientific antenna)로 선인들의 먹거리를

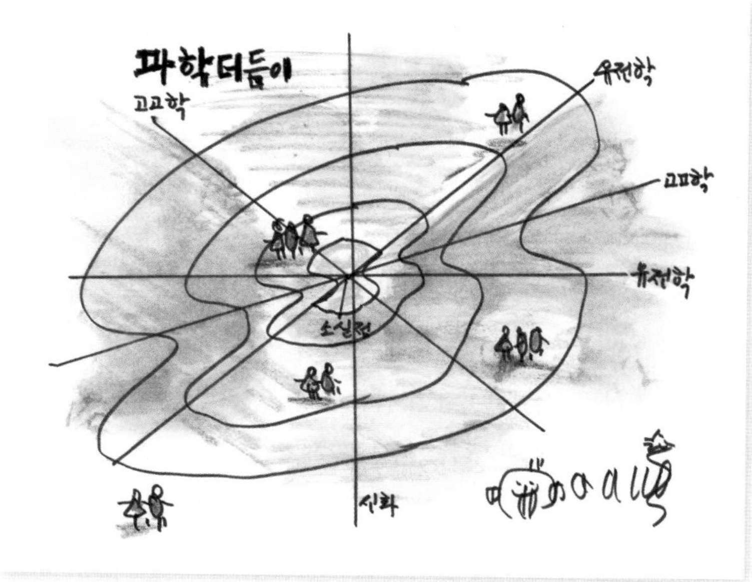

많은 곤충이 더듬이(촉각)로 시각을 대신해 사물을 파악하듯이 현존하지 않은 과거의 사실을 알아보기 위해 과학적 더듬이(scientific antenna)로 고고학(archaeology), 유전학(genetics) 및 신화(myth) 등을 통해 한반도에 살았던 선인들의 먹거리(eating)를 더듬어보고자 한다. 마치 AD 100~800년경 페루 남부해안 지역에 나스카 문화(Nasca culture)의 하나인 지상거대화(geoglyphs) 200여 점 작품들은 모두가 하나같이 작은 종이쪽지 그림을 소실점으로 해 원근법상의 연장선을 그어 거대화를 그렸다. 이런 선인들의 지혜를 살려 현존하는 먹거리를 기반으로 하고, 과학적 더듬이로 연장선을 거꾸로 이어 선조의 먹거리를 그려보고자 한다. 법률용어로 표현하면, '과학적인 연장선 위 실체적 진실(real fact in the scientific extension)'을 찾아본다.

이렇게 과학적 더듬이로 사용하는 고고학(archaeology)이란 '인류역사의 쓰레기통을 거꾸로 뒤집어 현존하는 사실에 연장선을 긋는 학문'이고, 유전학(genetics)은 '현존하는 인체의 실마리를 당겨 과거 혹은 미래(질병 예측 등)란 연결성을 짐작하는 학문'이다. 과거는 햇볕에 말리면 역사(history)가 되지만 달빛에 바래진다면 신화(myth)가 되었기[70]에 역사에 없는건 신화에서 찾을 수도 있다. 어떤 먹거리든 인체에 들어가면 물질적 특성은 유전자로 전승될 것이고, 에너지로 승화된 정신문화는 신화(神話)라는 발자국을 남긴다. 또한, 과거 먹거리의 쓰레기 혹은 분뇨 등이 어딘가 버려진 '인류역사의 쓰레기통(waste bin of human history)'에 남았기 때문이다. 고고학, 유전학 및 신화로 3차원 위상기하학 현미경을 만들어서 한반도에 살았던 선인들의 먹거리를 살펴보고, 온고지신(溫故知新)의 조견도(bird's-eye view)를 따라가며 미래 먹거리를 우리 같이 찾아본다.

조상의 유전자를 더듬어 한반도 정착까지 대장정(大長征)

지구촌에 인류의 출현은 BC 600만 년 이전 침팬지의 조상과 분리되었다는 진화론을 우리는 익혀왔고, 1924년 호주 인류학자 레이몬드 다트(Raymond Dart, 1893~1988)가 발견한 남아프리카 타웅(Taung, South Africa)에서 원숭이에서 진화된 최초 화석인류이며, 420만 년 이전 플라이오세에서 플라이스토세 초기(Late Pliocene and Early Pleistocene)에 살았던 인류가 오스트랄로피테쿠스(Australopithecus)다. 이어 230만 년부터 165만 년 이전 홍적세에 살았던 '손재주가 있는 사람(handy man)'이란 의미를 띤 호모 하빌리스(Homo habilis)다. 이들은 1964년 동아프리카 탄자니아 올두바이 협곡(Olduvai Gorge, Tanzania)에서 발견된 화석인류다.

그리고 200만 년 이전에 이베리언 반도(Península ibérica)에서 자바까지 걸쳐 살았던 '직립으로 보행(upright man)'했다는 의미를 지닌 호모 에렉투스(Homo erectus)로 진화하면서 먹거리를 찾아서 이동하기 시작했다. 최근 유전학이 발전함에 따라 먹은 음식을 통해서 유전자가 형성되어있다고 생각하며, 언어소통(말)을 할 수 있는 POX2 유전자(POX2 Organism, Acyl-coenzyme A oxidase 2)를 더듬어볼 수 있다. 언어소통은 18만 년 전에 호모 사피엔스(Homo sapiens)가 출현한 뒤였다. 그들은 10만 년 전에 아프리카의 사막화를 인지하고 먹거리를 찾아 지구촌 이동을 시작했고, 서로 끊임없이 의사소통을 통해서 세계인류학에서는 3만 년 전까지의 지구촌 전체에 분산 거주했다고 추정한다. 따라서 한반도에서도 3만 년 이전에 선인들이 살았다고 짐작된다.

인류학에서 인류 조상에 대해서 화석인류의 두개골 화석과 현생인류의 외모를 비교해서 조상을 달리한다는 학설을 내놓았다. 그러나 1980년대 영국 고인류학자(paleo-anthropology) 크리스토퍼 스트링거(Christopher Stringer, 1947년생)와 미국 앨런 윌슨(Allan Charles Wilson, 1934~1991)[71]가 두개골 화석 비교와 분자유전학의 분자시계(molecular clock)를 분석한 결론은 i) 현대 인류가 15만 년 전 동아프리카의 사바나지역에서 돌연변이가 발생, ii) 이들 후손이 세계 각지로 이주해 모든 인류의 조상이 되었다는 '노아의 방주이론(Out of Africa theory)'을 내놓았다[72]. 이 학설에 따르면 호모 에렉투스, 네안데르탈인은 현생인류(크로마뇽인)에 의해 대체 사라진 것이란 사실이 윌슨(A. C. Wilson)이 미토콘드리아 DNA를 분석해 얻은 결론에 부합되어 정설로 대두되었다.

우리 조상님들도 "효자는 효자를 낳고(孝子出孝子), 불효자는 불효자를 낳는다. 믿지 못한다면 처맛물이 떨어짐을 봐라, 한 방울도 여차가 없다."[73] 라고 가르쳤으며, "삼밭에 다북쑥은 붙들어 매지 않아도 곧게 자란다(蓬生麻中,不扶自直)."라고 믿었다.[74] 마치 기계의 설계도처럼 맞물려 돌아가는 톱니바퀴(攝理)로 인식했다. 이를 두고 부전자전(父傳子傳) 혹은 모전여전(母傳女傳)이라고 했다. 유전자는 부모로부터 이어받는 것이고, 먹는 음식이나 환경으로 영향을 받는 문화적 유전자(meme)라는 뭔가로 알았다.

오늘날 과학에서는 유전자 DNA 혹은 RNA는 5가지 핵산인 i) 사이토신(cytosine, $C_4H_5N_3O$), ii) 유라실(Uracil, $C_4H_4N_2O$), iii) 구아닌(Guanine, $C_5H_5N_5O$), iv) 아데닌(Adenine, $C_5H_5N_5$), v) 티민(Thymine, $C_5H_4N_2O_2$) 등으로 형성되어있다. 이들은 대부분 우리가 매일 섭취하는 당(sugar)과 인산(phosphate)으로 조성되었다. 그래서 후성유전학(epi-genetics)[75]을 제창한 모셰 스지프(Moshe Szyf, 1955년생)[76]는 음식을 통해 경험과 환경을 영상필름처럼 기록되어 3대까지 전달된다고 주장하고 있다.[77]

따라서 이렇게 이어온 유전자의 연장선을 그어본다면, 최근 우리나라

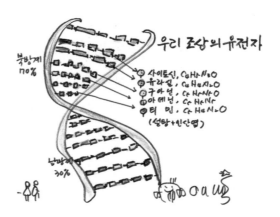

의 유전학 연구에선 서울대학교 이홍규(Hong Kyu Lee)는 당뇨병 유전자 비교연구에서 한국인의 70%가량은 강한 북방계 유전자와 약한 남방계 유전자를 30% 정도를 갖고 있다고 밝혔다.[78] 또한, 단국대학교 김욱(Wook Kim, 생물학자, 부총장)은 Y염색체의 유전적 특이성을 비교유전학으로 동남아인의 유전자는 20~30%가량이며, 8000~9000년 전의 동남아인의 한반도 유입과 3~4,000년 이전 농경문화의 유입과 맥락에 일치했다. 여기서 Y염색체는 부계유전(Adam's gene), 미토콘드리아는 모계유전(Eve's gene)이기에 한민족의 기원을 밝힐 수 있을 것으로 본다.[79]

주먹도끼를 들고 한반도에 이주

오늘날 잠비아(Zambia)와 짐바브웨(Zimbabwe)의 국경 지역에 있는 빅토리아 폭포(Victoria Falls)의 물이 우간다(Uganda)에서 모여 나일강 원류를 형성해 동북부 아프리카를

흘려서 최초로 지구촌에 출현한 인류가 비교적 평온하고 풍요롭게 수렵과 채취하면서 삶을 유지할 수 있었다. 그러다가 사하라(Sahara) 지역은 모래로 뒤덮여서 사막화가 확대되었고, 삶에 먹거리의 부족함으로 인한 치열한 경쟁뿐만 아니라 목숨을 내놓은 싸움까지 빈발하자 보다 평화로운 희망의 땅을 찾아 10만 년 이전에 아프리카를 떠났다.

성경의 표현을 빌리면, 인류 최초 풍요의 근원을 앗아간 재앙(The Plague of Blood)인 나일 강물을 피로 물들였던 것이다.[80] 비교적 풍요로운 메소포타미아(Mesopotamia) 평원으로 옮겼으며, 그곳마저 사막화가 진행되어 있었고, 258만 년 전부터 계속되었던 플라이스토세(Pleistocene) 지질시대의 홍적세(洪績世) 빙하기(Ice Age)에 접어들었다. 다시 알타이 평원(Altai plateau)의 오로젠시스 벨트(Orogenesis belt), 즉 이스트 사야산맥(Altai East Sayan Mts)과 바이칼 호수로 이동을 계속했다. 이때는 BC 12,000년에서 BC 8,000년경으로 세석기(細石器, microlith)를 사용했다. 우리의 조상들은 20,000년 전후 혹한기를 피해 가족들과 다시 한반도(Korea Peninsula)로 이동했다.

대세를 보면, 한반도엔 세석기(microlith) 혹은 잔석기[81]가 발굴된 건, 1991년 홍천군 북명면 하화계리에서 흑요석, 수정, 판암, 석영 등으로 출토되었다. 이뿐만 아니라 함경북도 나선시 굴포리 서포항, 충청남도 공주시 석장리, 충북 단양군 도담리, 전남 순천시 송광면 신평리(新坪里), 경남 거창군 남상면 임불리(南上面 任佛里), 제주시 한경면 고사리 등에서도 세석기 시대 유물들이 출토되었다.

그러나 우리나라의 고고학적 주요 유물은 세석기 이전이다. 1978년 1월 20일 주한미군 제2 보병사단(U.S. Army's 2nd Infantry Division) 상병(senior airman)이었던 그레그 보웬(Greg L. Bowen, 1952~2009)[82]은 인디애나대학교

(University of Indiana, Bloomington)에서 고고학을 전공하고 있었으며, 학비 보조를 받고자 주한미군에 근무했던 참이었다. 그날 연천군 전곡리 한탄강변에서 여자 친구(한국인, Sang-Mee Lee)와 걷고 있는데 포장하고 있는 도로 옆으로 도자기 파편과 숯덩이가 삐죽하게 얼굴을 내밀고 있었다. 늘 머릿속에 아슐리안형 주먹도끼(Acheulean Hand-axe)[83]가 각인되어있었는데 호기심이 발동되어 주변을 살폈다. 한참 동안 주변 조사를 마치고, 배낭을 내려놓고 물을 끓이려고 돌을 찾으러 갔다가, 이상한 돌 하나에 고고학적으로 의미가 있다는 생각이 꽂혀 돌도끼로 인식했다. 인근을 샅샅이 뒤져 3개의 손도끼(hand-axe)와 1개의 땅 긁개(scraper)를 주웠다. 이를 서울대학교 고고학자 김원룡(金元龍, 1922~1993)[84]을 통해 고고학회에 논문을 제출하였으며, 애리조나대학에서 고고학 석사학위를 받았다. 아슐리안형 주먹도끼(Acheulean Hand-axe)[85]와 동시대인 구석기시대 가운데 전기 구석기시대(Lower Paleolithic Period)의 주먹도끼로 인정을 받았다.

일반적으로 구석기시대는 250만 년 전부터 마지막 간빙기(間氷期)가 시작되는 1만 년까지로 보고 있다. 고고학에서는 세분하여 250만 년 전부터 10만 년 전까지를 전기 구석기시대(Lower Paleolithic Period), 10만 년에서 4만 년까지를 중기 구석기시대(Middle Paleolithic Period), 그리고 4만 년 전에서 1만 년까지를 후기 구석기시대(Late Paleolithic Period)로 나눈다. 1948년 하버드대학교 고고학자(Harvard University archaeologist) 모비우스(Hallan L. Movius, 1907~1987)[86]는 아슐레안형 손도끼를 i) 아프리카 직립원인에 의해서 사용했던 것으로 봐서 150만 년 전으로 소급, ii) 유럽이나 아프리카에만 있고, 동아시아는 없다는 '모비우스 가설(Movius Line)'[87]로 내놓았고, 그 가설은 30년간 정설로 유지되었다. 전곡리의 주먹도끼 출토에 따른 돌멩이 토층 분석으로 27만 년 전으로 판정됨으로써 모비우스 라인은 무너지고 말았다.

　이렇게 한반도에 살았던 선인들은 주먹도끼(hand-axe)부터 세석기(mi-crolith)를 사용했음으로 수렵과 채취라는 활동을 통해서 자연적으로 생육된 거친 먹거리를 마련했다. 나무나 풀의 열매를 채취하는 것은 물론이고, 주먹도끼로 동물을 사냥했다. 나아가 세석기를 사용했을 때는 동물 사체 해체해서 불에 구워 먹었다. 또한, 땅 긁개(scraper)를 사용해 땅속의 식물 뿌리를 채취했기에 마(麻), 감자(舊), 무 등의 식재료들 취재해 식재료로 사용했다. 아직까지는 거주민이 적어서 가족 단위로 야생동물의 사육이나 농작물의 경작은 하지 않아도 평온하게 살 수 있었다. 1983년에 발견된 충북도 청주군 가덕면 노현리 시남부락의 두루봉 김흥수(金興洙)의 석회석 채굴 동굴에서 발견된 4만 년 전에 생존한 것으로 추정되는 신장 110~120cm 정도 5~6세의 '흥수아이'가 국화꽃에 덮인 온전한 상태의 화석으로 발견되었다. 외모상 현대인 우리와 같은 호모사피언스((Modern Homo Sapiens)다.

02

한국은 벼농사 기원국이고,
숟가락 종주국이다

모두가 한국이라고 하는데, 우리만 아니다

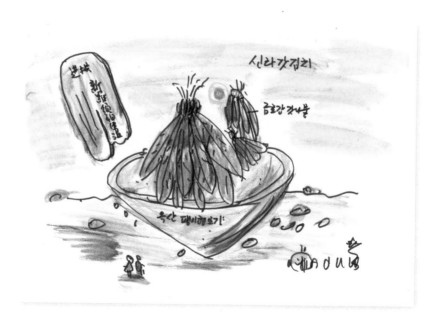

지난해 중국 우한(武漢)의 코로나19(COVID19)로 인해 지구촌은 팬데믹(Pandemic)이란 늪에 빠져서 허덕이고 있다. 그런데도 한국은 잽싸게 테스트 키트, 드라이 스루(워크 스루) 진단시설, 스마트 추적프로그램 등으로 철통같이 방역했다. 미국, 영국, 프랑스, 독일 등 유럽 선진국이 갈팡질팡하는데도 K-방역(Quarantine)을 차분하게 착착 과시했으며, 해외 언론은 연일 한국 방역의 우수성을 칭송했다. 그러나 우리만은 주요 언론을 통해 '일본에 비해'라는 겸손의 차원을 넘어 자기비하에 빠졌다. 이런 사실이 고고학적인 사실에서도 드러나고 있다. 모두가 '한국이 기원국(起源國)'이라는 데도 우리나라만은 중국이 기원이다. 대표적인 사례가 숙성김치는 신라 갓김치에 기원하고 있음에도 한국 사람만이 중국의 오이저리기(熟菹)가 기원이라고 한다.

　　특히 대구는 갓김치의 본향임에도 김치박물관과 김치축제는 무관한 광주와 서울에서 김치 기원을 탈취했다는 사실조차 인식도 못 하고 있다. 대구 옛 속담에 "동네 점바치 용한 줄 모른다."라는 말을 할머니로부터 빈번히 들었다. 넉살 좋은 시골 친구 녀석은 "다른 사람은 다 알고 있는데 자기만 모르고 있는 건, 선거에 분명히 떨어지는데 후보자만이 된다고 한다. 모두가 누구 마누라 바람났다고 다 아는데 그 남편만은 모른다."라고 했다.

　　이런 지나친 겸손현상이 우리 사회 전반에 만연하고 있다. 그 가운데 고고학에서 한반도를 기원국(起源國)으로 하고 있는 벼농사, 콩 및 숟가락(飯匙)이란 역사적 유물이 출토되었거나 중국 역사기록, 뿐만 외국 고고학 교과서에까지 등재되어있는데도 한국인만이 '우리 아니고 중국'이라고 아직도 사대도리(事大道理)를 다하고 있다. 최근에는 1940년대 '황국신민의 서약(皇國臣民の誓約)'을 했던 후손답게 "(2019 경제보복 수출규제임에도) 무조건 일본에 사과하라."라는 일본사대(日本事大)까지 챙기고 있다. 일본인들이 한글을 만들어서 한반도에 가르쳐주었다니[88], 한글 창조는 일본 신대문자를 그대로 모방, 고대 한반도 남부는 일본어를 사용했다니 등 일본 역사 왜곡을 신봉하는 사람들도 상당히 많다.[89]

세계 최초 벼농사는 한반도에서 시작했다

벼 재배에 대한 이제까지 기원의 정설은 6,500년 전에 많은 지역에서 동시다발적으로 재배했다. 오늘날 벼의 재배는 4,000~5,000년 전 인도 갠지스(Ganges) 강 유역, 북부 미얀마, 타이, 라오스 혹은 중국 남부지역에서 시작되었고, 한반도에는 이후에 쿠릴해류(Kurile Current, 親潮海流)

를 타고 이주해온 동남아인에 의해서 전파된 것으로 봤다. 혹은 중국으로부터 벼농사 기술이 유입된 것으로 농학자와 역사학자들의 일치된 견해는 동남아인이주설(東南亞人移住說)이었다. 이 학설에 따르면, 밭벼농사(dry-land cultivation)는 우리나라에서 BC 3,500년경[90] 재배되었고, 일본은 BC 1,200년경에[91], 특히 논농사는 BC 300년경 야요이 시대(弥生 時代) 전해졌다.

중동이나 지중해지방에서도 BC 800년경, 스페인에는 무어인(Moors)이 AD 700년 점령 때 가져왔다. 아프리카 재배종은 3,500년 동안 경작되어 왔다. 이에 비해 BC 1,500년에 나이저 강 삼각주(Niger-River Delta)로부터 세네갈(Senegal)로 전파, AD 7세기와 11세기에 아프리카 동부해안에서도 경작되었다. 중국에서 벼 재배는 BC 5세기 혹은 BC 11세기 전후, 중국 남쪽으로 확산되었다는 '남부확산경로(southern diffusion route)' 학설이 정설이었으나, 최근 여지없이 부인되었다.[92] 대략 9,000년 전 중국과 인도의 야생 벼의 근접 관계성이 컴퓨터 알고리즘 '분자시계(molecular clock)' 기법으로 밝혀졌다.[93]

우리나라에 최근 고고학적인 유물이 연이어 출토됨에 따라, 1990년 7월 경기도 금포군 통진면의 탄화미(炭化米)에서는 BC 2,100년경, 1987년 경기도 고양군 일산읍(가와리) 신석기 토층에서는 12톨의 볍씨를 미국 베타연구소 방사성탄소연도측정(radiocarbon dating) 결과 5,020년 전으로[94, 95] 측정 결과가 나와 BC 2,300년경으로 추정되었다. 1994년 충북 옥산면 소로리 구석기 유적에선 방사선탄소연대 측정으로 13,000~16,000년 전으로 추정되는 볍씨 11톨이 출토되었다. 이로 인해 2016년 국제고고학에서 벼농사의 기원을 한국으로 규정했으며[96], 13,000년 전까지 소급해 세계적 고고학 교과서로 사용하는 『고고학 개론서(Archaeology: theories, methods and practice)』[97] 한반도 기원을 못 박고 있다. 우리나라는 벼농사의 긍지를 살려서 지난 1972년부터 한국은행에서는 50원짜리 동전에 벼 이삭을 도안해 '논벼농사의 기원지(Origin of rice farming)'[98]가 한국임을 기념했다.

동양 경국제민(經國濟民)의 사상에서는 벼농사는 먹거리 생산에서 거대한 변혁을 초래했다. 경제·사회적 의미에서는 i) 먹거리 생산성의 제고, ii) 출산 비율 폭증, iii) 고대국가 건설의 기반과 재정 확충, iv) 의식주의 동반 성장을 촉진했다. 왜냐하면, 벼는 당시 사람들은 평균적 1,008배가량의 산출을 얻는다고 믿었기에 벼 화(禾)를 1,008(千八)을 의미하는 벼 화(禾)

로 창작했다. 볍씨를 뿌려서 벼를 추수하고 찧어 쌀(rice)을 만드는 과정에서 일손이 88번가량 간다는 의미에서 88(八+八)로 쌀 미(米)자를 만들었다. 다른 한편으로 벼농사는 일반적으로 88배 정도 소출을 본다고 믿었기에, 오늘날 승수효과로 표시하면 생산 창출 효과를 $(88)^n$으로 추산할 정도 먹거리 생산에 변혁을 초래했다.

식물 생산을 통해서 경제적 소출을 계산했던 생각은 BC 600년경 관중(管仲)의 『관자(管子)』라는 책에서 시작했으며, 특히 경제전쟁론과 화폐계량설의 원조가 되었다. "한 해 농사는 곡식 경작이 최고, 10년 농사는 수목 재배, 100년 농사는 인간교육이다(一年之計莫, 如樹穀. 十年之計, 莫如樹木. 終身之計, 莫如樹人)."[99]라는 표현에서 오늘날 계량경제학이 잉태되었다. 이 구절을 케인즈의 승수이론으로 풀이하면 곡식 경작은 한 해 1,008배, 수목 재배(木=十八)는 $(18)^{10}$까지, 인간교육(人=八=∞)은 국가를 번창시키는 건 $(∞)^{100}$까지도 가능하다고 봤다.

숟가락의 종주국은 한국이다

일반적으로 숟가락에 대해서, BC 16세기와 12세기에 있었던 중국 상나라의 탕츠(湯匙)가 기원이라고 믿어왔다. 중국의 기록은 살펴보면 숟가락(匙)은 고기나 음식을 칼(비수)에 꽂아서 구워서 먹었다(所以用匕取飯)는 형상을 글자로 만들었다는 후한의 허신(許

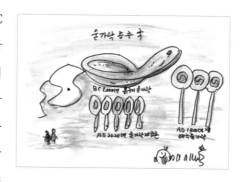

慎, AD 58~148)이 AD 120년경 저술한 『설문해자(說文解字)』에서 설명했다.

진수(陳壽:AD 233~297)의 저서 『삼국지(三國志)』에서도 "많은 숫자의 병장에 대해 놀라면서 선주께서 밥을 먹다가 그만 숟가락을 놓쳤다(先主方食 失匕箸)."[100]라는 기록이 있고, 양제선(楊齊宣)[101]의 『진서음의(晉書音義)』에서도 "북방 사람들은 비수를 갖고 숟가락으로 사용하기에 비수(匕)를 숟가락(匙)이라(北方人名匕曰匙)고 했다."[102] 또한, AD 648년에 저술된 『진서(晉書)』에서는 "밥 한 그릇에다가 두 개 숟가락을 놓았다(一杯食 有兩匙)."라는 표현이 있다.

서양에서 기원은 BC 17,000년부터 BC 12,000년까지 구석기 후기 마들렌(Magdalenian)기(期)의 순록 뿔로 된 숟가락(Spoon engraved in reindeer antler, Magdalenian)이 발굴되었다. AD 4~5세기경의 혹센 보물(Hoxne hoard)에서 로마식 숟가락이 발굴, 중국은 기원전 5,000년경 국자형 뼈 숟가락이(骨湯匙, tāngchí) 출토, 일본에서는 '떨어진 연꽃의 낱장(散蓮花个)'을 디자인한 치리렌게(散蓮華,ちりれんげ)[103]를 오늘날까지 사용하고 있다.

우리나라는 벼농사가 중국보다 앞서 재배해 왔기에 젓가락으로는 불가능한 낱알 밥을 떠먹기 위해서라도 밥숟가락(飯匙) 만들어야 했다. 문헌 기록상으로는 AD 314년 이전 낙랑 분묘의 숟가락, 고구려 4세기 말부터 5세기 초 환인오녀산성(桓仁五女山城)에 숟가락과 젓가락, 웅기 굴포리 서포항 유적으로 뼈 피리와 뼈 숟가락, 북한 나선 유현동 초도 유적에서도 뼈 숟가락(骨匙), 신라 6세기 후반 금관총(金冠塚)의 청동숟가락(靑銅匙), 백제 무령왕(武寧王, 재위 501~524)릉의 청동젓가락(靑銅箸)이 출토되었다. 숟가락이 일반적으로 사용된 시기 고려 중기로 보고, 1960년대 시골에서는 아녀자와 어린아이들은 숟가락만으로도 식사를 했다.[104]

그러나 1967년 서울대학교와 대학박물관이 연합발굴을 시작했던 서울 강동구 암사동(巖寺洞遺蹟)은 1971년부터 1975년까지 4차례나 발굴을 했다. 그 가운데 제8호 거주지에서 흙으로 만들어 구운 숟가락이 출토되었다. 이를 방사성연도측정(radiometric dating)을 한 결과 제작연대가 BC 5,000년까지 소급이 가능하게 되었다. 이런 고고학적 유물로 고고학계에서는 자연스럽게 숟가락의 종주국(宗主國)이 한반도로 굳어지게 되었다.

우리나라 숟가락엔 우주 만물의 생성 기운의 원천인 태양(음양태극)의 상징성(원형)을 담고 있다. 태양과 달의 둥근 모양을 본떠 만든 태극숟가락(太極匙)[105]이다. 사실, 실용성에서 둥근 모양이 되었다. 즉 피, 조조, 벼 등의 알곡음식을 어떤 방향에서든 떠먹기에 편리하기 때문이다. 조선 시대에 들어와서 숭유문화의 의미를 부여하고자 주역(周易)의 음양오행(陰陽五行)을 원용해 '태극숟가락과 팔괘젓가락(太極匙八掛箸)'을 제작 사용했다. 선비들은 수저에 한정하지 않고 서원과 가옥의 대문에도 태극문양을 넣었다.

최근 『YTN 사이언스』에서, "중국에서 기원했던 숟가락이 중국과 일본에서는 사라졌으나, 한국에서만 유일하게 남아있는 이유로 조선시대 유교 숭상 문화에 기안하고 있다." 방영했다. 그 제시된 근거로는 『주자가례(朱子家禮)』에 있는 "숟가락은 밥에 꽂고, 젓가락은 바로 놓는다(揷匙正著).[106]" 등의 정통 예의로 동방예의지국(東方禮儀之國)을 만들고자 했던 옹고집이었다.[107]

영국인 피터 안토니 모트(Peter Anthony Motteux, 1663~1718)의 번역 소설 『돈키호테(Don Quixote)』에서 "여보, 반짝인다고 모두 황금은 아니에요. 모든 사람이 은제숟가락을 입에 물고 태어나지 않았다고요('tis not all gold that glitters and every man was not born with a silver spoon in his mouth)."라는 구절에서 유래한 서양 속담인 "은수저를 입에 물고 태어나다(born with a silver spoon in his mouth)."라는 구절이 우리들에게도 회자(膾炙)하고 있다.

유사한 사례론 1970년대 중국에서는 공무원과 같은 안정직종을 철밥통(鐵飯碗)[108], 보다 안정성이 적은 직종을 나무밥통(木飯碗), 임시직종을 유리밥통(琉璃飯碗) 등으로 직장을 구분한 적이 있었다. 중국 운남성여강(雲南省麗江)의 옥용설산박물관(玉龍雪山博物館)에 「내일은 뭘 먹을까(明天吃什麼)?」라는 숟가락 예술작품(飯匙藝術作品)을 전시하고 있다. 주제는 자연환경의 파괴로 숟가락이 점점 작아짐을 실감할 수 있게 목재작품으로 만들었다. 이젠 우리나라는 숟가락의 종주국답게 숟가락 작품도 창작되어야 한다.

어릴 때 시골에서 동네에 누군가 죽었다면 "밥숟가락 사요나라(さょうなら), 부타노카꾸니(豚の角煮) 시마시다(終しました)."라는 일본말을 무슨 의미인 줄도 모르고 어른들의 말을 따라 했다. 숟가락을 들다(시작했다). 차려진 밥상에 숟가락을 얹다(무임승차하다). 패랭이에 숟가락 꽂고 산다(구걸하고 있다) 등으로 다양한 표현이 존재했다. 최근 우리나라는 숟가락의 종주

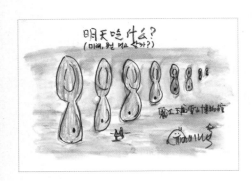

국답게 2015년 금수저 혹은 흙수저라는 현실감각을 살려 '숟가락계급론(spoon class theory)'을 창조했다.[109] 즉 소득과 재산의 순위에서 상위 1%의 금 숟가락(gold spoon), 상위 3% 이내의 은 숟가락(silver spoon), 상위 10% 구리 숟가락(bronze spoon), 연 소득 5만에서 10만 달러의 나무 숟가락(wooden spoon), 연 소득 5만 달러 이내 플라스틱 숟가락(plastic spoon) 및 2만 달러 이하의 흙 숟가락(dirt spoon)로 구분하고 있다.

03

김치의 본향은 바로 달구벌이다

인류 최초 음식의 짠맛, 소금

옛날 시골에서 간수(bittern)를 구할 수 없을 땐 두부 혹은 치즈를 만들기 위해 붉나무(Japanese sumac)의 흰색 열매, 엉겅퀴 꽃, 함초(鹹草), 광나무 잎, 갈대 뿌리 등에서 소금을 정제해서 사용했다. 붉나무 열매엔 칼륨염이 많아서 간수 대용으로 사용했기에 염부목(鹽膚木)이라고 불렀다. 잎에 붙어있는 벌레집(五倍子)마저도 탄닌산(tannin acid, C76H52O46) 성분이 많아서 입안이 터진 데 혹은 갈색염료(褐色染料)로, 잎이나 껍질은 타박상이나 멍든 데를 치료하는 소염진통제(散瘀止血)로 사용했다. 그래서 전쟁이 잦은 성벽이나 환자가 빈발하는 가정에는 붉나무(bittern)를 응급상비약(emergency medicine)으로 심었다.

이렇게 민간상비약으로 심었던 나무로는 제주도의 민가엔 비파나무이고, 귀양살이하는 양반들에겐 자결용 유도화(柳桃花)와 초오(草烏, 일명 투구꽃), 우리나라 전체에선 붉나무(apanese sumac)와 느릅나무(Japanese Elm)

였다. 외국의 사례론 터키 뽕나무와 산자나무(沙棘, 일명 비타민나무), 그리스 버드나무(일명 아스피린나무), 남미 모기학질(瘧疾)을 대비한 소태나무(quinine tree)를 심었다.

지금 생각해도 소금은 식물을 고사시킨다고 알고 있으나 오히려 소금을 흡수해서 생존에 이용하는 식물이 있다. 이뿐만 아니라 초식동물(her-bivores)에게는 i) 초식(草食)으로 미네랄 소금이 늘 부족했고, ii) 초식의 칼륨성분이 본능적으로 나트륨 흡수를 초래했다. iii) 아프리카 등지에선 코끼리, 산양 등의 대이동에는 나트륨과 물을 찾아 이동했다. 인간도 식물이나 동물처럼 소금을 생명체의 유지를 위해서 찾았다.

소금은 바다에서만 나온다고 생각했다. 사실은 암석에서 나와서 물에 녹아 물이 모여드는 바다에 집결되었다. 태양에 수분 증발로 소금 결정이 만들어졌다. 생명체에 있어 소금은 생사를 갈랐다. 식물이나 미생물에게는 삼투압 혹은 미량동효과(oligo-dynamic effect)로 인해 살균 혹은 고사시키지만 곤충 이상의 동물에겐 쓸개즙, 이자액, 장액 등의 소화액을 생성했다. 또한, 근육세포에서 칼륨과 상호견제 펌프작용(Sodium & Potassium Pumps)으로 삼투압 현상의 균형(항상성) 유지, 타액(唾液)의 아밀레이스(amylase)효소와 염소로 위산이 만들어진다. 나트륨의 이온화로 신경 물질의 정보 전달, 심장박동 및 혈압 조정 등으로 생명체 유지에 핵심적 역할(pivot role)을 하는 무기물질이다.

기원전 수만 년 전부터 인간보다 산양, 코끼리 등 동물들이 먼저 바위를 핥아서 소금을 섭취했다. 서양에서 BC 5,400년경 불가리아 솔니차타(Solnitsata) 소금광산을 운영하여 발칸반도에 소금을 공급했으며, 솔니차타(Solnitsata)라는 지명은 '소금 채굴(salt work)'이란 의미다. 독일 잘자흐(Salzach)란 강명(江名)은 '소금 강(salt rive)'이며, 잘츠부르크(Salzburg)란 지명은 '소금 성(salt castle)'이다. 로마제국의 용병들에게 소금을 급여로 공급했던 이집트 나트룬 계곡(Wadi el-Natrun)에서 소금이 나트륨으로 명명되었다. 대영제국도 남부 켄트지역의 샌드위치(Sandwich) 혹은 노리치(Norwich) 등에서 소금산지를 '위치(wich)'라고 했다.

　기독교에서는 소금은 정화 의식, 축복 의미, 부패 방지, 역할 분담 다하기 등의 의미를 가졌으며, 심지어 요르단 강 서안 3,000년의 역사를 가졌던 고성(古城) 예리고(Jericho)가 물산이 줄고 인심이 나빠서 인구가 빠져나가고 있는 문제점을 지도자 엘리사(Elisha)는 '소금 한 사발(a salt bowl)'로 치유했다.[110] 인간의 음식에서 가장 오래된 조미료이자 방부제는 바로 소금이었다. 해수에 3.5%의 염분이 있었기에 인류는 BC 6,000년경부터 봄철 해수를 끓여서 생산했으며 대부분이 식용이었다. 그러나 오늘날은 합성염소, 플라스틱, 제지 및 기타 가공생산에 대부분 사용되며, 식용은 겨우 6% 정도에 지나지 않는다.

　동양에선 중국 산서성(山西省) 운성시(運城市) 해지(海池, Xiechi Lake)의 수면에서 BC 6,000년경 소금을 수확했다. 이전 동유럽의 전(前) 쿠쿠테니 문화의 신석기 시대(Neolithic people of the Precucuteni Culture) 유물에서 BC 6,050년에 해수를 끓여서 소금을 생산했다는 사실을 말하는 유물이 발견되었다. BC 2,800년경에 이집트에서 소금을 페니키아인과 레바논 백향목(cedar), 유리 및 보라색 염료(dye purple) 등을 교역했다는 기록도 남아있다.

숙성 김치(Matured Kimchi)[111]는 신라 갓김치에서

산면이 바다로 싸여있는 한반도는 풍부한 소금생산으로 BC 6,000년

경 중국 내륙보다도 더 일찍 소금을 생산·이용했다. 고구려 제15대 미천왕(美川王, 재위 기간 300~331)은 평안남도 비류강(沸流江)을 중심으로 소금을 판매하면서 정보와 재정을 장악한 뒤 국왕이 되었고, 죽어서도 어머니 품과 같은 미천강변(美川江邊) 언덕에 잠들어 있다고 『삼국사기』는 적고 있다. 한반도 해안지역에서는 소금을 이용한 내륙보다 먼저 새우젓, 명란젓 등의 염장식품, 겨울용 김장김치를 만들어 먹었다. 기록상으로 『삼국사기(三國史記)』에선 683년에 된장, 김치, 술과 같은 발효식품을 만들어 예물로 사용했다는 기록이 있다.[112] 중국 사천지역에선 1,500년 전부터 소금 혹은 식초 등으로 부추 절림(韮菹) 등의 절이기 음식(菹)을 만들어 먹었다. 중국 문헌상에서도 한반도는 삼국시대부터 시작되었다.[113]

고대국가 시대 달구벌은 삼한 시대부터 삼국시대까지 강력한 국가세력은 형성하지 못했으나 세력 간의 균형추로 역할을 했기에 결과론적으로는 '현실 안주의 독배'였지만 주변 국가로부터 왕관을 받았고 왕족으로 대우를 받아왔다. 그래서 오늘날 다른 지역보다 왕관이 더 많이 출토되고 있다. 1923년 오늘날 동산병원 뒤 서문시장 터 천왕당지(天王堂池) 매립 시 제27호 고분 제1석실에서 높이 30.9cm, 둘레 18cm의 정식금동왕관과 23cm, 높이 18cm 둘레 약식왕관 발굴되었다. 자작나무 가지와 잎을 디자인한 출자영락왕관(出字瓔珞王冠)이었다.[114] 이런 전략적 요충지인 AD 261(沾解王 15)년 2월 달구벌에 달성(達伐城)을 축성해 나마극종(奈麻克宗)을 사령관으로 대가야정벌(방어) 전초기지에 파견했다.[115] 토착 귀족들의 음식 대접과 가야 혹은 백제에서 귀순하는 인사를 위해 첨단 초소였던 현풍(玄風)에다가 AD 505(智證王 6)년 11월에 석빙고설치와 담당 부서 빙고전(氷庫典)[116]을 파견했다.

사실, 석빙고는 BC 100년 이전에 오늘날 이란 수도 케르만(Kerman) 등지엔 제빙과 저빙 시설인 모아예디(moayedi)를 설치해서 이용하고 있었다. 신라 비단장수들이 이것을 신라에 도입하여 AD 27년(弩禮王) 왕도(王都) 반월성(경주 인왕동 387의 1번지)에 화강암 반원형구조의 석빙고를 설치했다. AD 500년부터 514년까지 재위한 지증왕은 대가야 평정 전초기지 i) 현풍을 현청(縣廳) 수준으로 승격, ii) 귀빈 접대용 갓김치 등을 상시 비축할 현풍 석빙고를 만들었고, iii) 빙고전 관리를 파견하여 운영·관리를 했다. iii) 곧바로 합천야로(陜川冶爐)로부터 밀수한 덩이쇠(鐵釘)로 첨단무기를 만드는 세칭 무기 제조창(論武工廠)인 '논공(論工, Weapon Technology Complex)'을 비밀리 설치했다. 이에 진흥왕(재위 540~576)은 이곳에다가 삼량벌정(參良火停)[117]이란 정예부대 병정 1만여 명을 배치했다.

신라 시대 달구벌 사람들이 숙성 갓김치를 만들어 먹었다는 고고학적인 유물로 1995년 지산동 유적발굴에서 옥산 신라토기 가마터(玉山新羅土器窯)에서 6세기경 제작된 팽이형 토기가 출토되었다. 팽이형 토기는 다른 지역에선 땅에 묻어 각종 씨앗(종자)을 저장했지만, 달구벌 사람들은 이를 이용해 갓김치를 숙성시켜 발효음식 문화를 창조했다. 이런 특이한 숙성 김치는 7세기 이후 일본으로 신라김치라는 이름으로 보내졌다. 그런 역사적 기록은 동대사(東大寺) 정창원(正倉院)의 고문서로 현재까지 남아있다. 즉 신라에서 수수보리 김치(須須保里菹)"[118]를 일본에 보냈다는 기록이다. 또한, 729년에서 749년까지 진공물목(進供物目) 목간[119]에 '니라기(にらぎ, 菹)' 혹은 '수수보리(すずほり)'[120]라는 신라김치 기록이 대량으로 나왔다. 금상첨화로 일본인 모도오리 노리나가(本居宣長, 1730~1801)가 저술한 일본대백과전서(日本大百科全書)에 수수보리(すずほり)는 "외국에서 온 저리기 음식(漬物)으로는 조선에서 온 김치(外國の漬物では朝鮮のキムチ)."라고 적혀있다.[121]

이외에도 1601년 경상감영을 안동에서 대구로 옮겨짐으로써, 한양 조정 다음의 권력가 집단지역 혹은 영남유림 중심지로 성장함에는 권력 향유와 격에 맞는 품위 음식인 김치를 석빙고에 저장했고, 귀빈에 한정해서 숙성 김치를 도도하게 먹었다. 이뿐만 아니라 "사자는 쥐를 사냥하지 않는다(A lion won't hunt for mice)."라는 밀림의 왕자 사자처럼 폼생폼사했던 경상감영 귀족들은 품격에 맞는 음식 문화를 위해 놋그릇(유기)를 사용했다는 사실이 뒷받침하고 있다. 여기에다가 지난 2007년 개관한 방짜유기박물관이 보다 확실하게 그림의 빈틈을 채워주고 있다.

오늘날 과학으로 놋쇠(鍮器)는 구리(Cu)와 주석(Sn) 금속을 78:22의 비율로 합금해 만들기에 금속이온이 바이러스와 같은 각종 세균을 죽이는 미량동 효과(Oligo-dynamic Effect)를 낸다. 이렇게 살균하여 부패로 음식 맛

이 변하는 걸 방지했고, 유산균 등의 유익한 발효균 밖 잡균을 모두 막아주었다. 이런 과학적인 사실에 착안해서 경상감영의 음식 문화의 품격은 신비스럽기까지 하다. 이를 실증하는 방짜유기박물관이 2007년 5월 25일에 고전 『회남자(淮南子)』에서 "많은 신선이

비법을 도야하는 명산(八公山也, 多神仙秘法鴻宝之道)"[122]인 팔공산(八公山) 기슭에 개관했다는 현실을 누구도 부정할 수 없다.

이와 반해 일본은 소설 속의 주인공을 마치 실존 인물처럼 가상의 생가와 유품까지 만들어, 세칭 '시체를 빌려 영혼을 불러들인다는 공정(借尸還魂工程)'을 해왔다. "하나 실오라기라도 황룡과 봉황이 그려진 비단을 만들고 있다." 그러나 우리는 남들이 다 알고 인정하는 것까지도 언제나 부

정하고 있다. 특히 대구는 이런 고고학적인 유물이 있는데도 '김치의 본향 광주[123]'라고 학자와 전문가까지도 주장하니 답답하기만 하다. 그들이 제시하는 근거는 광주 김치박물관이 있고, 세계김치축제를 개최한다는 현실을 말한다.

최근 중국에선 김치가 빠오차이(泡菜, pickle)에서 기원했기에 한국보다 앞서고 있다는 주장이다. 그들의 증거로는 『예기(禮記禮運)』에 "대체로 예의 시작은 음식에서 시작되었으며 … 밥과 생선과 김치를 영전에 바쳤다(禮運曰, 夫禮之初, 始諸飲食 … 然後, 飲腥而苴孰)."에서, 김치의 소급연대를 공자 생존(BC 500년대) 이전으로 주장하고 있다. 우리나라 출판번역 책 가운데 '저숙(苴孰)'이라는 단어를 '김치(kimchi)'로 번역하는 자승자박을 계속하고 있다. 명문대학교 유명한 교수님도 맥락을 무시하고 글자만 해석해서 김치라고 한다. 중국의 옛날 주석 전문가들은 김치가 아니라고 해왔다. 그 이유로 첫째는 저(苴)는 부추와 같은 잎채소(菜) 혹은 오이 등의 절리기 음식(菹)으로 해석이 가능하나, 둘째로는 숙(孰)는 『예기(禮記)』 전반에서 음식 익힘(孰)으로 내칙(內則)에서도

사용하고 있다. 셋째로는 상통관계를 이용해서 도마(俎) 혹은 존이(尊彝)와 같은 제기(祭器)를 뜻하고 있다. 당나라의 주석학자 육덕명(陸德明)은 저(苴)를 '포장함(包裹也)'으로 해석했고, 후한의 정현(鄭玄)은 저숙(菹菽)을 존이(尊彝)라는 술독으로 해석했다[124]. 따라서 김치(kimchi)와는 아주 무관한 사항이다.[125]

또한, BC 10세기에서 BC 7세기까지 중국 민속가요를 모아 편찬된 시경

(詩經)에서도 '소금 절임(菹)'이란 음식이 나온다. 즉 원문엔 "밭 가운덴 오두막집, 밭둑에 오이가 주렁주렁 열렸네. 이놈의 오이 따 이렇게 소금에다가 푹~ 절였다가, 조상님들게 오이저리기를 바친다면, 오래전부터 자손들은 오래 살았으니, 하늘의 보살핌을 받음이 아니겠는가?(中田有廬, 疆場有瓜, 是剝是菹, 獻之皇祖, 曾孫壽考, 受天之祐)"[126]라는 구절을 우리나라 한문학자들은 이것마저 김치(泡菜, cucumber pickle)라고 해석하고, 우리나라 김치(酸菜)가 중국이 기원이라고 강변하는데 동조 근거로 삼는다.[127] 그렇다면 이런 내용은 왜 애써 외면하시는지?『삼국지 동이전(三國志東夷傳)』에서도 "고구려 사람들은 음식을 발효시켜 먹는 걸 좋아했다(高句麗人善於釀醬)."[128]라는 구절은 과거 중국인들마저도 발효 김치를 만들어 먹었다고 인정하는데도 우리는 부정하고 있다.

한편 오늘날 우리 민족의 애환과 같이 숙성되어 온 김치는 1985년 정광태(鄭光泰, 1955년생)의「김치 주제가」[129]라는 노래를 계기로 동요「김치 송(song)」이 많이도 유행했다. 2003년 SARS에 한국인만 무사하자 "김치를 먹었기에 사스에 걸리지 않았다."라고 김치가 방역 식품(quarantine food)으로 등극했다. 우여곡절 끝에 2013년 12월 5일 유네스코 무형유산위원회에서 김장 문화(Kimjang : Making and Sharing Kimchi in the Republic of Korea)를 인류무형문화유산(Intangible Cultural Heritage of Humanity)으로 등재했다.[130] 김치는 한민족의 영혼을 만들어온 음식(soul food for Korean Nation)으로 이제는 "김치 없이 못 살아(can't live without kimchi)."라고 할 정도로 되었으며[131], 김치 만들기를 통해 지역사회에 문화 계승, 정보 교환, 인정 나누기 및 고부 세대간(姑婦世代間)의 융합 등을 보존하겠다는 차원에서 등록되었다.

2016년 성주(星州)에 대북방어용 샤드(THAAD, 薩德)를 배치하자 중국은

한국 보복 차원에서 '한국 고유음식 김치 거래 제한' 조치를 취했다. 일본 역시 2019년 한국 대법원에서 "일제 징용공 보상(日帝徵用貢報償)" 판결을 하자 경제 보복 차원에 한국 고유음식 김치 수입 제한을 실시했다. 그럼에도 2020년 12월 중국과 일본은 "김치는 중국 기원에서 한국으로 전파된 음식(キムチは中國起源で韓國に伝播された食品)"이라고 공동 대응에 나섰다.[132] 중국은 관영 언론『환구시보(環球時報)』를 통해서 김치 종주국임을 주장했고[133], 재미 중국 대사는 김치 담그기 동영상을 방영했다. 이를 지켜만 보고 있을 수 없었던 주한 외국 대사들은 자율적으로 '김치 챌린지(Kimchi Challenge)'를 전개했다.

우리나라의 김치는 '소금 절이기'보다 땅속(용기)에서 숙성시킴으로써 제맛을 만들어내었다. BC 1,000년에서 AD 3세기까지의 한반도 청동기 시대에 사용했던 팽이형 토기와 신라 갓김치의 연유에서 시작된다. 팽이형 토기는 한마디로 김칫독이었다. 팽이형 토기는 일반적으로 독(甕) 모양과 항아리(壺) 모양으로 양분하는데[134], 옥산 가마터의 신라팽이형 토기는 깔때기(funnel) 혹은 나무팽이(wooden top)처럼 끝이 뾰족하고 아가리(甕口)가 넓어서 땅에 묻어 갓김치 숙성용으로 안성맞춤이었다. 때로는 2개로 장독과 뚜껑으로 사용하기엔 제격이었다.

이렇게 땅속에서 숙성시킨 서양 음식으로는 BC 1,290년 경 유대인 지도자 모세가 430년간 노예 생활을 했던 유대민족을 이끌고 이집트를 탈출해 40년간 광야 생활을 할 때 특히 와디럼(Wadi-Rum)사막에서 유목인 배두인(Bedouin)으로부터 대접받은 '사막에 묻었던 양고기(mujariff)'가 있었다. 동양 중국에서도 주나라(周)의 팔진미 가운데 하나인 약초와 점토로 싸서 구웠던 포돈(炮豚)과 유사한 중국 남부 항주(杭州)의 음식 '거지닭고기(乞丐鷄)'[135] 혹은 '지아오화지(叫花鷄)'[136]가 지금까지도 전승된다. 음식 스토리는 거지들이 닭서리를 해서 익모초(益母草) 혹은 연잎(荷葉) 등으로 싸고 그 위에 다시 황토를 발라서 땅에 묻었다가 필요할 때에 요리해 먹는 데에서 기원했다. 물론 이를 맛있음을 과시하고자 건륭제(乾隆帝, 1711~1799) 황제와 연결되는 즉흥 스토리(ad-lib story)까지 만들었다.

천계신화, 금계국 신라와 달구벌

천계신화(天鷄神話)의 금계국(金鷄國) 신라

먼저 닭(鷄, cock)에 대해 알아보면, 중국『설문해자(說文解字)』에는 "시각을 인간에게 알려주는 가축으로 어찌 해(奚)자와 새 조(鳥)자가 결합한 글자이며, 당나라의 음으로 계다(知時畜也. 從隹奚聲鷄籒文雞從鳥, 古兮切)."[137]로 풀이하고 있다. 어릴 때에 서당에서 훈장으로부터 '빈계사신(牝鷄司晨)'이라는 용어 해설을 들었다. 선배로부터 '닭 벼슬[鷄冠]'에 대해서 "닭 벼슬은 인간에게 정확한 시각을 알려주는 공으로 조물주로부터 관직을 받았다는 증거다."[138]라는 고사를 들었다. 시골 예천에서는 닭에 대해 "달구새끼, 달구발, 달구똥, 달구지랄, 달구집, 달구모이…."등의 말을 들으면서 성장했다. 옛 신라였던 경상도, 강원도, 충청도 일부에 살았던 사람들은 'ㄹㄱ' 받침을 'ㄹ'로 발음하는데 서울 사람들은 'ㄱ'로 읽는다. 해당 단어로는 읽다(read), 밝다(bright), 맑다(clear), 긁다(scratch), 붉다(red), 굵다(thick), 늙다(be old), 묽다(watery), 얽다(entangle), 닭(cock), 흙(soil), 까닭(reason) 등이 있다. 특히 닭(cock)을 '달구(dalgu)'로 발음하는 옛 신라 지역이었던 경상북도와 강원도의 사투리로 현재까지 전해져 오고 있다. 특히 예천, 문경, 안동 등지에서는『훈민정음(訓民正音)』에 나오는 나무(木, 남ㄱ)와 구멍(空, 굼ㄱ)의 기역(ㄱ) 곡용현상(曲用現象)까지 아직도 남아있어 "나무를 하러 가자."를 "남구를 하러 가자."로, "구멍에 든 뱀."을 "굼게 든 뱀."으로 발음한다. 강원도에서 '나무'를 '낭구' 혹은 '낭기'로 발음한다. 어릴 때 즐겨 불렀던 동요 "새는! 새는! 남게 자고요. 쥐는! 쥐는! 궁게 잔데요."라고 불렀던 기억이 아직도 생생하다. 아직도 경상도(대구) 사투리를 하는 사람들은 수구리(숙여라), 꾸구리(굽혀라), 쪼쭈바리(쫓아붙어라), 쭈구리(쭈그려라) 등을 정확한 어원도 모르게 말한다.[139]

오늘날 콤팩터(compactor), 콤비롤러(combi-roller) 등 땅다지는 기계가 만들어지기 이전 옛날엔 달구(dalgu)라는 물건이 있었다. 디딜방아의 호박

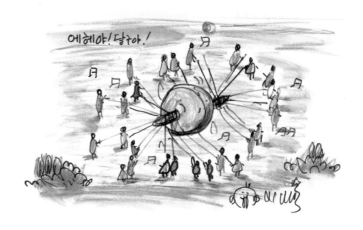

돌, 연자방아 돌, 큰 맷돌 등으로 오랫동안 사용하면 가운데 구멍이 생긴다. 이 구멍에다가 나무가름대를 대고 여러 갈래의 새끼줄을 묶어서 강(못)둑, 성터, 집터, 뫼(모덤) 등을 다지는 데 '다짐 돌'로 사용했다. 이 돌을 '달구(혹은 망깨)'라고 했다. "달만 한 돌절구"라는 준말로 달구라고 했다. 이것으로 여러 사람이 하는 다짐작업을 '달구질(망깨질)'이라고 했다. 이때에 불렸던 노동요를 '달구 소리(망깨 소리)'라고 했다. "어허 달구! 어허- 어-달구로다! 삼세 번째 들어 달구. 사공이랑 황당할망정 역준님네 일심동체 천초만년 살 집을 석곽같이 다려줍서…"라는 부르면서 작업피로까지 잊었다. 지역에 따라서는 달구질(작업) 혹은 망깨질(작업)이라고 불렸으며, 대구 달성군 하빈면엔 「망깨소리」[140]라는 전래노동요가 현존하고 있다.

대구의 옛 지명은 달구벌(達句伐)이다. "닭을 닮은 혹은 닭은 상징하는 백리 벌(鷄似鷄意百里砂野)"이란 뜻으로, '달구벌(達句伐 혹은 達句火)' 혹은 '닭벌(達火, 達弗)'이라고 불렸다. 1955년 대구시 지방자치제 실시 기념행사 당선작이었던 백기만의 「대구 시민의 노래」에선 "팔공산 줄기마다 힘이 맺히고, 낙동강 굽이 돌아 보담아 주는 질펀한 백 리 벌은 이름난 복지(福

地)"였다. 또한, 「능금 꽃 피는 고향」 유행가에선 "능금 꽃 향기로운 내 고향 땅은 팔공산 바라보는 해 뜨는 거리"다. 그곳에선 "그대와 나 여기서 꿈을 꾸었네. 아름답고 정다운 꿈을 꾸었네." 지질학 상으로 1억4천만 년 전, 백두산 천지연(白頭山天地淵) 13배나 되는 거대한 달구벌 호수, 하늘 전체가 다 비치는 '삼한의 신비경(三韓秘鏡)'이었다. 계명세명(鷄鳴世明) 순서에 따라 달구벌에 닭들은 새벽을 알렸고, 하늘엔 문이 열리면서 해가 솟아올랐다. 이런 계명세명신앙(鷄鳴世明信仰)은 성경(Matthew 26:34)에도 나오고[141], 지금도 파리 노트르담 성당(Notre Dame Cathedral, Paris) 등 유명한 성당 첨탑에 수탉 조각상을 안치하고 있다.

달구벌이 열었던 삼한일통(三韓一統)

그래서 이곳은 '하늘이 행복을 약속하면서 틀어준 보금자리(神皐福地)'였기에 달구벌(닭벌)이라고 했다. 이를 발음하는 사람의 음가차자(音價借字)로 '달벌(達伐), 다벌(多伐), 달구벌(達句伐), 달불(達弗)'로 표기하기도 하고, 향찰차자(鄕札借字)로는 '달구불(達句火)'이라고 표기하기도 했다. 벌(伐,火 혹은 弗)은 벌판, 촌락, 읍성 혹은 시정촌(市井村)을 의미했다. 달구벌이란 명칭은 박제상(朴堤上, AD 363~419)이 저술했다는 『부도지(符都誌)』에 의하면 삼한 시대부터 남해(낙동강)와 팔공산 기슭이 맞닿은 달구벌(달구벌)에다가 아침 신시(朝市)를 열었다(設朝市於達丘)고 기록하고 있다.[142] 631년 4월 초하루 덕만 공주(선덕

여왕, 출생 미상~647년)는 동갑내기 자장율사(慈裝律師)로부터 "모든 게 마음 먹기에 달렸다(一切唯心造)."라는 쪽지를 받아들었다. '제대로 돌아가는 곳 이라고는 하나도 없는 서라벌 국운(無癌無處, 徐羅國運)' 걱정에 대한 처방전 이었다. 덕만공주의 머릿속엔 한무제(漢武帝)가 태산봉선(泰山封禪)으로 문 제를 해결했다는 사실을 알았고, 곧바로 제왕과제를 중악(오늘날 팔공산)봉 선에 부여받겠다고 결심을 했다. 닭벌(달구벌)을 보듬어 생육시키는 모계중 악(母鷄中岳)을 찾아들었고, 부인사(符印寺) 보름 기도에 들어갔다. 4월 19 일 저녁 예불에 그녀의 뇌리를 스쳤던 '새롭게 천년사직을 펼쳐라(新羅千 年).'라는 제왕과제를 잊지 않고자, 저고리 고름에다가 붉은 색실로 '신라천 년(新羅千年)'이라고 새겼다. 곧바로 환궁 길을 독촉했다. '새롭게 펼치자(新 羅: 德業日新, 網羅四方)!'[143]라는 일념으로 서라벌로 향하는 길에 i) 천년왕궁 의 기둥감으로 김춘추(金春秋)와 김유신(金庾信)을, ii) 천년사업으로 삼한 일통을 디자인했다. 곧바로 실행에 들어갔다. 그녀의 유지는 이어져 660 년 백제와 668년에 고구려를 차례로 무너뜨렸다. 그러나 나·당 연합군이 적으로 돌아섰다. 즉 당나라는 신라를 먹어 삼키고자 했다. 그들과 8년간 전쟁 끝에 676년에 겨우 삼한일통(三韓一統)의 대과업을 완수했다.

얼마나 나·당 결전으로 기진맥진했는지 통일 후에 13년간 치유의 세월을 보내고 보니 하늘에서 내려온 계림국(鷄林國)의 건국 이념은 사라지고 향 락과 안일의 늪으로 빠져들고 있었다. 이를 직감한 신문왕(神文王)은 689년 에 '김계상천(金鷄上天)'이란 제2의 신라 도약 계획을 구상했다. 바로 한반도 의 심장인 중악(八公山)의 품 안으로 천도(遷都)하겠는 비밀 프로젝트였다. 이를 안 서라벌 귀족들은 사생결단으로 반대했고 끝내 결실을 맺지 못했 다(王欲移都達句伐未果).[144] 그러나 후유증은 79년 동안 갔다. 757(景德王 16) 년에 비로 경덕왕은 천도는 못 하더라도 철학적 의미를 부여하는 명분이라도 만들고자 사마천(司馬遷, BC 145~BC 86)의 『사기(史記)』에서 진시황(秦始皇) 조상들의 고향이었고, 신라 건국 시조 김알지(金閼智)의 선인들이 살았던 흉노 지방의 지명인 '광활하게 펼쳐진 언덕 정토(大方廣丘, broadly-developing hill-heaven)'란 의미인 대구(大丘)를 달구벌에다가 개칭했다[145]. 대방광(大方廣)의 이상을 펼치고자 이름만이라도 '봉황 대신 닭(鷄對鳳凰)'을 챙겼다.

이를 두고 오늘날은 "삶이나 하는 일에 의미와 철학을 부여해서 새로운 힘을 만든다."라는 의미치유(logotherapy)라고 부른다. 당시도 위정 대의명분(爲政大義名分)에서 의미치유가 국운을 좌우할 정도였다. 당나라는 하찮게 여겼던 신라(新羅)에 대패하고부터 회군하는 길이 가시밭길이었다. 나·당 연합군 사령관 소정방(蘇定方, 592~667)은 당 황제 고종을 대할 면목도 상실했고, 자신의 위엄은 땅에 떨어졌다. 이때에 눈치 빠른 신하들은 '신라 분풀이용' 의미치유 프로젝트를 상신했다. "삼한반도(三韓半島)를 '아침 밥상에 오를 생선(朝鮮)', 신라는 '안주상에 오른 까칠한 복숭아(盤桃)', 고구려를 '미친바람이 휘몰아치는 골짜기(風谷)', 백제는 예식진(禰寔進) 장군 등이 자신의 국왕을 사로잡아 투항했기에 '동쪽에 해 뜨는 곳(日本)'으로, 왜는 '바닷물 속에서 뽕나무나 붙잡고 살아라(扶桑).'"라는 분풀이 작업(解恕作業)을 했다. 이런 의미치유책(logotherapy project)은 극비로 천 년 이상 땅속에 묻혀서 아무도 몰랐다. 그런데 2012년 중국에서 '일본(日本)'이란 명칭이 당시 백제를 의미했다고, 오늘날 일본은 '부상(扶桑)'이라고 했다는 고고학적 자료인 예식진(禰寔進, 615~672) 묘지명이 무덤 속에서 출토되어 밝혀졌다.[146]

닭 벌(달구벌)에서 '드넓은 언덕(大丘)'으로 개명

물론 중국에선 기원전 2,000년 하(夏)나라의 백익(伯益)이 쓰기 시작해서 BC 4세기까지 보완 저술했다는 『산해경(山海經)』에서는 삼한반도를 '푸른 언덕(靑丘)'이라고 했다. 청구는 한때 대구(大丘)를 대신해서 오늘날까지 지명(청구네거리), 학교명(청구대, 청구고등) 등으로 내려왔다. "올망졸망한 푸른 언덕에는 9개의 꼬리를 가진 여우(九尾狐)가 살았으며(有丘之國有狐九尾), 어린아이 울음소리를 내어 사람들의 혼을 쏙~ 잡아 뺄 정도다."라는 신화가 산해경(山海經)에 기록되어 있다.[147]

달구벌 대구에 지명과 역사가 닭에 연유하고 있다는 걸 보여주는 현존 지명은 동구 용계동(龍鷄洞), 달성군 가창면 용계리(龍鷄里), 동구 동화사의 봉황루(鳳凰樓)와 봉황문(鳳凰門), 달성군 옥포면 금계산(金鷄山), 대구 시내의 달구벌대로(達句伐大路) 등이 명실상부한 실체적 진실을 말하고 있다. 두말할 필요도 없이 우리들은 젖먹이 때부터 할머니들이 불러주던 "구~구~ 닭아 울지 마라."라는 자장가를 들으면서 잠을 잤다. 『삼국유사(三國遺事)』에 나오는 "구구탁 예설라(矩矩啅, 禮說羅)"는 바로 신라 향찰로 된 자장가였다. 굳이 "아사라(禮說羅)"라는 "조심스럽게 말하라." 혹은 "예의 있게 울어라."라는 해석을 대신해서 일연스님은 "구~구~닭은 닭을 말하고, 예설라는 귀중하다는 말이다(矩矩啅言鷄也. 禮說羅言貴也)."라고 해명했고, "신라 사람들은 닭을 신으로 공경하고 닭 깃을 공손히 뽑아서 머리 장식으로 달고 다닌다."라는 사실까지 덧붙였다.[148] 6세기 당나라 장회태자(章懷太子 李賢, 651~684)의 묘실 내부 사신도(使臣圖), 6세기 「당염입본왕회도(唐閻立本王會圖)」의 직공도(職貢圖), 7세기 중반 우즈베키스탄(Uzbekistan) 사마르칸트(Samarkand)의 아프라시압 궁전 벽화(Afrasiab Painting)에도 신라 사신들은 하나같이 닭 깃털로 만든 조우관(鳥羽冠) 쓰고 있었다.

05

달구벌은 명실상부한 치킨의 본향

달구벌(닭벌)[149]이 치킨(Chicken)의 본향

고고학적으로 닭의 기원을 살펴보면, 현재까지 출토된 '닭 가슴뼈(wish-bone)'로는 기원전 2,000년 전으로 소급할 수 있다. 이보다 앞선 건, 인더스 강변의 흙 문양 인장(clay stamp)으로 봐서는 기원전 4,000년까지 소급되고 있다. 인장문양은 지혜로운 닭이 감정적으로 난폭하기만 한 호랑이 두 마리의 싸움을 말리고 있는 부조다. 일반적으로 닭(chicken)은 고대 인도에서 BC 5세기까지 서부 아시아 리디아(Lydia)에서 그리스(Greece)로 옮겨졌다. 가금(Fowl)으로는 이집트에서 "매일 생명을 주는 새(bird that gives birth every day)"라는 표현으로 BC 15세기 중엽에 시리아와 바빌로니아로 전파 사육되었다. 당시는 먹거리용 닭이 아니라, 사람 목숨 대신에 희생(代命供犧) 혹은 제전용으로 간혹 싸움 용도로 길렀다. BC 4세기 후반 헬레니즘 시대(Hellenistic period) 이후에 식용으로 사육되었다.

닭(cock)이란 영어 단어는 영국의 소설가 제프리 초서(Geoffrey Chaucer, 1343~1400)가 1392년에 쓴 『캔터베리의 이야기(The Canterbury Tales)』에서 처음 나왔다. 물론 1390년대 초서(G. Chaucer)의 「수녀원 신부 이야기(The Nun's Priest's Tale)」에서도 "여우의 모습으로 다가오는 운명을 꿈꾸는 자랑스러운 수탉(a proud cock (rooster) who dreams of his approaching doom in the form of a fox)"이라는 표현이 나오고 있다. 또한, 닭싸움(cockfight)이란 단어는 1607년에 닭 훈장(Commendation of Cocks) 혹은 닭싸움(Cock Fighting)이 있었고, 1634년에 윌슨(George Wilson)은 '싸움닭(cock of the game)', 그리고 1646년에 두 마리의 게임용 닭싸움(gamecock), 투계장(cockpit)이란 말이 사용되었다.

닭볶음과 닭튀김 음식의 기원을 찾아

중국의 기록을 살펴보면 주(周, BC 1,046~ BC 256) 팔진미(八珍味) 가운데 오늘날 '프라이드 치킨(fried chicken)과 같은 튀김음식은 '통돼지 기름 튀김' 요리를 파오툰(paotun, 炮豚)이라고 기록하고 있다. 같은 요리 방법으로 '기름 튀김 닭(paoji, 炮鷄)' 요리를 해먹었으나 비웃음을 받을 정도로 시답잖게 생각했던 음식이라서 기록에서 빼버렸다. 그러나 당시 시대 상황을 살펴보면, 은(殷)나라 주왕(紂王)은 형벌 가운데 사람까지도 기름에 튀기고 숯불에 구워 죽이는 포락지형(炮烙之刑)을 만들다. BC 1,046년 애첩(왕비)이었던 달기(妲己)까지도 포락시켰다. 그녀는 "미친 놈(狂蟲)" 하는 의미의 조소(嘲笑)를 지으면서 죽었다.[150] 우리나라에서도 닭고기를 튀겨 먹었던 기록이 있다. 신라 AD 683(신문왕 3)년 춘3월 귀족의 결혼예물에 된장, 기름, 꿀, 포, 식초 등의 음식 식재료가 있는 것을 봐서 귀족에 한정해서 '튀김 닭(炮鷄)' 음식을 해먹었다.[151] 여기서 신라포계(新羅炮鷄)와 중국포계(中國炮鷄)는 요리 방법은 판이하다. 중국은 기름을 발라서 알고기를 그대로 구웠다. 신라는 밀가루 등의 반죽으로 고기에 옷을 입혀서 튀김으로써 많은 양을 보다 많은 사람이 먹을 수 있게 함에서 요리 기법이 달랐다. 오늘날 중국의 '지즈파오(jizipao, 鷄仔炮)' 혹은 '요우린지(yóulínjī, 油淋鷄)'는 중국 전통포계에서 기름 튀김(油炮)과 신라포계의 '튀김 옷 입히기(粉包)'가 가미된 것이다.

고려 이후에 우리나라는 적은 식량으로 많은 사람이 물이라도 한 모금씩 나눠 먹고자 국을 끓여 먹기를 좋아했다. 특히 임진왜란 이후에는 탕평정책을 하면서 음식까지도 탕평채(蕩平菜) 혹은 탕평탕(蕩平湯)을 만들어 먹었다. 우리나라의 형벌에도 정도전(鄭道傳)은 조선 건국 프로젝트를 설계하면서 『조선경국전(朝鮮經國典)』이란 법률서에서 고려 관리의 부패 참상을 보고 관리의 독직죄(瀆職罪)에 한해 '끓여 죽이는 팽형(烹刑)'을 선택했다. 『경국대전(經國大典)』에서도 팽형을 그대로 계수(繼受)했다. 음식 문화는 시대 상황을 대변하기에 음식 요리에 그치지 않고 죄인의 처벌기법에도 영향을 끼쳤다.

고려 시대에도 닭튀김을 요리해 먹었다는 기록을 우리가 읽지 않았다고 해서 신라 시대부터 해먹었던 요리 비결을 몰랐을 리도 없었다. 권문세족(權門勢族)들은 가문 전통음식으로 전승 차원에서 해먹었다. 조선 시대에는 거칠고 소박한 음식으로 건강을 유지하고자 했던 오늘날 식이요법(食餌療法, dietetic therapy)인 식치(食治)가 궁중음식에도 파고들었다. 물론 백성들에게도 양반가에도 유행했다. 특히 국왕의 식치는 유별나서 많은 기록에 남아있다. 튀김 닭(fried chicken)이란 기름진 음식에 대한 식치 요리책도 있었다. 세종, 문종, 세조의 3조에 걸쳐 전의감(典醫監) 의관(醫官)을 지냈던 전순의(全循義, 생몰 연도 미상)는 1459년 국왕의 식치(food therapy)를 위해 튀김 닭(炮鷄, fried chicken) 요리법을 적은 『산가요록(山家要錄)』을 저술했다. 1487년 그의 저서 『식료찬요(食療纂要)』는 성종의 식치(食治)를 위해서 헌납되었다. 『산가요록(山家要錄)』에서 제시하고 있는 튀김 닭(炮鷄) 요리법은 "i) 살찐 닭 1마리를 24~25토막으로 자르고, ii) 솥에 기름을 붓고 달군 후에 고기를 넣어 빠르게 뒤집어, iii) 간장과 참기름을 밀가루에 섞어 고기에 입힌 뒤에, iv) 식초와 같은 양념을 겸해 잡수도록 내드림[152]"으로 적혀있다.

조선포계와 외국요리 비교

　오늘날 닭 요리(튀김)에 비교하면 i) 튀김가루로 옷을 입힌 후에 기름에 튀기는 데 반해서 일단 기름에 익혀서 나중에 간장과 참기름으로 반죽한 밀가루 옷을 입히는 순서로, ii) 고단백 혹은 고지방을 방지하기 위해 바싹거릴 정도로 튀기지 않음에서 다르다. 현대식 중국요리에 비교하면 i) 매운맛을 내기 위한 고추 혹은 고추기름 등에 반죽해서 닭고기 요리를 하는 데 비해 자극성이 적은 간장과 참기름을 사용, ii) 닭고기, 양념 및 밀가루 반죽에 버무려 요리한다는 점에서 '라조기(辣椒鷄, làjiāojī)' 요리와 차이가 난다. 또한, 바싹거릴 정도로 튀기지 않는다는 점에서 '깐풍기(乾烹鷄, gānpēngjī)'와도 다르다. 당시는 튀긴다는 개념보다 '기름을 두르고 들들 볶는다(油得濕炮)'는 개념이었다. 당시 표현을 빌리면 "사람을 그렇게 들들 볶아도 감정이 상하지 않겠나?"라는 말이 유행했다. 조선 시대에서도 사대부들이 맛을 볼 정도였으며, 일반 백성을 경제 사정으로는 닭 한 마리로 국을 한 솥 끓여서 온 집안이 잔치할 판이었다. 조선 시대 식초를 소스(souce)로 했다는 점은 오늘날 영국의 '피시 앤 칩스(Fish and Chips)'와 같다. 식초가 들어갔다는 점에선 오늘날 중국의 '탕수육(糖醋肉, tángcùròu)'과도 닮아있다.

　오늘날 일본 사대주의에 빠진 많은 사람은 튀김 닭(fried chicken)은 일본 덴푸라(天ぷら, 天麩羅)에서 연유되었다고 한다. 일본어 위키페디아(ja. wikipedia.org/wiki)에 따르면 나라 시대(奈良時代, 710~794)부터 헤이안 시대(平安時代, 794~1192)에 걸쳐 중국으로부터 튀기는 요리법이 전래되었다. 이어 16세기(安土桃山時代, 1573~1603) 필레테스(filetes)라는 포르투갈 요리가 나가사키(長崎)를 통해 유입되어 교토(京都), 오사카(大阪)를 거쳐 도쿄에 전파되었다. 물론 우리나라와는 일제식민지 시대에 많은 영향을 받았겠지만, 그 당시는 "개 잡아 동네 비끼고, 닭 잡아 식구 비낀다."라고 할 만큼 식량이 부족해 닭 한 마리만으로 동네잔치를 할 형편이었다. 따라서 튀김 닭은 꿈도 못 꿨다.

튀김 닭(fried chicken)은 17세기에서 19세기까지 아프리카에서 아메리카로 흑인 노예 무역을 하면서 스코틀랜드 노예주가 제공한 요리법에 따라 튀김 닭을 만든 게 최초 발명이었다.[153] 물론 튀김 요리는 BC 2,400년 고대 이집트 고대 왕국의 요리에서 시작되었다. 그러나 닭튀김은 스코틀랜드의 튀김 닭이 미국 남부로 전파되어 오늘날 흑인들의 소울푸드(soul food)가 되었다. 오늘날 세계 어느 나라보다 한국의 튀김 닭(fried chicken)이 아주 바싹한 것(crisp)은 i) 감자전분 혹은 혼합 전분(감자전분+소맥분) 사용과 ii) 두 번 이상 바싹거릴 때까지 튀기기 때문이다.

전국 최초 그리고 최대 통닭의 공급처

불경기일수록 맥주보다 소주가 잘 팔리듯이 한 시대를 유행했던 음식에는 관련된 각종 문화가 톱니바퀴처럼 연관되어 있다. 과거 음식 요리법이 형벌 수단으로 이용되었던 것처럼, 칼질하던 전쟁 때는 가축도살과 육식이 폭증했고, 도축한 머리를 가게에 내다 걸듯이 형벌에서도 참수형에는 반드시 효수형(梟首刑)을 병행한다. 화약을 사용해서 전쟁한 이후에는 군인의 총질, 대장간 불질, 다비장례, 주막집의 불고기 음식이 동반 상승했다. 단적인 사례로 경기도 연천군 미산면 동이리 유엔군화장장(문화재 제408호, 2008.10.1. 지정)에서는 화부(火夫)들이 정신없이 불질을 하고, 자신의 영혼을 위해 시신을 태웠던 그 숯불에다가 통닭을 굽고 소주로 정신없이 마셨다. 외국사례로 네팔엔 조장전통(鳥葬傳統)이 최근까지 이어져 왔다. 아무리 천직에 종사하는 사람이라고 장의장(葬儀匠)은 맨정신으로는 할 수 없었다. 술에 정신을 잃고 난 뒤에 시신을 칼로 토막을 내어 독수리에게 모이로 줄 수 있었다. 어느 시대이든 인간이기에 넋을 잃지 않고서는 할 수 없는 일이다. 우리나라에서도 인간 백정이라고 했던 망나니(휘광이)들이 만취된 상태로 참수를 했고, 인간으로 영혼이 되돌아오기까지는 며칠간 심한 고통을 받았다.

오늘날 대구에서 치킨업체가 타지보다 유별나게 많은 이유로는 i) 1904년부터 달성(오늘날 달성공원)에서 일본군 14연대가 주둔하면서 청일전쟁에 승리했고, 승전 기념으로 1905년에 달성공원 성역화작업을 했다. 일본 군부대는 한·일 합방까지 전국의병들을 토벌해서 관덕정(觀德亭)에다가 참수 혹은 총살했기에 타지보다 더 많은 칼질과 불질을 대구에서 해되었다. ii) 1925년 이후엔 오늘날 대구명복공원 자리에 고산화장장을 설치해 일본군은 물론 일본인의 화장을 했다. 일본인 상대의 요리점은 물론 주막집에서도 불고기가 유행했다. 불질하는 사회에선 음식까지 불질이 연결되어 숯불구이 불고기가 많았다. iii) 해방 이후에 한국전쟁이란 3년간 총질(불질)을 하는 바람에 화장 건수도 폭증했다. 1980년대까지 고산 화장장154은 공무원들 사이에서도 '고산통닭집'이라고 불렸다. 농담을 진담으로 알고, "여보세요? 통닭집입니까?"라고 묻는 전화가 빈발했다. 만약 짓궂은 총각 공무원들은 아가씨 전화가 왔다면 "예, 아가씨는 공짜로 잘 구워드리겠습니다. 여기는 고산통닭입니다."라고 대답한다는 유머가 대구 공무원 사이에 유행되었다.

여기에다가 군사적 요충지로 iv) 1920년 오늘날 캠프 워커(Camp Walker) 자리에 일본군 경비행장과 격납고가 설치, 1921년 오늘날 캠프 헨리

(Camp Henry) 군사기지에 일본제국 육군 식민지사령부가 설치되어 육군 소장 미나미 지로(南次郎, 1874~1955) 사령관이 지휘를 했다. 현재 캠프 조지(Camp George) 자리에 일본군 주둔과 대구 헌병대 본부까지 설치되었다. v) 1950년 한국전쟁 당시 낙동강 최후전선의 최종 보루로 1년간 사수를 하는 바람에, 미군 부대로 K2공군비행장(Air Port), 캠프 워커 K37에 어베이스(A3-Hel Pad, 2016년 이전)에다가 캠프 워커(Camp Walker), 캠프 헨리(Camp Henry) 및 캠프 조지(Camp George)에 주한 미군이 주둔했고, 아직도 군사작전을 하고 있다. 대구는 한반도의 중심이며, 군사적 요충지로 어느 지역보다도 많은 군부대가 집중되어있었다.

오늘날도 닭고기의 소비처는 군부대와 학교급식에 40%, 최근 치킨산업에 40%가 주류를 이루고 있으나 2010년 이전에는 학교급식도 없었다. 2019년 말 전국 9,475개[155]의 치킨 업소처럼 그렇게 많지도 않았던 당시는 90%가량이 군납이었다. 2000년 이전 군용 식량의 부식품인 닭고기가 폭증했기에 양계장(養鷄場)과 도계장(屠鷄場)이 규모면에서도 전국에서 대구가 최대였다. vi) 군용 부식품 닭고기 공급에 따라 상품성은 떨어지지만, 음식으로 먹음직한 닭 뒷고기(chicken by-meat)도 많이 나왔다. 닭 뒷고기로는 칠성시장의 닭 곱창, 평화시장의 닭똥집, 영선(방천)시장의 닭발 등이 1990년대에 유명세를 올렸다. vii) 미군 부대 주변에서는 흑인들의 소울푸드(soul food)였던 닭 날개를 중심으로 치킨 시장이 형성되었다. 여기에 1970년 미국에 유학했던 젊은이들이 치킨 시장에 뛰어들었다. 이런 복합적인 여건으로 대구는 역사적으로 치킨의 본향이며, 명실상부한 치킨의 메카(Chicken's Mecca)로 형성되어 왔다.

06

치킨사업의 어제와 오늘,
그리고 세계화 방향

우리나라 치킨사업의 어제와 오늘까지

1930년 데이비드 샌더스(Harland David Sanders, 1890~1980)에 의해 KFC(Kentucky Fried Chicken)가 시작되었다. 1969년에 뉴욕 주식에 상장했고, 1980년 중반에 우리나라에 도입됨으로 튀김 닭(fried chicken)이 대세를 형성했다. 물론 이전 1957년 서울 명동영양센터라는 최초 전기구이통닭 전문점이 생겼다. 1980년까지 서민들에게 '월급날 통닭'이라는 개념으로 귀한 음식이었다. 일반 서민들은 광고나 영화의 배경으로 명동영양센터를 구경했을 정도다. 3차례 경제개발계획으로 국민소득이 증가함과 동시에 양계장도 늘어났다. 여기에다가 1971년 해표 식용유가 시판되었다. 1977년 최초 림스치킨(limschicken.co.kr)이 서울 신세계백화점 본점 지하 1층 개업했다. 1979년 롯데리아(lotteria.com)에서 조각 치킨(chip chicken)을 시판했고, 1980년에 중소 규모의 치킨집이 생겨나기 시작했다. 1984년에 두산그룹에서 서울 종로구에 KFC가 도입되었다. 1985년 대구에선 계성통닭과 대전엔 페리카나(pelicana.co.kr)가 최초 양념치킨(seasoned chicken)으로 테이프를 끊었다. 한때는 '양념 반/후라이드 반(Seasoned-Chicken Half Fried-Chicken Half)' 시대를 열었다. 이어서 멕시칸 치킨(mexican.co.kr, 1986), 처갓집 양념치킨(cheogajip.co.kr, 1988), 이서방 양념통닭(leeseo-bangchicken, 1989), 스모프 양념통닭(스모프치킨.kr, 1989), 멕시카나(mexi-cana.co.kr, 1989), 사또치킨(1990), 교촌치킨(kyochon.com, 1991), 종국이두마리치킨(jongkuk2.com, 1992), BBQ(bbq.co.kr, 1995), 네네치킨(nenechicken.com, 1999), 호식이두마리치킨(9922.co.kr, 1999), 부어치킨(boor.co.kr, 2005), 별별치킨(bbchicken.com, 2008), 치킨파티(chickenparty.co.kr, 2011) 등으로 치킨의 백가쟁명(百家爭鳴)이 이어졌다.

1993년 전국적으로 트럭 장작구이와 숯불 바비큐치킨 열풍, 1995년 BBQ의 인기몰이로 호프집의 술안주라는 소극적인 이미지에서 탈피되었다. 2002년 한·일 월드컵 붉은악마(Reds)의 응원단으로 맥주와 치킨에 기대 이상의 특수(特需)가 왔다. 교촌치킨은 간장치킨(soy-sauce chicken), 파를 닭고기에 가미한 파닭(onion chicken), 오븐치킨(oven chicken)도 한때 유행했다. 2010년 롯데마트의 속칭 '통 큰 치킨 사건'을 계기로 아무도 생각 못 했던 중저가로 선회했다. 그럼에도 2마리 치킨은 강세를 유지했다. 2015년 가미양념치킨(seasoned chicken), 인기 가수 김수지(1988년생)가 광고모델이었던 수미감자와 허니 버터 칩(honey-butter chip)의 여파로 '꿀을 넣은 치킨(honey-add chicken)'이 새로운 대세를 만들었다.

프라이드치킨의 메카 대구통닭

1957년 서울 명동의 전기구이 통닭 '영양센터 본점'이 개점했다. 1960년 초 대구시에도 중앙네거리 대구은행 본점(오늘날 대구은행 중앙로지점)[156] 동쪽 맞은편 길섶(중구 사일동 15-1번지)[157]에 '백마강 전기오븐 통닭'[158]이 문

을 열었다. 당시 문전성시(門前成市)의 기억을 더듬어 보면 통닭 크기는 오늘날 '호식이두마리치킨'이 선호하는 8~9호[159] 정도, 길쭉한 쇠꼬챙이에 빙글빙글 돌아가면서 굽는 모습이 매혹적이었다. 냄새는 무료로 배급되어 길가는 사람들의 입맛을 다시게 했다. 입소문은 홍수처럼 대구 외지에도 유명했다. 전기통닭은 기름이 쭉 빠져서 느끼한 맛이 적었다. 먹새가 좋은 사람들에겐 통닭 1마리는 혼자서도 간에 기별이 가지 않았다. 4명의 집안 식구가 맛만 보는데도 최소한 2마리는 되어야 했다. 1980년대까지 '아버지 월급날 통닭'이라는 말이 유행할 정도였다.

그런데 '전기 통닭구이'이란 용어가 음식에만 유행된 것이 아니라, 유신 정권 및 5공 정권에 수많은 저항 인사가 남영동 대공분실 등에서 당대 최고 고문기술자 이근안(李根安, 1938년생)[160] 경감이 '전기 통닭 구이'[161]를 개발했다. 고문 예술의 극치로 칭송과 훈장까지 받았다. 이뿐만 아니라 당시 병영 내 병사들에게 징계로 시행했던 영내영창(兵營內營倉)에서도 얼차려(harassment)[162] 방안으로 전기 통닭구이가 있었다. 특히 1980년대 초 삼청교육대와 청송교도소 등에서는 손발을 뒤로 묶어놓고 죽도록 패는 '통닭구이'가 일미라고 했다.[163] 사회 정화 차원에서 혼자 똘똘 말아서 죽여 주는 '똘똘말이통닭' 혹은 '독박차기'가 특미(特味)이었다는 평가가 있었다. 당시 얼차려(림)이란 '오랜 얼차려만으로 신의 경지에 들고, 오랜 고요한 마음가짐은 일체의 흔들림마저 없어진다(明久而神, 淨久而定).'라는 심오한 철학까지 갖췄다. 이름도 모르는 사람들이 '통닭구이 맛'을 보고자 '하나의 정성으로 고요하고, 오직 마음을 넘어서자(靜定一誠, 唯心對越).'라는 경지에 도달하는 도야 과정을 인고로 가슴에 묻어야 했다. 당시 그들에겐 통닭구이는 최고의 기술이었고, 예술적 차원으로 승화시켜 정의구현을 위한 '의리의 상징'이었다.

화제를 돌려, 1978년 수성구 수성동 '대구 동네통닭'이란 지역 브랜드가 전국 브랜드 치킨에 대등하게 양념프라이치킨의 위상을 드러내었다. 현재도 30여 개 가맹점을 갖고 번창하고 있기 때문이다. 2007년 바비큐치킨과 교촌치킨이 당시 '5조 원 시장에 닭들의 전쟁(chickens'war of 5 trillion market)'을 개전해 1,000여 가맹점을 확보했다. 국내 치킨산업은 2019년 5월 말 현재 87,000개소 치킨 가게와 409여 개의 치킨 프랜차이즈(chicken franchises)가 각축전을 벌이고 있다. 따라서 대한양계협회(poultry.or.kr)의 통계자료에 의하면 닭고기 소비량은 연간 4억2천만 마리, 1일 평균 120만 마리가 소비되고 있다.

우리나라 치킨산업에 변혁의 발버둥

1962년 「몬도가네(Mondo Cane)」 영화에서 마시고 토하는 아수라장을 보여주었던 독일 뮌헨 옥토베르페스트(Oktoberfest)에서는 매년 50만 마리의 치킨이 소비된다. 독일의 조차지였던 중국 칭다오(青島)에선 매년 8월 15일부터 국제맥주축제(青島國際啤酒節, web.archive.org)를 개최하고 있는데 축제 이후에는 평소의 2배가량 통풍환자가 증가했다.[164] 우리나라에서도 최근 튀김 닭(fried chicken)은 요산(uric acid)의 퓨린체((purine body)가 대사이상을 상승시켜 '통풍환자에게 쥐약'[165] 혹은 '프라이드치킨=비만'이라는 인식이 생겨나고 있다.

이런 치킨에 대한 인식을 전환시키는 시도가 문경(聞慶)에선 오미자청양념치킨, 공주의 뽕잎숙성통닭, 상주(尙州) 뽕잎치킨[166], 경기도 화성(동탄)한방통닭[167], 전주 야채비빔치킨, 속초 명태치킨[168]과 인절미치킨, 닭강정등이 새로운 스토리텔링(storytelling)을 가미했다. 이런 경영 기법으로 '유행 주기 1~ 2년'설을 무색하게 변혁하고 있다. 장수 비결은 끊임없이 변신하는 멕시카나 치킨(Mexicana)을 보면 메뉴 다양화로 20년 이상 장수하고 있다. 1990년대를 주름잡았던 치킨 프랜차이즈 1세대는 오늘의 강자도 내일 사라지는 혈전을 했으나, 6대 강자인 멕시칸, 멕시카나, 페리카나, 처갓집(cheogajip.co.kr,1989)[169], 이서방 및 스머프는 여전히 생존하고 있다. 당대 강자였던 멕시칸치킨(mexican.co.kr)은 1,100개의 가맹점을 가지고 있다. 이렇게 성장의 밑바닥엔 "시작은 미약하나 끝은 창대하다"는 이상을 갖고 1985년 계성통닭으로 영업을 개시했던 과거 밑천이 있기 때문이다. 1989년에 ㈜ 멕시칸 법인 등록, 1991년 서울로 진출과 2004년 본사를 서울로 이전해서 번창했다. 그러나 창업주 윤종계(尹宗鷄)[170]는 아직도 대구를 벗어나지 않고 또 한 번 자신의 이름을 건 '윤치킨'으로 제2수성을 다짐하고 있다.

이후에 대구 치킨업계의 격돌에서 페리카나, 스머프, 처갓집이란 신생 검투사가 칼을 들고 경연장에 들어섰다. 1991년대 구미에서 탄생된 교촌 치킨(kyochon.com)은 옛날 향교가 있던 마을 교촌(校村)을 밑그림으로 '선비의 꼿꼿함(올곧음)에서 맛의 즐거움을 탐구'라는 스토리텔링으로 1991년 구미에서 시작했다. 시경(詩經)의 "매화는 추위를 겪어야 맑은 향기를 풍기게 되고, 사람도 어려움을 당해야 올곧음을 나타내는 법(梅經寒苦發淸香, 人逢艱難顯其節)."이라는 경영 철학을 갖고 있다. '진솔한 우리의 이야기를 담은 실제적인 맛(Real Flavor, True Story)'을 구현하겠다는 정신을 바탕으로 정도경영(正道經營)을 해왔다. 이렇게 하자 중구난방(衆口難防)이란 입소문 마법의 힘을 입어 1995년부터 프랜차이즈사업을 착수, 대형화 선두 주자(first-mover)가 되었다.

2004년 대구 비산동에서 땅땅치킨이란 이름으로 시작해 17년 동안

300여 개 가맹점을 기반으로, 본사를 팔공산 기슭에(동구 봉무동 220-2) 터전을 잡아 '새로운 10년'을 다짐하고 있다. 혜성처럼 다크호스(dark horse)로 치킨월드를 접수할 양심의 채찍으로 '맛이땅, 즐겁땅' 자신을 채찍질하고 있다. 고려 말 이재현의 『익재난고(益齋亂藁)』에 "월지상견(月地喪犬)"이란 고사(故事)가 나온다. 뜻은 "높은 고관대작 자리에 있을 때는 공산명월(月)처럼 땅땅거리더니(地), 물러나곤 상갓집(喪) 개(犬)처럼 차이는 신세."라는 세태를 말하고 있다. 이를 원용하여 한자 표현으로 "맛있땅 즐겁땅(味地遊地)."이다. 이를 풀어서 쓰면 "먹으면 맛있다고 땅을 치고, 못 먹어 원통해 땅을 친다(吃起來很美味，然後砸在地上)."[171]는 스토리텔링이 가능하다. 좀 더 깊이를 더하면, 조선선비 신흠(申欽, 1566~1629)의 수필집 야언(野言)에서 "오동은 천년 늙어도 곡조를 간직하고, 달은 천 번이나 이지러진들 본질만은 잊은 적 없다네(桐千年老恒藏曲, 月到千虧餘本質)."[172]라는 이미지를 팔공산 동봉의 달빛과 천년봉황에게 먹이가 되는 동화사(桐華寺) 벽오동나무의 올곧음(rightness)에다가 결부해 경영철학을 스토리텔링할 수 있다.

물론 다른 방법으로 물량 공세 2마리를 주는데도, "상생과 사회적 책임 경영"을 슬로건으로 했던'호식이두마리치킨(hosigi9922.com)'[173], 가족이 먹는다는 마음으로 정성을 다하는 '종국이두마리치킨(jongkuk2.com)' 그리고 '꼬꼬네두마리치킨' 등이 있다. 맛으로 승부를 내자고 칼을 갈고 있었던 1985년 포항에서 시작해서 대구 본사를 낸 백록담(BRD, baekrokdam.co.kr)은: i) 정성을 다하는 손맛 고집, ii) 국내 생닭만 고집, iii) 한결같은 맛 고집, iv) 권위보다 친절 고집, v) 전문성과 진솔성 고집으로 '5대 고집 스토리'를, 과거 멕시칸의 신화를 재현하고자 하는 윤치킨, '청정자연 닭고기'를 슬로건으로 하는 키토랑(9989.co.kr)이 대구 치킨 시장(Chicken Market, Daegu)에 도전장을 내었고, 살아남고자 몸부림을 치고 있다.

대구 프라이드치킨의 세계화 과제

우리나라는 2019년 말 현재 87,000여 개소[174] 치킨 가게가 출혈 경쟁하는 세계치킨공화국이다. 대구 치킨 시장은 큰 대(大)자 대구답지 않게 달리 인구 1,000명당 1.39(전국평균 1.6)개 치킨 가게 정도로 비교적 덜 치열한 경쟁시장이나,

평균 매장 규모도 59.3㎡로 가장 협소했다.[175] 그렇다고 대구 프라이드치킨 각축장에서 또다시 "한 마리 값에 3마리(3 chickens at one cost)"로 물량공세는 누구도 할 수 없다. 그렇게 출혈 경쟁(cut-throat competition)을 했다가는 곧바로 공멸하고 만다. 두말할 것 없이 다양한 세계화 방안이 많다. 바로 후발주자의 축복(blessing of late-comers)을 받을 수 있다. 후발주자의 이점(Benefit of Late-Starters)을 세부화하면: i) 대구 사람들이 가장 잘하는 "돌다리를 두들기다가 앞사람 빠지는 걸 봤다가 그렇게는 하지 않는다." 타산지석(他山之石), 반면교사(反面敎師) 혹은 전철지계(轉轍之戒)다. ii) "새 술은 낡은 부대에 담지 않는다(Never, New Wine into Old Wineskins)."[176] 사회적 환경, 기술 및 인간의 정신문화까지 고려해서 새롭게 '무에서 유를 창조(to create something from nothing)'한다는 마음으로 디자인해야 한다.

가장 먼저 전철지계(轉轍之戒)는 i) 혜성처럼 등장했다가 사라진 많은 주변의 치킨 업체를 살펴보고, ii) 입소문으로 국내 최대 강자였던 교촌치킨의 스토리텔링(storytelling)을 벤치마킹하며, iii) 1955년 개업하여 세계적으로 119개국에 34,000개의 판매망을 갖고 있는 치킨 업계 세계화의 살

아있는 맥도날드(Mc-Donald, mcdonalds.co.kr)[177]는 "언제나 ① 안전하고 고품질의 선택에 봉사하며, ② 책임을 하도록 세심함을 쏟고자 합니다(safe & great quality, offers choice in a responsible way)."라는 철학을 갖고 있다. 그들의 조리 방법 표준화, 서비스 및 불만처리의 매뉴얼 등을 참고해야 한다. 여기에다가 각자도생과 재창조화(Re-creation)를 해야 한다. iv) 최근 교촌치킨은 미국, 중국, 태국, 인도네시아, 필리핀 등 6개국에다가 뉴욕시[178]를 포함한 47개소의 매장을 개점했다. 뉴욕에서 '내 고향(My Hometown)'을 의미하는 '본촌치킨(bonchon.com)'으로 2002년 뉴욕에 본점[179]을 내었다. 현재 미국 전역 100여 개소와 전 세계 340개소의 매장을 갖고 있다. "① 두 번 튀기고, ② 특제소스로, ③ 하나씩 손으로 붓질해 바른 치킨(Every piece, double-fried, then hand-brushed with our signature sauce)"을 공급한다는 신조로 새로운 역사를 쓰고 있다. 이들을 롤 모델(roll model)로 좁아터진 레드오션(red ocean) 대구에서 벗어나 푸른 파도가 넘실거리는 황금어장(blue ocean)을 향한 세계화를 추진해야 한다. v) 세계화를 위한 ① 곰, 돼지, 닭 등의 민족적 토템동물 존중, ② 돼지, 쇠고기, 비늘 없는 물고기 등 종교적 기피 음식 고려, ③ 카레, 고추냉이, 매운 고추, 고수향채 등 선호하는 향신료를 가미, ④ 비만증 등의 질환 예방 효과가 있는 식재료를 고려한 현지 최적 식품(field best food)을 개발해야 한다.

2013년 대구시는 '문화와 산업이 공존하는 대구의 대표 여름축제(Wonderful Festival, Create Summer)'를 슬로건으로 7월 18일에서 21일까지 대구치맥페스티벌(Daegu Chimac Festival)을 두류공원에서 개최했다. 30개 회사 94개 부스(booth)에 연인원 27만여 명 이상 참여했다고 치맥산업협회 홈페이지(chimacfestival.com)에서 밝히고 있다. 이 페스티벌의 세계화 방향으로는 i) 지구촌의 문화와 감성의 사교장, ii) 지역 치킨 사업의 세계화에 시

금석, iii) 한류(K-pop, K-food 등)에 편승한 도약 계기, iv) 옥토베르페스트를 능가하는 세계적 치맥축제가 되는 것이다. 이를 통해서 아무리 못해도 대구 10미(Ten Tastes of Daegu)와 뮤지컬 대구(Musical Daegu)의 실체를 보여줘야 한다.

대구치맥축제(Daegu Chimac Festival)가 벤치마킹해야 할 모델 케이스(model case)로는 1810년부터 세계 최대 규모의 민속축제로 독일 뮌헨(München)에서 9월에서 10월에 개최하는 옥토베르페스트(oktoberfest.de)다. 2021년 9월 18일부터 10월 3일까지 개최 계획이며, 알프스 산기슭(in the skirt of Alps Mts)의 시골 처녀들이 입었던 던들(dirndl)을 소개하고 있다. 화룡점정(畵龍點睛)의 정보로 축제장 아가씨들이 입는 던들의 나비매듭(bow-tie) 위치에 따라 i) 오른쪽에 매듭은 유부녀, ii) 왼쪽 싱글, iii) 가운데는 당신에겐 아무런 관심이 없음, iv) 뒤쪽엔 미망인, 종사원 및 어린아이(Bow in the back: Widow, waitress or child)라고 홈페이지에서 소개하고 있다. 그곳에서 제공되는 수제맥주, 치킨 및 비음주자나 채식주의자들에게도 채소 위주 식품 등이 있다. 단순하게 먹고 마시는 것뿐 아니라 지역적 특산품까지도 소개하고 전반적으로 지역산업의 먹거리 가마솥(food cauldron of local industry)을 들끓게 하도록 대축제를 디자인하고 있다.

PART 3

–

옛날에
뭘 어떻게 먹었을까

01

조리, 제전, 묘산에서
식사 도구로 젓가락

우리 밥 한번 먹어

옛날 시골에서 어릴 때에 동네 어르신을 만나면 반드시 인사를 드린다. 인사말은 "아침 잡쉈어요?", "점심 잡쉈어요?" 혹은 "저녁 잡쉈어요?"라고 했다. 국민학교(國民學校, 오늘날 초등학교)를 나와서 서울에서 식모살이를 했던 옆집 여자 친구는 추석 혹은 설날 시골에 내려오면 "진지 잡수셨어요?"라고 유식하게 인사말을 했다. 참으로 하는 말이 예뻐서 읍내시장에도 따라갔다. 푸줏간에서 가선 "안녕하세요?"라고 상냥하게 먼저 인사를 했다. 이어서 "돼지고기 님 계셔요? 한 근만 주세요."라고 존댓말까지 사용하고 있었다. 뭔가 이상했으나, "다음 우리 밥 같이 먹자!"라는 언약까지 받았다. 그런데 약속은 지키지 못했고, 서로가 연락도 없이, 나는 시골을 떠나 대구에서 살고 있다. 이후에 "우리 밥 한번 먹어요(Let's eat once together)!"라는 접대 멘트를 들으면, 그 자리에서 당장 약속을 구체적으로 결정하는 습성이 생겼다. 다음에 먹자는 건 빈말이 될 확률이 99%나 된다는 건 나의 경험칙(empirical rule)이다. 일본 친구와 "우리 밥 한번 같이 먹읍시다(私たちはご飯を一緒に食べましょう)."라고 했더니 절대로 빈말이 아니라, 몇 번이고 확인 전화까지 왔다. 인간사회에서는 식사는 대화의 소품이며, 영국 윌리엄 스코트 경(Sir. William Scott)의 말처럼 "식사는 사업의 윤활유 역할을 한다(A dinner lubricates business)."[180]라고 할 수 있다.

코로나19로 온 국민들이 우울한 집콕생활(home-stay life)을 하고 있는 지난해 2020년 10월에 「시곗바늘」 등 우리들의 귀에 익은 유행가를 불렀던 신유(본명 신동룡, 1982년)가 「밥 한번 먹어요!」라고 신곡을 내놓았다. "아~ 밥이나 한번 사지요. 우리 만나요? 세상만사 복잡하게 생각하지 말아요."라는 가사가 가슴에 다가왔다. 밥을 같이 먹고 데이트까지 한다는 건? 2004년 한나라당 박근혜 대표는 미니홈피 '싸이월드(cyworld.com)'를 통해 '100만 번째 방문자에게 공개적으로 데이트를 신청하겠다.'라고 공개한 지 12일 만에 결과가 나왔다.[181] 이정현의 『진심이면 통합니다』라는 에세이문집에서는 "박 전 대표와 첫 만남에 대해 '밥 한번 먹자'는 말로 인연이 시작됐다고 회고했다. 2004년 총선 당시 광주에 출마하자 박 전 대표가 전화해 '밥을 한번 사겠다.'라고 했고, 총선이 끝난 후 이 약속을 지킨 것이다."[182] 같이 밥을 먹겠다는 건 어떤 계기가 마련된다.

우리말 "말씹다."는 표준국어사전에선 i) 같은 음절이나 단어를 불필요하게 되풀이하다. 혹은 ii) 발음이 분명하지 아니하게 말하다. 최근에 와서는 "네 말을 씹느냐? 먹느냐?"라는 제3의 뜻으로 사용하고 있다. 공자(孔子)가 저술했다는 『춘추(春秋)』를 노(魯)나라 좌구명(左丘明, BC 556~BC 451)이 해석한 「춘추좌씨전(春秋左氏傳)」에서도 "말을 많이 씹어 먹었구나, 그래서 그렇게까지 살쪘구나(食言多矣, 能無肥乎)!"[183]라는 비아냥거리는 표현이 나온다. 『서경(書經)』에서도 "당신이 믿지 못하겠지만 짐(나)은 말을 씹지 않는다. 당신들이 따르지 않으면, 난 여러분들의 가족을 도륙 내겠다(爾無不信, 朕不食言, 爾不從誓言, 予則孥戮汝)."[184]라는 엄명까지 기록되어있다.

2003년 화성 연쇄살인 사건을 소재로 촬영한 영화 「살인의 추억」에선 형사 박두만(송강호 역)이 살인용의자 박형규(박해일 역)에게 "밥은 먹고 다니느냐?"라고 툭 던진 말이 명대사로 회자되었다. 그런데 해외 상영 영어 자막엔 "넌 아침에 일찍 일어났느냐(Did you get up early in the morning)?"로 번역되어있다.[185] 분위기로 봐서는 "사람 죽이고도 밥이 넘어 가느냐?"라는 뜻이다. 지난 2018년 10월 15일 판문점에서 남북한 고위급 회담이 개최되어 북측 수석 대표로 리선권(李善權)이 참석했고, 특별 수행원으로 평양을 찾았던 남한 기업 총수들에게 "냉면이 목구멍으로 넘어가느냐?"라고 핀잔을 줬다는 일화도 있었다.[186]

2017년 트럼프 대통령 취임 후 미·중 갈등의 심화 양상을 마치 '점심 내기 게임(Lunch Betting Game)'처럼 보고, 2017년 4월 5일 자 『워싱턴 포스트(The Washington Post)』는 "트럼프가 중국이 미국의 점심을 먹는 걸 어떻게 멈출 수 있을까(How Trump can stop China from eating our lunch)?"라는 보도를 했다. 2021년 2월 12일 조 바이든 대통령의 의회 연설이 '중국이 기반시설에 대해 미국의 점심을 먹어치우는 걸 경고(Biden warns China will 'eat our lunch' on infrastructure)'[187]라는 내용을 영국 BBC가 송고했다.[188]

제전과 종묘의 묘산죽(廟算竹) 젓가락

조선 시대 2대 개혁군주는 세종(世宗)과 정조(正祖)를 손꼽는다. 그 가운데 세종은 육식을 가장 좋아했고, 민생탐방과 수렵(사냥)대회에 가장 많이 참여했다. 그럼에도 민심을 읽기 위한 '밥상민심(飯床民心)' 탐지에 열중했다. 세종의 '밥상민심'의 탐지 비결은 i) 가장 먼저 밥상에 올라오는 식재료를 살펴서 과거와 빈도수를 비교하고, 최근에 올라오지 않는 것을 눈여겨봤다. ① 특산물로 상납하는 곳의 민란과, ② 토착세력의 토색질 등을 ③ 그리고 탐관오리의 모리(謀利) 등을 살폈다. ii) 밥상에 올라온 식재료의 튼실함을 기준으로 ① 농사철 경작과 추수가 제대로 되었는지, ② 기후 및 수자원(농업용수) 등으로 가뭄 등이 없었는지, ③ 관리가 부역 등으로 괴롭혀 제때 농사를 지었는지 등을 간파했다. iii) 밥상 음식의 조화를 종합해 ① 상소문이나 관리의 보고와 상이한 점, ② 이제까지 국내산이 아닌데 밥상에

올라온 것을 보고, ③ 밥상을 올리는 사람들의 언행과 뒷담화 등을 눈여겨봤다. 밥상 하나로 민심은 물론 세상 축소판으로 세태를 읽었다.

BC 6,600~ 5,500년경 은(殷)나라 때 간쑤성(Gansusheng, 甘肅省)에서 젓가락으로 사용했던 동물 뼈 막대기가 발굴되었다. 중국 고전 『한비자(韓非子)』에선 사소한 작은 단서로도 미래에 전개될 사건을 간파할 수 있다(見小曰明)[189]는 「상아 젓가락과 옥 술잔(象箸玉盃)」이란 고사가 있다. 내용은 "은나라 주왕(紂王)이 상아 젓가락을 만들게 했다. 그 소리를 듣던 숙부 기자(箕子)가 한걱정을 했다. 상아 젓가락을 만들게 했다는 게 문제가 아니다. 상아 젓가락의 품격에 어울리는(모양새 갖춘) 음식, 반찬, 의복(虎皮), 술, 술잔(玉杯), 구중궁궐, 처첩(愛妾) 등에서 주지육림(酒池肉林)에 빠지면 결국은 망국의 길이 된다는 사실을 간파했다. 은나라는 결국 기자의 예상대로 망국 과정을 거쳐 끝나고 말았다."[190] 오늘날 카오스이론(chaos theory)으로 설명한다면, '젓가락의 나비효과(butterfly effect of ivory chopsticks)'다.

후한 고조(高祖) 유방(劉邦)의 책사였던 장자방(張良, BC 262~186)은 "병영 장막에서 전략을 세웠는데 천 리 밖의 전쟁에 이기는 데 결정적인 단초가 되었다(運籌策帷帳, 決勝千里外)."[191]라고 사마천(司馬遷, BC 145~BC 86)의 『사기(史記, 漢高祖本紀)』에 젓가락 전략(籌策)[192]이 적혀있다. 즉 BC 204년 항우(項羽)의 육국후예 책봉계략에 대해 역이기(酈食其, BC 268~204)[193]의 설명에 넋이 빠져있었던 유방(劉邦)의 병영막사에 장량은 찾아들었다. 마침 식사 중이던 유방 앞에서 앉자마자. 먹고 있던 젓가락을 빌려서 8개로 토막을 내어 육국후예 책봉계책이란 합종연횡(合從連衡)의 함정과 부당함을 하나씩 설명했다. "(유방) 할 수 없소." 하면 "(장량) 바로 그것이 첫 번째 이유입니다." 하고 눈앞에 젓가락 한 토막을 내놓았고, "(유방) 그렇게 할 것이지요."라고 하며, "(장량) 그게 두 번째 이유입니다."라고 또 젓가락 한 토막을 눈앞에 늘어놓았다. 이렇게 8개의 젓가락을 나란히 다 늘어놓자, 유방은 "세상물정 모르는 유생 놈(酈食其) 때문에 하마터면 천하대사를 망칠 뻔했구나!"라고 격분을 이기지 못해 먹던 밥상을 뒤엎었다.[194]

젓가락(筷子, chopsticks)은 처음엔 식사 도구가 아니라 요리 도구였다. BC 6,000년경에 오늘날처럼 솥, 냄비 혹은 포트와 같은 도구가 없었고, 나뭇잎 등으로 싼 식재료를 불에 단 돌 위에다가 얹어서 익혔다. 이때 뜨거운 돌을 집어놓기 위해서 젓가락을 사용했기에 기다란 막대기(fire tongs)였다. 솥과 같은 도구를 발명한 뒤에는 뜨거운 물속에다가 식재료를 집어놓고 휘젓는 등 요구 도구(mesh skimmer)로 사용되었다. 춘추전국시대(春秋戰國) 제전의식(祭典儀式)이 발달함에 따라 정성을 다하기 위해서 제물(공물)을 젓가락으로 집어서 옮겨 놓았다(food tongs). 『설문해자(說文解字)』의 설명도 음식 요리와 제전에 사용되었음을 설명하고 있다.[195] 손가락보다 더 섬세한 세공작업을 할 때 작은 부품을 집어서 접합하는 젓가락(pinset)으로 황금 왕관과 귀걸이 등을 제작할 수 있었다. 손으로 다뤄 불길하거나 불경스러움을 없애고자 젓가락을 사용하는 경우로는 국왕과 궁녀들이 정사를 나눌 때는 은젓가락을 사용하여 국왕의 대물을 속살에 집어넣었다(王與女合, 當以銀箸, 恭揷腎內)는 기록이 있다.

우리나라에서 젓가락은 식사 도구보다도 이전에 종묘제사 혹은 각종 제전 도구(宗廟宥座之器曰攲器)로 사용했다. 전쟁이나 각종 전략 회의를 종묘나 사당에서 개최하면서 제전과 의사결정을 했다. 이때에 젓가락은 산죽(算竹)으로도 사용했다. 서양의 신탁(神託, oracle)처럼 동양에서는 묘산(廟算)이라는 전략구상을 했다. 이를 통한 사례가 을지문덕의 신책(神策)이었다. 젓가락 전략(神策)으로는 『삼국사기(三國史記)』, 고구려 612(嬰陽王 23)년 수나라 수륙양군 30만 대군이 침공해 오자, 을지문덕(乙支文德)은 청천

강까지 후퇴하면서 적군을 한반도 내륙 깊숙이 유인해 '독 안에 든 쥐(甕裏之鼠)'를 만들어 놓았다. 곧바로 적장을 흥분시켜 정세간파를 못 하게 희롱하는 오언절구 시를 보냈다. "하늘의 뜻을 헤아린 전략과 땅의 이치를 꿰뚫은 신묘한 계략으로 연전연승하였네. 여기까지 만족하시고 그만 그쳐주시길 바라네(神策究天文, 妙算窮地理, 戰勝功旣高, 知足願云止)."라고 농(弄)을 걸었다. 희롱당함에 격분한 나머지 감정에 말려들어 기획된 함정(堤破洪水)에 빠져 대패하고 말았다[196]. 구사일생 패주(敗走)하면서 "만족함을 알면 욕됨이 없고, 멈출 때를 알면 위험하지 않는다(知足不辱, 知止不殆)."[197]라는 노자의 도덕경 구절을 몇 번이고 회상했지만, 후회막급(後悔莫及)이었다. 삶을 달통한 선비나 도인도 가장 만족하면서도 멈추지 못하는 것이 음식을 먹을 때다. 또한, 술을 마실 때는 멈추지 못해 늘 후회막급이 찾아온다. 그래서 주역(周易)에서 "멈출 곳(때)에 멈추고, 마음까지 분명하면 남으로부터 욕먹을 일도 없다(止于止, 內明無咎)."[198]라고. 장자(莊子)는 『인간세(人間世)』에서 "길하고 상서로운 것이라면 거기에서 그쳐라(吉祥止之)."[199]라고 강변하고 있다.

식사 도구로 밥상에 올라온 젓가락

젓가락이 식사 도구로 사용된 시기로는 중국은 한(漢, BC 202~AD 220)나라 이후로 보고[200] 우리나라도 삼국시대에 숟가락과 같이 출토되는 것으로 봐서 거의 같은 시대라고 볼 수 있으나, 고고학적

유물로 발견된 것은 1971년 7월 5일 공주시 송산리 제6호 고분, 즉 백제 제25대 무령왕(AD 462~523) 왕릉 발굴 당시 108종 3,000여 점 가운데 청동제 젓가락이 2벌이 발견되었다. 그 젓가락의 특징은 i) 지름이 각진 모양을 갖고 있으며, ii) 손잡이 끝부분엔 끈으로 묶을 수 있는 둥근 고리를 만들어 놓았다.[201] iii) 2벌의 젓가락이 놓인 위치는 무령왕과 왕비의 관대 옆에 놓여있다.[202] 이를 감안하면 나무젓가락은 중국과 유사한 시기에 기원전 혹은 AD 200년으로 볼 수 있다. 청동 젓가락도 AD 500년 이전에 이미 사용했다고 볼 수 있다. 통일신라, 고려, 조선 시대에 걸려 젓가락의 유물이 발견되었으나 대부분 신분상 중인으로 추정되었다.

오늘날 젓가락을 식사 도구로 사용하는 나라는 중국, 한국, 일본의 동양 삼국(東洋三國)으로 알고 있으나 사실은 베트남, 캄보디아, 라오스, 네팔, 말레시아, 미얀마, 싱가포르. 태국 등에서는 국수를 먹을 때에 사용하고, 하와이, 남미 서해 해안지역과 세계각처의 아시안 이민사회에서 사용하기에 지구촌 전체에 널려있다.

젓가락에 담긴 우리나라의 아픈 사연을 살펴보면, 임진왜란이 발발한 뒤, 조선지원병으로 파병을 반대하던 이여송(李如松, 1549~1598)은 '용의 간' 요리와 대나무에 눈물 자국이 있는 중국 광서성(廣西省) 동정호(洞庭湖) 남쪽 소수(瀟水)와 상수(湘水)의 주변에 있다는 '소상반죽(瀟湘斑竹)' 젓가락을 원했다. 즉 류성룡(柳成龍)과 이항복(李恒福)이 이여송(李如松)을 만나 같이 밥을 먹는데, 갑자기 이여송이 "소상반죽(瀟湘斑竹) 젓가락이 아니면 밥을 먹지 않겠다."라고 억지를 부렸다. 달나라의 아황(娥皇)과 여영(女英) 선녀의 눈물 자국 아로새겨있는 대나무이기에 당시 조선에선 구하기가 몹시 힘들었다. 이 난처한 상황에서 류성룡이 예상했다는 듯 도포품에 지니고 있던 소상반죽을 꺼내놓자 이여송은 '조선에도 인물이 있구나!' 하고 참전을 결심했다는 설화가 『청구야담(靑邱野談)』, 『계서야담(溪西 野談)』 및 『임진록(壬辰錄)』에 전해지고 있다.[203] 오늘날 「젓가락 행진곡」, 젓 가락 장단(일명, 니나노장단)을 유행시켰던 일제식민지의 민생과 1970년대 경제부흥의 신화 등이 녹아내리고 있는 젓가락 스토리를 우리는 가슴에 안고 있다.

우리의 선인들은 전쟁이나 생사의 문제를 고민할 때는 사당이나 문묘 에서 갑론을박을 한 뒤에 주역(周易)에 의한 복술(卜術)로 결정한다. 이때 64(2^6)개의 대나무 가지(算竹)에 의해 중대 사안이 한 개의 젓가락에 의해 결정한다. 한역(漢易)은 256(2^8)의 케이스로 대폭 늘었으나 사회적 다양화 에 따라잡지 못했다. 오늘날 일본 교토(京都)의 신사(神社), 신궁(神宮) 등 에서 '가미구찌(神口, かみくち)'[204]로 점치는 것 같이 산가지(籌條)를 뽑아 서 번호(8괘)를 선택한다. 선택된 괘사(卦辭)에 따라 운세풀이와 미래 예 측을 한다. 젓가락은 두 짝은 음양(陰陽,)을 상징하며, 3번을 반복해, 건 (乾:☰), 태(兌:☱), 이(離:☲), 진(震:☳), 손(巽:☴), 감(坎:☵), 간(艮:☶), 곤(坤:☷) 이란 8괘(八卦, 2^3)를 만들었다. 주역(周易)은 괘(卦)를 중복해 64(8^2 혹은 2^5) 개의 괘상(卦象)으로 각종 상황의 변화를 예측했다. 그러나 좀 더 복잡해 진 세상을 124(2^6)개의 괘상으로 예측하고자 했던 한역(漢易)은 주역보다 더 세분화되었다. 젓가락 전략은 64개 괘상(cases)으로 늘어놓고 각종 리 스크(risk)와 재앙(disasters)을 예측하고, 상황별 대책 시나리오를 강구(自 强不息)해 미래(운명)까지 만들어(개척)가자는 아이디어였다. 오늘날 용어 로는 시나리오별 대응전략(by-scenario response strategy)이다.

최근 우리나라에서 젓가락이 가장 많이 발굴된 충청북도는 '젓가락 페 스티벌(chopstick festival)'을 구상하고자 국제학회를 개최하는 등 준비를 하고 있다. 충북에 64개소 젓가락 발굴 지역 가운데 청주시가 25개소, 충주시가 11개로 많이 출토되었다. 이곳은 삼국시대 철기생산을 주도했고, 고려 시대 이후 화려한 금속공예가 왕성했던 지역이었다. 총 166점의 젓가락 가운데 조선시대의 유물이 133점이고 청동 젓가락이다. 젓가락은 음식뿐만 아니라, 음악, 무술, 장례, 공예 등을 발전시키는데 기여했다. 금동 왕관 및 귀걸이 등의 섬세한 공예는 젓가락을 사용해서 만들었기 때문이다.[205] 지난 2005년 황우석(黃禹錫, 1952년생)의 줄기세포로 환자 맞춤 치료를 사이언스(Science)[206]지에 게재하자 국내 언론에서는 '젓가락 신화(myth of chopsticks)'라고 했다.[207]

02

피, 조, 수수는
한민족의 핏속에 흐르고 있다

오곡백과가 풍성했던 한반도

한반도는 i) 지구의 위도상에서 사계절(四季節, four seasons)이 뚜렷한 북반구에, ii) 유라시아 대륙의 극동 해안 반도로서, iii) 지구촌의 인류가 아프리카 동부에서 시작해서 4만 년 전에 최종 낙원을 찾아온 한반도이기에 홍수아이들이 터전을 잡고 살았다. iv) 한반도에서 벼농사는 5,020년 전 재배가 시작되었다고 보고 있으나 피(稷), 조(粟) 등의 재배는 15,000년 전부터 소급하고 있다. v) 유라시아 어느 지역보다도 풍요로운 먹거리로 인해 신석기 시대에 접어들어서 불을 사용하여 ① 맹수로부터 방어, ② 추위로부터 체온유지와 쉼터 보온(온돌방), ③ 먹거리 굽기, 건조(훈제), 발효 및 가열처리를 하게 되었다. 한반도에서 음식 조리와 발효음식(술, 된장, 김치, 식초 등)을 가장 먼저 만들어 먹었다.

중국 고전을 종합하면, BC 2,700년 이전에 생존했다는 동이족(東夷族) 신농씨(神農氏, 생몰미상)[208]는 i) 백성들에게 농경 작물 재배를 가르쳤으며(敎民耕種)[209, 210], ii) 쟁기, 서래 등의 농기구를 개량해서 농업생산을 증가시켰으며(發明耒耜)[211], iii) 자기 몸으로 실험해 독성계측과 독초를 맛(嘗百草)보면서 새로운 먹거리를 찾았고[212], iv) 보다 건강한 식생활을 위해 식치(食治)와 약초를 정리[213]해서 『본초경(本草經)』을 저술했다(神農本草經)[214]. 이를 통해 이곳 한반도는 "연연세세 풍년이 들었고 오곡이 풍성하게 잘 여물었다(五穀豊穰, ごこくほうじょう)[215]"라고 노래했다. 여기서 오곡(五穀)이란 인도에선 보리, 밀, 쌀, 콩, 깨를, 중국에선 참깨, 보리, 피, 수수, 콩을[216], 일본에서는 쌀, 보리, 조, 콩, 기장 등[217]이었다. 사실 시대에 따라서 다소 다르게 변경되었다.

우리나라의 피(稷) 경작에 대한 고고학적 사실은 함경북도 회령읍 오동리의 '화석으로 된 피(炭化稷)'가 출토되었고, 고려사 병지(高麗史, 兵誌)에선 병마용 사료(兵馬飼)와 빈민의 식량(貧民糧)으로 사용했다는 기록이 있다.

우리 속담에 "피죽도 못 먹었냐?"라는 말이 있듯이 민족의 구황 비상식량으로 경작했다. 피의 원산지는 한반도와 아시아다. BC 8,000~3,000년 이전 선사시대의 대표적 농경작물은 피(稗)였으며, 이후에 고급먹거리로 벼(쌀)가 경작되었다. 중국의 주(周)나라는 피(稷)를 조상신으로 모셨으며, 사직(社稷)이란 국가 종묘가 사직에 좌우되었다는 의미였다. 농사를 담당했던 관직으로 후직(后稷)을 두었다. 당시 백성들의 먹거리를 산출하는 후직을 찬양하는 『시경(詩經, 民勞)』[218]의 구절에선 "백성들 또한 고달프니(民亦勞止)"[219]라는 시가에서는 천지가 감응하여 국가시조(國家始祖)를 탄생시켰다고, 즉 농업신인 후직(后稷)을 찬송했다.

우리 민족은 조당수로 명줄을 이어왔다

중국에서는 가장 소중하게 여겼던 곡식(貴穀)으로는 바로 조(粟, millet)였다. 고고생물학(考古生物學)에서는 조가 인간의 식량으로 사용된 것은 7,000년 전으로 보고 있으며, 10,000년 전까지 소급할 수 있을 정도로 한반도 무문토기시대(Korean Mumun societies)에 피 경작을 시작했으며[220], [221], 중국은 이후 신석기 시대의 중국 남부 지역에서 재배된 것으로 세계가 공인하고 있다. 중국의 기록에 의하면, 조(粟)는 BC 6,500년 전 중국 허난성(河南省) 페이리강 문화(裴李崗文化, Peiligang culture)와 허베이성(河北省) 츠산문화(磁山文化, Cishan culture)에서 탄화속(炭化粟)이 발견되었다. BC 5,000년 경 당시 백성들이 조를 주식(主食)으로 먹었던 하남성(河南省) 양사오문화(仰韶文化, Yǎngsháo wénhuà)에서도 발굴되었다. 우리나라에서는 BC 3,360년경 부산 동산동(釜山 東山洞) 패총에서 탄화속(炭化粟)을 발굴했다. 이어 일본은 BC 2,000년 경 홋카이도(北海島) 우스리지(臼尻)[222]에서 재배되었던 것으로 추정되는 유물이 발견되었다. 유럽에서 BC 2,000년경으로 추적되는 탄화된 씨앗(carbonized seeds)들이 발굴되었다. 조는 생육 여건상 생육 기간이 짧고 건조기후에도 강해 척박한 화전(火田)에도, 흉년의 이모후작(二毛後作)으로 선호하는 작물이다. 특히 가뭄에 구황식량(救荒食糧)으로 가장 많이 심었던 곡식이다. 특히 우리나라는 춘궁기(春窮期)에는 '좁쌀로 멀건 죽(조당수)'을 마시면서 생명을 유지했다. 이뿐만 아니라, i) 절량(絶糧)으로 봄철 산나물만으로 먹다가 산채 독이 온몸에 퍼지거나, ii) 삼순구식(三旬九食)도 못 하는 경우에는 반드시 찾아오는 부종(浮腫)에, iii) 곽란(癨亂), 소갈(消渴), 복통 등에도, iv) 심지어 비혈(鼻血), 견문상(犬吻傷) 등의 민간요법으로 좁쌀(조당수)을 사용했다. 노란 빛깔의 멀건 조당수(粟糖水)는 보릿고개(麥嶺)를 넘는 한반도의 백성들에겐 '황금의 생명수(Aureum aquae vitae)'였다. 1980년대까지 차조(glutinous millet)는 폐병 환자에게 치유식(healing food)으로 권장되었다.

중국에서 좁쌀의 소중함은 BC 168년 서한(西漢) 어사대부 조조(鼂錯 혹은 晁錯, BC 220~154)는 『논귀속소(論貴粟疏)』를 작성하여 먹거리 혁명을 제창했다. 당시 식량은 조(粟)로 총칭되었다. "백성이 가난하면 간사한 마음이 생기고, 가난은 부족한 데서 오며, 부족함은 농사를 짓지 않기 때문입니다. 한곳에 머물지 않게 되면 고향을 떠나 가정이 경시됩니다. 결국, 백성들은 마치 새와 야수들처럼 되고 맙니다(不地著則, 離鄉輕家, 民如鳥獸)."라는 악순환을 방지하고자 서민 안정화 정책을 강력히 주장했다. 당시에도 오늘날 낙수효과(落水效果)를 주장했다니 "백성들이야 말로 윗자리에 있는 사람으로서 그들을 어떻게 대우하느냐에 따라, 경제란 마치 물이 위에서 아래로 흐르는 것처럼 편익이 넘쳐흐르게 된다(民者, 在上所以牧之, 趨利如水走下)."[223]라고 언급되었다. 오늘날 우리의 입장에서도 참으로 놀라지 않을 수 없다. 공자가 52세에 미관말직 대사구(大司寇) 벼슬을 하면서 봉록(俸祿)을 좁쌀로 받았다. 주유천하(周流天下)할 때에 할머니로부터 조밥(黍)을 얻어먹었다는 『논어』의 기록이 있다[224]. 『춘추(春秋)』나 『전국책(戰國策)』 등의 기록을 보면 귀족들 대부분은 주식은 조밥(黍)이었다. 중국에서 쌀(米)을 식량의 대명사로 사용하기에 좁쌀(黃米 혹은 小米), 옥수수(玉米), 땅콩(花生米), 감자(菖米), 도토리(橡實米) 혹은 콩(菽米) 등을 모두 쌀(米)이라고 표현했다. 쌀 미(米)자만 보고 한문을 해석한다면 이런 큰 착오를 불러온다. 오늘날 중국의 '샤오미(Xiaomi, 小米)'라는 대기업의 명칭은 중국인의 주식이었던 좁쌀(小米)에 뿌리를 두고 있다.

그러나 한반도는 지구촌에서 가장 먼저 벼농사를 경작했으며, 다른 농사에서도 비교적 풍작을 이어왔기에 중국처럼 조밥을 많이 먹지 않았으나 귀족이 아닌 일반 백성들은 고려, 조선 시대, 일제식민지 시기 때에도 조밥이 주식이었다. 해방 이후에도 화전민이나 빈농가는 쌀 구경을 못 했다. 1970년대까지 빈농가의 가족들은 쌀을 섞지 않는 '깡 조밥'으로 연맹했다. 1963년도 13만 8,600ha 조 재배, 7만4,000톤의 좁쌀을 생산했으며, 20년 뒤에는 1,526ha 재배로 1,558톤 정도, 99%가 격감했다. 오늘날은 사람들의 식량으로는 별식 이외 99%가 조류들의 모이로 사용되고 있다. 좁쌀보다 도정하지 않는 좁쌀 씨앗은 10배 고가로 애완 고급 조류의 먹이로 판매되고 있다. 과거나 오늘날도 좁쌀을 미미하게 생각해서 "좁쌀스럽다."[225] 혹은 "좁쌀영감"이라는 용어가 아직도 사용되고 있다.

인간공희(人間供犧)를 대신한 수수(高粱)

노벨 수상자의 27%가량을 차지하는 유대민족의 전통인 베드타임 스토리(bedtime story) 혹은 베드사이드 스토리(bedside story)처럼 어릴 때에 잠드는 손자에게 들려주던 할머니의 '별순달순' 시리즈 가운데 '호랑이와 수수깡'이야기가 있다. 내용은 "엄마가 오는 길목을 지켰던 호랑이가 불쑥 엄마 앞에 앉았네, 떡 하나 주면 안 잡아먹지. … 떡 다 빼앗아 먹고 난 뒤에 엄마까지 잡아먹었다. 얼굴을 분칠하고, 떡함지를 머리에 이고, 싸리문을 발로 차면서 '엄~마~ 왔~다. 애들아~ 문~ 좀~ 열어라.' 우리 엄마 손은 비누로 씻어서 깨끗한데 더러운 털이 있는 거로 호랑이임을 알아차리고, 하늘에 빌었더니 굵은 동아줄이 내려왔다. 오누이에겐 굵은 줄이, 호랑이한텐 가늘고 썩은 줄로 올라가다가 떨어서 수수밭에 떨어졌는데 추수한 수수깡 칼날에 엉덩이가 베여서 수수깡(수숫대)에 빨간 피가 묻어있다."라고. 이렇게 어린이들에게 소중한 엄마까지 희생시키는 호환(虎患)에 대해 평생 경계하라고 각인시켰다.

수수(黍)는 중국 고전『시경(詩經, BC 10,000~BC 600)』엔 "저 수수 이삭만 우거져 있네, 피도 같이 자라서 한 밭이 되었네. 이를 보니 걸음에 맥까지 다 풀리고 마음까지 슬렁인다네. 수수 이삭만 우거졌고, 피 이삭은 알차게 우거졌네. 가는 걸음이 맥이 다 풀리네, 마음은 술에 취한 듯이 정신이 없네(彼黍離離, 彼稷之苗, 行邁靡靡, 中心搖搖. 彼黍離離, 彼稷之穗, 行邁靡靡, 中心如醉).226"라는 민요가 기록되어있다. 수수 이삭이 꼿꼿이 하늘을 향하고 있는 모습을 보고 과객은 '수수로 고량주 빚어 한잔 마시기는 어렵게 되었네.' 하는 맘으로 정신까지 놓고 말았다.

수수(高粱, sorghum)는 고고생물학에선 아시아와 아프리카에 자생하고

있었기에 주식(主食)보다는 양조주(高粱酒)용으로 많이 사용했다. 아프리카 수단, 에티오피아에선 BC 3,000년경 재배했던 고고학적 흔적으로는 인도를 거쳐 중국에 들어와서 동아시아에 전파되었다. 중국에선 고량(高粱)이라는 말 이전에 촉서(蜀黍)라고 했다. 즉 촉(蜀)이란 산동반도와 한반도 주변에서 최초 재배되었다는 의미를 담고 있다. 촉서전병(蜀黍煎餅)이란 기록도 있다. 이를 종합하면 한반도에서 중국으로 전파되었다고 볼 수 있다. 옛날 중국에선 여자아이들이 울 때에 "예쁘게 울어야지, 예쁘게 울어야지(淑淑, Shūshū)."라고 했기에 여자아이들의 이름에 '촉서(蜀黍, Shǔshǔ)'를 사용했다. 발음이 오늘날 중국에선 '수수(Shǔshǔ, 叔叔)'와 같은 발음이라서 '아저씨(삼촌)'라는 뜻으로도 사용하고 있다. 최근엔 남성들에게도 사용되는 '이상한 아저씨(怪蜀黍)'라는 말이 2010년 이후 중국 본토에서 유행하고 있다. 이는 1958년 발표된 러시아 망명작가 블라디미르 나보코프(Vladimir Nabokov, 1899~1977)의 소설 『롤리타(Lolita)』에서 소아성애 편집증 환자를 묘사했다. 그래서 '롤리타 컴플렉스(Lolita Complex)'라는 심리학적 용어가 생겨났다. 우리나라의 말 수수는 촉서(蜀黍)의 중국어 발음이 '수수(Shǔshǔ)'라는 데 유래되었다. 이와 유사한 곡물 명칭으로는 양자강(楊子江) 이남에서 재배했다고 강남(江南)을 강조해서 '강남콩(江南菽)' 혹은 '강냉이(江南)' 혹은 옥(玉)색이라고 해서 옥수수(玉蜀黍 혹은 玉米)라는 말이 중국 지역명과 색깔에서 나왔다.

미국에선 수수(sorghum)의 알곡보다는 수숫대를 찧어서 시럽(sirup)을 만든다. 비스킷을 수수 시럽에다가 찍어 먹는다. 중국, 한국 및 일본 극동아시아에서는 고량주를 만들어 마신다. 많은 나라에서는 생(生)수수엔 시안화물이 들어있어 건조해 동물 사료로 쓴다. 일본은 오키나와에서 재배한 '도나친(トーナチン)'을 식용한다. 중국인 2012년 노벨문학상 수상작가

모옌(莫言, 1957년생)의 대표작인 1986년 『붉은 수수 가족(紅高粱家族)』[227]이란 장편소설을 '인민문학'에 발표했다. 1987년 장이머우(張藝謀, 1950년생) 감독은 「붉은 수수밭(紅高粱, Red Sorghum)」 영화를 제작 상영했다. 이렇게 하여 세계적인 작품으로 부상되어 2012년 노벨문학상을 수상하게 되었다. 그 영화(Red Sorghum)에선 일본제국군에 저항하는 중국인들을 다 잡아 꽁꽁 묶어놓고 지인을 협박해, 뜨거운 물을 알몸에다가 덮어씌우고 살가죽을 벗기는 장면이 나온다. 이렇게 살가죽을 벗기는 작업을 일본제국군은 인간개혁(人間改革)이라고 했다.

수수는 식재료로 소화가 잘되고 장기기능 활성화에 좋은 물질인 프로안티시아딘(proanthocyanidins, $C_{128}H_{122}O_{65}$)이라는 성분에 있다. 이는 염증 제거로 방광 면역을 높인다. 씨눈엔 천연 항암인 아미그달린(amygdalin, $C_{20}H_{27}NO_{11}$) 성분도 있다. 이를 이용해 우리의 선인들은 어린아이들의 돌잔치, 백일잔치 등에 수수팥떡을 즐겨 해 먹었다. 또한 붉은색(赤色)을 이용해 잡귀 혹은 역병 등을 물리치고자 하는 벽사음식(辟邪飮食)으로도 이용했다. BC 2,000년경부터 동서양에 사람의 생명을 대신해서 동물이나 식물의 피를 바쳤던 '대명신앙(代命信仰)'이 자리 잡고 있었다.

서양(구약성서)에서도 "흠집 없는 숫양의 피를 문설주에 칠해서 죽은 천사들의 침범을 피함"[228]을 유월(逾越, misfortune-overstepping)이라 했다. 즉 사람의 피를 대신해 동물(희생)의 피로 넘어간다는 대명신앙이었다. 각종 질병과 사악한 운세를 물리치는 벽사의식에서 사람의 피를 대신(代命)해 수수 혹은 팥의 붉은색(철분)을 이용한 음식을 신에게 바쳤다. 출혈 혹은 빈혈 때 꼭 먹어야 할 음식으로 수수떡이었다. 출산이나 수험과 같이 피를 말리는 고통에는 치료식으로 수수팥떡(小豆きび餠, 紅豆高粱糕), 붉은 시루떡 혹은 팥죽 등으로 벽사행위(evil-defeating behaviour)를 했다. 벽사음

식(evil-defeating food)[229]뿐만 아니라 벽사도(辟邪圖), 도깨비 얼굴 기와(鬼面瓦), 대궐지붕의 용마루 잡물(瓦龍宗雜物)로 삼장법사와 손오공일당을 조각해서 놓기도 했다. 조각상으로 해태상(獬豸像), 불상, 장승, 솟대, 귀불노리개, 벽사노리개 등이 오늘날까지 전승되고 있다. 가장 흔한 것이 달마도(達磨圖)와 부적(符籍)이다.

중국 사람들은 평시에도 벽사의식을 중시하고 있으나 미국인들은 벽사보다 행운을 불러오는 데(招運) 더 치중한다. 지구촌의 인류들이 새해에 행운을 불려 들이기 위해 해 먹는 10대 음식(Foods to Eat in the New Year to Bring Good Luck)으로, 1) 극동아시아 중국과 일본에서 부(富, wealth)와 돈의 상징인 돼지고기(pork), 2) 오리엔트 지방에서 쌍어신앙(kara)의 행운으로 물고기(fish), 3) 고대 로마인이 행운의 씨앗으로 봤던 콩(beans), 4) 오늘날 비만 퇴치와 건강을 의미하는 푸른 해초(greens), 5) 노예의 고단한 삶에서 건강을 유지해주었던 영혼음식 옥수수 빵(corn bread), 6) 유럽인들이 경사스러운 날에 축배를 드는 포도(grapes), 7) 과일이 많은 곳에 미녀들이 많이 나왔으니, 특히 중국 4대 미녀들을 탄생시킨 석류(pomegran-

쌍어사상(Kara brief, 雙魚思想)

ate), 8) 일본 사람들이 송구영신(送舊迎新)의 축복음식으로 먹었던 소바 (soba), 9) 불교의 윤회사상에서 탄생-사멸-환생을 의미하는 법륜(法輪)의 도넛(doughnuts), 그리고 10) 결혼, 생일 등의 행복한 날에 반드시 축복을 같이했던 케이크(cake) 등이다. 이외에도 11) 중국인들이 돈이 불어나기를 축원하는 교자만두(dumplings), 매사에 소원 성취와 확신한 결실을 축원하는 귤(oranges)이 있다. 12) 독일인의 건강을 지켜주는 양배추 김치(sauerkraut)와 13) 이탈리아인들이 새해 저녁에 먹는 렌틸(lentils)이 행운을 부르는 13대 음식에 선정되었다.[230]

03

태산준령 같은 보릿고개 넘다가
다 죽었다

넘고자 그렇게 많이 죽었던 보릿고개

흥선대원군(興宣大院君, 李昰應, 1820~1898)은 왕족 혈통으로는 인조(仁祖)의 제3자 인평대군(麟坪大君)의 8세손, 그의 아버지 남연군(南延君 李球, 1788~1836)이 정조(正祖)의 이복형제인 은신군((恩信君 李禛, 1755~1771)의 양자(養子)로 입적하여 영조(英祖)의 왕가 가계에 편입되어 왕위 등극에 접근했다. 정조직계(正祖直系)는 이복동생 은언군(恩彦君 李裀, 1754~1801)의 손자인 철종(哲宗)으로 이어졌고, 철종(哲宗)이 후사(後嗣)가 없자 혈족이 가까운 모든 왕족에게 왕위쟁탈이 심각해졌고, 세도정치권자(世道政治權者)였던 안동 김씨(安東金氏)가 견제의 눈초리를 보내고 있었다.

어린 국왕으로는 순조(純祖) 11살, 헌종(憲宗) 8살, 철종(哲宗) 18살, 고종(高宗) 12살로 미성년자의 어린 나이를 핑계(대의명분)로 안동김씨 가문은 1804년부터 1862년까지 60년간 세도를 장악했다. 불합리한 세도가문에 의해서 국정이 피폐해지는 꼴을 두 눈으로 봐 왔던 대원군 이하응(李昰應, 1820~1898)은 절대로 유력한 사대부에게 다시는 말려들지 않겠다고 절치부심(切齒腐心)했다. 자신의 아들 고종(高宗)의 왕비간택엔 아예 권문세족을 제외시켰고, 중인 집안에서 간택하기로 했다. 시아버지가 직접 며느릿감을 현(見) 보기로 했다. 과거 왕비 간택의 기본은 가문과 미모 중심었으나 흥선대원군은 심덕(마음씀씀이)을 중시했다. 대원군은 마음씨를 간파하고자 면전에 3가지의 질문을 던졌다. 왕비 간택 질문 3가지는 i) 조선에서 가장 아름다운 꽃은 무슨 꽃이고, 그 이유는? ii) 조선에서 가장 높은 고개는 무슨 고개이고 그 이유는? iii) 마지막으로 제대로 된 가정교육을 보고자 자신의 아버지 함자를 수놓은 방석에 앉도록 했다. 흥선대원군의 부대부인(府大夫人)이 천거한 여흥민씨 여식(女息)은 민자영(閔玆暎, 1851~1895)이었다.

그녀는 8세에 부모를 잃고 혈혈단신으로 자랐기에 양반 가문의 여식보다 세상물정에 밝았다. 아버지가 없다는 점에서 나쁘게 말하면 '호로자식'이었다. 그러나 돌아가신 아버지 함자 '민치록(閔致祿, 1899~1858)'이 새겨진 방석엔 아예 앉지도 않았다. 오히려 무릎 위에 방석을 모시고 있었다. 가장 아름다운 꽃은 목화(木花)라며, 그 이유는 엄동설한에 백성들의 추위를 막아주며 포근하게 감싸주기까지 한다고 덧붙였다. 가장 높은 고개로는 보릿고개[麥嶺]라고, 춘궁기 보릿고개를 넘다가 수많은 백성이 죽어 나갔다. 그 높이는 얼마나 높은지 측량조차 할 수 없다고 했다. 한마디 한마디가 대원군의 속마음을 꿰뚫은 대답이었다. 대원군은 분명히 두 귀로 듣고도 한동안 멍하니 말을 못 했다.

동서양 서민의 애환을 같이했던 보리

보리(麥)는 일반적으로 10,000년 전 유라시아(Eurasia) 각처에서 최초로 재배되었던 작물 가운데 하나였으며[231], 기원전 7,000년 이전 메소포타미아(mesopotamia) 속칭 '비옥한 초승달 지대(fertile crescent)'에서 재배되었던 흔적이 있다. 밀과 함께 재배되었던 것으로 추정되고, 원산지로는 메소포타미아와 중국 양자강 상류로 양분하기도 한다. 로마 시대 가축 사료나 하층민들이 식용했으며, 특히 근육에 좋다고 해서 검투사(gladiator)들이 식용했다. 중국에선 보리 맥(麥)는 『설문해자(說文解字)』에 의하면, 올 래(來)와 천천히 걸을 쇠(夊)가 결합되었다고 한다. 즉 보리까끄라기(芒)가 발이(夊) 되어 옷 속으로 천천히(走) 올라옴을 회의(會義)한 것이다(周受瑞麥來麰, 如行來, 故從夊).[232] 따라서 청나라에서는 보리를 '망곡(芒穀)'이라고 했으며, 후한의 채옹(蔡邕, AD 132~192)의 '월령장귀(月令章句)'에 "모든 곡식은 봄에 싹이 트고 가을에 열매를 맺는데, 보리는 여름 더위에 열매 맺어 가을이 되나니(百穀各以其初生爲春， 熟爲秋， 故麥以孟夏爲)"[233]라는 구절이 있다. 영어 보리(barley)란 단어는 인도유럽어(Proto-Indo-European)에서 "베를릭(bærlic, of barley)"을 AD 966년 영국 옥스퍼드(Oxford)사전에서 인용하고 있다. 외양간(barn)이란 영어단어는 '보릿짚으로 만든 집(barley-house)'라는 의미로 사용되었다.

우리나라에 보리(麰)는 BC 1,500년경 동이족의 이동에 따라 한반도에 유입되었다. 1980년 경남 김해시 부원동(府院洞) 원삼국시대(原三國時代, Proto-Three Kingdoms Period, BC 100~AD 300) 유적발굴에서 남산 서쪽 기슭 패총 지역(A)에서 탄화곡물(炭化穀物)로 보리[麥]가 발견되었다. 1996년 충북 충주시 조동리(忠州市早洞里) 유적발굴에 청동기시대의 유물과 같이 쌀, 밀과 보리가 출토되었다. 2011~2014년까지 광주광역시 광산구 신창동(新昌洞) 선사시대(철기시대, BC 200~ BC 100) 유적발굴에서도 탄화맥(炭化麥)이 출토되었다. 이를 통해서 보면 고조선 시대부터 재배를 시작했으며, 삼국시대는 물론 고려 시대까지 보리와 쌀을 대체 식재료로 귀족이나 양반들은 미곡을, 일반 백성들은 보리밥이라도 배불리 먹기를 원했다.

정도전(鄭道傳, 1342~1398)의 조선건국 프로젝트에 따라 이성계(李成桂)는 '목자위왕(木子爲王)'이라는 입소문을 확산시켰으며, 동시에 '소고기국에 흰쌀밥(牛湯白飯)'이란 생생한 비전을 제시하였다. 아사시신의 악취가 한반도를 휩싸고 있었던 때에 혹시나 하는 기대를 갖고 백성들은 조선건국에 참여했다. 결과는 '역시나'로 끝났다. 소고기국에 쌀밥은 고사하고, 과거처럼 보리밥도 배불리 먹지 못했다. 임진왜란과 병자호란에 당하고도 정신을 못 차렸다. 비로소 숙종(肅宗, 재위 1674~1720) 때는 벼농사를 직파(直播)와 이앙(移秧)으로 개선해 이모작(구루갈이)을 권장했다. 벼농사를 한 뒤 보리농사를 짓게 이모작으로 보리를 경작하게 하여 주곡 쌀이 떨어진 하절기(米嶺)에 보리를 주곡으로 먹을 수 있게 했다. 그런데 보리 수확 이전 춘궁기가 극심해 보릿고개[麥嶺]라는 말이 생겨났다. 보릿고개는 조선말과 일제식민지 시기에 극심했으며, 해방 이후에도 보릿고개는 사라지지 않았다.

한편, 중세기 서양에서도 항해선원들이나 특이한 지역의 주민들에게 비타민 B가 부족하여 각기병(脚氣病, beriberi)을 앓았던 때에 보리밥 특식을 약용으로 먹었다. 일본에선 물고기에서 부족한 비타민 B 등을 보충하고자 꽁보리밥에 참마를 갈아서 올린 '무기토로(むぎとろ)'[234]가 특식이었다. 교토(京都)엔 1576년 창업한 '헤이하치자야(平八茶屋)'라는 요릿집에선 '무기토로(麥とろ)' 음식이 아직도 이름값을 하고 있다. 도쿄[東京] 아사쿠사[淺草]에 무기토로(むぎとろ) 맛집이 아직도 성업 중에 있다.

우리나라에선 1969년부터 1977년까지 식량 절감을 위한 혼(분)식 장려 운동을 할 때에 학교에선 일정 비율로 혼식을 하는지 점심시간엔 담임 선생님들이 도시락 검열을 했다. 보리쌀 등의 잡곡이 섞여있지 않으면 "(개처럼) 도시락을 물고, 교실 구석에 벌을 서라."라는 명령으로 점심시간 동안 벌을 섰다. "대통령 각하님도 혼식을 하는데."라고 종회시간 훈시를 시작했다. 그때에 "선생님, 대통령 각하님은 혼식을 해도 반찬이 좋습니다. 우리 반찬이야 무짠지가 전부데요."라고 질문을 했다가 교무실로 호출되어 갔고, 선생님들로부터 '사랑의 매'라는 이름으로 돌림매타작만 당했다.

고문헌상의 보리 기록

『시경(詩經)』에는 한나라 기자(箕子)는 은(殷)나라의 수도가 폐허가 된 그곳(殷墟)에 무성하게 자란 보리 이삭을 보고 한탄을 했다는 맥수지탄(麥秀

之嘆) 고사가 나오는데, "보리 이삭은 무럭무럭 자라나고 있고, 벼 이삭과 기장 이삭도 알차게 익어 윤기가 조르르 흐르네, 교활한 철부지 주왕 좀

보게, 내 말을 듣지 않았으니 이렇게 되었네(麥秀漸漸兮, 禾黍油油兮, 彼狡童兮, 不與我好兮)."235라고 읊었다. "네가 없으면 세상 망할 줄 알았구나, 천만에요, 이렇게 연연세세 풍년이 드네요."라고. 요사이 시쳇말로 "네(국왕)가 없다고 세상 망하는 줄 알았다니⋯. 있을 때에 잘하지 그래."

보리개떡(barley bread) 이야기는 성경(사사기) BC 375년 "기드온이 그곳에 이른즉 어떤 사람이 그의 친구에게 꿈을 말하여 이르기를. 보라! 내가 한 꿈을 꾸었는데. 꿈에 보리개떡 한 덩어리가 미디안 진영으로 굴러 들어와 한 장막에 이르러. 그것을 쳐서 무너뜨려 위쪽으로 엎으니, 그 장막이 쓰러지더라."236라는 구절이 나온다. 여기서 보리개떡을 '하느님과 기드온의 칼(Sword of Lord & Gideon!)'이라고 성경학자들은 하나같이 해석했다. 오늘날 시대 감각으로 표현하면 아마도 작전 암호, 작전명 혹은 "개떡 같은 세상을 뒤집어 찰떡같은 새로운 세상을 만들자."라는 비전제시다. 기드온의 보리개떡 작전(Operation Barley Bread)은 i) 300명의 정예병만 3부대로, ii) 야간기습작전을 감행, iii) 병정들에게 나팔(trumpet)과 횃불(torches)이 감쪽같이 감춰진 항아리(pitchers)를 하나씩 분배한 뒤, iv) 심야 암흑(Dark Thirty)을 틈타 진중을 기습한 뒤, 곧바로 천지가 떠나갈 정도로 큰 나팔 소리를 내어 적진을 아수라장으로 만들었다. v) 또한, 막사를 향해 항아리 속에 감추었던 촛불로 불바다를 만듦으로 새로운 세상을 맞이했다.237

불교에선 '빈자일등(貧者一燈)'의 간절함처럼 지극한 마음의 표현을 유식하게는 '이어오병기적(二魚五餅奇蹟)'238에 비유했다. 초등학생들의 용어로는 '보리개떡 5개(five loaves of barley bread)'다. 오병이어로 4,000명 혹은 5,000명이 먹고도 두 광주리나 남았다는 진정한 의미는 '상대방을 배려해서 먹기는커녕 갖고 온 것까지 끄집어내는 기적'을 표현하고 있다. 이런 배려기적을 BC 5,000년경 동이족의 선조인 복희씨(伏羲氏)는 구구지수(九九之數)로 계산했다. 또한, BC 600년경 관중(管夷吾, BC 725~ BC 645)이 저술한 『관자(管子)』의 계량정치학에 생겨났다. 이를 경제에 적용한 게 바로 계량경제학이다. 쉽게 이야기하면 물고기(2)는 메소포타미아가 터전이고 보리개떡(5)은 생산물이다. 이를 오늘날 승수효과로 산출하면 32배(25)라는 '양심의 승수효과'가 생겨난다는 의미다.

사실, 철없던 때엔 "엄마, 엄마. 보리밥 해주세요, 내일 모래 방귀대회 일등하게요."라고 동네가 떠나가도록 노래를 불렀다. 일제식민지 때는 물론 6·25동란 전후 보리밥도 못 먹을 때에 "동무, 동무 씨동무 보리가 나도록 씨동무."라고 배고픔을 잊고자 노상방요(路上放謠)를 했다. 어릴 때 시골에서는 보릿고개란 말을 자주 들어왔고, 춘궁기에 어머니와 산나물을 뜯으러 새벽 아침을 먹었다. 중식거리로 주먹밥 덩어리를 지개뿔따구에 매고 보따리 혹은 마대 등을 지고 나갔다. 해질 때까지 산나물을 채취하다가 어두워 보이지 않아야 중단하고 귀갓길을 재촉했다. 겨우 한밤중에야 집에 도착하면 물먹은 솜처럼 지쳤다. 그럼에도 어머니는 산나물을 다 삶아서 물에다가 담고 난 뒤에서야 잠자리에 들었다. 이웃집에서는 3일에 한 끼를 조당수로 마셨다. 이웃사촌이라, 산나물과 좁쌀을 조금씩 나눠 먹었던 기억이 난다. 보릿고개란 말이 아직도 실존하고 있는 곳은 경북 구미시 박정희로 107(상모동 171번지)에 박정희 대통령 생가에 '보릿고개

체험장(麥嶺體驗場)'이란 현판이 여전히 걸려있다. 그곳에선 박정희(朴正熙, 1917~1979) 전(前) 대통령을 '보릿고개를 없앤 사람' 혹은 '반인반신(半人半神)'으로 모시고 있다. 2016년 4월 28일 구미시에는 근검 정신과 음식 관광 자원화로 박정희 테마 밥상으로 '보릿고개 밥상' 혹은 '통일미 밥상' 등 6개나 개발했다.[239] 이런 아이디어를 주신 김동길 교수는 "나를 감옥(監獄)에 넣었지만, 보릿고개 시대로 돌아갈 수는 없다."[240]라고 주장을 아직도 하고 있다.

기아(飢餓)가 얼마나 무서웠는지, 물산이 풍부했던 중국에서도 우리가 보릿고개라고 했던 그런 기아는 족탈불급(足脫不及)이었다. 가깝게는 1938년 노벨문학상 수상자 펄 벅(Pearl Sydenstricker Buck, 1892~1973)의 '대지(The Good Earth, 大地)'에서도 기아 폭동 장면이 등장한다. 북송(北宋, AD 960~1127) 양산박(梁山泊) 지역을 배경으로 하는 중국 고전 『수호지(水湖志)』에서는 '인육만두(人肉饅頭)' 이야기[241], BC 196년 『초한지(楚漢志)』에서는 유방이 죽인 팽월(彭越)의 인육으로 젓갈을 담아 중신에게 분배한 내용, 『삼국지(三國志, AD 220~280)』는 동탁(董卓, AD 139~192)이 사공장온(司空張溫, AD 159~191)을 죽여 쟁반 위에 올려놓고 대신에게 보여 겁먹게 했다[242].

중국 정사에 나오는 기록을 살펴보면 한나라(BC 206년)에서 청나라 멸망(AD 1912년)까지 기아와 인육 사건이 220회나 기록되고 있다. 우리나라는 더욱 심각했다. 『조선실록(朝鮮實錄)』을 중심으로 살펴보면, 기아(飢餓)라는 표현보다 가뭄, 한발(旱魃), 한해(旱害), 흉년(凶年), 한재(旱災) 및 기근(饑饉) 등으로 완곡하게 표현했다. 가뭄은 3,173건, 한발 93건, 한해 63건, 흉년 5,948건, 한재 1,766건, 기근(饑饉) 1,657건으로 에둘러 적었으나, 기아 이외의 표명할 방법이 없어 기아(饑餓) 118건이나 기록되어있다.[243]

04

밀과 콩에 담긴 이야기를 찾아서

한 톨의 밀이 땅에 떨어져 썩으면

밀(小麥, wheat)은 BC 15,000년경부터 아프가니스탄(Afghanistan) 혹은 캅카스(Kavkaz)에서 재배해 그곳이 원산지다. 터키 남부 카라카닥 산맥(Karacadag Mountains)에서 BC 9,600년경에 재배했다.[244] 식용작물 가운데 가장 많은 인류가 오래 애용하고 있는 작물이 밀이다. 석기시대에 이미 유럽이나 동양 중국에서도 널리 재배되었다. 우리나라도 BC 200~100년경 재배했다는 고고학적 증거로 평안남도 대동군 미림리(大同郡 美林里)의 탄화소맥(炭火小麥)이 발견되었고, 경주의 반월성지(半月城址), 부여 부소산(夫餘扶蘇山) 백제 군량창고에서도 출토되었다. 전 세계 대략 22종이 있고, 90%의 재배 소맥은 보통계 밀(T.aestivum)이

다. 알곡은 양조용, 제분용, 식용 등으로 사용되고 밀짚은 1964년 박재란(朴載蘭, 1940년생, 본명 李英淑)의 "시원한 밀짚모자 포플라 그늘에, 양떼를 몰고 가는 목장의 아가씨, 연분홍빛 입술에는 살며시 웃음 띠우고"라는 노래의 '밀짚모자 목장 아가씨'를 연상하게 밀짚모자, 각종 바구니, 가정용 소품과 생활필수품을 제작하고 있다.

성경에서는 38번[245]이나 밀에 대한 비유가 나온다. "내가 진실로 너희에게 이르노니 한 알의 밀이 땅에 떨어져 죽지 아니하면 한 알 그대로 있고, 죽으면 많은 열매를 맺느니라."[246]라는 구절과 "천국은 좋은 주인이 밀을 뿌린 뒤, 원수가 가라지를 덧뿌리고 갔다. 주인은 가라지를 뽑으면 밀이 뽑힐 것이니 추수할 때에 가려서 거두어라."[247]라는 구절이 있다. 여기서 한 톨의 밀은 일반적으로 5~6포기로 가지를 치고, 한 포기에 120개의 낱알을 맺는다. 한 톨의 밀(씨)은 한 해에 500~600개 낱알을 생산하기에 5년째는 $(120)^4$ 개의 낱알을 산출하기에 17,000가마니 정도의 생산량을 창출한다.

밀은 최근 술약(yeast)을 사용해서 빵(bread), 크래커(crackers), 비스킷(biscuits), 팬케이크(pancakes), 파스타(pasta), 국수(noodles), 파이(pies), 페이스트리(pastries), 피자(pizza), 세몰리나(semolina), 케이크(cakes), 쿠키(cookies), 머핀(muffins), 롤(rolls), 도넛(doughnuts), 그레이비(gravy) 등의 제과와 주정이 많이 나온다는 이유로 막걸리, 맥주(beer), 보드카(vodka), 보자(boza)와 같은 술을 만든다. 이외에도 뮤즐리(muesli) 등 각종 발효음식을 만들거나 폴렌타(polenta), 포리지(porridge) 등의 아침식사 시리얼(breakfast cereals) 식품을 만든다.

그러나 과거 시골에서 적게 밀농사를 지으면 밀밥이나 밀떡을 해서 쌀 대용으로 먹었다. 농사를 많이 지은 농가에서는 통밀 누룩(leaven)을 만들

어서 밀조주(密造酒)라고 했던 농주(農酒)를 담았다. 결혼 혹은 회갑과 같은 큰일이 있는 집안에서는 감주(단술 혹은 식혜)와 엿(과자)을 만들기 위한 엿기름(malt)을 만들어 놓았다가 유용하게 사용했다. 여름용 식량을 위해서 밀가루를 내어서 잔치나 제사 때는 차전병(茶煎餠), 호박전, 정구지전, 감자전, 고구마전 등 부침개를 만들어 먹었다. 장마철엔 재수 좋은 날은 출출함을 극복하고자 '가마니 떡(팥, 콩, 김치 등으로 속 채움)' 혹은 '벙어리 떡(속 채우지 않음)'이라는 밀전병(煎餠)을 얻어먹었다.

국수(麵)는 『설문해자』에서 "소맥(밀)의 마지막 분말로 가늘게 화살 모양의 가락(麥末也, 從麥丐聲.彌箭切)"이라고[248] 설명하고 있다. 우리나라의 1809년의 『규합총서(閨閤叢書)』나 이규경(李圭景, 1788~1856)의 『오주연문장전산고(五洲衍文長箋散稿)』에서도 밀국수 음식을 먹었다고 적고 있다. 현재 한국, 중국, 일본, 오키나와(琉球), 베트남(米麵), 캄보디아(米麵) 등에서도 국수를 해먹고 있다. '정성을 담은 국수공양(素麵)'을 대승불교에서 지금도 많이 행해지고 있다. 일반인들에게 채소나 육류를 가미하지 않은 순수한 국수를 공양하는 걸 대승불교에서는 소면공양(素麵供養)이[249]다. 송대(宋代)에서는 '항다반사(恒茶飯事)'라는 말처럼 "살아가는 데 국수는 필수로 먹는다(居家必用)."이라는 말이 있었다. 소면(素麵)은 명청(明淸) 때는 '장수면(長壽麵)'이라고 했으며, 일명 '삭면(索麵)'[250]이 널리 쓰였다. 일본에 소면을 특히 우리나라에서는 일본면을 '왜면(倭麵)'이라고 했다. 그 이유는 우리나라는 물론 중국에선 '무병장수(無病長壽)' 혹은 '수복(壽福)'을 국수처럼 '길게 연장되기'를 기원했다. 그러나 일본 에도막부(江戶幕府) 이후엔 일본 국수는 '메밀국수(蕎麵, そば)'[251]로 '송구영신(送舊迎新)' 혹은 '화단복연(禍斷福延)'의 의미로 '똑똑 끊어짐'임을 기원했다. 그런 의미에서 신년세찬 혹은 명절 요리인 '오세치요리(御節料理)'로 먹는 전통이 있었다.

우리나라에선 국수를 만드는 방법은 과거는 반죽을 해서 i) 홍두깨 등에 감아 밀어서 넓힌 뒤에 칼로 썰어서 만들었다. ii) 찰기(黏性)가 거의 없는 콩, 옥수수(올챙이국수), 메밀(냉면) 혹은 쌀로 국수(쌀국수)를 만들 때는 반죽을 해서 압착기(틀)를 이용했다. 베트남에서는 쌀가루를 찌짐(전)처럼 널따랗게 구워 말린 뒤에 가늘게 썰어서 국수를 만든다. 캄보디아에서는 쌀국수를 우리나라 강원도에서 하는 옥수수 올챙이국수와 같은 방법인 국수틀을 사용한다. iii) 중국에서는 다양한 국수가 있는데 만드는 방법에 따라 ① 좌우로 뽑으면 납면(拉面), ② 반죽을 홍두깨 같은 막대기(棒) 등으로 밀어 펴면 간면(幹麵), ③ 눌러 뽑는 압면(壓麵), ④ 산서성(山西省) 별미(別味)인 수제비를 뜯어 넣듯이 만드는 추면(揪麵)[252], ⑤ 칼로 잘라내면 절면(切麵), ⑥ 하북성 고성현(河北省故城縣) 특미로 아주 가는 면발이 특징인 용봉괘면(龍鳳掛麵), 용수봉미공면(龍須鳳尾貢麵) 혹은 괘면(掛麵)[253], ⑦ 원나라 당시 한민족의 반란을 방지하고자 금속제 무기를 몰수했기에 얇은 쇳조각(薄鐵片)을 이용해 채를 썰 듯이 만들면 도삭면(刀削麵)[254], ⑧ 신강(新疆)과 같은 서북지역에선 물고기 모양 수제비를 뜨는 발어자(撥魚子)[255] 등

이 있다.[256]

평소 쌀을 늘여(아껴) 먹는다고 저녁은 무조건 홍두깨(손)로 민 칼국수(手延麵)였다. 어머니의 홍두깨 솜씨가 얼마나 대단했는지 칼국수라고 물만 가득하고 몇 가닥의 국수 건대기로는 젓가락으로 건질 필요도 없었다. 심

지어 씹어 먹을 필요조차 없었기에 양념간장을 타서 칼국수 그릇을 그냥 들고 마시기도 했다. 어느 날 어머니께 "옆집처럼 수제비 좀 만들어주세요."라고 했다가 "밀가루 도둑놈, 수제비를 만들어 달라고, 이놈이 정신이 있나? 수제비 한 그릇이면 칼국수가 세 그릇이나 나오는데…" 호되게 꾸중만 들었다. 이렇게 식량을 늘여(쌀 대용식으로 아껴먹어) 우리 집은 그해 보릿고개를 무사히 넘겼다. 밀농사가 잘 되면 제분해 제면소(製麵所, 국수 공장)에 가서 틀(기계) 국수를 만들어 왔다. 그핸 잔치국수, 누른국수, 비빔국수, 볶음국수 등으로 매일 국수 잔치를 열었다. 품앗이를 하는 모내기, 벼 베기, 벼 타작 등이 있을 경우에는 국수에다가 라면을 섞은 라면국수를 맛볼 수 있었다. 그런 습성으로 요사이도 몸살이 나거나 몹시 심신이 피곤하면 라면국수를 '기력회복면(氣力恢復麵)'으로 먹는다.

콩은 한반도 두만강유역이 최고(最古) 원산지

콩에 대한 기록으로는 『시경(詩經)』에도 콩이란 표현은 "콩 따서 콩 따서, 모난 바구니에도 둥근 광주리에도 담아요."라는 콩 따기(采菽)[257]이

란 시(詩)가 나오고, 콩 두(豆)자가 나오고 있다. 여기서 콩 두(豆)이지만 대부분은 제사 접시(祭豆)를 의미하고 있다. 『시경』에 나오는 이 채숙시가(采菽詩歌)는 삼국지상의 형주(荊州) 근처 양자강 중류(華中地方)으로 보고 있다. 시경과 거의 같은 BC 8세기경에 저술된 『일리아드(Iliad xiii, 589)』에서도 "마치 콩 타작에 검정콩과 완두콩이 타작마당을 튀어나오듯이(όπως σε μερικά μεγάλα αλώνια πηδώντας από ένα πλατύ τηγάνι τα μαύρα φασόλια ή τα μπιζέλια)."라는 표현이 있다.[258] 이런 표현은 당시의 표현이 아니라 후대에 비유해서 가첨했다. 마치 6·25전쟁 당시 총탄이 쏟아지는 전투장면을 무성영화 변사(辯士)들은 '콩 볶듯이(콩 튀듯이)' 혹은 '콩 튀듯 팥 튀듯'라고 입담을 과시했다. 오늘날 직장에서 상사가 직원에게 스트레스를 줄 때 '멸치 볶듯이 달달 볶는다', '미꾸라지에 소금 팍~ 친 양' 혹은 '일식 주방장마냥 머리 치고, 배 따며, 회까지 친다.'라고 야무지게 비유하고 있다.

또한, 관중(管仲, BC 725~BC 645)의 저서 『관자(管子)』에서도 '융숙(戎菽)'이라는 지역이 나오고 있다. BC 623년 사마천의 『사기(史記)』 "제(齊)나라는

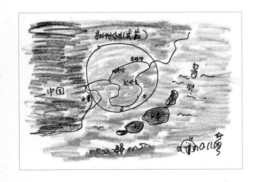

북으로 산융(山戎)을 정벌하고, 고죽국(孤竹國)까지 갔다가 융숙(戎菽)을 얻고 돌아왔다."라는 기록[259]에서 '융숙(戎菽)'[260]이라는 표현이 다시 나온다. 융숙(戎菽)이란 '콩(菽)'을 심어서 먹는 오랑캐(戎)'라는 표현으로 BC 800년경에 이미 만주와 요서 지역에 콩을 재배하면서 살았다. 이런 고고서지학적인 측면에서 두만강 유역이 바로 콩의 원산지다.

고고생물학적 증거로는 충청북도 청주시 청원구 소로리 구석기시대유

적지 발굴을 1997년부터 1998년까지 제1차, 2001년 제2차 유적지 발굴을 했다. 마지막 간빙기 퇴적토층에서 콩 꽃가루 화석이 출토되었다. 연도 측정한 결과 13,000년 전까지 소급되었다. 고고학적 출토 유물에서도 콩 재배의 기원지가 한반도라는 사실이다. 또한, 고서지학에선 벼가 한반도에서 재배되기 이전에 콩이 재배되었다고 보고 있다. 왜냐하면, 콩은 뿌리 혹박테리아(leguminous bacteria)가 있어 아무리 척박한 토질에서도 잘 자란다. 스스로 질소화합물을 생산하기에 어디서나 재배하기 용이했다. 그래서 지구촌 재배구역이 넓어졌다. 서양의 기록에 의하면, 대두가 유럽에 전파된 연대는 18세기 초반이고, 미국에는 19세기다.

다른 지방에서 대구(경북도)에 오면, "우리 집에선 소에게나 먹이는데, 이 집에선 사람이 먹네?"라고 놀라는 음식이 콩잎장아찌다. 그건 모르는 말씀이다. 제주도에서도 고기쌈에 콩잎을 먹는다. 이런 콩잎 장아찌를 먹고자 어릴 때에 논둑과 밭둑에 콩을 심었을 때 "씨앗을 3개 이상 넣어라. 하늘의 새도 1개, 땅 지시미(地蟲)도 1개, 그리고 우리도 1개씩 나눠 먹어야지."라고 어머니는 당부했다. 사실은 1~2개씩 심는 것과 3개씩 심은 건 발아율이 천지 차이다. 왜냐하면, 식물은 싹을 틔우는 순간부터 생존경쟁을 한다. 아프리카 원주민들도 커피콩을 심는데도 반드시 3개 이상 땅속에 심는다. 콩의 식물이 갖고 있는 생존본능을 자극해서 발아율을 높인다.

콩은 '밭에서 나는 쇠고기(field's beef)'라는 별명을 갖고 있다. 단백질 함량이 높고 같은 무게의 소고기는 1.7배의 열량을 낸다. 우리나라 대부분의 라면(짜파게티) 등에 들어가는 고기는 '콩고기(bean meat)'라고 하며, 콩나물에는 콩에는 없는 신비한 영양소 비타민C가 합성된다. 그래서 콩나물 국밥은 숙취 해장국으로 최적이다. 과거 교도소에서 영양실조를 방지하고자 특별히 콩밥을 배식했다. "콩밥 먹이겠다."라는 협박은 투옥시키겠다는 의미로 아직도 사용하고 있다. 우리나라에서는 콩꼬투리(bean pod)를 요리하지 않으나 중국이나 서양에선 연한 콩꼬투리(fresh shell bean)로 각종 고기와 같이 요리한다.

　삼국지연의(三國志演義)에 조비(曹丕, 187~226)가 동생 조식(曹植, 192~232)에게 일곱 걸음 안에 시를 짓지 못하면 죽이겠다고 협박했다. 속칭 조식의 「칠보시(七步詩)」다. "콩을 삶는데 콩깍지를 태우니, 솥 속의 콩이 울고 있겠구나. 본래 콩이나 콩깍지는 한 뿌리에서 났건마는, 어찌 이리도 급하게 삶아 되는가요(煮豆燃豆萁, 豆在釜中泣, 本是同根生, 相煎何太急)?" 형제인륜을 언급하자, 결국 형은 마음을 돌렸다. 그러나 남녀 간 사랑으로 눈앞에 있는 상황을 정확하게 판단하지 못할 때 "눈에 콩깍지가 씌웠다(情人眼里出西施).[261]"라고 말한다. 이 표현은 청나라 조설근(曹雪芹, 1715~1763)이 1791년에 발표한 『홍루몽(紅樓夢)』에 나오는 표현이다. 1997년도 상영된 이탈리아 영화 「인생은 아름다워(La vita è bella)!」에서 주인공 귀도(Guido Orefice)에게 배운 "예쁜 공주님(Beautiful Princess)!"라는 말이 입에 익었다. 나도

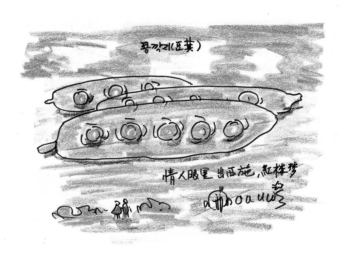

모르게 튀어나온 이 말을 들은 아내는 "아직도 그놈의 콩깍지는 벗겨지지 않았네요."라고 말하며 웃는다.

서양에서도 콩의 단백질원의 중요함을 인식하고, 프랑스의 카술레(cassoulet), 독일의 아인토프(eintopf), 스페인의 파바다 아스투리아나(fabada asturiana), 포르투갈 혹은 브라질의 페이조아다(feijoada), 미국 칠리 콘 카르네(chili con carne) 등에 콩이 고기와 같이 들어간다. 우리나라에서 사용하고 있는 위암 예방의 처방약으로 검은 콩과 감초의 해독용 감두탕(甘豆湯)이 있다. 최근에 콩의 이소플라본(isoflavone, $C_{15}H_{10}O_2$)이 여성호르몬 에스트로겐(estrogen, $C_{18}H_{24}O_2$)과 유사성에 대사교란물질이라는 의심의 논란이 된 적 있다. 그러나 32개 관련 논문의 메타분석을 통해 내놓은 결론은 '근거가 없다'로 정설이 굳어졌다[262].

05

흙구덩이에서 불로 익히기가
요리의 시초

한 점 불티가 온 세상 숲을 다 태울 수도

고려 시대 충렬왕(忠烈王, 재위 1274~1298) 때 민부상서(民部尙書)와 예문관대제학(藝文館大提學)을 역임했던 추적(秋適, 1246~1317)은 1305년에 중국 고전에서 심신수양에 금과옥조의 명구(名句)를 모아 『명심보감(明心寶鑑)』을 편찬했다. 송나라 제10대 고종황제(趙德基, 재위 1127~1162)의 지시사항인 "한 점의 불티가 온 세상의 숲을 다 태울 수 있다(一星之火, 能燒萬頃之薪)."[263]라는 구절이 그 책에 나온다. 오늘날 우주물리학에서 볼 때에 우주먼지가 빅뱅을 거쳐서 지구별이 생겼다. 지구별은 '동지팥죽' 끓듯이 60억 년 정도 부글거리다가 차츰 겉에서부터 거죽이 굳어졌다. 이런 천지창조 과정을 성서 창세기(Genesis, Bible)에서는 6일로 축약해서 설명하고 있다. 그러나 지구 중심의 마그마는 '대장간의 불꽃(blacksmith's flame)'처럼 화산폭발(volcanic eruption)로 지구촌의 온 세상을 태웠다.

지구상 인류가 불을 발견한 계기는 경험에 의해 '익숙함에서 생긴 신뢰'

를 기반으로 했다. 화산 폭발로 마그마가 흘러내림, 별동별(流星)의 지구충돌, 천둥과 번개가 벼락으로 떨어짐, 마른 나무들의 마찰, 굴러떨어지는 돌덩이의 충돌 등에 의한 불이 발생하는 것을 수백 번이고 눈여겨봤다. 처음에는 신(神)으로 봤으나 일반적이 자연현상이라는 사실로 눈치를 채고부터 이용할 생각을 했다. 그리스 신화에선 "화산폭발은 대장장이 신들이 전쟁을 위해서 무기를 만드는 것(Οι ηφαιστειακές εκρήξεις είναι οι θεοί του σιδηρουργού που κάνουν όπλα για πόλεμο)."으로 생각했다. 영리한 인간들은 화산폭발의 현상을 보고, i) 대장장치(풀무, 숯가마 등)를 개발했고, ii) 야금술(열처리, 단금, 연금 등)까지 익혔다. 이뿐만 아니라 마른나무의 마찰 혹은 돌의 충돌에서 iii) 마른나무 가지를 맞대놓고 비비기(부싯나무, 燧木), 돌과 쇠붙이의 마찰(부싯돌, 燧石) 등으로 불을 만들었다. 이뿐만 아니라 운석이 떨어져 파인 곳에서 iv) 최초로 운석 쇠붙이를 녹여서 칼 등의 무기는 물론이고 토기까지 굽는 방법을 터득했다.

고고학적으로 불(Fire, 火)은 중(中)오르도비스 지질 시기(Middle Ordovician period)의 화석에 의하면 4천7백만 년 전 화산 폭발, 유성의 추락, 숲속 나무의 마찰에 의한 자연발화에서 불을 발견했다. 후(後)실루리아 지질 시기(Late Silurian fossil)에 불에 의한 지구의 13%가 타버린 황야가 나타난 것 4천2백만 년 전이었다. 최초 사용은 호모 에렉투스(Homo Erectus, 160만 년~25만 년 전)가 살았던 142만 년 전이다. 이들이 살았던 아프리카 유적으로는 13군데가 남아있다. 가장 이른 곳, 케냐 채소완자(Chesowanja, Kenya)에선 짐승 뼈, 완도완 석기, 불에 탄 진흙과 동시 발굴되어 50여 개 불탄 진흙조각의 배열은 화로(earth oven)로 추정된다.[264] 이렇게 시작되어 6~7십만 년 전부터 초목을 이용해서 불을 널리 사용하게 되었다.[265]

40만 년 전부터 인류는 불을 다루어, i) 추위로부터 보온을 했으며, 동시에 밤의 어두움을 밝혀서 활동시간을 연장, ii) 맹수나 해충으로부터 생명을 보호, iii) 생식(生食)에서 익혀 먹음(火食)으로써 질병을 줄이고 더욱 건강하다는 사실을 알았다. iv) 생활필수품을 토기, 청동기까지도 불을 이용해 제조할 수 있었으며, 무기까지 생산했다. 보다 높은 열을 만들기 위해 나무를 태워 숯을 생산했다. 이를 사용해 보다 단단한 철제무기까지 생산했다. 10만 년 전부터 날 것을 익히는 요리를 하게 되었다. 이뿐만 아니라 종교적 목적으로 사용, 심지어 고문과 처형의 방법으로도 사용했다. 불을 이용한 화전(火田) 경작뿐만 아니라 오늘날과 같은 산업발전에도 기여했다.

불(fire)을 이용한 토기(토기, earth-ware) 제작은 BC 29,000년에서 BC 25,000년 전인 신석기 시대부터 시작했다. 최초 씨앗을 뿌린 건 BC 13,000년 전 이스라엘 하이파 나투프(Natuf, Haifa, Israel) 여인이 귀리와 보리를 거주지(흙집) 부근에 뿌렸다. BC 6,500년 경 메소포타미아의 요르단

서안(西岸) 예리코(Jericho, BC 9,000년 경 도시)에서 최초 농경목축이 시작되었고, BC 6,000년경 이집트도 농경지대가 늘어났다. BC 5,000년경 오리엔트(Orient) 지방에서 신석기 시대에 접어들었다. 인류 최초로 맥주를 양조한 흔적으로 13,000년 전 나투프(Natuf, Israel)에서 삼혈(三穴) 맷돌과 땅속 발효조(醱酵槽)가 발견되었다.[266]

오늘날도 타이완 아리산(阿里山) 기슭에 살아가는 원주민 쩌우족(鄒族)은 신년축제로 태초암흑(太初暗黑)에서 인간세상(人間世上)에 불을 전달하는 송화제(送火祭)를 행한다. "한밤중 산정산신(山頂山神)으로부터 불을 받아 험준한 산속을 무사히 빠져나와 마을까지 꺼지지 않은 채 갖고 온다."[267]라는 미션이다. 바람과 폭우를 대비해서 여러 사람이 불붙은 대나무를 모아 큰불을 만들어(以協竹火, 克風雪雨) 풍우를 극복하고, 험한 산길을 내려온다. 어려움 속에서도 간신히 동네에 전달해서야 비로소 새해의 새로운 불을 밝힌다.

불구덩이 솥(earth oven)에서 요리가 시작

1960년 이전 시골에서 쇠풀 뜯기러 산이나 개울에 갔다가 끼니때가 되어 배가 고파 오면, 먹을거리를 마련하고자 감자 서리를 한다. 남의 전답의 감자를 훔쳐오면 잔돌로 탑을 쌓고 나뭇가지를 모아 불로 돌탑을 달군 뒤에 그곳에다가 생감자를 넣는다. 그 위에 풀이나 나뭇잎으로 밀봉하고 흙을 덮어 2시간 정도 뜸을 들인다. 이렇게 삶아서 먹는 걸 땅 꾸지(땅구이), 돌 꾸지(돌 구이) 혹은 감자꾸지라고 했다. 경상도에선 '궂(꾸지)'라고 하나 강원도에서는 '굿(구시)'라고 한다. 동네 어른들도 땅에다가 구덩이를 파서 불을 때어 달군 돌무지로 대마(삼)나 닥나무를 삶아 공동으로 작업하는 '길쌈' 혹은 '닥쌈'을 했다. 강원도나 경북 산악지대에서는 '삼굿(굿)' 혹은 '닥굿(굿)'은 1970년까지도 해왔다. 굿(꾸지)작업을 할 수 있게 불을 때고, 뜸을 들이는 흙구덩이(불구덩이)를 가마(窯)라고 했다. 가마는 불을 때는 '불집(아궁이, 火竈)', 불이 지나가는 길을 '불목(火運)', 삼이나 닥 같은 삶을 물건이 쌓아지는 '몰아놓는 곳(몰곳, 湯槽)'으로 구성된다.

선사시대에서도 우리 조상들은 이렇게 먹거리를 마련했다. 즉 i) 움푹하게 땅을 파서 불을 피우는 데 사용하거나, 혹은 ii) 돌을 쌓아서 움푹하게 만들어 모닥불로 돌을 달구어 놓았다가 음식을 굽(찌)는 작업을 했다. 이렇게 음식을 만들어 먹었던 흔적으로 1940년 남아공(South Africa), 쿠루만 구릉지(Kuruman Hills)의 원더워크 동굴(Wonderwerk Cave)의 지층을 조사하다가 제10호 지층에서 100~40만 년 전에 불을 사용한 증거로 변성된 돌(지층) 등이 발견되었다.[268] 오늘날에 비유하면 불구덩이는 요리 터(cooking pit)이고 부엌(kitchen)이다. 오늘날 용어로는 '땅 솥(earth oven)', '움 가마(ground oven)' 혹은 '요리 움터(cooking pit)'라고 하며, 중국(Hakka), 태평양연안(Umu), 하와이(Imu), 남미(Curanto, Cui) 및 유럽 등지에 전통적 요리방법으로 유지되고 있거나, 고고학적 유적으로 움터가 발견되고 있다.

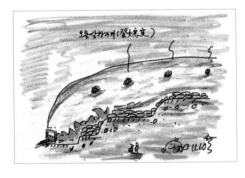

아직도 불(땅)구덩이를 이용해서 전통음식을 만드는 이벤트를 관광자원으로 보여주고 있다. 페루 안데스 산간 원주민들이 돌을 달구어 감자, 옥수수 등을 익히는 요리방식을 케추아(Quechua)족은 '쿠이(Cui)'라고 하는데, 우리말 '구지(cugi)'와 흡사하다. 또한, 케추아 말로 '파

차만카(Pachamanca)'라고도 하는데 '파차(pacha)'란 땅(earth)이고, '만카(manca)'는 화덕(oven) 혹은 솥(pot)에 해당한다.[269] 페루 안데스산정 티티카카(Titicaca) 호수 원주민 아이마라(aimara)족은 '와티아(watia)'라고 부른다. 이들은 첫 수확은 반드시 '대지 어머니(Pacha Mama)'에게 감사를 드린다. 칠레 칠로에 섬(Isla Chiloe, Chile)이나 아르헨티나 등지에 거주하는 마푸체(Mapuche)족의 전통적인 '쿠란토 요리(curanto cooking)'에서 '쿠란토(curanto)'란 우리말 '(불에) 구운 돌(burned stone)'이다. 1.5m 내외의 불(움)터를 파서 불로 달군 돌에다가 해산물, 고기, 감자, 옥수수, 채소, 밀가루 전병 등을 칸칸이 날카(Nakca) 잎을 덮고 층층이 음식물을 쌓는다. 그 위에다가 흙을 덮어서 1시간 이상 뜸을 들여 음식(earth oven)을 만든다.[270] 요사이는 흙의 음식 오염을 예방하고자 흙 대신 비닐로 덮는다.

또한, 남태평양 미크로네시아연방국(Federated States of Micronesia)의 야프(Yap), 추크(Chuuk), 코스래(Kosrae) 및 폰페이(Phonpei) 등의 섬에는 얌(yam), 빵 열매(breadfruit), 생선, 돼지고기, 닭고기 등을 바나나(banana) 잎으로 싸서 '땅 솥(Imu)'이라는 달구어진 돌 위에서 놓고 나뭇잎과 흙으로 덮어서 '땅 솥 요리(Imu cooking)'를 한다.[271] 하와이에서도 추수감사 축제 때는 '이무(imu)'[272]를 이용해 '칼루아 포크 이벤트(Kalua Pork Event)'를 한다. 조금만 생각하면 '이무(imu)'란 한반도의 '움(불구덩이, 자궁, 싹)'에서 나온 어원임을 알 수 있다. 선사시대 한반도 사람들이 살던 움(움푹 파인 곳)은 땅속으로 약 150cm 내외 파 들어간 터(움)로, 두만강 유역과 함경북도에서 많이 발견되었는데, 1960년부터 1964년까지 함경북도 웅기 송평동(雄基松坪洞)에서 움과 온돌 시설까지 출토되었다. 아직도 우리말에는 움집, 움터(仰天壙), 움막, 움파, 움불, 움집살이 등 256개의 단어가 사용되고 있다.

우리말 가마에 해당하는 말에는 i) 길흉사를 기념하고자 말 대신에 사

람이 메고 가는 꽃가마(輦), 상여(輿), 인력거(輦) 등이 있고, ii) 일본말 가마(かま)에 해당하는 질가마, 가마솥, 용가마, 전기밥솥(でんきがま), 무쇠가마 등이 있다. iii) 오늘날은 보기 어려운 숯가마[炭窯], 옹기가마[甕窯], 도자기가마[磁窯], 기와가마[瓦窯] 및 벽돌가마[塼窯] 등이 있었다. 음식을 만들었던 불구덩이[火穴]를 개량해서 옛날에는 숯, 토기(질그릇, 장독, 오지그릇 등), 도자기(백자, 청자) 등을 생산했다. 아직도 가마를 이용해 기와 및 벽돌을 생산하는 나라도 있다. 우리나라는 요사이 전기(가스)가마를 이용해서 도자기, 기와 및 벽돌을 생산하고 있다.

질솥(土鼎)이나 청동 솥은 춘추전국시대 제전에 사용했던 그릇에서 시작했기[273]에 '삼국정립(三國鼎立)'[274] 혹은 '파부침주(破釜沉舟)'[275]처럼 정치군사적 의미에서 많이 사용되었다. 각종 먹거리나 그릇과 같은 도구를 생산하기 위해서 흙구덩이(불구덩이) 가마를 이용했다. 가마(窯)의 설문해자(說文解字)의 풀이를 보면, '불구덩이(穴)에 먹거리인 어린 양고기(羊)을 넣고 불을 때(灬)는 모양을 형상'[276]했다. 필요에 따라 어린 양 고기(먹거리) 대신에 기와, 질그릇, 도자기 등의 성형물을 넣고 구워내었다.

한편 그릇을 굽는 가마(窯)의 기원은 BC 2,000년 경 이집트 고대국왕 무덤의 내부벽화에서도 그릇을 소성하는 원통형 모습이 그려져 있다. BC 600년경 아시리아에선 '움집 가마(窖窯)' 혹은 '땅 굴 가마(kiln)'를 만들었으며, 중동, 유럽 및 아시아에 전파되었으며, 중국의 가마 굽기 기술이 한반도를 거쳐 AD 400년대에 일본에 전해졌다.[277]

우리나라에 가마솥은 기록상 삼국사기에선 AD 22년 고구려 제3대 대무신왕(大武神王) "4년 12월 동계에 부여를 정벌하려 비류수(沸流水)에 도착하니 물 섶에 한 여인이 솥에 뭔가를 하고 있어 가보니 가마솥만 놓고 도망을 가기에 불러서 밥을 하게 했더니 기다리지 않게 금방 밥이 되었고,

군사가 배불리 먹었기에 그 남편에게 솥을 짊어졌다는 의미인 '부정(負鼎)'이란 성씨를 내렸다."[278]라고 적고 있다. 당시는 토기로 만들었던 질솥(土鼎, earthenware kettle)이었으나 처음으로 쇠솥(釜, iron pot)을 경험했다는 기록이다.

과거 6·25동란 이후 시골에서 물고기, 가재, 개구리 등을 잡으면 익모초, 쑥, 계피 잎 등으로 싸고 진흙을 발라서 모닥불 위에다가 놓고 구웠다. 어느 정도 지난 뒤에 진흙은 털어내고, 나뭇잎 껍데기를 벗겨 물고기 등을 먹었다. 계란 껍데기에다가 쌀과 물을 넣고 잔불에 밥도 해먹었다. 이렇게 가마솥, 냄비와 같은 요리도구도 없이 맛있는 음식을 해 먹었다. 중국 고전『예기(禮記)』에서는 주나라 팔진미(八珍味)로는 기장밥에 젓갈 순모(淳母), 쌀밥에 젓갈인 순오(淳熬), 통 암양 구이 포장(炮牂), 통 돼지 구이 포돈(炮豚), 육회 도진(擣珍), 육포 오(熬), 쇠고기절임 지(漬), 개간과 창자기름 구이 간료(肝膋) 등[279]을 꼽고 있다. 그 가운데 포장(炮牂)은 어린 암양을 통째로 익모초 등 약초에 싸서 황토(진흙)를 발라 구웠다.

06

밥보다 먼저
밥그릇부터 챙기는 세상

떡갈잎부터 챙겨야 안심이 되었다

옛날 시골, 춘궁기에 한식(寒食) 절후를 즈음해 조상의 분묘가토(墳墓加土)를 하는데, i) 먼저 산신령에게 예의와 가토작업을 고하는 산신제(山神祭)를 지낸다. ii) 다음으로 가토작업을 끝내고 살아있는 수호신인 동네 사람들에게 부탁하는 의미에서 마련한 음식으로 음복(飮福)을 한다. 시야에 있는 나무꾼이고 농사꾼이고, 어른이든 아이든 모두에게 음복을 나눠준다. 이때 얻어 먹으러 가는 사람들은 하나같이 준비해온 그릇이 없다는 걸 알아차리고, 자신의 희망을 담아서 넓적한 떡갈잎 2개를 따서 들고 간다. 한 개는 접시(료, dish)로 마른 음식인

떡, 해산물, 과일 등을 받아서 옆에 놓았다가 집에 갖고 간다. 다른 하나는 잔(杯, cup)으로 차(茶), 술[酒], 단술[甘酒] 혹은 식혜[醯] 등을 받아 그 자리에서 다 마신다. 이때에 가장 먼저 자기 몫을 받기 위해 떡갈잎부터 챙겨야 했다. 특히 참나무 갈잎(槲葉) 가운데보다 큰 떡을 받을 수 있게 넓적하고 나지막하게 자라 어린아이도 챙길 수 있는 갈잎이 떡갈잎(餅槲葉)이다. 이렇게 사람들은 원시시대부터 지금까지 밥그릇 챙기기를 해왔다.

　시골에서 산나물이나 나무를 하다가 몹시 갈증을 느끼면 개울이나 옹달샘을 찾아서 칡잎(葛葉), 망개(土茯苓) 잎, 자작나무 잎 등을 오목하게 접어 물잔(watercup)으로 사용했다. 요사이도 술꾼들은 술잔도 챙기지 못하면 개울가에서는 풀잎 술잔과 해변에선 조개껍데기 술잔은 애교 수준이다. 주사(酒邪)가 심하면 재떨이 술잔, 고무신 술잔에서 콘돔 술잔까지 등장한다. 옛날에도 해골 물잔[骸盃]이란 이야기로 원효대사(元曉, 617~686, 본명 薛思)의 구법사례를 든다. 즉 650년 의상(義湘)과 당나라 구법을 떠났으나 고구려군의 저항으로 실패했다. 661년에 또다시 의상과 당나라로 떠났던 원효는 당항성(黨項城)의 고분 옆에서 자게 되었는데 밤중에 갈증이 나서 주변을 더듬어 찾아보았다. 마침 옆에 고인 물이 있어 아주 맛있게 마시고 해갈했다. 그 뒤 아주 편안히 잠을 푹 잤다. 날이 밝아 저녁에 마셨던 물이 해골바가지(骸匏)에 고였던 것임을 알았다. 그런 일을 통해 '진리가 사람으로부터 멀리 있는 것이 아니다(道不遠人).'[280]를 깨달았다[281]. 곧바로 신라로 귀국하는 그는 『시경(詩經)』에 있는 "도끼자루를 제공하기에 도끼가 나무를 베게 되는 것처럼 도란 스스로 멀게 한다(伐柯伐柯, 其則不遠)."[282]라는 사실을 각성했다. "누군가 내게 자루 없는 도끼를 주겠는가? 내가 하늘을 받칠 기둥을 깎아 만들겠노라(誰許沒柯斧, 我斫支天柱)!"[283]라는 노래를 지어 온 서라벌 동네방네 퍼뜨렸다.

해외로 눈을 돌리면, 캄보디아엔 관광객에게 '나뭇잎 접시(Patravali)'로 가두음식을 팔고 있다. 베트남에서도 '바나나잎 접시(Đĩa lá chuối)'가 보기보다 많이 사용되고 있다. 인도에서는 나뭇잎 접시가 다양하게 여러 지역에 사용되고 있어 이름만 해도 파트라발리(Patravali), 파탈(Pattal), 비스타르라쿠(Vistaraku), 비스타르(Vistar), 혹은 카알리(Khali)라는 명칭도 다양하다. 중국에서도 사용하고 있는 '수이에빤(樹葉板, shùyèbǎn)'이라고 해서 나뭇잎을 도자기 혹은 목재로 만들어 일본식당에서 이용한다. 일본에서도

'하나노사라(葉の皿, はのサラ)'라고 하면서 초밥(壽司)을 담아줄 때에 많이 사용한다. 최근에는 '친환경음식(environment-friendly food)'을 위해서 나뭇잎 접시(leaf dish)를 사용하기도 한다.

왜, 돌밥 그릇부터 생겼나?

인류 최초 밥그릇은 물이나 음식을 담기에 좋은 반반한 돌을 사용했다. 옴폭하게 파이고 작은 돌은 다용도로 사용했다. 옛날 시골에서 강아지

혹은 송아지를 사 오면 밥그릇이 없기에 옴폭하게 파인 돌을 주어다가 그 위에다가 주거나, 깨어진 항아리 혹은 단지 등을 땅에 묻어놓고 준다. 운이 좋으면 나무통 죽통을 마련한다. 담기는 내용물을

생각하지 않고, 그릇부터 만들었다가 용도별로 사용했다. 그래서 지금도 밥그릇부터 챙기는 사회적 관습이 많다. 할 일에 맞춰가면서 조직을 만들지 않고, 미리 앉을 사람을 위해서 조직을 마련하는 위인설관(爲人設官), 조직은 줄어드는 법이 없고, 하는 일과는 무관하게 늘어만 나는 파킨슨의 법칙(Parkinson's law)이 생겨났다.

고고학에서도 BC 2600년부터 BC 1960년까지 고대 이집트 피라미드 왕들의 석관, 신에 바치는 각종 공물은 화강암 돌그릇이나, 화장품 용기는 섬세하게 조각된 대리석 돌그릇이었다. 인더스 계곡문화(Indus Valley Culture, BC 3,300~BC 1,700)의 성숙기(Mature Period)였던 BC 2600년부터 BC 1900년까지 돌 팔찌(stoneware bangles)와 돌그릇이 대량 출토되었다.[284] 그렇다가 베니하산(Beni Hassan) 바위산에 조성된 39기 집단묘지에서 제3호 왕릉 크눔호텝 2세(Khnumhotep II, BC 1918~ BC 1884)의 묘실벽화(墓室壁畵)에 토기(도자기)를 굽는 가마가 그려져 있다.

고대 이집트의 '토(도)기(pottery)'에 해당한 상형문자(hieroglyph)와 중국한자 '그릇 기(器)'자 상형문자가 참으로 유사하다. 고대 이집트 상형문자는 가운데 사람(person)이고 세 개의 흙무더기와 오른쪽 아래엔 항아리를 그렸고, 중국한자는 4개의 4각형의 그릇을 두고 가운데 개(dog)가 지키고 있는 모습이다. 고대 이집트에선 사람(人)이 그릇을 지키는 모습이라면, 고대 중국은 그릇 4개를 가운데 개(犬)가 지키고 있는 걸 형상화(皿也, 象器之口, 犬所以守)했다.[285] 이를 달리 해석하는 사람도 있어, 즉 제사상(祭祀床)에 개를 삶아 가운데에 놓고 사방에 제물을 차려놓은 형상(烹犬在中, 配四方物)이라고. 오늘날 밥그릇을 식기(食器)라고 하나, 설문해자에서는 밥그릇(食皿)을 명(皿)[286]이라고 했으며, 옛날에는 제기(祭器)라고 했다. 밥그릇(飯器)에는 일반적으로 질그릇(甆), 주발(盌), 바리(盂), 나무밥그릇(椀), 돌밥 그릇

(碗) 등으로 구분된다. 1980년에는 중국에선 '철밥통(鐵飯碗)'이라는 시대적 풍자용어가 생겨났고[287], 우리나라에서도 '공무원 철밥통'[288]이라는 말이 유행했다.

한편, 노자(老子) 『도덕경(道德經)』에선 '비어있는 틈새(空間)'을 이용하기 위해서 "흙을 섞어 토기를 만듦(埏埴以爲器)."[289]이라고 했다. 『논어(論語)』에서 "도공들이 일을 잘하려면 반드시 그 연장을 날카롭게 잘해야 함(工欲善其事, 必先利其器)."[290] 구절에서 그릇 기(器)자는 절구, 흙손, 나무칼, 물레 등의 각종 연장(tool)을 말했다. 한편 주역(周易)에서는 "형이상학적인 걸 도(道)라고 하며, 형이하학적인 걸 형태(器, shape)라고 한다(形而上者謂之道, 形而下者謂之器)."에선 그릇 기(器)자는 물건의 형상이다.[291] 또한, 제기(祭器) 혹은 명기(明器, 무덤 속에 넣은 작은 상징적 그릇)로 사용하는 토기에 개(犬)는 정화용 혹은 속죄용 희생(atoning sacrifice)을 의미했다.

도자기(china)가 중국 나라 이름이 된 사연

지구촌에 대변혁을 초래했던 교역(交易)과 원정(遠征)을 살펴보면 i) 담비 길(marten road, BC 2,000~BC 100), ii) 비단길(silk road, BC 100~AD 700), iii) 몽고원정 길(Mongolian conquest road, 1206~1368) , iv) 도자기 길(china road, 1,000~1600), v) 노예교역 길(slave trade road, 1,500~1800), vi) 향신기호품 교역 길(coffee and tea, 1,400~18,000) vii) 반도체 길(semiconductor road, 1950~현재) 등으로 편의상 구분할 수 있다. 중국이 세계대제국으로 군림할 수 있었던 당(唐) 제국의 비단과 송·명·청(宋明淸) 제국의 도자기가 세계경제를 좌우할 정도였다. 단적으로 옛 도자기의 경매가격을 보면, 1996년 뉴욕 크리스티 경매에서 조선백자 '철화백자운용문호(鐵花白磁雲龍文壺)'는 841만

7,500$(당시 환율로 79억 원)에 낙찰되었으며, 2010년 런던 베인브리지 경매장(Bainbridges Auctions, London)에 중국 청나라 건륭제 백자 '길경유여문투각호(吉慶有余文透刻壺)'는 4,300만 파운드(973억5500만 원)[292]에 낙찰되었다.[293]

지구촌에 토기는 BC 3,000년 경 이집트 나일강 진흙을 이용해 토기가 만들어졌고, BC 2,000년 경 가마를 이용해서 토기를 빚었다는 벽화가 있다. 그러나 노천소성으로 600~800℃ 온도에서는 방수성 토기를 굽지 못했다. 이를 극복하고자 보다 고온을 얻을 방법으로 i) 마른 땔감(火木, 왕겨 혹은 볏짚)에서, 숯(木炭), 기름(石油), 석탄(石炭) 등의 새로운 연료를 찾았고, ii) 굽기에서도 노천소성(600~800℃), 노천덮개소성(1,000℃), 움(터)가마(露天窯, 1,100℃), 지하(반)가마(竪穴窯, 1,120℃), 오름(계단)가마(登窯, 1,250℃), 오름살창가마(登火窓窯, 1,350℃)를 개발, iii) 유약에 있어 유유(釉釉), 회우(灰

釉), 회청유(回靑釉, cobalt), 연유(鉛釉) 등, iv) 일반진흙, 황토, 페르시아 석영토, 중국 경덕진 고령산(景德鎭高嶺山)의 고령토(高嶺土, Koalin) 등 새로운 태토(胎土)를 모색했다. v) 굽는 온도에서 있어 1,000℃ 이상에서 유화현상(琉化現象, vitrification)으로 방수가 되었다. 1,250℃ 이상에서 도화현상(陶化現象, pottery phenomenon)이 발생했다. 영국 산업혁명 때 쇠뼈가루를 첨가한 우골도자기(bone china)로 1,100℃ 이상에도 도화현상(陶化現象)을 발생시키는 기법을 개발했다. vi) 불질꾼(火夫)의 기술로는 상감청자 등의 비취청색을 만들기 위해 살창(窯邊火窓)으로 산소 공급을 조정해 산화번조(酸化燔造) 혹은 환원번조(還元燔造)기법을 활용했다. vii) 도(토)기 제작기술의 시대적 흐름은 이집트→ 중동(페르시아, 터키)→ 중국(한국)→ 유럽(독일, 프

랑스 및 영국)→ 일본 순으로 전파되었다.

오늘날 영어 '차이나'는 소문자론 '도자기(china)'이고, 대문자로는 '중국 (China)'이다. 영어에 차이나(china)가 사용된 것은 16세기로 포르투갈어, 말레이어 및 페르시아에서 사용되었으며, 기원을 소급하면 고대인도어 산스크리트(Sanskrit)에 차이나(china)라는 단어가 나오고 있다.[294] 포르투 갈의 작가 두아르테 바르보사(Duarte Barbosa, 1480~1521)의 1516년 저서에 서 페르시아어 '친(Chin, چین)'이란 말이 나오고, 이는 산스크리트어 '시나 (cīna, चीन)'에서 기원하고 있다. BC 5세기 힌두교 3대 서사시인 「마하바라 타(Mahābhārata)」와 BC 2세기 『마누법전(Laws of Manu)』에 나온다. 1665년 마르티노 마르타니(Martino Martini, 1614~1661)는 차이나(china)는 BC 221 년부터 BC 206년까지의 진시황 제국(秦始皇帝國)을 의미한다고 주장했 다.[295] 산스크리트어에 도자기(चीन)란 말이 있었으나, 천하를 통일했던 진 시황제가 타계하자 영생을 위해 BC 246년, 340만 명을 동원해 생전의 영광을 재현하는 지하왕궁(350m×46m)을 건설했다. 내부에 4개 갱도에 8,000여 명의 병사, 130개의 전차, 520점의 말을 흙으로 굽고자 1,000여 명의 도기장(陶器匠)을 동원했다. 이를 통해서 도자기 기술은 후한(後漢)→ 당(唐)나라→송(宋)나라→원(元)나라→명(明)나라→청(淸)나라까지 도자기 제국으로 세계경제를 장악해 대제국이 되었다. 당시는 '메이드 인 차이나 (Made in China)' 도자기가 지구촌을 장악했다. 이를 본 일본은 조선도공을 확보하고자 '분로쿠게이초노에키(文祿慶長の役, 1592~1599)'라는 프로젝트 를 추진해 조선인 도공을 잡아가서 도기산업의 기반을 다졌다. 한편 생포 한 조선 사람은 도공 이외엔 조선노(朝鮮奴)로 세계시장(나가사키, 마카오 등) 에 '조총 1정에 조선노 6명(6분의 1)'이라는 헐값에 팔았다.

한편 우리나라는 1975년 서울 암사동 유적에서 발굴된 '흙으로 구운 숟가락(土窯匙)'의 제작연대는 BC 5,000년까지 소급하기에 이전에 토기를 구웠다. 고조선 이전엔 노천소성이나 노천덮개소성으로 토기를 생산했으며, 청동기 시대에 들어선 고조선 이후에는 불구덩이(움)가마(基窯)를 사용해서 방수성이 있는 토기를 제작했으며, 청동 밥그릇(青銅杆)까지 제작했다. 고구려의 광개토왕의 호우(壺杅)는 대표적인 청동 밥그릇(青銅飯盂)이다. 2~3세기경 정치권력이 형성됨에 따라 전업적 토기생산 체계(專業的 土器生産體系)가 갖춰 반(半)지하식가마를 도입했다. 숯을 사용해 1100℃~1200℃까지 고온의 불질작업이 가능했다. 유리유약(琉璃釉藥)을 사용해 유화현상(琉化現象)이 있는 도자기인 도질토기(陶質土器)의 대량생산이 시작되었다. 4세기 말 이후에 낙동강 동안지역(新羅土器: 대구, 성주 포함)과 낙동강 서안지역(伽倻土器)로 양분 생산되었다.[296] 신라에서는 도자기와 기와의 국책사업에 조달을 위해 당나라의 관요제(官窯制)를 벤치마킹해 와기전(瓦器典)이란 담당 행정기관을 만들었다. 경덕왕(景德王)은 한때 '도등국(陶登局)'이라고 개칭했다가 다시 복구했다.[297]

이때 즉 6세기경 낙동강 동안(東岸) 달구벌(玉山) 신라가마터는 반지하식 가마로 봐서 1100℃의 고온으로 방수성이 확보된 팽이형 토기를 생산했다. 고려 시대에 들어와서는 오름살창가마(登火窓窯)를 사용해서 청자를 생산할 수 있게 되었다. 담당 기관인 사용원(司饔院)을 설치하여 송나라의 음각기법(陰刻技法)을 받아들여 새로운 '상감기법(象嵌技法)'을 개발했다. 나아가 비취색이란 독창적이 착색에도 성공했다. 조선 시대의 『경국대전(經國大典)』에 따르면 공전(工典) 소속의 사용원(司饔院)에서 대부분의 도공을 관장하면서 조선백자(朝鮮白磁)를 만들었다. 대명제국에 도전은 못 했지만, 일본은 조선의 도자기 기술을 탈취하기 위해 조선도공 만인 확보전(朝鮮陶工萬人確保戰)인 임진왜란(壬辰倭亂, ぶんろくけいちょうのえき)을 감행했다.

PART 4

–

밥맛을 만드는
밥그릇

01

하늘이 내려주신 신라의 놋그릇

인간을 닮아 강아지까지 밥그릇 싸움을

애완동물을 데리고 공원을 산책해보면 배변이 아닌데도 나무에다가 오줌을 찌려가면서 영역(territory)을 표시한다. 사람도 자신의 영역을 두고 텃세(territorial advantage)를 부린다. 조직폭력배들은 새끼줄을 쳐놓고 배타적 경계선을 긋거나, 최근에는 로마(Roma), 로스앤젤레스(Los Angeles) 등의 국제도시에선 낙서예술(graffiti) 혹은 낙서그림(dasanzz)을 이용해 성역을 표시한다. 특히 조직폭력배의 새끼줄을 쳐놓고(繩張) 성역을 표시하는 걸 일본어론 나와바리(なわばり), 영어론 영역(territory)이다. 일반인에게도 이와 같이 자신의 몫을 챙기는 영역경계선을 긋는 행위를 완곡한 표현으로 "밥그릇을 챙긴다(拿—碗飯)."라고 한다. 이런 문제는 오늘날만의 문제가 아니다. 1960년대 시골에 강아지를 다른 집에서 1마리씩 2마리를 데려오면, 자신만 먹고자 우열 가리기로 밥그릇 싸움(turf war)을 반드시 한다. 물론 집에 키우던 강아지에게 아예 우선을 인정해주는 텃세(territorial advantage)가 있다. 최근 동서양을 막론하고 '밥그릇 싸움(飯碗之爭, turf war)'[298]이란 말이 유행하고 있다. 특히 최근에는 인공지능(AI)에도 밥그릇 싸움이 더욱 심각하다.[299]

특히 인공지능이 불러올 혁신 분야는 i) 오늘날 유망직종인 법률가, 의사 및 교수 등 복잡하고 전문적인 분야에서 가장 먼저 대두된다. 이는 다른 분야보다 경제적 파급효과(economic ripple effect)가 가장 크기 때문이다. ii) 단순히 반복하거나 위험한 분야에도 로봇과 자동화가 대신한다. 구체적으로 소방현장, 전투현장, 해저작업, 각종 극한 위험작업 등에 로봇이 대용된다. iii) 창의력이 상징인 예술 분야에까지 진출해 미술작품 경매장에서 인간을 능가하고 있어 인간의 철밥그릇으로 생각했지만, 이젠 인공지능까지 넘보고 있다.

일찍이 공자(孔子, BC 551~BC 479)는 이해하기 어려운 군자(君子)를 밥그릇에 비유해서 "군자는 무엇이든 다 담을 수 있으며, 한정된 용량을 담는 그런 그릇은 아니다(君子不器)."라고 비유했다.[300, 301] 자기의 그릇을 넓히는 걸 『예기(禮記)』에서는 "스스로 배우는 것(學己)"[302]으로 봤다. 바로 자신의 사명, 역할 및 소임을 분명히 하며 확대했다. 즉 "모난 술잔이 모가 나지 않으면 그게 어찌 술잔이라고 하겠나(觚不觚, 觚哉觚哉)?"[303]라고 역할 담당(role playing)을 분명히 했다.

마치 난공불락(難攻不落)의 성벽이란 모난 성돌 하나하나가 부숴져도 제자리를 지키는 데 있다. 만일 둥근 돌 하나가 성벽코너에 박힌다면 작은 외부 충격에도 쉽게 빠진다. 그 빠진 공극으로 인해 성벽 전체가 쉽게 무너진다. 지금까지 인공지능(AI)이 도전하기 어려운 분야는 '호기심을 갖은 학문탐구(academic study with curiosity)'다. BC 500년대 공자(孔子)는 "배움이 곧 삶이다(學則生, life-long education)."라는 개념을 창시했다. 우리 선인들은 죽은 사람의 혼백(魂帛), 신주(神主), 개관록(蓋棺錄), 지방(紙榜), 묘갈(墓碣) 등에다가 '학생(學生)'이라는 평생교육 용어를 사용했다. 이를 이어받은 미국 실용주의 철학자 존 듀이(John Dewey, 1859~1952)는 1916년에 출간한 『민주주의와 교육(Democracy and Education)』이란 책에서 "배움이 곧 삶이며, 삶을 통해서 배운다(Education is the real life; life is through education)."[304]라고 우리의 학생(學生)이란 개념을 정립해서 재인식시켰다.

고서지학(古書誌學)에서 유기(鍮器)의 기원을 찾아

놋쇠(鍮石)에 대해서 1716년에 출간된 『강희자전(康熙字典)』에서는 "유석은 금과 같은 색이다(鍮石似金)."라고 설명했다. 원말명초(元末明初)를 살았던 조소(曹昭)[305]가 1388년에 출간된 『격고요론(格古要論)』에선 "유석, 자연산 구리의 일종으로 오늘날 농아연석(菱亞鉛石) 일명 노감석의 합금이 아니다. 최방(崔昉)은 동 1근, 아연 1근을 녹여서 유석을 만들었다. 페르시아에서 산출된 진짜 아연은 황금처럼 녹고 붉으며 검지 않다(如黃金燒之, 赤色不黑)."라고 적고 있다. 명나라 이시진(李時珍, 1518~1593)이 1578년에 저술한 『본초강목(本草綱目)』엔 "수은(水銀)은 땅으로 가라앉으나 유석(놋쇠)은 위로 뜬다(水銀墮地, 鍮石可引上)."라고 적혀있다.[306] 일본의 세계백과사전에

서 '유석(鍮石)'에 대해선 "동합금(銅合金)으로 신쥬(眞鍮)는 황동으로 연마하면 황금색이 나오기에 근세에 들어와 선호하게 되었다. '법륭사연기병루기자재장(法隆寺緣起幷流記資財帳)'에 향로에 대한 설명이 있는데 '부처 3구 가운데 2구는 놋쇠(鍮石), 1구는 백동'으로 기록, 유석은 신쥬(眞鍮, しんちゅう)의 옛 이름으로 자연선 광석을 주조(주물) 혹은 단조(방짜)로 만들었으며, 법륭사 헌납보물(法隆寺獻納宝物) 가운데 단조로 된 건 작미병향로(鵲尾柄香爐)가 놋쇠로 되었다."[307]라고 적었다.

『격고요론(格古要論)』을 저술했던 1388년까지 중국은 자체 유석을 만들지 못했고, 페르시아(波斯國)에서 도입했다. 우리나라에 놋쇠(鍮石)를 만들기 시작한 것은 8세기 이전이다. 삼국사기에 의하면 경덕왕(景德王, 재위 742~765) 때 "철유전(鐵鍮典)이라는 관청을 축야방(築冶房)으로 개칭했다가 다시 옛 명칭으로 되돌렸다(鐵鍮典,景德王改爲築冶房,後復故)."[308]라는 기록이 있다. 사실은 이보다 빠른 우리나라 국보 제36호인 상원사 범종(上院寺梵鐘)은 725(성덕왕 24)년에 제작되었다. 그 범종(梵鐘)의 천판상면(天板上面) 용뉴(龍鈕)에 "개원 13년, 을축 3월 8일 놋쇠 총량 3천3백 정으로 종을 만들어 이를 여기에 기록한다(開元十三年乙丑三月八日鐘成記之都合鍮三千三百鋌)."라고 새겨놓았다. 사실 정확하게 말하면 황동(놋쇠)이 아닌 구리와 주석으로 합금된 청동(靑銅)이었다. 그러나 속된 말로 밀가루로 국수를 만들었다면 밀수제비를 만들 수 있다.

또한, 752년 왕족 김태렴(金泰廉)이 신라 사절단 단장(대사)로 방일(訪日)할 때 일본 왕족과 귀족들에게 팔았던 물목 '매신라물해

(買新羅物解)'에도 잡라(迊羅)가 있다. 신라인들은 구리-주석 합금을 '잡라 (迊羅)'라고 했다. 구리-아연의 합금을 유석(鍮石) 혹은 유동(鍮銅)이라고 구 분해 사용했다.[309] 실제 사용하면서도 유동(鍮銅)을 밖에 내놓지 않았던 건 '신이 내린 소중한 쇠(임금)' 사상이었다. 실제 생활에서는 신라 귀족 가 운데 아예 진골수레에 대한 규정으로 "고리(環)에는 금, 은, 놋쇠로 만들지 말고, 보요(步搖) 역시 금, 은 및 놋쇠를 금지한다(環禁金銀鍮石, 步搖亦禁金銀 鍮石)."[310]라고 귀족들에게도 사치를 금지했다.

한편, 서양에선 '킹 제임스 성경(King James Bible)'에선 놋쇠(황동, brass)에 해당하는 단어를 검색하니 39번이 나왔다. 대표적으로 시편 107편 16절 "그가 놋쇠(bronze) 문을 깨뜨리시며, 쇠(iron) 빗장을 꺾으셨다(For He has shattered gates of bronze / And cut bars of iron asunder)."[311]라는 표현이다. 대부 분 고대 히브리어 강철(steel), 구리(copper) 혹은 청동(bronze)으로 해석하는 건 히브리어 '네초세스(nechosheth, נְחֹשֶׁת)'을 번역한 것이며, 황동(녹쇠)은 아니었다. 이런 혼동은 신라 시대에서도 황동(brass)과 청동(bronze)을 혼 동했듯이 로마 시대의 기록에서도 혼동했다. 중세기 혹은 16세기에 들어 와서 구분되었다. 19세기 중반까지 합금과정에서도 합착공정(cementation process)을 사용했다. 셰익스피어의 작품(Shakespearean English) 65번 소네 트 「황동도 돌도 땅도 무한한 바다부터(Since brass, nor stone, nor earth, nor boundless sea)」[312]에서도 청동 혹은 구리를 혼동해서 황동(brass)이라는 표 현을 했다. 구어체로 다양한 광물질과 구리를 의미하는 '황금색 구리(yel-low copper)'에는 황동석(chalcopyrite)과 황동합금(brass)을 포함했다.[313]

고려사(高麗史)에서도 유석(鍮石)을 사용한 사례는 i) 태조왕건(太祖王建) 은 '관등 9등품에 따라 청색복제와 유석 요대(九品服以靑 帶以鍮石)'를 규정 했고, ii) 귀족들의 유석동환(鍮石銅環) 혹은 유석동구(鍮石銅鉤)과 금도유

석봉구(金鍍鋪石鳳鉤)를 사용한 기록이 있다. iii) 1164(의종 18)년 조동희(趙冬曦)는 차내전숭반(借內殿崇班)으로 하여금 송국(宋國)에 유기(鋪器)를 헌납했다. 귀족들이 유동자(鋪銅瓷)의 물건을 사용했다는 기록도 있다.[314] 조선 시대 건국 초기부터 유기생산을 장려하여 세종(世宗) 때에는 황해도 봉산군과 장연현에서 노감석(爐甘石, 황동석)을 채굴했다. 「세종실록(世宗實錄 卷二十三)」에 1424(世宗 6)년 2월 7일에 행호군(行護軍)에 있는 백환(白環)이란 사람이 상소한 글(行護軍白環陳言)에 녹쇠동전주조(鋪錢鑄造)을 건의하고 있다.[315] 「성종실록」에서는 1483(성종 14)년 4월 23일 일본에서 대마도 태수 소 사다쿠니(宗貞國, そう さだくに, 1422~1494)를 조선에 보내서 구리매입을 타진했으나 거부했고, 10월 29일 오오우치 마사히로(大內政弘, おおうち まさひろ) 등의 조선협상단이 돌아왔는데 구리광물 값에 불만을 표시했다. 1485(성종16)년에 일본과 구리광물 교역을 금지시켰다. 이어 1679(숙종 5)년에 비변사에선 유기금단사목(鋪器禁斷事目)[316]까지 제정했다. 숙종(肅宗, 재위 1661~1720) 때에는 경상도 양산에서 유랍(鋪鑞, 아연)을 생산했다. 또한, 유전주조로 놋쇠사용이 넓어져서 중앙과 지방관아에 놋쇠를 다루는 전문 유장(鋪匠)이 있었다. 1775년(영조 51년) 호조(戶曹)가 별장제 폐지(別將制廢止)하고 수령수세제(首領受稅制)로 혁신함에 따라 영세광산업자가 광산개발에 참여를 확대시켰다. 상업자본이 광산개발에 유입되어 민간사업에서도 유기제작이 성행하였다. 조선 말기에는 한성(漢城), 개성(開城), 안성(安城), 구례(求禮), 남원(南原), 김천(金泉), 봉화(奉化) 등지에 유기시장(鋪器市場)이 형성되어 사용량이 크게 늘어났다.

18세기 실학자 서유구(徐有榘, 1764~1845)의 『임원경제지(林園經濟志)』에 의하면 1830년 현재 전국에 1,052개의 장시(場市)가 있었고, 보부상(褓負商)들이 날짜를 정해 교역을 했는데 보상(褓商, 보따리부인들)의 대부분은 부피가 작고 가벼운 포목(布木)과 유기(鍮器)를 취급했다. 이규경(李圭景, 1788~1856)의 『오주서종박물고변(五洲書種博物考辨)』에선 "우리 동쪽나라의 유동(我東鍮)은 일반적으로 징과 꽹과리처럼 '소리울림을 내는 내는 향동(響銅)'이었다."[317]라고 적고 있다.

놋쇠(黃銅)를 보다 자세하게 살펴보면 i) 유철(鍮鐵)은 동 70~72%에 주석(일명 상납)을 28~30% 혼합, ii) 청철(青鐵)은 일명 상철(上鐵)이라고도 하는데, 동 80~85%에 주석 15~20%를 배합, iii) 주철(朱鐵)은 동 90~95%에 주석 5~10%의 합금이다. 일반적인 '방짜놋쇠'는 유철(鍮鐵), 청철(青鐵), 주철(朱鐵)을 총칭한다. 주로 두들겨서 만든 대야, 양푼이, 수저, 젓가락, 놋상, 놋보시기(섭씨 4도로 김치 맛을 최고로 유지하는 그릇), 놋동이, 징, 꽹과리 등이 있다. 망치로 두들기는(鍛造) 방짜유기는 화기(火氣)에는 물리적 변형이 생기는 취약점이 있으나 외부타격에는 강하다. iv) 황동(黃銅)은 동 60~65%에 아연 40~35%를 혼합한 합금으로 향로(香爐), 향합(香盒), 촛대(燭臺), 화로(火爐) 등에, 황동놋쇠는 황금빛이 나서 많은 사람이 애호했다. 일반적으로 방짜가 아닌 이와 같은 주조놋쇠를 '퉁쇠' 혹은 '서민쇠'라고 했다. 방짜쇠(단조녹쇠)는 인체에 해롭지 않아 식기(食器)와 악기(樂器)에 사용되어 일명 '망치쇠' 혹은 '양반쇠'라고 했다.

조선사대부(朝鮮士大夫)의 지극한 놋쇠전립투의 사랑

고구려 광개토왕의 청동 밥그릇(靑銅壺杅)이 신라에서도 전달되었고, 청동기(靑銅器)는 고려 시대에도 일반인들에게 청동 밥그릇(靑銅盂)으로 유통되었다. 이에 반해 신라 귀족에 한해 황동(뇌쇠) 밥그릇이 애용되었다. 조선 중기까지 서민들에게 목기와 청동기가 애용되었다. 그러나 조선 초기부터 중기까지는 사대부에 한정해 유기(鍮器)를 사용했을 뿐이었다. 특히 영조 때 별장제(別將制)를 폐지함으로써 구리광산의 민영화에 의한 '구리 채광

증대→황동 제품 수요 폭증과 공급 확대→사대부에서 서민에게 놋그릇(鍮飯器)이 공급'되어 사용되었다. 이런 결과는 조선 실학자 유득공(柳得恭, 1748~1807)이 쓴 『경도잡기(京都雜記)』에 "우리나라는 관습상 유기를 소중히 여겼기에 집집마다 반드시 갖춰놓고 사용했는데, 밥, 국, 채소, 고기 등을 담았는데, 세숫대야, 밤에 사용하는 요강까지 놋쇠로 만들었다."[318]라고 적었다.

사실, 임진왜란(壬辰倭亂) 이전에도 『토정비결(土亭秘訣)』을 저술한 이지함(李之菡, 1517~1578)은 무쇠 갓(鐵冠)을 쓰고 다녔기에 "철관도사(鐵冠道士)"라고 했다. 그는 끼니때가 되면 갓을 뒤집어놓고 맹물을 붓고 채소 등을 살짝 데쳐 먹었다. 사대부 출신 서유구(徐有榘, 1764~1845)의 요리책인 『정조지(鼎俎志)』에서는 "국왕정조(正祖)가 수고하는 유생들에게 전립투요리(氈笠套料理)를 직접 대접했다."라는 기록까지 나오고 있다. 「흥부전(興夫傳)」에서 "에고, 우리 어머니 벙거짓골(전립투골) 먹었으면 좋겠는데."라는 대사가 나온다. 당시 벙거짓골(전골)은 오늘날 시쳇말로 '금수저 특별요리'다. 몽고 원정 때에 투구(鬪具, knight's helmet)에다가 양고기와 야생풀을 뜯어 넣고 끓여 먹었다는 '징기스칸탕(成吉思汗湯)'이 유행했다. 임진왜란 때 민초들은 취사도구가 없어지자, 왜병 철제투구가 솥으로 이용되었다. 이에 반해 조선 병장들의 갑주(甲冑)는 한지(일명 문종이) 혹은 헝겊(무명천)을 여러 겹 붙여 만들었기에 불에 잘 탔고, 열전달도 전혀 되지 않아 단지 불쏘시

개로만 사용되었다.

1601(선조 34)년에 경상감영(慶尙監營)이 안동에서 대구로 이전함에 따라 대구에서도 관급유기(官給鍮器)의 수요가 폭증했다. 대부분은 경상감영의 관할 권역인 봉화(奉化)와 김천(金泉)에서 관용유기를 공급했다. 봉화에서는 화로, 향로, 불판, 전립투(氈笠套) 및 제기(祭器) 등 불기(火氣)에 강한 통쇠(주조유기)를 제작한 반면 김천에서는 외부충격에 강한 징, 꽹과리 등의 농악기와 제전(祭典) 악기 등 양반쇠(단조유기)를 제작 공급했다. 조선 시대 한양 사대부들의 특유한 음식 문화는, 오늘날 일본 요리 '샤브샤브(しゃぶ しゃぶ)' 혹은 중국의 '허궈요리(火鍋料理)'에 해당하는 '전립투 요리(氈笠套料理)'가 성행했다. 지금 보면 전립투(벙거지) 전골이 오늘날 우리나라의 전형적 전골이고, 이를 기반으로 나름대로의 특성을 가미한 일본의 샤브샤브와 중국의 허궈요리로 개선되었다.

조선 무장들이 머리에 썼던 전립투(氈笠套)라는 투구모양과 비슷한 유기 냄비에다가 미나리, 두릅, 부추(越牆草) 등의 채소와 소고기, 양고기 등을 데쳐 먹는 요리를 양반들은 전립투탕(줄여서 전골)이라고 했다. 백성들은 자신들이 쓰고 다녔던 벙거리(오늘날 빵) 모자와 같다고 벙거지골(전골)이라고 했다. 한양 사대부를 벤치마킹했던 경상감영의 관리들도 전립투 전골을 즐겨 먹었다. 전립투(氈笠套, 전골냄비)를 양분해 고추, 산초(山椒) 등으로 매운맛을 내는 홍탕(紅湯)과 무, 죽순, 사골 등으로 시원한 맛을 내는 청탕(青湯)으로 입맛을 달리해서 품위 있게 드셨다. 이를 두고 청홍탕(青紅湯), 음양탕(陰陽湯) 혹은 태극탕(太極湯)이라고 했다. 또한, 동서당쟁을 풍자해 동서탕(東西湯) 혹은 사색탕(四色湯)이라고도 했다. 다시 한곳에 같이 먹는 탕평(화평)탕이 있었다.

오늘날 '전골요리(煎骨料理)'다. 위암(韋菴) 장지연(張志淵, 1864~1921)이

1909년에 쓴『만국사물기원역사(萬國事物紀原歷史)』에선 전골의 기원을 "전립철관을 이용해 요리를 해 먹었다는 데 연유해 전골(煎骨)"이라고 설명했다. 유득공(柳得恭, 1748~1807)의『경도잡기(京都雜記)』에선 "솥 모양이 전립투를 닮았다. 움푹하게 파인 곳에 물을 붓고, 채소를 데치고, 갓전에 고기를 얹어 구워 안주를 만들어 먹는다. 또한, 밥을 하면서 동시에 다른 반찬까지 할 수 있어 좋다."319 이학교(李學逵, 1770~1835)의 저서『낙하생집(洛下生集)』에서도 "쇠갓(鐵冠) 모양 솥에 구워 먹는다는데 속칭 쇠로 만든 전립 모양(벙거지)이라서 전립투(氈笠套)라고 했다네. 매번 밥을 먹을 때, 고기와 채소를 살짝 데쳐서 밥을 곁들어 도자기 숟가락으로 사골육수까지 떠먹네."320 이규경(李圭景, 1788~1856)은『오주연문장전산고(五洲衍文長箋散稿)』는 전골이란 "전립투의 음식을 칭함이 아닌 음식을 만드는 솥을 전골이라고 한다(鍋曰煎骨)."라고 설명했다.321 같은 설명은 순조 때 조재삼(趙在三, 1808~1866)이 쓴『송남잡지(松南雜識)』에서도 "전립골(氈笠骨)"이라고 했다. 한마디로 전립투, 벙거지, 전골, 전립골이 끓이는 냄비(火鍋)를 말했다. 오늘날은 요리기구 전골이 아니라 요리한 음식(볶음과 끓임의 중간, 炙煮之間)으로 대상변천을 했다.

홍부전처럼 벙거짓골(전립투골)이라고 표현한 사례로는 신광하(申光河, 1729~1796)의 '벙거짓골에 소고기를 굽기를 노래함(詠氈鐵煮肉)'에서 "고기 썰어 벙거짓골에 늘어놓고, 몇 사람씩 화로를 끼고 앉아, 자글자글 구워서 대강 뒤집다가, 젓가락을 뻗어보니 고기 벌써 없어졌네(截肉排氈鐵, 分曹擁火爐, 煎膏略回轉, 放筯已虛無)."322라는 시가 있다. 홍석모(洪錫謨, 1781~1857)의「난로(煖爐)」라는 시(詩)에서도 "기름 바르고 파 마늘 섞은 고기, 시뻘겋게 타오르는 화로 위에 걸어둔 노구솥(놋쇠구리 솥), 둘러앉아 술 마신 뒤 고기 안주, 겨울철 추위까지 녹이는 멋과 맛있는 모임"323 그리고 유만공(柳

晩恭, 1793~1869)의 「세시풍요(歲時風謠)」 171번째 시(詩)에 "난회(煖會)는 마땅히 동짓날 맞춰, 노구솥 건 화로에 둘러앉아 추위를 막네, 소반에는 새 맛의 붉은 전약(煎藥), 내의원(內醫院)서 한 그릇씩 나누어 주네."[324]라는 내용이 나온다.

02

경상감영이 엄호했던
양반쇠와 양반김치

영남유림의 체면은 김치보시기(菹福器)에서

오늘날 우리들은 옥식기(玉食器)라고 하나, 과거는 놋보시기(鍮福食器), 한
자로는 유구(鍮甌) 혹은 유부(鍮缶)라고 했다. 구(甌)란 흙으로 만든 12음

악기 혹은 질(흙)장구 모양을 닮았다. 부(缶)란 뚜껑을 덮었다는데 물동이, 똥장군 등을 닮았다. '보시기(福器 혹은 甫兒)' 모양은 사발(沙鉢)이고 크기는 그보다 작다. 반상기(飯床器)로는 김치나 조치[325] 등을 담았다. 용도에 따라서 김치보, 조치보, 차보시기라고 했으며, 뚜껑이 있는 경우는 '합보시기'라고 했다.

『조선왕조실록(朝鮮王朝實錄)』에서도 보시기(甫兒)가 빈번히 나오며, 국왕의 죽(미음)을 정성 들여 담거나 술, 차 혹은 탕약을 담는 데 사용했다[326]. 음식에 따라 약보아(藥甫兒), 차보아(茶甫兒), 타락(우유쌀죽)보아(駝酪甫兒), 침채(김치)보아(沈菜甫兒), 조치(찌개일종)보아 등으로 호칭했다. 1527년 역관 최세진(崔世珍, 1468~1542)이 어린아이들에게 한자를 설명했던 '훈몽자회(訓蒙字會)'에서 한자 '구(甌)'를 '보시기 구'로 해명을 했다. 아래에다가 "작은 사발을 말함(盌之小者)."이라고 주(註)를 달았다. 1802년 이가환(李嘉煥)과 아들 이재위(李載威)가 공동 저술한 『물보(物譜)』에선 '구아(甌兒)'를 '보ᅌᅩ, 탕귀종ᄌᆞ'라고 풀이했다. 서유구(徐有榘)의 저서 『임원경제지(林園經濟志)』에서는 반상기(飯床器)를 설명하는데 "저채종지(葅菜鐘)를 속칭 보아(甫兒)"라고 적고 있다. 민간에는 절임채소 반찬을 담는 작은 그릇을 보아(甫兒)라고 했다. 여기서 술잔 모양(鍾子)이란 한자 '종자(鐘子)'를 중국 발음으로 '종지(鍾子, Zhōngzi)'라고 해왔으며, 뜻으로는 『예기(禮記)』의 "그놈 아주 끝내주네(終之)."라는 의미를 지니고 있다. 여기서 '저채종지(葅菜終之)'라는 '김치 맛을 끝내주는 술잔 모양 그릇'이라는 속뜻을 갖고 있다.

보다 자세한 설명은 1931년 일본인 아사카와 다쿠미(Asakawa Takumi, 淺川巧)가 쓴 저서 『조선도자명고(朝鮮陶磁名考)』[327]에서도 "보시기(지름 5~10cm)는 보(甫) 또는 보아(甫兒)라 부르기도 하며, 보아(甫兒)라는 차자(借字)가 보통 사용되고 있다. 크기는 사발과 술잔(鐘子)의 중간이며, 주둥이 부위와 아래 부위가 거의 같은 크기이다. 보시기에 상당하는 한자는 구(甌)로서 '사발보다 작은 게 보아(盌之小者爲甌)' 혹은 '대접보다 더 깊은 그릇이 보아(碗深者爲甌)'로 정의하고 있다. 용도는 밥상에 김치를 담아서 올려놓는 데 쓰인다."라고 자세하게 기술하고 있다.

이렇게 영남 양반들이 놋쇠 보시기(鍮甫兒)에 김치를 담았던 이유는 i) 구조상 뚜껑을 닫아 보온 유지가 용이해 여름철에는 시원하게, 겨울철엔 따뜻하게 먹을 수 있다는 점[328], ii) 구리 및 아연이란 살균성 합금 재료로 만들었기에 해독균(害毒菌)의 번식을 방지했으며, iii) 뚜껑을 닫으면 4℃ 온도 내외로 유지할 수 있어 가장 맛있는 김치 보관이 가능했다. iv) 방짜놋쇠(양반쇠) 보시기(鍮甫兒)는 수천 번의 망치질로 단련했기에 균열, 파손, 열전달에서 서민쇠와는 판이하게 달라 대부분 관급식기였다. v) 제작과정에 천탁만마(千琢萬磨)의 망치질과 담금질로 만들어진 양반쇠(방짜녹쇠)는 선비들의 수신신독(修身愼獨)에서 절차탁마(切磋琢磨)의 뜻으로도 같이했다.

1601년 안동에서 대구로 이전해온 경상 감영은 조선 조정 다음가는 정치적 권력을 갖고 있었기에 상국(相國) 상당의 감사들이 많이 내려왔으며, "경상 감사 한 번 지내면 7대가 배 두드리고 복락을 누릴 수 있다(相國慶監, 一享經後,七代鼓腹,享樂萬世)."라는 조정비언(朝廷鄙諺)이 거짓말이 아니었다. 특히 음식에서는 산해진미의 진공뿐만 아니라, 영남유림의 향음주례(鄕飮酒禮)가 상상을 초월했다. 특히 산갓김치(山芥菹)와 영채김치(靈菜菹)는 국왕 아니고서는 이곳밖에 없는 별미(特味)였다. 여기에다가 금상첨화 김천 양반쇠로 만든 보시기에 산갓김치를 담아 먹는다는 건 한양국왕조차도 못 누릴 호사였다. 김치보시기와 전립투의 음식을 먹을 때는 한양국왕은 요사이 표현으로 "눈 아래에 있었다."라고 했다.

오늘날 우리들에게 관급유기문화(官給鍮器文化)를 보여줄 수 있는, 대구시는 2007년 5월 25일[329]에 방짜유기박물관을 개관해 i) 방짜유기의 제작기술 전승과 보존, ii) 지역음식 문화의 역사전시와 미래 먹거리 개안(開眼)에 단서를 제공하고 있다. 방짜유기박물관이 터를 잡은 팔공산 아가씨의 청남치마 자락을 매월당 김시습(梅月堂 金時習, 1435~1493)이 바라보면서 "이름은 귀공주인데 험준하게도 생겼구먼, 돌부리 다리에 걸릴 듯 동남으로 간다면 며칠을 걸리겠네. 얼마나 많은 풍광을 읊기란 부득이 내 능력으론 못하겠네. 다만, 초췌한 이유를 들어 변명하는 중이라니(公山崎峻 聳崢嶸, 碍却東南幾日程, 多少風光吟不得, 只緣憔悴病中生)."[330] 또한, 달성 다사읍 매곡리에 있는 금암서원(琴巖書院)에 모셔져있는 정사철(鄭師哲, 1530~1593)은 「팔공산 유람(遊公山)」라는 시에서 "나막신에다가 단장을 짚고, 팔공산을 찾아드니, 깊은 골짜기 돌문 위엔 흰 구름이 한 조각 걸려있네. 저 구름처럼 그대는 높이 날아오르는 비결을 모르네그려. 한 걸음 한 걸음 걷다가 보니 어느덧 정상에 오를 그려(理屐尋山策短筇, 石門深處白雲封, 升高妙訣君知否, 去去須登最上峯)."[331]라고 백운심처(白雲深處)를 노래했다.

일제병참기지 대구, 유기공출(鍮器供出)에 앞장서

대동아공영(大東亞共榮)이란 원대한 대일본제국의 꿈을 실현하기 위한 스프링보드(spring board)로 대구에다가 대륙 침략의 병참기지를 건설했다. 태평양전쟁 1941년에 개시했으나 소총에서 각종 포탄에까지 사용되는 탄피 신쮸(眞鍮, 놋쇠)의 폭증하는 수요에 공급은 태부족이었다. 전시물자 동

원령을 내려 놋쇠로 된 모든 물건을 강제로 공출시켰다. 탄압해도 저항이 심각해지자, 동남아산 철반석(鐵礬石) 혹은 보크사이트(Bauxite)으로 만든 알루미늄에다가 중독성을 위장하기 위해 아연을 도금했다. 또한, 조선이 열광하는 은식기(銀食器)라는 의미를 빌려다가 '양은(洋銀, Western Silver)' 혹은 백금식기(白金食器)라는 의미로 '양백(洋白, German silver)'이란 명칭으로 대체재로 판매했다. 인기는 대단했으며, 인심 쓰는 척 맞바꾸기까지 했다. 양은이나 양백은 알루미늄에다가 아연(황색) 혹은 니켈(백색)로 도금피막을 입힌 알루미늄 그릇이었다.[332] 알루미늄은 열전도율에선 철보다 높아서 오늘날도 라면, 쇠갈비 요리에 많이 사용되고 있다. 그런데 이는 아연 15~30%, 니켈 10~20% 도금피막을 입혔기에 벗겨질 경우는 알루미늄 중금속중독이 발생했다.[333]

이런 알루미늄 중독사건은 서양에서만 몇 차례 언론에 게재되어 동서양의 미식가(美食家)들의 우려를 사고 있었다. 그래서 영국 발명가 해리 브리얼리(Harry Brearley, 1871~1948)는 1913년 8월 새로운 밥그릇 대상물질 탐색연구를 하다가 버린 쇳조각이 빗물에서 반짝이는 걸 보고, 크롬과 니켈로 합금강철 스테인리스스틸(stainless steel)을 개발했고, 1920년에 식기를 제작했다. 일본제국에서는 이런 사실을 알았으나 조선반도에 한정해서 문제의 양은그릇을 공급했다.

이에 반해 조선 시대 놋쇠 밥그릇이 유행되었던 이유는, 오늘날 코로나19(COVID19)와 메르스(MERS) 바이러스가 구리이온에 퇴치된다는 뉴스[334]를 당시는 몰랐지만, 경험상으로 구리(銅), 주석(朱錫), 아연(亞鉛)이란 금속이온이 미생물에게 미량동효과(微量動效果, oligo-dynamic effect)로 인해 살균처리 된다는 사실을 이미 알았다. 식중독 예방뿐만 아니더라도 음식 부패까지를 방지했다. 특히 놋그릇에 김치를 담아놓으면 유산균 이외의 잡균들이 생존하지 못해서 "맛도 들지 않고 군둥내(잡스럽은 냄새)부터 나는 일을 없었다." 해방 이후에도 다시 놋그릇이 유행했으나, 1960년 초반에 스테인리스시틸(스텐) 밥그릇이 도입되었으나 유행되지 않았다. 그러나 1970년 삼림녹화 차원에서 땔감벌목을 금지시키고 연탄 사용 정책으로 구공탄가스로 인해 i) 기와집의 물받이함석이 녹아내렸고, ii) 주방에 놋그릇이 검은색으로 변색되어 지저분한 인상을 주었다. 누가 말하지도 않았지만 스텐 밥그릇으로 서서히 교체되기 시작했다.

우리 속담에 "절간에 가도 눈치 빠른 사람은 새우젓 국물을 챙긴다."라고 했듯이, 1973년 1월 박정희(朴正熙, 1917~1979) 대통령이 임명한 서울시장 양택식(梁鐸植, 1924~2012) 시장은 스텐 밥그릇으로 교체되는 세상 흐름을 간파했다. 표준식단과 스텐공기(지름 11.5cm, 높이 7.5cm)를 제시했고, 이를 통해 서울시에 전 시민 계몽운동을 시작했다. 이를 이어받아 중앙정부는 1974년 12월 4일부터 모든 식당에선 스텐 밥공기에만 담도록 행정명령을 발동했다. 1976년 6월 29일 서울시는 정부정책에 솔선수범하는 모양새를 내고자 7월 13일부터 스텐 밥공기 의무화를 서울특별시 요식협회에 시달했다. 동시에 밥공기 크기를 지름 10.5cm 높이 6cm로 대폭 축소했다.

"정의사회구현(正義社會具顯)"을 슬로건으로 출범했던 제5공화국(1981년)의 보건사회부는 '주민편의 100가지 시책'의 하나로 서울시 규정을 전국에 적용하는 행정조치를 내렸다. 이렇게 스텐 밥공기에는 1석 3조 효과(一石三鳥效果)를 거두었으니, i) 동시에 많은 밥을 해놓고 미리 담아놓은 밥그릇을 제공하면 조리시간과 에너지 절약, ii) 밥공기를 축소해서 식량 소비량을 절감, iii) 밥그릇을 삶을 수 있어 위생적이고 잘 파손되지 않아 경제적이었다. 이로 인해서 식량 증산과 다이어트로 건강까지 챙겼다는 1석 5

조 효과(一石五鳥效果)를 얻었다는 최고특수시책이었다.

최근 대구시는 이런 밥그릇 역사라는 수레바퀴를 거꾸로 홱~ 돌리는 시책을 실시했다. 즉 2006년 대구십미(大邱十味)를 개발하고, 동인동(東仁洞) 찜 갈비라는 절미(絶味)를 '전통과 추억의 맛(taste of tradition and memory)'을 더하고자 양은냄비 그릇에 담아내도록 했다. 참으로 이상하게도 일제식민지 때에 '알루미늄 중금속' 논란을 불러오지 않았고, 오히려 대구 전통과 추억의 맛으로 홍보되고 있었다.[335] 그러나 동인소고기갈비찜은 미식가들에게는 '찜찜함(leery)'을 제공하고 있다.[336] 대구 전통(tradition)과 '추억의 맛(taste of memories)'에는 i) 놋그릇 강제공출로 대신 대체된 양은그릇이란 피식민지 아픈 역사와 ii) 6·25전쟁 이후 해장국이나 라면을 끓여 먹던 양은냄비(western-silver pan)라는 추억이 동인 찜갈비 양은냄비에 오버랩(overlap)되고 있다.

일본 에도시대(日本江戶時代) 1567년 교토(京都)에 '고등어 도로(サバ道路)' 길섶에 '야마바나 헤이하치자야(山ばな平八茶屋)'라는 찻집이 열렸다. 찻집으로 명맥 유지가 어려워지자 민물고기 요릿집으로 변신했고, 오늘까지 444년의 역사를 이어왔다.[337] 그 식당의 생존비결(生存秘訣)은 도자기 밥그릇이 말해주고 있다. 한마디로 i) 밥맛과 친절은 접어두고, ii) 밥그릇에 숨은 멋은 계절 감각을 담은 그릇 모양, 색채와 디자인에 있다. '신이 숨어있는 디테일(神に隠れている ディテール)'은 밥공기를 여는 순간 뚜껑 안쪽에

겨울철에는 붉은빛에 푸른 잎이 달린 동백꽃 한 송이, 여름엔 푸른빛 싱싱한 표주박이 입맛을 돋운다. iii) 식당의 역사에선 20번째 안주인(女將,

おおかみ)에게 '음식 맛'에 대해서 정의를 물었더니: ① 자연을 함축한 재료의 싱싱함(身土不二), ② 조리하는 사람의 정성, ③ 접시(밥그릇) 위에 대자연을 전개하는 미학(plating art), ④ 진실의 순간에 진실의 맛(taste of authenticity)을 제공함, ⑤ 먹기 전에 첫눈에 감동과 탄성(歡聲)으로 상상의 맛까지도 만든다고.

중세 시대 일본 귀족에겐 봉토(封土, lehen)는 '한곳에 매어서 평생을 살아야 하는 영지(一所懸命の領地)'였다. 에도시대(江戶時代), 교토 지역의 조루리(淨瑠璃) 노래 가사에서 '열심히(hard)'에 해당하는 일본어인 '잇쇼겐메이(一生懸命)'가 시작되었다. "잇쇼겐메이(一生懸命, いっしょうけんめい)", 즉 "하나를 위해 살아가는 데 목숨을 건다(一生懸命)."라는 뜻이다.[338] 일은 목숨을 걸고 할 대상이고, 제품은 자신의 분신(分身)이다. 그래서 음식(요리) 전문가로 i) 신선한 제철 음식에 대한 재료를 고민하고, ii) 가장 맛있게 정성을 다해 대접하는 걸 '고치소(御馳走, ご‐ちそう)'[339]라 한다. 축조 해석을 해도 '분주하게 달리면서 정성을 쏟음.'이다. 그래서 음식을 먹고선 반드시 '잘 먹었습니다.'라는 뜻으로 "고치소사마데시다(御馳走樣でした)."라는 인사를 한다. 노고에 대해 '예수님(사마)'처럼 '고치소사마(御馳走樣)'라고 객체 극존칭을 붙인다.

03

인류의 최고 위안식^(comfort food),
치킨 수프

인류가 기피하지 않고 선호하는 유일한 음식, 닭고기 수프

우리나라에서는 닭고기로 다양하게 요리를 하는데, 탕(湯, stew)으로는 인삼, 대추, 찹쌀 등의 부식재(副食材)를 넣어 보양식을 만들어 먹는다. 가장 간편하게는 닭 칼국수 혹은 초계국수(醋鷄麵)가 있다. 닭고기 음식은 비교적 저지방식(relatively low fat food)이다. 수프 요리를 한 뒤 식히면 지방층에 형성되어 이를 떼어내어 지방을 제거한다. 수프에서 뼈를 오래 삶으면 산성(酸性) → 조리면 칼슘 함량이 증가해 중성(中性)이 된다. 중성에선 지방분리(脂肪分離)가 생기지 않는다.³⁴⁰ 옛날 시골에서는 감기, 독감 혹은 몸살이 나면 민간전통요법으로 약탕관으로 약병아리탕(藥雛湯)을 고아 먹었다. 2000년 미국 오마하 네브래스카대학 메디컬센터(University of Nebraska Medical Center, Omaha)에서 "닭고기 수프가 체외염증반응에 억제 효과가 있다(effect of chicken soup on the inflammatory response in vitro)."라는 사실로 항염증 효과와 질병 증상을 일시적 완화 효과를 입증했다. 그러나

2007년 『뉴욕 타임지(New York Times)』에선 실제로 의미 있는 영향이 아니라고 했다[341]. 기관지염 및 호흡기 감염환자에게 사용하는 아세틸 시스테인(acetylcysteine)과 유사한 아미노산 시스테인(amino acid cysteine)이 닭고기 수프에 포함되어 그런 효과가 나타났다. 지금도 유대인들은 페니실린 대용으로 닭고기 수프를 먹는다. 그래서 '유대인 페니실린(Jewish penicillin)'이라 말하고 있다.[342]

닭고기 수프에 대해서 세계 각국에서는 다양한 문화가 있어, 이를 살펴보면: i) 15억 인구를 갖은 중국은 모든 음식은 닭고기 국물을 기반으로 하다시피 한다. 전형적인 치킨 수프는 오랜 암탉에다가 생강, 파, 후추, 간장, 막걸리(rice wine) 및 참기름 등을 가미한다. 갓 잡은 암탉에다가 인삼, 마른 구기자(dried goji), 생강 뿌리와 다양한 향채를 넣어 푹 고아서 이를 갖고 다양한 버전으로 음식을 만든다. 사천(四川)지역에 매운맛이 특징인 마라탕(麻辣燙, málàtàng)은 우리나라의 삼계탕과 쌍벽을 이룬다. 여기엔 매운맛 향신료 '화초(花椒, hwajiao)[343]'가 사용된다. ii) 일본 닭고기 수프를 토리지루(torijiru, 鷄汁)라고 하며, 다시마와 말린 참치(katsuobushi, 鰹節), 뼈 없는 허벅지살, 무, 당근, 우엉, 곤약(konnyaku), 웨일스 양파, 버섯, 감자, 토란 뿌리(taro root) 등의 야채에다가 조미료를 가미해서 끓인다. 돼지고기 국물(butajiru, 豚汁)보다 닭고기 수프 기반으로 음식이 더 인기가 있다. 라면도 종종 닭고기 국물을 기반으로 만든다. iii) 프랑스인은 닭고기 국물로 육수(bouillon)를 만들거나 콩소메(consommé)라는 맑은 국을 만들어 먹는다. 닭고기 수프를 만들 때 월계수 잎(bay leaves), 신선한 백리향(fresh thyme), 드라이 화이트 와인(dry white wine)과 마늘을 넣는다. iv) 이탈리아는 닭고기 수프는 파스타(pasta), 카펠레티(cappelletti), 토르텔리니(tortellini), 파사텔리(passatelli)와 같은 요리와 곁들어 제공한다. 고기와 야채는 일반적으로 국물에서 제거되어 두 번째 요리(main meal)로 닭고기를 먹는다.

이어 v) 영국의 닭고기 수프(육수)엔 당근, 셀러리, 양파 등의 덩어리 야채, 닭고기, 소금 및 후추가 들어가는 맑고 묽은 수프(soup)다. 오늘날 치킨 스프 크림(cream of chicken soup)이 최고인기다. 잉글랜드에선 스코틀랜드와 다른 버전으로 잘게 썬 닭고기와 부추로 삶은 맑고 얇은 국물(thin broth of shredded chicken and leeks)인 콕어리키 수프(cock-a-leekie soup)가 대세(main stream)다. vi) 미국과 캐나다에서는 미국 스타일의 닭고기 국수 수프(chicken noodle soup)가 대류다. 즉 미국과 캐나다에서 닭고기 수프엔 국수나 쌀이 들어가는 건 1930년대 캠벨수프회사(Campbell Soup Company) 광고에서 시작되었다. 원래는 21가지의 종류 캠벨수프가 있었으나 '국수 넣은 치킨 수프'가 특징이었기에 1930년데 아모스 앤 앤디(Amos-n-Andy) 라디오 토크쇼에서 "입맛 나는 한 입(slip of the tongue)" 광고를 '치킨 누들 수프(chicken noodle soup)'라고 했다. 미국 전통 닭고기 수프는 늙은 암탉을 단시간에 삶아서 질기고 끈끈한(tough and stringy) 수프였다. 그러나 오늘날은 육계를 사용해 맑고 담백한 수프를 만든다.

또한, vii) 독일 닭고기 수프는 닭고기 국물에다가 당근, 향신료, 허브식물, 채소와 결이 고운 국수를 넣어서 만든다. 육수(肉水)는 큰 암탉을 삶은 '수프 암탉(Suppenhuhn)'이라고 하며, 가슴살 조각을 국물에 추가해서 우리나라 초계면(醋鷄麵)처럼 먹는다. 남부 독일의 수제 치킨 수프는 향신료에다가 거친 밀가루 만두 또는 슈페츨레(Spätzle) 국수가 첨가된 국물을 선호한다. 닭고기 국물, 닭고기 조각, 삶은 야채 및 향신료 등 이외에 '치킨 스튜(chicken stew, Hühnereintopf)'가 있다. viii) 멕시코에선 라틴아메리카의 전형으로 '칼도 데 포어오(Caldo de pollo)' 혹은 '콩소메 데 포어오(Consome de Pollo)'라는 라틴아메리카 닭고기 수프가 전형이다. 삶아 갈기갈기 찢은 닭고기 혹은 통닭고기에다가 반쪽 낸 감자, 양배추 잎 전체(whole leaves of cabbage) 등을 넣어 요리한다. 퓨전요리인 '칼도 틀란 페뇨(caldo tlalpeño)'는 치킨 수프에 잘게 썬 아보카도(chopped avocado), 화이트 치즈, 남미의 특유한 고추 치폴레 칠리(chipotle chile)를 고명으로 얹어 먹는다.

'눈물 젖은 빵' 같은 소울푸드(soul food)

음식으로 동물의 뇌리에서 각인되는 맛은 음식오미(飮食五味)가 아니라 스토리 맛이다. 스토리 가운데 억울함, 서러움, 고달픔, 배고픔 등이 매운맛(辛味) 혹은 쓴맛(苦味)으로 아주 오랫동안 기억된다. 환희, 영광, 행복, 사랑 등은 단맛(甘味) 혹은 짠맛(鹽味)으로 각인되나 곧 사라지고 만다. 대

영제국의 노예무역으로 아프리카에서 영국, 미국 등으로 노예들을 판매하면서 영국 스코틀랜드의 노예 주인들이 닭고기를 요리시키면서 내장, 닭발, 날개 등을 쓰레기통에 버리게 했다. 배고픈 노예들로 버려진 닭 뒷고기

(chicken wastes)를 요리해서 먹었다. 이런 쓰레기 고기 음식을 통해서 노예였던 억울함 또는 서러움을 머릿속에 각인해왔다. 1968년 마틴 루터 킹(Martin Luther King Jr., 1929~1968)이 "나는 하나의 꿈을 갖고 있습니다(I have a dream)."라고 마지막 연설을 하다가 저격당했다. 이를 본 흑인 사회에서는 노예로부터 당했던 울분을 삭히지 못했다. 인권운동과 동시에 노예주들이 쓰레기통 버렸던 음식 재료를 다시 요리해서 먹었던 선조들의 원혼

을 회상했다. 이 사건을 계기로 1960년 후반 미국 남부지역에서 바로 영혼 음식 운동(soul food movement)이 일어났다. 쓰레기로 버렸던 돼지 혹은 닭 뒷(쓰레기)고기는 물론 가축용 사료로 연명했던 콘 브레드(corn bread), 허쉬퍼피(hush fish), 코로케(croquette), 메기튀김(fried catfish) 등이 영혼을 달래는 소울푸드(soul food)가 되었다.

그런데 오늘날 지구촌에서 닭고기 수프를 가장 즐겨 먹는 사람들은 미국 사람들이다. 1970년대부터 아직까지『영혼을 위한 닭고기 수프(chicken soup for the soul)』라는 스토리텔링 북이 장기간 베스트셀러를 지속하고 있다. 우리말로 "밑져봐야 본전" 혹은 "심심풀이 땅콩"이라는 의미로 '치킨 수프(chicken soup)' 용어가 사용되고 있다. 미국 FBI 혹은 CIA 등 국가정보 정책기관에서 일상적으로 추진하는 사업인 '치킨 수프 프로젝트(chicken soup project)'가 많다. 백인들에게도 유대인의 페니실린(Jewish penicillin) 혹은 '밑져봐야 본전인 보양식(nothing-to-loss health food)'으로 닭고기 수프를 즐기고 있다. 이뿐만 아니라 미국의 고급 관료들이 한국 삼계탕 등의 닭고기 수프를 즐겨 찾아 먹고 있다.

사실, 세계여행에서 음식을 맛본 경험으로 유럽 폴란드(Poland)에선 '닭고기 맑은 국'인 로수 스 쿠리(rosó ł z kury)가 입맛에 딱 맞았다. 미국에는 쌀이나 파스타를 넣어 끓인 치킨 라이스 수프(chicken rice soup)와 치킨 누들 수프(chicken noodle soup)가 동양인 입맛에도 맞다. 오스트레일리아(Australia) 영화「그녀가 사라졌다(I Met A Girl)」에서 조현병 환자인 데본(Devon)이 연인을 찾아 전국을 헤매는 동안 온전한 정신이 없었다. 나중에 형으로부터 형수가 임신했다는 기쁜 소식을 듣고, 생강 닭고기 수프(ginger chicken soup)를 사서 형님댁을 방문하는 장면이 나온다.

삼라만상 가운데 "하늘을 나는 비행기와 땅 위에 책상을 빼고는 다 먹어치운다(除外天飛机和地桌子, 他吃都是東西)."라는 음식 천국 중국에서도 특히 사천지방(四川省)의 마라탕(麻辣燙)은 촉초(蜀椒)라는 산초를 넣기에 입안과 정신이 얼얼할 정도로 맵다. 그 매운맛이 여행객의 여독, 감기 혹은 몸살까지 날려버린다. 항주(杭州)의 미식이라는 '치카이지(乞丐鷄, qigaiji)' 혹은 '쨔오화즈(叫花子)'는 우리나라의 튀김 닭(fried chicken)과 같다. 닭고기 수프는 아니지만 맛있는 닭요리다. 사천요리(四川料理)와 쌍벽을 이루는 광동요리(廣東料理)에서 닭고기 요리로는 '간장닭(桶子油鷄)'이 있다. 그 요리엔 간장, 술, 소금, 설탕, 산초(花椒), 팔각, 진피, 계피, 감초 등을 넣고 달달 볶다가 닭고기를 넣고 익혀서[344] 먹는다. 고급 식당에선 물론 길거리에서도 쉽게 그 음식을 싼값으로도 맛볼 수 있다.

어떤 의미에선 닭고기 수프는 타이완(臺灣)에서 지역특산물을 활용해 지역마다 특유한 요리가 개발되어 중국 음식을 꽃피우고 있다. 구체적인 실례로 펑후(澎湖) 지역에는 곶감을 넣은 '곶감 닭고기 수프(柿餅鷄湯)'와 난투(南投) 지역 '찻잎 닭고기 수프(茶葉鷄湯)'가 담백하고 정갈한 별미다. 일본 요리 가운데 닭고기(親)와 계란(子)을 함께 먹는 '오야코 돈부리(親子丼)'이라는 음식이 있는데, 닭고기와 계란 수프를 '오야코 수프(親子スープ, oyakosūpu)'라고 한다.

04

고려 인삼에서 국명 코리아(Korea)

백두산(白頭山) 산신령 단군이 내린 산삼

2021년 2월 28일 자로 중화 텔레비전((騰訊, Tenent)에서 방영한 『금심사옥(錦心似玉, The Sword and The Brocade, 2021.2.26.~4.6)』총 45회 가운데 제9회 화면에서 서령이(鐘漢良, 徐令宜)와 뤼십일량(譚松韻, 羅十一娘)과의 대화에서 "후작님, 이건 삼계탕이잖아(候爺, 這碗蔘鷄湯)?"라는 서령이 말에, "이건 평범한 음식이 아니래요(可不簡單). 이 그릇 안 인삼은(這碗里的蔘啊) 백 년 묵은 산삼이지요(是百年蔘)."라고 서두를 끄냈다. "이건 말하자면, 저의 오라버님이 백두산에 가 행상을 하실 때(是我的大哥去長白山, 行商的時候). 은자 30량을 주고 산 것이지요(三十兩銀子購得的)."라고 뤼십일량(羅十一娘)이 대답하는 장면이

나온다.

이를 두고 중국인들은 삼계탕이 중국 전통음식이라고, 한국이 중국 전통 삼계탕까지 훔쳐갔다고 야단이다. 따라서 우리나라는 이젠 김치 전쟁(韓中泡菜戰爭), 한복 전쟁(韓服戰爭)에 이어 삼계탕 전쟁(蔘鷄湯戰爭)까지 치르게 되었다. 동일선상에서 중국 텐센트사(騰訊, Tencent Holdings Limited)가 국내 모 공영방송국에서 320억 원 들여 제작한『조선구마사(朝鮮驅魔師)』를 상영하다가 한국 전통문화와 관련성이 전혀 없는 중국 소품을 마련해 방영했다. 또한, 극중대사에서도 주변 속국 문화 예속화라는 "동북공정음모의 마각"이 숨어있는 말을 했다는 비난이 나돌았다.

사실, 한반도에 인삼이 자생한 천연 조건은 i) 지구상 위도와 경도에서 북반구 극동에 위치하고 있어 ii) 평균기온이 연간 9~13.8℃ 이고, 여름에도 20~25℃, 강우량 700~2,000mm이며, 강설량이 비교적 적음 기후적 조건을 갖췄다. iii) 반음반양(半陰半陽)의 인삼 자생조건에 최적에다가 사계절로 인한 직사광선이 강렬하지 않아 최적 성장 조건까지 갖췄다. iv) 토양에 칼륨 성분이 풍부하고, 겉흙이 사질양토(沙質壤土)에다가 산성도(PH)가 5.5~6.0 정도의 오염되지 않는 숙전(熟田)까지 구비했다. v) 지형상 북쪽과 동북쪽으로 8~15° 정도 경사진 곳으로 배수가 잘되었다. vi) 한반도는 고려 시대까지 박달나무, 산벚나무(山櫻花), 자작나무(白樺樹), 벽오동, 후박나무, 느티나무, 누릅나무, 생강나무, 이팝나무 등으로 활엽수가 산야를 다 덮었다. 따라서 백두산을 경계로 한반도 전체가 인삼재배에 지구상 최적지였다.

한마디로 한반도는 심마니의 눈으론 '두 뿌리 산삼이 서로를 베고 누워있는 형국(二根蔘地形)'이다. 동고서저에다가 북고남저(東高西低北高南低) 지형으로 장백산맥(백두산)이 하나의 산삼이고, 백두산을 노두로 태백산맥까지 뻗어 내린 한 뿌리 산삼에 지리산까지 뿌리를 내렸다는 이런 사실을 간파했던 신경준(申景濬, 1712~1781)은 영조 때 『산경표(山經表)』라는 저서에서 인체의 척추와 경맥으로 표시했다. BC 4세기경 작자 미상의 『산해경(山海經)』에서는 한반도(靑丘)를 두고 "이곳(한반도)는 기름기가 조르르 흐르는 콩, 쌀, 기장(수수 혹은 조), 피 등의 오곡백과가 풍성하게 자라, 봄, 여름 및 가을에도 파종을 한다. 채란신조(彩鸞神鳥)들이 재잘재잘 노래하며, 봉황새도 넘실넘실 춤을 춘다. 신이 준 수명(靈壽)을 다해 열매를 맺고, 온갖 초목들이 군락을 이뤄 울울창창한 곳이다. 온갖 동물들이 서로 짝을 지어 사랑하며 살아간다. 온갖 화초들은 여름이고 겨울이고 끊어지지 않는다." **345**라고 적고 있다.

어릴 때에 시골 형님들을 따라 산속 약초를 캐러 가는 걸 '산약(山藥)을 간다.'라고 했다. 평소에 어머니 혹은 아버지로부터 약초에 대해 익혀놓았던 실력을 발휘하는 기회였다. 기억나는 것으로는 칡뿌리(葛根), 개다래 열매(木天蓼子), 개똥 쑥(靑蒿, 黃花蒿), 겨우살이(桑奇生), 계피(桂皮), 너삼(苦蔘), 구기자(枸杞子), 구절초(九節草), 구지 뽕(柘刺), 까마중(龍葵), 달맞이 꽃씨(月迎子), 담쟁이 덩굴(常春藤), 대추(棗仁), 더덕(沙蔘), 도꼬마리(蒼耳子), 도라지(桔梗), 돼지감자(菊芋), 둥굴레(豆應仇羅), 마가목(馬家木), 맥문동(麥虋冬), 모과(木모果), 민들레((蒲公英), 박하(夜息香), 밤 껍질(栗皮), 백출(白朮), 뱀 딸기(地苺), 버드나무(楊柳), 솔복령(松茯笭), 산딸기(覆盆子), 뽕(白桑皮), 산수유(山茱萸), 생강(生薑), 석창포(石菖蒲), 소태나무(苦樹皮), 쇠무릎(牛膝), 쇠비름(馬齒莧), 수수(蜀黍), 시호(柴胡), 목련꽃(辛夷花), 아기똥 풀(白屈菜), 하수오(何首烏), 녹차잎(茶葉), 엄나무(嚴木), 엉겅퀴(大薊), 연잎(蓮子), 오가피(五加皮), 오리나무(楡理木), 오미자(五味子), 붉나무(五倍子), 옥수수 수염(玉米鬚髥, corn silk), 옻나무(乾漆皮), 와송(瓦松), 우엉(牛蒡), 익모초(益母草), 은행열매(杏仁), 인동

덩굴(忍冬草), 인진쑥(茵陳艾), 자귀나무껍질(合歡皮), 조릿대(竹葉), 잔대(沙蔘), 곶감(乾枾), 탱자(枳皮), 질경이(車前草), 치자(梔子), 망개(土茯笭), 하고초(夏苦草), 하늘수박(天瓜), 할미꽃(白頭翁, 老姑草), 함초(鹹草), , 헛개(枳具子), 화살나무(鬼箭羽) 등이 있었다.

신라부터 지금까지 산삼에 한해 '심 봤다'고

다양한 산약(山藥) 가운데 가장 진기한 약초는 산삼(山蔘)이었다. 산신령님이 점지해주어야 채취할 수 있다고 어른들로부터 들어왔다. 산삼을 캐고자 심산유곡(深山幽谷)에서 산신령님께 100일 기도를 한다는 이야기도 들었다. 약초꾼 혹은 심마니는 입산고사(入山告祀)를 지냈고, 산에서 밥을 한술 먹을 때도 산천초목에게 먼저 '고시네(고수레)'를 드린 뒤 나눠주었다. "심 봤다!"라고 목청껏 소리를 크게 지르는 이유는 i) 산삼은 영물(靈物)이기에 큰소리를 내어 그 자리에 덥석 주저앉게 한다는 의미, ii) 다른 심마니들에게 영물을 보고 눈이 뒤집혀 사람까지 해칠(죽일) 수 있음에 모두의 시선을 집중시킴에 있다. 여기서 '심(心)'이란 산삼이다. 심을 캐도록 하는 사람이 심마니((wild-ginseng digger)이고 심 봤다는 감탄사를 외치는 사람이다.

삼(蔘 혹은 麻)이란 야생초인 새삼(love vine, 鳥麻), 삼(大麻), 갈삼(葛麻), 한삼(葎草) 등의 껍질을 벗겨서 노끈이나 직물을 만들 수 있는 초목을 삼(麻)이라고 했으며, 오늘날 우리가 '삼(蔘, ginseng)'이라고 하는 약초는 신라 시대에선 심(心) 혹은, 침(侵, 浸, 寢)으로 하다가 중국한자의 영향으로 삼(參→蔘)으로 표기했다. 고려 시대부터 삼(蔘)이라고 분명하게 규정했다. 고려 고종 때 1263년 관찬한 『향약구급방(鄕藥救急方)』에서는 향토약초 147개에 대한 질환에 처방을 내었다. 여기에 고삼(苦蔘)과 현삼(玄蔘)이 나온다. 당시는 인삼(人蔘), 고삼(苦蔘, 속명 너삼), 만삼(蔓蔘, 속명 더덕), 사삼(沙蔘, 속명 잔대), 현삼(玄蔘, 속명 심회초) 혹은 단삼(丹蔘, 속명 분마초)이라고 분류했다. 1489(성종 20)년에 왕명으로 편찬된 『구급간이방언해(救急簡易方諺解)』에 '인삼(人蔘)'이라는 한자를 언해하여 '심(心)'으로 풀이했다. 1610년 허준(許浚, 1539~1615)이 어명으로 저술한 『동의보감(東醫寶鑑)』 「인삼조(人蔘條)」에 인삼(人蔘) 아래 '심'이라는 주석까지 달았다. 또한 1799(정조 23)년에 왕명으로 간행한 『제중신편(濟衆新編)』과 1884(고종 21)년에 간행된 『방약합편(方藥合編)』에서 시골 이름(鄕名) '심(鄕名云心)'이라고 기록했다. 신라 시대부터 "산삼 봤다!"라고 외치기보다 은유적이고 완곡한 표현인 "심 봤다!"라고 외쳐왔다. 1820년 한글학자 유희(柳僖, 1773~1837)가 저술한 『물명고(物名攷)』에서도 '심'이라고 적고 있다.

동양 고문헌에서 인삼

삼(蔘)에 대한 중국한자를 살펴보면, 『설문해자(說文解字)』에서 삼(槮) "나무가 곧고 길게 자라는 모습에다가 삼(參)의 음을 따왔다(木長兒, 從木參聲)"라고 설명했다. BC 600년 이전의 시가집이었던 『시경(詩經)』에서 "이리저리 올망졸망 찾아다님(槮差荇菜)."이

라고 표현한다. 당시는 '삼(參: 人蔘, 藥也)'자를 사용하지 않았기에 '삼(蔘)'은 이후에 생겨난 것으로 보인다. 물론 사마천(司馬遷, BC 145~BC 86)의 『사기(史記)』 「사마상여전(司馬相如傳)」에 "곧게 쑥 성장한 용모, 바람을 휘감을 기풍

(紛容蕭參, 旖旎從風)"346라는 표현을 하고 있는데 여기서는 삼(參)은 '인삼(人參)'이 아닌 '곧고 길게 성장하는 모습(蕭槮)'을 의미했다. 인삼이란 약(藥)으로 삼(參)자를 사용한 사례는 송나라 심괄(沈括, 1031~1095)의 『몽계필담(夢溪筆談)』에서 "왕형공(王荊公)이 천식이란 병을 얻었는데 산서성(山西省)의 자단산(紫團山) 인삼을 써야 하는데 구하기 길이 막연하다(王荊公病喘, 藥用紫團山人參, 不可得)."347, 348라는 기록이 있었다.

그 이름이 인삼(人參)이라고 한 것은 풍가(風茄)의 겉모양이 사람과 흡사하기 때문이다(故称其爲人參, 風茄外型亦類似人). 그 약효는 모든 약초 가운데 최고였다. '동북삼보(東北三寶)'로 인삼(人蔘), 초피(貂皮), 녹용(鹿茸) 가운데 제일보(第一寶)였다. 특히 고려삼(高麗參)은 조선반도에서 생산되는 인삼이며, 중국에선 "고려 인삼 한 뿌리는 보석 한 꾸러미와 같다(一根高麗參如一串宝石)."라고 했다.349 중국에서 인삼의 역사는 명말(明末)에 인삼이 대인기(熱)였기에, 여진족들이 중원시장에 진출해 인삼을 판매했다. 만력 37(1607)년 이때까지 중원에서 야생 인삼을 한 번 보기가 어려웠다. 청나라에 들어와서 매년 수만 명의 사람들이 장백산(백두산)에 삼을 깨러 갔으며, 강희 38(1699)년에 조정에서는 사적인 채집을 금지시켰다.350

한반도에 인삼의 자생은 BC 2070년 전후였던 삼황오제(三皇五帝) 때로 소급된다. 아무리 적게 잡아도 기원전 100년 이전으로 볼 수 있다. 중국 양(梁)나라 '남조도사(南朝道士)'라는 별칭을 가졌던 도홍경(陶弘景, 456~536)이 쓴 『명의별록(名醫別錄)』에서 "삼(蔘)은 백제(百濟)산을 소중히 여기는데 외형상 가늘고 단단하며 희다. 기운과 맛은 상당(上黨)산보다 박하다. 다음으로는 고려(高麗)산을 쓰는데 바로 고려는 바로 요동이다. 외형은 크며 허하고 연해 백제산보다 못하다. 실제로 쓰기에는 모두가 상당(上黨, 山西省長治市)산만 못하다."351, 352라고 기록되었다. 사실은 상당삼(上黨蔘)은 중

국 고전의서에서 살펴보면 인삼(人蔘)이 아니라 만삼(蔓蔘)이었다. 만삼(蔓
蔘)을 일명 당삼(黨蔘), 혹은 양유(羊乳)라고 했다. 우리나라에서 중국처럼
무조건 삼(蔘)이라고 하지 않고, 현삼(玄蔘, 심회초 혹은 능소초), 고삼(苦蔘, 너삼),
단삼(丹蔘, 奔馬草), 사삼(沙蔘, 잔대) 및 인삼(人蔘) 등으로 세분했다.

한반도 인삼이 중국왕실과 귀족들에게 귀중한 약재로 사용되었다. 『신
당서(新唐書)』에서 621(진평왕 43)년 7월에 사신을 파견하여 당나라에 입조
했다[353]는 기록이 있고, 『구당서(舊唐書)』에서도 입당 때 신라방물로 금, 은,
조하주, 인삼(人蔘) 등을 진공했다. 이와 같은 내용은 『삼국사기(三國史記)』
「신라본기(新羅本紀)」에서 "왕은 사신을 대당나라 고조에게 방물로 조공을
했다(王遣使大唐朝貢方物)."[354]라는 기록을 하고 있다. 뒤이어 723(성덕왕 22)
년 4월에 사신을 파견하여 당 조정에 들어올 때에 우황, 인삼, 조하주, 금,
은 등을 진공했다[355]. 당나라 빈공과 장원급제(賓貢科壯元及第)해 당나라
고급관리를 지냈던 최치원(崔致遠, 857~900)의 『계원필경(桂園筆耕)』에선 생
일날 상관에게 진상했던 물목(獻生日物狀)에 신라방물인 인삼이 들어있었
다. 이는 우리나라의 인삼연구에 소중한 자료가 된다.[356]

이어 신라가 일본에 수출했던 752년 물목(買新羅物解)에서도 60여 종의
약재가 일본(동대사정창원)에 전달되었는데 그 가운데 인삼(人蔘)이 기록되
어있다.[357] 인삼사(人蔘史)에 대해서는 1934년부터 1940년까지 조선총독
부 전매국의 지원으로 일본인 경찰서장 출신이며 민속학자였던 이마무라
토모(今村▨, いまむら とも, 1870~1943)[358]가 7권의 연구총서를 출간했다.

중국 문헌으로 우리나라의 인삼이 나오는 기록으로는 도홍경(陶弘景,
456~536)의 『신농본초경집주(神農本草經集注)』와 『명의별록(名醫別錄)』이 있
다. 양나라서 역사서 『양서((梁書)』「본기(本紀)」에서도 무제시대(武帝時代)
백제의 인삼, 수(隋, 581~619)나라 관정(灌頂)[359]이 편찬한 『국청백록(國淸百

錄)』360 혹은『국정백록(國定百錄)』361, 660년경 장초금(張楚金, 출생 미상~689)이 저술한『한원(翰苑)』의 고려기(高麗記), 송나라 서긍(徐兢, 1091~1153)의 1123년 그렸다는「선화봉사고려도경(宣和奉使高麗圖經)」에 인삼에 관한 많은 기록이 있다.『삼국사기(三國史記)』에서는 성덕왕, 소성왕, 경문왕 때에 당나라에 사신 파견으로 인삼을 진공한 기록이 있다. 799(소성왕 1)년 7월 기록엔 "길이가 9척이나 되는 거대한 인삼을 발견해 너무 신기해서 당나라에 진상을 했더니 덕종이 인삼이 아니라고 반납했다."362 당 숙종(肅宗) 때에 이순(李珣, 855~930)이 지은『해약본초(海藥本草)』에서도 고려 인삼이 나온다.

코리아(Korea)란 고려 인삼(Korea Ginseng)에서

KBS 방송국 대하드라마(200부작)『태조왕건(太祖王建, 2000.4.1.~2002.2.24.)』에서 193회(2002.2.2.) 왕건이 견훤(甄萱)의 아버지 아자개(阿玆蓋)에게 박술희(朴述熙)를 통해 서찰을 보냈다. 마침 그 어른은 와병 중에 있었고, 아들 견훤이 500년 묵은 산삼을 보냈다. 그런데 박술희를 통해서 1,000년 묵은 산삼을 보냈다. 그 천종산삼(天種山蔘)을 삶아 먹고 기운을 회복하자마자 아자개는 왕건을 찾아갔고 알현했다. 당시 동양에선 특히 산삼은 '신이 내리는 영험한 약초(仙藥)'였다. 6·25동란 이후에도 어른들로부터 "산삼은 산신령님이 효성이나 치성이라도 지극해야 점지해준다."라는 말을 자주 들었다. 그래서 길목에서 놀다가 어린아이들은 "누구는 산삼 먹고, 너는 인삼 먹으며, 나는 무 먹었다."라는 말을 했다. 어른들께서도 빠닥빠닥하게 힘깨나 쓰는 사람을 보고 "산삼 먹은 놈의 물건 같다."라고 표현했다.

인삼(人蔘, ginseng)을 영어로 '진셍(ginseng)'이라고 하는데 어원을 살펴보면, 중국 복건성(福建省), 대만, 홍콩, 마카오 등에서 사용한 민남어(閩南語, Mǐnnán Chinese 혹은 Hokkien Chinese)의 '진심(人蔘, jîn-sim)'이란 말에서 기원했다. 중국어로는 표준어(普通話)로는 '런셴(人蔘, Rén shēn)'이나 런(人, person)과 선(蔘, plant root)으로 발음을 하나, 이런 표기는 식물 뿌리가 사람모양을 닮았다는 데 유래되었다.[363] 식물분류학 종명(botanical genus name)은 라틴어로 '파나세아(panacea)'로 의미는 '만병통치(all-healing)'다. 이렇게 표기를 한 린네우스(Carl Linnaeus)는 중국 의학에서 '근육 이완' 등에 통용되는 약이라는 점을 의식했다.[364] AD 196년 중국 최초 약물 학술서인『신농본초경(神農本草經, Shen Nong Pharmacopoeia)』에 약초로 인삼이 최초로 기록하고 있었다.[365] 1596년 이시진(李時進)의『본초강목(本草綱目)』에서 "우수한 강장제(有病治病, 沒病强身, superior tonic)"[366]로 표현했다. 그러나 '만병통치(cure-all)'이라곤 사용되지 않았으나, 만성질환 환자나 회복 중인 환자를 위한 강장제로 사용되었다. 세계적인 공식문헌에서 1650년부터 '진셍(ginseng)'이란 단어가 사용되었다. 공식적인 학명 '파낙스 진셍(Panax ginseng)'이란 1843년 러시아 식물학자 칼 안톤 메이어(Carl Anton von Meyer)가 세계식물학회에서 공식적으로 등록했다.

우리나라의 인삼전매사업(人蔘專賣事業)은 1606(선조 39)년 호조삼상(戶曹蔘商)에선 허가된 상인 전인(廛人)으로 인삼무역에 종사하게 했다. 1686(숙종 12)년 금삼사목(禁蔘事目)이란 규정을 정해 엄격하게 밀무역을 규제했다. 1797(정조 21)년 인삼절목(人蔘節目)을 반포해 인삼경작(人蔘耕作) 등에 일반 규칙을 제정했다. 1810년에 개성(開城)에다가 홍삼 생산과 수출을 위해 증포소(蒸包所)를 설치했다. 1876(고종13)년 개항 이후 1894년 개혁 조치로 포삼규칙(包蔘規則)을 국법으로 제정했다. 그 업무는 탁지부(度支部)에서

관장했다. 종삼회사(種蔘會社)까지 설립해 전매관리를 했다가 갑오내각으로 인해 붕괴되었다. 1898년 이용익(李容翊)이 인삼정책으로 왕실 재정 확충에 새로운 전기를 마련했다. 1899년 8월에 농상공부(農商工部)에 소속 삼정사(蔘政社)를 설립 운영했다. 1910년 10월 조선총독부는 전매국(專賣局)을 설치해 담배, 소금, 인삼, 아편, 마약류를 전매사업으로 재정 원천을 장악했다.

05

세계인의 소울푸드^(soul food), 삼계탕

삼계탕의 기원이 중국일까? 천만에요

'실체적 지성으로 세계에 승리 (リアルな 知性で 世界に 勝つ)'을 슬로건으로 하는 일본잡지사『제이피 프레스(Japan Business Press)』가 2021년 4월 2일 자로 다나카 미란(田中美蘭)의 "삼계탕이 중국 기원이라는 데 격노한 한국인의 반

중 감정(參鷄湯は中國起源」に激怒した韓國人の反中感情)"라는 제목으로 기고한 글에서 "중국 바이두(百度百科) 사이트에서 '삼계탕은 중국에서 옛날부터 전승된 광동 요리였는데 한국에 전해지면서 한국 요리로 자리잡았다 (參鷄湯起源于中國粵菜的表述).'367는 설명에서 김치, 한복, 삼계탕 등을 같은 동북공정(東北工程)으로 보고 있다"며, 320억 원이나 들여서 제작한『조선

구마사(朝鮮驅魔師)』까지 도중하차시킴은 뒷맛이 개운치 않다고 중국 지원 사격을 했다.[368] 다행히도 오늘 현재까지 자유백과(自由百科)와 위키완드(Wikiwand)에서는 "한반도 전통적인 유명한 요리 가운데 하나로(朝鮮半島的傳統名菜之一), 어린 닭을 골라서 배 속에 찹쌀 이외에도 붉은 대초, 생강, 약쑥과 인삼을 넣고, 장시간 푹 고아서 만든다. 먹을 때에 파 송송, 소금과 고춧가루를 솔솔 쳐서 먹는다."라고 첫머리를 소개하고 있다.[369]

사실, 세계인이 가장 즐겨 찾는 영문 위키페디아(Wikipedia) 검색 사이트에서 '치킨 수프(chicken soup)'는 "삼계탕, 한국 닭고기 수프(Samgyetang, a Korean chicken soup)"라고 재료와 효능을 소개하고 있다. 또한, 닭백숙까지 곁들여 안내하고 있다.[370] 중국과 한국은 삼계탕 먹는 시기(절후)가 다르다. 중국은 겨울철에 다양한 약재를 넣고 강장제(補的藥膳)로 먹는 반면 한국에서는 삼복더위 때 발한(發汗)을 통해 체내 안 좋은 걸 배설하도록(體內不好的東西隨汗水排出) 먹었다는 데 차이가 있다.[371] 『신농본초경(神農本草經)』에서 닭고기를 섭취하면 "정신이 맑게 뚫린다(通神)."라고 했으며, 후대의 의학자들도 "닭고기를 먹음으로써 사람들이 총명하고 지혜로워졌다(食之令人聰慧)."라고 적었다.[372]

우리나라는 삼복더위를 잘 이겨냄으로써 여름철 건강을 유지하는 비결을 가졌다. 더위를 이기고자 '복달임(烹伏暑者)'이라는 음식을 먹었다. 동양의학의 2대 비결인 i) 열(더위)을 열(더움)로 다스리기(以熱治熱)와 ii) 독을 다른 독성물질로 제거(以毒除毒)하는 묘수를 찾았다. 1613년에 관찬된 『동의보감(東醫寶鑑)』에서도 오골계수탉탕(烏雄鷄湯)의 효과를 "독성을 제거하고, 배와 마음속 나쁜 기운을 배출한다(無毒, 除心腹惡氣)."로 봤다.[373] 국왕이나 대신들은 용봉탕(龍鳳湯, 물고기+닭), 양반들은 민어탕(民魚湯), 일반 서민들은 개장국(狗醬)을 먹거나 그것도 못 먹은 사람들은 계삼탕(鷄參湯) 혹은 팥죽으로 복달임을 했다.

조선 헌종(憲宗) 때 1849년 홍석모(洪錫謨, 1781~1857)가 쓴 『동국세시기(東國歲時記)』엔 "개장국(狗醬)을 먹음으로써 땀을 내면 더위를 물리쳐 허함을 보신했다(發汗可以, 祛暑補虛)."라고, 「농가월령가(農家月令歌)」에서도 "황구(黃狗)의 고기가 사람을 보한다."라고 노래했다. 개장국(狗醬)을 못 먹는 사람들은 계삼탕으로 삼복더위를 이겨내었다. 복날 개장국(狗醬湯)은 사마천(司馬遷)의 『사기(史記)』에 BC 677(秦德公 2)년에 복날 제사(伏日祭祀)를 지내고, 성내(城內) 개를 잡아 충재를 막았다(殺狗四門, 以御蟲災). 이를 계기로 이후 복날 개 잡는 풍습이 행해졌다. 또한, 붉은 팥으로 죽을 써서 무더운 복중(伏中)에 팥죽을 먹음으로써 악귀를 쫓아 건강을 유지했다.[374]

오늘날도 우리가 직장생활을 할 때 "부하직원이라고 복날 개잡듯이…"라는 불평 소리를 자주 듣는다. 1962년에 세계적으로 상영되었던 영화 「몬도가네(Mondo Cane)」는 이탈리어로는 "개 같은 세상(Doggish World)"이란 뜻이다. 첫 장면에 개 목줄을 바짝 잡고 질질 도살장으로 끌려가는 사람과 살겠다고 버티는 개의 치열한 모습들이 나온다. 우리나라 영화로 1995년 「개 같은 날 오후」가 상영되었다. 40도 더위에 생지옥 같은 아파트 광장, 남편이 아내를 구타하자, 주민 여자들이 그 남편을 집단으로 구타해 구급차량으로 이송 도중에 사망하자 구타했던 아줌마들은 피신하는 장면이 기억난다. 2015년에 「개(Dog Eats Dog)」란 영화도 있었다. 영어에서도 "서로 잡아먹는 치열한 경쟁(dog eat dog)"[375]이란 표현을 사용하고 있어, "이놈의 직업에서는 늘 서로 잡아먹은 치열한 경쟁만이 있지(In this business, it's always dog eat dog)."라는 표현을 한다. 또한, "억수 같이(cats and dogs)." 숙어론 "비가 억수같이 내리고 있네(It rains cats and dogs)."라는 표현을 종종 본다.

제물(祭物) 계탕, 약치 웅계탕 그리고 천하일미 장미계탕

닭에 대해서 BC 256년 이전 기록이었던 『서경(書經)』에 "암탉이 새벽을 맡을 수 없으니, 암탉이 새벽에 운다면 그 집은 오직 꼬여 망할 뿐이다(牝鷄無晨, 牝鷄之鳴, 惟家之索)."[376]라는 세태기록이 있었다. 최근에 와서 "암탉이 울면 알을 낳는다(When a hen cries, it lays eggs)."라는 기고문이 영남유림의 본산이었던 대구지방 신문에 올라옴을 볼 때에 세상이 많이 변했다고 느낀다.[377] 『삼국사기(三國史記)』에서도 "국왕이 밤중에 금성 서쪽 계림 숲에서 닭이 우는 소리를 들었다. 날이 밝자 포공을 보내서 그곳을 살펴보게 했다."라는 기록이 천계계림설화[378]가 되었다. 일반적으로 BC 1700년경에 인도에서 야생 닭에서 가축으로 사육하게 되어 신라에서 들어와서 천계신화(天鷄神話)까지 만들었다. '암탉이 울면 세상이 망한다(牝鷄司晨).'라는 사상은 단순하게 '수컷은 암컷보다 우수하다(雄尊牝卑).'에 그치지 않고, 유교사상으로 흘러 들어가서 '남존여비(男尊女卑)'와 식치(食治) 혹은 약선(藥膳)에서 '웅계탕(雄鷄湯)' 맹신까지 낳았다.

가장 먼저 닭은 신성한 오묘제(五廟祭)의 제물로 웅계탕(雄鷄湯)을 올렸으며, 귀족들에는 음복(飮福)을 통해서 닭고기를 나눠 먹었다. 신라 왕실에선 621(眞平王 43)년 이후에 수차례 당나라에 인삼을 진공했다. 일본에도 교역되었기에 귀족들에게는 약치(藥治)로 계삼탕(鷄參湯)이 복용했다.

철제 혹은 유기로 무기, 불상 등을 철유전(鐵鍮典)에서 관급했기에 철제 혹은 유기(鍮器)로 된 탕관(湯罐)이 귀족들에게 공급되었다. 계삼탕(鷄參湯)은 약탕처럼 탕관(湯罐)에 끓여 먹었다. 이런 인습은 1960년대 후반까지 경북도 북부지방에서는 약병아리를 약탕관(藥湯罐)에서 다려 먹었다.

그러나 서민들에게는 6세기경에는 토기와 옹기가 통용되었다. 그러나 완벽하게 방수가 되는 옹기는 평민들에게 7세기경에 공급되었다. 당나라 손사막(孫思邈, 581~682)이 650년경에 저술한 '사람의 목숨이 천금보다 소중하다'는 의미에서 식치처방(食治處方)을 소개한 『비급천금요방(備急千金要方)』을 저술했다. 이곳에서 '수탉탕 조리법(雄鷄湯方)'과 '오골계 수탉탕 조리법(烏雌鷄湯方)'이 있다. 당시 신라는 물론 중국에서도 귀족들은 수탉탕(雄鷄湯)을 즐겨 먹었다. 신라방물(新羅方物) 인삼만이 아니라 꼬리가 긴 장미계(長尾鷄)를 중국에서는 '신라봉황(新羅鳳凰)'이라는 별칭까지 나올 정도로 선호했다. 송나라 973년 유한(劉翰) 등이 공동저술한 의학서 『개보본초(開宝本草)』와 1061년에 소송(蘇頌)이 저술한 『도경본초(圖經本草)』에서는 조선반도의 닭이 약효가 가장 좋다(以朝鮮鷄, 藥效極善)고 적었다.

따라서 서민들이 탕음식(湯飮食)을 해먹은 시기는 8세기경이다. 서민이 미식과 건강을 위한 식치(食治)로 귀한 닭과 인삼을 구해서 계삼탕(鷄參湯)을 해먹기는 신분상 혹은 경제상으로도 불가능했다. 『고려사(高麗史)』에서는 충렬왕(忠烈王, 재위 1274~1308) 때에 닭을 잡아먹는 걸 금지(禁屠鷄)시켰다. 1325(忠肅王 12)년 "닭, 개, 거위, 오리를 길러 손님 접대나 제사용으로 마련하거나 우마를 도살하는 자는 처단한다(屠者爛手而死)."라는 명을 내렸다[379]. 이로 미뤄 볼 때 이미 서민층에서도 닭고기 등을 식용했다.

고려 인삼(高麗人蔘)이라고 하는데, 우리가 알기로는 백두산(장백산맥) 산삼으로 알고 있다. 그 가운데에서도 가장 구하기 어려운 산삼(山蔘)은 달성

비슬산의 산삼이었다. 얼마나 유명했으면 여말삼은(麗末三隱)의 도은(陶隱) 이숭인(李崇仁, 1349~1392)이 자신의 「제비슬산승사(題毗瑟山僧舍)」라는 시(詩)에 "속세 나그네가 말을 몰아 동쪽 길로 가니 / 늙은 중은 작은 정자에 누워 있다. / 구름은 해를 좇아 온종일 희기만 한데. / 산은 예전이나 다름 없이 늘 푸르기만 하네. / 솔방울 벗을 삼아 지난 일 까마득했네. / 말 몰아 구경하니 산신령님께 뵐 낯이 없어라. / 바라는 게 있다면 비슬산 골짝의 물 길어다가. / 이곳 산삼과 복령일랑 한 움큼 집어넣어 푹 달여 마셔나 볼까(愍勒汲澗水,一匊煮蔘苓)?"[380]라고 내심을 적었다.

조선반도의 닭 가운데, 명나라 이시진(李時珍, 1518~1593)이 1596년에 발간한 『본초강목(本草綱目)』에서는 조선의 장미계(長尾鷄, long-tailed chicken)를 최고품으로 평가했다. 웅계탕을 다시 세분해서 단웅계(丹雄鷄), 백웅계(白雄鷄), 오웅계(烏雄鷄), 흑자계(黑雌鷄), 황자계(黃雌鷄), 오골계(烏骨鷄), 반모계(反毛鷄), 태화노계(泰和老鷄) 등이 약효를 달리했다. 장미계(長尾鷄)에 대해서는 『삼국지』「위지동이전(三國志魏志東夷傳)」에서도 "(조선반도에서는) 꼬리가 가늘고 길이기 5척이 넘는 장미계가 나오고 있다."[381]라고 한다. 특히 긴 꼬리 닭(long-tailed chicken)은 고기닭으로 맛으로나 살이 많기로는 모든 닭 중에서 가장 뛰어났다. 이뿐만 아니라 장미계(長尾鷄)는 고기 맛보다도 약효가 뛰어났다. 1827년 실학자 서유구(徐有榘, 1764~1845)가 쓴 『임원경제십육지(林園經濟十六志)』에서는 "(장미계는) 조선반도의 닭의 일종으로 그 꼬리가 길며, 길이는 3~4척이나 되었다(朝鮮一種 長尾鷄 尾長三四)."라고 적었다.

프랑스의 탐험가 샤를 바랏(Charles Varat, 1842~1893)이 1888년부터 1889년 1년간 조선을 여행해서 쓴 『조선기행(Voyage en Corée)』[382]에 장미계를 목격하고 "조선의 긴 꼬리 닭은 꼬리가 1m는 넘는다(Les poulets à longue queue de Joseon ont une queue de plus de 1m).”라고 적었다. 장미계는 2012년 국제적 유전자원보유권의 논쟁을 대비해, 권리 주장의 근거를 마련하고자 FAO, DAD-IS(Domestic Animal Diversity Information System)[383]에 등록했다. 2018년 1월 27일 자 『코리아 타임즈(The Korea Times)』에 로버트 네프(Robert Neff)의 기고문엔 1938년도 찍은 사진과 “꼬리 길이가 12~15피트, 1000년부터 1600년경까지 한반도에 날아와서 서식했다. 이를 조선왕실에선 국왕의 상징으로 궁정에서 사육했다. 일제가 식민지시기에 갖고 가서 오사카 천연기념물로 등록 관리하고 있다.”[384]

우리가 알고 있었던 삼계탕

2021년 3월 6일 11:00경 아내와 영화 구경을 하고자 대구시 도심에 들어섰는데 몸살 기운이 있어 ‘유대인 페니실린(Jewish penicillin)’이라는 ‘인삼 닭죽(蔘鷄粥)’을 한 그릇 했다. 닭죽을 먹으면서 머릿속에선 1987년 8월 28일 『동아일보』 동아제약의 비오자임(Biozyme) 광고문에서 “삼계탕이 아니고 계삼탕입니다.”라는 내용이 스쳐 갔다. 기억나는 주요 내용은 “유득공(柳得恭)의 경도잡지(京都雜誌), 김매순(金邁淳)의 열양세시기(冽陽歲時記), 홍석모(洪錫謨)의 동국세시기(東國歲時記) 등에서 삼계탕(蔘鷄湯)이 아니고 계삼탕(鷄蔘湯)으로 기록되어있으며, 6·25사변 이후 계삼탕에서 삼계탕으로 대중화되었다.”

현재 우리가 알고 있는 삼계탕의 전부였다. 물론 당장에 구글(google) 검색 사이트를 이용하거나 도서 열람을 통해서도 『경도잡지』, 『열양세기』, 『동국세시기』 등에서 계삼탕(鷄蔘湯)을 검색하면 나오지 않는다. 삼복날(伏日)의 절후음식으로 개장국(狗醬)과 팥죽(小豆粥)에 대한 이야기만 나온다.

천계신화(天鷄神話)를 갖고 있었던 신라인 후손답게 닭을 앞세우고 삼을 뒤세워 계삼탕(鷄蔘湯)이 말이 합당하다. 1960년대 인삼의 내수판촉(內需販促) 전략으로 삼계탕으로 했다.

한편 서지학적 측면(書誌學的側面)에서 요리 도서를 중심으로 계삼탕 혹은 삼계탕에 대한 자료를 정리하면, 경상도 지역 향토 요리서로는 1670년(현종 11)년에 발간한 정부인 안동 장씨(貞夫人 安東 張氏)의 『음식디미방(飲食知味方, 표지 閨壺是議方)』에서는 닭고기 요리로는 i) 탕(국)에서는 계란탕, ii) 편육숙편에서는 별미 닭대구편(鷄大口片), iii) 구이에서 닭구이가 소개되고 있다. iv) 침채(沈菜, 김치)에서는 꿩침채가 있는데 여기서 '꿩 대신 닭'을 권장하고 있다.'꿩 대신 닭(家鷄野雉)'이 사용되는 음식은 기관지(감기 등) 질환에 치유음식(healing food), 설날 떡국 꾸미(모명), 제사음식에도 닭을 사용했다.

1917년 요리가였던 방신영(方信榮, 1890~1977)이 저술한 『조선요리제법(萬家必備 : 朝鮮料理製法, 京城, 新文館發行)』은 구전 음식 제조법을 체계적이고 계량화해 과학요리제법을 제시했다. 그 저서는 2017년 5월 29일 국가등록문화제 686호 지정되었다. 이 책에서는 닭죽과 영계백숙(嬰鷄白熟, infant chicken soup with rice)이 적혀있었다. 또한, 백숙에 인삼(人蔘)을 가미하면 보양에 좋다고 소개했다. 1924년 팔방미남이었던 위관(韋觀) 이용기(韋觀 李用基, 1870~1933)가 출판한 『조선무쌍신식요리제법(朝鮮無雙新式料理製法, 京城, 永昌書館發行)』이 있다. 그는 1936년엔 서양 요리와 일본 요리 보충 증보판을, 1943년까지 증보 4판을 내놓았다. 요리법은 서유구의 『임원십육지(鼎俎志)』를 번역, 방신영 교수가 서문을 썼으며, 식재료에 꿩과 달걀을 소개하고, 닭국(白熟)을 언급했다.

특히 닭김치(鷄葅)에 대해 궁중요리에서 '생치과전지(生雉瓜煎脂)'라고 해

오이지에 꿩고기 삶은 것을 같이 먹도록 했다. 방신영(方信榮) 교수의 1942년도판 『조선요리제법』에서는 닭죽(鷄粥)을 백숙(白熟)으로 바꿔 표현하고 있다. 1943년도판 『조선무쌍신식요리제법』에서도 닭죽(鷄湯)이라는 표현을 했다. 민속음식학자이신 주영하(1962년생) 교수의 칼럼 「주영하 음식 100년(7)」에서 1948년 7월 3일 자 '만나관(천일관)'에서는 영계백숙 전문점을, 1953년 6월 16일 '구(舊)고려정(高麗庭)'에선 영계백숙과 백숙백반 광고를 정리했다.[385]

한편, 일제식민지 시엔 삼계탕에 대해선 조선의 닭국(鷄湯)이나 백숙(白熟)을 삼계탕의 원형으로 봤다. 1920년대 조선총독부에서 농가 생산과 국민 건강을 고려해서 서양의 양계사업을 벤치마킹해서 양계 권장을 했다. 당시는 삼계탕이라고 해도 인삼가루를 첨가해서 끓이는 것인데, 간혹 인삼을 통째로 넣었다. 1930년 『일본지리풍속대계 16권(日本地理風俗大系 十六卷, 新光社出版, 202面)』에선 "하계 3개월 동안 인삼과 찹쌀 조금만 암탉 가슴 속에 묻고 그 모습 그대로 달여낸 삼계탕(鷄參湯, けいじんとう)이라고 하네. 그 한 그릇씩 먹고 나면 자강 효과와 만병에도 시달리지 않는다네. 부자라서 먹을 수 있다네(一碗ずつ飲用すれば,滋強に効あり万病に冒されずとな

し.富者はこれを攝用する)."라고 삼계탕 이름이 최초로 등장했다. 1935년 '성장해가는 경성전기(伸びゆく京城電氣)'에서도 "진정한 조선 요리는 귀족 상류층의 점유이며, 평생 경성에 살았던 사람의 입에도 들어오지 않는 음식(眞の朝鮮料理は貴族·上流階級の占有であって, 平生, 京城っ子の口に入らぬ)"은 삼계탕이었다.[386] 미식(美食)이 아니라 식치(食治)로 약용탕(藥用湯)이었다. 1955년부터 삼계탕(鷄蔘湯,ケサムタン)이란 한국 사회에서도 통용되었고, 1960년대에 본격적으로 삼계탕 음식이 등장했다.

우리나라는 복날 삼계탕을 먹는 것처럼 일본인(日本の土用の丑の日)들은 장어(ウナギ)를 먹는데, 인삼을 넣는 건 감기 등의 열이 있는 경우는 심장 박동을 급발시킬 우려로 일본에서는 금지한다. 중국에서는 삼계탕과 유사한 음식으로는 한족의 약선(藥膳)인 공계탕(公鷄湯)[387]과 호북 지방의 전통 잔치음식인(湖北傳統宴席上的一道大菜)인 청돈전계(淸炖全鷄 혹은 炖全鷄)[388]가 있는데 인삼 대신 곡물을 넣는다. 대만에서 생강, 쌀술[米酒]과 닭고기로 만든 마유계(麻油鷄)[389]라는 음식이 있다. 미국에서도 닭고기 수프에 '연꽃씨앗(蓮子, lotus seeds)' 혹은 연근(蓮根, lotus root)을 가미한 '연우탕(蓮藕湯, lotus-root chicken soup)'을 먹는다. 삼계탕 이외에도 오골계탕(烏骨鷄湯), 옻나무를 넣은 칠계탕(漆鷄湯, lacquer chicken soup), 닭고기에 자라, 전복, 잉어를 더한 용봉탕(龍鳳湯)이 있다. 최근 서울에서는 과식과 비만을 방지하고자 '닭 반 마리'로 만드는 반계탕(半鷄湯, half chicken soup)이 유행하고 있다.[390]

약치불여식치(藥治不如食治), 계삼탕(鷄蔘湯)

2003년 소설가 댄 브라운(Daniel Brown, 1964년생)이 발표한 『다빈치코드(The Da Vinci Code)』에서 성배와 복잡하게 연계된 비밀코드를 푸듯이, 계삼탕(鷄蔘湯)과 달구벌의 관련 비밀코드를 풀어야 본향 혹은 기원설을 주장할 수 있다. 비밀코드(secret code)를 풀고자, 2017년 '해법 찾기 해외여행(solution-seeking oversea tour)'으로 영국 런던의 대영박물관을 찾았다. 박물관은 '역사 박제를 전시한 곳만이 아니라, 미래의 씨앗이 숙면하고 있는 곳(A place where history is stuffed but the seeds of the future are sleeping well)' 이다. 가장 먼저 BC 196년경에 만들어진 로제타석(Rosetta Stone)을 어떻게 해독했는지 궁금했다. 그래서 대영박물관 입구 서점에 관련 서적을 구입했고, 로제타석 전시물을 구경했다. 해독기법은 비문으로 작성된 신성문자, 민중문자, 그리고 고대 그리스어 3가지 문자로 새겨져 있었다. 황금열쇠(golden key)는 이미 알고 있는 고대 그리스어로 장프랑수아 샹폴리옹(Jean-François Champollion, 1790~1832)[391]과 토머스 영(Thomas Young, 1773~1829)[392]이 이집트 상형문자(hieroglyphics)를 하나하나 대조해 끝내 모두 다 풀어헤쳤다.

　로제타석 해법을 원용해 달구벌의 계삼탕(鷄蔘湯)이란 식치(食治) 개념 형성에 기반이 되었다는 사실을 입증하기 위한 해부 단계로: i) 현재 대구에서 삼계탕 음식 문화 현실, ii) 현재와 해방 전까지의 삼계탕의 음식 문화의 변천 과정, iii) 일제식민지시대 일본 대륙침략 병참기지(兵站基地)로 대구의 음식 문화와 삼계탕, iv) 1658년 약령시를 개장해서 362년간 약치(藥治)가 삼계탕이란 식치(食治) 기반으로 '약으로는 못 고치는 병을 음식으로 고치자(藥治不如食治)'[393]라는 약선사상(藥膳思想)이 정착, v) 1601년부터 대구에 이전해온 경상 감영(慶尙監營)에서 한양 조선조정 다음가는 관존(감영) 음식 문화, vi) 임진왜란 이전에서 신라 시대의 군사적 요새로 삼국음식 융합문화(三國飮食融合文化), vii) 신라 토기가마에서 출토된 토기(옹기)를 사용했던 음식, viii) 천계신화(天鷄神話)를 기반으로 했던 금계국(金鷄國) 신라 땅 달구벌을 더듬어 올라간다. 한마디로 현대→근대→고대라는 역추적 과정(backtracking process)을 통해서 단서를 찾고자 한다.

대구 시민의 한 사람으로 같이 고민하자는 입장에서, 현존 삼계탕 음식 문화는 식당에서 i) 돌솥 삼계탕(石釜蔘鷄湯)을 종종 먹는데, ii) 어릴 땐 약탕관 삼계탕 혹은 도가니 삼계탕을 먹었다. iii) 물론 삼계탕뿐만 아니라 개장국(狗湯), 즉 보신탕은 질그릇에 담아 먹었다. 그런데 오늘날 삼계탕은 풍기, 금산 등의 인삼 생산지가 소비 도시인 대구시보다 더 성행하고 있다. 삼계탕의 세계화를 위해서 삼계탕 본향인 대구보다도 전북도, 경상도 풍기, 금산군, 축협 및 하림(주) 등에서 전문적인 연구와 프로젝트를 펼치고 있다. 사실상 삼계탕의 문화와 신라웅계탕(新羅雄鷄湯)의 본향이었던 대구시는 정작 삼계탕 세계화에는 생각도, 행동도 없어 보인다.

대구시의 약치(藥治)를 살펴보면, 1658(효종 9)년 경상감사 임의백 관찰사(任義伯 觀察使)가 서측객사(대안동)에서 한약재와 약초를 판매하는 약령시(약초 저잣거리)를 열었다. 1664(현종 5)년 임의백 감사의 주선으로 춘령시(春令市)와 추령시(秋令市)로 각 1개월간 개장했다. 1677(숙종 3)년 경상도 대동법 실시로 약령시가 중흥되었다. 1908년 현재 위치인 남성로(南城路)로 이전했다. 1909년 대구한약흥업회 발족(한약협회 전신)과 1914년 9월 조선총독부의 조선 시장 규칙으로 감시감독이 시작되었다. 1923년 총독부의 조선한약조합규약을 강압적으로 실시했다. 대구 약재상(大邱藥材商)은 '약령시진흥동맹회(藥令市振興同盟會)'을 결성했다. 1938년 5월 전시총동원법 제정과 동원령을 발동하였으며, 1941년 총독부에서 약령시를 폐쇄했다. 1978년 9월 13일 약령시 부활 추진위원회를 발족했고, 10월 28일 개장했다. 1985년 대구 약령시 명소거리 지정을 받는 과정에서도 인삼은 약치에서 머물지 않고 각종 기능식품(各種機能食品)으로 혹은 식치(食治)로 퓨전

(fusion)화를 시도했다. 인삼이 들어가는 삼계탕의 명맥을 그런대로 유지해왔다.

감영음식 문화를 더듬어 보면, 관찰사 겸 대구 부사 김신원(金信元, 1553~1614)이 1601(辛丑)년 6월 24일[394, 395] 대구로 이전한 뒤 경상감영에서는 감영음식 문화를 대중화(大衆化)시키는 데 큰 역할을 했다. 전립투(氈笠套) 혹은 벙거지모자 모양의 놋쇠솥(鍮釜)으로 겨울철 전골뿐만 아니라, 여름철엔 속칭 벙거지 삼계탕(氈笠套蔘鷄湯)이 감영음식의 백미였다. 삼계탕 국물, 술안주 닭고기와 인삼주(人蔘酒)를 곁들이면 천하일미(天下一味)였다. 한자 술 주(酒)자에 닭 유(酉)가 붙을 정도로 술안주로는 닭고기가 별미였다. 경상도 관할 청송(靑松)과 김천(金泉)에서 생산했던 전립투 유부(鍮釜)로는 삼계탕전골에는 '경상 감영 맞춤'이었다. 삼복더위에는 팔공산(八公山) 깊은 수태골 등에서 탁족시회(濯足詩會)가 개최되었다. 이때에도 벙거지 삼계탕(氈笠套蔘鷄湯)에 먹고 마시면서 가무(歌舞)를 겸한 뒤풀이까지 했다. 1910년 합·일 합방 이전까지 409년간 경상 감영 음식 문화(慶尙監營飮食文化)가 사대부의 음식과 지역 서민들에게 큰 영향을 끼쳤다.

신라 팽이형 토기 비밀코드로 기원 단서 찾기

마지막으로 음식 문화의 기원과 관련된 밥그릇을 추적한다면, 달구벌 신라 토기가마터(玉山土器窯)로는 i) 수성구 욱수동 41기, ii) 달서구 신당동 4기 및 iii) 달서구 도원동 6기가 하나같이 반지하식 오름가마(登窯)로 봐서 5세기 혹은 7세기 중엽까지 토기와 옹기(방수성 토기)를 생산했다. 다양한 토기가 출토되었지만, 삼계탕과 관련성을 규명하기 위해 팽이형 옹기(甕器), 장독형 혹은 항아리형 옹기를 살펴봐야 한다. 용도를 밝히면 당시

'신석기→청동기 시대'의 음식과 음식 문화를 더듬을 수 있다.

　가장 정확한 비밀코드는 바로 선사시대의 문자였다. 그러나 그런 문자 기록은 없다. 단지 갖고 있는 건 출토 유물뿐이다. 출토 유물 가운데 토기 무늬는 대략 누른 무늬(口邊文), 덧무늬(隆起文: 集線文, 格子文), 빗살무늬(櫛文), 민무늬(無文)를 해독해야 한다. 이들 무늬의 의미 혹은 비밀코드를 해독하자면: i) 가장 단순하게는 ① 토기 아가리 주변에 누른 무늬(口邊文)는 단단하게 소성되도록 소성 전 압착(燒成前壓着)으로 볼 수 있다. ② 덧무늬나 빗살무늬(櫛文)는 동물 털을 빗질하듯이 만드는 그릇이 잘 만들기 위한 주문이다. 보다 더 인간의 지혜를 확장시킨다면 ii) 만드는 사람의 의미(기원, 구복, 염원 등), iii) 그릇의 용도 혹은 제작 목적(담을 음식, 제사, 기념, 전쟁 승리 등) 및 iv) 오늘날의 브랜드(烙印)처럼 자신의 명예와 후손에게 남길 무형재산으로 무늬를 제작했다.

　오늘날 우리가 모른다는 핑계로 의미를 찾아보지도 않고 그냥 삼각형, 사각형, 동심원 등 기하학적인 무늬라서 넘기고 만다. 그러나 당시를 살았던 선인들은 지혜를 총동원해서 의미를 표시했다. 우리는 단순히 미개인들이라고 무시하기보다 오늘날의 과학인 상징예술학(symbolic art), 기호학(semiotics), 의미고고학(semantic archeology) 등을 원용해서라도 해독할 필요가 있다. 그렇지 않고서는 선인들과 의미 전달은 단절되고 만다. 따라서 우리가 찾고자 하는 단서까지 무시하는 결과를 낳는다.

　마치 로제타석 해독기법처럼 '현재 알고 있는 것을 열쇠로 모르는 자물쇠를 풀자(Let's unlock what we know now with a key.)', 즉 '① 적어도 내가 당시 그 물건을 만드는 사람이었다면, ② 그 당시 문화 수준에서는 무슨 용도로 사용했을까? ③ 그 정도의 수준으로 오늘날에도 무슨 용도로 사용할 수 있을까? ④ 아니면 그런 용도로 사용되는 오늘날 물건은 무엇일까?'라는 역지사지(易地思之)의 방법이 있다. 만일 대구에서 출토된 팽이형 토기(옹기)에 대해서 6세기경 당시를 추정한다면 i) 반지하식 오름가마(登窯)에서는 적어도 1,000~1,100℃까지 고온소성(高溫塑性)이 가능했다. 유리화(vitrification)된 도자기 소성이 가능했다. ii) 팽이형 토기(옹기)로는 방수성이 확보되기에 땅에 묻어 김치, 된장 등의 발효음식을 만들 수 있었다. iii) 이뿐만 아니라 방수성과 견고성으로 봐서 그릇 바닥 밑에 불돌 3개만 놓으면(삼발이 장치) 밥 짓기와 국 끓이기는 가능했다. 따라서 국왕이나 지배 귀족들은 경제력이 허용한다면 삼계탕과 같은 음식을 충분히 끓여 먹었다.

문자 기록이 없어 출토 유물에 의존해야

당나라 태종, 629년부터 편찬된 양서(梁書)의 기록에 의하면 "(신라엔) 문자가 없어서 나무 조각을 깎아서 의사소통의 신표(편지)로 사용했다. (양나라가 신라와) 의사소통을 해야 할 때는 백제를 중간에 통역시켜서 소통했다(無文字, 刻木爲信. 語言待百濟而後通焉)."[396]라고 했다. 신라는 대륙으로부터 문화도입에 고구려, 백제보다도 100~200년 늦었다. 따라서 7세기까지 '중국(梁)~백제~신라'라는 의사소통의 체계였다. 이처럼 '토기무늬(토소령)⇆목각신⇆목간(한자)'라는 과정이 있기에 우리가 토기의 무늬를 곧바로 해독하지 못하고 있다. 양나라의 소통 방식처럼 목각신(木刻信)을 중간 통역자로 하고 한자목간과 확

인하면서 빗살무늬 등을 해독은 가능하다.

2019년 3월 20일 자 1,500년 전 타임캡슐이었던 "거북아, 거북아, 머리를 내놓아라. 내놓지 않으면 구워 먹으리(龜何龜何, 首其現也, 若不現也, 燔灼而喫也)."라고 노래했던 「구지가신화(龜旨歌神話)」가 고령군 자산동 고분군의 아이 무덤에서 발견된 5cm 흙 구이 방울(土燒鈴, clay-made bell)로 비밀코드를 풀었다.[397] 5세기경 5살가량의 어린아이 시신 옆에 놓였던 흙 방울(土燒鈴)에서 신화의 소재였던 구지봉, 거북, 남녀 등의 그림이 방울에 그려져 있었다. '구지가신화⇆토소령(土燒鈴)⇆삼국유사'라는 비밀코드가 얽혔기에 토제령(clay-made bell)을 열쇠로 삼국유사를 통해 확인함으로써 「구지가신화(龜旨歌神話)」를 풀었다. 이와 같은 비밀코드의 얼개를 갖은 문제에 현재 우리가 봉착했다. 즉 지난해 옥산 신라 토기가마터에서 팽이형 토기의 파편으로 추정되는 토기 조각에 '▥▨▤'무늬가 있었다. 무슨 의미를 우리에게 던지고 있다.

1973년 예천 풍양의 삼강주막(三江酒幕)[398]을 찾았다. 옛 주모(酒母)가 외상술을 주고 부엌 벽에다가 막대기를 그려 치부했던 그림(∥＼∥≡×)을 봤다. 어릴 때 글을 하나도 몰랐던 어머니가 동네 사람들에게 돈을 빌려주면서 안채 기둥에다가 사금파리로 돈을 빌려 가는 사람 앞에서 막대기를 그려 계약서와 치부책을 대신했다. 지난 1976년 달성군 도동서원(道東書院) 뒷산 대리산(戴尼山)기슭 마을에 고려 현종 9(1018)년 밀성군(密城郡) 구지산부곡(仇知山部曲)이란 특별기술클러스터(special technological cluster)로 전통과 산업을 지켜오면서 살아왔던 주민들이 사용했던[399] 목각신(木刻信)을 봤다. 그림 같기도 하고 기호 같기도 했다. 목각신(木刻信)의 기억을 더듬어 그림을 유사한 기호로 옮겨보면, '◎◎◎□＞〰＞○○○≡⇧∷⇆≫' 모양이었다. 내용을 몰라서 마을에 계시는 문장(門長) 어른께 물었더니 "바깥사돈 간의 편지글인데, 내용은 '3복더위의 계절(태양열이 두 배 이상 뜨거운 복더위◎)에 문안드립니다(문안하는 입 모양□, 허리 굽혀 절하는 모습>). 삼례 하옵고(낫으로 풀을 베는ↄ예의를 갖춤>), 수탉 3마리(날이 밝아짐을 알리는 수탉 모양○)와 인삼 3뿌리(석 삼三와 같은 음의 인삼표시三)를 마련해놓았으니 삼계탕 을 끓여(음식 끓어 김이 오르는 모양⬆) 음복(飮福)과 소담(笑談)을 나누고자 하오 니(옹기종기 모여있는 모양∷), 왕림하여 주시길 바랍니다(오가는 모양↪). 재배(두 번 허리 굽혀 절하는 모습≫)'라는 뜻이네."라고 풀이했다.[400]

또한, 달성군 화원읍 천내리 515-1번지 화장사(華藏寺) 옆 바위에 새겨진 선사시대의 암각화로 2겹 2개, 3겹 3개, 4겹 1개로 도합 6개인'◎ⓒ' 동심 원(同心圓, concentric circle)이 그려져 있다. 청동기 시대 당시로는 만물을 소 생시키는 해(태양)에 대한 신앙을 동심원으로 표시했다고 고미술학자들이 주장하고 있다. 화장사의 암각화 동심원을 기호학으로 풀이하면 "지난해 도 풍년이었던(◎) 것처럼 올해도(ⓒ), 명년에도(◎) 다음 해도 풍년(◎)들 게 하소서(祈過歲豊, 今明次歲, 豊饒豊歲)."라는 뜻이다.

거두절미(去頭截尾)하면, 1995년 옥산 신라가마터 발굴현장의 팽이형 토기 파편에 '▥▨▤' 모양의 빗살무늬는, 일본 동대사 정창원(正倉院) 신 라향찰목간(新羅鄕札木簡) 혹은 고려청자 수송에 사용되었던 한자목간(漢 字木簡) 등을 확인하면, ▥은 '흐르는 물(流), 씻기(洗), 혹은 물에 담그기(泡)' 등이고, ▨는 절이기(沮), 소금 치기(鹽) 혹은 햇볕에 살짝 쬐어 말리기(曝) 등, ▤은 숨을 죽이기(熟), 각종 재료(양념)를 더하기(添) 혹은 땅에 묻기(藏) 등으로 해석할 수 있다. 이를 종합하면 오늘날 우리가 사용한 말로는 겨 울 갈무리(冬藏) 혹은 소금절이기(鹽藏) 등으로 풀이할 수 있어, 제작 용도 를 짐작할 수 있다.

끝으로 달서구 별샘마을(辰泉洞) 선사시대(청동기) 암각화에서는 계명명세(鷄鳴明歲) 하는 꼬리가 긴 수탉 1마리(3겹 동심원 겹친 수탉)와 2겹 동심원 2 개 '◎◎'을 그려놓았다. 이를 스토리텔링(storytelling) 하면 "수탉이 새벽에 꼬끼오 울어대니 새해가 밝아오노라. 올해도 우순풍조(雨順風調)하시어 풍년이 들게 하소서. 다가오는 해마다 풍풍세세(豊豊歲歲)가 되게 하소서 (長鷄曉明, 開新世明, 今年豊豊, 明歲大豊)!"라는 기원이다. 이렇게 닭이 밝히는 세상이 바로 달구벌이고, 어디선가 계삼탕(≡⇑ 혹은 ≡♨)의 기원 단서(基源端緒)가 달구벌에서 밝혀질 것이다.

PART 5

–

미래 먹거리의
유전자를 찾아

01

달구벌의 문화 유전자 선비

선비족(鮮卑族)에서 선비의 이상형을

먼저 선비라는 고유어부터 살펴보면, 사전적 의미로는 "학문을 닦는 사람(學生)"으로 가장 많이 사용되고 있다. 조선 시대 한때는 '학식이 있으나 벼슬을 하지 않는 사람(白面書生)'을 지칭하기도 했다. 그러나 넓은 뜻으로는 "학식이 있고, 행동과 예절이 바르며, 의리와 원칙을 지키고 관직과 재물을 탐내지 않는 고결한 인품을 지닌 사람"이다. 남존여비의 유교적 인습에 젖었던 조선 후기엔 남성에만 한정했다. 물론 선비란 한자어로 '선비(鮮肥)', 즉 "신선하고 살찐 고기(新鮮肥肉)"라는 말은 중원(中原)을 차지했던 한화족(漢和族)의 입장에서는 오늘날 용어로 '정신 승리(mental victory)'하는 표현이다. 또한, 남들에게 자신의 돌아가신 어머니를 '선비(先妣)'라고 하며, 선박 비용이 '선비(船費)'라고 하는 꼴이다.

중화사상에서는 "상대방을 깎아내림으로써 자신을 드높임(貶人昇己)"이라는 표현이 참으로 많다. 중국 이외 주변국을 남만북적(南蠻北狄), 오호(五

胡), 흉노(匈奴), 조선(朝鮮), 선비(鮮卑), 반도(盤桃), 백잔(百殘), 부상(扶桑), 동이서융(東夷西戎) 등의 칭호는 오랑캐(五胡), 생선 반찬과 노예(鮮卑), 아침 반찬 생선(朝鮮), 밥상에 오른 복숭아(盤桃)라는 저주(詛呪)와 폄하(貶下)다. 이렇게 주변 국가들을 욕되게 호칭함에는 i) 상대방에게 오늘날 용어로 피그말리온 효과(Pygmalion effect) 혹은 자성예언(self-fulfilling prophecy)이란 마술을 걸겠다는 게다. ii) 중화사상(中華思想)을 강화함에 상대방을 깎아내림으로써 스스로 높아지는(貶人昇己) 착각을 불려왔다. 이렇게 지나친 정신승리는 아편전쟁 이후엔 1922년 루쉰(魯迅, 1881~1936)의 『아Q정전(阿Q正傳, The True Story of Ah Q)』에선 "현실적인 고통을 상상으로 해결해 실재와 대면을 회피해버리는 정신적 메커니즘(The mental victory is the spiritual mechanism which resolves real worries and pains by refusing to face them through their imagination.")이라고 문학평론가 김형중(1968년생, 조선대학 교수)이 정리했다.

중국에선 '조선(朝鮮)'을 조반생선(朝飯生鮮) 혹은 조시생선(朝市生鮮)이란 저주의 뜻이지만, 우리나라에선 '조개신선(朝開新鮮, morning-opened calm)'이라고 의미로 승화시켰고, 고려(高麗)에 이어 1392년 '조선(朝鮮, Morning Calm)'이란 국호로 건국했다. 선비(鮮卑)에 대해서도 고조선(古朝鮮, BC 2333~BC 108)은 줄기민족이다. 대흥안령산맥(大興安嶺山脈)의 선비산(鮮卑山) 기슭에 살면서 수(隋)와 당(唐)을 건국했음에도 선비족(鮮卑族), 즉 "생선 혹은 노비 따위와 같은 민족(生鮮奴婢之民族)"라는 욕설을 받았다. 『삼국사기(三國史記)』에선 너무 신의가 두터웠기에 고구려 BC 27(유리왕 11)년에 '말을 바꿔 꾀로 굴복(易以謀屈)'시킬 수 있을 정도로 우직했다.[401]

그러나 동이족(東夷族)인 공자(孔子, BC 551~BC 479)는 『예기(禮記)』의 '선비로서 행동거지(儒行)'를 선비족(東夷族)의 성품과 행실을 이상형으로 생각

하고 모델화했다. 여기서 동이족(東夷族)이 화한(中華)사상에서 '동이서융 남만북적(東夷西戎南蠻北狄)'이란 오늘날 우리가 알고 있는 '오랑캐'라는 뜻이 아니다. 은허(殷墟) 문화를 이륙했던 구이족(九夷族)이 동쪽으로 이동해 갔다는 의미를 강조했던 말이다. 허신(許愼, 58~148)의 『설문해자(說文解字)』에서 "동방으로 간 사람이다. 대의를 따르고 활을 잘 구사한다. … 인성이 대자연의 순리를 따르기에 어질고 오래 살기에 군자들이 끊이지 않았다. 대자연과 땅이 컸으며, 사람들도 장대했다."[402] 445년에 편찬한 『후한서(後漢書)』「동이전」에서 "예기왕제에서 말하기는 동방을 이(夷)라고 했으며, 의미하는 바른 근본(根本)이며, 언행이 어질고 삶이 즐거웠으며, 만물이 근본적으로 땅에서 산출했다. 매사는 풍속과 이치에 통했다. 그러므로 천성이 유순했으며, 변화가 도리에 따라 군자(君子)와 불사(不死)의 나라였다."[403]라고 했다.

그래서 『논어(論語, BC 480~BC 350)』에선 "'공자께서 구이족(九夷族)과 같이 살고자 했다. 어떤 사람이 그렇게 누추하신 그곳에서 어찌 사시겠습니까?'라고 하자, '공자껜 군자와 같이 사는데 뭐가 그렇게 누추한 것이 있겠는가?'"라고 했던 곳이다.[404] 청(淸)나라 강희제(康熙帝) 때 1710년에 편찬된 『강희자전(康熙字典)』을 살펴봐도 '이(夷, 혹)'는 문헌상으로는 '크다(大也)', '편안하다(安也)', '기쁘다(悅也)', '무리(儕也)' 등으로 사용했다. '오랑캐 이(㐌)'와 '오랑캐 리(儷)'가 따로 있었기에 오랑캐라는 뜻으로 사용사례가 없었다.[405] 중국대국을 섬기기(事大)에 자신을 낮추는 '노객(奴客)'[406]이라는 수준 이하로 '오랑캐'로 스스로 '동이(東)'라고 자칭함에서 시작되었고, "서양 오랑캐가 침범하는데 싸우지 않고 화친을 맺자는 것 나라를 팔아먹는 것이다(洋夷侵犯, 非戰則和, 主和賣國)."[407]라고 했다.

이에 앞서 공자(孔子, BC 551~BC 479)는 동이족(선비족)을 모델로 선비의 6가지 품행(六藝)을 『논어(論語)』에서 제시했다.[408] 이를 완비한 전인적 교양인이 선비(人備必需)였다. 이를 중화 문화에서도 선비 사(士) 혹은 선비 유(儒)로 녹여내었다. 즉 학문의 기반 위에 육예(六藝)를 갖춘 사람을 선비라고 했다. 마치 플라톤(Platōn, BC 427~BC 347)이 갈파했던 이데아(idea)를 구현하는 철인(哲人)이었다. 학문(學問)이란 5단계 과정 학습으로 박학(博學), 심문(審問), 명변(明辯), 심사(尋思) 그리고 독행(篤行)이다.[409, 410] 오늘날 용어로는 '평생교육(life-long education)'이고, 당시 유행했던 용어로는 "산다는 건 배움의 연속이고, 배움이 참된 삶(生卽學繼, 學卽眞生)"이라는 의미다. 이에 '학생(學生)'이라는 용어가 제사상 지방(紙榜), 시신을 덮는 관천판(棺天板), 묘비(墓碑), 사당의 혼백(魂帛) 등에 빠짐없이 적혀있었다. 여기 6가지 품행(六藝)으로는 예의(禮義), 음악(音樂), 사술(射箭), 기마(馬御), 서도(書藝) 그리고 전략적 계측(計測)을 갖춰야 했다.[411] 선비란 백면서생(白面書生)이 아닌 나라가 위기를 맞으면 붓(목탁)을 놓고 칼을 잡았던 화랑, 승병, 의병, 학도생 등으로 민충(民忠)을 다했다. 또한, 계측(計測)이란 손자병법의 '시계(始計)' 혹은 36계 '묘산(廟算)'과 같은 전략이며, 국책(國策)이 없으면 백성들은 대책(對策)을 강구했다.

서지학 측면(古書誌學側面)에서 선비란 말을 살펴보면, 1447년 발간한 『용비어천가(龍飛御天歌)』에서 '션븨'라는 표현이 나온다. 즉『용비어천가』 제66장 "선비를 경멸하고 꾸짖기를 잘해(輕士善罵)⋯."[412], 제80장 "무공(武功)뿐 아니 위흐샤 션븨를 아르실씨"[413]와 제122장 "사불여학(思不如學)이라 흐샤 유생(儒生)을 친근(親近)흐시니이다."[414]라는 구절이 있다. 주변국의 언어 가운데 '지식이 있는 사람(학자)'의 뜻으로 몽고어 '사인바이(Сайн бай)'가 유입되었고 변천되었다.

선비의 성품과 품행에 대해『예기유행(禮記儒行)』에서 언급했던 사항을 요약하면, i) 삶이란 곧 배움이라(學卽生, 生卽學)는 신조로 "선비는 널리 배움에 끝이 없고 돈독하게 행함을 게을리하지 않으며, 조용히 홀로 지내더라도 정의로움(義)을 잃지도 방탕하지 않으며, 위로 통달해 가는데 곤혹함이 없으며, 예의(禮)를 지킴은 엄정하되 그 쓰임은 화합을 중히 여긴다.[415]" 혹은 "선비는 금과 옥을 보배로 여기지 않으며, 충성(忠誠)과 신용(信用)을 중히 여긴다. 토지를 바라지 않고 의로움을 확립하는 것으로 터전(義基)을 삼는다. 많이 축적하는 것을 바라지 않고 배움이 많은 것으로 부유함(學裕)을 삼는다.[416]", ii) 청빈낙도(淸貧樂道)를 생활화한다는 '그 거처는 사치나 분수에 넘침이 없어야 하고, 그 먹고 마심이 지나쳐서는 아니 되며, 그 과실은 가볍게 일깨워줄 것이요. 맞대고 따질 것이 아니니 그가 굳세고 떳떳함에 이와 같음이 있는 것이다.[417]'이며, iii) 행동거지에서 충성과 믿음을 옷(忠誠之衣)으로 한다는 '선비는 충성과 신용으로 갑옷과 투구(甲冑)를 삼고 예절과 의리로서 무기와 방패(干戈)를 삼는다.[418]' 또한, iv) 남을 탓하지 않고 스스로 책임을 진다(不怨天不尤人)[419]는 '세상이 다스려져도 경솔하게 행동하지 않으며, 세상이 어지러워도 가로막으려 하지 않는다. 모양이 같다고 해서 쉽게 어울리지 않으며 생각이 다르다고 해서 비난하지 않으니 그 특별히 확립된 홀로 행동함에 이와 같은 것이다.[420] 보다 쉽게 표현하면 '과오를 고침에 꺼리지 않았으며, 다름은 기꺼이 받아들였다(過勿憚改[421], 異卽歡容).'

진리는 나의 빛(Veritas Lux Mea)

청빈낙도(淸貧樂道)의 사례로, 가난한 선비 남편의 학업에 뒷바라지를 하고자, 아내(馬氏婦人)가 품삯으로 받은 겉보리를 말리려고 보리 멍석을 열어놓고 남편에게 비가 오면 덮어놓으라고 신신당부를 하고 날품을 팔러 갔다. 소낙비가 쏟아져서 혹시나 하는 마음에서 집에 와보니 우케멍석의 겉보리가 다 떠내려갔다. 아내는 이런 남편 믿고 살다가는 굶어 죽기 좋겠다고 마음을 바꿔먹고 재가(再嫁)했다. 그 뒤 '보리가 떠내려가도 경전에 일념(漂麥)'했던 강태공(姜尙, BC 1211~BC 1072)은 제(齊)나라 제후(諸侯)가 되었다. 재가(再嫁)했던 아내가 다시 아내로 맞아달라고 애원하자, "한 번 엎질러진 물이 다시 그릇에 담을 수 없다(若能離更合,覆水不返盆)."라며 인연을 설명했다[422]. 그런 선비를 두고 "궁색한 80년을 살아도, 뒤늦은 80세에 영광을 얻는다(窮八十, 達八十)."라는 선비의 모델을 제시했다. 보리 멍석이 떠내려가도록 학문에 전념했던 후한(後漢) 남양(南陽)의 고봉(高鳳)이라는 선비도 있었다. 그는 가업인 농사일은 돌보지 않았다. 밤낮을 가리지 않고 오로지 독서에만 열중해 유명한 학자가 되었다[423, 424].

선비의 학문은 i) 단순하게 박학(博學)하게 배워서 입신양명에 한정되지 않고, ii) 동시에 문제 발견 의식과 문제 해결 방안(審問)을 강구하며, iii) 사실과 실재를 터전으로 명확한 판단(明辯)을 통해서, iv) 자신과 주변인들의 건전한 사고전환(尋思)과 혁신을 초래한다. v) 배운 사람답게 독실하게 실행(篤行)하는 전인적 교육을 말했다. 이런 실용적인 교육은 1897년 미국 실존주의 철학자이며 교육가인 존 듀이(John Dewey, 1859~1952)에 의해 재조명되었다. "교육은 삶의 준비가 아니라 삶 그 자체다(Education is not preparation for life; education is life itself)."[425]라고 제창되었다. 기원전 우리의 선조인 선비들이 외쳤던 "배움은 삶이고, 삶이란 배움이다(學卽生, 生卽學)."라는 개념이 되살아났다. 1950년 유엔 유네스코(UNESCO)에선 '평생학습연구소(Institute for Lifelong Learning)'가 설립되었고, 지구촌 인류에게 마지막으로 남겨진 자원인 인적자원(human resource)을 개발하고 관리하게 되었다[426].

이런 '평생교육(life-long education)'이란 개념마저도 대학에선 편협된 진리 탐구에만 한정되었다. 통시적 관점에서 볼 때, 16세기 옥스퍼드대학교(Oxford University)에선 '주(主)는 나의 빛이시니(Domunus Illuminatio Mea).'라는 모토로 교육을 했다. 이는 시편 27장 "여호와는 나의 빛이요. 나의 구원이시니, 내가 누구를 두려워하리오(Dominus illuminatio mea et salus mea: quem timebo)?"에서 인용되었다.[427] 또한, 1643년 하버드대학은 '진리 탐구(Veri Tas)'를 모토를 삼았

고[428], 1746년 예일대학(Yale University)은 '빛과 진리(Lux et veritas)'로 정했다.[429] 우리나라 서울대학교가 '진리는 나의 빛(Veritas Lux Mea)'으로 한 건 1946년이었다. 배움을 빛에 비유해서 '어둠을 밝히는 등불(暗夜明燈)', '배움의 등불(學燈)', '배움으로 덕행과 존엄을 밝힌다(學明德尊).' 혹은 '세상을

비추는 밝은 등불(照世明燈)'이라는 표현을 했다. 이뿐만 아니라 AD 400년 경에 저술된『능가경(愣伽經)』에선 "거대한 학문의 길엔 어떤 문이 없다(大道無門)"[430]. 송(宋)나라의 혜개선사(慧開禪師, 1183~1260)는 1228년에 출간한『무문관(無門關)』에서 "큰길에는 문이 없으니 갈래 길은 천이로다. 이 빗장을 뚫고 나가면 하늘과 땅을 홀로 걸어가리라(大道無門, 千差有路. 透得此關, 乾坤獨步)."라고 갈파했다.

은둔의 나라(The Hermit Nation)[431] 조선의 선비들

우리나라의 선비 역사를 간략하게 살펴보면, 삼국시대 초기에 유교문화가 흘러 들어옴에 따라 선비 덕성에 대한 이해를 기초로 성장했다. 최초 선비인 고구려 고국천왕 때 을파소(乙巴素, 생년 미상~203)는 "때를 만나지 못하면 숨어 살고, 때를 만나면 나와 벼슬하는 게 선비의 떳떳함이다(不逢時則隱, 逢時則仕, 士之常也)."[432]라고 했다. 소수림왕 2(372)년 고구려는 태학(太學)을 설립해 박사(博士) 인재를 양육했다. 고구려 영양왕 때 태학박사 이문진(李文眞, 생몰 연도 미상)은『신집(新集)』10권을 집필, 백제 근초고왕 때 박사 고흥(高興, 생몰 연도 미상), 신라 진흥왕 때 문사(文士)들이 국사(國史) 편찬과 강수(强首, 생몰 연도 미상)와 설총(薛聰, 655~730) 등 선비들이 활약했다. 설총의 '화왕계(花王戒)' 작품은 선비로 간언을 담았다. 신라 말기 입당 유학생으로 당빈공과(唐賓貢科)에 장원급제했던 최치원(崔致遠, 857~900) 이 대표적 선비였다. 고려 시대 국자감(國子監)에서 박사 양성, 과거제도를 정립하여 진사과와 명경과로 선비를 등용했다. 사학기관으로 12공도(公徒)가 있었고, 고려 충렬왕 때 안향(安珦, 1243~1306)과 백이정(白頤正, 1247~1323)이 주자학을 도입해 사회개혁의식을 발아시켰다. 이색(李穡,

1328~1396), 정몽주(鄭夢周, 1338~1392), 이숭인(李崇仁, 1347~1392), 길재(吉再, 1353~1419) 등은 조선 선비의 귀감을 만들었다.

조선에 들어와서 "백성은 존귀하나, 국왕은 경미하다(民爲貴, 王卽輕).**433"** 라는 신권 중심(臣權中心) 민생기반의 위정 체제가 정립되었다. 건국 초기에 건국 혁명세력이 중심이 된 훈구파(勳舊派)와 이에 대항하는 절의 중심 사림파(士林派)의 양분체제가 선비 공동체 의식을 형성했다. 격화된 양립 구조는 정반합이란 담론체계를 넘어선 사화(士禍)를 자초했다. 이런 선비 문화는 사농공상 신분제(士農工商身分制)를 강화시켰고, '백성이 국가의 터전(民爲國之本)'**434**이라는 건국이념을 망각한, '관리는 존귀하고 백성은 비천할 뿐이다(官尊民卑).**435'**라는 결과를 만들었다.

그러나 조선의 선비를 요약하면, i) '스스로 몸 닦기(修己)'는 소학(小學) 혹은 격몽요결(擊蒙要訣)을 기본서로 문학, 역사 및 철학을 필수과목으로 한 도기론(道器論)을 철학으로 했다. ii) 대인관계(治人)에서 있어서는 관료가 되기 위한 소과와 대과를 중시, 학파와 정파에 소속해서 정치가로 득세했으며, 은둔하거나 난세처신을 했다. iii) 생활 태도는 외유내강(外柔內剛), 청빈검약, 박기후인(薄己厚人), 억강부약(抑强扶弱)과 선공후사(先公後私)를 실행했다. iv) 가치 지향은 학행일치(學行一致), 의리명분(義理名分), 극기복례(克己復禮), 대동공생(大同共生) 및 일이관지(一以貫之)였다. v) 삶의 멋으로는 학예일치(學藝一致), 도문일치(道文一致), 문자향(文香)과 서권기(書券氣)를 삼았으며, 산천유람(山川遊覽)을 하면서 호연지기(浩然之氣), 향토애(鄕土愛) 및 진경산수(眞景山水)에 도취했다.

전한(前漢) 때에『회남자(淮南子)』를 저술한 유안(劉安, 출생 미상~BC 164)이 "팔공산(安徽省八公山)에서 신선이 되기 위해 연단(煉丹)을 할 때에 만들어 먹었던 신선식(神仙食)이 두부였다."**436** '소이사대(小以事大)'의 사대사고(事大

思考)를 가졌던 고려의 권문세가(權門勢家)들은 물론 사찰 스님들도 두부를 선호했다. 고려 말기 이색(李穡, 1328~1396)은 '대사가 구해온 두부를 먹는다(大舍求豆腐來餉)'라는 시 구절에 "나물국 맛이 없기가 오래전부터인데, 두부가 입맛을 새로 돋궈주나니. 이 빠진 이 사람도 먹기는 딱 좋다네. 늙은이 몸보신엔 이보다 더 좋을 수 있겠는가(便見宜疏齒, 眞堪養老身)?"[437]라고 읊었다.

서민들은 조반석죽(朝飯夕粥)으로 '입에 풀칠하기도 어려운 실정(糊口之策)'임에도 조선 시대 양반들은 하루 다섯 끼 식사(一日五食)를 즐겨 먹었다. 모여서 음식을 나누는 회식(會食)과 중국인들이 신선식이라고 했던 두부(豆腐)를 별미로 좋아했고, 계절 따라, 날씨 따라, 분위기 따라 어울리는 음식에 탐미적 식도락(食道樂)을 즐겼다. 하루 다섯 끼는 미죽(糜粥), 조반(朝飯), 중면(中麵), 석찬(夕餐)과 밤참이었다. 이런 준비를 위해 하인들은 동트기 이른 새벽부터 야삼경(夜三更)까지 부엌일을 해야 한다. 양반들의 식탁에는 기본 미반, 각종 국, 고기 종류, 생선 종류, 탕(湯), 찌개, 전(煎), 구이, 나물 종류, 김치 종류 등이 차려져 있었다.[438]

조선의 선비들은 소이사대(小以事大)의 표상음식을 두부로 생각하고 연포회(軟泡會)를 학문적 연찬과 연계해 발전시켰다. 1540년 김유(金綏, 1491~1555)가 저술한 『수운잡방(需雲雜方)』에서는 두부요리가 적혀있다. 그의 손자 김령(金坽, 1577~1641)의 『계암일록(溪巖日錄)』에서도 "담백한 음식(素食)을 먹으면서 선비들이 산사(山寺)에서 학문에 대한 갑론을박하는 연찬회(素食談論會)"였으나, 연포회(軟泡會)를 빙자해 업무를 뒷전으로 했던 바람에 관리들로 조정에서는 몇 차례 논란이 되었다. 17세기는 i) 연포탕(軟泡湯)이 쇠고기탕으로, ii) 사찰승려를 겁박까지 하는 상황에서, iii) 1754년 4월 7일 영조(英祖)는 신하들에게 산사에서 연포회 개최문제에 대해 "폐단이 없도록 하라."라고 금지지시(禁止指示)를 내렸다. 그러자 연포회 대신에 중국에 유행하고 있었던 '화과회(火鍋會)'가 도입되었다. 처음엔 솥뚜껑을 뒤집어놓은 번철(燔鐵)에다가 고기를 구워 먹는 '난로회(煖爐會)'[439]가 자리로 잡았다. 번철은 보다 고매한 이름인 '신선로(神仙爐)' 혹은 '입을 즐겁게 하는 물건 신선로(悅口子神仙爐)'가 개발되었고, 구이와 육탕을 같이 먹을 수 있는 전립투(벙거리) 전골(氈笠套煎骨)로 발전했다.

02

우리나라 선비의 정형적 음식 문화

옛 선비들의 음식 문화를 더듬어 보면

유교 경전으로는 『시경(詩經)』, 『서경(書經)』, 『예기(禮記)』, 『춘추(春秋)』 및 『주역(周易)』이 5경이다. 이 가운데 선비의 기본적인 개념, 행동 규범 및 음식에 대한 규정을 언급하고 있는 경전은 『예기(禮記)』다. 『예기』의 「유행편(儒行編)」에서는 정신자세(精神姿勢)와 행동철학(行動哲學)을 언급하고 있다. 행동(예절)거지 및 음식에 대해서는 내칙편(內則編)을 따로 내고 있다. 이 내칙편(內則編)만을 떼어내어 우리나라에서는 어린 유생들에게 '소학(小學)'이라는 과목으로 가르쳤다. 대구 달성군 구지면 도동서원에 향사하고 있는 한훤당(寒暄堂) 김굉필(金宏弼)을 '소학을 배우는 학동처럼 선비의 규범을 실천궁행(實踐躬行)'했다는 존경의 뜻으로 '소학동자(小學童子)'라고 칭한다. 여기서 '소학(小學)'은 "적은 지식이지만 강력한 행동(小學而強行)."을 뜻했다. 소학이 정형화하고 있는 '선비의 라이프 사이클(life cycle of scholar)'은 "10세까지 아버지와 선생 찾아 배우고(家內生育), 20세에 성년으로 관례(冠禮)

와 널리 배움(博學)을 구하며, 30세 아내를 맞아 살림(娶嫁)을 꾸민다. 40세 벼슬에 나아가서(就仕), 70세에 퇴직(致仕/懸車)한다."[440]로 요약된다. 이에 반해, 오늘날 정보화 시대를 살고 있는 우리들의 라이프 사이클(today's life cycle)'은 '트리플 서티(Triple Thirty): 30년 배움, 30년간 직장생활, 은퇴 후 30년 여생 즐기기'다.

당시 선비들의 식사 예절은 "선비는 조심하지 않는 것이 없지만, 그 가운데에서도 자신의 몸가짐을 극히 조심했다. 자기의 몸이라는 게 부모로부터 받은 것이라서 극히 조심하지 않을 수 없었다. 몸을 상하게 하는 게 바로 부모님을 상하게 하는 것이기 때문이었다."[441] 따라서 음식 하나라도 조심과 가려서 먹어야 했다. 이는 오늘날 국제표준 식사 예절(global dining etiquette)로도 전혀 손색이 없다. 보다 자세히 말하면, 『예기(禮記)』에선 완곡히 조심해야 할 사항(曲禮編)으로

i) 남들과 함께 음식을 먹을 때 내 배만 채우려고 하지 말라(共食不飽). 과거 일본 사무라이 문화에서도 '배려의 고기 덩어리(遠慮の塊)'[442]로 상대방을 위해 마지막 고기 한 토막을 남기는 풍습이 있었다. ii) 같이 음식을 먹을 때는 손으로 집어 먹거나 옷소매를 음식에 적시지 말라(共飯不澤手). iii) 같이 먹을 때, 많이 먹고자 뭉치거나 밥숟가락을 크게 떠서 먹지 말라(毋摶飯, 毋放飯). 물론 결혼식 등의 축하연 음식 대접에 감사하는 의미로 손가락으로 집어 먹거나 맛있다는 표시로 빨아먹기도 했던 '손가락 음식(finger food)'이 동서양에서도 있었다.

또한, 같이 먹는 사람을 배려해서 iv) 물을 마시듯이 후룩 들이마시거

나, 음식에 침을 바르거나 혀를 차지 말라(毋流歠, 毋咤食). v) 게걸스럽게 뼈를 깨물어 먹지 말고, 자기가 먹던 반찬을 같이 먹는 반찬 그릇에 놓지 말아야 한다(毋齧骨, 毋反魚肉). vi) 사람이 못 먹는 뼈를 개 등 동물에게 던져주지 말아라. 장식용, 못 먹는 걸 구태여 먹으려 하지 말라(毋投與狗骨, 毋固獲). vii) 뜨거운 음식을 식힌다고 헤젓지 말라(毋揚飯). viii) 기장밥과 같은 낱알곡식 음식을 젓가락으로 깨작거리지 말고 숟가락으로 먹어라(飯黍毋以箸). xv) 나물이 들어있는 국을 국물만 들이마시지 말며, 국에다가 맛이 없는 양 조미(調味)를 하지 말라(毋嚃羹, 毋絮羹). 주인이 이를 봤다면 맛있게 끓이지 못했다고 사과해야 한다. x) 이외에도 이를 쑤시지 말고, 젓국을 마시지 말라. 젓국을 마시면 주인은 조미를 못 했기에 사과를 해야 한다. 부드러운 고기는 이빨로 끊어 먹으나 마른고기는 손으로 찢어서 먹어라. 뜨거운 불고기를 한입에 먹지 말라, 왜냐하면 입안도 목구멍도 상하게 된다.”443

선비 음식에서 식재료 및 요리상 유의사항

음식을 먹을 때에 “너무 도정(搗精)했다거나 잘게 썰었다는 걸 기피하지 않으며, 단지 음식이 부패했거나 맛이 달라진 것을 먹지 않는다. 생선은 뭉개졌거나 고기가 썩은 것은 먹지 말라. 음식의 색깔이 변했거나 악취가 나면 먹지 말라. 설 익혀서 배탈 날 수 있으니 먹지 말라. 제때 음식 혹은 계절별 음식이 아니거나(不時不食)444, 요리가 지저분하거나, 음식에 소금기가 너무 많으면 조심해야 한다. 밥이나 술을 소화해 낼 능력이 없으면 먹지 말라. 식탐을 하지 말고, 생강을 자주 먹는 것도 좋다(不撤薑食, 不多食).445”라고, 공자의 식습관을 『논어(論語)』에 기록하고 있다.

전반적으로 선비들의 음식을 살펴보면, "곡식 재료로는 수수(黍), 피(稷), 벼(稻), 기장(粱), 흰 기장(白黍), 조(黃粱) 등이었으며, 육식 반찬(肉食飯饌)으로는 소고기 국, 양고기 국, 돼지고기 국과 소고기 구이, 젓갈(醬), 쇠고기 산적, 육젓과 소고기 육회, 돼지고기 불고기, 게장과 물고기회, 꿩고기, 토끼고기, 메추리고기 및 종달새 고기 등이 사용되었다. 음료수(술)로는 쌀 청주와 탁주, 수수 청주(고량주)와 수수탁주, 기장청주와 기장탁주, 혹은 엿기름(malt)으로 감주(단술)를 담기도 한다. 쌀, 기장, 수수, 옥수수 등을 다려서 조청(造淸)을 만들기도 한다."446

특이한 맛을 내고자 양념을 사용하는데 i) 여뀌(蓼, water pepper)를 쌀죽 등에는 넣지 않으나(和糝不蓼), 물고기의 비린내, 피비린내 혹은 잡냄새를 잡(없애)고자 돼지고기, 닭고기, 물고기, 자라고기 등을 삶을 때엔 여뀌를 넣고 삶았다.447, 448 오늘날 단지 일본에서만 생선회의 식중독을 예방과 토핑용으로 이용하고 있다. ii) 별미를 내고자 육포에는 개미(전갈)알젓, 물고기 포로 국을 끓일 때는 토끼고기젓, 고기국(죽)을 끓일 때는 생선젓갈, 생선회에는 겨자된장, 고기 육회에는 조갯살 젓갈을 사용하고, 마른 복숭아와 매실이 들어가는 음식에는 물고기알젓(卵鹽)을 사용한다.449 음식에서도 계절 별미를 살리고자 "밥은 봄철엔 따뜻하게, 국은 여름처럼 더워야 하며, 된장은 가을처럼 서늘해야 좋고, 마시는 음료수는 겨울처럼 차야 제맛이다." 이를 다시 세분하면, i) 봄철엔 신맛이 많아야(凡和春多酸), ii) 여름에는 쓴맛이(夏多苦), iii) 가을에는 매운맛이(秋多辛), iv) 겨울엔 짠맛이 많아야(冬多鹹) 하나, v) 부드럽고 단 것으로 조화(調以滑甘)시켜야 한다.450

또한, 옛 선비들이 밥, 국과 반찬의 조화를 언급하고 있는데: i) 소고기 국에 흰 쌀밥이 좋고(牛宜稌), 양고기 국에 메기장밥, 돼지고기 국에 피밥,

개고기 국에 찰기장, 오리고기에 보리밥, 물고기 국에 묵은 쌀밥이 좋다.[451] 정도전(鄭道傳, 1342~1398)과 이성계(李成桂, 1335~1408)의 조선 건국(朝鮮建國) 슬로건이 '소고기 국에 흰 쌀밥(牛宜稱)'이었다. ii) 봄에는 어린 염소고기와 돼지고기가 좋으니 술을 써서 요리하고, 여름에는 말린 꿩고기와 말린 물고기가 좋으나 개기름을 사용해 요리하라. 가을엔 송아지고기와 새끼사슴고기 좋으니 닭기

름을 써서 요리한다. 겨울에는 생선과 기러기고기가 좋으니 양 기름을 써 요리한다.[452] iii) 회고기를 먹을 때는 봄에는 파를, 여름엔 개자(芥子, mustard seed)를 곁들어 먹는다. 돼지고기에는 봄에는 부추를 가을에는 여뀌를 사용한다. 살코기 음식에는 파를, 기름기가 많은 음식은 부추, 제물로 올라갔던 닭고기 물고기 혹은 돼지고기엔 오수유(吳茱萸)를 써서 맛을 낸다. 맛을 조화시키는데 식초를, 짐승 고기에는 매실을, 메추리, 닭 및 비둘기고기엔 여뀌나물에 섞어서 요리한다. 방어, 망성어, 꿩 등을 요리할 때 향신료를 사용하나 여뀌를 넣지 않는다.[453]

　이뿐만 아니라, 먹지 않고 버려야 하는 부분으로 i) 자라 새끼, ii) 이리고기의 창자, iii) 개고기의 콩팥, iv) 삶 고기의 척추, v) 토끼의 꽁무니, v) 여우의 머리, vi) 돼지의 뇌, vii) 물고기에 등뼈가 굽어(중금속중독)있으면 뼈를 버리고, 자라의 항문 부분을 잘라버린다.[454] 마지막으로 연령에 따른 신체 변화에 따른 현상으로 "50세가 되면 노쇠하기 시작하고, 60세에는 고기 반찬 없이는 배가 부르지 않으며, 70세가 되면 명주옷이 아니면 따뜻하지 않는다. 80세이 되면 사람의 체온이 아니면 따듯하지 않고, 90세가 되면

비록 사람의 체온을 얻을지라도 따뜻하지 않는다."[455]라는 사실을 감안해야 한다.

우리나라 선비들의 음식에 감사 표시

동서고금, 동식물을 막론하고 '최고의 은총(God's grace)' 혹은 '은혜로운 선물(graceful gift)'은 바로 식사시간(mealtime)이다. 안식, 평온과 배부름을 동시에 얻는 순간이기 때문이다. 인류는 이에 대해 감사했고, 찬미했다. 한 해 추수에 감사(thanksgiving) 혹은 매끼마다 감사(mealtime thanksgiving)를 했다. 감사(感謝) 혹은 찬미(glorification)하는 때, 방식, 표현 등은 다양하다. 종교, 문화, 의식, 민족성 등에 따라서 같은 감사의 의미라도 다른 버전(version)으로 이행했다. 대다수는 식사 전후에 표시하나, 몽고 유목인들은 양(가축)과 같이 일어나자마자 따끈한 수태차를 마련해 참바가라브(Chamba Garav)산을 향해 "가축을 자식처럼 먹여주시고, 우리를 살게 하시는 어머니(Хүүхэд шиг мал тэжээж, биднийг амьдруулдаг эх уул)."라고 감사 기도를 드리며, 수태차를 뿌림으로써 하루가 시작된다. 우리나라 한민족은 성산(聖山)인 백두산을 향해서 기도를 했고, 산이 없는 곳에선 '땅 어머니(Pacha Mamma)'에게 감사했다.

어릴 때에 아버지와 겸상을 하다가 밥풀을 흘리면 "쌀 한 톨이 사람의 입에 들어가는데 88번이나 노고하시는 분들이 있기에 소중한 음식이니 흘리지 말고 먹어라. 그래서 쌀 미(米)자는 88번(八十八)이란 의미다."라고 했다. 『명심보감(明心寶鑑)』을 서당에서 배울 때 훈장님께서도 "몸에 걸치는 옷을 입을 때 옷을 짠 분들을 생각하고, 하루에 3번 밥을 먹을 수 있도록 해준 농부의 노고에 감사해야 한다."[456]라고 하셨다. 오늘날 우리들도

"잘 먹는다는 건 우리에게 생명을 준 식물과 동물에게, 그 식물과 동물을 건강하게 키워준 농부에게, 그리고 음식을 정성껏 만들어 준 사람에게 감사하는 마음으로 먹는다."[457] 그래서 군사훈련소 등에서는 식사 전 "잘 먹겠습니다(I will eat well)." 혹은 식사 후 "잘 먹었습니다."라는 감사 표시를 한다. 이와 같은 사례는 일본에서도 "잘 먹겠습니다(いただきます)."와 "잘 먹었습니다(ごちそうさま[458]でした)."라고 표현한다.

인류문화적 측면에서 살펴보면, 몽고, 네팔, 우리나라, 페루, 아르헨티나 및 파푸아뉴기니 등지에 현재까지 이행되고 있는 식사에 대한 감사 혹은 기원하고 있다. 우리나라 '고씨례(高氏禮)'가 옛 농경사회에서 이행되었다. 1675(숙종 원)년 도교기인(道教奇人) 북애자(北崖子, 생몰 본명 미상)가 저술한 『규원사화(揆園史話)』 고대사에선 "옛날에 고시(高矢)라는 분이 인간에게 불을 얻는 방안, 농사의 파종과 수확까지를 가르쳤다. 그래서 후대 농부들이 그 은혜에 감사해서 밥을 먹을 때에 '고시네'라고 했다(耕農樵牧者, 臨飯而祝高矢者,高矢氏之稱也)."라고 적고 있다. 1746(영조22)년 김수장(金壽長)이 편찬했던 『해동가요(海東歌謠)』에서도 "고스레 고스레 사망(事望) 일게 오쇼서." 시조가 실려있다. 고시네, 고스레 혹은 고씨례 등으로 다양한 버전의 설화가 내려오고 있다.[459] 1946년 최남선(崔南善)의 『조선상식문답(朝鮮常識問答)』[460]에서는 '고시레'를 고사(告祀) 혹은 굿과 같은 어원이라고 했다. 그는 음식에 대한 감사의식을 굿의 작은 규모로 봤다.[461] 기원은 고조선(BC2,333~BC 108) 이전 환인조선(桓國, BC 6,779~BC 3,897)[462] 때 제3세 환인인 천황, 즉 고시리 환인(古是利桓因)이 농경·목축 방안을 창안하시고, 식생활과 삶을 개선하여 풍족한 삶을 주신 은총에 감사하는 표시로 시작했다.

일본 사회에서 음식을 만들고자 '동분서주하는 상대방의 노고(御馳走)'를 '고츠소우사마(御馳走様)'로 표현했다. 일반적으로 사마(様)란 '~씨' 혹은

'님'의 존칭 수준을 넘어선 '하느님(樣)' 혹은 '예수님(樣)'에 해당하는 '사마(樣, さま)'라는 객체존칭(客體尊稱)까지 사용해서 신성시(神聖視)했다. 우리말로 '고츠소우(御馳走, ごちそう)'를 단순히 '향응, 대접, 진수성찬' 정도 번역한다면 신성시되는 깊이를 모르게 된다. 또한, '수고했습니다.'를 '오츠카레사마데시다(お疲れ様でした).'라는 표현이나 '고생 많았습니다.' 의미로 '고구로사마데시다(ご苦勞様でした).'라는 표현은 우리나라의 '고시레'와 같이 감사의식에서 나온 말이다. 물론 이런 감사에 '변변찮았습니다.'라고 '오소마츠사마데시다(お粗末様でした, おそまつさまでした)'라고 대답을 한다. 이런 깊은 의미를 만끽하고자 일본 여행을 떠나기 전에 아예 감사메모(thank-u memo)를 자필로 정성 들여 준비한다. 내용은 식사 대접에 대해선 "이것(이런 음식)은 이제까지 먹었던 가운데 가장 맛이 있습니다(これは 今まで 食べた 食べ物の中で 最も味があります)." 혹은 "태어나서 처음 먹게 해(최고의 맛을 만들어)주신 노고에…(生まれてはじめてのご馳走だ…)."라고 적는다. 그다음에 그 식당을 찾아가면 대부분은 눈에 잘 뛰는 곳에 그 쪽지가 붙어있다.

음식에 대한 감사의식이 크게 3가지 인류문화로 흡수되었는데, 즉 i) 종교적 은총기도, ii) 민족전통 혹은 부족의식(tribalism), iii) 삶의 과정 속으로 파고들었다. 종교적으로는 다양한 양식으로 은총기도(grace prayer)가 되었다. 민족 혹은 부족전통으로는 의식화된 남미의 파차마마(Pacha Mamma)에 대한 기도 및 축제 등이 있다. 삶의 과정으로 흡수된 사례로는 음식으로 감사, 경배(敬拜), 기원 등을 다양한 표현을 하는 것이다. 특히 은총기도(grace prayer)로는 식사 전후에 기원, 감사와 찬미를 표시한다. 성경에서는 사도바울과 예수가 음식을 앞에 놓고 감사기도를 했다(Jesus and Saint Paul pray before meals).[463] 라틴 가톨릭에서는 "우리에게 은총을 주신 오! 하느님, 당신으로부터 주신 은총을 우리는 받으려 합니다. 예수님을 통해 하느님께 아멘."[464] 등의 기도를 드렸다. 종교마다 다양한 공양(供養), 기도(祈禱) 및 감사(感謝)의식을 드린다.

식사 전후에 기도함으로써 25가지의 영감을 준다. 그를 살펴보면, 1) 배고픔과 고통을 기억(remembering hunger and suffering), 2) 기회와 기쁨에 대한 감사(thanks for opportunity and joy), 3) 주님의 참석으로 축복을 허함(allowing blessings through Lord's presence), 4) 광명과 함께하는 끼니(meal with grace), 5) 축복의 섭리에 감사 선언(declaring thanks for providence of blessings), 6) 얻음에 감사의식(sense of gratitude for obtaining), 7) 모두 같이 먹을 수 있음(everyone can eat together), 8) 사랑의 이름으로 하느님을 호출(calling God in the name of love), 9) 음식 자체에 대한 축복(blessing for food itself), 10) 우리 모두에게 모두가 감사(thanking all of us), 11) 챙김의 상징으로 음식(food as a symbol of care), 12) 낯선 사람에게 사랑 표시(showing love to strangers), 13) 모두를 합당하게 하심(making all worthy), 14) 식사 전 은혜

(grace before meals), 15) 신의 위대함 (greatness of God), 16) 우리를 축복하신 창조주(creator who blessed us), 17) 세상 친구들에게 감사(thanks to worldly friends), 18) 영혼을 먹이는 생명의 떡 (bread of life that feeds soul), 19) 겸손한 마음(humble heart), 20) 우리의 음식을 축복(blessing our food), 21) 힘을 회복시킴(restoring strength), 22) 다시 일할 수 있게 함(enabling to work again), 23) 함께하는 모든 이에게 축복(blessing to all who are with us), 24) 영혼과 생명의 양식(food for soul and life), 25) 동정의식(同鼎意識, sense of sympathy) 등[465]을 느끼게 하고 있다.

03

김치음식에 따른 형벌의 변혁

주막집 개가 사나우면 술이 쉰다(猛狗酒酸)

200만 년 전 오스트랄로피테쿠스(Australopithecus) 원시인류의 치아에
도 산성음식 등으로 치아조직이 약화되는 비충치성 치아 경부 손상
(MCCL)으로 치아 구멍이 있었다. 2018년 호주의 학술 매체 '더 컨버세이션
(The Conversation)' 논문을 2019년 5월 29일 자로, 리버풀 존 무어 대학교
(Liverpool John Moores University) 인류생물학자 이안 토울(Ian Towle)이 발표
했다[466]. 호미닌((hominin) 종의 치아화석에서나 호모 날레디(Homo naledi)
종의 치아에서도 충치 치료용 밀랍(beeswax) 충전 흔적이 발견되었다.[467]
이를 미뤄보아 신석기 시대에 농경·목축이 시작됨으로 탄수화물 혹은 목
축의 부산물을 발효(알코올, 초산, 젖산)한 음식을 섭취함으로써 치아질환도
발생했다. BC 230년경 중국의 춘추시대 출간된『한비자(韓非子, BC 280~BC
233)』라는 책에 "간신배들의 농간으로 현명하고 유능한 선비들이 관리로
등용되지 못하는 국가에 비운이 생긴다는 비유로 주막집 개가 사나우면

술이 쉰다(酒所以酸而不售也)."[468]라는 일화를 적고 있다.

발효(醱酵, fermentation)란 미생물(酵母) 혹은 세균(젖산균 혹은 곰팡이)을 이용한 배양 혹은 육종하는 과정이고, 산소 없이 당(糖, $C_6H_{12}O_6$)을 분해해 에너지를 얻는 대사과정이다. 생성결과물은 유기산(초산 혹은 젖산), 가스 혹은 알코올(술) 등으로 알코올발효(CH_3CH_2OH), 초산발효(CH_3COOH) 혹은 젖

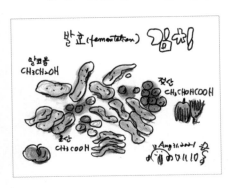

산발효($CH_3CHOHCOOH$) 등으로 분류하기도 한다. 미생물학으로 풀이하면 유기영양소를 혐기(嫌氣)적으로 분해해 ATP(Adenosine triphosphate, $C_{10}H_{16}N_5O_{13}P_3$)를 생산하는 중요 수단이었다.

인류가 이런 미생물의 발효과정을 이용하여 음식 재료를 생산하기 시작한 시기는 농경과 목축을 시작했을 때인 신석기 시대부터 시작했다. 처음에는 바나나 혹은 포도가 자연 발효로 술이 된 것을 채취했다가 포도주를 만들고 맥주를 만들었다. BC 12,000년(지금부터 14,017년 전)경에 이스라엘 북부 하이파(Haifa) 카멜산맥(Carmel Mountains) 라케페트 동굴(Rakefet Cave)에서 3개의 돌절구(stone mortars)를 발견했으며, 맥주를 양조하기 위해 사용했다고 확인되었다.[469] 발효를 이용한 식재료로는 오늘날의 피클(pickle), 김치(Kimchi), 요구르트(Yogurt) 등을 만들었다. 서양에서 발효(ferment)라는 단어는 라틴어 '끓이다(fewvere)' 동사에서 파생되었고, 14세기 후반에 연금술(alchemistry)에서 최초로 사용했다. 일반적으로 1600년대에 사용되었으나 현대과학적인 용어로는 사용되지 않았다.

최근 우리나라 김치(Kimchi)와 중국 파오차이(泡菜)를 두고 서로가 자

기네들이 기원이라고 언쟁을 벌이고 있다. 우리나라 김치는 한반도 내에서 자생했던 젖산균을 이용했던 젖산발효이고, 중국 채소절임 파오차이는 강한 신맛을 내는 초산발효에 기초했다. 한반도에선 감, 사과 등의 과일이나 술 혹은 미강(米糠) 등을 이용해서 초산발효를 시켜서 식초(食醋)라는 조미료로 사용한다. 김치와 같은 젖산발효에 비해 강력한 신맛으로 음용을 기피했다. 그러나 젖산발효를 시킨 음식은 은근한 신맛과 달콤한 뒷맛에서 국물까지 시원하다고 마셨다. "떡 줄 사람 꿈도 안 꾸는데 김칫국부터 마신다(Someone who has a rice cake doesn't even think about giving it to you, but you already have drunk kimchi broth)." 혹은 "떡방아소리 듣고 김칫국부터 찾는다."라는 속담이 있다. 오늘날 서양 사람들조차도 이 속담의 뜻을 "부화하기도 전에 병아리 세기(counting chickens before they are hatched)"로 알았다고 웃을 정도다.

모든 문화와 형벌까지도 음식에서 나왔다

역사적으로 형벌제도를 살펴보면 당시 음식 요리 문화와 같은 양상을 보였다. 오늘날 최고 문명국가인 미국에서도 사형집행 방법으로 전기 감전형(Electrocution), 총살형(Firing squad), 가스질식사형(Lethal gas) 혹은 교수사형(Hanging) 등을 사용한다. 음식 요리 방법과 같다. 동물 사냥, 가축 가스 도살 혹은 전기 통닭구이 방법과 같다. 전쟁 중에서는 오늘날은 가장 손쉬운 총살, 옛날에는 참수와 효수였다. 우리나라 조선 시대는 참수가 가장 흔했으나 영예스러운 죽음으로 사약형(賜藥刑)이나 교수형(絞首刑)이 있었다. 때로는 사지를 찢는 거열형(車列刑)과 삶아서 죽이는 팽형(烹刑) 혹은 탕형(湯刑)까지도 있었다.

고대 형벌에 대해 중국 사례를 살펴보면, BC 1050년경 은나라 폭군 주왕(BC 1075~BC 1046)은 잔인무도해서 사랑했던 애첩까지도 숯불에 굽고 기름 솥에 튀겨 죽이는 포락형(炮烙刑)을 처했다. 충신들도 '사람을 죽여 소금에 절여서 육장을 만드는 극형(菹醢之刑其實就是將人剁成肉醬)'을 처했다. 이것이 저해형(菹醢刑)이다. 굴원(屈原, BC 343~BC 278)이 쓴 장편서사시 「이소(离騷)」에서 "임금이 사람으로 젓갈을 담더니, 은나라의 국운도 오래가지 못했다네(后辛之菹醢兮, 殷宗用而不長) … 도끼구멍에 맞는지도 모르고 자루를 끼운다고. 정말로 옛 충신들이 소금에 젓갈로 절여졌다니(不量鑿而正枘兮, 固前修以菹醢)."[470]라는 구절이 있다. BC 239년 여불위(呂不韋, 출생 미상~BC 235)가 저술했다는 『여씨춘추(呂氏春秋)』에서 "옛날 주왕은 무도하게도 매백(梅伯)이 간언한다고 죽여서 젓갈을 담았고, 귀후(鬼侯)를 죽여 포를 떠 말렸다(殺梅伯而醢之, 殺鬼侯而脯之)."[471]라고 적었다.

이런 형벌이 있기 전에 이와 같은 음식이 먼저 있었다. BC 500년경 공자(孔子, BC 551~BC 479)가 서주(西周)에서 동주(東周, BC 800~600)까지 민요와 시가 305수를 수합 정리해서 편찬했던 『시경(詩經)』에 "밭 울타리 안 텃밭에 오이가 달려있네, 이를 따서 껍질을 벗기고 잘라서 절이기(瓜葅, cucumber pickle)를 해서 조상님께 올린다면, 증손들까지도 수명장수 하시도록 천우신조를 받으시겠지(中田有廬 疆場有瓜 是剝是菹 獻之皇祖)."[472]라는 구절이 있다. 이 구절을 중국인들은 김치의 기원이라고 주장한다. BC 140년 경 전한 말(前漢末, BC 202~AD 8) 유희(劉熙, 생년 미상~BC 144)[473]가 편찬한 『석명(釋名)』에서는 "익히지 않는 걸 차갑지도 덥지도 않은

공간에 덮고 막아서 뜸을 들이는 것(生釀之遂使阻於寒溫之間,不得爛也)"[474]이라고 발효를 설명했다.

BC 91(무제정화 2)년에 완성[475]한 사마천(司馬遷, BC 145~BC 86)의 『사기(史記)』에 의하면 "(은나라 주왕 때 신하) 구후(九候)가 아름다운 자신의 딸을 임금에게 바쳤다. 그런데 구후의 딸이 주왕의 음탕한 짓을 싫어하자 그 딸을 죽이고, 아버지 구후(九候)까지 죽여 포(脯)를 떠 소금에 절여 젓갈을 담았다. 재상 악후(鄂侯)가 이를 만류하자 악후도 같은 방법으로 인간젓갈을 담았다. 그리곤 그것을 제후들에게 보내 맛보게 했다."[476] 이렇게 시작된 주왕의 잔인한 저해지형(菹醢之刑)에 당한 저명인물로는 i) 애첩 달기(妲己)를 노하게 했다는 이유로 백읍고(伯邑考)를 시작으로, ii) 달기(妲己)의 아버지 구후(九候)가 있었다. 이어 iii) 춘추시대 송나라 남궁만(南宮万), iv) 공자의 유명한 제자였던 자로(子路), v) 그리고 연나라 정승이었던 자지(子之)가 있었다. 이외에도 팽월(彭越), 범강(范彊), 난경(蘭京), 내준신(來俊臣), 방길(龐吉)과 방문(龐文) 형제들과 장균(張鈞) 등[477]이 저해(菹醢)당했다.

이어 후한의 형벌에서도 AD 82년, 반고(班固, AD 32~92)가 저술한 『한서(漢書)』에선 "죄인을 얇게 잘라서 소금에 절여서 죽이는 저형(菹刑), 얼굴에 먹물로 흉악하게 문신을 넣는 경형(黥刑), 코를 베는 의형(劓刑), 목을 잘라서 머리를 장대 끝에 매다는 효수형(梟首刑) 등의 5대 형벌 가운데 최고 극형은 저해형(菹醢刑)이었다."[478]

이런 음식 요리법과 같은 형벌은 우리나라에서도 중국 형벌(唐律)을 계수(繼受)했다. 조선 시대 법전인 『경국대전(經國大典)』[479]에서도 "삶아서 죽이는 팽형(烹刑) 혹은 탕형(湯刑)"이 있었다. 실제로 『조선실록』을 살펴보면, 1737(영조 13)년 8월 13일 "조태언(趙泰彦, 1686~졸년 미상)보다 더한 자는 바로 금수(禽獸)이니, 왕자(王者)의 태아검(太阿劍)을 어찌 금수에게 쓰겠는가?

만약 대신(臺臣)이라 해서 참(斬)하지 못한다면 돈화문(敦化門)에서 팽형(烹刑)에 처해야 한다. 빨리 와서(瓦署)에 명해 큰 가마솥을 만들어 대기하도록 하라."[480]라고 하명했지만 끝내 유배형으로 끝나고, 1740(영조 16)년 영조의 탕평책으로 풀려났다. 또한, 대구 경상감영(慶尙監營)에서도 무 대가리(蕪首)를 잘라서 바지랑대에 말리듯이 사람 머리를 칼로 잘라서 장대 끝에 매다는 잔인한 효수형 사례(梟首刑事例)로는 동학 창시자인 최제우(崔濟愚, 1824~1864)는 1864년 4월 15일 경상도 감영(觀德亭)에서『경국대전(經國大典)』의 형전용률조(刑典用律條)에 따라 죄목이 없자『대명율(大明律)』[481]「제사편(祭祀編)」에 따른 '좌도난정(左道亂正)'[482]이란 죄목으로 참수(斬首)해 영남제일관(藥令市)에다가 3일간 효수(梟首)한 뒤에야 비로소 유가족(아들과 아내)들에게 머리가 잘린 시신(被斬首屍)을 내주었다. 또한, 그의 아들까지는 연좌법(緣坐法)을 적용해 하옥시켰다.

04

동이족 선비들의 소울푸드(soul food), 김치

동이족 선비들의 소울푸드(soul food)로 김치 탄생

『예기(禮記)』「대학(大學)」에서 "주나라는 옛날 오래된 나라처럼 보이나 그 명맥은 이어져 내려왔다(周雖舊邦其命維新)"[483]라는 구절에서 오늘날 우리가 사용하는 일본의 명치유신(明治維新)에 자극을 받았던 1882년 대원군(大院君)은 "모두 다 함께 새롭게 하자(咸與惟新)."[484]라는 함여유신(咸與維新)을, 1972년 10월 17일 시월유신(十月維新)이 단행되었다. 국가의 명맥을 새롭게 변혁하는 걸 유신(維新)이라

했다. 유신의 기원이 기록된 BC 560년경 『시경(詩經)』에서 주나라 문왕(文王)[485]을 공자는 동이족 선비의 비조(鼻祖)로 생각했기에 숭상했다.

또한, 『시경(詩經)』에 "순무 따고 청무 따는데, 아래 걸 가릴 순 없다(采葑

采菲,无以下体).”[486]라는 구절이 나오는 걸 봐서 BC 560년 이전부터 이미 무 김치를 해 먹었다. 고고생물학에서 볼 때 지금으로부터 3,000년 이전 고대 메소포타미아 지역에서 인도평원을 거쳐 중국에까지 무와 순무가 재배되었다. 『삼국지(三國志)』에서는 제갈공명(諸葛孔明, 181~234)이 군량으로 무를 사용했다. 근래에 와서 제1차 세계대전에 독일에서 군용 식량으로 먹었다.[487]

구체적인 사례로는 BC 239년에 진시황제의 사실상 생부였던 여불위(呂不韋, BC 290~BC 235)가 저술한 『여씨춘추(呂氏春秋)』에선 “주나라 문왕이 창포김치를 매우 좋아했다는 말을 들었던 공자는 자기는 얼굴을 찌푸려 가며 창포식초 절임(菖蒲菹)을 먹었다. 이렇게 해서 3년이 지난 후에야 비로소 입맛이 들었다.”[488] 동이족이었던 공자는 중국인들처럼 신맛보다 매운맛에 익숙했기에 자신의 롤 모델(role model)이었던 주나라 문왕(文王)처럼 창포식초 절이(昌蒲菹)에 익숙한 모습을 보이고자 벤치마킹(benchmarking) 했다[489].

한반도에서는, 290년경 진수(陳壽, 233~297)가 개인적으로 기록한 역사서인 『삼국지(三國志)』[490]에선 “고구려는 큰 창고는 없지만 집집마다 부경(桴京)이라고 하는 작은 움집창고가 있는데, 사람들은 발효음식을 정갈하게 저장하고 그걸 먹기를 좋아했다.”[491]라는 기록이 있다. 고고문화학적인 물증으로는 487(炤知王 9)년 각연(覺然) 대사가 창건한 덕유산 장수사(長水寺)에도 1자 깊이로 둥글고 오목하게 파인 바위를 김칫독(沈菜甕)으로 사용해, “승려 각연은 이 바위 안에 채소를 쌓아 오래 두어 김치로 만들어 자기 혼자만 먹었다는 이야기가 전해오고 있다.”[492]라고 노진(盧禛)의 『옥계집(玉溪集)』에 기록되어 있다. 683년 『삼국사기(三國史記)』에선 신문왕 3년에 “김흠운 딸을 결혼시키는데 혼수품목으로 쌀 술, 기름, 꿀, 메주, 마른

고기 및 김치젓갈 등을 135가마(酒油蜜醬豉脯醢一百三十五舉)"[493]를 보냈다고 기록하고 있다. 여기서 '해(醢)'는 소금을 쳐서 음식을 조리하는 모든 것으로 김치 및 젓갈 등을 총칭한다. 대구 옥산신라 가마터에서 발굴된 팽이형 토기로 봐서 7세기 이전에 땅속에 묻어서 숙성된 김치를 해 먹었다. 또한, 보은 법주사(法住寺)엔 충북유형문화재 제240호 김칫독이 있는데, 720(성덕왕19)년 3,000여 명의 승려들이 먹었던 김칫독이라는 전설이 전해져 오고 있다.

고려 시대의 김치에 대해서는 983년 고려 성종(高麗成宗) 2년, 고려사 예지(高麗史 禮志)의 원구단에 제물을 진설하였는데(圓丘陳設條) "12접시를 오른쪽에 3줄로 놓되 첫줄엔 미나리김치(實芹菹), 죽순김치(筍菹), 순무김치(脾析菁菹)를, 그 다음 줄에 부추김치를 밤과 함께, 앞에 물고기 젓갈과 토해(兎醢)를 그다음에 셋째 줄에 돈박(豚拍)을 앞에 녹해(鹿醢), 안해(雁醢), 삼식(糝食)을 다음에 놓는다."라는 설명문에 각종 김치가 나오고 있다.[494] 1241년, 이규보(李奎報, 1168~1241)가 쓴 『동국이상국집(東國李相國集)』이 간행되었는데 그 문집에 「텃밭 6가지 채소예찬가(家圃六詠)」에서 오이(瓜), 가지(茄), 순무(菁), 파(蔥), 아욱(葵) 및 박(瓠)에 대한 예찬 시가 있다. 그 가운데 순무(菁)에 대해 "순무로 담근 장아찌는 여름 3개월 먹기에 아주 좋구나. 소금에 절인 김장김치는 겨울 내내 밥반찬이 된다네. 뿌리는 땅속으로 자꾸만 커져 가니 칼로 잘라먹으니 배 먹는 맛이니."[495] 1372년 고려 시대 이암(李嵓, 1297~1364)이 원나라에서 1286년에 관찬한 『농상집요(農桑集要)』를 도입해 우리나라 실정에 맞도록 수정해 1372년에 배포했는데 여기에 "모든 종류의 무는 백성들의 식량에 도움이 되었으며, 그런 연유로 흉년에는 무가 기근을 많이 구했다(皆種蕪菁,以助民食.然此可以度凶年.救饑饉)."[496]라고 적혀있다. 『산가요록(山家要錄)』에서도 "무 뿌리는 봄부터 가을까지

김치를 만들어 먹어도 좋고, 4월에 씨앗을 받아서 기름을 짜기도 한다. 협서성(陝西省) 등지에서는 식용-유로도 사용하며 연등을 밝히기도 한다(從春至秋,常供好菹.四月收子打油.燃燈甚明).⁴⁹⁷" 라고 기록되어있다.

돌림병의 비방으로 김칫국 마시기를

1396년에 별세한 이색(李穡, 1328~1396)이 유고문집으로 내놓은『목은시고(牧隱詩藁)』에 "개성인 유구(柳珣)가 우엉, 파 및 무로 담근 김치국(沈菜醬)을 보낸다."라는 시가 있고, "곡주(谷州)에서 산갓나물김치(山芥鹽菜)를 얻었다며 감사하다(得谷州山芥鹽菜致謝)."라는 시도 올라와 있다. 산갓나물김치는 매운맛(辛味)을 더하니 더욱 김치 맛이 난다고 감회를 적고 있다.

1400년 권근(權近, 1352~1409)이 쓴『양촌집(陽村集)』엔「겨울나기 김장김치(蓄菜)」라는 글이 있는데 "시월이란 바람은 거세지고 새벽에 서리가 내리네. 뜰에 기른 채소를 모두 걷어 들였다네. 맛깔나는 김장을 담아 겨울철 궁핍함이 없도록 해야지. 진수성찬이야 별것인가 매일 김치 맛을 본다니(須將旨蓄禦冬乏,未有珍羞供日嘗)."⁴⁹⁸

최근 우리나라의 김치가 전염병에 효과가 있다는 연구는 지난 2003년 사스(SARS, Corona-Virus)가 세계적 전염병으로 대두된 이후에 김치의 효과를 연구기관과 언론에서 많이 거론했다.⁴⁹⁹ 사실은 1518(중종 13)년 김안국(金安國)이 '전염병을 물리치는 비방'인『벽온방(辟瘟方)』이라는 책에 "먼저,

따뜻한 순무 김칫국을 온 식구가 다 마셔라(首先悉家員, 飮溫蕪葅汁).[500]"라는 경험비방이 적혀있다. 같은 해에 저술된 그의 전염병 예방치료에 관한 의서 『구급벽온(救急辟瘟)』에서도 전염병 예방법으로 "또한 예방법은 따뜻한 배추와 무 딤채(김치) 국물을, 어른, 아이 가리지 말고 온 가족이 정도 차이 없이 마셔라(又方溫蕪菁葅汁, 合家大小幷服不限多小)."라고 오늘날 김치를 '딤채(葅)'라고 적었다.

1518년 간행된 『속동문선(續東文選)』에 게재된 서거정(徐居正, 1420~1488)의 「채소밭을 돌아보며(巡菜圃有作)」라는 시(詩)에 "삶이란 입맛에 맞으면 그게 진미라네. 나물을 먹어도 고기만 못하지 않다네(人生適口是眞味, 咬菜亦自能當肉). 집 앞뜰에 몇 고랑의 채마 심을 빈터가 있어, 해마다 넉넉히 나물 반찬을 심는다네. 배추랑 무랑 아니 상추랑 미나리랑 토란이랑 차조기(紫蘇)랑 다 심는다네. 생강, 마늘, 파, 여뀌, 오미 양념도 갖춰야지. 데쳐 국 끓이고 물에 담기다가 김치 만든다네. 음식 먹는 식성이 푸성귀를 즐겨 먹나니, 꿀처럼 설탕처럼 달게 먹는다네(我生本是藜藿腸, 嗜之如蜜復如糖)…."[501] 1518년 발행된 『속동문선(續東文選)』에 게재된 유순(柳洵, 1441~1517)의 '이수(耳叟)에게 산갓감치를 보내면서(賦山芥沈菜寄耳叟)'라는 글에서 "하늘이 이런 하찮은 물건을 만들었을까. 타고 난 성질머리가 유독 이상하네(天生此微物, 賦性獨異常). 저 벌판과 진펄을 싫어하다니. 높은 산언덕에다가 뿌리를 내려 박네. 봄날 퍼지는 일반 풀을 시시하게 여기더니 눈 속에다가 싹이 돋아나네그려. 가는 줄거리는 한 뼘도 못 되고 보니 어디에 있는지 찾지도 못하겠네. 때로는 산중 중놈들이 도망자를 잡듯이 뜯어다가, 인간

세상에 내다 파는 게, 곡식과 함께 사 오는데. 날 걸 씹어보니 얼마나 매운지, 산사 공양간(供養間)에서 전해오던 요리법에 따라 팔팔 끓은 물에 팍집어넣어 데쳐 김치를 만들었네. 곧바로 그놈의 기이한 향내는 코를 찌르고, 한번 맛보니 눈썹이 들썩거리네. 두 번 씹자 눈물이 글썽거리네. 맛깔좀 보게 맵고도 달콤한 그 맛. 계피와 생강까지 깔보네. 산에 온갖 짐승과물고기의 맛까지. 온갖 진미라고 한들 이를 당해내겠는가? 내 입맛이 괴팍하게도 그놈을 즐기니. 이놈 물건을 만나면 미치고 팔딱 뛰겠네. 어머니께선 그런 줄을 이미 아시고, 은근히 한 광주리나 보내주었다네. 그 인정에 감격해 무릎 끌고 받아드니, 봄날 이 은혜를 어찌 갚을까? 이 심정을 어머님에게 알리고 싶고, 이 맛을 나 혼자 먹기가 어렵기만 하네. 조그마한상자에 담아서 이수자네(君子堂)에게 보내네(收藏一小榼, 往充君子堂). 바라는건 그 국물까지 다 마시고, 함께 바람 찬 세상에 문향을 보전하세(願且醱其汁, 共保歲寒芳)."[502]

조선 선비의 최고 뇌물 산갓김치(山芥菹)

1527(중종 22)년에 최세진(崔世珍, 1473~1542)이 쓴 한자설명서 『훈몽자회(訓蒙字會)』에선 '저菹: 딤채 저(醃菜爲菹)' 혹은 '제虀: 양념 제(擣醃辛物爲也)'에서 '딤채'라는 말로 설명을 했다. 1856년도 출간된 조선 시대 사전인 『자류주석(字類註釋)』에서도 '엄醃: 절인 엄(鹽漬魚也. 又醃菹也)', '저菹: 침채 저(菹令酎菜)' 혹은 '제虀: 양념 제(醢醬所和細切爲虀又擣辛物爲之)'라고 설명하고 있다. 1830년대 『물명고(物名考)』에서도 '김장김치(藏菜: 醃藏過冬)'와 '묵음김치(黃虀: 爲菹菜之通訓.而古人多以菘爲菹(김치)或曰細切曰虀.)'라고 해명했다. 1583년 우리에게 방랑시인으로 알려진 매월당 김시습(金時習, 1435~1493)

이 쓴『매월당시집(梅月堂詩集)』에선「글이 다 웃는다(書笑)」는 제목의 시에 "밥상에 오른 반찬이야 오직 김치뿐이라네. 상을 밀치니 바다소금만 있네. 맛 좋은 반찬이 많을 거랑 아예 생각조차 하지 말자. 젓가락 내려놓은 짓거리는 염치랑 한 가닥도 없도다(盤饌唯沈菜, 床排只海鹽, 莫思多重味, 下筯太廉纖)."[503]

1611년『홍길동전(洪吉童傳)』의 저자 허균(許筠 1569~1618)이 전북 익산의 함열현(咸悅縣)에 귀양살이를 하면서 입맛 나는 음식에 대해 쓴『성소부부고(惺所覆覆藁)』라는 저서에서 '푸줏간 대문을 향해 크게 입맛을 다신다(屠門大嚼).'[504, 505]라는 제목으로 일미의 산갓김치(山芥葅)를 기록하고 있으며, 특산지로 함남 회양과 평강 등을 언급하고 있다. 선비들의 선물 혹은 뇌물로 산갓김치를 주고받았다고 적고 있다. 국왕에게 산갓김치가 선물로 등장하는데『승정원

일기(承政院日記)』엔 1749(영조 25)년, 1751년(영조 27)년 및 1757년 등에 "육상궁 찬물 산갓김치(毓祥宮冷水沈菜)"가 기록되어있다.[506] 1624년경 신흠(申欽, 1566~1628)이 쓴『상촌집(象村集)』에 광해군(재위 1608~1623)에게 입맛나는 김치를 뇌물로 올려서 상서벼슬과 정승에까지 올랐다고 김치상서(雜菜尙書) 혹은 김치정승(沈菜政丞)이라고 하는 일화가 적혀있으며, 김치를 뇌물채소(賄賂之菜)라고 했다.[507]

1632(인조 10)년 권필(權韠, 1569~1612)이 간행한『석주별집(石洲別集)』에서 "칼질할 생선고기가 없다고 탄식할 건 없도다. 배 속은 벌써부터 나물 반찬에 길들어져 있었노라. 거기에다가 무상한 인생이라 이미 타고난 팔자와 분수가 있는데, 청빈낙도에 젖은 선비의 반찬은 김치로만 만족하리라

(不須彈鋏歎無魚,腸肚從來習野蔬,何況浮生有定分,貧儒食籍是寒菹)."[508] 1632년에 간행된 노진(盧禛, 1518~1578, 咸安出生) 선생의 문집을 정리한『옥계집(玉溪集)』에서는 "말을 타고 5~6리 정도 가서 쉬고 있는데. 바위구덩이로 흐르는 물속에 이상한 소리가 흘려 나오는 게, 소위 김칫독이 아닌가. 이곳에 이를 맛보는 산사에 스님이 있다는 건데…. 맛깔 나는 산갓김치 항아리가 몇 개나 있으니…."[509]

1655(효종 6)년에 신림(申琳,申㴉, 1600~1661)이 쓴 달별로 농가에서 할 일을 기록한『농가집성(農家集成)』[510]에는 오이 절이기인 '침과저(沈瓜菹)'와 즙장 혹은 집장(汁醬)이라고 했던 '침즙저(沈汁菹)'에 대해 기록하고 있다. 즙장 발효숙성에 특이하게 가지, 장, 밀기울을 섞어 두엄더미(거름더미) 혹은 마분(馬糞)의 발효열을 이용해 20일 정도 숙성시킨다. 그래서 '거름 장' 혹은 '걸금장'이라고 했다. 이와 유사한 발효방법은 청나라 기마병의 말안장(馬鞍裝, horse saddle) 밑에 깔고 앉아서 말과 사람의 체온으로 발효시킨 비상군량(非常軍糧)이었던 청국장(淸國醬), 홍어 숙성도 마분(馬糞)과 같은 거름더미(두엄거름 속)의 발효열을 이용했다.

05

선비정신은 김치와 같이 숙성

조선 선비들이 영혼까지 빠뜨렸던 산갓김치

1674년 조찬한(趙纘韓, 1572~1631)이 쓴 『현주집(玄洲集)』에선 "(날씨가 갑자기 추워지니) 때가 다급해지네. 씻어둔 순무채라도, 엄동삼월을 지낼 김장김치를 만들어 갖고 오셨다(急時爭洗蔓菁菜, 擬作經冬旨蓄來)."[511] 1700년 전후로 짐작되는 이세구(李世龜, 1646~1700)가 쓴

『양와집(養窩集)』 산갓김치에 대한 시구절로 "암자 스님께서 산갓김치를 해서 보내왔는데. 그놈의 김치의 맵고도 화끈한 맛내가 코를 찌른다네(辛烈之氣觸鼻). 줄기의 아삭한 식감과 맛은 죽여준다네(不覺輕筋焉). 산갓김치를 담그는 비법을 물어보니, 푹 삶기지 않도록 물을 데워서, 놋쇠그릇에 산갓나물을 놓고 그 위에 끓은 물을 잠기게 붓고, 소금과 된장을 넣되 뒤섞지

말고, 공기가 새지 못하게 틀어막아, 따사한 방구석에 숙성시켰다가. 손님이 들면 김치 반찬으로 내다 잡시면 된다고. 맑은 장을 가미하면 그 맛이 몹시 맵고도 입맛이 화끈해 죽여준다고 하시네(臨食和淸醬則味益辛烈云)."512

1710년경 이서우(李瑞雨, 1633~1709)가 쓴 『송파문집(松坡文集)』에서 국왕의 수라상에 올랐다는 "영채(靈菜, Gaden cress, 큰 다닥냉이)"라는 시(詩)에 "고추가 빨갛게 익으면, 맵다는 산초와 생강들이 뒤를 따르니, 들판에서도 채소가 성숙해 김치로 입맛을 다시게 하네(蠻茄紅熟時, 辛辣椒薑遜)." 다른 시 「끽채(喫菜)」에서 "고추를 김칫독 속에 채소와 섞으니 김장김치 맛이 좋겠네(椒和瓮菜寒菹美)". 영채(靈菜)

라는 강섶 등에서 다닥다닥 붙어나서 큰다닥냉이(Gaden cress)라고 했고, '큰 다닥냉이(Poor man's pepper)'는 갓나물처럼 매운 들나물이래서 국왕의 수라상에도 올라갔다. 끽채(喫菜)는 '채소를 만끽하다(滿喫菜蔬)'는 표현으로 '끽채사마(喫菜事魔)'는 송나라 때 마니교(摩尼敎) 혹은 조로아스터교(拜火敎)의 한 분파가 되었다. 당시의 "채식주의자의 마귀를 섬긴다."라는 의미였다. 물론 정다산(丁茶山, 1762~1836)의 「소인(小人)」이라는 시(詩)에 "채소를 먹으면서 평소에 청빈관리인양 과시하다(喫菜示素守)"513 구절이 있다. 국왕에게 진상품으로 김치는 매운맛이 있는 영채김치와 산갓김치가 대종이었다. 영혼을 빼앗는 정도로 맛이 있는(奪靈美菜) 영채김치(靈菜菹)는 속칭 큰다닥냉이(靈菜)를 뜯어다가 i) 뿌리를 자르고, ii) 지나친 매운 냄새 등을 제거하고자 햇빛에 널어 수분 없애기, iii) 한곳에 모

아놓고 보자기 같은 거로 덮어서 2~3일 띄움, iv) 썩지 않고 영채의 색깔이 노랗게 된 것을 갖고, v) 깨끗한 물에 씻어 건져놓고, 넙적넙적 썬 무와 같이 넣으며, vi) 영채 사이로 무를 사이사이 넣고 소금을 친다. vii) 쪽파, 마늘 및 생강을 다져 넣으며, viii) 찹쌀 풀을 나무주걱으로 저어 가면서 식혀, ix) 찹쌀가루와 고춧가루 등 다진 각종 양념을 넣고 버무려, x) 항아리 등에 넣어서 숙성시켜 먹는다.

1711년 김수증(金壽增, 1624~1701)이 쓴『곡운집(谷雲集)』에서 "집집마다 해마다 해야 하는 일이 김장김치라네(家家旨蓄年年事, 蘿葍秋深採野田), 가을이 짙어지니 청무를 밭에서 캐어다가, 저잣거리와 먼 산촌마을엔 담백한 먹거리가 많을 뿐, 강위에 드나드는 소금 배를 다시 찾아야 하겠다."[514]

1712(숙종38)년 11월 3일부터 다음 해 3월 30일까지 5개월간의 청나라(淸國)를 동지겸사은정사(冬至兼謝恩正使) 김창집(金昌集)과 동행했던 김창업(金昌業, 1658~1722)은『연행일기(燕行日記)』를 작성했다. 표지명은 '노가재연행록(老稼齋燕行錄)'으로 기재되어 있는데, 사행 도중에 병자호란 때 포로로 잡혀간 유민의 후손을 만나서 대화를 나누었는데, "찰원(察院)에 한 할머니 한 분이 와서 자신의 부모는 조선 사람이며, 1637(丁丑)년 포로로 잡혀 와 자기를 낳았다고, 지금 나이가 69세이며, 본시 서울 장의동에 살았고, 관향은 광주사람이다. 우리나라의 방식으로 김치와 된장을 만들어 그것을 팔아서 생계(相依而居, 以我國法造沈菜及醬賣, 此資生云)를 유지하며, 장의동(藏義洞)이란 글자만 봐도 신기하다면서 약과, 부채 및 종이를 주고 갔다. 저녁밥엔 동치미가 나왔는데 우리나라의 김치 맛 그대로였다. 그 할머니의 김치 솜씨였다(夕飯有冬沈葅如我國味, 是老嫗所賣也)."[515]

조선 선비의 혼이 깃든 산갓(영채)김치 만들기

1720년 나라님 수라상에 올리는 산갓나물김치라고 생각하고 홍만선 (洪萬選, 1643~1715)이 저술한『산림경제(山林經濟)』에 기록한 조리법을 간략하게 요약하면: i) 순무 혹은 대청무로 나박김치를 만듦(무와 파는 흰 부분만을 넣어야 함). ii) 김치를 따뜻한 곳에 1~2일 숙성, iii) 산갓나물을 뿌리째 깨끗이 씻어 항아리에 담음. iv) 갓김치 항아리에 뜨거운 물(수온은 삶기지 않도록)을 3~4차례 넣음. v) 항아리 입구를 종이 여러 겹으로 밀봉하고 뚜껑을 덮음. vi) 항아리를 따뜻한 온돌에 두고 이불로 덮음. vii) 30분 뒤에 따뜻한 정도에 먼저 만든 무김치(나박)를 골고루 섞음. viii) 좀 덜 맵고, 깔끔하면서 시원한 맛을 위해 졸인 간장을 넣음. ix) 산갓나물과 장이 섞이면 너무 매워서 맛이 덜함. x) 꺼내 먹을 때에 단단히 덮어야 하며, 바람이 들면 맛이 쓰다.[516]

1757년 홍문관 수찬이었던 홍양한(洪良漢, 1724~생몰 연도 미상)이 영조 (英祖)에게 제안하여 1759년부터 자료를 수합 정리해서 1765년에 간행된『여지도서(輿地圖書)』의 기록에 의하면 강원도 회양, 평강, 충청(북)도 단양(丹陽) 등지에서 산갓김치를 대부분 진상했다. 산갓김치(山芥菹)를 만드는 방법은 크게 양분하면 첫째번은 순무 나박(懦薄)김치를 만들고 난 다음에 산갓(山芥)을 넣어서 맛을 들이는 방법이 있고, 다른 하나는 순무 김치와 산갓을 같이 김치로 담는 방안이 있다. 1769년 간행된 황섬(黃暹 1544~1616)의『식암집(息庵集)』에 산갓김치에 대해서 "갓김치나물 맵고도 오싹한 맛으로 입을 다시게 하는데, 그늘지고 얼음 덮인 산골짝에 자랐다면, 이를 김치를 담그면 색은 자줏빛에 맛은 산초(山椒)와 승검초(辛甘草, 當歸)처럼 톡~ 쏘는 산갓김치나물. 입에 넣는다면 저절로 눈물이 주룩 흐른다네(淹菹紫氣含椒藥, 入口令人涕出溝)."[517] 1789년에 간행된 조경(趙璥, 1727~1789)의 『하서집(荷棲集)』에선 기름진 벙거리요리(전립투전골)을 먹다가 "입 안이 뜨거워 식히려고 서리같이 머리가 흰 파를 먹고, 새롭게 푸른 잎 물김치를 마시고 씹으니 이가 다 시리네(口熱欲吹霜薤白, 齒寒新嚼水菹青)."[518] 1790년경 이덕무(李德懋, 1741~1793)가 쓴 『청장관전서(靑莊館全書)』에선 "채 전에 무가 풍성하니 풍년일세. 올 엄동삼월 김장김치는 싼값에 배불리 먹 겠구나(渚田豐萊薑, 今冬菹眞廉)."[519] 1815년 남공철(南公轍, 1760~1840)이 저술 한 『금릉집(金陵集)』에서도 "눈 내리기에 앞서 김장김치를 마련해 저장한 뒤에는 나머지 채소는 잎을 동여매어 뒤따라 올 서리를 대비해야지(蓄菹 先雪下, 括葉待霜餘)."[520] 1819(순조 19)년 정학유(丁學游, 1786~1855)가 지은 「농 가월령가(農家月令歌)」에서 "시월은 맹동(孟冬)이라. 입동, 소설 절기로다. 나 뭇잎 떨어지고, 고니 소리 높이 난다. 들어라, 아이들아. 농사일(농공)을 필 하여도, 남은 일 생각하야, 집안일 남김없이 모두 하세. 무 배추 캐어 들 여 김장을 하오리라. 앞 냇물에 정하게 씻어, 짠맛과 싱거운 맛(鹹味)을 맞 게 하고, 고추 마늘 생강 파에 젓국지 장아찌라. 독 곁에 중도리요. 바탕이 항아리라. 양지에 김치광(假家)을 짓고, 짚에 싸 깊이 묻고, 호박 잘 익은 밤 도, 얼지 않게 간수하소."

1830년대 박윤묵(朴允默, 1771~1849)이 쓴 『존재집(存齋集)』에서도 "엄동 삼월은 마땅히 견뎌내어야 하는데, 문밖 텃밭에 무와 배추가 몇 이랑이 나 되는가(三冬旨蓄猶堪繼, 門外菁菘數畝田)."[521]이라는 고민에 이어 "김장김치 맛있고, 밥그릇 쌀밥 가득하니 풍년일세. 곳간엔 몹시도 굶주린 쥐가 뛰 어나오고, 어질러진 낱알은 닭이 같이 쪼아 먹어대네(旨蓄菁根美, 饌飧稻米 豊, 困高饑鼠出, 粒亂啄鷄同)."[522] 또한 "아침밥에 딤채를 곁들이니 평생 이건 진미로다(朝飯進沈菜, 平生是珍嘗). 무 하나만으로도, 파와 생강은 한쪽도 넣지 않았으니 소금기만으로 순박한 맛, 그 자체가 진향이로세. 먹어도 물리지 않아요. 양고기보다도 맛있도다. 부엌에서 일하시는 여성들의 손맛이 기특하다. 어찌 비상하지 않겠는가? 없는 입맛까지 샘솟게 하는 게 말이지. 비틀어진 창자를 이렇게 열어젖히게 한다네(無乃水泉好,致此開衰腸)."
523 1833년 정칙(鄭杖, 1601~1663, 安東出生)의 '우천문집(愚川文集)'을 후손이 간행한 내용 중에 "눈 속에 자란 산갓나물은 채소 가운데 으뜸이다. 영천지방에 한 군수가 초임부임에 주방관리가 크게 상납하고자 산속을 헤매어 산갓나물로 김치를 해 올렸다. 그러나 겨울철 무동치미 국물에 입맛이 들었는데. 신임군수는 먹는 법을 몰랐고, 코를 톡 쏘는 매운 내로 재채기를 하다가 쓰러졌다네. 정신을 차리고 일어난 그는 독살(毒殺)을 하고자 독초를 마련했다고. 주방관리를 곤장으로 곤죽을 만들었다. 이렇게 산갓김치의 아첨하다가 죽을 매를 벌었다."라는 기문이 적혀있다. 1849년경에 출간된 홍석모(洪錫謨, 1781~1857)의『동국세시기(東國歲時記)』10월편에 "세찬으로 손님에게 대접함에 필수불가결한 것이 음식이다. 서울 풍속에 무(蔓菁), 배추(菘), 마늘(蒜), 고추(椒) 혹은 소금으로 옹기에다가 김치를 담근다. 여름에 된장 담는 것이고, 겨울에 김장하는 것이 민간에서 가장 큰 일이다."**524** 왕실의 겨울김장을 사옹원(司饔院)에서 민간에서 채소와 양념을 구입해서 김치를 만들어 나라님 수라상에 올렸다. 1870년으로 추정하는 조두순(趙斗淳, 1796~1870)의 문집『심암유고(心庵遺稿)』에 당시 김장김치의 인심을 짐작할 수 있는 글로 "언 김치 시게 맛들이니 얼마 남아있냐고 묻는데. 멀리서 온 빈객이 먹고 싶어 침을 흘리면서 지금 또 들어오네그려(凍葅酸綠問餘幾, 遠客饞涎今且流). 전번 겨울에 의주에 머물렀을 때 알았던 윤씨가. 그 집 아가씨를 칭송하여 말하기를 부엌에 밥을 편안히 내주면서도 감히 힘들다고 말하지 않는다 했던가? 다만 걱정하는 건 힘들다고 말하

지 않는 건데, 겨울에 장만한 김장김치를 지나가는 행인들에게 주다가 다 비웠다네(爲今行人所罄汲, 無以支繼來之賓)."[525]

「고종실록(高宗實錄)」에 1892(고종 29)년 10월 15일, "입춘 때 삭녕(朔寧) 등지 여러 고을에서 산갓침채(山芥沈菜)를 진상했는데, 이를 헤아리면 백성들의 가렴주구는 얼마나 극심하겠나, 이제는 그만두도록 조치하라."[526]라고 지시를 했다. 1909년 궁중요리의 전통을 이어 요리집으로 운영했던 명월관(明月館)[527]에서 전수되어온 갓김치(芥葅) 담기 비법을 요약하면 "갓나물만 대(줄기)는 모두 껍질을 벗기고 잎사귀를 연한 거로 다듬어 씻어서 소금에 잠깐 절였다가 고초, 파, 마늘, 미나리를 넣고, 물 붓고 익히면 맛이 다른 김치보다 대단히 싱싱하고 싹싹하며 좋으니라." 조선 시대 선비 음식 김치로는 『승정원일기(承政院日記)』에서 무김치(蘿葍沈菜), 산갓김치(山芥葅), 갓나물김치(芥沈菜), 송이침채(松栮沈菜), 토란김치(土蓮沈菜), 꿩고기김치(生雉沈菜) 등을 해먹었다는 기록이 나온다.

수수고리(須須許利)의 술과 수수보리(須須保利)의 김치

일본의 김치(沈菜)는 오늘날까지도 발효종균(Aspergillus) 혹은 발효효소(koji, the common name of the fungus Aspergillus oryzae)를 사용하지 않고, 자연발효에 의존했다. 간장의 경우처럼 씨앗간장(種子醬) 혹은 침지원(沈漬源)을 사용해서 발효음식을 만들어 먹었다. 한반도로부터 이와 같은 영향을 받았다. 752년 나라(奈良) 동대사(東大寺)의 창고였던 정창원(正倉院)에 소장했던 '각종 물품 출입 목록(雜物納帳)'에 염지류(鹽漬類) 1종이 있었다. 정창원 문서(正倉院文書)와 905(延喜5)년 율령 정치 규칙인 '연희식(延喜式)'에 저지류(葅漬類) 음식이 기록되어있다. 또한, 8세기 원평연간(元平年間) 상황

식료 청구 목간(上皇食料請求木簡)에는 '신라김치(須須保利)'⁵²⁸를 비롯해 오이피클(苽菹) 혹은 장아찌(滓漬) 등이 새겨져 있다. 여기서 수수보리(須須保利)를 일본의 세계대백과사전에선 "조선의 김치(朝鮮のキムチ)"다. 수수보리

(すずほり) 혹은 수수고리(すずこり, 須須許理)라고 하며, 그는 백제 사람으로 양조기술(釀造技術)을 일본에 전해줬다. 712년에 간행된『고사기(古事記)』에서 "수수고리(須須許理)가 제15대 응신(應神天皇)에게 술을 헌상하자 술을 마시고 흥겹게 취해 노래를 했다(應神天皇獻上酒, 良氣分醉歌詠)⁵²⁹. 이를 두고 오사카에 '단단한 돌은 술 취한 사람이 피해 간다.'라는 속담이 생겨났다고 한다(堅い石でも醉った人を避ける)."⁵³⁰ 그러나 수수보리(須須保利)는 사람의 이름이 아니라 신라어 이두로 수수(黍黍, 須須)와 보리(barley, 保利)를 곡물을 의미한다. 동대사 정창원 지하창고에 소장 중인 729년부터 749년간에 신라 물품 목간에서 '수수보리저(須須保里菹)⁵³¹'라는 기문목간(記文木簡)이 나왔다.⁵³²

사실, 752년 6월 15일부터 7월 8일 사이에 기술한 신라 김태렴 대사가 일본에 팔았던 신라 물품 목록인 '매신라물해(買新羅物解)⁵³³'에선 왕족, 귀족 및 5위관등 이상⁵³⁴의 관료들에게 팔았던 필수품을 적었던 목록이었다. 756(天平勝寶 8)년 쇼무덴노(聖武天皇)가 죽은 뒤 고묘코고(光明皇后)가 헌납한 물품 5개인 장내 보물(帳內寶物) 목록도 전해지고 있다. 이런 기록을 보면 일본에 신진유물의 전래 경로는 '서역→당→신라→일본'으로 볼 수 있다. 이런 경로를 정창원의 소장문서, 소장물품의 명문, 물품에 부찰된 문서(목간), 구입 물품의 포장문서조각 등으로 짐작할 수 있다. '국가

진보장(國家珍寶帳)'엔 2점의 '금루신라금(金鏤新羅琴)', '종종약장(種種藥帳)'
에 '신라양지(新羅羊脂)' 혹은 '자소소청구경장(自所所請求經帳)'이라는 문서
에선 752(天平勝寶 4)년 6월 22일 동대사사경소(東大寺寫經所)에서 신라 사
신에게 "법화경(法華經) 8권, 범망경(梵網經) 1권, 두타경(頭陀經) 1권을 청구
함"을 기록하고 있다. "신라양가상묵(新羅楊家上墨)"과 "신라무가상묵(新羅
武家上墨)" 양각된 먹도 소장하고 있다.

  왜냐하면, 오늘날 일본의 '겨(米糠)'에 담근 오이장아찌(糠漬けが)'에서 "수
수보리란 곡류(須須保利の穀類)'를 표기하고 있다. 보리속껍질(수수보리), 즉
보릿겨(麥糠)를 이용해서 젖산발효의 균주(와이셀라, Weissella)를 배양하는
데 영양분을 제공했다.[535] 8세기 발효절임을 '수수보리지(須須保利漬)'라고
했는데 백제에서 양조술을 전래한 '수수고리(須須許利)'와는 달리 신라어
를 이두로 '수수보리'로 표기한 곡물류를 뜻한다. 그래서 세계대백과사전
에서도 '수수보리저(須須保利菹)'를 "조선 김치(朝鮮のキムチ)"라고 규정하고
있다. 물론 일본 김치는 곡물을 이용하는 '수수보리지(須須保利漬)'를 기반
으로 에도시대(江戸時代)에 완성된 3대 장아찌(漬)로는 나라장아찌(奈良漬),
무로마치장아찌(室町漬) 그리고 우리말로 단무지 일본어 다꾸앙쯔게(たくあ
ん‐づけ, 澤庵漬)[536]까지 개발해 왔다. 오늘날은 대부분 벼농사로 인해 보리
겨[麥糠] 대신에 쌀겨[米糠]를 사용하고 있다.

06

조선 선비들의 혼이 깃든
한반도의 야생 채소

동이족의 매운맛 갓나물(蜀芥)

우리 선조는 동이족(東夷族)으로 요하(遼河), 산동(山東) 및 한반도(韓半島)에서 살면서 물가(水邊)에서 자생했던 갓나물(芥菜), 큰다닥냉이(靈薺), 아욱(葵菜) 혹은 배추(菘菜) 등을 소금으로 절이기(醢菜) 혹은 담그기(沈菜)로 매운맛 채소를 즐겨 먹었다. 먼저 갓나물(芥菜)에 대한 한자로 갓나물 개(芥)자의『설문해자(說文解字)』의 풀이를 보면, 채소라는 풀 초(草)자와 음이 개(介)와 같다고 뜻과 음으로 만들어진 글자(芥: 芥菜也)였다.

산동반도(山東半島) 제(齊)나라에 살았던 공자(孔子)가 편찬했다는『춘추(春秋)』에 "천지운행은 아름다운 것이다. 봄에는 칡이 온통 다 덮고, 여름은 그늘 밑에서 살고, 가을

에 살풍(殺風)을 피하고, 겨울엔 북풍설한을 피함이 조화롭기만 하다. …
겨울은 빙설이란 물의 기운이며, 물 기운을 극복한 냉이는 단맛이다(薺甘
味也). 제나라 대수(大水)에서 냉이 제(薺) 자가 만들어(薺之爲言濟与濟大水也)
졌다. 여름은 불의 기운이니(夏火气也) 이를 극복한 갓나물은 매운맛(芥苦
味也)이다."[537] 『예기(禮記)』에서는 "회를 요리할 때는 봄에는 파를 쓰고, 가
을에는 갓나물을 사용하라. 돼지고기를 요리할 때는 봄에는 부추, 가을
에는 여뀌를 쓰라. 갓나물은 갓나물 씨앗을 만든 개자장(芥子醬)이다."[538]
특히 삼국시대 촉나라의 책사였던 제갈공명(諸葛孔明)이 산동반도의 출신
이라는 점에 착안해서 중화지존(中華至尊)의 표현으로 동이족이란 촉(蜀)
자를 드러내어 폄하하는 '촉포명(蜀布名)'을 사용했다. 여기서 촉(蜀)은 '아
욱 옆 속에 꼬물거리는 애벌레(葵中蠶也)'[539]로 『설문해자』에선 풀이하고 있
다. 심지어 당나라 유종원(柳宗元)은 "촉나라 개들은 해를 보고도 짖는다
(蜀犬吠日)."[540]라고 대놓고 내리깠다. 동이족이라고 촉(蜀)자를 붙여 현재까
지 사용하고 있는 말로는 아욱(蜀葵), 큰다닥냉이(蜀薺 혹은 靈菜), 배추(蜀菘),
산초(蜀椒), 갓나물(蜀芥) 등으로 매운맛을 내는 식재료였다. 한반도에서는
해변, 강변에 야생해 "물가에 나는 채소(갓나물)"이라고 했고, 매운맛이라
서 "겨자 나물(芥菜)"이라고 했다. 토질이 척박한 산에 나는 갓나물이 더
매웠기에 산갓김치(山芥菹)가 그렇게 유명해졌다.

532년부터 549년까지로 추정되는 북위(北魏) 때 산동성 고양(山東省 高
陽) 태수였던 가사협(賈思勰, 출생 미상~650)이 저술한 중국에서 가장 오래된
농산물 재배와 가공법을 소개하는 『제민요술(濟民要術)』에서는 "무(蕪菁),
배추(菘), 아욱(葵), 갓나물(蜀芥) 소금절이기(蕪菁菘葵蜀芥鹹菹法)"[541]가 소
개되고 있다. 이뿐만 아니라 오늘날 우리들이 먹는 배추김치발효법(釀菹
法)[542]까지 소개되었다. 636년 당나라 태종 때 완성된 『수서(隋書)』라는 역

사서 신라조(新羅條)에 "고(구)려의 동남쪽, 사라라고도 하며, 농경지가 비옥해서 육지와 물가에 오곡백과, 각종 채소, 짐승 및 새들이 번창하기에 대체로 중국과 같았다(其五穀, 果菜, 鳥獸物産, 略與華同)."[543] 중국에서는 갓나물이 중국인의 문헌에 등장한 건 송(宋)나라 소식(蘇軾, 1037~1101)이 "한없이도 괴애공은 늙어 가는데. 갓나물 잔가시 같은 가슴이랑 한 번 씻어 보려나(恨无乖崖老,一洗芥蒂胸)."[544]라는 시 구절을 읊을 뿐이다.

1596년 명(明)나라의 이시진(李時珍, 1518~1593)이 의료서인『본초강목(本草綱目)』에서 "갓나물은 맵고 화끈한 열을 발산하게 하여 폐에 공기를 통하게 하고 위를 뚫어준다. 차가운 기운의 음식을 체내에서 왕성하게 하고, 가래와 염증을 제거하고, 가슴이 답답함을 풀어준다."[545]라는 약효로 인한 재배가치로 중국에 널리 재배되었다.[546] 오늘날 기원지인 한반도는 물론이고 중국, 일본, 대만 등의 아시아 나아가 미국 및 유럽에서도 식용하고 있다. 중국 남부 지역에서는 '타이차이(大菜)', '푸차이(福菜)', 혹은 우리말 시래기나물에 해당하는 '메이간차이(梅乾菜)'라고 한다. 타이완(臺灣)에서는 '이차이(刈菜)'라고도 한다.

일본에서는 '카라시나(カラシナ)'다. 메이지 시대(めいじだい, 1868~1912) 이후에 귀화한 식물로 보고 있다. 일본에 전래된 역사적 기록은 야요이(弥生時代)에서 헤이안 때(平安時代)에 걸친 연희연간(延喜年間, 901~923)인 918년 편찬된 의서『본초화명(本草和名)』[547] 및 승평연간(承平年間. 931~938)에 편간된『화명초(和名抄)』에 기록이 나오고 있다. 세계적으로 '머스터드 그린스(Mustard greens)', 혹은 '차이니즈 머스터드(Chinese mustard)' 혹은 '리프 머스터드(Leaf mustard)'라고 한다. 우리나라는 물론 아프리카, 방글라데시, 중국, 일본, 네팔, 파키스탄, 북남미 등에 식용하고 있으며, 아프리칸 남미인(Southern&African-American)들에겐 '영혼의 음식(soul food, 靈菜)'이었다.

동이족 선비의 정령이 깃든 큰다닥냉이(靈菜, soul food)

'냉이'란『춘추(春秋)』에선 "북풍한설의 삼동이란 혹한을 이겨낸 식물
(薺甘味也, 甘胜寒也)"이기에 단맛(甘味) 나는 봄나물이다.[548] 인간에게 고진
감래(苦盡甘來)를 몸소 가르쳐주고 있다. 857년에 간행된 당나라의 황벽
희운(黃檗希運, 출생 미상~850)이 쓴『황벽산단제선사전심법요(黃檗山斷際禪
師傳心法要)』라는 저서의 제2편「완릉록(宛陵錄)」에서 "겨울 추위가 뼛속까
지 파고들지 않는다면, 코끝을 찌르는 향기를 매화가 얻을 수 있겠나(不是
一番寒徹骨,爭得梅花撲鼻香)?"[549] 구절이 선비들이 세상살이의 한파를 극복
하는 '영혼의 소리(soul sound)'였다. 그래서 냉이를 먹고 매화를 곁에 두고
신독수신(愼獨修身)했다. 냉이꽃 모양은 하트(heart)라서 서양에서는 냉이
를 '양치기의 허리춤 주머니(shepherd's purse)' 혹은 '어머니의 마음(mother'
s heart)'이라고 했다. 원산지로는 아시아와 동부 유럽으로 보고 있으며, 북
미와 중국, 남부 아프리카에도 전래되어 재배되고 있다. 한국에서 춘곤증
을 극복하는 상징적인 봄나물이다. 일본에서도 '1월 7일 나물죽(七草の節
句)'[550], 즉 아침에 냉이죽(七草粥, ななくさがゆ)을 먹는 풍습이 있었다.[551]

이에 우리나라의 선비들은 단맛 나는 냉이보다 '뼈에 사무친 추위로 코
를 톡 쏘는 매움(以寒徹骨, 得撲鼻辛)'을 가진 '큰다닥냉이(Lepidium sativum,
胡椒草, ペッパーグラス)'에 반했다. '충신은 두 임금을 섬기지 않는다(忠臣不
事二君)', '국가의 위험을 보고는 목숨까지 다 내놓는다(見危授命).' 혹은 '당
장 부서지는 옥이 될지라도 오래 견디는 기와는 되지 않겠다(寧爲玉碎,不爲
瓦全).'라는 선비정신과 일치하는 채소였다. 큰다닥냉이(靈菜)는 선비에 비
유하면 열사(烈士), 열충(烈忠), 열녀효자(烈女孝子) 등으로 명렬(明烈)한 삶을
살겠다는 영혼이 있다고 믿었다. 이름조차도 영채(靈菜, cress)라고 했다. 조

선 시대 선비들이 국왕이나 중앙 고관대작들에게 상납하는 선물이 다름이 아닌 산갓김치(山芥菹)와 영채김치(靈菜菹)였다. 조선 시대에는 평안도, 함경도의 화전 지대에서 많이 재배되었고, 대부분 김치를 담아서 먹었다. 만주나 북한에서는 영채보쌈김치를 아직까지도 즐겨 먹고 있다.

서양에서는 영채(cress)는 매운맛과 아삭한 식감으로 수프, 샐러드로 만들어 먹는데, 사랑받는 채소다. BC 400년 전 그리스 철학자 크세노폰(Xenophōn, BC 430~BC 354)이 영채를 소개하여 페르시아(Persia) 사람들이 허브로 먹었다. 그리스에서도 매운맛에 연회용 샐러드를 만들어 먹었다.[552] 영국, 프랑스, 스칸디나비아 및 네덜란드에서 재배되고 있다. 또한, 씨앗을 향신료 사용했다. 인도 고대 의서인 『아유르베다(Ayurveda)』에서는 산모에게 젖을 잘 나오게 하며, 출산합병증 예방에 사용했다. 천식과 폐 기능 개선에도 효과가 있어 대체의학식물로 사용한다. 부드럽고 달콤한 디저트 죽인 키르(kheer)나 디저트 과자 라두(ladoo) 등에 그 씨앗을 넣어 먹는다. 중동(Arabian Peninsula)에서도 치료용 '붉은 씨앗(habbat al hamra)'으로 기관지 및 소화불량, 변비 등에 도움이 된다고 뜨거운 음료수에 타서 복용한다.

꺾어질지언정 굽히지 않는(寧折不屈) 지조와 고추(pepper)

고추(pepper)의 원산지는 브라질, 칠레 등 남미다. 한반도에 들어온 시기는 임진왜란 이전이다. 1894년 발행된 일본 『초목육부경종법(草木六部耕種法, 佐藤信淵, 牧野書房)』이란 저서엔 1542년 포르투갈 사람이 일본 상인에게 전했고, 이는 곧 조선 상인들에게 전달되었다. 임진왜란 당시 비격진천뢰(飛擊震天雷, 20근) 혹은 진천뢰(震天雷, 113근) 등에다가 살상용 철편과

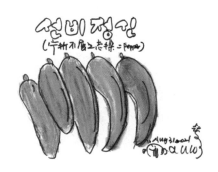

선비 정신
(苦椒지層고春椒 = Pepper)

새생각에 아아 율

고춧가루(倭芥粉)를 넣었다. 오늘날 시위진압용 최루탄(催淚彈, Tear Gas Gre-nade)처럼 고추를 무기로 사용했다. 어릴 때에 어머님들이 신세 한탄을 하면서 부르시던 "고초 당초 맵다 해도 시집살이만 못 하더라(雖苦草唐椒十分辛, 那不辣比媤家)."라는 노래는 아마도 임진왜란 이후라고 볼 수 있다. '우리 엄마들의 여한가(吾等母親餘恨歌)'를 옮겨보면 "호초 당초에 쓴맛 더해가며, 흐린 눈 비비며 밤중 우두커니 굽어보면(胡椒唐椒加苦味, 眼花捻手瞰夜佇), … 고초 당초 맵고 짜다 하건만, 시집살이 엄독해 등골 빠질 줄이야(苦楚唐椒爲辛辣, 媤家嚴酷益脫脅)."[553]

1614년 이수광(李睟光, 1563~1629)이 간행한 『지봉유설(芝峯類說)』에서는 "남미에서 들어온 고추는 일본을 거쳐서 들어왔기에 속칭 왜놈개자라고 했으며, 오늘날 땡초, 청량초 등 다양한 종류를 생산하고 있다. 술집에 아주 매운 땡초를 술안주로 쓰는데 소주 안주로 먹었다가 다 죽을 뻔했다."[554] 이런 고생을 했다고 해서 '고생초(苦生草)', '고초(苦草)', '고쵸(苦椒)', 혹은 '만가(蠻茄)'라고 한자로 표기했다. 가장 많이 사용한 것은 고쵸(苦椒)다. 1768(영조 44)년 『조선실록』에서 "송이, 복어, 꿩, 고초장(苦椒醬) 이 4가지 음식이 맛있는 반찬이다."[555]이란 기록과 1832(순조 32)년 『조선실록』에서도 "쇠 2마리, 돼지 4마리, 닭 80마리, 소채 20근, 생강 20근, 파 20근, 마늘

20근, 고추 10근 등"[556] 식품 목록이 기록되어있다.

1820년에 간행된 김창업(金昌業, 1658~1721)이 쓴 『노가재집(老稼齋集)』에선 「야초(野草)」라는 시구절에 "야생 고추가 울타리 사이에 떨어져 있는데, 열매 또한 향기롭기만 보이네, 김치에 넣으면 부드럽고 맛은 시원해 한다고 식경(食經)에 적지 않았음이 원망스럽다네(野椒生籬落 有實亦芬馨入葅助脆爽 恨不著食經)."라는 표현은 선비로서 삼천포(옆길)로 가는 말이다. 맹자가 "사람은 먹는 것과 성관계가 본성이다(食色性也)"[557]라고 했는데, 식색(食色)에 글을 쓴다면 4서5경이라도 모자란다는 은유적인 표현이다. 최근(2019)에 홍콩에서 진몽인(陳夢因)이 중국 음식을 정리한 『식경(食經)』[558]을 출판했다. 1818년 김려(金鑢, 1766~1821)가 쓴 『담정유고(薄庭遺藁)』에선 "고추는 사계절에 이바지하며, 이로운 채소로 으뜸이다. 우리나라에서 가장 많이 기르고 있는 채소이며, 이것이 어째서 왜놈의 채소였다니(東俗盛種,疑是倭菜)."[559]라고 했다. "고추를 따니 겨울김치의 절반을 차지한다."라고 김치에 고추 양념의 중요성을 언급했다.

1870년경 간행된 이규경(李圭景, 1788~1860)이 쓴 『오주연문장전산고(五洲衍文長箋散稿)』에 "고추의 연한 줄기와 잎을 채소로 김치를 만들면 맛 좋다. 푸르고 어린 열매의 속을 제거하고 저민 고기로 채워 달인 청장에 넣으면 더욱 맛있는 반찬이 된다. 가루로 만들어 장을 담그면 일명 초장(椒醬)이다. 순창군 및 천안군의 것은 우리나라 으뜸이다. 그 열매를 겨울에 속(核)을 끄집어내면 채소가 맑고 담백해진다. 근간에 우리나라 고추는 왜관에서 상품으로 거래되는데, 그 이익이 쏠쏠하다."[560] 또한 "임진왜란 때 들어온 고추가 점점 유행해서 하루라도 먹지 않으면 안 될 정도다(今爲日用恒饌)."[561]라고 표현했다.

PART 6

–

세계화를 향한
스토리텔링의 과제

01

음식으로 질병을 예방하고
치유하자!

식보(食補)가 되는 음식 만들기(藥

동양도교 단(丹)사상의 일종인 식치(食治, food-therapy) 혹은 약선(藥膳, food-pharmacy)[562]에 해당하는 서양의 개념은 오늘날 의학의 비조(grand-father)로 추앙받고 있는 히포크라테스('Ιπποκράτης ὁ Κῷος, BC 460~370)가 말한 "음식이 약이 되고 약이 음식이 되게 하라(Αφήστε το φαγητό να είναι το φάρμακό σας και το φάρμακο το φαγητό σας.)."[563]라고 언급한 데에서 시작한다. 식치(food therapy)란 가장 간단하게 말하면, "잘 먹고, 낫는다고 느끼는 것(Eat Well, Feel Better)."[564]이고, 약선(food-pharmacy)은 "음식이야말로 최선의 약이다(Food is the very best medicine)."[565]

약선(藥膳)에 대해 먼저 『설문해자(說文解字)』를 살펴보면, "약(藥)이란 글자는 초근목피로 질병을 치료한다는 의미를 담고 만들어진 글자다(治病艸, 從艸樂聲, 以勺切)." 사마천(司馬遷)의 『사기삼황본기(史記 三皇本紀)』에서는 "신농씨가 수많은 약초를 직접 먹어보면서 치유를 시도한 것이 약으로 치료에 효시가 되었다(神農氏嘗百草, 始有醫藥)." 또한, 『급취편주(急就篇註)』에서는 "약초에 대해서 초근목피, 쇠붙이와 돌가루, 나는 새 혹은 야생동물, 벌레와 물고기 등으로 질환을 치료하는 데 효과가 있는 모든 게 약이다(草木,金石,鳥獸,蟲魚之類,堪愈疾者,總名爲藥)." 물론 『시경대아편(詩經大雅編)』에서도 "말만 많아진다면 성질낼 것이고, 정작 병을 고칠 약은 없어진다네(多將熇熇, 不可救藥)."[566] 이런 시 구절에서 동서고금을 막론하고 약이 많을수록 살 확률이 적어진다는 이런 '결정의 마비현상(decision paralysis)'[567]이 옛날에도 존재했다. 즉 밥상다리가 부러지도록 차려놓았으나 막상 젓가락 가는 곳 없다.

한편 약선(藥膳)에서 반찬선 혹은 권한선(膳)은 『설문해자(說文解字)』에선 "음식을 차려놓고 드시도록 권한(선물하는) 의미(膳, 具食也. 從肉善聲)"로 만들어졌다. 약선(藥膳)이란 단어는 남북조시대 송나라(420~479) 역사가 범엽(范

曄, 398~445)이 저술한『후한서열녀전(後漢書 烈女傳)』에서 "전처의 맏아들이 우연스럽게도 고약한 질병에 들었다. 어머니로서 자연스레 측은한 생각이 들어서 친히 약과 음식을 골라서 수발을 들자, 은혜에 대한 인정이 돈독했다(及前妻長子興遇疾困篤,　母惻隱自然,　親調藥膳,　恩情篤密)."[568]라는 표현에서 시작되었다.

BC 1,200년 이전 은허(殷墟) 갑골문에선 20여 종의 질병이, BC 771년 이전 서주(西周)의 '산해경(山海經)'에선 23개의 질병 명칭이, 1973년 장사(長沙)에서 출토된 BC 168년 이전 '오십이병방(五十二病方)'에서는 280개 처방전으로 100여 종 질병이 나왔다. 1972년 감숙성 무위한현(甘肅省 武威漢縣)의 고분에서 출토된 92개의 목간에서는 동한(東漢, AD 25~220) 이전『치백병방(治百病方)』[569]에서 30여 종을 초과한 처방과 100여 종의 약초, 제약 방법 등이 나오는데 특이하게 침과 뜸(鍼灸)을 금기하고 있다. 오늘날 우리들은 치유해야 할 질병(disease), 질환(illness) 및 병(sickness)을 구분 없이 사용했다. 미국 질병관리청(CDC)에선 이슈가 되는 토픽을 중심으로 나타난 질병에 대해 알파벳 순서로 알코올 복용(Alcohol Use)에서 바이러스 감염(Viral Hepatitis)까지 통계를 산출하고 있는데, 인간의 질병만 100만(10^6) 가지가 넘었다.

음식으로 질환을 치료하자는 발상

기원전 10세기부터 7세기까지 존속했던 서주시대(西周時代) 때에도 황제의 건강을 음식으로 보건과 영향을 관리해 질병을 예방하겠다던 식의(食醫, 相當於營養醫生)가 있었다.[570] '주례(周禮)'에서 '식의(食醫)'에 대해 "국왕의 끼니, 음료수, 반찬, 간식을 매번 살펴보고, 발효음식 및 기타 각종 먹거리에 대한 관장했다."571 청나라 서대춘(徐大椿, 1693~1771)은 『용약여용병론(用藥如用兵論)』572이란 저서에서 "의사가 상당한 약으로써 질병을 소멸시키고 면역성을 재생시키는 건 마치 전쟁전략가의 전투작전과 같다. 깃발을 꽂아서 승리를 하고자 함이다."573 그러나 "약으로 질병을 이기는 전투를 했으나 생명 보전이란 전쟁에서 죽음을 맞아 지고 마는 경우가 많다."

당(唐)나라 의사이며, 도사(연금술사)였던 손사막(孫思邈, 581~682)은 681년 100세 기념으로 질병 치료에 금쪽같이 요긴하고도 급한 비방만을 모은 『천금익방(千金益方)』30권을 저술했다. 한마디로 요약하면 "질병을 치료하는 데 있어 먼저 음식으로 치료하고, 그래도 낫지 않으면 약을 쓰라(先以食治, 而藥治病)."라고 했다. 오늘날 선진 의료기관에서도 질환 치료에 있어 약으로만 치유하기보다 식품, 마음가짐, 운동과 같은 생활방식까지를 종합하는 섭생(攝生)으로 접근하고 있다. 특히 후성유전학(epigenetics)에선 음식은 유전자로 3대까지 유전이 된다574는 사실을 입증했다.

고대 연단술(煉丹術)의 하나인 약선(藥膳)을 생각했던 손사막 도사는 100세를 살아보고서 『천금익방(千金益方)』을 저술했는데. 그는 서문에서 "인간의 생명은 천금보다도 더 존귀하다. 약선비방 하나로 사람의 목숨을 구제할 수 있다는 게 이보다 더 큰 덕이 있겠는가? 그래서 천금이라고 적는다(人命至重, 有貴千金, 一方濟之, 德逾於此, 故以爲名也)."라고 했다. 그의 또 다른 의서인 『비급천금요방(備急千金要方)』에서도 i) 음식의 중요성과 ii) 음식이란 약으로 치료가 요긴함을 적고 있다. 즉 "몸을 평온하게 하자면 반드시 음식이 따라야 하며, 자신에게 적합한 음식에 대해 잘 알아야 하고, 삶에 부족함이 없어야 한다(安身之本, 必資於食. 不知食宜者,不足以存生也).575" 이어서 "음식이란 인체에 영양분을 제공해 면역의 에너지를 제공하기에 오장육부를 평온하게 해준다. 또한, 혈기를 보존해서 마음까지 즐겁고 행복하게 한다. 만약 음식으로 곱사등까지도 고치고 병세를 완화시켜 질환을 치유할 수 있는 사람이 바로 유능한 의사다. 식치요법이 가장 좋은 양생이다. 좋은 의사라면 먼저 질병의 원인을 찾아내고, 이에 적합한 음식으로 치유해야 한다. 음식으로 치유가 되지 않을 경우에 약을 써야 한다(以食治之. 食療不愈. 然後命藥). 약치는 강렬한 군사작전과 같아, 질병뿐만 아니라 이외까지 마구 박살낼 수 있어 결국은 생명까지 소멸시킬 수 있다."[576] 다시 강조하기를 "인체가 온화하고 평온하고자 하면, 오직 양생을 먼저 해야 하고, 필요하지 않으면 먹지 말아야 하고, 약 기운에 의존한다면 몸이 평온하지 못할 뿐만 아니라 외부의 질환으로부터 자유로울 수 없다."[577]

질환 치유의 음식 비방 개발

당나라 맹선(孟詵, 621~713)은 약이 되는 동식물 등으로 병을 고칠 수 있게끔 227종 각종 약재에 대해 3권짜리 의료서 『식료본초(食療本草)』를 저술했다. 현존하는 최초의 식물 요법(食物療法)으로 "약초로 몸을 잘 보양하는 사람은 언제 좋은 말이 입에서 떠나지 않고, 좋은 약초는 손을 떠나지 않는다(保身養性者, 善言莫離口, 良藥莫離手)." 또한, 왕수(王燾, 670~755)는 대대로 의원 가문에 비법인 6,000여 식료약선(食療藥膳) 처방을 정리한 『외대비요(外臺秘要)』를 저술했다. 구은(咎殷, 797~859)은 『식의심감(食醫心鑑)』을 저술했고, 특히 진사량(陳士良)[578]의 『식성본초(食性本草, 937~957)』에서 약선 요법(藥膳療法)을 강조했다. 북송(北宋) 한림의관원(翰林醫官院) 왕회은(王懷隱, 925~997)은 민간비방(民間秘方)을 수집 정리한 『태평성혜방(太平聖惠方)』에선 28종 질병의 식치비방(食治秘方)을 소개하고 있다.

1085년에 간행된 송(宋)나라의 진직(陳直, 생몰 연도 미상)[579]의 『양노봉친서

(養老奉親書)』의 서문에서는 "하늘과 땅은 만물을 수탈하는 도둑이고, 인간도 만물을 수탈하는 도둑이다(地萬物之盜, 人萬物之盜). 이렇게 만물을 수탈해서 생명을 양성하는 법이니, 물과 뭍에서 음식을 얻는다(所以盜萬物爲資養之法, 其水陸之物爲飮食者)."[580]라고 시작하고 있다. 1130년경 송나라 조길(趙佶, 1082~1135)이 저술한 『성제총록(聖濟總錄, 1111~1118)』에서 30여 식치비방(食治秘方)이 실려져 있다. 1330년에 출판된 원(元)나라 조정의 음선태의(飮膳太醫)였던 홀사혜(忽思慧, 生沒未詳)는 『음선정요(飮膳正要)』에선 일상생활에 빈번히 접할 수 있는 모든 음식에 대해 적합한 배합과 효능이 있는 약재를 첨가해 질병을 예방할 수 있는 비방을 소개하고 있다. 서문에서는 "일상생활에 유용하게 쓸 수 있는 것이 대부분이다(日用所不能無, 其爲養甚大也). 과도하면 중도를 잃게 되고, 미치지 못해서 고치지 못하며, 한 가지 해독을 남기게 된다(然過則失中, 不及則未至, 其爲殘害一也)."[581]라고 적고 있다.

양신구채비죽(羊腎韭菜粥)

원나라 인종
어의 홀사혜

잠시 머리를 식힐 겸 국왕들의 정력 관리를 어떻게 했는지 살펴보면, 중국 원나라 인종(仁宗)은 발기부전(勃起不全)에 5천년 황실 비법인 '양신구채죽(羊腎韭菜粥)'으로 치유를 했다. 당시 음선어의(飮膳御醫)이었던 홀사혜(忽思慧)가 이를 치료한 식의(食醫)였다. 양신구채죽(羊腎韭菜粥)이란 비방을 여기서 공개하면, 양의 콩팥을 정자(丁)형으로 반 갈라 양고기와 부추를 잘 씻어 잘게 다진 다음, 구기자와 멥쌀을 솥에 넣어서 물을 적절하게 부은 뒤 천천히 끓여 만들었다. 매일 드시더니 그 효험은 3개월이 안

되어 왕비를 잉태시켰다.[582]

옆길에서 빠져나와서 다시 이어가면, 1596년에 간행된 명(明)나라 이시진(李時珍, 1518~1993)이 집대성한 『본초강목(本草綱目)』에서는 500여 종의 음식물을 상세히 소개하고 각종 음식을 이용한 식료경험방(食療經驗方)을 소개하고 있다. 1803년 청나라 심이룡(沈李龍, 생몰 미상)이 출간한 『식물본초회찬(食物本草會纂)』에서 "약과 음식은 같은 원천에서 생겨났다. 병을 고치는 것이 약이고, 먹거리로 제공되는 건 음식이다. 음식으로 능히 병을 고칠 수 있는 것이 바로 식이요법이다(藥食同源,治病者藥,供饌者食.食而能治病者曰食療)." 간략하게 개념을 정리하고 있다. 1773년에 간행된 조정동(曹廷棟, 1699~1785)이 저술한 『노로항언(老老恒言)』은 노인을 대상으로 쉽게 질병 방지와 약선식(藥膳食, therapy food)으로 i) 대변불통의 식치방으로 삼씨(麻子), 깨(黑荏子), 차조기 씨(蘇子), 꿀(蜜), 쌀(粢), 복숭아 씨(桃仁), 살구 씨(杏仁), 율무 씨(薏苡仁), 산앵두 씨(郁李仁) 등과, ii) 열로 인한 변비엔 삼씨죽(麻子粥), 삼씨·차조기씨 죽(蘇麻粥), 볶지 않은 참깨기름(生脂麻油)[583], 차조기깨죽(蘇荏粥), 차조기행인죽(蘇杏粥) 등을, iii) 기운이 허약한 경우엔 율무죽(薏苡仁粥), 산앵두 씨죽(郁李仁粥), 율무·산앵두 씨죽(郁李仁薏苡仁粥), 살구씨죽(杏仁粥), 복숭아씨죽(桃仁粥) 등이 소개되고 있다. 이외에도 구기자잎죽(枸杞葉粥), 국화죽(菊花粥), 가시연밥죽(芡仁粥) 및 호두죽(胡桃粥) 등 100여 종을 소개하고 있다.

1792년 청나라의 시인이었던 원매(袁枚, 1716~1797)가 쓴 요리 책인 『수원식단(隨園食單, The Way of Eating)』의 서문에서는 "화려한 저택을 꾸미고 사는 데는 당대 부자도 가능하나, 음식을 갖춰 먹자면 3대 부자는 되어야 한다(一世長者知居處, 三世長者知服食)"와 "음식을 먹고 마시지 않는 사람은 없지만 진정 그 맛을 아는 사람은 드물다(人莫不飲食也, 鮮能知味也)."

584라는 고전을 인용하며, 일상에 접할 수 있는 우수한 약선 사례(food-pharmacy cases)를 제공하고 있다. 1813년 장행운(章杏雲, 생몰 미상)의 '조질음식변(調疾飮食辨)'에서는 "약을 마시는데 꺼리지 말고, 복약 중에 음식을 가려먹지 않으면 약효가 떨어진다(吃藥不忌口, 壞了大夫手)."585라고 음식 가리기를 강조하고 있다. 1861년 왕사응(王士雄)의 '수식거음식보(隨息居飮食譜)'에서 "국가의 근본은 백성이기에 백성을 잃는다는 건 천하를 어지럽히는 것이다(國以民爲本, 而民失其敎, 或以亂天下). 인간은 음식으로 육성되는 것으로 음식을 잃는다면 의당 몸과 생명을 해하는 것이다(人以食爲養, 而飮食失宜, 或以害身命).586"라고 적었다.

02

조선 선비의 식치에서
오늘날 식이요법까지

조선 시대 선비들의 질환에 취약성

대구(大邱)가 관향인 대구 서씨였던 서재필(徐載弼 혹은 Jason Seo, 1864~1951) 박사는 전남 보성에서 출생, 1883년 일본 도야마육군학교(戶山陸軍學校)에 유학, 1886년 9월 펜실베이니아 윌크스베어 해리힐맨고등학교(Harry Hilman Academy) 입학, 라파예트대학(Lafayette College) 진학, 워

싱턴 육군의학도서관에 아르바이트(Arbeit)를 하면서 컬럼비아의과대학 야간부(Evening Course, Columbia Medical College)를 수학, 1893년 6월 2등으로 졸업, 병리학 강사를 하다가, 1896년 1월에 귀국해서 중추원 고문, 4월 7일에 『독립신문』을 창간해 독립운동에 앞장섰다. 그분은 평소 친분이 있는 외국 대사들과 테니스 운동을 자주했다. 그런데 대구에서는 삼한갑족(三韓甲族)을 자랑했던 대구 서씨 집안에서는 "명문대가(名門大家)의 망신을 시켜도 유분수이지 테니스인지 뭔지 그렇게 땀을 뻘뻘 흘리면서 고역을 몸소 하다니. 그런 일은 하인들을 시켜서 해야지."라고 문중에서 걱정하는 이야기가 본인 귀에 들어갔다.

조선 시대 선비들의 특징은 i) 지적 활동을 중시하면서 육체노동을 경시, ii) 격물치지(格物致知)와 사장(詞章)을 중시하면서 실용성을 경시, iii) 유림과 지조를 중시해 타인의 의견수렴과 수용을 도외시, iv) 불사이군 불경이부(不事二君, 不更二夫)의 충열(忠烈)을 중시해서 변혁 개화를 몸으로 막았다. 이런 특성을 갖고 있었기에 건강에서도 많은 문제점을 안고 있었는데, i) 지적 활동과 운동 부족으로 소화기 질환, 혈액순환계 질환 등, ii) 담론, 당쟁, 정파 등에 의한 갈등 불화로 인한 신경질환 및 정신적 질환 등이 대부분이었다. 오늘날 현대의학에서도 수명을 갉아먹는 식습관(shortening eating habits)으로[587] i) 식사를 하면서 술을 곁들임, ii) 식사 후에 그 자리에 앉아서 있다가 잠자고(적당한 운동도 없음), iii) 외식을 즐김(고지방, 고염 및 고칼로리의 위험), iv) 밤참(야식)을 함(고지방 음식, 술 및 콜라 등 곁들임), v) 입맛이 없다고 짜게 먹음(고혈압 등 기저질환 초래) 등을 옛날 선비들은 기피하기보다 오히려 즐겼던 것이다.[588, 589]

이런 현상을 방지하고자 했던 조선 시대 왕실의 식치(食治, food-drug, food-pharmacy)를 요약하면: 국왕의 정력보강식(精力補强食)으로, i) 흑식보

양신(黑食保養腎 : 검은콩, 검은 깨, 오골계, 흑염소, 흑우, 용봉탕 등), ii) 엽색군주(獵色君主)였던 연산군에겐 용봉탕(龍鳳湯)과 오골계로, 미색 장희빈(張禧嬪)에게 온몸을 던졌던 숙종(肅宗)은 흑염소, 검은깨와 오골계(烏骨鷄)를 즐겨 먹었다. iii) 조선 국왕의 가장 흔한 질환은 운동부족에 의한 '만성위장병'에 대한 처방은 국왕의 체면을 살려서 탕명을 '군자탕(君子湯)' 혹은 일명 '양위탕(養胃湯)'을 드셨다. 영조는 품격에 맞게 군자탕(君子湯)을 선호했다. iv) 청국 황실(淸國皇室)에서는

도가(道家)의 신선단식(神仙丹食)에서 약이 아닌 '청궁팔선고(淸宮八仙糕)'라는 떡을 만들어 먹었다. 즉 인삼, 연자육(蓮子肉), 백출(山藥), 복령, 율무(薏苡仁), 검실, 백편두, 찹쌀, 사탕을 가루로 낸 뒤에 쌀가루와 같이 쪄서 떡을 만들어 매일 3~4개씩 식사대용으로 먹었다.[590] v) 조선 왕실에서도 청국 황실을 벤치마킹해서 '구선왕도고(九仙王道糕)'를 만들어 먹었는데, 재료는 중요 약재 8개를 8선녀(八仙女)라는 의미로 '청나라 궁중의 8선녀 떡(淸宮八仙糕)'과 비슷하나 엿기름(麥芽)과 곶감 분말(柿霜)을 추가하여 '9선녀를 품고 있으면서 왕의 길을 가게 하는 떡(九仙王道糕)'이라는 약명을 사용했다.[591]

1450(세종 32)년 『세종장헌대왕실록(世宗莊憲大王實錄)』을 보면, 세종은 소화기, 호흡기, 임질, 당뇨, 안질, 신경통 등 10여 종의 질환 종합 백화점이었기에[592] i) 궁중에 의서독 습관(醫書讀習官)을 배치해서 의학적 분위기 조성과 ii) 자신의 의학 지식 습득과 주변인들의 의학적인 문제의식과 해결의식을 배양, iii) 1433(세종 15)년에 의학적 관심으로 향약집성방(鄕藥集

成方), 의방유취(醫方類聚) 등을 출간하게 했다.

1453년 수양대군(首陽大君)은 계유정란(癸酉靖亂)으로 집권했으나 정적 (政敵)으로부터 위험은 물론 많은 심리적 스트레스를 받았다. 그로 인해 심인성 피부질환으로 고생이 많았기에 세조는 i) 국왕의 경연에 위정보다 도 의학에 중점을 두었으며, ii) 체험을 중심으로 저술한 『의약론(醫藥論)』 에서는 심의(心醫), 식의(食醫), 약의(藥醫), 혼의(昏醫), 광의(狂醫), 망의(妄醫), 사의(詐醫) 및 살의(殺醫)로 8의론(八醫論) 분류하기까지 했다.[593] 마음을 먼 저 치유하는 심의(心醫), 병들기 전에 음식을 가려먹는 최고의 의사를 식 의(食醫), 병이 난 뒤에 약으로 다스리는 약의(藥醫)가 있었다. 만약 2018년 5월 20일 "문재인 캐어가 나라 망쳤다."라고 51,000명의 전국 의사가 코 로나19 대질환 속에서도 총궐기했고 대규모 집회[594] 현장을 세조(世祖)가 봤다면, "작은 의사는 병을 고치고, 보다 큰 의사는 사람을 고치며, 아주 큰 의사는 나라를 고친다(小醫治病, 中醫治人, 大醫治國)."라고 걱정보다는 그 들을 '살의(殺醫)'로 간주하고, "망치가 가벼우니 못이 솟아난다(輕錘釘湧)." 라고 처방전을 내놓았을 것이다.

약밥(藥膳)으로 질환 예방과 치료를

두메산골에서 나서 자랐기에 i) 들판에 보리가 고개를 숙이기 전에는 산나물 뜯어다가 좁쌀 한 줌 넣고 산채조당수 끓여 마셨고, ii) 농사일 못 하는 비 오는 날에는 도라지(桔梗), 잔대(沙蔘), 더덕(蔓蔘) 등을 채취해 밥반 찬으로 먹다가 기관지 환자가 생기면 약(龍角散)으로 사용했다. 삶을 통해 서 "음식이나 약은 같은 재료를 갖고 사용하기 나름이지 뿌리는 같다(食藥 同材, 異用同源)."이라는 사실을 체득했다. 할머니와 산나물 뜯기(山菜)나 할

아버지와 산약 채취(山藥)는 같았다. 할아버지, 할머니, 한의사 선생님께서 하시는 말씀이 "밥보만 한 보약 없고, 음식으로 고치지 못하면 약으론 어림도 없다(藥補不如食補)."였다. 우리나라에서 약선(藥膳)이란 개념과 관련 용어의 정리를:"식약동원(食藥同源)은 음식과 약은 근본적으로 같다. 약선요법(藥膳療法)이란? 약선이란 약 약(藥)자와 음식 선(膳)이란 한자어를 합친 단어로 약이 되는 음식을 뜻하는 한의학적 용어. 최근에는 항생제 등 약물 부작용에 대한 경각심이 높아지면서, 인체에 해를 미치지 않는 음식을 통해 질환을 예방하고 질병 증상을 개선하는 약선 요법에 대한 관심이 높아졌다." 이에 따라서 "약선은 식재와 약재의 성질, 맛, 색, 향을 개인의 체질이나 상황에 따라 배합한 후 조리해 질병을 예방·치료하고 노화를 방지하는 데 목적을 두고 있다." 또한, "식자재 배합의 기반에는 음양오행학설(陰陽五行學說), 장상학설(藏象學說), 경락학설(經絡學說), 사상체질의학(四象體質醫學) 등 예로부터 전해져 오는 한의학적 이론이 담겨있다. 정리하자면 다양한 원인에 의해 균형을 잡지 못하는 인체를 각각 재료의 성질을 이용하여 조화롭게 돌려놓는다는 개념이다."[595]

음식으로 질병 예방과 건강을 유지하고자 했던 '식의(食醫)' 혹은 '식치(食治)'의 역사적인 사례로는 MBC에선 2003년 9월 15일에서 2004년 3월 23일까지 방영한『대장금(大長今)』드라마를 통해서 국내외에 알려지게 되었다. 당시 인기에 편승해 평균 41.6%(최고 55.5%)의 시청률을 기록했다. 지금까지도 기억나는 한 상궁의 말로는 "음식을 함에 앞서 먹을 사람의 몸 상태와 좋아하는 것, 싫어하는 것, 받는 것과 받지 않는 것. 그 모든 걸 생각해야 한다. 그게 음식을 짓는 마음이다", "물도 그릇에 담기면 음식" 그리고 "음식은 사람에 대한 마음"이 있다. 이 말에 "전 음식을 만들면서 늘 먹는 분 얼굴에 미소가 지어졌으면 하는 작은 소망을 기원합니다. 부디 제고마움이 이 음식으로 전해지기를 바랍니다."라는 장금이의 고운 얼굴에 예쁜 말이 오금을 저리게 했다. 또 기억나는 말이 제주도 외돌개 바위 배경에서 장금이 등에 업힌 한 상궁이 "사람들이 너를 오해하는 게 있다. 능력이 뛰어난 것에 있는 게 아니다. 쉬지 않고 가는 데 있다. 모두가 그만두는 때에 눈을 동그랗게 뜨고 다시 시작하는 것, 얼음 구멍에다가 던져도 꽃을 피우는 꽃씨야. 그러니 얼마나 힘이 들겠어."라고 했던 말이다.

조선 중종(中宗) 때 윤씨 폐비 사건(尹氏廢妃事件)을 배경으로 궁중 암투에 휩싸였던 서장금(徐長今)은 혈혈단신고아(孑孑單身孤兒)로 수라간 궁녀로 들어갔다. 국왕 중종의 주치의(主治醫) 최초 어의녀(御醫女)가 되기까지의 누명을 뒤집어 쓰기도 하는 등 천로역정(天路歷程)을 겪었다. 『조선왕조실록(朝鮮王朝實錄)』「중종실록(中宗實錄)」에서는 중종 30(1544)년 10월 "예상되는 기미를 여의(女醫)는 그것을 알고 있었다(予證女醫知之)."라는 기록이 나오고 있다[596]. 이외에도 대장금(大長今)에 대한 기록은 10군데나 나오고 있다.[597] 특히 놀라운 사실은 남존여비(男尊女卑) 유교사상이 뿌리 깊이 박혔던 조선왕국에서 '대장금(大長今)'이란 정3품 당상관(正三品醫局長)을 장금식의(長今食醫)에게 주었다는 사실이다.

조선 시대 세종(世宗), 문종(文宗), 세조(世祖)의 3 조정(朝廷)에 걸쳐 전의감 의관(典醫監 醫官)을 지냈으며, 1452(문종 2)년에 내의(內醫)로 밀성군(密城君)의 병은 고쳤으나, 그해 5월 국왕 문종의 종양절개수술(腫瘍切開手術)을 했으나 별세하자 그만 하옥되었다. 그 뒤에 전의감의 경비원(廳直)으로 강등되는 등 식의역정(食醫歷程)을 살았던 전순의(全循義, 생몰 연도 미상)가 있었다. 그는 1487(성종18)년 식의 경험과 관련 노하우를 정리하고 분석한 『식료찬요(食療纂要)』를 저술해 성종(成宗)에게 봉정했다. 그 저서는 한마디로 그는 식의(食醫), 식치(食治) 혹은 식료(食療)를 통섭한 경험과 지식을 정리했다. 식의심감(食醫心鑑)과 식료본초(食療本草)의 기반에다가 자신의 식료(食療)를 보결해 45개문(問)으로 요점을 정리했다.

오늘날 용어로 식료(food therapy)를 정리하면 i) 항상성(homoeostasis) 유지로써, 즉 한의학의 정체관(整體觀), 조정음양(調整陰陽), 혹은 생리평형으로 협조장부(協調臟腑) 이론에 해당한다. ii) 대증요법으로 한의학의 변증논치(辨症論治) 혹은 변병론치(辨病論治)[598]로서 동병이식(同病異食) 혹은 이병동식(異病同食)의 기본 사고를 깔고 있다.

여름철 건강을 위한 상비약으로 시골 단오절을 즈음해 기온상승으로 인한 각종 미생물에 의한 식중독, 풋과일 등에 의한 토사곽란 등을 예방하고자 오매육(烏梅肉), 백단향(白檀香), 양춘사 씨앗(砂仁), 초과(草果)와 꿀(蜂蜜)을 넣은 제호탕(醍醐湯)[599]을 달여 도자기 꿀단지에 넣어두었다. 만일 배탈이 났을 때는 제호탕(醍醐湯)을 한 종지 내어 찬물에 타서 마셨다. 겨울 상비약은 동짓날을 즈음해 계피(桂皮), 건강(乾薑), 정향(丁香), 후추(胡椒), 대추(大棗), 쇠가죽(阿膠)과 꿀(蜂蜜)을 끓여 달인 '전약(煎藥)'을 도자기 단지에 넣어두었다가 사용했다. 찬 기운의 음식[600]을 먹었다면 반드시 후식(後食), 간식(間食), 약식(藥食) 혹은 약차(藥茶) 등 따뜻한 기운의 음식[601]으로 중화(中和)를 시켰다. 이런 식치비방(食治秘方)들이 종가음식을 중심으로 오늘날까지 전래되고 있다.

대표적인 선비 고장 영주에선 1433(세종 15)년 영주 군수 반저(潘渚)가 향교(鄕校)를 중수하고, 지방의료원으로 제민루(濟民樓)를 설립했을 때 유의(儒醫)였던 이석간(李石澗, 1509~1574)[602]이 저술한 『경험의방서(經驗醫方書)』가 전해지고 있다. 현대인에 맞춰 예방의학 차원에서 혹은 관광자원 차원에서 활용이 필요하다.[603] 구전되는 대명황태후(大明皇太后)의 질환을 치유시켜드리자 황제가 하사한 천도(天桃)복숭아를 먹고 난 뒤 그 씨앗으로

술잔을 만들어 가보(家寶)로 전하고 있다. 이뿐만 아니라, 이황(李滉)의 문
하생(門下生)으로 스승에게 존경의 표시로 마지막 첩약(貼藥)을 지었다는
스토리가 있다.[604]

오늘날 의학에서 식이요법은?

식이요법(diet therapy)은 생물학적인 기반요법으로 저탄수화물 식품 등
을 이용한 특정 질병(암, 심혈관 질환)의 치료 혹은 일반적인 예방 건강 증진을
위한 전문식품 치유기법이다. 3대 기본원칙은 i) 다양한 음식으로 변화적
인 식사하기, ii) 콩, 채소 및 과일 등을 함께 먹기(stample food), iii) 지방과
설탕은 적게 그리고 유제품과 육류 정기적 먹기로 요약할 수 있다. 한마디
로 건강한 식생활 원칙을 지키는 것이다. 식생활 원칙을 제시한다면, i) 다
양한 음식 먹기, ii) 탄수화물과 단백질이 들어간 주식으로, iii) 콩, 채소 및
과일 등의 식물도 빠짐없이, iv) 매일 야채, 과일을 먹어야, v) 되도록 지방
과 설탕(혹은 소금)은 적게, vi) 동물식품(육류, 생선)과 유제품은 정기적으로,
vii) 적량 음식으로 규칙적인 운동하기 등으로 정리할 수 있다.[605]

오늘날 의학에서도 집도(執刀, 기계 수술) 등으로 치료하는 것 이외 필요한
식이요법을 병행해야 할 질환으로, 변비(constipation), 설사(diarrhoea), 골
다공증(osteoporosis), 알코올 중독(alcoholism), 궤양(ulcers), 갑상선기능저
하증(hypothyroidism), 죽상경화증(atherosclerosis), 심장질환(heart disease),
두통(headache), 고혈압(hypertension), 담낭염(cholecystitis), 궤양성대장염
(ulcerative colitis), 과민성대장염(irritable bowel), 당뇨병(diabetes), 신장부전
증(renal insufficiency), 빈혈증(anaemia) 등이 있다.[606] 우리나라 서울대학
교병원 의학정보 홈페이지에서, 식이요법(diet therapy)을 "질병 치료의 목

적에 따라 음식이나 식사를 적절히 활용하는 치료 방법."이라고 정의하고 있다. 원칙으로 i) 건강에 필수적인 식품의 균형적 선택, ii) 최적의 영양을 공급하여 질병 개선 및 회복, iii) 식품과 영양에 대한 올바른 이해를 통한 신속한 회복과 질병의 재발 방지, 예방과 건강을 유지함이다. 시술 대상 질환으로 당뇨병, 비만, 동맥경화, 고혈압, 심장병, 신장병, 통풍, 알레르기, 단백질 결핍증, 비타민 결핍증 등에는 특정한 영양소를 제한 혹은 보충, 하루에 6~8컵 물 마시기를 권장하나 신부전, 심부전, 간경화 등에는 수분섭취를 제한한다. 가장 잘못된 생각은 약과 수술만으로 치료가 된다는 사고에 입각해 식이요법을 소홀하게 하나, i) 좋은 약과 수술에다가 음식을 제대로 먹어야 금상첨화가 된다. ii) 젖먹이 때부터 획득된 식생활(습관)을 확~ 바꾸기가 어렵기에 음식을 제대로 먹자는 것이다. iii) 과유불급(過猶不及)이다. 오메가3 지방산(omega-3 fatty acid)이 풍부한 들기름이 좋다고 매 끼니 1~2수저를 먹는 것은 변비 개선에 도움이 되나 3~4배 식용하면 도리어 고지혈증을 자초하고 만다.[607]

03

대구의 대륙성기후로 창출된
대구 전통음식

사람 성깔을 닮은 음식 맛깔과 식문화 때깔

후세로부터 삼노팔리(三奴八吏)[608]라고 비판을 받았던 조선 건국 프로
젝트를 구상한 정도전(鄭道傳, 1342~1398)은 책사(策士)이면서 문덕과 무예
를 겸비한 호방한 혁명가였다. 그는 군서박람(群書博覽)으로 의론정연(議論

整然)했기 후한(後漢) 개국의 장량(張良, 출생 미상~BC 186)에 비견되었다. 그에게 국왕 이성계(李成桂, 1335~1408)는 조선팔도 사람들의 성질머리를 평유(評喩)해보고 싶어 했다. 당대 최고의 책사답게 일필휘지(一筆揮之)로 이성계의 고향인 함경도부터 "함경도는 진흙 밭 개싸움(泥田鬪狗), 평안도 숲에서 뛰어나온 맹호(猛虎出林), 황해도 돌밭 가는 황소(石田耕牛), 경기도 거울 속 미녀(鏡中美人), 강원도 바위 아래 늙은 부처(巖下老佛), 충청도 청풍에 명월(淸風明月), 전라도 바람 앞에 가는 버들가지(風前細柳), 그리고 경상도 태산처럼 우직한 준령(泰山峻嶺)."이라고 적어 내려갔다.

그런데, 이성계의 얼굴이 붉게 물들고 있었다. 아~차 하는 순간이었다. 다시 적어 내려갔다. "경상도 대쪽 같은 올곧음(松竹大節), 황해도를 봄 물결에 돌 던지기(春波投石), 평안도는 대숲에 사나운 호랑이(竹林猛虎)."라고 고쳤는데도 안색이 그대로였다. 다시 보니 고향 함경도였기에 이전투구(泥田鬪狗)라는 사실에 관심을 두었던 것이다. "그렇게 물고 늘어지시니 '이전투구가 맞다.'라고 사실을 입증할 뿐입니다."라고 경상도 출신 정도전은 '부러질지라도 굽히지 않는다(寧折不屈)'는 송죽대절(松竹大節)임을 보였다. 이어서 「팔도강산칠언시(八道江山七言詩)」를 써 내려갔다. 그 가운데 경상도의 부분은 "태산고악에서 바라보는 선비 대장부는 고상오절에다가 청렴까지 갖춰야 선배의 올곧음 길이로다(泰山高嶽望夫士, 高節淸廉先輩道)"라고 시작했다.[609]

한반도에 국한되었던 조선 시대(朝鮮時代)는 중국이나 대륙에 비해서 비교적 좁은 지역에서 한정되었는데도 거주하는 사람들의 성격이 판이한 이유를 설명하는데 당시는 풍수지리설(風水地理說)로 해명을 하고자 했다. 보다 자세하게 언급하면 i) '남귤북지론(南橘北枳論)'이란 자연환경에 지배를 받는다는 것과 ii) 최근에 와서는 먹는 음식에 따라서 성질머리가 다르다는 후성유전학(後成遺傳學, epigenetics)이 개발되고 있다. 즉 '음식 재료 및 정성(精誠)→음식 DNA의 외현(外現)→음식 내재정신→음식 외현 문화' 과정을 통해서 형성되어왔다. 이와 같은 과정을 고유한 가문혈통(家門血統)으로 인식하고 계승해왔다. 오늘날은 인류 문화(human culture), 음식 문화(food culture), 후성유전학(epi-genetics) 등으로 연관성 있는 학제적 접근(interdisciplinary approach)을 하고 있다.

가장 단순한 최근 후성유전학에서도 3대(three generations)까지 유전하기에 적어도 100년간 외현 형성과 형상이 지속된다고 볼 수 있다. 사람의 성깔(character)이 음식의 맛깔(taste)을 만들고 나아가서 문화의 때깔(color)을 만든다. 물론 역으로도 음식의 맛깔이 사람의 성깔과 문화의 때깔을 만든다. 일반적으로 음식의 맛이란 '음식 내재정신+음식 외현 문화'의 결과이기에 서비스(언행, 친절, 정성 등), 분위기(시설, 장식, 환경, 친구 등), 음식의 외현(향기, 때깔, 맛깔) 등이 가미된 총화(總和)다.

가마솥과 냉동고(대구)가 만든 짜고 매운 세상맛

태초(太初) 한반도를 다스리는 단군(檀君) 할아버지가 백두산(白頭山), 금강산(金剛山), 한라산(漢拏山)을 맡고 있었던 호랑이 산신령(山神靈) 3마리와 화롯불을 가운데 놓고 대화를 하다가 하늘에 이상한 기운이 감돌아서 담뱃대를 화롯전에 내려놓고 한반도를 살펴보는 순간이었다. 동해용왕(東海龍王)의 분부를 받은 창용(蒼龍)이 백두산에 모여있는 한반도 신들을 향해 불을 뿜어대고 있었다. 단군 할아버지는 이단 앞차기로 화롯불을 걷어찼다. 불덩이는 하늘 높이 솟았다가 백두산에 그대로 떨어졌고, 일부는 한라산으로 핑~ 날아가서 불똥이 쏟아졌다. 화로는 대구로 날아가서 떨어졌다. 단군의 장죽 담뱃대는 한양(漢陽)에, 호랑이들의 담뱃대는 평양(平壤), 경주(慶州), 개성(開城)에 떨어졌다. 담뱃대가 떨어진 곳은 군왕들의 권한을 부여받은 왕조를 설립했다. 고구려(高句麗) 평양, 신라(新羅) 경주, 고려(高麗) 개성 그리고 조선(朝鮮) 한양으로 왕조가 들어섰다. 불이 떨어진 곳에선 땅속에서도 불이 타올라오는 활화산이 폭발했다.

　그러나 불화로(火爐)가 떨어진 대구는 한반도의 불항아리(火盆) 혹은 불가마(火窯)가 되었다. 사실, 이곳은 한반도 내륙분지라는 지형 위치상 사방이 산으로 둘러싸인 천혜분지가 되었다. 풍수지리상 장풍형(藏風形)으로 천혜의 군사적 요새가 되었다. 또한, 계절풍(봄가을에 동남풍과 겨울철 북서풍)을 사방에 산들이 막아준다. 엄동설한의 풍설한파(風雪寒波)는 추풍령에서, 장마철에는 태풍폭우(颱風暴雨)가 도달

하기 전에 지리산 자락에서 쏟아버렸고, 팔공산(八公山), 비슬산(琵瑟山), 팔조령(八助嶺), 초례봉(醮禮峰)이 내성역할(內城役割)을 했기에 천재지변에서도 무풍지대였다. 그런데 반해 강수량이 적어 가뭄 피해와 건조한 지역으로 인해 한발과 화재의 피해가 빈발했다. 이런 지형으로 영하 40℃에서 영상 40℃까지 대륙성기후를 보여주었다. 곧바로 거주하는 사람들의 성격과 먹거리에도 기후는 영향을 끼쳐왔다. 바로 대구 음식은 짠맛과 매운맛 음식 이외는 없다는 세평을 받고 있다.[610]

　먼저 기후가 대구 음식에 끼친 영향을 살펴보면, i) 영상 40℃까지 가마솥 물처럼 펄펄 끓는 대구의 날씨를 두고 일명 '한반도의 가마솥 대구'[611] 혹은 '대프리카'[612]라고 한다. 작렬하는 태양열로 쏟아지는 땀으로 염

분 소모량이 타 지역보다 많았기에 음식으로 소금을 보충하자니 짠맛 음식이 필요했다. 염도가 높은 짠 김치를 짠지(鹽漬)라고 했으며, 무를 간장(된장, 고추장)독에 넣은 무짠지, 감(오이 혹은 참외)짠지 등 염장식품이 특히 많았다. 다음으로 '복날 개잡듯이' 개고기 보신탕(狗肉湯), 개고기를 못 먹은 사람을 위한 대구탕(代狗湯)이란 육개장, 우거지탕, 삼계탕, 잡어(메기, 쏘가리, 붕어 등)매운탕, 잡어탕면(모리국수) 등 이열치열(以熱治熱) 음식이 개발되었다. 작렬하는 태양이 사람을 달달 볶듯이 대구 음식 가운데 굽거나 볶는 음식이 다른 지역보다 많다. 과거 대구사회(직장)에서는 상사 리더십(senior leadership)에서 "부하직원과 멸치는 달달 볶아야 제맛이 난다."라고 했다. 이에 대해 부하직원들은 "기관장에게 들볶인 간부들은 부하직원을 달달 볶기 위해 전달 회의를 한다."라고 인식했다.

한편, ii) 영하 40℃ '한반도 시베리아 대구' 혹은 '냉동고 대구'라는 추위를 극복하기 위한 음식이 개발되었는데 추위 극복과 감기 예방을 위한 발열효과(發熱效果) 혹은 발한효과(發汗效果)가 있는 매운맛(辛味) 음식을 많이 먹었다. 매운맛으로는 신라 시대는 갓나물(芥菜), 냉이(薺菜, 고추냉이, 일명 영채인 큰다닥냉이, 달랭이), 고추여뀌(蓼菜), 무(菁, 순무, 갯무, 과일무, 나복(蘿蔔), 내복(萊蔔) 등), 촉초(蜀椒), 마늘(산마늘, 명이) 등을 이용했으나 임진왜란을 전후 남미 고추(蠻苦草)가 도입되고부터 고추를 많이 먹었다. 허준(許浚)의 『동의보감(東醫寶鑑)』에서도 "매운맛은 오행 가운데 불(화)에 해당한다(火味化辛)."[613]라고 했다. 따라서 대구 음식에서는 겨울철엔 매운맛 음식으로 각종 매운탕(잡어탕, 선지국, 대구탕) 혹은 고추장을 사용하는 고추장 불고기, 고추장 불닭, 고추장 떡볶이, 땡초 전 막걸리, 땡초 소주 등이 개발되었다.

기원전 수세기부터 한반도(韓半島)에 자생했던 갓나물(芥菜), 배추(菘), 무(菁蕪), 마늘 혹은 달랭이(蒜), 쑥(艾), 냉이(薺), 여뀌(蓼) 등이 『시경(詩經)』 혹은 『예기(禮記)』에서도 나오고 있다. 특히 대구는 낙동강과 금호강 섶에 야생 갯갓나물, 갯무, 갯냉이(靈菜), 갯달랭이, 갯쑥갓, 갯여뀌 등 매운 채소가 자생했고, 팔공산과 비슬산 산자락엔 산갓나물, 산마늘(명이), 산달랭이 등이 지천이었다. 그래서 신석기 시대부터 갓나물김치를 담아 먹었다. 숭유정책을 실시했던 조선 시대에 들어와서는 갓나물김치, 큰다닥냉이(靈菜)김치의 매운맛으로 선비들은 신랄(辛辣)한 애환을 달랬다. 우리의 선조 동이족은 북풍한설 속에서도 푸름을 잃지 않는 배추(菘菜)를 기원전부터 재배해왔으며, 달구벌에서도 자생했다. 엄동설한 속에서도 푸름을 유지한다는 점에서 억불숭유 조선 시대에 들어와서 "날씨가 차가워야 소나무와 잣나무의 절개가 시들지 않음을 알게 된다(歲寒然後知松柏之後凋也)." [614]라는 선비 기상과 닮았다는 배추김치(菘菹)를 더욱 선호하게 되었다. 그러다가 정묘병자 양란 이후에 중국에서 '하얀 속살배추(白宋)' 재배 기법이 들어오고부터, 하얀 속살에 붉은 고추 양념은 대구 음식을 더욱 맛깔나게 했다.

이를 두고 인조 때 몇 명의 선비들이 돌아가면서 공저(rolling paper)한 『대동야승(大東野乘)』 혹은 성종 때 이육(李陸, 1438~1498)이 중국 견문을 기록한 『청파극담(靑坡劇談)』에선 배추의 하얀 속살을 "마님의 하얀 떡(節餻)"에, 누렇게 숙성된 김치(黃虀)를 여종으로 비유하는 골계(滑稽)들이 나왔다. 1477(성종 13)년 서거정(徐居正, 1420~1488)이 간행한 『태평한화골계전(太平閑話滑稽傳)』에서도 "묵은 김치의 묘한 맛(黃虀爲妙)"이란 음담패설이 있다. 그분은 우리가 잘 아는 『사가집(四佳集)』에서 「대구십영(大丘十詠)」을 노래했던 점잖은 분인데도, 친구 강진산(姜晉山)에게 신 김치(黃虀)를 보내면서 동봉한 편지글 28자(黃虀餉姜晉山獻呈二十八字) 가운데 "(아내의) 흰떡에는 (여종의) 묵은 김치가 제맛이라는데(白餻黃菜故應迷)." [615]라는 마지막 구절이

나온다. 오늘날 "텁텁한 고구마에는 속이 뚫리는 사이다가 제맛이다."[616] 라는 말의 수준을 훨씬 넘어섰다.

사실, iii) 대구를 처음 방문하는 외지인들에겐 '대구의 매운맛'을 가장 먼저 음식에서 느끼고, 다음으로는 뻣뻣한 '게다(げた, 나무 슬리퍼)'와 같은 배타성에서 '대구사회의 매운맛(spiciness of Daegu society)'을 새삼 느낀다. 마치 잔반(殘班) 집안에서 타성바지 며느리를 뺑뺑이 돌리는 시어머니처럼 "고초 당초 맵다고 해도 시집살이만 못했다." 붙임성 하나 없는 무뚝뚝한 대구에서 살아갈수록 '조직의 매운맛(spiciness of organization)'을 더욱 느끼게 된다. 그래서 1980년대 비 오는 여름날에는 '땡초 총총' 부추 전(煎)과 주전자 막걸리로 아물지도 않는 가슴을 달래기는 최상이었다. 요 사이 대구의 '3포 세대(3-Abandoned Generation)' 젊은이들은 일본 사토리 세대(得道世代)가 좋아하는 회초밥(すし)의 생선과 밥 틈새 넣은 고추냉이(わさび)에서 '와사비(山葵) 세상'임을 느끼면서 세상 매운맛을 눈물과 같이 삼킨다. 호주머니 사정이 초밥을 허락하지 않는다면, 아들 녀석은 '파 송송 계란 탁' 신(辛)라면 한 그릇으로 땀을 뻘뻘 흘리면서 속 풀이를 한다. 아내는 스시보다 단 한입에 땀이 송골송골 이마에 맺히고, 가슴까지 시원한 떡볶이(매운 떡)에 열광한다.

04

선비의 올곧음이
대구 음식을 잉태했다

가마솥 대구가 고담시티(Gotham City)로

'고담대구(Gotham Daegu)'가 한때 유행했다. '고담(Gotham)'이란 구약성서 창세기(Genesis18:20)에서 나오는 '고모라(Gomorrah)'와 '소돔(Sodom)'을 합한 말이다. "고모라와 소돔은 부르짖음이 크고 그 죄악이 심히 무거우므로[617]"유황불로 소멸시켰던 도시였다. 이를 소재로 1943년 컬럼비아 픽처스(Colombia Pictures)에선 「더 배트맨(The Batman)」이라는 영화를 제작하여 현재까지 시리즈를 내고 있다. 제1탄은 제2차 세계대전을 배경으로 고담시(Gotham City)에서 활약 중인 일본 제국의 스파이 다카박사(Dr. Daka)를 물리치는 내용이다. 1949년 제2탄, 1966년 제3탄을 내었고, 최근에는 2005년 「배트맨 비긴즈(Batman Begins)」, 2008년 「다크 나이트(The Dark Knight)」, 2012년 「다크 나이트 라이즈(The Dark Knight Rises)」 그리고 2016년 「배트맨 대 슈퍼맨: 저스티스의 시작(Batman vs Superman: Dawn of Justice)」 등의 시리즈를 내놓았다. 2021년 「잭 스나이더의 저스티스 리그(Zack Snyder's Justice League)」가 이어졌다.

따라서 '고담대구'에 대한 악명도 끊이지 않고 지속되었다. 대구시가 이런 악명을 얻은 건, i) 제1탄에서 '일본 스파이 활동' 도시라는 데에서 일본 제국의 대륙침략 병참기지였다는 역사적 사실, ii) 1995년 상인동 가스폭발 사건, 2003년 중앙역 지하철 대참사 등으로 창세기 속의 '불의 부르짖음(outcry from fires)'과 닮아있다는 점에서다. iii) 암담한 고담을 구하고자 봉기했던 기사들(The Dark Knight)로 악당을 물리쳤으나, 대구 시민들은 쥐(rat)도, 새(bird)도 아닌 박쥐 사람(batman)으로 남겠다고 고집을 부리고 있기 때문이다.

2012년 상영했던 「어둠을 구할 기사들의 봉기(The Dark Knight Rises)」 시리즈에서 "위대한 권한을 가졌다는 건 위대한 책임을 다하는 데에서 나온다(With great power comes great responsibility)."라는 대사가 기억난다. 그렇다면 고담도시 박쥐 사람으로 남아있는 대구엔 진정 위대한 책임을 다하는 지도자가 없다는 말인가? 고대 역사에서 이곳 달구벌에선 강력한 집권 세력이 없었기에 삼국이 각축할 때는 중간자의 입장에서 박쥐 외교(bat diplomacy)로 국왕 예우에 만족했다. 고려 건국 당시 견훤의 기존 관계와 왕건 세력을 저울질하는 탐색과정에 공산동수전투(公山桐藪戰鬪)에서 왕건은 "견훤의 깃발만 보일 뿐 모두가 무너지고 궤멸했다(桐藪望旗而潰散)."[618]라는 표현처럼 이곳에서 수모를 똑똑히 당했다. 왕건은 대구를 '역반의 도시(逆反之鄕)'로 꼬리표를 붙여 성주현(星州縣)에다가 속현시켰다. 임진왜란 때 대구읍성 성주(城主)는 다른 지역에 병력지원을 나갔기에 무혈입성(無血入城)했던 왜장들에게는 최초 승첩지다. 이어 일제의 대동아공영권(大同亞共榮圈)이란 꿈을 성취하는 대륙침략 병참기지로 역할을 했다. 그래서 타 지역에서는 반골(反骨)[619] 혹은 박쥐 사람들(batmen)이 사는 도시 고담대구로 인식되어왔다.

이런 삼국시대 국왕예우와 고려 때 반골 기질이 음식으로 스며들어 '독상 대접(獨床待接)'이 생겨났다. 다른 사람들보다 당신에게만 '특별하게' '밥과 국을 따로' 대접한다는 특별 예우였다. 국왕 예우 혹은 특별 대접은 음식 문화에선 '독상 문화'로 이어졌다. 당시 한반도의 음식 문화는 '한솥밥 의식(同鼎意識, colleague consciousness)'이 형성되어 손자와도 할아버지가 겸상(祖孫兼床)했고, 그렇게 엄격하게 지켰던 제례에선 5대조와 4대손이 겸상을 했다. 사주 밥(저승사자 밥)상 이외는 독상하지 않았다. 한식 문화에 겸상에서도 개인용 음식과 공용 음식이 구분되었다. 밥상 가운데에 놓이는 된장, 김치찌개 등과 간장, 고추장, 식초, 소금 등의 종지에 담기는 양념은 공용 음식이다. 공용 음식이 담기는 그릇을 종지(終之)라고 했다. "(혼자의 것이 아니니) 모두가 균등하게 끝까지 가게 하라(終之以仁)."[620]라는 의미를 가졌다.

'따로국밥'이란 대구에만 있는 명칭에는 관존민비(官尊民卑) 혹은 가부장(家父長) 사상이 깃들어 있다. 1970년대 이전에는 가장만이 딴 상에 국따로 밥 따로 차려드리고, 아이들이나 여성분들은 커다란 양푼에다가 밥과 반찬을 같이 넣고 비벼서 몇 술 떠먹고 말았다. 대구에선 서민들은 국밥은 아예 국에다가 밥을 말아서 먹었다. 물론 끼니때 찾아온 걸인들에게도 국에다가 밥을 말아서 문밖에다가 드렸다. 그러나 양반들에겐 거지처럼 국에다가 밥을 말아서 드리지 않고 '국 따로, 밥 따로' 드렸기에, 서민들은 '따로국밥'이라고 했다. 다른 지역에서는 원래부터 밥과 국을 따라 담아 먹었기에 국밥이라면 대구에서 '따로국밥'을 당연하게 생각하고, 오히려 국말이 밥을 '거지국탕' 혹은 '개죽'으로 인식한다.

탕평채가 머꼬? 개죽이지!

특히 임진왜란, 정묘호란과 병자호란이란 외침으로 인해 당쟁당파와 국론 분쟁은 극으로 치솟았다. 이때 『서경(書經)』에 "편들거나 무리를 짓지 않으면 국정은 탕탕하고, 무리 짓기도 편짜기도 하지 않으면 나랏일은 평온화평(無偏無黨, 王道蕩蕩, 無黨無偏, 王道平平)"[621]이라는 구절에서 탕탕평평을 도모하고자 인사 등용엔 탕평책(蕩平策)을 비롯하여 음식 문화에서도 i) 국밥과 밥을 한곳에 말아서 한술씩 떠먹는 탕평탕(蕩平湯), ii) 온갖 음식을 한곳에 비벼서 한 숟가락씩이라도 나눠 먹는 탕평반(蕩平飯)을 일명 비빔밥, iii) 잔치와 같은 큰일을 끝내고 고기, 찌짐(煎), 밥 등 온갖 음식 두루치기에다가 술 한 잔 나누는 탕평채(蕩平菜)[622] 혹은 태평채(太平菜)가 사회적 화합과 안전을 도모했다.

그런데 경상도 감영이 있는 대구에서는 '잡것들과는 다르다는 자긍심(異雜之心)'을 보여주고자 "탕평탕이 머꼬? 개죽이지!"라는 반골 정신(反骨精神)이 '국 따로 밥 따로'의 따로국밥을 탄생시켰다. 지금도 따로국밥이 정상이라고 생각하고 있다[623]. 특히 대구 지역 정치 언행 대부분은 남들의 눈에선 '한주먹 집어주기 예산' 혹은 '대통령 선물 보따리'[624]와 같은 '보이는 주먹(visible fist)'이 바로 대구를 만족시켰던 따로국밥이었다.

그런데 개인주의문화가 2020년부터 코로나19 질환과 겹쳐 겸상(회식)문화를 독상(혼밥) 문화로 변화시키고 있다. 이에 반해서 혼밥 문화가 뿌리내린 핀란드(Finland)에 한식 문화가 유입되고부터 겸상 문화를 촉발시키고 있다는 외신이 나오고 있다. 오늘날 '사주 밥'은 '예쁜 누나가 사주는 밥'이라는 뜻으로 사용되고 있는데, 지난 2018년 JTBC 금토 드라마『밥잘 사주는 예쁜 누나(2018.3.30~5.19.)』가 방영되고부터 의미가 바뀌었다. 2019년 5월 9일 나경원 의원과 이인영 의원의 만남에서도 '밥 잘 사는 예쁜 누나'라는 보도가 방영되었다.[625]

다담상(茶啖床)에서 영남유림 예속을

오늘날 대구시 달성군 현풍(率禮), 1592년 임진왜란을 당면하자 한강(寒岡) 정구(鄭逑, 1543~1620)의 문하생으로 붓을 놓고 칼을 잡아 의병장으로 활동했던 곽주(郭澍, 1569~1617) 선비는 광주 이씨(光州李氏) 이홍량(李弘量)의 딸과 결혼하나 사별했다. 이어 진주 하씨(晉州河氏) 증참의 하준의(河遵義)의 딸을 후처(後妻)로 맞이했다. 이후 세월이 흘러 1989년 진주 하씨(晉州河氏, 1580~1652)의 묘 이장으로 관장언간(棺藏諺簡) 172통이 출토되었다.『한글내간(諺簡)』은 1602년부터 1652년까지 쓴 내간(內簡)으로 105통은 곽주(郭澍)가 아내에게 보냈다. "오야(창녕군 오야면)댁에게, 근심이가 매우 수고가 많으니 여름살이 해 입도록 삼 두 단만 주소. 자네 뜻으로 준 거로 하소."라는 부부의 정을 담고 있었다. "임금도 보리밥을 드시니 우리라고 보리밥을 못 먹겠소." 혹은 "출산이 다가오고 있으니 순산을 위해, 꿀과 참기름을 먹도록 하오."라는 글에서 꿀 먹고 원기를 내고, 참기름을 바른 듯이 쑥~ 순산하기를 기원했다.

이어 "아주버님(媤三寸)이 근일 그곳에 다녀가니 다(차)담상(茶啖床)을 가장 좋게 준비하소. 술은 죽엽주(竹葉酒)와 포도주(葡萄酒)로 하시고."라는 내간으로는 당시 영남유림(양반집)의 음식 문화를 엿볼 수 있다. 진주 하씨(晉州河氏) 부인이 시삼촌(아주버님)을 위해 마련한 음식은 3개의 상으로 "i) 다담상(다과상)에 절육(切肉), 세실(細實)과 모과, 정과, 홍시, 자잡채(煮煠菜)를 놓고, 수정과엔 석류를 띄우고, ii) 곁상(밥상)에는 율무죽과 녹두죽 두 가지를 쑤어놓게 하소. iii) 안주상으로 처음에 꿩고기를 구워드리고, 두 번째는 대구를 구워드리고, 세 번째는 청어를 구워드리게 하소."[626]

영남유림(嶺南儒林)의 올곧음이 녹여진 대구 음식

먼저 대구 경상 감영을 구심점(求心點)으로 영남유림의 본산이 형성되었다. 영남 선비 문화에서는 태산준령(泰山峻嶺)을 만들었다. '어진 사람은 산을 즐기고, 슬기로운 사람은 물을 즐긴다(仁者樂山,知者樂水).'라는 개념에서 '황금거북이 알을 품는다(金龜抱卵).' 혹은 '연꽃이 핀 학문의 전당(浮蓮池堂)'은 행동하는 지성전당인 서원을 설립했다. 서원은 향교와 같이 향음주례와 향사례 등을 통해 지역사회의 음주 문화를 주도했다. 평소 행동거지 하나 흐트러짐이 없었고, 삼복더위에는 심산유곡(深山幽谷)에서 탁족시음회

(濯足詩音會)로 피서를 했다. 임진왜란 전쟁 통에선 붓을 내려놓고 칼을 들 자는 의병회맹(義兵會盟)을 했다.

이렇게 삶을 살 수 있었던 기반에는 송죽대절(松竹大節)이 자리 잡고 있었다. '이득보다도 먼저 정의로운가를 먼저 생각함(見利思義)'으로써 불의라고 생각되면 올곧음을 위해 목숨(見危授命)까지 내놓았다. "옥으로 부서질지언정 기와처럼 먼지들 뒤집어쓰며 오래 보전하지 않겠다(寧爲玉碎,不爲瓦全)."[627] 대구 지역의 올곧음은 한마디로 "부러질지언정 절대 굽히지 않겠다(寧折不屈)."이었다. 대표적인 언행으로 "내 말이 틀렸다면 내 목을 잘라라."라는 대부상소(戴斧上訴)까지 서슴지 않았다. 이런 불의에 저항하는 선비정신은 2·28 민주화운동으로까지 명맥이 유지되었다.

이런 선비 문화가 대구 음식에 끼친 영향을 살펴보면, i) 탁족시음회는 물론 시문회 등에서 횡행했던 벙거지전골(전립투전골) 음식, ii) 불사이군(不事二君)이라는 맹렬충성(猛烈忠誠)을 닮은 산갓김치(山芥菹)와 영채김치(靈菜菹), iii) 사대부의 종가음식(宗家飮食)으로 '머리에 먹물이 든 자손이 많기를 기원'하는 문어(文魚)와 같은 종묘제사음식, 이제마(李濟馬, 1837~1899)의 사상의학(四象醫學: 東醫壽世保元)의 철학을 반영한 밥상까지 마련하는 빈객대접 음식 문화, 관혼상제의 예물음식(이바지음식)은 고차원 예술작품이었다. iv) 향교(서원)의 향음주례(향사례) 음식과 책거리 음식 문화까지 생겼으며, v) 경상 감영을 중심으로 진공음식(進供飮食)과 위정음식(爲政飮食: 요정음식, 기방가무음주, 도원결의주회) 문화는 특이했다. 2,000년대 농담으로 김정일이 가장 겁먹었다는 남한의 폭탄주(爆彈酒)가 대구 법조계 진공음식 문화에서 기원을 하고 있다.

한편, 대구문화에선 아직도 명문대가(名門大家)의 음식 문화가 남아있다. 대표적으로 염매시장(廉賣市場)에서 영남유림의 이바지(잔치)음식을 조리·판매하고 있어 과거의 윤곽을 더듬을 수 있다. 여기서 이바지란 '연회(宴會) 혹은 잔치의 옛말'이다. 이바지음식은 오늘날 용어로 '토핑(topping)' 혹은 '드레싱(dressing)에 해당하는 '고명'으로 음식 철학의 끝판이다. 그러나 이바지음식도 머지않아 곧 서양문화에 밀려 사라질 처지에 놓여있다.

영남유림의 선비음식 문화가 가장 꽃피웠던 영조 때 청송군 파천면에서 1880년 99칸의 대저택을 세우고, 만석꾼으로 살았던 심처대(沈處大) 갑부가 먹었던 '심부자 밥상'이 명맥을 잇고 있다. 또한 17세기에서 20세기까지 300년간 경주시 교동 신라 요석궁터(瑤石宮址)에 임좌병향(壬坐丙向)의 집터를 마련해 만석꾼이었던 최 부자 집의 접빈객 음식 문화는 노블리스 오블리주(noblesse oblige)의 상징이었다. 특히 심 부잣집에서는 음식을 마련하는 안채주인은 바깥채의 손님을 먼발치(二一牆孔)에서 보고, 지병(持病)과 신체적 특이성을 간파해서 유해 식품을 피하고 약성(藥性)을 높이는 사상체질(四象體質)에 기초한 음식을 마련했다. 당시에 접빈객 음식에서 사상체질에 따른 이로운 음식과 해로운 음식을 요약하면 옆의 도표[628]와 같다.

구분	이로운 음식	해로운 음식
태양인	메밀, 새우, 조개류, 게, 해삼, 붕어, 문어, 오징어, 솔잎, 순채(蓴菜), 포도, 머루, 다래, 김, 모과, 송화가루 등	맵거나 뜨거운 음식, 지방이 많고 중후한 음식
소양인	보리, 팥, 녹두, 참깨, 참기름, 돼지고기, 생굴, 해삼, 전복, 새우, 게, 잉어, 가자미, 배추, 오이, 가지, 우엉, 호박, 죽순, 수박, 참외, 딸기, 산딸기, 바나나, 파인애플, 빙과류 등	자극성, 방향성이 강한 음식, 맵고 더운 음식, 고추, 생강, 마늘, 파, 후추, 카레, 닭고기, 개고기, 염소고기, 꿀, 우유 등
태음인	밀, 밀가루, 콩, 율무, 기장, 고구마, 땅콩, 들깨, 현미, 두부, 소고기, 우유, 명태, 조기, 명란, 청어, 뱀장어, 미역, 다시마, 연근, 마, 버섯 등	자극성 음식, 지방질 음식, 맵고 더운 음식, 닭고기, 돼지고기, 개고기, 마늘, 생강, 후추, 꿀, 계란, 사과, 커피 등
소음인	찹쌀, 좁쌀, 차조, 감자, 닭고기, 개고기, 노루고기, 벌꿀, 명태, 조기, 멸치, 미꾸라지, 고등어, 시금치, 미나리, 쑥갓, 냉이, 말, 마늘, 생강, 고추, 사과, 토마토, 복숭아, 대추 등	소화가 중후한 음식, 지방질 음식, 찬 음식, 돼지고기, 냉면, 수박, 참외, 우유, 계란, 오징어, 밀가루 음식, 라면, 보리, 빙과류, 생맥주, 녹두 등

05

대구 음식 문화의 국내외 위상

신토불이(身土不二) 음식 스토리텔링

우리나라의 지역 토산품(농수임산물)에 대한 식품 마케팅(food marketing)은 1989년 농업협동조합 중앙회 회장인 한호선(韓灝鮮, 1936년 원주출생)이 일본의 농업학자였던 하스미 다게요시(荷見武敬, はすみたけよし, 1929~2006)가 쓴

『협동조합 지역사회의 길(協同組合地域社會への道)』에서 "신토불이(身土不二, しんどふに)"이라는 용어를 읽고 농산물마케팅 슬로건으로 사용했다.[629] 그는 1907년 일본제국 육군 약제감(藥劑監) 이시즈가 사겐(石塚 左玄,いしづか さげん, 1851~1909) 이 식양회(食養會)의 기념 식사에서 "자기 고장의 식품을 먹으면 몸에 좋으나 남의 고장 건 나쁘다(食事で健康を養うための獨自)."라는

말에서 전래되었다. 사실, BC 100년경의 『대승경(大乘經)』이란 불경에서 "어둠과 밝음은 둘이 아니고, 몸과 흙도 둘이 아니다. 성질과 수양도 같은 것이고, 실체와 형상이 같다(寂照不二,身土不二,性修不二,眞應不二)."[630]라는 구절이 이미 있었다. 당나라 묘악대사 심연(妙樂大師湛然)의 『유마소기(維摩疏記)』, 북송의 승려 지원(智圓)의 『유마경략소수유기(維摩經略疏垂裕記)』에서 "인과 법리에서 태어난 인간의 몸은 흙과는 다른 2개가 아니다(二法身下顯身土不二)."[631]라고 말했다.

우리나라에서도 허준(許浚, 1539~1615)이 1613년에 간행한 『동의보감(東醫寶鑑)』에서 "내가 태어난 땅에서 산출된 음식물이 몸에 가장 적합하다(身体和出生的, 土地合二爲一)."[632]라는 구절이 나오고 있다. 서해안에 연접한 지방자치단체에서는 신토불이 마케팅을 벤치마킹해서 홍어삼합(홍어, 묵은 김치와 막걸리), 고흥 삼합(키조개, 한우고기와 표고버섯) 등에서 벗어나 여수 10미(돌산갓김치, 게장 백반, 참서대회, 한정식, 갯장어 회, 굴구이, 장어탕, 갈치조림, 새조개 전골, 전어구이), 목포 9미(세발낙지, 홍어삼합, 민어회, 꽃게무침, 갈치조림, 병어회, 준치무침, 아구탕)로까지 발전했다. 또한 전주 10미(열무, 황포 목, 애호박, 파라시(婆羅柿), 서초(煙草), 무(蕪), 게, 모래무지, 미나리, 콩나물)나 나주 5미(곰탕, 홍어, 장어, 불고기, 한정식) 등은 신토불이 식품을 선정해 홍보를 시작했다. 1993년 8월 배일호(1957년, 논산 출생)의 노래 "이때에 태어난 우리 모두 신토불이 … 순이는 어디 가고 미쓰 리만 있느냐? 쇼윈도의 마네킹이 외제품에 춤을 추네. 쌀이야 보리야 콩이야 팥이야, 우리 몸에 우리 껀데 남의 것을 왜 찾느냐? 고추장에 된장 김치에 깍두기."라는 『신토불이(身土不二)』라는 앨범이 판매되어 2000년 초반에 크게 유행했다. 이런 세상 흐름을 낚아채고자 지역농산물과 전통음식 마케팅이 대세를 형성했다. 이에 편승하고자 2006년 대구시도 대구 10미를 선정해 홍보했다.

조선 시대 경상 감영이 임진왜란 후 1601년 안동(安東監營)에서 대구로 옮겨왔으나, 전라 감영은 전라북도는 물론 전라남도와 제주도까지를 조선시대 초기부터 관할하고 있었기에 기호유림(畿湖儒林)의 본산이 되었다. 오늘날 우리나라 문화에 있어 음식, 노랫가락(창, 마당놀이, 가사) 등에 지대한 기여를 했다. 이런 문화 속에서 "아무리 양반이라고 해도 실권을 잡은 아전만 못하고, 아전의 실권도 노래 한 가락 뽑아내는 예기(藝妓)만 못 하며, 다재다능한 예기라도 지음지인(知音知人)에겐 사족을 못 쓰는 법이다. 지음지인도 이곳 전주 음식에는 맥을 못 쓴다. 마치 과일 배 맛이 아무리 좋아도 늘 먹는 데는 무만 못하듯이(班不如吏, 吏不如妓, 妓不如通, 通不如食, 梨不如菁)."633라는 사설을 늘어놓는다. 이를 두고 전주 4절(全州四絶) 혹은 전주 사불여(全州四不如)라고 하며 결국은 한마디로 '전주 음식이 으뜸(全州食兀)'이다. 이런 스토리텔링(storytelling)을 하고 있는 전주는 2012년에 '음식 창의 도시(food creation city)'로 글로벌 음식 문화(golobal food culture) 네트워킹에까지 등록했다.634

유엔 수프(UN Soup)와 부대찌개(Army Stew)까지

우리말 국어사전에 '꿀꿀이죽'이라는 단어는 "먹다가 남은 다양한 음식을 섞어 끓인 죽"으로 풀이하고 있다. 6·25전쟁으로 식량이 없어 미군 부대 혹은 유엔군에서 빠져나온 음식쓰레기(잔반)에다가 물을 타고 배탈이 덜 나게 다

시 끓인 죽을 '꿀꿀이죽'이라고 했다. 그러나 당시도 지식 수준에 따라 다양한 표현을 했다. 지게꾼들은 '유엔 뒷구멍 탕', 영어를 좀 배운 사람들은 '유엔 수프(UN soup)'라고 했다. 대구 칠성시장에서는 10환이면 철철 넘치게 '꿀꿀이죽'을 사 먹을 수 있었다. 재수 좋은 날에는 소시지 덩어리, 재수 없으면 담배꽁초에다가 이쑤시개 조각까지 입천장을 찔렀다. 2017년 텔레비전 방송에 대중가수 윤항기((尹恒基, 1943년생)와 윤복희(1946년생) 남매가 6·25전쟁 때 고아로 꿀꿀이죽을 사 먹다가 양담배 맛을 봤다고.[635] 군용 신발(워커)이 쇠가죽으로 되었다는 사실을 알고, 헌 워커를 푹 삶아 '워커 스테이크(Walker Steak)'라는 술안주를 칠성시장에 팔았다. 심지어 선무당이 사람 잡았다. 짧은 영어가 '오일(oil)'이 기름이라고 자동차 엔진오일(mobile engine oil)을 훔쳐 튀김 음식(モービル天ぷら)을 해먹다가 배탈로 고생했거나 죽는 사건도 종종 발생했다.

대구 출신 이시형(李時洞, 1934년생) 박사는 칠성시장에서 꿀꿀이죽(모조리탕)을 사 먹다가 이쑤시개에 입천장이 찔렸다. 음식에까지 몰상식하게 장난을 치는 미군에게 격분을 참지 못했다. 곧바로 미군 부대 군목(軍牧) 압(Yap) 소령을 찾아갔다. "당신 미군의 음식쓰레기를 대구 사람들이 먹고 있으니, 짬밥(잔반)통에 이쑤시개, 담배꽁초 등의 오물을 버리지 말아주세요(Please do not throw away filth such as tooth-picks and cigarette butts in the food waste bin)."라고 부탁을 드렸다. 군목(軍牧)은 확인을 위해 칠성시장에 나와서 한 그릇 사 먹어 보았고, 확인한 사실을 예하부대에 공문을 보냈다. 이후는 담배꽁초 등의 오물이 거의 나오지 않았다.[636] 1980년대까지 미군부대 매점(PX)에서 나온 각종 음식이 좋은 품질에 싼값으로 인기였다.

특히 미군 배급품(C-ration)으로 나온 소시지, 햄, 통조림 등에다가 고춧가루를 넉넉히 넣고 만든 부대찌개(Army Stew)의 인기는 하늘을 찔렀다. 1966년 10월 31일 미국 대통령 린든 존슨(Lyndon Baines Johnson, 1908~1973)이 방한 중 부대찌개를 먹어본 뒤에 극찬했다고 해서 '존슨 수프(Johnson soup)' 혹은 '존슨 탕(Johnson stew)'이라 했다.[637] 최근 2020년부터 코로나19로 인한 장기간 집콕 생활(home-stay life)로 답답함을 스스로 위안하기 위해 매콤한 부대찌개(comfort food)가 환상적인 선풍을 일으키고 있다.[638] 2020년 코로나19로 공항 사재기(panic buying)를 했는데 캔 종류의 음식 자재는 유통기간 1년이 지나자, i) 냉장고털이 혹은 찬장털이 이벤트 음식으로, ii) 세계를 휩쓸고 나가는 한류에 편승해 신선한 한국 음식 가운데, iii) BTS 팬덤(fandom) '아미(Army)'와 유사한 '아미 스튜(army stew)'라는 부대찌개가 선풍이 되고 있다.

대구 10미(大邱十味) 음식 마케팅의 어제와 오늘

『손자병법(孫子兵法)』에서 "적을 간파하고 자신과 대조하면, 백번 싸워도 위태로운 일은 없다(知彼知己, 百戰不殆)."라고 했다. 대구 음식이 국내외에서 어떻게 인식되고 있는지를 먼저 파악해야 한다. 다른 지방자치단체에 비해 '늘 돌다리만 두드리는 대구'라는 이미지에서 벗어나고자 최근 타 지역을 벤치마킹하기(benchmarking) 시작했다. 2002년 대구 음식 산업박람회(Daegu Food Tour Industry)[639], 2003년 전주 10미, 광주 5미, 나주 9미에 이어 2006년 대구 10미를 선정 발표했고, 2011년 (사)대구음식문화포럼[640]을 설립했다. 2013년부터 '대구치맥페스티벌(Daegu Chimac Festival)'로 해

외 자매도시 혹은 우호 도시를 초빙해 국제화를 도모하고 있다. 그럼에도 '요란한 빈 수레(noisy empty cart)'라는 대외적 이미지와 대구말로 "말 단 집 장 안 달다."라는 대내적 세평을 듣고 있다.

대구 10미에 대해 대구 음식 투어 홈페이지(tour.daegu.go.kr)이나 대구 시 홈페이지(daegu.go.kr)에선 "따로국밥, 막창구이, 뭉티기(무더기 생고기), 동 인동 찜 갈비, 논메기 매운탕, 복어불고기, 누른 국수, 무침회, 야끼우동, 납작 만두"로 소개하고 있다. 대구 10미(大邱十味)란 대구의 신토불이 음식 혹은 지역 별미(地域別味)인데 '야끼우동(燒きうどん)'이란 일본 국민 음식이 나오는 이유를 모르겠다. 맛있는 일본 음식은 야기니쿠(불고기, 燒肉), 야키 도리(닭볶음, 燒き鳥), 스키야키(すきやき), 스시(초밥, すし), 미주니쿠(삶은 고기, 水 肉) 등은 왜 제외시켰는지? 야키우동(やきうどん)보다 '볶음가락국수' 혹은 맛있게 볶는 소리를 넣어 '자글자글국수'라는 표현도 가능하다. 일본 음 식에도 '샤브샤브(しゃぶしゃぶ)' 혹은 '지리지리(ちりちり)'라는 용어는 의성 어(擬聲語)다. 끓는 육수에서 채소나 고기 등을 젓가락으로 건지는 '사박사 박' 혹은 '사방사방' 하는 소리를 일본어로 '샤브샤브(しゃぶしゃぶ)'로, 양념 을 넣지 않은 맑은 국(白湯) 혹은 백숙(白熟)이 끓는 소리가 '지글지글'을 일 본어로 '지리지리(ちりちり)'로 표현했다. 우리도 음식을 맛나게 의성어나 의 태어를 표현할 수 있다. 세계 어느 나라 말보다도 활용 범위가 넓은 2만여 개 의성어와 의태어 표현이 가능한 한글을 갖고 있어 '파 송송 계란 탁 라 면'이라는 표현 정도는 무진장이다.

2016년 10월 12일 '음식으로 대구 경쟁력을 키우자'는 취지로 세미나 가 개최되어 i) 한우로 특성화, ii) 대구 10미 전문 식당(flagship restaurant) 만들기, iii) 음식 가짓수를 줄여 똑소리나게 승부, iv) 음식 스토리텔링 방 안, v) 음식 특구와 음식 투어 상품 개발 등의 아이디어가 나왔다.[641] 한편으로는 '대구음식은 맛없다, 요것만 빼고(복어불고기)'642 등 맛대가리고 멋대가리도 없다는 말이 쏟아져 나왔다. 문제가 뭘까? '대구 여행 때 추천 음식'에 대해 대내외 평가를643 분석해봤다. 낯부끄러운 표현을 그대로 옮기면, i) 대구여행은 '먹토먹싸' 여행이라는 오명이다. 전통재래시장 골목에서 음식 사 먹고, 악취 나는 상가 화장실에서 토함(먹었다 하면 토해야 여행), 음식 사 먹고 나와서 골목여행 중에 화장실을 찾았으나 잠겨놓았기에 실례를 한다(먹었다 하면 똥 싸야 하는 여행)는 경험담이다. 사실 본토박이도 이른 아침이나 저녁엔 화장실을 찾기가 어렵다. 요사이는 코로나19로 의료기관, 관공서 등에도 출입이 더욱 어렵다. ii) 밥먹겁먹(밥 먹기 전에 겁부터 먹는다) 현상이다. 대구 음식을 먹어본 사람들의 얘기가 조미료 범벅, 우유 사골곰탕, 참치캔 어탕국수, 닭고기 캔 삼계죽, 멸치(칼치)가루 추어탕 등이 허다하다.

최근에는 6·25전쟁 때 미군기지 짬밥통에서 수거한 잔반(殘飯)으로 끓여 먹었던 피난민들의 '꿀꿀이죽'처럼 최근 대구사람이 즐겨 먹는 '모(조)리 국수'는 좋은 말론 뼈다귀 및 내장 등의 '회뒷고기'나, 솔직한 표현으로는 회 쓰레기를 모조리 쓸어넣어 끓인 국수라서 외지인은 기겁한다. iii) 최근 2011년 세계육상 선수권대회 개최를 계기로 대구시청에서 시작했던 '미소 친절 운동(微笑親切運動, 약칭 미친운동)'이 아직까지도 관 주도 운동으로 명맥을 유지하고 있다. 그럼에도 아직도 친절은 고사하고 '정나미가 떨어지는' 혹은 '뚝배기 깨지는' 소리를 한다는 게 외지인의 중론이다. 여기에다가 음식 맛까지 없자 "맛대가리도, 멋대가리도 없다."라는 얘기를 듣는다. 대구 음식 투어(Daegu Food Tour)라고 해도 '컵라면으로 한 끼 때우기(대구라때)' 혹은 '자판기 커피 한잔에 빵 한 조각으로 끼니 때우기(대구커빵)' 설화를 양산하고 있다.

대구 전통 향토음식의
세계화를 향한 아련한 손짓

전통 향토음식의 관광문화산업에 당면 과제

2021년 5월 말 현재 우리나라 총인구 5,168만 명 가운데 경상도(경상남도, 경상북도, 대구및 부산) 인구가 1,171만 명으로 20%가량을 차지하고 있으나, 1995년도 남북한을 대상으로 한국 전통음식의 선호

도(인식도)를 조사했는데, 경상도 전통음식에 대해 i) 즐겨 먹는 향토음식 8.0%, ii) 가장 맛있는 향토음식 6.2%의 선호도가 나타났다.[644, 645] 이런 통계는 경상도에 살고 있는 주민들마저도 60~64%는 경상도 전통음식에 대한 선호도가 없음을 말하고 있다.

가장 먼저 전통음식 관광문화산업을 활성화하는데 모든 지방자치단체가 안고 있는 문제를 간추려보면: i) 전국적으로 유명한 음식이 거의 없고, ii) 지역적 특미(special food)까지 없다. iii) 차별화(특성화)된 음식 문화까지도 부재, iv) 외식산업의 영세화, v) 지역 관광산업정책과 연관성 낮고, vi) 음식 문화 개발 정책 및 관심조차 저조하다.[646] 음식 문화의 관광산업화에 30년 이상 공개현상 경연회를 개최했던 서울대학교 생활과학대학(222동)의 부설 '동아시아 식생활협회(The East Asian Society of Dietary Life)'[647]의 실사 자료(2008년도)에선 관광지 선호 음식은 94.5%가 토속(전통)음식, 식당 선택 기준으로는 78.8%가 음식 맛으로 결정한다. 이렇게 결정하는 데는 음식 혹은 식당 정보를 획득하는 경로로는 40.5%가 대중매체(mass-communication)이고, 입소문(mouth-word)도 36.9%였다. 팸플릿과 관광책자는 각각 5.7%와 3.8%에 지나지 않았다. 이에 대해 누구나 다 알고 있는 활성화 혹은 육성방안으로 i) 전통(토속)음식의 가치 재인식과 가치평가, ii) 신토불이 향토음식의 발굴육성과 상품화, iii) 차별화된 음식 문화 정착, iv) 산학관(産學官) 네트워크의 활성화, v) 홍보 강화 방안 등을 제시한다.

최근 우리나라의 지방자치단체는 2000년 들어와서 전통음식의 관광 자원화 혹은 상품화를 위한 많은 노력을 해왔다. 몇 가지 사례를 살펴보면, i) 축제이벤트에서 전통 향토음식 체험 관광[648], ii) 신한류 콘텐츠 음식 관광 활성화[649, 650], iii) 지역축제의 향토음식 관광 상품화[651, 652, 653], iv) 종가음식의 관광 자원화[654], v) 안동 헛제사밥의 관광 상품화[655], vi) 음식디미방(飮食知味方)의 관광 상품화 방안[656], vii) 향토음식의 힐링푸드(healing food) 방안[657], viii) 음식 문화거리 조성방안 모색[658] 등에 대한 연구가 있었다. 그러나 종합적이고 체계적인 국내 관광 자원화 방안에 대해선 시도조차 하지 않았다.

최근 대구 경북에선 시도했던 전통(향토)음식에 관련된 연구를 살펴보면, 대구경북연구원 홈페이지(homepage)에 '향토음식(local food)' 혹은 '전통음식(tradition food)'을 검색어로 찾아본 결과 1997년부터 2021년 현재까지 관련성이 높은 7건의 연구 가운데 전통(향토)음식에 관한 건은 i) 1997년 향토음식(점) 및 특산품 개발, ii) 2003년 향토음식 선정 및 육성방안, iii) 경상북도 슬로푸드 밸리(Slow Food Valley) 조성 방안, iv) 한국전통 사찰음식 연구원 운영 활성화 방안이 있었다.[659] 그 가운데 2003년 6월 연구보고서 「대구지역 향토음식 선정 및 육성방안」에서, i) 향토음식의 지속적 개발, 발굴과 지원, ii) 향토음식점의 안정적 성장 발전 유도, iii) 클러스터(Cluster)화 유도 및 홍보 지원, iv) 전문 인력 및 후계자 양성 촉진, v) 향토음식점 정보 경쟁력 강화를 제시했다.[660]

K-Food 편승 향토음식 세계화 과제와 전략

사실, K-Food의 세계화는 대단하다. 대표적으로 i) 오리온(Orion)에서 탄생 46세 초코파이(choco-pie)는 '정(情, friends, 好朋友)'을 스토리텔링으로 중국, 베트남, 러시아 등 47개국에 2020년 2조 원을 넘어서는 '지구인의 간식(Earth Person's Snack)'이다. 아프리카에서도 "한국은 몰라도 초코파이는 안다(Sijui Korea, lakini najua Choco Pie)."라는 말을 듣고 있다. ii) 러시아(Russia) 1억5천만 명의 음식 문화를 혁신시킨 오뚜기 마요네즈(mayonnaise)와 팔도식품의 '4각 도시락'이 러시아 국민 음식으로 자리를 잡았다. iii) 지난 2021년 5월 23일 글로벌 맥도날드(Mc-Donald)가 K-Pop 가수 방탄소년단(BTS)의 이름으로 낸 '10조각 닭고기 튀김(The BTS Meal, 10-piece chicken Mc-Nuggets)'이 성황리 지구촌에 발매되었다. '한반도의 내륙도(內陸島)' 혹은 '대구공화국'은 세계화에 대한 '정보의 비대칭성'이 가장 심하다. 한마디로 정치 1번지답게 온통 정치에만 전력투구하고 있으며, 모든 일엔 '나토현상(No Action Talking Only)'을 보이고 있다. 다른 지역에서는 행동으로는 한몫을 한다는 건 어려운데도 대구에서는 '입으로 13 몫'을 한다. 이를 두고 로마 시대부터 "작문정치(rhetorical politics)"라고 했다.[661] 우리말 국어사전에선 "시정(施政) 방침만 늘어놓고 실제로는 시행하지 못하는 정치를 비유적으로 이르는 말."이라고 풀이하고 있다. 물론 영국의 윈스턴 처칠(Winston Leonard Spencer Churchill, 1874~1965)이 "역사는 승자의 기록이다(History is written by the victors)."라고 했던 말이 기억난다. 대구 지역의 정치는 '작문(composition)'[662, 663] 수준이라고 하나, 아직도 많은 부분에서는 '받아쓰기(dictation)' 혹은 '말 따라 하기(shadow speaking)' 수준에 머물고 있다.

언론, 학회 등에서 거론되었던 세계화 방안(globalization methods)을 요약하면[664], i) 향토음식 육성보전에 관한 법제화, ii) 향토음식 기능보유자 제도 및 향토음식 연구소 설치 운영지원, iii) 세계관광객의 입맛과 기호에 맞춤 음식 개발, iv) 퓨전화/패스트푸드화/현지화(fusion/fast-food/localization), v) 전문인력 양성과 다양한 코스요리 개발, vi) 해외 진출 확대와 선진 사례 벤치마킹(expansion of overseas expansion and benchmarking of advanced cases), vii) 가격 수준 합리화와 홍보 방법 개선, viii) 한국 전통적인 서비스 제공, ix) 향토음식 전문점의 지정과 관리, x) 향토음식 관련 무형문화재 지정 확대와 시범농가(체험농가) 지정 육성, xi) 학계연구문화 등 관련 기관의 향토음식 종합연구와 활성화, xii) 관광과 연계된 향토음식 산업의 육성 등이 있다.

또한, 세계화 전략(globalization strategies)으로는 i) 세계인(해외 관광객)의 입맛에 맞춤 한국 소스 개발, ii) 한국 음식의 대중화로는 ① 대중매체를 이용한 홍보, ② 한국 음식의 맥도널드 벤치마킹(Mc-Donald Benchmarking of Korean food), ③ 한국 음식의 퓨전화 등, iii) 한류 문화(Korea Culture)에 한국 음식 전파, iv) 향토음식 연구개발, v) 향토음식 가공과 외식 프랜차이즈 촉진지원, vi) 한국 고유 브랜드 마케팅 강화(reinforcing Korea's unique brand marketing), vii) 광고/홍보 마케팅, viii) 해외 한식당 경영 지원, ix) 세계화 촉진 마케팅 강화, x) 한식 홍보 강화, xi) 한국 고유 음식의 브랜드화(branding of Korean food), xii) 농수산식품 수출 연계방안, xiii) 한국 음식 조리법의 단순화와 표준화(simplification and standardization of recipes) 등이 있다.[665]

스토리텔링으로 전통음식 세계화 방법

어릴 때 시골 여름밤에 모깃불을 피워놓고 멍석 위 할머니의 무릎을 베고 밤하늘의 별을 쳐다보면서 할머니의 별순달순 이야기를 들었다. 그만 '샛별 같은 눈에 구름 같은 잠'이 사르르 들었다. 이야기를 따라 꿈속 별나라 왕자(공주)가 되기도 했다. 그래서 수많은 이야기를 나뭇잎 경전(葉經), 점토판(clay tablets) 법문, 목재(죽간 혹은 목간) 기록, 금석문(金石文) 그리고 예술작품(석상 및 동상), 건축물(신전, 사원 및 도시)로도 인류문화재를 남겼다. 대부분이 경문(성경, 불경, 코란, 4서6경), 성화(聖畵) 혹은 신전(사원, 사찰) 등에 보존되었다. 처음에는 구전(口傳)으로 전수하다가 문자가 발명되고 나서 기록으로, 그리고 개성을 살리고 명예를 남기고자 예술작품으로, 평범한 사람이라도 순장유물(殉葬遺物) 등으로도 이야기를 전했다.

아직까지도 아프리카 케냐(Kenya)에서는 구전문학(oral literature)에 익숙해 고령 노인들이 별세하면 "우리 동네 도서관 한 채가 사라졌다(Moja ya maktaba yetu ya ndani imepotea).”라고 애도(哀悼)한다. 사실, 이야기를 만들고 전달하는 스토리텔링 문화(storytelling culture)는 인류출현과 동시에 시작되었다. 문자 발명 이전인 프랑스 라스코 동굴 벽화, 고고학적 유적에서 출토 그림, BC 3,100년 메소포타미아의 점토판 등에서도, 쐐기(결승 혹은 상형)문자의 발명 이후에 호메로스(Homeros, BC 800~BC 750)의 오디세이(Odysseia)와 일리아스(Ilias), 베다(Veda), 종교의 경전(Bible 혹은 Koran), 각종 학문(철학, 문학 및 종교학), 예술작품(음악, 미술, 조각, 성화, 건축, 신전) 등으로 이야기를 전하고 있다.

스토리텔링(story-telling)은 '현실(現實)→이상(理想: 상상, 환상, 공상, 정화, 지성, 미래)', 즉 공간(space) 혹은 차원(dimension)으로 이동하는 종교, 교육(학문), 정치(통치, 우민화, 식민지화), 산업화(관광, 문화, 예술 등)를 시도했다. 일상생활에선 스트레스 해소, 지역주민의 화합, 종교적 정화의식 등에서도 이용되었다. 스토리텔링을 통해 새로운 개안(세상)으로 인도하기 위해 i) 의식(ritual: 기도, 찬송가, 강신무용, 간증연극 등), ii) 가면(mask: 사육제. 가면파티, 가장행렬 등), iii) 역할 담당(role-playing: RPG, 제례의식, 종교재판, 정치 행위 등), iv) 예술(art: 성화, 신상, 신전, 지하궁전, 영화, 소설 등)을 매체로 활용했다. 스토리텔링을 가장 성공적으로 사용한 분야는 종교다. 특히 교황청 시스틴성당 천장화 미켈란젤로의「천지창조」그림이 절정을 이뤘다.

간략하게 살펴보면, 문학작품으로는 이탈리아 베로나((Verona)를 배경으로 한 셰익스피어(William Shakespeare, 1564~1616)의「로미오와 줄리엣(Romeo and Juliet, 1597)」, 베네치아(Venezia)의「베니스의 상인(The Merchant of Venice, 1596)」, 벨기에 안트베르펜(Antwerpen)을 배경으로 한 그린 위다(Maria Louise Ramé, 1839~1908)의「프랜더스의 개(A Dog of Flanders, 1872)」등이 있다. 영화로는 로마시의 배경인「로마의 휴일(Roman Holiday, 1953)」, 태

국 북부 산악 지역의 「콰이강의 다리(The Bridge on the River Kwai, 1957)」 및 일본 동경을 배경으로 한 「사요나라(Sayonara, 1957)」 등이 있다.

최근 "경제는 심리다(Economy is psychology)."[666, 667]에서 "경제는 스토리다(Economy is story)."[668]라는 슬로건으로 '스토리텔링 경제(storytelling economy)', '스토리텔링 마케팅(storytelling marketing)' 혹은 '스토리텔링 흥분제(storytelling stimulants)'를 제작하여 이용하고 있다. 특히 정보통신기술(information technology)을 활용해 '현실→가상현실(VR)'로 이동시키는 방법론으로 아바타(Avatar), 바코드(bar code) 혹은 QR코드(quick response code)를 사용하고 있다. 아바타는 메타버스(Meta-Verse), 바코드(bar code)는 상품의 원산지 증명 및 재고 관리, QR코드는 방역 시스템에서 생활화되었으며, 인터넷 기반(internet-base)에서도 관광문화산업에서 각종 예약, 관광 안내, 식당 안내, 음식 설명 등에 많이 적용해왔다. 스마트폰(smart phone) 사용 비율이 높아짐에 따라 스마트폰 기반(smartphone-base)의 스토리텔링에 접근하는 중간수단으로 아바타 혹은 QR코드로 '현실(real world)→스토리텔링 세계(storytelling world)' 접근시켜야 한다. 따라서 현실(RW)-가상(VR)-스토리텔링(ST)이 결합된 메타버스(Metaverse)가 만들어질 것이다.

스토리텔링으로 전통음식 세계화 콘텐츠

대구 전통(향토)음식의 스토리텔링을 통해 세계화 혹은 관광산업의 활성화를 위해, 지구촌에서 사용되고 있는 스토리 콘텐츠(story contents)를 간추려본다면, i) 지역 토산품을 활용한 요리 방법을 사용한 사례로는 ① 일본(日本) 아키타(秋田)의 자갈 미소된장국(味噌汁, みそしる)[669], ② 몽고의 허르헉(horhog) 자갈 양고기찜, ③ 중국 감숙성(甘肅省) 랑므스(浪木寺)의 양의 위장에다가 불에 달군 자갈로 양고기찜(石烹羊肉)[670], ④ 우리나라에서도 포항에 자갈구이 삼겹살이 유명하다. ⑤ 이외에도 페루 등지 남미와 태평양 미크로네시아와 하와이 등에서 땅(돌)구이 음식 이벤트(earth-oven event)가 있다. ⑥ 특이한 관광 환경을 이용한 요리로 화산 지역 온천의 계란 삶기와 분화구를 이용한 카나리아(Canaria) 혹은 타이완의 통닭치킨요리 등이 있다. ii) 식물의 3,600여 종의 화학물질로 살균 혹은 방부효과를 갖는 파이토케미칼(phyto-chemicals)을 이용하고자 풀잎 혹은 나뭇잎으로 싸서 요리를 하거나 보관하는 친환경 스토리(environment-friendly story)의 음식은 캄보디아, 베트남 등의 동남아 바나나잎 쌀국수(kuy teav), 바나나잎 밥, 중국 상해의 엽중지(葉中脂) 등이 있다. 우리나라에서는 백제 의자왕(義慈王, 641~660) 때 부여왕궁(扶餘王宮) 돌거북(石龜) 등 "백제는 만월, 신라는 반월(百濟同月輪, 新羅如新月)."[671, 672, 673]이라는 글자가 적혀있어서 점술가의 해석에 따라 "기울어져 가는 백제 국운을 돌려놓고자 반달모양 떡을 해먹었다."라는 스토리를 갖고 있는, 삼국시대 한가위달떡(嘉俳月餅)으로 백제의 솔잎반월병(松葉半月餅), 신라의 송엽소월병(松葉笑月餅), 가야국의 거창의 머위떡(蜂斗菜餅), 충청도의 느릅나무잎 떡(楡葉餅), 경남도 의령군(宜寧郡) 1592년 임진왜란 당시 곽재우 장군의 의병 사기진작용 선유병(仙遺餅), 단오 절기음식인 변산반도의 모시풀떡(紵葉餅), 경상북도 쑥떡(艾餅), 경북 산간 지역 수리취떡(白朮葉餅) 등이 있다. 이를 이어받아 일본은 에도시대(江戶時代, 1603~1868)부터 도토리처럼 많은 자손번영을 기원하면서 떡갈나무잎떡(柏餅, かしわもち)[674]을 해 먹었으나 오늘날 5월 5일 어린이날에도 먹고 있다. 또한, 17세기부터 교토와 간사이 지방의 벚꽃나무 잎떡(櫻餅, さくらもち)[675] 등이 있다.

다른 한편, iii) 토산품을 이용한 음식으로 우리나라 삼계탕을 중국 사천성(四川省)에서는 인삼대신에 촉초(蜀椒)와 산초(山椒) 등을 넣은 마라탕(麻辣燙), 타이완에선 곶감닭탕(柿餠鷄湯), 미국 서부에서는 연밥을 넣는 연자계탕(蓮子鷄湯) 등이 있다. 과거 대구 민가(民家)에선 능금웅계탕(陵檎雄鷄湯) 혹은 들깨닭탕(荏子鷄湯)도 있었다. iv) 치유음식(healing food)으로는 선비 고장 영주에서는 식치음식(食治飮食)을 개발하고 있고, 과거 사상의학을 응용한 청송 심 부자(沈富子)집 심 부자 밥상이 있다. 전주(全州)에서는 판소리와 음식을 접목한 음음조화식(音飮調和食)을 개발하고 있다.

대구시에서는 약령시의 약치와 접목한 약선(藥膳), 약식(藥食), 약주(藥酒), 약과(藥果) 및 기능 식품 등을 개발할 수 있다. 과거 궁중의 약식비방(藥食秘方)을 응용한 현대인의 약(藥)간식(medicine snack, 떡, 음료수, 차 등 기호식품, 과자 등 주전부리)으로 개발할 필요성이 있다. 실례를 들면, 항암 성분이 많은 식재료인 생강, 마늘, 토마토, 양배추, 시금치 등을 배합한 항암 약과(anticancer cake), 항암 디저트(anticancer dessert), 혹은 항암 전채(anticancer appetizer)는 관광식당이 아니더라도 쉽게 만들 수 있다.

이어 v) 조선 시대 감영이었던 역사적 사실로 경상 감사 밥상, 경상 감사 주안상도 국내 관광의 스토리텔링이 가능하다. 체코(Czech) 쿠트나 호라(Kutna Hora)에 이탈리아왕궁의 스토리가 녹아내린 '왕의 칼(King's Sword)' 꼬치요리, 체스키 크롬로프(Cesky Krumlov)의 일명 망토다리(Plasti Bridge) 위의 로젠베르크 기사식당(Ro'senberg knight restaurant)에 '기사 스테이크(knight steak)'가 유명하다. 우리나라도 의령 의병장 곽재우(郭再祐) 밥상, 통영 충무공(忠武公) 이순신 밥상, 구미 박정희 대통령 보리밥상과 같은 인물 스토리텔링 마케팅(personal storytelling-marketing)도 개발되었다. vi) 추억의 맛을 제공하는 애틀랜타(Atlanta)의 흑인 노예의 아픔을 달래는 영혼음식(soul food), 패망 일본의 한을 잊지 말자고 와사비(わさび)의 매운맛을 삼키면서 먹은 '10주먹 초밥(10-fist sushi, 10パンチ壽司)', 프랑스인들에게 아침 식사용 초승달(crescent) 크로아상(croissant) 등이 세계화에 성공했다. 대구시도 6·25전쟁의 팔공산전투의 추억을 담아서 주먹밥을 만들어야 한다. vii) 일본 아오모리(あおもり) 하치노헤(八戸, はちのへ)시장 등에서 "수산시장 현장 체험+회덮밥 요리+조반 혹은 중식을 겸한 음식 관광 프로그램과 싱가포르(Singapore), 태국(Thailand) 등에서도 유사한 스토리텔링이 전파되었다. 대구시도 향토음식의 세계화를 위해 도입할 수 있다.

참고 자료

참고 문헌(인용 자료)

1) 미래통합당 예비후보 "문재인 폐렴, 대구시민 다 죽인다", 한겨레, 2020.2.21. 한겨레신문 : "미래통합당 공천 노리는 대구 동구갑 김승동 예비후보 '문재인 폐렴 퇴치, 시민 단합 촉구' 24시간 1인 시위." / 김부겸 "대구 폐렴, 문재인 폐렴 말 쓰지 말아달라", 서울경제, 2020.2.22. : "대구·경북(TK) 권역을 맡고 있는 김부겸 더불어민주당 4·15 총선 공동선거대책위원장이 22일 "'대구 폐렴, 문재인 폐렴'이란 말을 쓰지 말아 달라"고 호소했다."

2) Matthew 6:33 : "But seek first his kingdom and his righteousness, and all these things will be given to you as well." / 論語, 憲問 : "子路問成人.子曰,若臧武仲之知,公綽之不欲,卞莊子之勇,冉求之藝,文之以禮樂,亦可以為成人矣.曰,今之成人者何必然?見利思義,見危授命,久要不忘平生之言,亦可以為成人矣."

3) Proverbs 8:17-18 : "I love those who love me, and those who seek me find me."

4) 維摩経中: "譬如下高原陸地不乚生二蓮花一,卑湿淤泥乃生中此華上."

5) Matthew 7:3 : "Why do you look at the speck of sawdust in your brother's eye and pay no attention to the plank in your own eye?"

6) 兼愛交利 (けんあいこうり) とは,中国の春秋時代の末期から戦国時代の初期にかけて,諸子百家のなかで墨家を大成した墨子が唱えた倫理説.儒教批判を含んでいる.墨子は,「天下の利益」は平等から生まれ,「天下の損害」は差別から起こるという前提に立ち,孔子による,仁にもとづく愛は家族や長たる者のみを強調する差別的な愛(別愛),限定的な愛(偏愛)であるとして批判し.自他の別なく全ての人を平等に,公平に隔たりなく愛すべきであるという博愛主義を唱えた.これが「兼(ひろ)く愛する」,すなわち「兼愛」である.兼愛は結果的に互いの福利を増進することとなるのであり,そのことを「交利」と呼んでいる.こうして墨子は,互いに互いの利益を考え,実践することから道徳が成り立つことを説いた.

7) Matthew 22:36-40 : "Teacher, which is the greatest commandment in the Law? Jesus replied,'Love the Lord your God with all your heart and with all your soul and with all your mind.' This is the first and greatest commandment. And the second is like it: 'Love your neighbor as yourself.' All the Law and the Prophets hang on these two commandments."

8) 论语, 衛靈公篇 : "己所不欲, 勿施于人"

9) Matthew 7:12 : "So in everything, do to others what you would have them do to you, for this sums up the Law and the Prophets."

10) 三國史記, 新羅本紀, 聖德王 四年條 : "下教禁殺生"

11) 五分律: "有三種肉不得食,若見,若聞,若疑.見者,自見為己殺 ; 聞者,從可信人聞為己殺 ; 疑者,疑為己殺.若不見,不聞,不疑,是為淨肉."/十誦律,三十七曰 : "我聽噉三種淨肉.何等三?不見不聞不疑.不見者,不自眼見為我故殺是畜生.不聞者,不從可信人聞為汝故殺是畜生.不疑者,此中有屠兒,此人慈心不能奪畜生命."/涅槃經,四曰: "迦葉菩薩復白佛言.世尊,云何如來不聽食肉.善男子.夫食肉者斷大悲種.迦葉又言,如來何故先聽比丘食三種淨肉.迦葉,是三種淨肉隨事漸制."

12) Genesis 9:1 : "God said to Noah and his sons: I am giving you my blessing. Have a lot of children and grandchildren, so people will live everywhere on this earth."

13) Genesis 1:29-30 : "I give you every seed-bearing plant on the face of the whole earth and every tree that has fruit with seed in it. They will be yours for food. 30 And to all the beasts of the earth and all the birds in the sky and all the creatures that move along the ground—everything that has the breath of life in it. I give every green plant for food."

14) Isaiah 65:25 : "The wolf and the lamb will feed together, and the lion will eat straw like the ox, and dust will be the serpent's food. They will neither harm nor destroy on all my holy mountain."

15) Genesis 9:3 : "Everything that lives and moves about will be food for you. Just as I gave you the green plants, I now give you everything."

16) Genesis 9:4 : "But you must not eat meat that has its lifeblood still in it."

17) Democritus, First published Sun Aug 15, 2004, substantive revision Fri Dec 2, 2016 : "Democritus' theory of taste, for example, shows how different taste sensations are regularly produced by contact with different shapes of atoms: some atoms are jagged and tear the tongue, creating bitter sensations, or are smooth and thus roll easily over the tongue, causing sensations of sweetness. Theophrastus, who gives us..."

18) Nature, 2006 Aug 24;442(7105):934-8. doi: 10.1038/nature05084. The cells and logic for mammalian sour taste detection, Angela L Huang 1, Xiaoke Chen, Mark A Hoon, Jayaram Chandrashekar, Wei Guo, Dimitri Tränkner, Nicholas J P Ryba, Charles S Zuker

19) Kikunae Ikeda (池田菊苗, Ikeda Kikunae, 8 October 1864 – 3 May 1936) was a Japanese chemist and Tokyo Imperial University professor of Chemistry who, in 1908, uncovered the chemical basis of a taste he named umami. It is one of the five basic tastes along with sweet, bitter, sour and salty.

20) Kean, Sam (Fall 2015). "The science of satisfaction". Distillations Magazine. 1 (3): 5. Retrieved 22 March 2018.

21) 元,郑廷玉《看钱奴》第一折 : "便好道'天不生无禄之人,地不长无名之草'.吾等体上帝好生之德,权且与他些福力咱"/明·戚继光《练兵实记》第九卷: "勿用心于货利, 毋百计以求积,毋为儿孙作马牛.谚云 ... 天不生无禄之人."/明,冯梦龙《醒世恒言》第三十七卷 : "你当初有钱是个财主,人自然趋奉你;今日无钱,是个穷鬼,便不礼你,又何怪哉!虽然如此,天不生无禄之人,地不长无根之草."

22) Matthew 6:31-33 : "So do not worry, saying, 'What shall we eat?' or 'What shall we drink?' or 'What shall we wear?' For the pagans run after all these things, and your heavenly Father knows that you need them. But seek first his kingdom and his righteousness, and all these things will be given to you as well."

23) 내가 먹는 음식이 3대까지 간다, SBS 스페셜, 2009.11.14. : "최근 유전학자들이 내놓은 첨단이론 '후성유전학(epigenetic)'에 따르면, 우리가 매일 먹는 음식은 DNA를 조절하는 스위치에 영향을 미쳐, 3대 후손의 미래까지 결정한다고 한다. '식탁에서 무엇을 먹느냐에 따라 인류의 미래가 바뀔 수 있다'는 주장이다."

24) Yi Zhang & Tatiana G. Kutateladze, Diet and the epigenome, Nature Communications volume 9, Article number: 3375 (2018) : "Over the past decade, remarkable breakthroughs in our understanding of epigenetic biology have coincided with an increased public interest in the impact of diet and lifestyle choices on health. It is well established that a balanced diet enhances life expectancy and helps to prevent or treat certain diseases, such as obesity, diabetes, cancer, and mental disorders."

25) David M. Kaplan, Food Philosophy, Columbia Unversity Press, 2019. / 8 Aspects of the To-Real_life Food Philosophy, http;//www.toreallife.com

26) "태어났으면 밥값하라"니, 아시아경제, 2012.1.16.

27) 프랑스 계란껍데기 본 누리꾼 "공무원들 밥값해라", 동아일보, 2017.8.18

28) 언론, 한나라당 '밥값'하라며 재의결 압박, 중앙 "한나라당 장외투쟁은 자살골, 투쟁방식 정당화 안 돼" 한겨레 "한나라당은 재의결로 정면대치 풀고 '밥값' 해라", 2003.11.27.

29) 추미애 "야당 의원들도 밥값 좀 해라... 국민 한계치 도달", "야당들, 어떻게든 대통령 발목 잡아보겠단 심보만 보여", 뉴스1, 2018.4.9.

30) [뒤끝토크] 밥값 못한 채 피켓 든 국회의원들, 아시아타임즈, 2020.12.14. : "최근 국회에는 세 개의 피켓이 등장했습니다. 고위공직자범죄수사처(이하 공수처)법 개정안을 반대하는 피켓과 중대재해기업처벌법 제정 촉구 피켓, 그리고 사회적 참사 특별법(사참법) 개정을 요구하는 피켓들이었지요."

31) 이명박 광고 '욕쟁이 할머니', 낙원동 아닌 강남서 포장마차 운영, 조선일보, 2007.11.29. : "한나라당 이명박 대선 후보의 TV 대선광고 '욕쟁이 할머니' 편에 등장하는 할머니는 광고에 나온 '낙원동 국밥집'이 아니라 서울 강남에서 포장마차를 운영하는 것으로 밝혀졌다. 지난 27일 공개된 이 광고를 보면 할머니는 이 후보에게 국밥을 퍼주며 '쓰잘데기없이 싸움박질만 하고 지랄이여. 우린 먹고살기 힘들어 죽겠어', '밥 처먹으니까 경제는 꼭 살려라 이놈아.'라고 말한다."

32) 明,佚名,岳飞精忠 : "学士,你一心顺金,并无辅国之心,专主议和,卖国专权,岂不闻'贤臣择主而仕,良禽相木而栖.为臣者坐国家琴堂,食君主俸,全无尽忠之心.." / 春秋左氏專, 衷公十八年 條 / 三國志, 蜀志

33) 元,柯丹邱,荆钗记四 : "孟轲十一言犹善,八口同耕井字田.庸言'民乃国之本,故日食为民所

天." / 清,西周生,醒世姻缘传一七 : "民为邦本,本固邦宁.矧邦畿千里之内,拥黄图而借玉食,惟民是藉." / 清,郑观应,盛世危言五 : "民为邦本,国家之度用,将吏之俸禄,军中之粮饷,皆出于民."

34) 김훈, 칼의 노래 : "끼니는 어김없이 돌아왔다. 지나간 모든 끼는 닥쳐올 단 한 끼니 앞에서 무효였다. 먹은 끼니나 닥쳐 올 끼니를 해결할 수 없었다. 끼니는 시간과도 같았다. 무수한 끼니들이 대열을 지어 다가오고 있었지만, 지나간 모든 끼니들은 단절되어 있었다. 굶더라도, 다가오는 끼니를 피할 수는 없었다. 끼니는 파도처럼 정확하고 쉴새 없이 밀려닥쳤다. 끼니를 건너뛰어 앞당길 수도 없었고 옆으로 밀쳐낼 수도 없었다. 끼니는 새로운 시간의 밀물로 달려드는 것이어서 사람이 거기에 개입할 수 없었다. 먹든 굶든 간에, 다만 속수무책의 몸을 내맡길 뿐이었다. 끼니는 칼로 베어지지 않았고 총포로 조준되지 않았다."

35) 밥상머리 교육의 효과 5가지, 정책브리핑, 2016.5.19. : "해외에서도 주목하고 있는 '밥상머리 교육'은 우리 선조들의 자식 교육법이자 아이들에게 건강과 정서적 안정을 가져다주는 가족애 향상법이었다. 밥상머리 교육의 효과를 '교육부'를 통해 알아본다."(www.korea.kr)

36) Robert B. Cialdin, Influence : The Psychology of Persuasion, Harper Business, December 26, 2006.

37) 司馬遷,史記,殷本記(紂王) : "大聚樂戲於沙丘,以酒爲池,縣肉爲林,使男女裸相逐其間,爲長夜之飮.百姓怨望而諸侯有畔者,於是紂乃重刑辟,有炮烙之法."

38) Octoberfest produces 10 times as nuch nethane as Boston, The Guardian, Nov.7, 2019 : "More than six million people visit Oktoberfest each year and make their way through more than seven million litres of beer, 100,000 litres of wine, half a million chickens and a quarter of a million sausages..."

39) 蘇軾, 題西林壁 : "橫看成岭側成峰,遠近高低各不同,不識廬山眞面目,只緣神在此山中"

40) 法句經, 愚闇品, 第六四句 : "愚人盡形壽, 承事明智人, 亦不知眞法, 如杓斟酌食(Though all his life a fool associates with a wise man, he no more comprehends the Truth than a spoon tastes the favour of the soup. Dhammapada 64)."

41) 御選四朝詩 (四庫全書本)/全覽10 : "淸名瘞却靑山土, 只有殘梅守故廬, 往事回頭已陳跡, 龍門山色漫依然, 何處靑山草色迷, 金馬可能容傲骨"

42) 대구 지명 가운데 금호강(琴湖江)과 비슬산(琵瑟山)에서는 임금왕(王)가 금호강에 2번, 비슬산에 4번이나 들어가 있어 제왕이 비슬산 정기로 4명 나왔으니 아직은 금호강 정기로 2명 더 나온다고 한다. 제왕지향(帝王之鄕)이라고는 명칭을 사용하고, 박정희, 전두환, 노태우 및 박근혜 대통령을 대구 연고로 보고 있다.

43) 시장이 반찬 : 세르반테스(Miguel de Cervantes)의 톤키호테(Don Quixote, 1615)에서 "세상이 가장 맛있는 반찬은 시장이라지(Hunger is the best sauce in the world)."이 나오고, 기원은 로마 황제 키케로(Cicero, BC 106~43)가 "시장한 것이 반찬이라지(cibi condimentum esse famem)." 라고 한 말이다.

44) 고명 : 음식의 모양과 빛깔을 돋보이게 하고 음식의 맛을 더하기 위하여 음식 위에 얹거나 뿌리는 것을 통틀어 이르는 말. 버섯·실고추·지단·대추·밤·호두·은행·잣가루·깨소금·미나리·당근·파 따위를 쓴다.

45) Psalm 80:5 : "You have fed them with the bread of tears ; you have made them drink tears by the bowlful."

46) Johann Wolfgang von Goethe, Wilhelm Meisters Wanderjahre oder die Entsagenden, Harfenspieler : "Wer sich der Einsamkeit ergibt, Ach! der ist bald allein; Ein jeder lebt, ein jeder liebt, Und lässt ihn seiner Pein. Ja! lasst mich meiner Qual! Und kann ich nur einmal, Recht einsam sein, Dann bin ich nicht allein. Es schleicht ein Liebender lauschend sacht, Ob seine Freundin allein? So überschleicht bei Tag und Nacht, Mich Einsamen die Pein, Mich Einsamen die Pein. Ach, werd'ich erst einmal Einsam im Grabe sein, Da lässt sie mich allein!"

47) 김대중 대통령 빌 게이츠 미국 MS사 회장 접견, 1998.6.18. : "참석자 : 김대중 대통령, 빌 게이츠 미국 MS사 회장, 김대중 대통령이 청와대에서 빌 게이츠 미국 MS사 회장과 접견을 가졌다." 국가 영상기록원(ehistory.go.kr)

48) 보리주먹밥에 찐 감자… 6·25 전쟁음식 먹으며 희생 기려, 연합뉴스, 2018.6.25. : "인제군은 25일 하늘내린센터 대공연장에서 이순선 군수와 보훈단체, 주민, 장병 등 300여 명이 참석한 가운데 기념행사를 열었다. 특히 행사장에는 30여 점의 6·25전쟁 사진전과 함께 재향군인회 인제군지회가 진행하는 전쟁음식 시식회가 열려 보리 주먹밥, 쑥 개떡, 찐 감자, 옥수수 등을 맛보며 역사적 상흔을 되새겼다."

49) 중앙일보, 2015년 1월 13일 : "의병들의 혼이 담긴 의령망개떡 사이소~" / 과거 전투 비상식량으로는 중국 삼국지에서는 두부튀김(豆腐), 꽈배기(油條, 油果), 만두 등이 나오고, 일반적인 비상식량으로는 라면(마른국수), 육포 등이 이용, 서양에서는 마른 빵(바게트) 혹은 미군의 건빵(dry bread)과 비상식량(field ration) 등이 있었다.

50) 국어사전, 망개떡(명사) : 쌀가루를 반죽하여 팥소를 넣고 반달 모양이나 네모난 모양으로 빚어 청미래덩굴의 잎사귀로 싸서 찐 떡.

51) 군가, 전우야 잘자라 : "(1) 전우의 시체를 넘고 넘어 앞으로 앞으로 / 낙동강아 잘 있거라 우리는 전진한다 / 원한이야 피에 맺힌 적군을 무찌르고서 / 꽃잎처럼 사라져 간 전우야 잘 자라. / (2) 우거진 수풀을 헤치면서 앞으로 앞으로 / 추풍령아 잘 있거라 우리는 돌진한다 / 달빛 어린 고개에서 마지막 나누어 먹던 / 화랑 담배 연기 속에 사라진 전우야."

52) ミスッカル: ミスッカル(ミスカルとも)は米粉・麦粉（はったい粉）・豆粉などを蒸したり炒めたりしたものを粉にして混ぜ合わせた朝鮮の伝統食品。近年韓国では健康ブームにあやかって膳食いう名で従来の材料に加え,鳩麦,玄米,玉蜀黍,黒米,黒豆,胡麻,荏胡麻,山芋,青菜,抹茶,落花生,胡桃,栗,銀杏,昆布,松葉,よもぎなどが個人の体質や季節,体調に合わせて配合されて高級デパートなどで販売されるようにもなった。

53) "김치 없인 못 살아 나는 못 살아~", 농촌여성신문(webmaster@rwn.co.kr), 2017.11.8. : "김치는 한국인에게 매우 특별한 의미가 있으며, 밥상에 꼭 있어야 하는 음식이다. 특히 김장은 채소가 귀해지는 겨울철에 훌륭한 비타민과 유산균의 공급원으로 겨울철에는 절반의 식량이다. 동네 사람이 함께 어울려서 김치를 담그는 우리나라 전통의 김장 문화는 2013년 유네스코 지정의 인류문화유산에 등재되기도 했다."

54) 한국 김치, '사스 나가 있어', 대구일보, 2003.5.1. : "최근 동남아와 중국을 휩쓸고 있는 사스(SARS. 중증 급성호흡기증후군) 예방에 한국의 전통음식 김치가 특효라는 주장이 제기되면서 국내외에서 김치에 대한 관심이 증가하고 있다. 많은 국가에서 사스 환자가 다수 발생한 것에 비해 한국에서 사스가 힘을 못하는 것은 '김치 때문'이라는 해외 언론의 보도가 나간 뒤 중국의 한인 식당에서는 김치 특수를 누리고 있는가 하면, 국내에서도 김치를 찾는 이들이 부쩍 늘어나고 있다."

55) Kimchi, a well-known traditional fermented Korean food, Baltimore Sun, 2018.7.26. : "Lactic acid bacteria, green onion and ginger in kimchi serve as natural antiviral agents, highly effective in preventing influenza." / Eating Kimchi and Sauerkraut May Stave Off Covid-19, Wall Street Jpurnal, 2020.7.22. / Cabbage and fermented vegetables, Wiley Online Library, 2020.8.4. : "ACE, angiotensin-converting enzyme; Ang II, angiotensin II; AT1R, angiotensin II receptor type 1; COVID-19, coronavirus."

56) 문화유적 총람, 경주시청, 문화재관리국, 1977, 동해문화사/ 우리 고장 문화재 요람 및 경상북도 문화재 도록, 1995, 경상북도, 경북교육연구원, 318면

57) 秋適, 明心寶鑑 : "范忠宣公, 戒子弟曰人雖至愚, 責人則明, 雖有聰明. 恕己則昏… 倉廩食之. 爾俸爾祿, 民膏民脂. 下民易虐, 上天難欺."

58) 대구시·경북도, 청렴도 '빨간불', 뉴데일리, 2019.12.11. : "국민권익위원회 2019 공공기관 청렴도 측정결과 발표. 대구시 3등급·경북도 4등급 그쳐, 대구 시민단체 굴욕적인 청렴도. 공공기관 고강도 대책 마련해야 촉구."

59) 岐伯, 传说中的上古时代医家.白天識藥, 嘗藥性, 晩上 習養生之道, 掌握經絡醫術.黃帝在崆峒山問道於廣成子時, 中南子向黃帝推舉了岐伯.岐伯後來成為黃帝的大臣.他受黃帝的命令品嘗百草.傳說他曾經駕馭由12隻白鹿拉的絳雲車赴蓬萊山問不死之藥「岐黃」為岐伯與黃帝二人的合稱, 相傳為醫家之祖.

60) 《黃帝內經》是以黃帝與他討論醫學問題的問答體裁編著的,分成《素問》與《靈樞》二部.後據說《難經》八十一篇, 稱為八十一難, 為根據《黃帝內經》內容而寫的八十一條答辯議論,包括有關把脈,經絡,解剖,五臟疾病,以及針灸治療法等之理論;作《內外術經》十八卷, 教制九種針灸之方法;作《經方》, 為記載藥劑治療之書;作《神農本草經》,記載中國古代藥物的著作,收藥物三百六十五種, 共記載植物,動物,礦物和釀造的飲料食品及少數化學製品等,因以草類居多,故有此稱(今原書不傳,有清孫星衍等輯本).]

61) 論語,述而篇 : "子曰:飯疏食飲水, 曲肱而枕之,樂亦在其中矣.不義而富且貴,於我如浮雲."

62) 五辛菜:大蒜, 革蔥, 蘭蔥, 慈蔥, 興藥

63) 莊子,列禦寇篇 : "學屠龍於支離益單千金之家三年技成而无所用其巧"

64) 30대 가구주, 부채 1년 새 13%↑ … '영끌'세대 빚내서 집 샀다. 뉴스원, 2020.12.17.

65) 대구치맥페스티벌, 나무위키 : "한국 고대사(신라사) 연구의 권위자로 알려져 있는 주보돈 경북대학교 사학과 명예교수의 주장에 따르면, 대구는 닭을 조상신으로 여겨 숭배했던 신라의 김씨 집단과도 친연성을 가진 지역이었으며, 대구의 옛 이름인 '달구벌'(達句伐)의 옛 의미는 '닭의 벌판'을 의미하기도 했다. 역사적으로 볼 때도 대구는 닭과 관련이 있다고 볼 수 있는 것이다."(https://namu.wiki)

66) "韓, 코로나 사망 적은 이유" 佛 연구진이 밝힌 비결은 '김치', 중앙일보, 2020.7.16. : "배추가 코로나 결합 ACE2 효소 억제, 절인 양배추 주식인 독일도 사망 적어, 2003년 韓 사스 피해 적자, 김치 인기, 장 부스케 프랑스 몽펠리에대 폐의학과 명예교수가 이끈 연구진은 코로나19 사망자 수와 국가별 식생활 차이의 상관관계를 연구했다고 영국 매체 더선이 13일(현지 시간) 단독 보도했다. 연구진은 특히 한국, 그리고 유럽에선 독일의 사망자 수가 적은 이유에 주목했다. 두 나라는 식생활에 공통점이 있었다. 바로 발효한 배추나 양배추를 주식으로 먹는다는 것이었다. 한국은 김치, 독일은 사워크라우트(sauerkraut · 양배추를 싱겁게 절여 발효시킨 독일식 김치)를 먹어 코로나19 사망자 수가 적다는 게 연구진의 분석이다. 연구진에 따르면 발효한 배추는 ACE2(앤지오텐신전환 효소2)를 억제하는 효과가 있다. ACE2는 사람 세포막에 있는 효소로, 코로나바이러스는 바로 이 ACE2와 결합해 세포 속으로 침투한다. 김치가 일종의 'ACE2 천연 억제제'란 의미다. 따라서 연구진은 "배추가 코로나19 예방에 도움이 된다"고 주장했다. 이 연구 논문은 국제학술지 '임상 · 변환알레르기(Clinical and Translational Allergy)'에 실렸다."

67) 제주한의약 연구원과 한국한의학연구원 공동 식치(食治), 전통의료와 식품의 융합 심포지엄 개최, 제주도정뉴스, 2018.9.10. (https://www.jeju.go.kr/news/bodo)

68) 영주시 이석간경험방 식치음식 상품화 개발 용역 최종보고회 개최, 데일리경북, 쿠키뉴스, 2020.8.5. : "장욱현 영주시장은 '이번 식치음식의 상품화는 영주 이석간경험방에 근거해 음식으로 몸과 마음을 치유하는 식치(食治)를 현대화해 복원한 음식으로 지역 음식 및 관광자원과 연계를 통한 영주의 관광콘텐츠로'"(http://www.kukinews.com)

69) 한국한의학연구원의 식치 관련 연구 : 2017.2.28. 100세 시대 건강한 시작은 식치로부터, 2017.11.2. 고령화 시대 식치의 역할 모색, 2018.3.3. 식치의서 11종 전자책, 2018.5.3. 세종 즉위 600년 기념 왕실 식치 세미나, 2018.5.4. 한의학연 왕실식치 체험행사 등 (https://www.kiom.re.kr)

70) 김용철, 달빛에 바랜 신화의 기록, 한겨레21, 2010.1.28. : 소설가 이병주는 "과거가 햇볕에 바래면 역사가 되고, 달빛에 물들면 신화가 된다."라고 말했다.

71) Allan Charles Wilson (18 October 1934 – 21 July 1991) was a Professor of Biochemistry at the University of California, Berkeley, a pioneer in the use of molecular approaches to understand evolutionary change and reconstruct phylogenies, and a revolutionary contributor to the study of human evolution. He was one of the most controversial figures

in post-war biology; his work attracted a great deal of attention both from within and outside the academic world. He is the only New Zealander to have won the MacArthur Fellowship.

72) 이홍규, "한국인 주류는 바이칼호에서 온 북방계 아시안, 유전자로 밝혀보는 한민족의 뿌리, 신동아 신년특집, 2002.1월호 : "70~80%가 북방계, 20~30%가 남방계 유전자, 북부 아시아인의 유전자풀 원천은 마지막 빙하기시기의 바이칼호, 아메리카 인디언은 한국인과 한 핏줄, 1형 당뇨병과 조직적 합성 유전자(Histo-compatibility antigen, HLA)와의 관련성을 연구했음."

73) 明心寶鑑,孝行篇 : "孝順還生孝順子,忤逆還生忤逆兒. 不信但看簷頭水, 點點滴滴不差移."

74) 荀子·勸学 : "蓬生麻中,不扶而直.白沙在涅,与之俱黑."

75) Moshe Szyf : How Do Our Experiences Rewire Our Brains And Bodies? TED Radio Hour, August 25, 2017 : "Many think genetic makeup is fixed from the moment we're born. But Moshe Szyf says this understanding is incomplete because our experiences and environment have the power to change our basic biology..Moshe Szyf is a pharmacology professor at McGill University. He is a pioneer in the field of epigenetics, the study of how living things reprogram their genome in response to social factors. Szyf received his Ph.D. from The Hebrew University Of Jerusalem working on DNA modification. He did his postdoctoral fellowship in genetics at Harvard Medical School."

76) Moshe Szyf is a geneticist and James McGill professor of pharmacology and therapeutics at the McGill University, where he also holds a GlaxoSmithKline-CIHR chair in pharmacology. Szyf's main research interests lie with epigenetics, including behavioral epigenetics as well as cancer research.

77) Moshe Szyf: How Do Our Experiences Rewire Our Brains And Bodies? August 25, 2017(www.npr.org)

78) 이홍규(2010). 한국인의 기원. 서울, 우리역사연구재단, p.109. / Lee Hong Gyu, Origin of Korean People and DNA Tracking, 시베리아연구 제24권, 2020.1.13.

79) 이종호, [weekly chosun] "한민족은 단일민족 아니다!", 조선일보, 2009.1.9. :"유전자로 본 한국인, 북방계·남방계 등 두 가지 이상 유전자가 섞인 집단, 북방계 남성·남방계 여성이 결합 가설도 급부상. Y염색체는 아버지에게서 아들에게로만 유전되며, 미토콘드리아는 반대로 모계를 통해서만 유전된다. 이 때문에 미토콘드리아 DNA를 '이브의 유전자', Y염색체를 '아담의 유전자'라 부른다. 때문에 학자들은 이 두 가지 유전자를 분석해 한민족의 기원을 파악하고 있다. 단국대학교 김욱 교수는 Y염색체를 이용한 연구결과에 근거하여 한민족을 크게 두 갈래로 나누고 70~80%는 북방계, 20~30%는 남방계이며 나머지는 유럽인 등 다른 그룹이 섞여 있다고 발표했다. 다른 연구에서는 북방계가 60~70%, 남방계가 30~40%라는 분석도 있다."

80) Exodus 7:14-25 : "Then the Lord said to Moses, 'Pharaoh's heart is unyielding; he refuses to let the people go. Go to Pharaoh in the morning as he goes out to the river. Confront

him on the bank of the Nile, and take in your hand the staff that was changed into a snake. Then say to him, 'The Lord, the God of the Hebrews, has sent me to say to you: Let my people go, so that they may worship me in the wilderness. But until now you have not listened. This is what the Lord says: By this you will know that I am the Lord: With the staff that is in my hand I will strike the water of the Nile, and it will be changed into bloode Nile will die, and the river will stink; the Egyptians will not be able to drink its water."

81) 잔석기 또는 세석기는 뗀석기의 한 종류로 보통 3cm 이하로 작고, 뾰족하거나 날카로운 특징을 가지는 석기이다. 유럽에서는 구석기 시대 및 신석기 시대의 과도기로서 기원전 12,000년에서 기원전 8,000년 사이에 중석기 시대가 설정되어 있어 중석기의 특징으로 잔석기가 등장한다.

82) BOWEN, Greg L., 57, passed away February 11, 2009, following a long illness. Born in Mansfield, Ohio Greg was an Air Force veteran of the Vietnam War. While stationed in South Korea he met and married the love of his life, Yi Sang-mi who survives him. He is also survived by his daughter, Shannon Bowen, whom he always described as the greatest accomplishment of his life. As a devotee of archeology, Greg discovered several ancient relics in South Korea, including the oldest known hand axe, which dated back to the Paleolithic period. In 2005, Greg, Sang-mi, and Shannon were invited as guests of honor to Jeongok-ri, Korea to attend a ribbon cutting ceremony for the museum being built and dedicated at that site. Upon discharge from the Air Force, inspired and enthused by his findings Greg and Sang-mi relocated to Arizona, where Greg obtained his Masters degree in Anthropology from the University of Arizona. He spent the majority of his career working with the Navajo Nation Historic Preservation Department, retiring only when his health demanded it. Greg had many interests and talents, including painting, poetry, music, and landscaping. In addition to his wife and daughter, Greg is survived by a brother, Keith Bowen of Mansfield, Ohio and sister, Debra Spriestersbach also of Mansfield, several nieces and nephews and a myriad of friends. Greg will be deeply missed by his family and friends; we know his spirit will carry on in all who knew him. We love you. A Memorial Service will be held in his honor on Friday, February 20, 2009 10:00 a.m. at ADAIR FUNERAL HOMES, Avalon Chapel, 8090 N. Northern Avenue (742-7901).

83) Handaxe : National Musium of Korea(www.museum.go.kr), Culture / Period Paleolithic Periód, Provenance Gangwha-gun, Materials Stone - Other/ Miscellaneous DimensionsL. 15.0cm, Accession NumberSinsu 16420, "This handaxe was excavated from the prehistoric site of Jeongok-ri, Yeoncheon, in Gyeonggi-do. A handaxe with its edge sharpened was produced a few million years after some hominid had produced the first tool in history. The reason that a handaxe is a symbolic artifact from which human evolution can be traced, is that it was produced by a hominid who had begun to stand up and think"

84) 김원용(金元龍, 1922~1993) 평안북도 태천, 뉴욕대학교 대학원 철학 박사, 서울대학교 고고학 교수, 1990년 한림대학교 과학원 원장

85) Handaxe : National Musium of Korea(www.museum.go.kr), Culture / Period Paleolithic Period, Provenance Gangwha-gun, Materials Stone - Other/ Miscellaneous DimensionsL. 15.0cm, Accession NumberSinsu 16420, "This handaxe was excavated from the prehistoric site of Jeongok-ri, Yeoncheon, in Gyeonggi-do. A handaxe with its edge sharpened was produced a few million years after some hominid had produced the first tool in history. The reason that a handaxe is a symbolic artifact from which human evolution can be traced, is that it was produced by a hominid who had begun to stand up and think"

86) Hallam Leonard Movius (1907–1987) was an American archaeologist most famous for his work on the Palaeolithic period.

87) Wikipedia, The Movius Line is a theoretical line drawn across northern India first proposed by the American archaeologist Hallam L. Movius in 1948 to demonstrate a technological difference between the early prehistoric tool technologies of the east and west of the Old World.

88) [팩트체크] '친일' 아래한글 일본기업 한컴이 만들었다?, CJ Mall, 2018.8.6. (newstof.com›news) : "정말 아래한글은 '일본 아래한글'인가? 뉴스톱이 팩트체크했다." / "한글은 일본 꺼다" 이제는 한글마저. : 네이트 판, 2012.1.18.(pann.nate.com›talk) : "일본 측의 주장 현재 일본에서 보관 중인 신대문자비석과 청동거울에 새겨진 신대문자는 한글 창제 735년 전 만들어진 문자이다. 즉 한글은 일본의 신대문자를 본따 만든 글자이다."

89) 성명서 일본의 역사교과서 왜곡에 대한 우리의 입장, 국가보훈처, 2010.3.16.(www.mpva.go.kr) : "그럼에도 일본의 학계나 지식인들은 한반도 영향설을 뚜렷한 근거 없이 부정하면서 오히려 한반도 섬문화 유입설을 적반하장으로 강변(强辯)하고 있다. 일본의 역사 왜곡 행위야말로 이와 같은 문화적 열등감에서 오는 자위적(自慰的) 반작용의 행태이며, 이성을 던져버리고 감정의 신기루만을 좇아가려는 몽유병적 우행(愚行)이라는 것을 우리는 분명히 일깨우고자 한다."/ 기원전 500년 한반도 남부 우리 조상이 일본어를 사용, 인터넷 파라다이스, 동아일보, 2020.8.5.(mlbpark. donga.com›mp) : "한반도 남부 우리 조상들은 BCE 500년 무렵에 일본어 쓰고 있었을 가능성 크. 한반도에서 건너간 도래인들이 일본의 조몬인들 밀어내고 야요이 문화 만들었다고 할 때…"/ [대종교] 일본의 역사교과서 왜곡에 대한 우리의 입장, 2010.3.15.(blog.naver.com›gochanglys) : "그럼에도 일본의 학계나 지식인들은 한반도 영향설을 뚜렷한 근거 없이 부정하면서 오히려 한반도 섬문화 유입설을 적반하장으로 강변(强辯)하고 있다. 일본의 역사 왜곡 행위야말로 이와 같은 문화적 열등감에서 오는 자위적(自慰的) 반작용의 행태이며, 이성을 던져버리고 감정의 신기루만을 좇아가려는 몽유병적 우행(愚行)이라는 것을 우리는 분명히 일깨우고자 한다."

90) Minkoo Kim, Rice in ancient Korea: status symbol or community food?, Cambridge University Press: 06 August 2015 : "Rice has been an important cultivated crop in Korea since c. 1500 BC, but in historical times it was a luxury food too valuable for consumption by the farmers who produced it... Analysis of plant remains from Sangdong-dong and Songguk-ri, two Bronze Age settlements of the early first millennium BC, however, reveals that rice was not the preserve of elites in that period. The situation changed with the state formation during the first three centuries AD, when rice consumption became increasingly restricted. Thus in Korea rice was not initially cultivated as a luxury food, but became so through social and political change.

91) Wikipedia, Rice : "Mainstream archaeological evidence derived from palaeoethnobotanical investigations indicate dry-land rice was introduced to Korea and Japan sometime between 3500 and 1200 BC."

92) Sung-Mo Ahn, The emergence of rice agriculture in Korea : archaeo-botanical perspectives, 5 May 2010 : "Argument for the earliest evidence of domesticated rice at the Sorori site, 15,000 years ago, is invalid. The evidence for rice cultivation in the Neolithic (Chulmun) is still insufficient although rice remains have been reported from a few late Neolithic sites in central-western Korea which dated to about 3000 BC. The existence of rice agriculture in the Bronze Age (Early and Middle Mumun: c.1300~300 BC), on the other hand, is demonstrated by the high percentage and/or frequency of rice remains among crops recovered from various sites, as well as through the numerous findings of paddy fields. Rice appears to have been introduced from the Liaodong region, China, while so called 'southern diffusion route' that the beginning of rice cultivation was first stimulated by influences from Southeast Asia or South China is no more valid. Charred rice remains recovered from the Bronze Age dwellings consist of dehusked clean grains and weedy seeds are very rare among samples containing rice grains, which could be related with the harvesting and processing methods of rice."

93) Molecular evidence for a single evolutionary origin of domesticated rice, Jeanmaire Molina, Martin Sikora, Nandita Garud, Jonathan M. Flowers, Samara Rubinstein, Andy Reynolds, Pu Huang, Scott Jackson, Barbara A. Schaal, Carlos D. Bustamante, Adam R. Boyko, and Michael D. Purugganan, PNAS May 17, 2011 108 (20) 8351-8356(https://doi.org/10.1073/pnas.1104686108) : "Asian rice, Oryza sativa, is one of world's oldest and most important crop species. Rice is believed to have been domesticated ~9,000 y ago, although debate on its origin remains contentious. A single-origin model suggests that two main subspecies of Asian rice, indica and japonica, were domesticated from the wild rice O. rufipogon."

94) 고양 가와지볍씨 위치 고양 가와지 볍씨 박물관(http://www.goyang.go.kr) / 고양가와지볍씨1; 조사와 연구, 고양시, 한구선사문화연구원, 2014.5.30.(http://text.library.kr)

95) The Korean Society Of Conservation Science For Cultural Heritage, 2006.11.17. Human activities proxy data and Prehistoric agriculture during the Holocene in the South Korea, Kim, Hye-Ryung (Chungcheong Cultural Properties Research Institute) ; Yoon, Soon-Ock (Department of Geography, Kyunghee University) Pages.87-92

96) Earliest origins of rice: South Korea vs. China? China vs. India?, Rice traced to a single domestication event in China (3 May 2011, BBC News), Heritage of Japan, Discovering the Historical Context and Culture of the People of Japan, (heritageofjapan.wordpress.com) : "Scientists have shed new light on the origins of rice, one of the most important staple foods today...Several years ago, researchers said they had found evidence for 15,000-year-old burnt rice grains at a site in South Korea, challenging the idea that rice was first cultivated in China. However, the evidence remains controversial in the academic community."

97) Colin Renfrew & Paul Bahn, Archaeology : Theories, Methods, and Practice, Thames & Hudson; Sixth edition (April 1, 2012), 656 pages.

98) Rice traced to single domestication event in China, BBC News, 2011. 5. 3. :"Scientists have shed new light on the origins of rice, one of the most ... Published: 3 May 2011 ... "So domesticated rice that we may have once thought originated in India actually ... South Korea, challenging the idea that rice was first cultivated in China. ..."

99) 管子, 權修篇 : "一年之計莫,如樹穀.十年之計,莫如樹木,終身之計,莫如樹人."

100) 三國志,蜀書先主傳 : "今天下英雄,唯使君與操耳.本初之徒,不足數也.先主方食,失匕箸."

101) 齊宣子正衡宏農人，天寶六載官天王左史

102) 晉書音義 : "按玄應佛書音義曰：瘍痏，諸書作疜,通俗文于罪切.痛聲曰瘍.... 蘇林注漢書曰：北方人名匕曰匙."

103) 散蓮華(ちりれんげ)は中国や東南アジアで一般に用いられる陶製スプーン（匙）の日本での呼び名.飲食用の器具で食物をすくう,混ぜる,口に運ぶといった用途をもつ[1].蓮の花（蓮華）から散った一枚の花びらに見立ててこの名がある.単に「れんげ」と呼ばれることもある.

104) 주영화, 효과적인 식사 도구 숟가락 한국인만 사용하는 이유는?, 한국학중앙연구원, 신동아 2008.9.2. : "중국 젓가락은 17~50cm 정도 각각, 손잡이는 방형이고 끝부분은 원형, 중원, 일본열도 지배층 및 고구려 귀족은 6~7세기에 개인별 밥상과 수저를 사용, 고려청자, 조선백자 및 청화백자를 식기로 사용하다가 지도층은 예기(禮記)에 따라 청동 숟가락과 젓가락 사용, 조선 중기에 구리 생산으로 유기(놋쇠) 도구를 생산 사용."

105) 太極匙, 林依純 星級餐廳 , 2020.9.21.: "易傳, 易有太極,是生兩儀.兩儀生四象,四象生八卦."

106) 조상의 혼령이 음식을 먹기를 바라면서 숟가락을 밥에 꽂고 젓가락을 바로 놓는 절차

107) 한일중 가운데 한국만이 숟가락을 사용하는 이유, YTN사이언스, 2017.3.10. : "유교를 숭상했던

조선 선비들이 주자가례에 있는 '수저는 밥상 가운데에 놓고(匙箸在盤中上)', '숟가락은 밥 가운데
에 꽂고 젓가락은 제자리에 놓는다(挿匙正箸)."등의 정통 예의를 지켜 동방예의지국의 기본을 지
키려는 올곧음에서 지켜왔다."

108) 中华人民共和国成立后,实行了社会主义建设的步伐.私有企业被国有企业取代,而政府成
为了国家最大的雇主.学生在毕业之后都会被派到单位里面工作,而不需要经过由市场来决
定的人力市场求职.严格来说,所有在国有企业工作的工人都是公务员,而他们在单位的工作
是有终身保障性的,他们除了每个月的工资以外,就算在退休之后还能从单位裡支取工资.

109) [사설] 금수저·흙수저는 현실, 한국은 신계급사회로 가고 있다, 경향신문, 2015.11.17.

110) 2 Kings 2:19-21 : "Healing of the Water, The people of the city said to Elisha, "Look, our
lord, this town is well situated, as you can see, but the water is bad and the land is unpro-
ductive. Bring me a new bowl, he said, and put salt in it. So they brought it to him. Then
he went out to the spring and threw the salt into it, saying, This is what the Lord says: I
have healed this water. Never again will it cause death or make the land unproductive."

111) 김(海苔)은 1425년 경상도지리지 동래현 토산공물조에 해의(海衣), 해의란 명칭은 1454년 세종
실록지리지에 동래현 토공조, 1530년 신증동국여지승람의 동래현 토산조에 기록 등 수 많은 조선
시대 기록에 등장, 1911년 한국수산지 제2집 조선총독부 농상공부 수산국의 동래부에 도포(搗布)
즉 감태(甘苔)로 명시하고 있다. 1640년 전남도 광양 태인도에서 최초 양식했던 김여익(金汝瀷)의
묘비명에 의하면 명확한 명칭이 없으니 양식자의 성을 따서 '김'이라고 했다고 함. 김치도 맛있게 침
채(沈菜)를 잘 담갔던 '김 모 씨의 침채(金某沈菜)'를 줄여서 김채 혹은 김치라고 하다가 김치로 정
착되었을 것으로 보임. 유사한 사례로 생채(生菜)에서 상치가 되었음. 한편 서울에서 김치라고 했
으나 경상도에서는 지금도 짐치 혹은 평안도 등에서는 딤치라고도 함. 최근 한류를 타고 김이 연간
5억 달러 판매되는 블랙 반도체(black semiconductor)로 인식되고 있음.

112) 三國史記 第八卷 神文王條 : " 三年春二月, 以順知爲中侍. 納一吉湌金欽運少女爲夫
人, 先差伊湌文穎波珍湌三光定期, 以大阿湌智常納采, 幣帛十五轝, 米酒油蜜醬豉脯醯
一百三十五轝.."

113) 泡菜(Kimchi)—韩国代表性的传统发酵食品. 《食品与发酵工业》2002年 第5期. 已忽略
文本"郑云溶 韩国农水产物流通公社北京农业贸易馆 馆长"

114) 한상갑, [밑줄 쫙~대구 역사유물] <17> 달성고분군 금동관, 매일신문, 2014.4.26. : "대구 出字형
금동관, 지역 권력자 왕관? 신라 왕실 하사품? 달구벌 세력이 교통과 전략의 요충지에 자리 잡았던
것은 기회이자 위기였다. 지정학적 유리(有利)를 기반으로 고대국가로 도약할 수도 있었고 천혜의
입지에 안주하면서 정체의 길을 걸을 수도 있었다. 달구벌 세력은 눈앞에 놓인 독배와 축배 중 '현
실 안주'라는 독배를 택했다. 신라왕실이 내려준 '짝퉁 금관'에 취해 달성 안에 자신을 가두고 말았
던 것이다."

115) 三國史記, 第二卷 : "沾解尼師今...十五年春二月, 築達伐城, 以奈麻克宗爲城主. 三月百濟
遣使請和, 不許. 冬十二月二十八日, 王暴疾薨.

116) 三國史記, 卷三十九 雜志 第八 : "職官 中…租典,大舍一人,史一人 新園典,大舍一人,史一人, 氷庫典,大舍一人,史一人,白川苜蓿典,大舍一人,史一人,漢祇苜蓿典,大舍一人,史一人,蚊川苜 蓿典,大舍一人,史一人,氷庫典,大舍一人,史一人."

117) 한국민족문화대백과, 參良火停 : "신라통일기 지방의 각 주(州)에 배치하였던 십정(十停) 군단 의 하나이다. 9주 가운데서 삽량주(歃良州 : 뒤에 良州로 개칭)를 관할하였던 군단이었다. 그 소재 지는 화왕군(火王郡) 현효현(玄驍縣 : 지금의 대구광역시 달성군 현풍읍)이었다. 소속 군관으로는 대대감(隊大監) 1인, 소감(少監) 2인, 삼천당주(三千幢主) 6인, 삼천감(三千監) 6인을 중앙에서 파 견하였다."

118) 東野治之, 正倉院文書と木簡の研究, 1977.8.27. 88面 : "日本木簡の史料的性格を論じた第 1部,木簡や正倉院文書に現われた漢籍類を上代の文学や學問との関係から考察した第2部, 正倉院文書の史料的性格.内容に関する論考の3部からなる.特に古文書学的視座をもって, これらの有機的把握を試み,未開拓分野に新事實を提供する.新稿6篇と付録「天皇号の成 立年代について」を含む新進気鋭の論集."

119) 木簡全文 : "進物, 加須津毛瓜, 加須津韓奈須比, 醬津毛瓜四, 醬津名我, 右種物, 九月十九 日"(奈良文化財研究所藏)

120) 須須保利(読み すずほり), 世界大百科事典内の須須保利の言及 : "【漬物】より …外国の 漬物では朝鮮のキムチ,中国のザーサイ,インドのチャツネ,欧米のピクルス,ザウアークラウト などが知られている. 【日本の漬物】記録上は天平年間(729 - 749)の木簡に見えるウリ,アオ ナなどの塩漬が古く,以後平安期まで塩漬のほかに醬(ひしお) 漬,未醬漬,糟 (かす) 漬,酢漬, 酢糟漬,甘漬,菹(にらぎ) ,須須保利(すずほり),荏裏(えづつみ)などの種類が見られる. 醬漬, 未 醬漬は醬,未醬の実体が必ずしも明らかではないが,だいたいしょうゆ漬,みそ漬に近いものだ ったと思われる."

121) 須須保利 (読み) すずほり, 世界大百科事典内の須須保利の言及 : " 【漬物】より…外国の 漬物では朝鮮のキムチ,中国のザーサイ, インドのチャツネ, 欧米のピクルス, ザウアークラウ トなどが知られている. 【日本の漬物】 記録上は天平年間(729 - 749)の木簡に見えるウリ, アオナなどの塩漬が古く, 以後平安期まで塩漬のほかに醬 (ひしお) 漬, 未醬漬, 糟(かす) 漬, 酢漬, 酢糟漬, 甘漬, 菹(にらぎ), 須須保利(すずほり), 荏裏 (えづつみ) などの種類が 見られる. 醬漬, 未醬漬は醬, 未醬の実体が必ずしも明らかではないが, だいたいしょうゆ 漬, みそ漬に近いものだったと思われる."

122) 八公山,百度百科 : "八公山位于中国安徽省淮南市,是著名的文化胜地,汉文化重镇. 八公山, 是汉代淮南王刘安的主要活动地.这儿曾集中了大量当时国内的一流知识分子.博大精深的 《淮南子》也是在这里诞生的.八公山也是…多神仙秘法鸿宝之道."

123) 김치의 본향 광주햇김치, 서울 나들이 가요, 위키트리, 2019.5.2. : "햇김치 전시, 김치 담기 체험, 옹기·발효식품 전시 등 다채광주김치 맛, 세계수영선수권대회, 광주세계김치축제 홍보 김치의 본 향 광주 햇김치가 서울로 간다. 광주김치의 맛과 영양 측면에서의 우수성을 널리 알려…"/ 광주햇김

치 3~4일 서울 나들이…시청 앞 광장서 전시, 시민일보, 2019.5.2. / 김장은 김치의 본향 광주에서!, 아시아 경제, 216.10.23:"내달 18일부터 세계김치축제 ·김장대전 잇따라 개최" "김장 시기 맞춰 개최 시기 조정 … 김치산업 활성화 도모" "김치 명인 선발 ·김치 아리랑 ·유명 셰프 요리대회 등 다채"/"올해 김장은 김치의 본향인 광주에서.", 연합뉴스, 2016.10.23. / "올해 김장은 김치 본향인 광주에서 하세요." CNB, 2016.10.23.

124) 商子汇校汇注(全二册) (子海精华编) :願孰察之【注】《校正》:(所據本作 願熟察之)孰者, 熟之省《禮記·禮運》"然後飯腥而苴孰",《内則》"寧孰諫",皆是"熟"字《荀子》書中"熟"作 "孰"尤多. / 鬼神 [禮記祭義] : "乃行死事이니 飯腥者는 用上古未有火化之法하야 以生稻米爲 含也이오 苴孰者는 … [周禮 春官 司尊彝] '其朝踐用兩獻尊' 鄭玄注 謂血腥酌醴 始行祭祀 后 於是薦朝事 …"

125) 苴 康熙字典 【集韻】同蒩,又通苴, 見苴字註, 【集韻】千余切, 音蛆. 【玉篇】麻也. 【詩·豳風】九月叔苴. 【傳】苴, 麻子也.【莊子·讓王篇】顏闔守陋閭, 苴布之衣, 而自飯 牛. 【註】苴, 有子麻也.又 【禮·喪服小記】苴, 杖竹也. 【註】苴者, 黯也, 心如斬斫, 貌若 蒼苴, 所以縗裳, 絰杖, 俱備苴色. 【儀禮·喪服傳】斬衰裳, 苴絰, 杖, 絞帶.【疏】以一苴目 此三事, 謂苴麻爲首絰、要絰, 又以苴竹爲杖, 苴麻爲絞帶。又 【廣韻】子余切, 音沮. 履 中草. 又【禮·曲禮】凡以弓劍, 苞苴, 簞笥問人者.【註】苴, 藉也. 【管子·霸言篇】上夾而下 苴. 【註】苴, 包裹也. 又木名. 【山海經】服山, 其木多苴. 又 【司馬相如·子虛賦】諸柘巴 苴. 【註】巴苴, 草名. 又地名. 【史記·索隱註】狄苴, 在渤海. 又姓. 【前漢·貨殖傳】有平陵 苴氏. 又鋤加切, 音槎.水中浮草也. 【詩·大雅】如彼棲苴. 【疏】苴是草木之枯槁者, 故在 樹未落及已落爲水漂皆稱苴也. 【楚辭·悲回風】草苴比而不芳. 【註】枯曰苴. 【正韻】 宗蘇切, 音租. 茅藉祭也. 【前漢·郊祀志】掃地而祠, 席用苴稭. 【註】讀如租. 又【類篇】 徐嗟切, 音斜. 苴咩城, 在雲南. 又 【集韻】側下切, 音鮓.【莊子·讓王篇】其土苴以治天下. 【註】土苴, 和糞草. 【韓愈文】補苴罅漏. 又 【正韻】將豫切, 音怚. 【前漢·終軍傳】苴白 茅于江, 淮. 【註】苴, 于豫切. 又讀作巴. 韭苴.

126) 詩經, 小雅信南山篇 : "中田有廬, 疆場有瓜, 是剝是菹, 獻之皇祖, 曾孫壽考, 受天之祐"

127) 泡菜之爭 : 中韓兩國爲何再起口角, BBC. 2020.12.1. : "中國爲原産自四川的泡菜申請的國 際標準認證,正引發一場中國和韓國網民在社交媒體上就泡菜標準歸屬問題展開的口水戰. 上周,中國獲得了國際標準化組織 (ISO) 對發源自四川的醃製蔬菜泡菜(pao cai)的認證.官 方媒體《環球時報》報道稱,中國主導制定了泡菜業國際標準,並稱韓國的「泡菜宗主國」地 位早已「名存實亡」. 但這一言論迅速引發將韓式泡菜(kimchi)視爲神聖食物的韓國人的不 滿.韓國政府也出面表示,該標準只限定於四川泡菜,而與韓式泡菜無關.

128) 三國志,東夷傳,高句麗條 :"其國中大家不佃作,坐食者萬餘口,下戶遠擔米糧魚鹽供給 之…高句麗人善於釀醬…"

129) 정광태, 김치 주제가 : "만약에 김치가 없었더라면 / 무슨 맛으로 밥을 먹을까 / 진수성찬 산해진 미 날 유혹해도 / 김치 없으면 왠지 허전해 / 김치 없인 못 살아 정말 못 살아 / 나는 나는 너를 못 잊

어 / 맛으로 보나 향기로 보나 빠질 수 없지 / 입맛을 바꿀 수 있나 / 만약에 김치가 없어진다면 / 무
슨 찬으로 상을 차릴까 / 중국 음식 일본 음식 다 차려놔도 / 김치 빠지면 왠지 허전해 / 김치 없인
못 살아 정말 못살아 / 나는 나는 너를 못 잊어 / 맛으로 보나 향기로 보나 빠질 수 없지 / 입맛을 바
꿀 수 있나."

130) Kimjang, making and sharing kimchi in the Republic of Korea, Inscribed in 2013 (8.COM)
on the Representative List of the Intangible Cultural Heritage of Humanity, © 2012 by
Cultural Heritage Administration : "Kimchi is the Korean name for preserved vegetables
seasoned with spices and fermented seafood. It forms an essential part of Korean meals,
transcending class and regional differences. The collective practice of Kimjang reaffirms
Korean identity and is an excellent opportunity for strengthening family cooperation.
Kimjang is also an important reminder for many Koreans that human communities need
to live in harmony with nature... when communities collectively make and share large
quantities of kimchi to ensure that every household has enough to sustain it through
the long, harsh winter. Housewives monitor weather forecasts to determine the most
favourable date and temperature for preparing kimchi. Innovative skills and creative
ideas are shared and accumulated during the custom of exchanging kimchi among
households. There are regional differences, and the specific methods and ingredients
used in Kimjang are considered an important family heritage, typically transmitted from
a mother-in-law to her newly married daughter-in-law."(https://ich.unesco.org)

131) Choe Sang-Hun, Kimchi Making at Home Was Going Out of Style. Rural Towns to the
Rescue. New York Times, Nov.21,2020 : "We are all set until this time next year!" said Ms.
Ha, 40, looking contentedly at the neat stack of boxes. "Nothing makes a Korean family
feel secure like a good stock of kimchi does." In Korea, where people like to say they "can'
t live without kimchi," November is kimchi-making season, or "kimjang." And like the Ha
family, many Koreans are trying to keep the centuries-old tradition alive.

132) 中國官方媒體: "韓式泡菜和中式泡菜是完全不同的食物", 東亞日報, 2020.12.10. : "環球
時報還報道稱, 應誠信女大教授徐敬德的要求, 中國門戶網站百度百科辭典8日刪除了'韓
國泡菜源自中國'的內容, 並解釋說'中國專家們認為這(泡菜起源爭議)是'無聊之舉'.報道還
聲稱: '只要是百度用戶,任何人都可以登記,編輯,修改(百科全書),這是這壹系統問題引起的
意外插曲.報道還稱,"韓國的泡菜文化擁護者拿著單純的翻譯錯誤, 批判稱.(中國)想偷竊我
們的文化,, 由此引發了不和.將爭議的責任推給了韓國方面."

133) 中國官方媒體: "韓式泡菜和中式泡菜是完全不同的食物", 東亞日報, 2020.7.27. : "最
近, 中國媒體因引發'泡菜宗主國'爭議而遭到批評,中國官方媒體也表明立場稱: '韓式泡菜
(Kimchi) 和中式泡菜 (Paocai) 是完全不同的食物.' 此舉似乎是後退了壹步,將此次爭議
解釋為'單純的翻譯錯誤'.中國官方英文報紙《環球時報》當地時間9日就兩種食物的差異進

行了說明：'圍繞韓式泡菜和中式泡菜的爭論不過是翻譯錯誤引起的無聊之舉.'雖然兩種食物用中文都叫泡菜，但制作方法和材料完全不同."酵食品泡菜(Kimchi)代表韓國料理，而泡菜(Paocai)則源於四川省腌制蔬菜.該報在報道中將泡菜明確標註為Kimchi，而以往中國媒體則沒有使用Kimchi這壹表述，而是統稱為泡菜."

134) 대구시 음식 문화에 관련된 3대 문화재로는 첫째는 신라 지증왕 때에 건축된 것으로 추정되는 현풍석빙고, 둘째로는 6~7세기경의 옥산 신라가마터에서 빚었던 각종 토기 가운데 팽이형 토기 김칫독, 2008년에 건립한 방짜유기박물관이 있다.

135) 叫化鸡,也称"叫化子鸡","黄泥煨鸡","乞兒雞","富貴雞"等,是苏菜的一道名菜,行于江苏,浙江.與周代八珍中炮豚,炮牂料理方式相同,應是廣域性的料理方式.相传明末清初,在江苏常熟虞山脚下一乞丐偶得一鸡,但又苦于没有炊具和调料,连煺毛的开水也无法找到.无奈乞丐突发奇想,将鸡破肚带毛涂泥放入柴火堆中煨烤.待泥土乾硬後拍碎,鸡毛随泥巴一起脱落,鸡香味扑鼻.后来这一做法为他人仿效,成为常熟名点,并因其创始人而得名叫化鸡.

136) 叫花鸡(江苏省常熟市的一道传统名菜)："叫花鸡又称常熟叫化鸡,煨鸡,是江苏省常熟市的一道传统名菜,其做法是先给处理好鸡刷上料汁,再用荷叶,猪网油及黄泥土层层包裹,最后丢进柴火堆中煨熟.叫花鸡的制法与周代,八珍之一的炮豚相似,炮豚就是用粘土把乳猪包裹起,加以烧烤,然后再进一步加工而成的菜.其色泽枣红明亮,芳香扑鼻,板酥肉嫩,入口酥烂肥嫩,风味独特.

137) 說文解字："鷄, 知時畜也. 从隹奚聲,鷄, 籒文雞从鳥, 古兮切"

138) 康熙字典：【唐韻】古兮切【集韻】【韻會】堅奚切【正韻】堅溪切，音稽【說文】知時畜也.【玉篇】司晨鳥.【爾雅.釋畜】雞大者蜀. 蜀子雓，未成雞僆，絕有力奮.【疏】此別雞屬也.【春秋·說題辭】曰：雞爲積陽，南方之象，火陽精物炎上，故陽出雞鳴，以類感也.【易·說卦】巽爲雞.【書·泰誓】牝雞無晨.【周禮·春官·大宗伯】六摯，工商執雞.【禮·曲禮】雞曰翰音.又【爾雅·釋鳥】鶾，天雞【註】鶾雞赤羽.【逸周書】文鶾若彩雞，成王時蜀人獻之. 又【爾雅·釋蟲】螒，天雞.【註】小蟲，黑身赤頭，一名莎雞，又曰樗雞.【詩·豳風】六月莎雞振羽.【爾雅翼】一名梭雞.一名酸雞. 又雞人，官名.【周禮·春官·雞人】掌共雞牲，辨其物，大祭祀夜嘑旦，以嘂百官. 又【禮·明堂位】灌尊，夏后氏以雞彝. 又地名.【春秋·襄三年】同盟于雞澤.【註】在廣平曲梁縣西南.又【昭二十三年】吳敗頓胡,沈蔡,許之師于雞父.【註】雞父，楚地.【戰國策】負雞次之典.【前漢·地理志】鬱林郡,雍雞縣.又姓.【正字通】明正統，陝西苑馬寺監正雞鳴時.【說文】籒文作鷄.互詳鳥部鷄字註.『說文解字注』

139) 1950년대 6·25전쟁 때 전해오는 이야기인데, 대구 토박이 출신 대대장이 전투지휘를 했는데, 인민군이 인해전술로 물밀 듯이 진격하는 걸 보고 급한 김에 대구사투리로 "대가리 수구리, 허리 꾸구리, 좃놈 쪼쭈바리"라고 명령을 하니 일제히 M1 소통에 착검하고 "돌격 앞으로"를 해 전멸했는데. 경상도 출신만 참호 속에 머리를 파묻고 쏟아지는 총알을 피하고 살아남았다는 유머가 아직도 회자되고 있다.

140) 달성군 하빈면의 망깨소리："(받는 사람) 오 호호 망깨야. 에 헤라 망깨야. (메기는 사람) 천근 망

깨는 공중에 놀고/ 열두 자 말목은 땅 밑에 놀고/ 이 아 뭣을 묵었거든/ 가재도 한 마리 드지 말고/ 영해 물을 받아 주소/ 이 안 못을 맥히거든/ 용왕님을 받아 주소/ 이 안 못을 맥히거든/ 천년만년 나 가거로/ 우리 군사들 만내거든/ 유전을 해서 나가거로/ 하늘에서 오신 물을/ 마르지 말고 뫼서 주소/ 용왕님이 받아 주소/ 우리 군사야 잘도 한다/ 삼사월 진진 해에/ 하로 종일 일을 하니/ 진한하고 진한하다/ 우리 군사들 잘도 한다/ 우리 군사들 잘도 한다."

141) Matthew 26:34 :"Truly I tell you," Jesus answered, "this very night, before the rooster crows, you will disown me three times."

142) 朴堤上, 符都誌 : "設朝市於達丘, 開海市於栗浦, 立陸海交易之制, 常時巡行, 勸獎農…"

143) 三國史記, 智證麻立干 : "四月冬十月 群臣上言始祖創業以來國名未定.或稱新羅或稱斯盧 或言新羅. 臣等宜矣.以爲新者德業日新,羅者網羅四方之意則其爲國號宜矣."

144) 三國史記□八卷, 神文王九年 : "秋閏九月二十六日, 行獐山城, 築西原京城, 王欲移都達句 伐, 未果."

145) 三國史記 卷第三十四 : "景德王改名, 今壽城郡, 領縣四, 大丘縣, 本達句火縣."

146) 拜根兴, 唐代百济移民祢氏家族墓志相关问题研究(https://www.ixueshu.com/h5/document, 2012.6.25. : "西安市长安区郭杜镇已出土可以确定为唐代百济移民祢氏家族的四合 墓志.其中作为百济第三代移民祢仁秀墓志文,证实其祖父祢寔进在唐罗联军进攻百济过程 中起到了决定性作用,祢仁秀的叔祖祢军墓志文中出现'日本'两字, 将现有墓志史料所见'日 本'两字提前了二十余年,祢仁秀的父亲祢素士墓志文清楚记载了祖父祢寔进墓志中不曾记 载的内容.至于文献中出现的祢植到底是祢寔进还是祢军.祢寔进为什么最终行薨莱州黄 县?四合墓志中涉及祢氏家族祖先问题如何理解.依据现存史料记载,本文均给予了可以自圆 其说的解释.百济移民祢氏家族墓志的公布,对于唐代百济移民史,古代东北亚国家关系史研 究,均可起到重要的推动作用."

147) 山海经《南山经》云:「青丘之山,有兽焉,其状如狐而九尾.」还有《海外东经》云:「青丘国 在其北,其狐四足九尾.」《大荒东经》云:「有青丘青邱) 之国,有狐九尾.」

148) 三國遺事,天竺人呼海東云矩矩啅禮說羅.矩矩啅言鷄也.禮說羅言貴也.彼土相傳云,其國 敬鷄神而取尊故戴翼羽以表飾也.

149) 주보돈, 영남문화산책, 제7호: 달구벌 천도 이야기, 경북대학교 영남문화연구원(ynculture.knu. ac.kr), 2016.3.10. : "달구벌은 달벌로도 불리며 때로 달구화(達句火)로 표기되기도 한다. 화(火) 의 훈이 '불'이므로 바로 벌과 같아 옛사람들은 이를 달구벌로 읽었다. '벌(불)'은 곧 벌판, 들판을 의 미한다. 따라서 어근은 달구인 셈이다. '달구'는 곧 '달'로도 축약되므로 원래 닭이 그 원형인 것으로 해석되고 있다. 현재 '닭'의 표준 발음은 '닥'이지만 경상도 지역에서는 달로 발음한다. 받침인 ㄹ 중 묵음(?音) 된 것은 뒤에 다른 글자가 올 때에는 되살아나기도 한다. 이를테면 닭똥을 달구똥, 닭장 을 달구장, 닭새끼를 달구새끼와 같이 발음하는 사례이다. 따라서 '달구벌'의 원형도 '닭벌'이었는데 이것이 달구벌이나 달벌로 된 것으로 보인다."

150) 炮烙之刑, 殷纣王所创.《史记·殷本纪》曰：于是纣乃重刑辟, 有炮烙之法.炊炭其下, 使

罪人步其上.《列女传》释日：膏铜柱,下加之炭,令有罪者行焉,辄堕炭中,妲己笑,名曰炮烙之
刑.。即堆炭架烧铜柱,令人行走其上,以致落火被焚身亡.

151) 三國史記 第八卷 神文王條 : " 三年春二月, 以順知爲中侍. 納一吉湌金欽運少女爲夫
人, 先差伊湌文穎波珍湌三光定期, 以大阿湌智常納采, 幣帛十五轝, 米酒油蜜醬豉脯醢
一百三十五轝.."

152) 全循義, 山家要錄(1459) : "肥鷄一隻切作二十五介, 先於鍋內煉油卽下肉促手飜之, 淸醬眞
油和眞末作汁和醋供之"

153) Adrian Miller, The surprising origin of fried chicken, BBC, North America USA, 13 Oc-
tober 2020 : "Who invented the fried chicken? A likely scenario is that, at some point
between the 17th and 19th centuries, enslaved African Americans began cooking fried
chicken based on the recipes provided by Scottish slaveholders. In time, African Ameri-
can cooks embraced it as part of their own culinary tradition."

154) 대구명복공원, 대구시 수성고 고모동 산113-3번지(달구벌대로 541길47), 전화 053-743-5396

155) 보도자료, 2019년 프랜차이즈(가맹점)조사 결과, 통계청, 경제통계국 산업통계과, 2020.12.24.,
담당자 이복현(042-481-2187) : "대구시 업체 수 9,475개소, 구성비 4.4%, 종사자 34,566명, 매출
액 2조794십억 원, 인구 만 명당 점포 수 39.0점포."

156) 대구은행은 1967년 10월 7일 동문동38번지 대구상공회의소 건물 임대하여 박정희를 제1호 고
객으로 시작하여 1970년 8월 15일 남일동본점(연건평 5,068㎡, 지하 1층 지상 10층)을 건립하여
번창했으며, 1965년 산격동 경북도청 개청과 1967년 중앙로 확폭으로 인해서 정확한 과거 번지는
불명하나, 현재 지번으로는 국채보상로575와 중앙대로429 사이에 있었음.

157) "백마강통닭" 블로그/리뷰,생활정보114, 2012.2.18.(life114.co.kr) : "대구은행 본점사거리에 있
었던 백마강 통닭 등 괜찮은 통닭집들이 상당히 많았었는데 그중에서도 백마강 통닭의 전기구이
를 참 좋아했었던 기억이 있네요.. 조그마한 전기통닭은 저 혼자서 한 마리 다 먹고."/ 대구 골목 안
칼국수, 푸드 라이프, 2009.9.6.(lovenwar.tistory.com) : "대구 골목 안 칼국수 꼬불꼬불 들어가니
맛집 제대로 된 간판 하나 안 달아도 … 구 대구은행 본점 동편 백마강 통닭집 옆 어두컴컴한 중구
사일동 골목."

158) 농갈라묵자의 맛집 이야기, 2020.9.17.(log.naver.com/whdrnr95) : "대구에서 온마리 통닭 하
면 생각나는. 대구 통닭 맛집 남문시장 진주 통닭 내가 어릴 때만 해도 이런 통닭집은 드물었다. 지
금도 생각나는 곳이라면 지금의 중앙로 네거리에 있던 예전 대구은행 본점 네거리 맞은편의 백마
강 통닭인데 이렇게."

159) 프라이드치킨용의 크기를 5호 451~550g, 6호 551~650g, 7호 651~750g, 8호 751~850g, 9호
851~950g, 10호 951~1050g, 11호 1051~1150g, 12호 1151~1250g, 13호 1251~1350g, 14호
1351~1450g, 15호 1451~1550g, 16호 1551~1650g, 17호 1651g 등으로 분류하고, 대부분의 업체
는 10호를 표준으로 하나 후라이드 기준 업체마다, 8호 두마리치킨, 10호 네네치킨, BBQ, 굽네치
킨, 처갓집, 페리카나 12~13호 파파이스, 13호 KFC 등을 사용하고 있음.

160) 이근안(李根安) 전 경찰공무원, 1938년, 1981년 내무부장관 표창, 1979년 청룡봉사상, 2008~2012.01 대한예수교장로회 목사, 1970~1988 경기경찰청 공안분실 실장 등

161) 김도형, 김근태 전기고문 기술자는 이근안, 한겨레가 첫 보도, 2011.12.30. : "창간된 지 반년이 갓 지난 1988년 12월 21일 치 <한겨레신문> 1면 지면을 펼쳐본 독자들은 깜짝 놀랐다. 1985년 9월 치안본부 남영동 대공분실에서 김근태 민주주의 청년연합(민청련) 의장에게 전기·물고문을 가한 고문기술자의 실체가 사진과 함께 처음으로 공개됐기 때문이다. 이근안 전 경감이 도피생활 11년 끝에 자수한 1997년 <한겨레21>과 한 인터뷰에서 당시 얼굴 없는 고문기술자를 밝혀내는 일은 고문 근절을 위해 가장 먼저 해야 할 현안이었다면서 "김근태 씨를 통해 그가 경기도경에 근무하는 이아무개 씨일 거라는 추측성 증언을 들었다"라고 말했다.

162) 병영 내(훈련소 내) 기억나는 얼차려 방법으로는 오리걸음, 토끼뜀, 원산폭격, M1권총쏴자세 10분, 푸시업 100개, 봉체조, 통닭구이, 전기통닭구이, 깔딱고개 선착순, pt체조 100번 반복, 철모위대가리박아, 빤스바람 얼음 속 10분, 줄빠따치기, 연병장포복돌기, 진흙탕앞뒤취침 등

163) 교도관 가혹 행위로 삼청교육대 재소자 사망... 30% 국가에 책임, 법률신문 뉴스, 2009.8.4. : "대구지법, 시대 상황 감안 교도관에 전액 구상권 청구 못 해. 군사정권 당시 교도관들이 삼청교육대 교육을 받은 재소자를 가혹 행위로 숨지게 한 경우 국가에 30%의 배상책임이 있다는 판결이 나왔다. 박 씨는 1984년 10월 다른 재소자들과 '폭력교도관 처벌' 등을 요구하며 단식농성을 벌이다가 교도관 4명에게 끌려가 양팔과 양다리를 몸 뒤쪽으로 묶는 속칭 '통닭구이' 고문과 구타를 당한 뒤 다음 날 숨졌다.

164) 김성윤, 맥주의 불편한 진실(요산), (주)일광제약, 2013.9.2.(ilkwang.com/bbs/board.php) : "중국은 매년 8월이면 칭따오 맥주축제가 열립니다. 칭따오 시민들은 평소에도 맥주를 음료수처럼 즐기는데 매일 한 병씩 마신다고 합니다. 가장 인기 있는 안주로는 어패류로서 그중에 '백합조개'인데, 맥주와 어패류를 함께 즐기는 식습관이 통풍을 초래했으며, 칭따오에서 전국통계에 2배치인 통풍환자를 초래했다고 합니다."

165) 권대익, '치맥' 하다간 자칫 통풍 발작, 한국일보, 2020.6.21. : "맥주에 치킨을 곁들인 '치맥'의 계절이다. 요즘 치맥을 즐기다 통풍이 심해져 병원을 찾는 환자가 크게 늘었다. 건강보험심사평가원에 따르면 2018, 2019년에 통풍으로 병원을 찾은 환자는 7월에 가장 많았다. 맥주와 치킨을 함께 즐기는 '치맥'이 통풍의 가장 큰 적으로 불리는 이유다. 이상훈 강동경희대병원 류마티스내과 교수는 치맥 같은 서구화된 식습관이 통풍의 주원인이라며 특히 7~8월에는 더위로 땀을 많이 흘리므로 탈수로 혈중 요산이 일시적으로 올라갈 수 있다고 했다."

166) 이춘호, [이춘호 기자의 푸드 블로그] 닭 이야기(상)-유명 치킨브랜드의 산실, 영남일보, 2013.06.14. : "문경 오미자프라이드치킨, 상주 뽕잎프라이드치킨, 영천 한방프라이드치킨.... 맛은 비슷해도 다른 스토리텔링 마케팅으로 유리한 고지를 선점할 수 있다."

167) 중덕후, 2020.11.26. [천수통닭] 동탄치킨맛집: "유명 한방통닭과 칭찬치킨 먹어본." (blog.naver.com/yh4rangs)

168) 홍다영, 명태가 싫어 바닷가 고향 떠난 아들... 40년 뒤 "명태치킨 개발해 매출 3억 기록". 조선일

보, 2020.12.17. (biz.chosun.com/site/data/html_dir/2020/12/16)

169) 12월 K-FOOD의 선두! 처갓집양념치킨, 처갓집양념치킨, 21-01-20 : 처갓집양념치킨의 정신 : 공존(共存)/공영(共榮)/상생(相生), 2020년 현재 전국 1250개소, 해외 대만 25호점, (cheogajip.co.kr, 1989

170) 유퀴즈, 양념치킨 창시자 윤종계 "돈을 갈퀴로? 나는 불도저로 쓸어모아", 스포츠조선, 2020.8.26. : "양념치킨의 창시자 윤종계 씨가 자신감을 드러냈다."

171) 吃起來很美味, 然後砸在地上, 卽使你不能吃, 也會砸在地上. / It's delicious to eat and hits the ground, and even if you can't eat it, it hits the ground.

172) 申欽, 野言 : "桐千年老恒藏曲, 梅一生寒不賣香, 月到千虧餘本質, 柳經百別又新枝."

173) 김태환, KB 자영업 분석 보고서, 치킨집 현황 및 시장여건 분석, 2019.6.3. : "대구, 호식이두마리치킨(84개) 땅땅치킨(83개) BBQ(74개) 등 비교적 치열한 경쟁이 아님.

174) 치킨집, 4년째 창업보다 폐업 많아...손에 쥐는 돈도 계속 줄어, 한국경제, 2019.6.30. : "KB금융그룹이 자영업 분석 시리즈로 처음 발간한 '치킨집 현황과 시장 여건 분석' 보고서에 따르면 지난 2월 기준 전국 치킨 브랜드 수는 409개, 치킨집 수는 8만7000여 곳으로 집계됐다. 지역별로는 경기도가 1만9253개로 가장 많았고, 서울(1만4509개)이 뒤를 이었다. 지난해 치킨 브랜드는 25개가 새로 생겼다. 치킨집은 전체 외식 프랜차이즈 가맹점의 21.2%로 가장 큰 비중을 차지했다."

175) 의외의 반전, "치킨도시 대구, 인구당 치킨집 가장 적어", 매일신문, 2019.6.3. : "'치킨도시 대구 그 내막은?' 치맥 페스티벌 원조로 유명한 '치킨도시 대구'가 인구 1천 명당 치킨집이 가장 적은 것으로 나타났다. 인구 1천 명당 치킨집 수는 대구가 1.39개로 전국에서 가장 적었으며, 평균 매장규모도 59.3㎡로 전국 시·도 중 가장 작았다."

176) Matthew9:14~17 : "14 Then John's disciples came to him, saying, Why do we and the Pharisees fast often, but your disciples do not fast? 15 Jesus said to them, Can the wedding guests be sad while the groom is with them? The time will come when the groom will be taken away from them, and then they will fast. No one patches an old garment with unshrunk cloth, because the patch pulls away from the garment and makes the tear worse. And no one puts new wine into old wineskins. Otherwise, the skins burst, the wine spills out, and the skins are ruined. No, they put new wine into fresh wineskins, and both are preserved."/ Mark2:18~22 / Luke5:33~39.

177) McDonald's Philosophy and History(https://www.mcdonalds.co.kr) : "From the small restaurant in 1955 to today, McDonald's has been striving to be Our Customer's Favorite Place and Way to Eat, The world's number one food service company, McDonald's, McDonald's is providing products to 69 million customers and services with about 1.7 million crews at 34,000 restaurants in 119 countries. McDonald's, the world's favorite QSR and global top food service enterprise, is striving to become 'Our Customer's Favorite Place and Way to Eat'."

178) Kyochon Chicken, Branch in New York : 319 5th Avenue (at 32nd Street) Tel: 1-212-725-9292

179) BON CHON CHICKEN 314 Fifth Avenue (32nd Street), second floor, (212) 221-2222; and 157-18 Northern Boulevard (157th Street), Queens, (718) 321-3818.

180) "Life of Samuel Johnson". Book by James Boswell, Vol. viii, p. 67, 1791. : "A dinner lubricates business…"

181) 박근혜 대표와 공개데이트 '100만 번째' 네티즌 탄생, 동아일보, 2004.6.22. : "싱글 박근혜 한나라당 대표와 공개 데이트를 할 '100만 번째' 행운의 주인공이 22일 탄생했다. 지난 10일 박 대표가 미니홈피(www.cyworld.com/ghism) 게시판에 "제 홈피를 100만 번째 방문하는 분께 개인적으로 데이트 신청을 하고자 합니다."라는 글을 띄운 지 12일 만의 일이다. 박 대표 측은 "7월 말에서 8월 초쯤에 100만 번째 방문자가 나올 줄 알았다"며 기쁜 기색을 감추지 않았다.

182) 도병욱, 박근혜 최측근이 소개하는 박근혜식 유머, 머니투데이, 2011.10.23. : "2004년 한나라당 수석부대변인 시절부터 약 7년 동안 박 전 대표를 지근거리에서 보좌한 이 의원은 23일 에세이집 '진심이면 통합니다.'를 펴냈다. 그는 에세이집을 통해 박 전 대표의 알려지지 않은 에피소드 일부를 공개했다. 이 의원은 박 전 대표와 첫 만남에 대해 "밥 한번 먹자"는 말로 시작됐다고 회고했다. 이 의원이 2004년 총선 당시 광주에 출마하자 박 전 대표가 전화해 "밥을 한번 사겠다"고 했고, 총선이 끝난 후 박 전 대표가 이 약속을 지킨 것이다."

183) 春秋左氏傳補注,十二卷 : "文子則簡子瑕之子也. 本翦夏于氏, 十二年云夏戊此云. 夏丁不可曉, 是食言多矣. 釋話食僞也. 孫炎云食言之偶也."/ 史記三家注本紀 : "索隱案,有土德之瑞, 土色黃, 故稱黃帝, 猶神農火德王而稱炎帝然也. 此以黃帝為五帝之…索隱左傳云, 食言多矣, 能無肥乎."

184) 書經, 蕩誓二 : "爾尚輔予一人, 致天之罰, 予其大賚汝, 爾無不信, 朕不食言, 爾不從誓言, 予則孥戮汝, 罔有攸赦."

185) 한기봉 "언제 밥이나 한번 먹죠", 정책브리핑, 2018.08.31.(korea.kr) : "'밥은 먹고 다니냐?' 영화 '살인의 추억'에 나온 역대급 명대사다. 형사 송강호가 증거 부족으로 풀려난 살인 용의자 박해일에게 툭 던진 말이다. 이 말은 그런데 인사가 아니다. '사람 죽이고도 밥이 넘어가나?'라는 역설적 대사다. 이 영화가 외국에서 상영될 때 영어 자막은 '너도 아침에 일찍 일어나냐(Did you get up early in the morning)?'였다."

186) 北 리선권, 평양 간 기업인들에 "냉면이 목구멍으로 넘어가냐?" 조선일보, 2018.10.29. : "리선권 북한 조국평화통일위원장이 남북정상회담 특별수행원으로 평양을 찾은 기업 총수들에게 '냉면이 목구멍으로 넘어가느냐'라며 핀잔을 줬다고 정진석 자유한국당 의원이 29일 전했다."

187) Biden warns China will 'eat our lunch' on infrastructure, BBC, 2021.2.12. : "The US president's warning came after he had his first phone call … US President Joe Biden has warned that China will 'eat our lunch'if … Composite image of Ronald Reagan, Lyndon B Johnson, Donald Trump, Bill Clinton."

188) How Trump can stop China from eating our lunch, The Washington Post, 2017.4.5. : "Of all the issues that will be on the table when President Trump hosts Chinese President Xi Jinping this week at his Mar-a-Lago resort in Florida."

189) 老子,五十二章 : "天下有始,以爲天下母,旣得其母, 以知其子,旣知其子,復守其母,歿身不殆. 塞其兌,閉其門, 終身不勤. 開其兌, 濟其事,終身不救. 見小曰明,守柔曰强, 用其光,復歸其明.無遺身殃 是爲習常."

190) 韓非子, 諭老篇 : "昔者紂爲象箸而箕子怖, 以爲象箸必不加於土鉶, 必將犀玉之杯, 象箸玉杯必不羹菽藿, 必旄象豹胎, 旄象豹胎必不衣短褐而食於茅屋之下, 則錦衣九重, 廣室高臺. 吾畏其卒, 故怖其始. 居五年, 紂爲肉圃, 設砲烙, 登糟丘, 臨酒池,紂遂以亡. 故箕子見象箸以知天下之禍. 故曰 見小曰明."

191) 史記,高祖本紀 : "...运筹帷幄之中, 决胜千里之外出..."/ 资治通鉴, 汉纪三汉高帝五年(己亥公元前202年) : "帝置酒洛阳南宫, 上曰 : 彻侯, 诸将毋敢隐朕, 皆言其情 : 吾所以有天下者何? 项氏之所以失天下者何?高起,王陵对曰 : 陛下使人攻城略地,因以与之,与天下同其利 ; 项羽不然,有功者害之,贤者疑之,此其所以失天下也.高祖曰 : 公知其一,未知其二.夫运筹策帷帐之中,决胜于千里之外,吾不如子房."

192) 此處所列為「運籌帷幄」之典故說明,提供參考. 「運籌帷幄」的「籌」,是計數的器具.「運籌」,計算,謀劃之意.

193) lì食yì其jī(前268年~前204年),陳留高陽(今河南開封杞縣西南)人,性嗜酒,自稱「高陽酒徒」,是漢王劉邦的謀臣,因遊說齊王田廣停戰,而韓信卻繼續攻齊,田廣大怒,將之烹殺.

194) 酈食其曾獻上一計,張良說是亡國之計,為何不久張良也獻此計,每日頭條, 2019.2.27. : "公元前204年, 當項羽在滎陽把劉邦圍住的時候,束手無策的劉邦問謀士酈食其該怎麼辦.酈食其說, 現在最好的辦法,就是趕緊刻印璽,派人出去尋找六國的後人,對他們進行分封.這樣一來, 他們感激大王你,就會組織軍隊前來救援你了.劉邦覺得這是一個不錯的主意,立刻派人去執行.這時候張良回來了,聽了這事後大驚,生氣地說,這簡直就是「亡國之計」,他用了多達八條理由來反駁.嚇得劉邦趕緊讓那些刻印璽的人停手,並大罵酈食其迂腐誤事."

195) 說文解字, 箸 : "飯攲也. 攲各本作敧.支部敧, 持去也. 危部敧, 隔也. 敧者傾側意. 箸必傾側用之. 故曰飯攲. 宗廟宥座之器曰敧器也.箸, 曲禮謂之梜.假借為箸落,為箸明.古無去入之別.字亦不从艸也.

196) 三國史記列傳四(支文德) : "...七戰皆捷, 旣恃驟勝, 又逼羣議, 遂進東濟薩水去平壤城三十里, 因山爲營, 文德遺仲文詩曰, 神策究天文, 妙算窮地理, 戰勝功旣高, 知足願云止, 仲文答書諭之, 文德又遣使詐降, 請於述曰, 若旋師者, 當奉王朝行在所, 述見士卒疲弊不可復 贈隋將于仲文時..."

197) 老子, 道德經, 三十二章 : "...始制有名, 名亦旣有, 夫亦將知止. 知止所以不殆.." 四十四章 : "知足不辱,知止不殆,可以長久..."

198) 周易 : "艮掛初一,止于止,內明無咎"

199) 莊子, 內篇人間世 :"...而彊以仁義繩墨之言. 術暴人者,是以人惡有其美也... 瞻彼関者虛室生白.吉祥止止"

200) Wikipedia, Chopstick : "...Chopsticks began to be used as eating utensils during the Han dynasty, as rice consumption increased. During this period, spoons continued to be used alongside chopsticks as eating utensils at meals. It was not until the Ming dynasty that chopsticks came into exclusive use for both serving and eating. They then acquired the name kuaizi and the present shape."

201) '제례·부장품'에서 '밥상'으로 걸어 나오다. 중부매일, 2015.8.12.

202) 정달식, 통일신라시대 숟가락이 가장 많이 출토된 곳은?, 부산일보, 2021.1.28. : "백제 25대 무령왕릉에서 출토된 3점의 숟가락이다. 이때 2벌의 젓가락도 함께 발견됐다. 청동 수저 2벌은 무령왕과 왕비의 관대 앞에 놓여 있었다. 나머지 숟가락 1벌은 왕비의 두침(머리에 괴는 물건) 부근에서 은장도자(銀裝刀子)와 함께 출토됐다."

203) 이상헌, [계산동에서] 瀟湘斑竹(소상반죽) 젓가락, 2010.5.11. 매일신문 : "류성룡과 이항복이 이여송을 만나 같이 밥을 먹는데 갑자기 이여송이 '소상반죽(瀟湘斑竹) 젓가락이 아니면 밥을 먹지 않겠다'고 억지를 부렸다. 소상반죽이란 중국 소상강 근처에서 자라는, 눈물 자국 모양의 무늬가 박혀 있는 대나무로 구하기가 몹시 힘들었다고 한다. 이 난처한 상황에서 류성룡이 예상했다는 듯 품에 지니고 있던 소상반죽을 꺼내놓자 이여송은 '조선에도 인물이 있구나!' 하고 참전을 결심했다고 한다."

204) 巫女(みこ)가 神がかりのうちに告げる神託.

205) 연지민, 충북지역 젓가락 출토 유적 64곳, 2019.9.22. : "충북지역의 젓가락 출토유적은 모두 64개소로 청주와 충주지역에 집중된 것으로 나타났다. 2019 젓가락페스티벌이 열린 가운데 지난 21일 청주시도시재생허브센터에서 개최된 국제학술 심포지엄에서 명승렬 충청북도문화재연구원 선임연구원은 `고고학 자료로 본 충북지역의 젓가락 문화'에서 이같이 발표했다."

206) Special Online Collection: Hwang et al. Controversy, Committee Report, Response, and Background :"On December 1, 2006, Science published, on this Web site, the report of a committee commissioned by the journal to review its practices in the period leading up to the publication of the 2004 and 2005 stem cell papers by Hwang et al., which were subsequently retracted. On this page, we are making available direct links to the report, Science's response, and an accompanying editorial. To provide additional context on the history of the controversy, we also provide on this page links to Science's editorial retraction of the papers and other official statements on the situation, the original Science papers, associated news coverage on the controversy, letters and a Policy Forum on the controversy, and another Policy Forum on stem cell ethics published earlier in 2005." (sciencemag.org/site/feature/misc/webfeat/hwang2005)

207) 홍해걸, '줄기세포' 신화 만든 한국인의 손재주, 중앙일보, 2006.6.18. : "'젓가락 문화' 개가 ... 섬

세한 손놀림 세계 최고 황우석 교수의 실험실을 찾은 외국 학자들이 한결같이 토로하는 칭송이다. 수십 명의 연구원이 눈에 보이지 않는 지름 100㎛(0.1㎜.1㎛는 100만분의 1m)의 난자를 마치 탁구공 다루듯 자유자재로 움직이기 때문이다."

208) 神农氏,又称烈山氏,或称连山氏以及炎帝,相传生存年代在夏朝以前,现存文字记载多出现在戰國以後.相傳"神農尝百草",教人医疗与农耕,中国人视之為传说中的农业和医药的发明者,守护神,尊称为「药王」,「五谷王」,「五谷先帝」,「神農大帝」等.

209) 白虎通:"古之人皆食禽兽肉.至于神农, 人民众多, 禽兽不足, 至是神农因天之时, 分地之利, 制耒耜, 教民农耕."

210) 太平御览,周书:"神农耕而作陶."

211) 易经·系辞:"神农氏作, 斫木为耜, 揉木为耒, 耒耜之利, 以教天下."

212) 史记·补三皇本纪:"神农始尝百草, 始有医药."

213) 世本:"神农和药济人."

214) 淮南子:"尝百草之滋味, 水泉之甘苦……一日而遇七十毒."

215) 五穀豊穣歌, 夏川りみ, "五穀豊穣 サー天(てぃん)ぬ恵み ハリ今日(くとぅし) / 果報(かふ)し どぅスリ サー御祝(うゆえ)さびら 嘉例(かりー)さびら / 太鼓三線小(てーくさんしんぐゎ) うち 鳴らち ハリ今日(ちゅう)や / 舞(もう)いる美童(みやらび)ぬ美(ちゅ)らさ 他(ゆす)にまさてぃ / 野山(ぬやま)緑、 花や咲ち / 真南(まふぇ)ぬ風(かじ)や稲穂(いなふ)撫でてぃ / 来年(やーん) また 神ぬ美作(みさく) 御願(うに)げさびら…"

216) 中國五穀:稻, 黍, 稷, 麦, 菽(菽), 麻, 黍, 稷, 麦, 豆 『周礼』/ 稻, 黍, 稷, 麦, 菽『孟子』/ 稻, 稷, 麦, 豆, 麻 『楚辞』/ 粳米, 小豆, 麦, 大豆, 黄黍『黄帝内経素問 / 稻, 黍, 稷, 粱, 麦, 菽『周礼』

217) 日本五穀:稻, 麦, 粟, 大豆, 小豆『古事記』/稻, 麦, 粟, 稗, 豆『日本書紀』/ 稲穀, 大麦, 小麦, 菉豆, 白芥子『成就妙法蓮華経瑜伽智儀軌』/ 大麦, 小麦, 稲穀, 小豆, 胡麻 『建立曼荼羅護摩儀軌』

218) 詩經大雅:生民是中国古代第一部诗歌总集诗经中的一首诗,是周代的史诗之一.全诗八章, 四章每章十句,四章每章八句.此诗追述周的始祖后稷的事迹,主要记叙他出生的神奇和他在农业种植方面的特殊才能.在神话里,后稷是被当作农神的,这首诗所写的内容既有历史的成分也有一些分神话的因素.从表现手法上看,全诗纯用赋法,不假比兴,叙述生动详明,纪实性很强.

219) 詩經大雅,民劳:"民亦劳止, 汔可小康. 惠此中国, 以绥四方.无纵诡随,以谨无良. 式遏寇虐, 憯不畏明.柔远能迩,以定我王…"

220) Wikipedia, Millets:"Millets may have been consumed by humans for about 7,000 years and potentially had a pivotal role in the rise of multi-crop agriculture and settled farming societies. Specialized archaeologists called palaeoethnobotanists, relying on data such as the relative abundance of charred grains found in archaeological sites, hypothesize

that the cultivation of millets was of greater prevalence in prehistory than rice, especially in northern China and Korea. Millets also formed important parts of the prehistoric diet in Indian, Chinese Neolithic and Korean Mumun societies."

221) Lu, H.; Zhang, J.; Liu, K. B.; Wu, N.; Li, Y.; Zhou, K.; Ye, M.; Zhang, T.; et al. (2009). "Earliest domestication of common millet (Panicum miliaceum) in East Asia extended to 10,000 years ago". Proceedings of the National Academy of Sciences of the United States of America. 106 (18): 7367–72.

222) 臼尻村(うすじりむら)は、かつて北海道茅部郡にあった村.

223) 晁錯, 論貴粟疏 : "...民者, 在上所以牧之, 趨利如水走下."

224) 論語,微子 : "...止子路宿, 杀鸡为黍而食之, 见其二子焉. 明日, 子路行以告. 子曰隐者也.使子路反)见之.至,则行矣.子路曰:不仕无义.长幼之节, 不可废也."

225) [순간포착] 심재철 "문희상, 좁쌀스럽다", 채널A, 2019.12.13. "심재철 자유한국당 원내대표가 문희상 국회의장실에 들어서며 짤막한 악수를 나눕니다. 표정은 그리 밝진 않습니다. 여야 3당 원내대표가 의장실에 다 모이자 문 의장은 늘 그렇듯 '악수 포토타임'을 권했습니다. 당장 국회의장실 들어가는 문조차도 첫 번째 두 번째 문 다 잠가놓고 세 번째 문으로 빙 돌아가게 만드는 참 좁쌀스럽게 지금 대응을 하고 있습니다. 이건 아니죠."

226) 詩經, 王風篇: 黍離, 彼黍離離 彼稷之苗, 行邁靡靡 中心搖搖...彼黍離離 彼稷之穗 ,行邁靡靡 中心如醉

227) 《红高粱家族》是中国作家莫言所著的长篇小说, 全书分五章, 分别为红高粱、高粱酒、狗道、高粱殡、奇死（别名狗皮）.此五章均首先作为中篇小说分别发表, 其中《红高粱》首发于《人民文学》1986年第3期, 获得1987年"全国中篇小说奖"；《高粱酒》首发于《解放军文艺》1986年第7期,《狗道》首发于《十月》杂志1986年第4期；《高粱殡》首发于《北京文学》1986年第8期；《奇死》首发于《昆仑》1986年第6期. 1987年春, 这五部中篇小说被整合为长篇小说《红高粱家族》

228) Exodus 12:21~26 : "Then Moses called all the elders of Israel and said to them, "Go and select lambs for yourselves according to your clans, and kill the Passover lamb. Take a bunch of hyssop and dip it in the blood that is in the basin, and touch the lintel and the two doorposts with the blood that is in the basin. None of you shall go out of the door of his house until the morning. For the Lord will pass through to strike the Egyptians, and when he sees the blood on the lintel and on the two doorposts, the Lord will pass over the door and will not allow the destroyer to enter your houses to strike you."

229) Food is important after defeating evil, August 18, 2020, (howtobeawerewolf)

230) Meaghan Cameron & Marissa Laliberte, 13 New Year's Eve Foods to Eat for Good Luck, Reader's Digest, Mar. 23, 2021,

231) Wikipedia Barley : "(Hordeum vulgare), a member of the grass family, is a major cereal

grain grown in temperate climates globally. It was one of the first cultivated grains, par-
ticularly in Eurasia as early as 10,000 years ago."

232) 麥, 說文解字："宋代徐鉉徐鍇注釋, 臣鉉等曰：夂, 足也.周受瑞麥來麰, 如行來,故从夂. 清
代 段玉裁《說文解字注》芒穀,有芒束之穀也.稻亦有芒,不偁芒穀者.麥以周初二麥一縫箸
也.鄭注大誓引禮說曰.武王赤烏,芒穀應.許本禮說. 秋種厚薶,故謂之麥."

233) 蔡邕, 月令章句："百穀各以其初生為春,熟為秋,故麥以孟夏為秋. 所以麥秋是指麥熟."

234) 麦とろ(むぎとろ) は麦飯にとろろ汁(すりおろした自然薯をのばしたもの) をかけて食べる
料理.米飯にかけて食べる場合はとろろ飯(とろろめし,とろろまま)やとろろかけ飯という.皮を
むいた自然薯を直接すり鉢で卸していくと,滑らかなとろろができる.卸金で卸したものをす
り鉢に入れ,すりこぎであたって作ると,早くて楽だが,舌触りは劣る.天然の山芋はそのままで
は飯にかけて食べられないほど粘りがあるので,これを出汁でのばし,酒,みりん,醤油,白味噌,
卵などを加えて汁にし,麦飯にかけて食べる.葱,青海苔などを付け加えることもある.鳥取県
で,ナガイモと山芋をかけあわせて開発された新品種ねばっりっこは,ナガイモと山芋の中
間の粘り気で出汁でのばさずに醤油などを加え麦飯にかけて食べる.

235) 詩經, 麥秀之嘆："麥秀漸漸兮, 禾黍油油兮, 彼狡童兮, 不與我好兮"

236) Judge 7: 13 : Gideon arrived just as a man was telling a friend his dream. "I had a
dream," he was saying. "A round loaf of barley bread came tumbling into the Midianite
camp. It struck the tent with such force that the tent overturned and collapsed."

237) Judges 7:13-25 : And when Gideon had come, there was a man telling a dream to his
companion. He said, "I have had a dream: To my surprise, a loaf of barley bread tumbled
into the camp of Midian; it came to a tent and struck it so that it fell and overturned, and
the tent collapsed." Then his companion answered and said, "This is nothing else but the
sword of Gideon the son of Joash, a man of Israel! Into his hand God has delivered Mid-
ian and the whole camp." And so it was, when Gideon heard the telling of the dream and
its interpretation, that he worshiped. He returned to the camp of Israel, and said, "Arise,
for the Lord has delivered the camp of Midian into your hand." Then he divided the three
hundred men into three companies, and he put a trumpet into every man's hand, with
empty pitchers, and torches inside the pitchers. And he said to them, "Look at me and
do likewise; watch, and when I come to the edge of the camp you shall do as I do: 18
When I blow the trumpet, I and all who are with me, then you also blow the trumpets on
every side of the whole camp, and say, 'The sword of the Lord and of Gideon!' "

238) 이어오병에 대한 성격의 표현, I) 5,000명의 군중을 먹였다는 기록은 마태오의 복음서 14장
13~21절, 마르코의 복음서 6장 31~44절, 루가의 복음서 9장 10~17절, 요한의 복음서 6장 5~15절
등이 있고, ii) 4,000명을 먹였다는 기록은 마르코복음 8장 1~9절, 마태오복음 15장 32~39절 등에
나오고 있다.

239) 보릿고개 굶주림은 박정희 대통령 때 없어졌고, 2020.6.30. (m.blog.naver.com) : "김동길 교수의 말씀 정말로 모든 것이 다 대통령에게 책임 있다면 그것은 너무도 무리한 요구일 것입니다. 남의 탓으로 돌리지 말고 나는."/ 박정희 대통령의 `보릿고개 밥상', 경북매일, 2016.5.1. : "【구미】 구미시가 지난달 28일 박정희 대통령 테마밥상 6개 유형 중 `보릿고개 밥상`시식회를 가졌다. 이날 시식회는 구미시가 시범 판매업소로."

240) 김동길, 인물 에세이 100년의 사람들(46) 박정희(1917~1979), 나를 감옥에 넣었지만... 보릿고개 시대로 돌아갈 수는 없다. 조선일보, 2018.10.27. : "1950년에 벌어진 한국전쟁에서 그 공화국을 지켜낸 이승만과, 찢어지는 가난으로 춘궁기가 되면 풀뿌리, 나무껍질로 연명하던 농촌이 세끼 밥을 먹고 살 수 있는 나라가 되게 하는데 큰 공을 세운 박정희가 바로 그들이다."

241) 孫二娘(そん じじょう)は,中国の小説で四大奇書の一つである水滸伝に出てくる登場人物.梁山泊第百三位の好漢で,地壯星の生まれ変わり.渾名は母夜叉(ぼやしゃ).夫に張青がいる.張青は思慮深い人物だが孫二娘は荒々しい性格をしており,暴走しがちな孫二娘を張青が御するといった関係の夫婦。。

242) 三國志 : "揪司空張溫下堂,百官失色, 不多時, 侍從將一紅盤, 托張溫頭入獻.."

243) 김현준, 조선시대 가뭄 기록 조사, 한국건설기술연구원, 2001.8월. p.8.

244) Wikipedia, wheat : Archaeological analysis of wild emmer indicates that it was first cultivated in the southern Levant, with finds dating back as far as 9600 BCE. Genetic analysis of wild einkorn wheat suggests that it was first grown in the Karacadag Mountains in southeastern Turkey. Dated archeological remains of einkorn wheat in settlement sites near this region, including those at Abu Hureyra in Syria, suggest the domestication of einkorn near the Karacadag Mountain Range. With the anomalous exception of two grains from Iraq ed-Dubb, the earliest carbon-14 date for einkorn wheat remains at Abu Hureyra is 7800 to 7500 years BCE.

245) Isaiah 28:24-25, Jeremiah 12:13, 1 Corinthians 15:37-38, Exodus 9:31-32, John 12:24, 1 Samuel 6:13, Judges 15:1, Ruth 2:23, 1 Samuel 12:16-18, Joel 1:8-11, Judges 6:11, 1 Chronicles 21:18-28, Matthew 13:24-30, Psalm 81:13-16, Deuteronomy 8:7-8, Deuteronomy 32:13-14, 2 Samuel 17:27-29, Psalm 147:12-14, Jeremiah 41:4-8, Ezekiel 4:9-13, Exodus 34:22, Exodus 29:2-3, Ezra 6:9, Ezra 7:21-23, Ezekiel 45:13, Ezekiel 27:17, Amos 8:4-6, 2 Chronicles 2:8-10, 1 Kings 5:11, 2 Chronicles 2:15-16, 2 Chronicles 27:5, Luke 16:1-7, Revelation 6:6, Matthew 3:11-12, Luke 3:16-17, Luke 22:31-32...

246) John12:24 : "Very truly I tell you, unless a kernel of wheat falls to the ground and dies, it remains only a single seed. But if it dies, it produces many seeds."

247) Matthew 13:24-30 : "Jesus presented another parable to them, saying, "The kingdom of heaven may be compared to a man who sowed good seed in his field. But while his men were sleeping, his enemy came and sowed tares among the wheat, and went away.

But when the wheat sprouted and bore grain, then the tares became evident also."

248) 麵 說文解字 : 麥末也.从麥丏聲.弥箭切. 『說文解字注』 (麵)麥屑末也.屑字依類篇補.末者, 屑之尤細者, 齊民要術謂之勃, 今人俗語亦云麵勃.勃, 取蓬勃之意,非白字也.廣雅：謂之麵.篇,韵皆云：䴷, 麵也.䴷卽末也.末與麵爲雙聲, 與麵爲疊韵.从麥丏聲.彌箭切."

249) 市毛弘子(Hiroko ICHIGE), 索餅の起源と用いられ方,および索餅から索麵へ,家政学雑誌 Vol.37 No.6 465~473. 1986, (jstage.jst.go.jp)

250) 北山索面, 俗称"长寿面",是青田县的农产品,北山索面有着悠久的历史[來源請求],起源已经无从查考,做索面是北山人的家庭副业,是一种传统食品与礼品.

251) 蕎麦, ウィキペディア(Wikipedia) : "蕎麦 (そば) とは,穀物のソバの実を原料とする蕎麦粉を用いて加工した,日本の麺類,および,それを用いた料理である.中華そばとの対比で日本蕎麦(にほんそば),沖縄そばとの対比で和蕎麦(わそば)とも呼ばれる."

252) 山西特色麵食「揪面片」懶人麵食, 卻好吃到爆, 幾碗不夠吃!, 每日頭條, 2017.6.25. : "好久沒吃麵了,不知道大家有沒有想呢？哈哈,我是嘴饞了～今天來請大家品嘗山西的另一道麵食——揪片."

253) 龍鳳掛麵亦称龙须凤尾贡麵,是中国河北省故城县特色食品,起源于明朝,为故城镇齐氏始创.龙凤挂面由手工制作,面条匀净细长,色白微青,柔韧而晶亮,条细如须而根根空芯；耐煮,汤清,剩面回锅仍如新面；味厚,细软,有口劲；面条吸水,一箸挑起,碗内无水,放下,仍清汤满碗.

254) 刀削麺, Wikipedia : "元代,モンゴル族の統治者は漢民族の反乱を恐れて金属製の武器を取り上げた際に,各家庭の包丁まで没収した上で10軒に1丁の割合で包丁を割り当てて順番に使うことにさせた.調理上の不都合から,薄い鉄片を用いて削った麺を作ったことが発祥という説がある."

255) 新疆有一種拌面, 叫「撥魚子」拌面, 每日頭條, 2018.3.8. : "撥魚子是西北一帶的特色麵食,在新疆的東三縣很流行,「撥」是用筷子把碗裡的面撥到開水鍋里,「魚」是麵條的形狀像魚,所以叫「撥魚子」,在鍋里煮熟之後,撈出來,拌入炒好的蔬菜中,撥魚子拌面,也可做成炒麵,湯飯,燉湯等."

256) 중국에서도 다양한 국수가 있는데 만드는 방법에 따라 좌우로 뽑으면 랍면(拉面), 만죽을 봉으로 밀어 펴면 간면(幹麵), 눌러 뽑는 압면(壓麵), 추면(揪麵), 절면(切麵), 괘면(掛麵), 도삭면(刀削麵), 발어자(撥魚子) 등이 있고, 모양에 따라 관면(寬麵), 세면(細麵) 등, 국물을 겹들이냐에 따라 탕면(湯麵), 초면(炒麵), 혼돈면(餛飩麵), 운탄명(雲呑麵), 작장면(炸醬麵)면 등이 있음.

257) 詩經·小雅: 采菽采菽, 筐之筥之.君子來朝, 何錫予之？雖無予之, 路車乘馬.又何予之？玄袞及黼.觱沸檻泉, 言采其芹.君子來朝, 言觀其旂.

258) Wikipedia, Bean : "… In the Iliad (8th century BCE) there is a passing mention of beans and chickpeas cast on the threshing floor. : 'And as in some great threshing-floor go leaping From a broad pan the black-skinned beans or peas(όπως σε μερικά μεγάλα αλώνια

πηδώντας από ένα πλατύ τηγάνι τα μαύρα φασόλια ή τα μπιζέλια, Iliad xiii, 589).'"

259) 管子內言, 山戎有冬蔥, 戎菽 今伐之, 故其物布天下 / 史記 齊伐北山戎, 去孤竹國, 得戎菽 / 史記三家注本紀：爾雅云「荏菽, 戎菽」也, 郭璞曰「今之胡豆」, 鄭氏曰「豆之大者」是也.

260) 戎菽：山戎所种植的一种豆科植物,大豆. / 管子·戒："北伐山戎, 出冬葱与戎菽, 布之天下." / 诗·大雅·生民》："蓺之荏菽"毛传："荏菽, 戎菽也"郑玄笺："戎菽, 大豆也."一说为胡豆, 蚕豆. 《尔雅·释草》："戎叔, 谓之荏菽."郭璞注："即胡豆也."或谓戎菽, 胡豆皆豌豆别名.见明李时珍《本草纲目劃·谷三·豌豆.

261) 曹雪芹, 红楼梦, 第七十九回："'情人眼里出西施/的下一句, 应为'西施眼里出英雄'."

262) A systematic review and meta-analysis of the effects of isoflavone formulations against estrogen-deficient bone resorption in peri- and postmenopausal women, Max Norman Tandrup Lambert, Lin Meng Hu, Per Bendix Jeppesen, The American Journal of Clinical Nutrition, Volume 106, Issue 3, September 2017, Pages 801–811, https://doi.org/10.3945/ajcn.116.151464

263) 明心寶鑑, 省心下篇："高宗皇帝御製,曰一星之火,能燒萬頃之薪. 半句非言, 誤損平生之德.身被一縷,常思織女之勞. 日食三殲,每念農夫之苦."

264) Early archaeological sites, hominid remains and traces of fire from Chesowanja, Kenya, J. A. J. Gowlett, J. W. K. Harris, D. Walton & B. A. Wood, Nature volume 294, pages125–129(1981).

265) Fire, Wikipedia : "The fossil record of fire first appears with the establishment of a land-based flora in the Middle Ordovician period, 470 million years ago,permitting the accumulation of oxygen in the atmosphere as never before, as the new hordes of land plants pumped it out as a waste product. When this concentration rose above 13%, it permitted the possibility of wildfire. Wildfire is first recorded in the Late Silurian fossil record, 420 million years ago, by fossils of charcoalified plants. Apart from a controversial gap in the Late Devonian, charcoal is present ever since. The level of atmospheric oxygen is closely related to the prevalence of charcoal: clearly oxygen is the key factor in the abundance of wildfire. Fire also became more abundant when grasses radiated and became the dominant component of many ecosystems, around 6 to 7 million years ago; this kindling provided tinder which allowed for the more rapid spread of fire.

266) Stanford News Service, SEPTEMBER 12, 2018 : "An ancient thirst for beer may have inspired agriculture, Stanford archaeologists say Stanford researchers have found the oldest archaeological evidence of beer brewing, a discovery that supports the hypothesis that in some regions, beer may have been an underlying motivation to cultivate cereals."

267) The Mission of Fire-Bring Event, Arisan, Taiwan : "In the middle of the night, it receives a fire from the mountain god of the mountain and safely escapes through the rugged

mountain and brings it to the village without going out."

268) Wikipeida, Wonderwerk Cave : "Wonderwerk Cave is an archaeological site, formed originally as an ancient solution cavity in dolomite rocks of the Kuruman Hills, situated between Danielskuil and Kuruman in the Northern Cape Province, South Africa…Evidence within Wonderwerk cave has been called the oldest controlled fire.[3] Wonderwerk means "miracle" in the Afrikaans language."

269) Wikipeida, Pachamanca (from Quechua pacha "earth", manka "pot") is a traditional Peruvian dish baked with the aid of hot stones. The earthen oven is known as a huatia. It is generally made of, lamb, mutton, alpaca, llama, guanaco, vicuna, pork, beef, chicken, or guinea pig, marinated in herbs and spices. Other Andean produce, such as potato or chuño (naturally freeze-dried potato), habas (fresh green lima beans in pods), sweet potato, mashua, oca, ulluco, cassava, yacon, plantain, humitas (corn cakes), ears of corn, and chilli, are often included in the baking.

270) Wikipedia Curanto : "Curanto is a traditional food of Chiloé Archipelago that has spread to the southern areas of Chile and Argentina, whose remains dated back about 11,525 ± 90 uncalibrated years before present. It consists of seafood, meat, potatoes and veg-etables and is traditionally prepared in a hole, about a meter and a half (approx. one and a half yards) deep, which is dug in the ground. The bottom is covered with stones, heated in a bonfire until red."

271) <세계의 요리>달군 화산석 돌들로 구워내는 남태평양 마이크로네시아 통돼지 구이, 월간조선, 2008.4.16. : "얍(Yap), 추크(Chuuk), 코스래(Kosrae), 폰페이(Phonpei)라는 4개의 섬들로 구성된 남태평양의 마이크로네시아 연방 섬사람들은 고구마처럼 생긴 얌, 빵나무, 생선, 돼지고기, 닭고기 등을 바나나 잎으로 싸서 달구어진 돌 위에 익혀 먹는다."

272) 파푸아뉴기니 섬나라에서 원주민에 따라서 '로보(robo)', '우무(umu)' 혹은 '무무(mumu)' 라고 부르며, 뉴질랜드 마오리족은 '항이(hangi)'라고 호칭한다. 요리방식에 원주민의 문화, 자연조건 등 에 따라서 다양해 크게 양분하면, i) 달군 돌에 직접 음식을 올려놓는 건조이무(dry immu)와 ii) 돌 에다가 물을 끼얹어서 증기로 익히는 스팀이우(steam immu) 방법이 있다.

273) 鼎, 說文解字 : "三足兩耳, 和五味之寶器也.昔禹收九牧之金, 鑄鼎荊山之下, 入山林川 澤, 螭魅蝄蜽, 莫能逢之, 以協承天休.《易》卦 : 巽木於下者爲鼎, 象析木以炊也.籒文以鼎 爲貞字.凡鼎之屬皆从鼎. "

274) 三国鼎立(208~263)是指中国东汉末年曹魏,蜀汉,东吴三国对峙的局面.

275) 司馬遷, 史記, 項羽本紀 : "项羽乃悉引兵渡河,皆沉船,破釜甑,烧庐舍,持三日粮,以示士卒 必死,无一还心."

276) 窯, 說文解字 : "窯, 瓦竈也.从穴羔聲.燒瓦窯口也. 窯似口,故曰窯口.韵會本作燒瓦窯也.無 口字.大徐本作燒瓦竈也.非是.縣詩鄭箋云.復穴皆如陶然.是謂經之陶卽窯字之叚借也.縣正義引說文.陶,瓦器口也.蓋其所據乃缶部匋下語.匋窯蓋古今字."

277) 窯, 起源 : "土器焼成用の窯は陶磁器が最も古く出現した古代エジプトでは地上に造られた円筒状の窯で焼かれていた. これが ギリシャ, ローマ, ペルシャに伝わるうちに大型化,德利のような 様式の德利窯(Bottle kiln)に発達した.アッシリアでは紀元前6世紀頃には地中に穴を掘った穴窯が出現している…アッシリアの穴窯は近東諸国やヨーロッパ、アジアに伝わった. アジアで使われた窖窯 (あながま) は、5世紀ごろ朝鮮を経由して中国から日本にもたらされた."

278) 三國史記 卷十四 高句麗本紀: "大武神王 四年, 冬十二月, 王出師, 伐扶餘, 次沸流水上, 望見水涯, 若有女人, 鼎游, 就見之, 只有鼎. 使之炊, 不待火自熱, 因得作食, 飽一軍. 忽有一壯夫曰: 是鼎吾家物也, 我妹失之, 王今得之, 請負以從, 遂賜姓負鼎氏."

279) 禮記, 內則: "淳母, 煎醢加於黍食上, 沃之以膏, 曰淳母…炮牂煨烤炸燉母羔) 煨烤炸燉羔羊,古代八種珍食之一.

280) 中庸 : "子曰: 道不遠人. 人之爲道而遠人, 不可以爲道. 詩云: '伐柯伐柯, 其則不遠.' 執柯以伐柯, 睨而視之, 猶以爲遠, 故君子以人治人, 改而止. 忠恕違道不遠, 施諸己而不願, 亦勿施於人."

281) ウィキペディア (Wikipedia),元曉 : "元曉(がんぎょう或いはげんぎょう,ハングル,薛思,617年~686) は新羅の華厳宗の僧侶である.羅浄土教の先駆者,俗姓は薛,名前は誓幢,新幢である.新羅の押梁郡(現在の慶尚北道)に生まれ,29歳のときに皇龍寺で出家.興輪寺の法蔵に華厳を学ぶ.教学と論争に優れた人物であった.650年, 義湘と共に唐に渡ろうとしようとしたが,高句麗軍に阻まれ失敗した.661年また義湘と唐に渡ろうとしようとしたが,党項城の古塚にとどまっているときに,偶然に骸骨に溜まった水を飲んで.「真理は遠くにあるものではない. 枕元で甘く飲めた水が,起きた後に骸骨に溜まっていたことを知った時,気に障り吐きたくなった.だが,世の中への認識は心にこそある」と悟って帰って来た.その後は華厳学の研究に専念し,240巻もの著作を成した."ある日,元曉が街で「誰許沒柯斧,我斫支天柱」という歌を歌った.誰も意味が分からなかったが, 武烈王だけは意味を理解し未亡人だった瑤石宮の公主を嫁がせ,彼女は薛聡を生んだ.その後, 元曉は「小姓居士」と名を変えて,芸人が与えた瓠に「無碍」"

282) 詩經, 豳風伐柯篇: "伐柯伐柯,其則不遠;執柯以伐柯,睨而視之猶以爲遠."

283) 三國遺事, 卷第四元曉不羈: "聖師元曉, 俗姓薛氏. 祖仍皮公, 亦云赤大公, 今赤大淵側有仍皮公廟. 父談捺乃末. 初示生于押梁郡南(今章山郡) 佛地村北 栗谷娑羅樹下 村名佛地 或作發智村(俚云弗等乙村)..師嘗一日風顚唱街云, 誰許沒柯斧, 我斫支天柱. 人皆未喩, 時太宗聞之曰. 此師殆欲得貴婦, 産賢子之謂爾. 國有大賢, 利莫大焉."

284) Kingdoms of South Asia - Indus Valley Culture, 2021.3.21., (historyfiles.co.uk) : "Far East Kingdoms South Asia Indus Valley Culture (Harappa / Sindhu Civilisation) c.3300 - c.1700 BC Fifth & Fourth Millennium BC Cultures (Index) Early Africa… No one cause seems

responsible, but a combination of climate change, over-cultivation, and changes in the course of the Indus may contribute..."

285) 器, 說文解字 : "皿也, 象器之口,犬所以守之. 去冀切文六重二"/ 說文解字注 : "(器)皿也.皿部 曰.皿,飯食之用器也.然則皿專謂食器.器乃凡器統偁.器下云皿也者,散文則不別也."

286) 說文解字 : "皿是飯食之用器也."

287) 铁饭碗的历史 : 中华人民共和国成立后,实行了社会主义建设的步伐,私有企业被国有企业 取代,而政府成为了国家最大的雇主.学生在毕业之后都会被派到单位里面工作,而不需要经 过由市场来决定的人力市场求职.严格来说,所有在国有企业工作的工人都是公务员,而他们 在单位的工作是有终身保障性的,他们除了每个月的工资以外,就算在退休之后还能从单位 裡支取工资.

288) 철밥통도 옛말...공무원 합격 1년 만에 사표 던지는 이유, 한국경제, 2020.10.10. : "2020. 10. 10. — 취업난과 함께 이른바 '철밥통'이라 불리며 인기 직업으로 부상했던 공무원의 조기 퇴직 자가 나날이 증가하는 것으로 파악됐다." / 누가 공직을 '편안한 철밥통'이라 했는가, 정책뉴스, 2005.11.15. : "APEC 정상회의를 앞둔 지난 10일 오후 부산항 부두 인근 화장실. 한 공무원이 쓰러 진 채 발견됐다. 부산항 부두에서 비상근무 중이던 부산세관 소속 이창열 씨(44)는"/ [단독] '철밥 통' 절반은 행복하지 않다. 서울신문, 2017.2.12. : "철밥통은 그리 행복하지 않다. 공무원들은 정년 이 보장되고 안정적이라는 이유에서 속칭 '철밥통'으로 불린다."

289) 道德经,第十一章 : "三十辐共一轂, 当其无, 有车之用. 三十辐共一轂, 当其无, 有车之用. 埏埴以为器, 当其无,有器之用. 凿户牖以为室, 当其无, 有室之用.故有之以为利, 无之以为 用."

290) 論語,衛靈公 : "子曰,工欲善其事,必先利其器. 居是邦也.事其大夫之賢者,友其士之仁者."

291) 周易,繫辭上第十二章中說 : "形而上者謂之道,形而下者謂之器.又說一陰一陽之謂道.陰陽 皆不可見,其性質屬於形而上,至於一切可見之有形體,則稱之為器.

292) 'Record-Breaking £43 Million Chinese Vase in November 2010, (https://www.bainbridg- es.auction)

293) 보물지도'가 성공 열쇠... 고미술 경매 들여다보니, 뉴시스, 2011.12.19. : "전 세계 경매에 나온 한국 미술품의 최고가는 1996년 뉴욕 크리스티 경매에서 나온 '철화백자 운룡문 항아리'로 841만 7500달러(당시 환율로 70억 원대)였으나 중국 미술품의 기록에 비하면 10분의 1도 안 된다. 2010 년 11월 런던 베인브리지 경매에 나온 청건륭제 때의 도자기 '길경유여(吉慶有余) 무늬 투각호'는 973억5500만 원에 팔렸다."

294) Wikipeida, china : The word "China" has been used in English since the 16th century; however, it was not a word used by the Chinese themselves during this period in time. Its origin has been traced through Portuguese, Malay, and Persian back to the Sanskrit word Chīna, used in ancient India.

295) Wikipedia, china : China, appears in Richard Eden's 1555 translation[o] of the 1516

journal of the Portuguese explorer Duarte Barbosa. Barbosa's usage was derived from Persian Chīn (چین), which was in turn derived from Sanskrit Cīna (चीन). Cīna was first used in early Hindu scripture, including the Mahābhārata (5th century BCE) and the Laws of Manu (2nd century BCE). In 1655, Martino Martini suggested that the word China is derived ultimately from the name of the Qin dynasty (221–206 BCE). Although this derivation is still given in various sources, the origin of the Sanskrit word is a matter of debate, according to the Oxford English Dictionary. Alternative suggestions include the names for Yelang and the Jing or Chu state.

296) 우리역사넷(국사편찬위원회, contents.history.go.kr) : "2~3세기경에 정치권력이 형성됨에 따라 전업적 토기생산 체계(專業的土器生産體系)가 갖춰 도질토기(陶質土器)의 대량생산이 시작되었다. 4세기 말 이후에 낙동강 동안지역(新羅土器: 대구, 성주 포함)과 낙동강 서안지역(伽倻土器)로 양분 생산되었다."

297) 三國史記, 卷第三十二雜誌 : "… 又見於祀典, 皆祭境內山川, 而不及天地者, 蓋以『王制』曰: 天子七廟, 諸侯五廟, 二昭·二穆與太祖 … 瓦器典, <景德王>改爲陶登局, 後復故."

298) a fight or an argument to decide who controls an area or an activity

299) 人机(AI)"饭碗大战"是否会一触即发?_新浪新闻(news.sina.com.cn), 2021.3.12. :"全国工业机器人产业园激增至近40家□本报记者张岚李欣忆.2013年,中国市场总共销售了36860台工业机器人,增长41%,超越日本成为全球第一大市场."

300) 禮記, 學己篇 : "君子曰:大德不官,大道不器,大信不約,大時不齊."

301) 論語, 爲政篇 : "君子不器."

302) 學己 : "「學學半」一辭, 出自尚書·說命下; 經文原為斅學半.禮記·學記篇則以「學學半」是教學相長, 並加以詮釋:學然後知不足, 教然後知困.知不足, 然後能自反也, 知困, 然後能自強也, 故日教學相長也.

303) 論語, 雍也 : "子曰觚不觚, 觚哉! 觚哉!"

304) John Dewey Democracy and Education, Chapter One: Education as a Necessity of Life

305) 曹昭(元末明初人),字明仲,松江人.父曹真隐博雅好古,收藏大量法书,名画,彝鼎尊壶以及古琴,古砚.

306) 康熙字典 : 鍮石似金.《一統志》苔兒密,古之丹眉流國,產鍮石.《格古要論》鍮石,自然銅之精也.今爐甘石煉成者,假鍮也.崔昉曰:銅一斤,爐甘石一斤,煉之成鍮石.眞鍮生波斯國者,如黃金燒之,赤色不黑.《本草綱目》水銀墮地,鍮石可引上.

307) 世界大百科事典 第2版, 株式会社平凡社, 2007, 鍮石の言及 : "【銅合金】より.. (4) シンチュウ(真鍮)黃銅ともいわれ,磨くと黃金のような色がでるので,近世に入って好まれるようになった.《法隆寺緣起幷流記資財帳》(747)の香炉の記述に〈仏分三具·二具鍮石一具白銅〉とあり,鍮石(ちゆうせき)はシンチュウの古名と考えられ,自然鉱から得たものであろう.鋳造, 鍛造いずれにも適しており,法隆寺献納宝物中の鍛造による鵲尾(じやくび) 柄香炉は鍮石によったものである…"

308) 三國史記, 卷三十九 雜誌 : "…朝霞房 母二十三人.染宮母十一人.疏典母六人.紅典母六人.蘇 芳典 母六人.攢染典母六人.漂典母十人.倭典已下十四官員數闕. 錦典景德王改爲織錦房後 復故. 鐵鍮典景德王改爲築冶房後復故."

309) 김민수, 신라의 鍮石 인식과 그 특징(A Study on the Recognition of Yuseok(鍮石) in Silla), 한 국고대사연구, 2019, vol., no.96, pp. 289-322 (34 pages)

310) 三國史記, 雜誌二(車騎) : "眞骨,車材不用紫檀沉香,不得帖玳瑠,亦不敢飾以金銀玉,褥子用 綾絹已下,不過二重,坐子用鈿錦二色綾已下,緣用錦已下,前後幰用小文綾紗絁已下,色以深靑 碧紫紫粉,絡網用糸麻,色以紅緋翠碧,粧表且用絹布,色以紅緋靑縹,牛勒及鞦用絁絹布,環禁 金銀鍮石,步搖亦禁金銀鍮石"

311) Psalm 107:16 : "For He has shattered gates of bronze And cut bars of iron asunder."

312) William Shakespeare, Sonnet 65: Since brass, nor stone, nor earth, nor boundless sea : "Since brass, nor stone, nor earth, nor boundless sea / But sad mortality o'er-sways their power, / How with this rage shall beauty hold a plea, / Whose action is no stronger than a flower? / O, how shall summer's honey breath hold out / Against the wrackful siege of batt'ring days, / When rocks impregnable are not so stout, / Nor gates of steel so strong, but time decays? / O fearful meditation! where, alack, / Shall time's best jewel from time' s chest lie hid? / Or what strong hand can hold his swift foot back? / Or who his spoil of beauty can forbid? / O, none, unless this miracle have might, / That in black ink my love may still shine bright."

313) Wikipedia, Yellow copper is a colloquial name for various minerals and alloys with high copper content : chalcopyrite / brass

314) 高麗史節要, 卷之二十五 : "忠惠王五年·甲申五月 '金海君,李齊賢,上書都堂…,金銀錦繡, 不産我國,前輩公卿,被服用素段,若紬布器皿,只用鍮銅瓷."

315) 世宗實錄 卷二十三 : "行護軍白環陳言曰: 臣環竊見,生財之道, 爲國之先務.亦以百計, 鍮銅 鐵匠,亦無數焉, 民力所裕,莫此爲至.且新羅之世,佛宇所支銅鐵器皿,無處無之, 柴炭所出,處 處俱足."

316) 朝鮮實錄, 肅宗五(1679)年二月四日(陰) : "司啓辭,鍮器禁斷事,纔已定奪於榻前矣,禁斷事 目,別單書入之意, 敢啓,答曰,依啓,鍮器禁斷事目:一,鍮器禁斷事,旣已定奪於榻前矣,常時行 用食器羹器,行路所持行器匙箸,祭祀所用盞臺具,燭臺銅爐口,沙用古五里.湯煮唾器大也洗 手所羅溺缸之類.則皆人家日用之最切者,有難一倂禁斷是白在果,此外各樣器皿乙良,毋論 諸宮家.士大夫,常漢,自今二月初十日爲始,竝勿行用爲白齊…

317) 李圭景, 五洲書種博物考辨 : "我東煉熟鐵爐法,就風廂左邊橫穿九行風穴而冶爐製法(我 東鍮)"

318) 柳得恭, 京都雜記 : "俗重鍮器人必具飯湯蔬炙一卓之用至頮盆夜壺皆以鍮鑄"

319) 柳得恭, 京都雜記 : "鍋, 名氈笠套取其形似也. 淪蔬於中燒肉於沿, 案酒下飯俱美."

320) 李學逵, 洛下生集, 鐵笠些兒炙.俗以鐵造氈笠撝.謂之氈笠套.每飯, 煎珍孍嘉蔬.以佐飯.瓷匙骨董羹.

321) 李圭景 五洲衍文長箋散稿 : "鍋曰煎骨...深秋取甘菊, 去去, 水微濕, 米粉, 各分毋至結塊, 下油鍋煎出, 蜜食之香美. 更摘乾以俟冬春夏月之用."

322) 申光河, 詠氈鐵煮肉 : "截肉排氈鐵, 分曹擁火爐, 煎膏略回轉, 放筯已虛無, 擧國仍成俗, 新方近出胡, 衣冠甘餔餟, 君子遠庖廚."

323) 洪錫謨, 東國歲時記 : "神仙爐之稱 按歲時雜記京人十月朔沃酒乃炙臠肉於爐中團坐飮啗 謂之煖爐 .."

324) 歲時風謠, 煖會 : "書有蜀體謂趙松雪也.高麗忠宣王以元成宗時駙馬進爵太尉瀋陽王留燕邸 松雪遊王 ...在歷陽時遇節日, 休學團坐飮酒雜記歲時風俗事.欣然有會于心, 遂倣其義例, 就本國謠."

325) 바특하게 만든 찌개나 찜.

326) 朝鮮王朝實錄, 太宗十七年 : "木枕次椴木半尺, 鐵煙爐鐵烽爐, 各壹磁貼匙, 磁甫兒盆子莫子.各貳木果瓢子.各壹雉尾箒壹."

327) 淺川巧(Asakawa Takumi), 朝鮮陶磁名考, 東京, 朝鮮工藝刊行會, 1931, 216 p.

328) ブランドストーリー(shop4.gcyugi.cafe24.com/_page/brand.html) : "健康を保つ「居昌鍮器」 有害な細菌を抑制、殺菌して安心できるお食事を提供します. さらに、温かさと清涼感はもちろん、食品の鮮度まで居昌鍮器は、健康の本質を盛り込みます."

329) 대구방짜유기박물관 홈페이(artcenter.daegu.go.kr) : "(박물관 연혁) 2000년 11월 박물관 건립 기본계획 수립, 2001년 8월 방짜유기 무상기증 계약 및 공증, 2003년 12월 실시설계 완료, 2004년 7월 공사 착공, 2006년 9월 공사 준공, 2007년 5월 25일 박물관 개관."

330) 遊金鰲錄, 金時習, 望公山 : "公山峭峻聳崢嶸, 碍却東南幾日程, 多少風光吟不得, 只緣憔悴病中生"

331) 林下集, 鄭師哲, 遊公山 : "理屐尋山策短笻, 石門深處白雲封, 升高妙訣君知否, 去去須登最上峯"

332) 中村均, 韓国人の衣食住・五十年の変遷,亜細亜学園創立50周年記念号--アジアの変容, Journal of the Institute for Asian Studies(iss.ndl.go.jp/books), 1991,p253~283 : "吹きすさぶ戦争の嵐は,朝鮮独特の食器である真鍮製の鍮器,匙,箸の供出まで ... 解放後,食糧事情が最悪の状態にあるのは,日帝の戦時収奪と数年来の凶作 ..."

333) 생활용품 속 수은·알루미늄, 면역력 떨어뜨린다, 조선일보, 2016.10.19. (health.chosun.com) / 중금속(나무위키) 2020.12.19. / 중금속–위키백과(o.wikipedia.org) / 대처방안–위해안내(ood-safetykorea.go.kr), 2016.12.7. / 알루미늄 중독의 원인과 유발 증상, 2020.5.27. / 우리 몸의 독소를 제거하라–혈관 청소법–미주난치병 대체의학(drjformula.com), 2017.2.22. / 중금속 중독의 위험- 치매를 부르는 알루미늄, 2013.5.20.(drspark.net)

334) 구리 항균 작용(미량동),2020.5.8.(ibric.org) : " 미량동 효과는 구리 금속 표면에 남아 있는 미량의 구리 이온을 박테리아가 필수 영양소로 착각해 세포벽 내부로 흡수한 금속이온으로 스스로 죽고 만다." / "구리가 메르스 퇴치에 효과(scienceon.kisti.re.kr), 2015.11.12.

335) 대구 안심음식점에서 대구10味,대한민국 행정안전부, 2020.4.29. : "이러한 동인동 찜갈비는 대구에서 오랜 전통을 상징하는데요. 1970년대부터 동인동에서 양은냄비에 소갈비를 익혀 고춧가루와 다진양념을 넣고 끓였다고 합니다. 코 끝을 찌르는 매콤한 냄새와 칼칼하고 개운한 맛의...."

336) [대구맛집] 대구 10味, 40년 전통 양은그릇의 동인동 낙영찜갈비, 2019.9.5.(blog.naver.com›leejs3176) / 동인동 찜갈비의 매력 - 매일신문 - 대구경북이 pick한 뉴스, 2011.7.29.(news.imaeil.com›life) / [전국맛집택배 푸딩박스] 왜 찜갈비는 양은냄비에 담겨있을까?, 2011.5.12.(blog.naver.com›foodingbox).

337) 京都・洛北の老舗料亭, 平八茶屋 (www.heihachi.co.jp), 創業は天正年間 1576年,若狭街道の街道茶屋として発祥.以来420年,麦飯とろろ. 山ばな 平八茶屋 京都府京都市左京区山端川岸町8-1. TEL : 075-781-5008

338) 「一笑懸命」歌, 作詞：遊助, 作曲：河田総一郎(Soulife)・遊助 : "ご機嫌いかが? さぁみんな 笑え 恥ずかしがらず その顔上げて 悩みや不満に 不安忘れ 今宵 宴だ 歌えや踊れ 惚れた 腫れたは あぁめんどくせー 金のトラブル もぅ聞きたくねー 損だ得だの こだわるんじゃねー 笑顔で福呼べ さぁ手を叩け 笑えや笑え 考えても答えねぇ 生まれた頃 思い出せ あんたも周りも 笑ってた ワハハ... ガハハ..."

339) ご‐ちそう【御×馳走】[名] (スル) : 1.「馳走」を,それをする人や,する相手を敬っていう.また,「馳走」の美化語.心を込めてもてなすこと. 特に,食事などをふるまうこと.また, そのもてなし.「ご馳走になる」「鮨(すし)をご馳走する」「冬は火が何よりのご馳走だ」. 2. ぜいたくな料理. 豪華な食事.「生まれてはじめてのご馳走だ」.

340) Wikipedia, Chicken : "Nutritional value, Chicken soup can be a relatively low fat food: fat can be removed by chilling the soup after cooking and skimming the layer of congealed fat from the top.[4] A study determined that prolonged cooking of a bone in soup increases the calcium content of the soup when cooked at an acidic, but not at a neutral pH."

341) Parker-Pope, Tara, "The Science of Chicken Soup" New York Time, 12 October, 2007.

342) Wikipedia, Chicken soup : "Medicinal properties : Chicken soup has long been touted as a form of folk medicine to treat symptoms of the common cold and related conditions. In 2000, scientists at the University of Nebraska Medical Center in Omaha studied the effect of chicken soup on the inflammatory response in vitro. They found that some components of the chicken soup inhibit neutrophil migration, which may have an anti-inflammatory effect that could hypothetically lead to temporary ease from symptoms of illness. However, since these results have been obtained from purified cells (and directly

applied), the diluted soup in vivo effect is debatable. The New York Times reviewed the University of Nebraska study, among others, in 2007 and concluded that 'none of the research is conclusive, and it is not known whether the changes measured in the laboratory really have a meaningful effect on people with cold symptoms.' It has also been shown that chicken soup contains the amino acid cysteine,[8] which is very similar to acetylcysteine, which is used by doctors for patients with bronchitis and other respiratory infections to help clear them. Chicken soup is also known as "Jewish penicillin", either as ersatz good penicillin, or as alternative to penicillin.

343) 花椒, 又称秦椒, 蜀椒(本草经), 川椒或山椒, 指的是芸香科花椒属(学名：Zanthoxylum)的灌木或乔木以及其果实.椒始載於《詩經》,《爾雅》釋木:「椒,大椒.郭璞註:今椒樹叢生實大者名爲檓.《神农本草經》中记载:「蜀菽,味辛,溫.主邪氣,咳逆,溫中,逐骨節,皮膚死肌,寒濕痺痛,下氣.久服之,頭不白,輕身,增年,生川穀.《名醫》曰:一名巴椒,一名蓎藙.生武都及巴郡.八月採實,陰乾.案:《范子計然》云:蜀椒,出武都.赤色者,善.陸璣云:蜀人作茶,又見秦椒,即《爾雅》莍.陶弘景雲:俗呼為樛.

344) 桶子油鸡, 百度百科: "桶子油鸡制法 将水,绍兴酒,盐,冰糖,花椒,八角,陈皮,桂皮,丁香,草果,甘草料置锅内烧开后随加3杯酱油,以小火烧约20分钟成卤汁,把鸡放入,用卤汁多次的淋在鸡身上及鸡腹内,盖锅,小火煮10分钟后,将鸡身翻转,再以小火煮10分钟,即可熄火,盖锅再浸约20分钟取起,待冷涂上少许麻油,即可剁块,排在盘上,淋上些卤汁即成."

345) 山海經(海內西經):"西南黑水之間,有都廣之野,后稷葬焉.爰有膏菽,膏稻,膏黍,膏稷,百穀自生,冬夏播琴,鸞鳥自歌,鳳鳥自儛,靈壽實華,草木所聚.爰有百獸,相群爰處.此草也,冬夏不死."

346) 司馬遷, 史記·卷一一七:"紛容蕭參, 旖旎從風"

347) 梦溪笔谈·卷九·人事一:"王荆公病喘, 药用紫团山人参, 不可得."

348) 开宝本草说"潞州太行山所出,谓之紫团参.《圣济总录》独圣饼子用蛤蚧,人参两物,人参后专门有注"紫团参一株,如人形良.《梦溪笔谈》卷9记王安石用紫团参轶事云:王荆公病喘,药用紫团山人参不可得, 时薛师政自河东还, 适有之,赠公数两,不受,人有劝公曰:公之疾 登录后获取更多权限."

349) 高丽参,维基百科自由的百科全书:"高丽参(学名：Panax ginseng)是朝鲜半岛上出产的一种人参.高丽参自古就有'一根高丽参如一串宝石'和'百草之王'的说法."

350) 人蔘, 维基百科, 自由的百科全书:"故称其为人参.風茄外型亦類似人.古代人参的雅称为黄精,地精.神草.人参被人们称为百草之王, 是闻名遐迩的 东北三宝(人参,貂皮,鹿茸)之一. 高丽参(学名：Panax ginseng)是朝鲜半岛上出产的一种人参.高丽参自古就有,一根高丽参如一串宝石.和百草之王的说法...明末的人参熱,使女真人通過馬市將人參出售給中原.此時,中原的野生人參已难得一见.女真人自己並不消費人參,萬曆三十五年丁未(1607年)明廷暫停遼東馬市,導致人參積壓,兩年內腐爛了十餘萬斤,使女真人改進製作方法以長期保存.清朝時,每年有數万人到長白山採參.康熙三十八年(1699年)清廷下令實行放票採參,嚴禁私採.

351) 陶弘景, 本草經集注, 人民衛生出版社, 1994 p.207 : "人乃重百濟者,形細而堅白氣味.薄於
上黨,次用高麗.高麗即是遼東,形大而虛軟,不及百濟.百濟今臣屬高麗,高麗所獻,兼有兩種,止
應擇取之爾實用竝不及上黨."

352) 《本草經集注》是南北朝道士陶弘景在有系統整理《神农本草经》并总结之前药学经验
基础上编写的一部医书.本书结合《神农本草经》和《名医别录》两书并注释而成.

353) 新唐書,東夷列傳,新羅 : "初百濟伐高麗,來請救,悉兵往破之,自是相攻不置.後獲百濟王殺
之,滋結怨.武德四年,王眞平遣使者入朝,高祖詔通直散騎侍郎庾文素持節答賚.後三年,拜柱
國,封樂浪郡王"

354) 三國史記,新羅本紀 : "眞平王四三年,秋七月, 王遣使大唐朝貢方物. 高祖親勞問之,遣通直
散騎常侍庾文素來聘.賜以璽書及畫屏風.錦綵三百段"

355) 新唐書, 東夷列傳(新羅) : "聖德王二十二年,夏四月,遣使入唐. 獻果下馬一匹,牛黃,人蔘,美
髢,朝霞紬,魚牙紬,鏤鷹鈴,海豹皮,金銀等."

356) 桂苑筆耕, 獻生日物狀 (维基百科, zh.wikipedia.org) : "除唐代時期的中國歷史外, 本書
亦涉及其他方面的介紹, 如《獻生日物狀》五首, 便是研究人蔘之作；又如《補安南錄異圖
記》, 在越南歷史研究方面具有史料價值..."

357) 皆川完一(みながわ かんいち, 1928~2011), 買新羅物解 拾遺,『正倉院文書研究』2, 1994 /
正倉院, 聖語蔵経巻について(gcbs.ggu.ac.kr) : "まず, 宝物本体に記された銘文から新羅製
と判明する例として, 新羅.楊家上墨, 新羅 ... 小草 (北倉52)、遠志 (北倉86)、甘草 (北倉99)、
竹節人参 (北倉122)..."/ 正倉院に伝わる薬物60種のリスト 種々薬帳, 2010.11.11(www.eisai.
co.jp) : "奈良の正倉院には,聖武天皇の遺愛品,東大寺の寺宝や文書で7,8世紀の優れた...
植物をはじめ珍しい動物や鉱物などを,唐や新羅,東南アジアなどからも ... 現在でも,漢方薬
などに配合される大黄(ダイオウ),人参..."

358) 今村鞆(いまむら とも, 1870~1943)は朝鮮半島社会の研究者,警察官. 1870年9月6日,土佐
国高岡郡高岡村(現・高知県土佐市)に生まれる.1899年,警視庁警部となり,1903年,警察監
獄学校を卒業し岐阜県警部となる.1904年,法政大学専門部法律科を卒業して,1908年に渡
韓する.忠清北道警察部長をはじめ,江原道警察部長,平壌警察署長,済州警察署長などを務
め,職務と趣味に関わりのあるものの調査に打ち込む.朝鮮民俗学会ともかかわりを持ち,民
俗学の研究にも没頭する.1912年に最初の著書である『朝鮮社会考』を出版して以来,『朝
鮮風俗集』、『朝鮮漫談』などを出版した.

359) 國清百錄, 國清百錄序. 隋沙門灌頂撰. : "先師以陳太建七年歲次乙未.初隱天台.所止之峰
舊名佛隴.詢訪土人云.遊其山者多見佛像.故相傳因而成稱.至太建十年...."

360) 灌頂, 國定百錄 : "高句麗昆布人参送去"

361) 國清百錄,凡四卷.隋代灌頂編纂.今收於大正藏第四十六冊.此書初由沙門智寂纂集天
台智顗之遺文及碑文等, 書未成而逝, 灌頂繼續增撰.自立制法至智者遺書與臨海鎮將解
拔國述放生池, 凡一○四條, 為了解天台智顗一生行業最方便之資料.原有廣略二本, 廣本

已散佚，今書為略本。因智顗住天台山國清寺，故有此名。〔佛祖統紀卷二十五、大明三藏
聖教目錄、諸宗章疏錄卷一

362) 三國史記,卷第十,新羅本紀, 昭聖王條："秋七月,得人蔘九尺,甚異之.遣使如唐進奏,德宗謂
非人蔘不受"

363) Wikipeida, Ginseng : The English word "ginseng"comes from the Hokkien Chinese jîn-
sim((人蔘; where this transliteration is in Pé̤h-ōe-jī). The first character 人 (pinyin rén;
Modern Standard Mandarin pronunciation: [ʐə̀n] or [ɹə̀n]) means "person" and the sec-
ond character 蔘 (pinyin: shēn; MSM: [sán]) means "plant root"; this refers to the root's
characteristic forked shape, which resembles the legs of a person.

364) Wikipeida, Ginseng : The Panax, meaning "all-healing" in Greek, shares the same origin
as "panacea" and was applied to this genus because Carl Linnaeus was aware of its wide
use in Chinese medicine as a muscle relaxant.

365) 神农本草经, 仙草："人参, 王丽英. 唐代开元年间的道家专著《道藏》载有中华'九大仙草'：
石斛,天山雪莲,三两重人参,百二十年首乌,花甲之茯苓."

366) 李時進, 本草綱目："人蔘,味甘,微苦,性平,歸脾,肺,心經.在傳統藥理應用上,人蔘主要用於虛
證,如肢冷脈微,脾虛食少,肺虛喘咳,津傷口渴,內熱消渴,久病虛羸,驚悸失眠,陽痿宮冷,心力
衰竭,心原性休克等症狀,有補充元氣,增進體力,促進氣血循環,改善脾肺胃,生津解渴,安神益
智等作用."

367) 百度百科 蔘鷄湯："参鸡汤是一道以人参, 童子鸡和糯米煲成的中国古老的广东粤菜汤类
家常菜之一,传至韩国后成为最具代表性的韩国宫中料理之一."

368) 田中美蘭, 参鶏湯は中国起源」に激怒した韓国人の反中感情, 31億円を費やしたドラマは
放送中止,チャイナタウン構想も炎上, JPpress, 2021.4.2.(jbpress.ismedia.jp)："韓国と中国
の関係が何やら騒がしい.韓国の伝統や歴史,文化を「中国のもの」と主張するかのような中
国側の言動が続き,韓国内での反中感情を高ぶらせている.影響はさまざまなところに波及
し,エンターテインメント界も巻き込んで激震の様相を見せている…ドラマのスタッフや特に
出演者たちにとっては悪夢とも言え,この時期に中国絡みの問題でドラマ自体がお蔵入りに
なるとは何とも後味の悪い話と言えよう."

369) 蔘鷄湯, 自由百科："参鸡汤 (韩语：삼계탕／蔘鷄湯) 朝鲜半岛的传统名菜之一.以整只童
子鸡,腹中塞入糯米,佐以红枣,姜,蒜和人参长时间炖煮制成.食用时配以葱.盐和胡椒."／蔘
雞湯, Wikiwand："韓式蔘雞湯 (朝鮮漢字：蔘鷄湯；諺文：삼계탕) 朝鮮半島的傳統名菜之
一.以全隻嫩雞,腹中塞入糯米,佐以紅棗,薑,蒜和人蔘長…"

370) Wikipdeida, Chicken : "…Korea, Samgyetang, a Korean chicken soup, Samgyetang is
a Korean chicken soup with insam (Korean ginseng), daechu (dried jujube fruits), garlic,
ginger, glutinous rice, and sometimes other medicinal herbs. It is believed to be not
only a cure for physical ailments but also a preventer of sickness. Dak baeksuk, a type of

chicken broth with garlic, is also popular among Koreans. It is believed by some to help cure minor illnesses such as the common cold. Some types of baeksuk also contains noodles, similar to chicken noodle soup."

371) 維基百科, 蔘鷄湯 : "中國的人蔘燉雞與韓國的蔘雞湯做法各有不同,食用的時節也不同. 在中國多輔以各種藥材墩煮, 是冬日進補的藥膳；但在韓國是在炎炎夏日食用, 因為韓國 人認爲只有在很熱的天氣吃, 體內不好的東西隨汗水排出, 讓人蔘雞這樣滋補的東西墊 底, 才有益身體健康."

372) 前揭書 : "雞肉有溫中益氣,補精添髓,補虛益智的作用.中國的中藥學著作《神農本草經》 上說,常食雞肉能「通神」,後世醫家大多認爲「食之令人聰慧」.而人蔘燉雞湯則具有大補元 氣,固脫生津,安神,適用於勞傷虛損,食少,倦怠,健忘,眩暈頭痛,陽痿,尿頻,氣血津液不足等 症."

373) 東醫寶鑑, 湯液編, 烏雄鷄肉 : "性微溫,無毒.主心病肚病,除心腹惡氣,及風濕攣痹.補虛.羸, 安胎.治折傷,幷癰疽."

374) 東國歲時記, 三伏 : "烹狗和葱爛蒸名曰狗醬,入雞笋更佳.又作羹調番椒屑澆白飯爲時食.發 汗可以祛暑補虛.市上亦多賣之,按史記秦德公二年初作伏祠磔狗四門以禦蠱災.磔狗卽伏日 故事而今俗因爲三伏佳饌.煮赤小豆粥以爲食.三伏皆如之"

375) Dog eat dog : used to refer to a situation of fierce competition in which people are will-ing to harm each other in order to succeed.

376) 書經, 周書,牧誓 : "武王曰 古人有言曰 牝鷄無晨 牝鷄之鳴 惟家之索."

377) 윤영애(대구시의원),암닭이 울면 알을 낳는다. 영남일보, 2019.2.12. "… 이른바 유리천장을 깰 유능한 여성 공직자들이 연이어 나올 것으로 기대된다.'고 밝혔다."

378) 三國史記 新羅本紀 解脫尼師今條 : "九年春三月, 王夜聞金城西始林樹間,有鷄鳴聲.黎明 遣瓠公視之,有金色小櫝,掛樹枝,白鷄鳴於其下.瓠公還告.王使人取櫝開之,有小男兒在其中, 姿容奇偉.上喜謂左右曰:此豈非天遺我以胤令胤乎.乃收養之.及長,聰明多智略,乃名閼智.以 其出於金櫝,姓金氏.改始林名雞林,因以爲國號."

379) 高麗史, 忠肅王條 : "鷄狗鵝鴨,爲客人食或,屠牛馬人,受到懲罰"

380) 李崇仁(高麗), 題毗瑟山僧舍 : "俗客驅東道, 高僧臥小亭, 雲從朝暮白, 山自古今靑, 往事追 松子, 羈逝愧地靈, 慇勒汲澗水, 一匊煮蔘苓"

381) 三國志 魏志東夷傳 : "其北方近郡諸國差曉禮俗, 其遠處直如囚徒奴婢相聚. 無他珍寶. 禽 獸草木略與中國同. 出大栗, 大如梨. 又出細尾雞校勘, 范書, 作長尾鷄. 其尾皆長五尺餘. 其 男子時時有文身. 又有州胡註 在馬韓之西海中大島上, 丁謙曰, 州胡, 卽今之濟州無疑.其人 差短小校勘, 言語不與韓同, 皆髠頭如鮮卑, 但衣韋校勘, 好養牛及豬. 其衣有上無下, 略如裸 勢校勘. 乘船往來, 市買韓中"

382) Voyage en Corée, Le Tour du monde, vol. I, 1892, p. 289-368

383) Republic of Korea National Report on the State of Animal Genetic(www.fao.org › an-

nexes_KOR) : "…resources of breeds by species in the Republic of Korea. To better grasp the state … imports, and the sound of cock-a-doodle-doo is longer than imports. This is believed to be due to the fact that the trace of the characteristics of long tailed fowl."

384) Robert Neff, A fowl theft: Japan's part in a long, drawn-out Korean tail, The Korea Times, 2018.1.27. : "A Japanese woman with an Onagadori, circa 1900-1920. Mrs. J. E. Pepin and one of her roosters, which has a tail 4.5 meters long, in May 1938...In the early 1900s, accounts of "a most remarkable breed of chickens" began to appear in American newspapers. According to one article: "Their plumage is exceedingly gorgeous but what makes them wonderful is the fact that their tails are immense. A small chicken will have a tail of resplendent feathers from 12 to 15 feet long. No breeder thinks much of a fowl with a tail less than a dozen feet long and tails from 12 to 14 feet are common. According to legend, these chickens appeared in southern Korea between 1000 and 1600 A.D and were "first propagated" by the Korean monarchy who had a pheasant mated with a wild chicken."

385) 주영하, 주영하의 음식 100년(7), '보양의 상징' 삼계탕, 경향신문, 2011.4. 19 : "1948년 7월 3일 자 경향신문의 2면 하단에는 '만나관'이란 영계백숙 전문점에서 낸 광고가 실렸다. 서울 종로구 서린동 89번지에 있었던 천일관 자리에 새로 생긴 이 만나관에서 낮에만 영계백숙을 판다고 했다. '천일관'이라고 하면 일제시대에 서울에서 이름이 높았던 요리옥이었다. 1953년 6월 16일 자 경향신문 2면 하단에는 구(舊) 고려정이 영계백숙과 백숙백반, 그리고 초밥정식과 구 고려정 냉면을 메뉴로 하여 신장개업을 하였음을 알리는 광고도 실렸다."

386) ケサムタン, WIKIPEDIA : "丸鶏を水炊きして塩などで食べるペクスク(白熟,漢方入り鶏煮込み)と,もち米で作る粥がひとつになってできたタックク（鶏肉のスープ）がサムゲタンの原型とされているが歴史は古くはなく,このうちタッククが朝鮮で初めて文献に登場するのが,1917年に朝鮮料理研究家の方信榮が著した『萬家必備・朝鮮料理製法』（京城・新文館発行）であり,ペクスクが初めて登場するのは1924年に李用基が著した『朝鮮無双新式料理製法』（京城・永昌書館発行）である.1920年代当時朝鮮総督府は鶏卵生産のため,朝鮮全土の農村に副業としてこれまでは無かった養鶏を始めるよう奨励しており,これがタッククなど参鶏湯の前身となる鶏肉料理の誕生に寄与したと考えられている."

387) 公鸡汤, 百度百科 : "公鸡汤是一道汉族药膳.以鸡肉为主料的荤菜,特点是鸡肉嫩鲜,汤美肉烂,活血补气."

388) 炖全鸡, 百度百科 : "炖全鸡是以整鸡清炖,是湖北传统宴席上的一道大菜.要选用嫩仔母鸡先油炸定型后,将香料袋置于鸡腹中,整鸡炖制,即可增香提鲜,又不失原汁原味."

389) 麻油鶏, Wikipedia : "麻油鶏（マアユーチー、マユケ）は鶏肉を米酒で煮た台湾料理. 根生姜を薄切りにしてごま油で炒め,ぶつ切りにした鶏肉を加えてさらに炒め,米酒と水を1:1で加えて煮る.砂糖を入れることもあり,最後に食塩を加えて完成となる."

390) ケサムタン, WIKIPEDIA : "専門店では,烏骨鶏の肉を用いたオゴルゲタン (烏骨鶏湯、오골계탕) や漆の木と一緒に煮込んだオッケタン (漆鶏湯、옻계탕) を出すところがあるが,通常のものより高級品とされ,値段が高い。また、参鶏湯にスッポン、アワビ、鯉などを加えたものをヨンボンタン (龍鳳湯、용봉탕) 、参鶏湯の鶏を半分にしたものをパンゲタン (半鶏湯、반계탕) と呼ぶ."

391) J.-F. Champollion, Lettre à M. Dacier relative à l'alphabet des hiéroglyphes phonétiques, (Paris, 1822) At Gallica: Retrieved July 14, 2010 at French Wikisource

392) Thomas Young, "Remarks on the Ancient Egyptian Manuscripts with Translation of the Rosetta Inscription" in Archaeologia vol. 18 (1817) Retrieved July 14, 2010 (see pp. 1–15)

393) 東醫寶鑑:"藥保不如食保食保不如行步"

394) 구본욱, 경상감영의 대구 설치과정과 그 시기, 계명대학교 한국학연구원, 한국학논집80, 2020.9월. 5 - 36(32 pages):"대구의 유학자인 손처눌(孫處訥, 1553~1634)의 모당일기(慕堂日記)를 통해 설치과정을 보완하였으며, 그 설치 원일이 5월 24일임을 밝혀내었다. 다시 말하면 경삼 감영이 대구에 설치된 연월일은 1601(선조 24)년 5월 24일이다."

395) 孫處訥, 慕堂日記(上) : "(辛丑 五月) 二十四日: 淸熱, 持網往希魯家. 話霽光亭二, 叔氏. 夕還, 聞監司兼府使, 新立判官之奇...二十五日: 雨. 校使來報, 城主卽日浩然之奇. 不得已馳至. 適韓副, 體使入府. 暫拜之計强留. 話地主暫設小酌, 亦勸留. 待日昏還洞. 溪水未甚生矣."

396) 梁書, 卷五十四第四十八諸夷列傳: "新羅者,其先本辰韓種也.辰韓亦曰秦韓.相去萬里.傳言秦世亡人避役,來適馬韓.馬韓亦割其東界居之.以秦人故名之曰秦韓.其言語名物有似中國人,名國爲邦,弓爲弧,賊爲寇,行酒爲觴,相呼皆爲徒,不與馬韓同.又辰韓王常用馬韓人作之,世相係.辰韓不得自立爲王,明其流移之人故也.恒爲馬韓所制,辰韓始有六國,稍分爲十二,新羅則其一也.其國在百濟東南五千餘里,其地東濱大海,南北與句驪百濟接,魏時曰新盧,宋時曰新羅,或曰斯羅,其國小,不能自通使聘,普通二年,王姓募名秦,始使使隨百濟奉獻方物,其俗呼城曰健牟羅,其邑在內曰啄評,在外曰邑勒,亦中國之言郡縣也.國有六啄評,五十二邑勒,土地肥美,宜植五穀,多桑麻,作縑布,服牛乘馬,男女有別,其官名,有子賁旱支,齊旱支,謁旱支,壹告支,奇貝旱支,其冠曰遺子禮,襦曰尉解,袴曰柯半,靴曰洗,其拜及行與高驪相類.無文字,刻木爲信.語言待百濟而後通焉."

397) '김수로왕 탄생 신화' 구지가 논란 불러올 흙방울 출토, 한겨레신문, 2019.3.20. : "고령 지산동고분군 최근 발굴성과 공개, 아이 무덤서 나온 흙 방울 표면에 여러 그림 새겨, 거북, 남녀 사람, 하늘서 내린 금궤짝 등, 가야 시조신화 '구지가' 제의 장면 주장... 논란 예상."

398) 경상북도 예천군 풍양면 삼강리(삼강리 166-1)에 있는 조선 말기의 전통주막. 2005년 11월 20일, 경상북도 민속문화재 제134호, 1동 28.67㎡.

399) 구지면, 위키백과(ko.wikipedia.org) : "구지면(求智面)은 대구광역시 달성군의 면이다. 1018년 밀성군 구지산부곡(仇知山部曲); 1390년(고려 공양왕 2년) 현풍현 구지산면; 1419년 현풍현 구지면/묘동면/오설면/산전면."

400) 謹啓時下三伏之際(◎◎◎),問候了(□>).芰禮(↘),準備3首鷄(○○○)三3根(三),以烹得
(□)飲福笑談了(::),謹請往臨(≒).再拜(≫)

401) 三國史記, 卷第十三, 高句麗本紀, 瑠璃王條: "十一年, 夏四月, 王謂群臣曰:'鮮卑恃險, 不我
和親, 利則出抄, 不利則入守, 爲國之患. 若有人能折此者, 我將重賞.'扶芬奴進曰: '鮮卑險
固之國, 人勇而愚, 難以力鬪, 易以謀屈.'王曰:'然則爲之奈何?' 答曰: '宜使人反間入彼, 僞說:
我國小而兵弱. 怯而難動' 則鮮卑必易我, 不爲之備. 臣俟其隙, 率精兵從間路, 依山林以望其
城. 王使以羸兵出其城南, 彼以空城而遠追之. 臣以精兵走入其城, 王親率勇騎挾擊之, 則可
克矣.'王從之. 鮮卑果開門出兵追之. 扶芬奴將兵走入其城, 鮮卑望之, 大驚還奔. 扶芬奴當關
拒戰, 斬殺甚多. 王擧旗鳴鼓而前, 鮮卑首尾受敵, 計窮力屈, 降爲屬國. 王念扶芬奴功, 賞以食
邑, 辭曰: 此王之德也. 臣何功焉. 遂不受, 王乃賜黃金三十斤·良馬一一匹."

402) 許愼, 說文解字: "夷,東方之人也.從大從弓.蓋在坤地頗有順理之性.惟東夷从大.大人也.夷
俗仁,仁者壽.有君子不死之國.按天大,地大,人亦大.大象人形而夷篆從大.則與夏不殊,夏者,
中國之人也."

403) 後漢書, 東夷列傳第七十五: "王制云東方曰夷.夷者柢也.言仁而好生,萬物柢地而出. 事見
風俗通.故天性柔順,易以道御, 至有君子·不死之國."

404) 論語, 子罕編: "子欲居九夷. 或曰陋如之何.子曰 君子居之,何陋之有."

405) 康熙字典: "夷 延知切,音姨.平也,易也.【詩·周頌】彼徂矣,岐有夷之行.又大也.【詩·周頌】
降福孔夷.又安也,悅也.【詩·鄭風】旣見君子,云胡不夷.又等也,儕也.【禮·曲禮】在醜夷不
爭.【史記·張良傳】諸將陛下等夷.又也.【禮·喪大記】男女奉尸夷於堂.【周禮·天官·凌人】大
喪共夷槃冰,牀曰夷牀,衾曰夷衾,皆依尸爲言.又夷俟,展足箕坐也.【論語】原壤夷俟.又誅滅
也.【前漢·法志】戰國時,秦用商鞅連相坐之法,造參夷之誅."

406) 廣開土王碑文:"百殘違誓與倭和通, 王巡下平穰...而新羅遣使白王云,倭人滿其國境潰破
城池,以奴客爲民歸王請命.太王恩慈(矜/稱)其忠誠(特),遣使還告..."

407) 大院君斥和碑: "洋夷侵犯,非戰則和,主和賣國.戒我萬年子孫,丙寅作,辛未立."

408) 儒, 說文解字: "柔也.術士之偁,从人需聲. 清代 段玉裁《說文解字注》柔也. 以疊韵爲訓.鄭
目錄云.儒行者,以其記有道德所行.儒之言優也.柔也.能安人.能服人.又儒者,濡也.以先王之
道能濡其身.玉藻注曰.舒儒者,所畏在前也; 術士之偁. 術,邑中也.因以爲道之偁.周禮.儒以道
得民.注曰.儒有六藝以敎民者.大司徒.以本俗六.安萬民.四曰聯師儒.注云.師儒.鄉裏敎以道
藝者.按六藝者,禮樂射御書數也.周禮謂六德六行六藝曰德行道藝.自眞儒不見.而以儒相詬
病矣.

409) 士, 說文解字 : "士,事也.數始於一, 終於十.从一从十. 孔子曰 : 推十合一爲士. 凡士之屬皆从
士. 淸代 段玉裁《說文解字注》事也. 豳風, 周頌傳凡三見. 大雅武王豈不仕傳亦云. 仕,事也.
鄭注表記申之曰. 仕之言事也. 士事疊韵.引伸之, 凡能事其事者偁士. 白虎通曰. 士者,事也. 任
事之稱也. 故傳曰. 通古今, 辯然不,謂之士. 數始於一. 終於十.从一十. 三字依廣韵. 此說會意
也. 孔子曰. 推十合一爲士. 韻會. 玉篇皆作推一合十. 鉉本及廣韵皆作推十合一. 似鉉本爲長.

數始一終十. 學者由博返約, 故云推十合一. 博學,審問,愼思,明辨,篤行,惟以求其至是也. 若一以貫之, 則聖人之極致矣."

410) 禮記, 庸: "博學之,審問之,愼思之,明辨之,篤行之. 有弗學,學之弗能,弗措也. 弗問,問之弗知,弗措也. 有弗思,思之弗得,弗措也. 有弗辨,辨之弗明,弗措也. 有弗行,行之弗篤,弗措也. 人一能之己百之, 人十能之己千之. 果能此道矣. 雖愚必明, 雖柔必強."

411) 周禮,地官·保氏: "养国子以道, 乃教之六艺:一曰五礼,二曰六乐,三曰五射,四曰五御,五曰六书,六曰九数." / 明史,選擧志: "生員專治一經,以禮,樂,射,禦,書,數設科分教,務求實才,頑不率者黜之."

412) 龍飛御天歌, [제66장] 大義(대의)를 볼기실씨 侯國(후국)이 오ᄉᆞ더니 輕士善罵(경사선매)ᄒᆞ샤 侯國(후국)이 背叛(배반)ᄒᆞ니 / 大勳(대훈)이 이ᄅᆞ시릴씨 人心(인심)이 몯ᄌᆞᆸ더니 禮士溫言(예사온언)ᄒᆞ샤 人心(인심)이 굳ᄌᆞᄫᆞ니.

413) 龍飛御天歌, [제80장] 武功(무공)ᄲᅮᆫ 아니 위ᄒᆞ샤 션비를 아ᄅᆞ실씨 鼎峙之業(정치지업)을 셰시니이다 / 討賊(토적)이 겨를 업스샤ᄃᆡ 션비를 ᄃᆞᄉᆞ실씨 太平之業(태평지업)이 빛나시니이다.

414) 龍飛御天歌, [제122장] 性與天合(성여천합)ᄒᆞ샤ᄃᆡ 思不如學(사불여학)이라 ᄒᆞ샤 儒生(유생)을 親近(친근)ᄒᆞ시니이다 / 小人(소인)이 固寵(고총)호리라 不可令閑(불가령한)이라커든 이 ᄠᅳ들 닛디 마ᄅᆞ쇼셔.

415) 上揭書: "儒有博學以不窮, 篤行以不倦, 幽居以不淫, 上通以不困, 禮之以和爲貴."

416) 禮記, 儒行: "儒有不寶金玉, 以忠信而爲寶. 不祈土地,立義以爲土地, 不祈多積, 多文以爲富."

417) 上揭書: "其居處不淫, 其飮食不溽, 其過失, 微辨而可面數也. 其剛毅,有如此者."

418) 上揭書: "儒有忠信以爲甲冑, 禮義以爲干櫓."

419) 论语, 宪问 : "子曰, 莫我知也夫.子贡曰 : 何为其莫知子曰.不怨天不尤人. 下学而上达, 知我者其天乎

420) 上揭書: "世亂不沮, 同弗與, 異不非, 其特立獨行, 有如此者."

421) 論語, 衛靈公篇 : "過而不改是謂過矣."

422) 東晉, 王嘉, 拾遺記 : "太公望初娶馬氏, 讀書不事, 馬求去, 太公封齊, 馬求再合, 太公取水一盆, 傾於地, 令婦收水, 惟得其泥, 若能離更合, 覆水不返盆."

423) 李瀚, 蒙求, 高鳳漂麥 : "後漢高鳳字文通, 南陽葉人. 家以農爲業. 鳳專精誦讀, 晝夜不息. 妻嘗之田, 曝麥於庭, 令鳳護雞. 是天暴雨. 而鳳持竿誦經, 不覺潦水流麥. 妻還怪問方悟. 後爲名儒. 年老執志不倦. 太守連召請. 恐不得免, 乃詐與寡嫂訟田. 後擧直言, 到公擧, 託病隱身漁釣."

424) 後漢書, 卷八十三 : "高鳳字文通, 南陽葉人也. 少為書生, 家以農畝為業, 而專精誦讀, 晝夜不息. 妻嘗之田, 曝麥於庭, 令鳳護□. 時天暴雨, 而鳳持竿誦經, 不覺潦水流麥.妻還怪問, 鳳方悟之.其後遂為名儒, 乃教授業於西唐山中."

425) Dewey, J. (1897). My pedagogic creed. School Journal, vol. 54, pp. 77-80. : "I believe

that education is a process of living and not a preparation for future living."

426) UNESCO Institute for Lifelong Learning: UIL(uil.unesco.org) : "Embracing a culture of lifelong learning, UIL's contribution to the UNESCO International Commission on the Futures of Education, argues that creating a global …It was UNESCO's commitment to postwar Germany, expressed during its 5th General Conference in Florence in June 1950, which led to the creation of the UNESCO Institute for Education (UIE) along with two other Institutes for Youth and Social Sciences, neither of which exist anymore. UIE was intended as a vehicle to promote human rights and international understanding. The first meeting of the Governing Board was held from 17 to 19 June 1951 in Wiesbaden, Germany, and was attended by Maria Montessori and Jean Piaget."

427) What does the University's motto "Dominus Illuminatio Mea" mean?, Oxford Univesity(uniooxford.custhelp.com), 2010.12.15. : "Dominus Illuminatio Mea is usually translated as 'the Lord is my light'. The words are the opening words to Psalm 27. This motto accompanies the current University's device, which was designed in 1993. The device, which features the traditional arms within an encircling belt, is a registered trademark of the University."

428) Seal of approval, CAMPUS & COMMUNITY(//news.harvard.edu/gazette), 2015.5.14. : " The story of the Harvard arms is writ deep in the past. Veritas, which is Latin for 'truth', was adopted as Harvard's motto in 1643."

429) Coat of legs of Yale University, wikipedia : "The Yale University coat of lefs is the primary emblem of Yale University. It has a field of the color Yale Blue with an open book and the Hebrew words Urim and Thummim inscribed upon it in Hebrew letters. Below the shield on a scroll appears Yale's official motto, Lux et Veritas (Latin for Light and Truth)."

430) 楞伽經中說 : "佛語心為宗, 無門為法門"

431) William Elliot Griffis(1843-1928), Corea, the Hermit Nation, New York, C. Scribner's sons, 1888.

432) 三國史記,第四十五卷,乙巴素列傳 : "乙巴素,高句麗人也.國川王時,沛者於畀留評者左可慮等…性質剛毅,智慮淵深, 不見用於世, 力田自給, 大王若欲理國, 非此人則不可. 王遣使以卑辭重禮聘之, 拜中畏大夫, 加爵爲于台..巴素退而告人曰,不逢時則隱,逢時則仕, 士之常也. 今上待, 我以厚意. 其可復念舊隱乎."

433) 孟子,盡心章 : "孟子曰.民爲貴,社稷次之,君爲輕.是故得乎丘民而爲天子,得乎天子爲諸侯,得乎諸侯爲大夫…"

434) 朝鮮實錄(世宗實錄) : "壬寅下敎曰,國以民爲本.民以食爲天.農者,衣食之源,而王政之所先也.惟其關生民之大命,是以服天下之至勞.不有上之人誠心迪率,安能使民勤力趨本,以遂其生生之樂耶."

435) 官尊民卑, フリー百科事典(ウィキペディア(Wikipedia) : "官尊民卑(かんそんみんぴ)とは 福沢諭吉が述べた政治学用語の一つ.政府などといった官とされるものを尊いとし,逆に民 間をそうではないとする概念である.「官民格差」などとも称される."

436) 据记载, 刘安是豆腐以及很多养生之道发明者[3]. 據傳劉安於母親患病期間, 每日用泡 好的黃豆磨成豆漿給母親飲用,劉母之病遂逐漸好轉,豆漿也隨之傳入民間.至於豆腐起源, 古籍曾記載劉安在淮南八公山上煉丹時,曾不小心將石膏混入豆漿裡,經蛋白質變性成為豆 腐.至此豆漿與豆腐均源自中國,安徽淮南更有中國豆腐之鄉的美名.

437) 李穡(1328~1396),大舍求豆腐來餉 : "菜羹無味久,豆腐截肪新,便見宜疏齒,眞堪養老身."

438) 조선 시대 양반들, "하루 식사 다섯 끼, 최고의 별미 음식은 두부", 경북일보, 2019.2.11. : "조선 시대 양반들은 하루 다섯 끼 식사를 즐겨 먹었고, 최고의 별미 음식은 '두부'였다. 별미는 주로 벗들 과 함께 모여서 즐겼다. ... 경제적인 여유가 있었던 조선시대 양반들은 계절에 따라, 날씨에 따라, 분위기에 따라 그에 어울리는 음식을 찾고 즐겼다. 조선시대 양반들은 보통 하루에 5끼를 먹었다고 한다. 아침에 일어나자마자 간단한 죽 같은 것을 먹고 아침 10시쯤 정식 아침밥을 먹고, 12시와 1 시 사이에 국수 같은 가벼운 점심을 먹었다. 오후 5시쯤에 제일 화려한 저녁밥을 먹고 잠자리에 들 기 전에 간식 같은 가벼운 음식을 먹었다. 양반들의 식탁에는 기본 밥과 국, 육류, 생선류, 탕, 찌개, 전, 구이, 나물류, 김치류 등이 다채롭게 차려졌는데, 하인들이 다섯 끼 식사를 준비하기 위해서는 동트기 전 이른 새벽부터 깜깜한 밤에 이르기까지 꼬박 수고를 쏟아야 했다."

439) 洪錫謨,東國歲時記 : "大內貼春帖子卿士庶民家及市廛皆貼春聯頌禱名曰春祝按荊楚歲 時記立春日貼....炭於爐中置煎鐵炙牛肉調油醬鷄卵葱蒜番椒屑圍爐啗之稱煖爐會自是月 爲禦寒之時食."

440) 禮記, 曲禮編 : "今吾兄年七十九,以列卿致仕,吾年六十六,忝備侍從,宗族之從仕者,二十有 三人...文帝年至四十六,六月乙巳葬, 年是小火,地鬼,遷移,日犯天呑,地魂也."

441) 小學, 第三敬身 : "孔子曰, 君子無不敬也. 敬身爲大, 身也者, 親之枝也. 敢不敬與, 不能敬其 身, 是傷其親."

442) 遠慮の塊を食べると出世できないなどのネガティブなイメージを見ていきましょう.こちら は上記の遠慮の塊が出る理由でもご紹介した卑しい態度を見せたくないに反するから生じ るものでしょう.意地汚いと思われないようにみんなが箸をつけないものを,気にも留めずに 平気で食べてしまう態度から周囲に気を配れず,周囲の様子もうかがえない,気の利かない人 物像がイメージされます.そのため,そうした人物は出世できないと言われるようになったよう です.

443) 小學, 第三敬身(賓幕) : "曲禮曰,共食不飽,共飯不澤手,毋摶飯,毋放飯,毋流歠.毋咤食.毋齧 骨,毋反魚肉.毋投與狗骨,毋固獲,毋揚飯.飯黍毋以箸.毋嚃羹.毋絮羹.毋刺齒,毋歠醢,客絮羹, 主人辭不能亨,客歠醢,主人辭以窶.濡肉齒決,乾肉不齒決,毋嘬炙."

444) 論語, 鄕黨 : "朱子曰,食飯也.精鑿也.牛羊與魚之腥,聶而切之爲膾.食精則能養人,膾麤則能 害人.不厭言以是爲善,非謂必欲如是也.食饐而餲,魚餒而肉敗不食.色惡不食.臭惡不食.失飪不食,不時不食."

445) 論語, 鄕黨編: 食不厭精,膾不厭細,食饐而餲,魚餒而肉敗,不食.色惡不食.臭惡不食.失飪不食.不時不食.割不正不食.不得其醬不食.肉雖多.不使勝食氣.唯酒無量,不及亂.沽酒市脯不食,不撤薑食,不多食."

446) 小學,第三敬身(賓幕):"飯黍稷稻,粱白黍,黃粱稰.稰膳,臐膮,腶醢牛炙,醢牛胾,醢牛膾,羊炙羊胾,醢豕炙醢豕胾,芥醬魚膾, 雉兔,鶉鷃.飮重醴:稻醴淸糟,黍醴淸糟,粱醴淸糟,或以酏爲醴,黍酏漿水醷濫,酒淸白."

447) 前揭書:"和糝不蓼,濡豚包苦實蓼,濡雞醢醬實蓼,濡魚卵醬實蓼,濡鼈醢醬實蓼."

448) 과거 중국식당 등에선 비린내 등을 잡고자 연탄집게를 불에 달구었다가 국물에다가 집어넣는다. 그걸 보고선 아무리 맛있는 음식이라도 먹을 마음이 나지 않는다. 심지어 물고기 비린내 제거를 위해 대장간 쇳물(쇠당금물)을 이용하기도 했다. 오늘날도 우리나라는 방부제로 안산철을 사용하고 있다.

449) 前揭書:"腶修蚳醢,脯羹兔醢,麋膚魚醢,魚膾芥醬,麋腥醢醬,桃諸梅諸卵鹽."

450) 前揭書:"凡和春多酸,夏多苦,秋多辛,冬多鹹,調以滑甘."

451) 前揭書:"牛宜稌,羊宜黍,豕宜稷,犬宜粱,鴈宜麥,魚宜苽."

452) 前揭書:"春宜羔豚,膳膏薌,夏宜腒鱐,膳膏臊,秋宜犢麛,膳膏腥,冬宜鮮羽,膳膏膻"

453) 前揭書:"膾春用蔥,秋用芥,豚春用韭,秋用蓼,脂用蔥,膏用薤,三牲用藙,和用醯,獸用梅,鶉羹雞羹鴽釀之蓼,魴鱮烝雛燒雉薌,無蓼."

454) 前揭書:"不食雛鼈,狼去腸,狗去腎,狸去正脊,兔去尻,狐去首,豚去腦,魚去乙,鼈去醜."

455) 前揭書:"五十始衰,六十非肉不飽,七十非帛不煖,八十非人不煖,九十雖得人不煖矣."

456) 明心寶鑑,省心篇:"高宗皇帝御製曰,一星之火,能燒萬頃之薪.半句非言,誤損平生之德.身被一縷,常思織女之勞.日食三飱,每念農夫之苦.苟貪妬損,終無十載安康,積善存仁,必有榮華後裔.福緣善慶,多因積行而生."

457) 허은실, 잘 먹겠습니다, 박정성 그림, 창비출판사, 2020. p.56

458) 1.「馳走」を,それをする人や,する相手を敬っていう。また,「馳走」の美化語.心を込めてもてなすこと.特に,食事などをふるまうこと.また,そのもてなし。「ご馳走になる」「鮨(すし)をご馳走する」「冬は火が何よりのご馳走だ」. 2 ぜいたくな料理.豪華な食事。「生まれてはじめてのご馳走だ」

459) 北崖子, 揆園史話, 第二太始紀:"先是蚩尤氏,雖然驅除鳥獸,魚之屬,而人民猶在土穴之中,下濕之氣逼人成疾.且禽獸一經窘逐,漸自退避藏匿,不便於屠食.神市氏,乃使蚩尤氏,營造人居;高矢氏,生致牛馬狗豚雕虎之獸而牧畜;又得朱因氏, 使定男女婚娶之法焉. 盖今之人謂匠師曰智爲者, 蚩尤氏之訛也; 耕農 樵牧者, 臨飯而祝高矢者, 高矢氏之稱也; 婚娶之主媒者曰朱因者,亦朱因氏之遺稱也."

460) 崔南善, 朝鮮常識問答, 東明社, 1946.

461) 인류문화에서 살펴보면, 음식으로써 자연에 대한 감사, 기원, 경배 등을 표시하는 의식은 유목민

의 관습으로 몽고, 한국, 네팔, 남미, 파푸아뉴기니 등에서 현재도 행해지고 있다.

462) 维基百科(自由的百科全书),桓国是朝鲜半岛的傳說中,有關檀君神話裡所提及的一個神話傳說國度.實際上並沒有考古證據證明這個國家的存在.桓国在东亚古籍中都无记载,最早出现于朝鲜半岛的建國神話伪书《桓檀古记》(于公元1911年由韩国太白教的桂延壽编纂成书) 中,有關帝释桓因(即帝释天,别名释提桓因,来源于佛教神话中的释迦提婆因提)的子孙檀君神話裡所提及的一個神話傳說國度.

463) Luke 24:30 : "When he was at the table with them, he took bread, gave thanks, broke it and began to give it to them."/ Acts 27:35 : "After he said this, he took some bread and gave thanks to God in front of them all. Then he broke it and began to eat."

464) Latin Catholic (before eating) – "Bless us, O Lord, and these, Thy gifts, which we are about to receive from Thy bounty. Through Christ, our Lord. Amen." (Preceded and followed by the Sign of the Cross. Also used by some German Lutherans.) Latin Catholic (after eating) – "We give Thee thanks, Almighty God, for all thy benefits, Who live and reign for ever and ever. Amen." (Preceded and followed by the Sign of the Cross.)

465) Jorie Nicole McDonald, 25 Inspiring Dinner Prayers to Say Before Meals, "May all be fed. May all be healed. May all be loved. October 30, 2019, www.yahoo.com/lifestyle : "Have you ever been asked to say grace before supper? Not a problem. There are dozens of beautiful ways to give thanks. Your dinner prayer could range from symbolic and lengthy to short and simple. Go with a traditional "God Is Great" prayer for a familiar choice or try out a blessing of gratitude for something more unique. Feel free make it fully your own. Personalize each prayer for the specific occasion and guests at your dinner party. Browse through these encouraging prayers for a dose of inspiration…"

466) Ian Towle(PhD Candidate in Biological Anthropology, Liverpool John Moores University), Discovered: the earliest known common genetic condition in human evolution, The Conversation, March 29, 2019 : "Remains of P. robustus have been found in abundance in several South African caves, all situated within the "cradle of humankind" about 50km northwest of Johannesburg. The majority of specimens are isolated tooth and jaw fragments, but there are also some magnificently preserved skulls and bones from other parts of the body.The Paranthropus genus as a whole were remarkable members of the human family tree. Individuals had extremely large back teeth, as well as massive jaws and cheeks – features thought to have evolved so they could cope with a diet rich in tough and fibrous vegetation. Some individuals even had "sagittal crests", a ridge of bone running along the midline of the top of the skull, thought to have evolved to anchor their extraordinary jaw muscles."

467) 이성규, 원시 인류도 치통 시달려, 200만 년 전 호미닌에서 치아침식증 발견, 더 사이언스타임즈,

2018.3.14. : "인류의 치아 건강이 나빠지기 시작한 건 음식 문화의 변천 시기와 정확히 일치한다. 기존 연구에 의하면 인류가 농사를 짓고 탄수화물이 풍부한 곡물을 주로 먹기 시작하면서 충치 등의 치아질환이 서서히 증가하기 시작했다. 충치를 일으키는 주요 세균인 스트렙토코쿠스 뮤탄스(Streptococcus mutans)도 농경의 시작과 함께 대폭 증가한 것으로 밝혀졌다. 또 잇몸병을 일으키는 주요 세균인 진지발리스(P. gingivalis)도 농경을 시작한 신석기인들의 치석에서 많이 발견되고 있다. … 오스트랄로피테쿠스 아프리카누스는 오스트랄로피테쿠스속 중 제일 처음 발굴된 화석으로서 약 200만~300만 년 전에 생존한 인류의 절멸종이다. 그럼 왜 이 원시인은 다량의 탄산음료를 마시는 것과 유사한 치아질환을 가지게 된 것일까."

468) 韓非子, 外儲說右上 : "宋人有酤酒者,升概甚平,遇客甚謹,為酒甚美,縣幟甚高,然不售,酒酸.怪其故,問其所知,問長者楊倩,倩曰:汝狗猛邪!狗猛則酒何故不售?曰:人畏焉,或令孺子懷錢,挈壺甕而往酤,而狗迓而齕之,此酒所以酸不售也.夫國亦有狗,有道之士,懷其術而欲以明萬乘之主,大臣為猛狗迎而齕之,此人主之所以蔽脅,而有道之士所以不用也."

469) 'World's oldest brewery' found in cave in Israel, say researchers, 15 September 2018(bbc.com) : "This undated handout picture obtained by AFP on September 13, 2018 from Haifa University shows archaeologists at an excavation in a cave near Raqefet, in the Carmel Mountains near the northern Israeli city of Haifa."

470) 屈原, 离骚 : "帝高阳之苗裔兮,朕皇考曰伯庸.摄提贞于孟陬兮,惟庚寅吾以降…后辛之菹醢兮,殷宗用而不长…不量凿而正枘兮,固前修以菹醢…国无人莫我知兮,又何怀乎故都.既莫足与为美政兮,吾将从彭咸之所居."

471) 呂氏春秋·行论篇 : "昔者纣为无道,杀梅伯而醢之,杀鬼侯而脯之,以礼诸侯于庙."

472) 詩經, 小雅篇 : "田有廬, 疆場有瓜.是剝是菹,獻之皇祖.曾孫壽考,受天之祜."

473) 刘熙(生沒未詳),或作刘熹,字成国,青州北海人,东汉末年經學家,訓詁學家.著有《释名》和《孟子注》等,其中《释名》是中国重要的训诂著作.

474) 劉熙, 釋名, 釋飮食第十三 : "菹阻也.生醸之遂使阻於寒溫之間,不得爛也."

475) 世界文学大事典 • 世界大百科事典中国(japanknowledge.com) : "中國の史書を代表する歴史の名著であり,かつ伝記文学の傑作.全130巻.前漢の司馬遷の著.前91(武帝の征和2)年ころ完成.もと『太史公書』と称された.〈太史公〉は司馬遷とその父司馬談(しばたん)の官職太史令を自称したもの.司馬遷は父談の意志を継承して『史記』を著した.『史記』は中国最初の紀伝体の史書で,その構成は司馬遷の独創である.その紀伝体の構成は5部からなる."

476) 史記·殷本紀 : "以西伯昌,九侯,鄂侯為三公.九侯有好女,入之紂.九侯女不喜淫,紂怒,殺之,而醢九侯.鄂侯爭之強,辨之,,並脯鄂侯."

477) 伯邑考 : 西伯之子,因激怒妲己,而被商纣王所杀.九侯 : 商纣王三公之一 ; 死后处以醢刑.南宫万 : 春秋时期宋国政治人物. 子路 : 孔子的弟子仲由 ; 战死后处以醢刑.子之,曾任燕国相国,受燕王哙之禅让,公元前314年,齐国派兵教训燕国,子之出逃而被齐军抓到,被处以醢刑. 彭越 : 西汉高祖时异姓梁王 ; 斩首后处以醢刑.范疆,张达 : 三国蜀汉佞臣,因杀害张飞,被其子张苞处以醢刑. 兰京：北齐文襄帝高澄的厨师，谋杀高澄，被处以醢刑. 来俊臣：武瞾时大臣，被武瞾杀后处以醢刑.庞吉，庞文：北宋时大臣, 因害死呼延一家, 被呼延庆处以醢刑. 张钧：早期文字狱受害者.

478) 漢書,刑法志："三族令先黥劓,斬左右趾,絞首 菹其骨, 按今漢書刑法志作梟..."

479) 經國大典,烹刑："或稱烹殺,是一種酷刑.施刑者先將犯人的衣服脫光, 並將犯人推入一個如成人般高的大鍋,盛有油或水, 放在柴火上烹煮.犯人大多數都因灼傷死去, 有些最終全身燒焦.歷史上的著名受刑人有：齊哀公,酈食其,周苛,寒翠,明福王朱常洵,石川五右衛門等."

480) 朝鮮實錄(英祖實錄) 四十五卷："(英祖十三年八月十三日)司諫趙泰彦因正言閔宅洙避嫌而處置..上曰："加於泰彦者, 是乃禽獸, 王者太阿, 豈用於禽獸乎? 若謂臺臣不可斬, 則當於敦化門烹之, 亟命瓦署造大釜以待..."

481) 經國大典, 刑典用律條："用大明律"/ 續大典, 刑典用律條："依原典,用大明律,而大典·續典有當律者,從二典."

482) 判決宣告書：慶尙北道,金山郡居農民,被告梁士奉年三十四.右被告梁士奉,對案件檢事公訴由.此審理被告.陰曆己亥十月鄭元集爲名人.東學受陰,曆本年三月分,鄭元集,徐定萬,從餅酒負,祈禱次俗離山往,其事實,被告陳供證明白.鄭元集,隱躱尙未捉獲.徐定萬左道爲首已.爲伏法被告,梁士奉.大明律祭祀編,禁止師巫邪術條,左道亂正,爲從者律照笞一百.懲役終身處.光武四年十一月十三日,平理院檢事太明軾檢事韓東履檢事金商直立會,平理院,裁判長金永準,判事吳相奎,判事李徽善,判事金基肇,判事朴慶陽,主事李麟相.

483) 禮記, 大學編："周雖舊邦其命維新"

484) 書經,胤徵："天吏逸德,烈於猛火,殲厥渠魁,脅從罔治.舊染汙俗,咸與惟新."

485) 詩經,國風,文王編："文王在上,於昭于天,周雖舊邦,其命維新,有周不顯,帝命不時,文王陟降,在帝左右."

486) 诗经·谷风："采葑采菲, 无以下体？德音莫违, 及尔同死.行道迟迟,中心有违.不远伊迩,薄送我畿."

487) 蕪菁(学名：Brassica rapa var. rapa)又称為蔓菁,大頭菜,圆菜头,圆根(云南),盘菜或恰玛古(新疆),原产於黎凡特,最早的种植是在古代中东的两河流域到印度河平原地区.中国为蔓菁的原产地之一,种植历史在3000年以上.《诗经》中称为葑/芜菁属二年生草本植物,块状根,形状有球形,扁球形,椭圆形多种.不耐暑热,需在阴凉场所栽培,适宜在肥沃的沙壤土上种植.芜菁的根以及叶子都可食用并有中药用途.在古代中国三国时期蜀国诸葛亮将其作为军粮.而后第一次世界大战时期的德国..."

488) 呂氏春秋,孝行覽. 遇合："遇合也無常。說,適然也.若人之於色也,無不知說美者,而美者未必遇也.故嫫母執乎黃帝,黃帝曰,厲女德而弗忘,與女正而弗衰,雖惡奚傷.若人之於滋味,無不說甘脆,而甘脆未必受也.文王嗜昌蒲菹,孔子聞而服之,縮頞而食之,三年然後勝之.人有大臭者,其親戚,兄弟,妻妾,知識無能與居者,自苦而居海上.海上人有說其臭者,晝夜隨之而弗能去."

489) 韓非子, 世難 : "故文王說紂而紂囚之; 翼侯炙; 鬼侯腊, 比干剖心; 梅伯醢; 夷吾束縛; 而曹羈奔陳; ... 子圉恐孔子貴於君也, 因謂太宰曰: 君已見孔子, 亦將視子猶蚤蝨也."

490) 三國志是三國時代結束後不久, 由3世紀末歷史學家陳壽所著之中國歷代史實.三國志記載中國三國時代歷史的斷代史, 同時也是二十四史中評价最高的前四史之一.之後六朝劉宋時期之歷史學家裴松之以當時流傳與三國有關書籍, 對《三國志》做詳細注釋.

491) 三國志,「魏書, 烏丸鮮卑東夷傳 高句麗 : "無大倉庫, 家家自有小倉,名之爲桴京. 其人絜清自喜,喜藏釀"

492) 玉溪集, 卷五 遊長水寺記 : "因策馬而行, 遂憩行五六里. 至所謂沈菜甕巖石裡.由巖罅而流.噴放有聲.舊有石凹.呀然周曲.深可一丈, 所謂沈菜.甕者也.諺傳有僧覺然, 嘗住是山.積菜於其中, 淹以爲菹.以自供故云, 然今則沙石塡塞.水纔儲數斗.乃傍近村氓 俯流而息."

493) 金富軾, 三國史記, 新羅本紀 神文王條 : "三年春二月, 以順知爲中侍.納一吉湌金欽運少女爲夫人.先差伊湌文穎波珍湌三光定期.以大阿湌智常納采.幣帛十五轝.米酒油蜜醬豉脯醯一百三十五轝."

494) 高麗史, 禮志,圓丘陳設條 : "聖宗二年...豆十二, 在右爲, 三行在上.第一行, 實芹菹, 在前筍菹.脾析菁菹次之.第三行.豚拍..."

495) 李奎報, 東國李相國集, 家圃六詠 : "瓜, 園瓜不准亦繁生, 黃淡花間葉間靑,最愛蔓莖無脛走,勿論高下掛搖瓶.茄, 浪紫浮紅奈老何, 看花食實莫如茄, 滿畦靑卵兼熟卵,生喫烹嘗種種嘉.菁, 得醬尤宜三夏食, 淸監堪備九冬支, 根蟠地底差肥大, 最好霜刀截似梨.蔥, 纖手森森汁汁多, 兒童吹却當簫茄, 不唯酒席堪爲佐, 芼切腥羹味更嘉.葵, 公儀拔去嫌爭利, 董子休窺爲讀書, 罷相閑居無事客, 何妨養得葉舒舒.瓠, 部成瓢汲氷漿冷, 完作壺盛玉骨淸, 不用蓬心憂瓠落, 先於差大亦宜烹."

496) 農桑輯要, 卷五瓜菜蔓菁 : "齊民要術, 種不求多.唯須{良地, 故墟新糞壞牆垣乃佳(若無故墟糞者 以灰爲糞.令厚一寸.灰多則燥不生也)耕地欲熟.七月初種之一畝用子三升(從處暑至八月白露節.皆得.早者作菹, 晚者作乾)漫散而勞, 種不用濕(濕則地堅菜焦)既生不鋤...從春至秋, 得三輩.常供好菹, 取根者, 用大小麥底.六月中種十\將凍耕出之(一畝得數車, 早出者根細)又多種蕪菁法.漢桓帝詔曰, 橫水爲災.五穀不登, 令所傷郡國.皆種蕪菁, 以助民食.然此可以度凶年.救饑饉 乾而蒸食 既甜且美(若值凶年一頃乃活百人耳)務本{新書...四月收子打油.陝西惟食菜油, 燃燈甚明能\變蒜髮比芝麻易種收多.油不發風, 武侯多勸種此菜.故川蜀曰, 諸葛菜"

497) 山家要錄, 蔓菁."種不求多.唯須{良地.故墟新糞壞垣乃佳.耕地欲熟七月初種之種不用濕既生不鋤..從春至秋, 常供好菹.取根者 用大小麥底 六月中種 十\將凍.耕出之.可以度凶年.四月收子打油.燃燈甚明, 比芝麻易種收多

498) 權近, 陽村集,十卷 蓄菜 : "十月風高肅曉霜, 園中蔬菜盡收藏, 須將旨蓄禦冬乏, 未有珍羞供日嘗."

499) Fact check: Studies needed on link between fermented foods, USA Today, 2020.9.1.(us-atoday.com) : "A post claims kimchi may protect against COVID-19 but no clinical studies

are…on the generally positive effects of a fermented food-heavy diet," it said. … foods such as quarantine duration, health care accessibility, testing…" / Kimchi, quarantine used to fight bird flu.,Joong Ang Daily, 20005.11.27. (koreajoongangdaily.joins.com) : "Kimchi, quarantine used to fight bird flu…had prevented the outbreak, although he also lauded the effects of kimchi, Korea's vegetable dish of…" / Coronavirus cases have dropped sharply in South Korea. Science Magazine, 2020.3.17.(sciencemag.org) : "Tracing, testing, and quarantining nearly 17,000 people quashed the outbreak after 2 months. The specter of a runaway epidemic alarmed the…"

500) 金安國, 辟瘟方 : "首先悉家員,飮溫蕪菹汁…."

501) 徐居正, 續東文選, 巡菜圃有作 : "君不見早韭晚菘周顒興,菰菜蓴絲張翰樂,又不見文全太守饞筍脯,易簡學士愛薑汗,人生適口是眞味,咬菜亦自能當肉,我園中有數畝餘,年年滿意種佳蔬,蕪菁蘿蔔與萵苣,靑芹白芋仍紫蘇,薑蒜蔥蓼五味全,細燖爲羹沈爲菹,我生本是藜藿腸,嗜之如密復如糖,畢竟我與何曾同一飽,不須食前方丈羅膏粱."

502) 柳洵, 續東文選, 賦山芥沈菜寄耳叟 : "天生此微物,賦性獨異常,厭彼原與隰,托根高山岡,春榮陋凡草,雪裏乃抽芒,細莖不盈寸,尋討何茫茫,時有山中僧,採掇如捕亡,賣向人間去,雜歸雜稻粱,生啖味何辣,妙法傳山房,湯燖淹作菹,俄頃發奇香,一嘗已攢指,再嚼淚盈眶,既辛復能甘,俯視桂與薑,山膏及海腥,百味不敢當,我性好奇僻,每遇喜欲狂,慈母知其然,殷勤寄一筐,跪受感中情,春暉報何方,此心要君知,此味難獨嘗,收藏一小榼,往充君子堂,"

503) 金時習, 梅月堂詩集, 卷十四 書笑 : "盤饌唯沈菜,床排只海鹽,莫思多重味,下筯太廉纖."

504) 曹植(192~232),曹子建集卷九,與吳季重書 : "過屠門而大嚼,雖不得肉,貴且快."

505) 桓譚,新論,關東鄙語曰 : "人聞長安樂,出門向西笑,知肉味美,則對屠門而嚼."

506) 承政院日記) : "食品 : 韓山小酒, 義州粉湯.毓祥宮(京)冷水沈菜.淳昌苦椒醬延安白川任絶味…"

507) 申欽, 象村集 : "雜菜就是裡面很多種類的菜(講廢話嗎.對不起) 搭配冬粉一起吃.裡面有各種種類的蔬菜之外還有肉絲口,雜菜是特別節日時候吃的料理.平時因為準備過程繁雜, 媽媽們都說"先不要, 我們在——生日的時候吃喔～"在1630年的一本古書有出現'雜菜尚書', '雜菜政丞' (尚書&政丞是朝鮮時代的官職) 有的朝臣拿雜菜至王休息的寢室送給他而得到王的寵愛朝鮮王都覺得這是一個很奇妙的食物甚至有些朝臣因為雜菜而得到升職有些朝鮮時代的詩人諷刺說,'雜菜天下',或則把雜菜形容為'賄賂之菜'大家想不想試試看?煮法很簡單…"

508) 權韠,石洲別集,卷一次使相口占十絶韻 : "不須彈鋏歎無魚,腸肚從來習野蔬,何況浮生有定分,貧儒食籍是寒菹."

509) 玉溪集, 卷五, 遊長水寺記 : "因策馬而行 遂憩行五六里, 至所謂沈菜甕巖石裡, 由巖罅而流, 噴放有聲. 舊有石凹, 呀然周曲, 深可一丈. 所謂沈菜, 甕者也. 諺傳有僧覺然,嘗住是山. 積菜於其中, 淹以爲菹. 以自供故云, 然今則沙石塡塞.水纔儲數斗,乃傍近村氓 俯流而息. "

510) 正宗文成武烈聖仁莊孝大王實錄(正祖實錄), 二十二年 : "壬申/御春塘臺, 犒饋軍兵.... 一曰 參考《農家集成》, 成爲今農書也...敎曰.嘗見先正宋文正敍公州牧使申溵所編《農家集成》 曰: 朱子書中勸農..."

511) 趙纘韓, 玄洲集, 四卷 村溪秋日卽事 : "急時爭洗蔓菁菜, 擬作經冬旨蓄來."

512) 李世龜, 養窩集, 遊四郡錄 : "庵僧饋山芥葅, 辛烈之氣觸鼻, 不覺輕筋焉.問沈葅之法, 作沸湯 靡不爛手.納山芥於鍮器中, 浸以湯, 勿和塩豉, 封閉其口, 以防泄氣, 置諸溫房.見客而淹之, 可及 進飯.臨食和淸醬則味益辛烈云."

513) 丁若鏞(1762~1836), 茶山詩文集, 小人 : "細人巧爲宦, 揣摩窮夜書, 一動皆有因, 百爲無一偶, 看花趁熱友, 喫菜示素守, 迂儒少商量, 風雨浪奔走."

514) 金壽增, 谷雲集, 卷二 入華陰 : "家家旨蓄年年事, 蘿葍秋深採野田, 市遠鄉村多淡食, 更尋江 上載鹽船."

515) 燕行日記, 卷2 : "院中有一老婆來見, 自言其父母乃我國人.丁丑年被擄來此後生渠, 年今 六十九.其母本居.京城藏義洞 父廣州山城人, 夫則永安道人所生.而死已久, 只有一孫女, 相依 而居.以我國法造沈菜及醬.賣此資生云, 能爲我國語.已貴 而藏義洞三字尤奇.與藥果及紙扇, 此女, 前後使行時, 皆出現.外兄雪沙李相公及宋判書日記, 皆言之.夕飯有冬沈葅如我國味, 是 老嫗所賣也."

516) 洪萬選, 山林經濟 : "山芥葅法 : 先用蔓菁根或蘿以刀飛削作淡(俗云나박침치)置處一二日 待熟.取山芥揀精不必去根, 以水洗, 貯於缸器, 就於釜中熱水(其熱入水不爛傷度), 注三四次, 因以其水芥納其缸中(水則量宜灌淹可也),多口氣於缸內, 以重紙密封缸口, 又以盖合定, 少不 泄氣, 置於, 以衣被覆之.半時許取出, 候和合於先造菁之中, 加味甘煉醬食之, 則辣味少, 爽甚.若 就山芥和醬食之, 則太辣, 反少味矣.每取用後密掩缸, 勿令泄氣, 風入味反變苦(先菁必入蘿芽 蔥白等物)."

517) 黃暹, 息庵集, 山芥菜 : "芥以爲名辛味寒, 好生陰堅雪冰間, 淹葅紫氣含椒蘗, 入口令人涕出 潸."

518) 趙瑗, 荷棲集 卷二 晉菴宅詠笠鐵 : "...溢口流涎箸不停, 饕取何曾腸去乙, 斜看恰是字成 丁...五味汩同如受臼, 大羹抔飮不煩鉶...口熱欲吹霜葅白, 齒寒新嚼水葅靑."

519) 李德懋, 靑莊館全書, 卷九 雅亭遺稿 : "渚田豐菜薑, 今冬葅眞廉..."

520) 南公轍, 金陵集, 卷四 遁村卽事 : "蓄葅先雪下, 括葉待霜餘)"

521) 朴允默, 存齋集, 卷十八, 雪後 : "三冬旨蓄猶堪繼, 門外菁菘數畝田."

522) 朴允默, 存齋集, 卷二十二, 是日又賦 : "旨蓄菁根美, 饙飧稻米豐, 困高饑鼠出, 粒亂啄鷄同, 多少山門興, 騰騰濁酒中, 我來村里間, 饌品猶可充, 旨蓄難爲計, 救急亦忽忽, 已付歲之運, 臨風 憂心忡"

523) 朴允默, 存齋集 卷九 潭廬朝飯喫沈菜味佳可喜 : "朝飯進沈菜, 平生是珍嘗, 菁根只一種, 不 加葱與薑, 可愛淳味中, 亦自有眞香, 盡器不猒多, 勝於炮羔羊, 恠彼老婢手, 豈能辨非常, 無乃水 泉好, 致此開衰腸."

524) 洪錫謨, 東國歲時記 : "十月..亦以歲饌供客而爲不可廢之需.都俗以蔓菁菘蒜椒塩沈葅于陶甕.夏醬冬葅卽人家一年之大計也."

525) 趙斗淳, 心庵遺稿 卷四 到瀋日陪行軍健告先往寄灣府知尹 : "凍葅酸綠問餘幾,遠客饞涎今且流,前冬留灣時知尹誦,其閨姬之言曰,厨飱供億,非敢辭勞,但所可憂者,禦冬旨蓄,爲今行人所罄汲,無以支繼來之賓."

526) 高宗實錄 : "高宗九年十月十五日...在立春,朔寧等多處,進上山芥苴.算其民弊,卽極甚,今後莫民之..."

527) 명월관(明月館)이란 요릿집은 오늘날 동아일보 사옥 터에 대한제국 시기(1909)에 궁중요리를 전문으로 개점, 관기제도가 폐지되니 궁중 기녀들이 모여서 영업. 매실은 특실, 일본과 조선의 고관 대작들이 출입. 1918년 5월 24일 화재사고, 안순환은 이종구(李鍾九)에서 간판을 넘겨주었음. 안순환은 1919년 3월 1일 33인이 모였던 대화관(太和館)을 개점, 1921년 식도원(食道園)을 다시 개원했다. 6·25전쟁으로 안순환은 납북되었고, 명월관을 소실되었다.

528) 須須保利 (読みずほり),世界大百科事典 : "...外国の漬物では朝鮮のキムチ,中国のザーサイ, インドのチャツネ, 欧米のピクルス, ザウアークラウトなどが知られている. 【日本の漬物】 記録上は天平年間(729 - 749)の木簡に見えるウリ,アオナなどの塩漬が古く,以後平安期まで塩漬のほかに醬(ひしお) 漬,未醬漬, 糟 (かす) 漬,酢漬, 酢糟漬, 甘漬,葅 (にらぎ), 須須保利 (すずほり), 荏裹 (えづつみ) などの種類が見られる.醬漬, 未醬漬は醬, 未醬の実体が必ずしも明らかではないが, だいたいしょうゆ漬, みそ漬に近いものだったと思われる...."

529) 古事記,中巻,応神天皇段,須須許理 : "應神天皇獻上酒,良氣分醉歌詠.須須許理賀,迦美斯美崎邇,和禮惠比邇祁理,許登那具志,惠具志爾,和禮惠比裏祁理."

530) 古事記,中巻,応神天皇段,須須許理 : "酒を醸す技術を知る人,名は仁番.またの名は須須許理らが渡来した.この須須許理は大御酒おおみきを醸して献上した.応神天皇は献上した酒で,良い気分に酔って歌を詠んだ.「須す須す許こ理り賀が 迦か美み斯し美み岐き邇に,和わ禮れ惠ゑ比ひ邇に祁け理り 許こ登と那な具ぐ志し,惠ゑ具ぐ志し爾に和わ禮れ惠ゑ比ひ邇に祁け理り.」このように歌って行幸する時,御杖で大坂の道の中にあった大石を打つと,その石は避けた.それで諺に「堅い石でも酔った人を避ける」という."

531) 木簡全文 : "進物, 加須津毛瓜, 加須津韓奈津比, 醬津毛瓜四, 醬津名我, 右種物, 九月十九日"(奈良文化財研究所藏) /糟漬け, 醬漬けの野菜の進上状.「毛瓜」は「冬瓜」(とうがん)、「名我」は「茗荷」のことであろう.

532) 東野治之, 正倉院文書と木簡の研究, 1977.8.27. 88面 : "日本木簡の史料的性格を論じた第1部,木簡や正倉院文書に現われた漢籍類を上代の文学や学問との関係から考察した第2部,正倉院文書の史料的性格.内容に関する論考の3部からなる.特に古文書学的視座をもって,これらの有機的把握を試み,未開拓分野に新事実を提供する.新稿6篇と付録「天皇号の成立年代について」を含む新進気鋭の論集."

533) "可買新羅物幷儲價等如前謹解"라는 결제하고자 올렸던 문구에서 따옴

534) 尊經閣文書纂,第三 大日本古文書,卷二十五,面四十七 : "(東野-五) 從四位下小槻山君廣蟲解.申應念物賈事,合□種,直絹□□□匹,□□□斤,綿參伯斤(玖).(絁參拾)(糸壹伯)鉢貳口.大盤貳口.小□,鋺.金筯肆枚.以前念物幷價等顯注如件謹解.天平勝寶四年六月十七日."

535) 김치로부터 오르니틴 생성능력을 갖게 Weissella 속 균주의 분리, 동정 및 특성(Isolation, Identification, and Characterization of Weissella Strains with High Ornithine Producing Capacity from Kimchi), Korean journal of microbiology(미생물학회지) v.45 no.4 , 2009년, pp.339 – 345

536) たくあん‐づけ【沢×庵漬(け)】 : "《沢庵和尚が始めたからとも「貯え漬け」の音変化ともいうが未詳》たるなどに干し大根を入れて糠(ぬか)と塩をふりかけ,上に重しを置いて漬けたもの.《季冬》「来て見れば―の石一つ／嵐雪」."

537) 春秋,繁露卷十七,天地之行第七十八 : "天地之行美也.是故春襲葛,夏居密阴,秋避杀风,冬案他本风冬误作.冬风避重溧.就其和也.衣欲常漂食.欲常饥休欲动.常劳而无长佚居多也.凡天地之物乘以其泰而生于其胜而死.四时之变是也.故冬之水气...四时不同气气各有所宜宜之所在其物代美视代美而代养之同时美者杂食之是皆其所宜也.故荠以冬,美而芥.以夏成此可以见冬.夏之所宜服矣.冬水气也.荠甘味也.乘于水气而美者.甘胜寒也.荠之为言济与济大水也.夏火气也.芥苦味也.乘于火气而成者苦胜暑也."

538) 礼记,卷二十八 内则第十二 : "脍,春用葱,秋用芥.豚,春用韭,秋用蓼.芥,芥酱也.脂用葱,膏用薤,脂肥凝者,释者曰膏.户牙反,俗本多作薤,非也.三牲用藙,藙,煎茱萸也."

539) 段玉裁,說文解字注 : "蜀,葵中蠶也."

540) 柳宗元,答韦中立论师道书 : "屈子赋曰:邑犬群吠,吠所怪也.仆往闻庸,蜀之南,恒雨少日,日出则犬吠."

541) 賈思勰,濟民要術,作葅藏生菜法第八十八,蕪菁菘葵蜀芥鹹葅法:"收菜時即擇取好者菅蒲束之作鹽水令極鹹於鹽水中洗菜即內甕中若先用淡水洗者菹爛其洗菜鹽水澄取清者寫著甕中令菜肥即止不復調和葅色仍青以水洗去鹹汁煮為茹與生菜不殊其蕪菁蜀芥二種三日杼出之粉黍米作粥清擣麥麵麨作末絹篩布菜一行以麨末薄坌之即下熟粥清重重如此以滿甕為限其布菜法每行必莖顚倒安之舊鹽汁還寫甕中葅色黃而味美作淡葅用黍米粥清及麥麨末味亦勝."

542) 賈思勰,濟民要術,作葅藏生菜法第八十八,釀葅法:"葅菜也一曰葅不切曰釀葅用乾舊蔓菁正月中作以熟湯浸栗令柔軟解辦擇治淨泥沸湯蝶即出於水中浮沱便復伯圇水斬度出著謂上經宿萊色生好粉黍米圍清亦用捐薛麥曓末洗葩布菜如前法然後粥清不用大熱其汁纔令相淹不用過多泥頭七回便氣殖甕以釀茹之如讓酒法."

543) 隋書,東夷傳,新羅條:"新羅國,在高麗東南,居漢時樂浪之地,或稱斯羅...田甚良沃,水陸兼種.其五穀,果菜,鳥獸物產,略與華同.大業以來,歲遣朝貢.新羅地多山險,雖與百濟構隙,百濟亦不能圖之."

544) 苏轼(1037~1101), 送路都曹 : "积雪困桃李,春心谁为容.淮光酿山色,先作归意浓.我亦倦游者,君恩系疏慵.欲留耿介士,伴我衰迟踪.更课升斗积,崎岖等铅舂.那将露电身,坐待收千锺.结发空百战,市人看先封.谁能搔白首,抱关望夕烽.子意谅已成,我言宁复从.恨无乖崖老,一洗芥蒂胸.我田荆溪上,伏腊亦粗供.怀哉江南路,会作林下逢.恨无乖崖老,一洗芥蒂胸."

545) 李時珍, 本草綱目, 芥菜 : "芥,性辛熱而散,故能通肺開胃.利氣豁痰.也就是治寒飲內盛,咳嗽痰滯,胸膈滿悶等症."

546) 百度百科(https://baike.baidu.com),芥菜 : "… 欧美各国极少栽培, 起源于亚洲.李时珍著《本草纲目》记载了医用芥菜的医用价值."

547) 武倩, 本草和名, 人文系データベース協議会(jinbun-db.com) : 『本草和名』(918 年) は、深根輔仁によって編纂された日本現存最古の本草書である.本書は平安 … 一名薑芥一名荊芥【蘇敬注云薑者荊声. 訛也是菜中 …"

548) 春秋,繁露卷十七, 天地之行第七十八 : "天地之行美也.是故春襲葛,夏居密阴,秋避杀风,冬案他本风冬误作.冬风避重潔.就其和也…冬水气也.荠甘味也.乘于水气而美者.甘胜寒也.荠之为言济与济大水也.夏火气也.芥苦味也.乘于火气而成者芥胜暑也.

549) 黃檗禪師,黃檗山斷際禪師傳心法要, 宛陵錄,上堂開示頌: "塵勞迥脫事非常,緊把繩頭做一場;不是一番寒徹骨,爭得梅花撲鼻香?"

550) 人日(じんじつ)とは,五節句の一つ.1月7日.七草がゆを食べることから七草の節句(ななくさのせっく)ともいう.

551) 西角井正慶,年中行事事典,東京堂出版,1958.5.23. p.308 : "七草がゆ・七草粥(ななくさがゆ)・七種粥とは,人日の節句(1月7日)の朝に食べられている日本の行事食(料理)である."

552) Garden Cress Extract Kills 97% of Breast Cancer Cells in Vitro,(newdrugapprovals.org) FEBRUARY 11, 2014 : "Xenophon (400 BC) mentions that the Persians used to eat this plant even before bread was known. It was also familiar to the Egyptians and was very much appreciated by the Greeks and Romans, who were very fond of banquets rich in spices and spicy salads. Columela (first century) makes direct reference to the cultivation of garden cress. "

553) 선효후문, 吾等母親餘恨歌(우리 어머니의 한맺힌 노래), 2011.5.8.

554) 李睟光,芝峯類說卷二十 : "南蠻椒有大毒,始自倭國來.故俗謂倭芥子.今イ生イ生種之.酒家利其猛烈,或和燒酒以市之.飮者多死."

555) 英祖實錄,卷一百十一, 英祖四十四年八月癸丑 : "內局入侍,上曰松栮,生鰒,兒雉,苦椒醬,有此四味,則善飯."

556) 朝鮮王朝實錄,純祖32年 7月 乙丑 : "牛二頭,猪四口,鷄八十隻,鹹魚四擔. 各蔬菜二十斤, 薑二十斤,葱頭二十斤,蒜頭二十斤,苦椒十斤,白紙五十卷. 穀四擔,麥麪一擔,蜜糖五十斤,酒一百斤,烟葉五十斤入給."

557) 孟子·告子上章 : "食色性也.仁,内也,非外也.义,外也.非内也."

558) 陳夢因,食經-全五冊,商務印書館香港分館, 2019.

559) 金鑢,薄庭遺藁 : "東俗盛種,疑是倭菜"

560) 五洲衍文長箋散稿, 胡椒辨證說 : "胡椒爲藥餌與調和飲膳.亦最緊物料.一日不可無者.我東素不産此物.專藉中原及日本.而近者有人傳言.耽羅有一種木.土名排巖特異.其實如椒而味亦酷類.然取以蒸乾.形則似椒.而辣與香少遜於自倭來者云.今竝記中原與倭人所述諸書及我東濟州人所傳疑.以爲辨證.李時珍《本草綱目》胡椒蔓生附樹.及作棚引之.葉如扁豆山藥輩.正月開黃白花.結椒纍纍纏藤而生.如梧桐子大.亦無核.生靑熟紅.靑者更辣.四月熟.五月采取.曝乾乃皺.又曰樹似茱萸而小.有針刺.葉堅滑.四月結子.無花.但生于枝葉間.顆如小豆而圓.皮紫色云云.似誤指川椒爲胡椒.《酉陽雜俎》.胡椒.結子相對.葉晨開暮合.則卷其子於葉中.其苗蔓而極柔弱云云.《和漢三才圖會》.胡椒.阿蘭陀商舶將來之.番陀國之産最良.近頃有撒種生.其樹高二三尺.葉似番椒而厚.亦似千葉桅子葉.四月開小白花.秋結子云.。《耽羅志·物産條》.蓽澄茄産於濟州.地方醫生等不知覓採.又不知蓽澄茄之向陽者爲胡椒.可嘆【《本草》.蓽澄茄.北枝結蓽澄茄,南枝結胡椒】然則濟州自來有胡椒矣.特不知采取也.又有判濟州者言.濟州流傳有胡椒樹.而未知的在何處矣.適因公過濟州府界.接旌義縣地有院站.而見一大樹..."

561) 五洲衍文長箋散稿,胡椒辨證說 : "南蠻椒有大毒, 始自倭國來, 故俗呼倭芥子, 往往種之酒家, 利其猛烈, 或和.酒以市之, 飮者多死.番椒與南瓜,來于我東, 則在於宣廟壬辰之後, 與煙草同出.我東或稱倭芥子, 或呼倭草."

562) Lina Aurell & Mia Clase, Food Pharmacy : A Guide to Gut Bacteria, Anti-Inflammatory Foods, and Eating for Health, January 2, 2018.

563) Renger F.Witkamp, Klaskevan Norren, Let thy food be thy medicine….when possible, European Journal of Pharmacology, Volume 836,(doi.org/10.1016) 5 October 2018, Pages 102-114 :"'Let food be thy medicine, and let medicine be thy food.' This famous quote is often attributed to Hippocrates."

564) Kate Hilpern, FOOD THERAPY: EAT WELL, FEEL BETTER, Independent, Tuesday 22 February 2011.

565) Food is Medicine - ACLM - What to Eat to Live Healthy(lifestylemedicine.org) : "Providing healthcare professionals with a strong foundation in Culinary Medicine. Includes strategies for health care providers and patients on improving dietary choices."

566) 詩經,·大雅編 : "匪我言耄,爾用憂謔.多將熇熇,不可救藥."

567) In many cases, even if a decision is made, decision paralysis exhausts the decision maker so much, that he or she doesn't have any energy left to carry out the action itself. "People don't make decisions based on what's the most important, but based on what's the easiest to evaluate." Barry Schwartz, psychology professor

568) 後漢書, 卷八十四烈女傳 : "多未能通者,同郡馬融伏於閣下, 從昭受讀, 後又詔融兄續繼昭 … 及前妻長子興遇疾困篤, 母惻隱自然, 親調藥膳, 恩情篤密."

569) 治百病方, 1972年11月出土于甘肃省武威县旱滩坡的一座东汉早期的古墓.有医药简牍92枚,其中木简78枚,木牍14枚,保存了比较完整的医方30多个,方中所列药物近100味.详细记载了病名,症状,药物剂量,制药方法,服药时间以及各种不同的用药方式.还记述了针灸穴位,针灸禁忌等,内容极其丰富.

570) 古代醫生, 分四個層次: 食醫,疾醫,瘍醫,獸醫, 每日頭條, 2019.12.1. : "食醫,相當於營養醫生: 周禮·天官·食醫 : 食醫, 掌和王之六食,六飲,六膳,百羞,百醬,八珍之齊.孫詒讓正義:「此雲百羞百醬, 亦舉成數也.此並庖人共其物, 內饔割亨煎和之, 膳夫饋之,食醫唯掌其調和齊量而已.」…."

571) 周禮,天官·食醫 : "食醫, 掌和王之六食,六飲,六膳,百羞,百醬,八珍之齊."

572) 用藥如用兵論 : "聖人之所以全民生也,五穀為養,五果為助,五畜為益,五菜為充,而毒藥則以邪.故雖甘草,人參,誤用致害,皆毒藥之類也.古人好服食者,必有奇疾,猶之好戰者,必有奇殃.是故兵之設也以除暴,不得已而後興 ; 藥之設也以攻疾, 亦不得已而後用.其道同也.故病之為患也, 小則耗精, 大則傷命, 隱然一敵國也.以草木之偏性, 攻藏腑之偏勝, 必能知彼知己, 多方以制之, 而後無喪身殞命之憂.是故傅經之邪, 而先奪其未至, 則所以斷敵之要道也 ; 橫暴之疾, 而急保其未病, 則所以守我之岩疆也.挾宿食而病者, 先除其食, 則敵之資糧已焚 ; 合舊疾而發者, 必防其並, 則敵之內應既絕.辨經絡而無泛用之藥, 此之謂向尊之師 ; 因寒熱而有反用之方, 此之謂行間之術.一病而分治之, 則用眾可以勝眾, 使前後不相救, 而勢自衰 ; 數病而合治之, 則並力搗其中堅, 使離散無所統, 而眾悉潰.病方進, 則不治其太甚, 固守元氣, 所以老其師 ; 病方衰, 則必窮其所之, 更益精銳, 所以搗其穴.若夫虛邪之體, 攻不可過, 本和平之藥, 而以峻藥補之 ; 衰敵之日, 不可窮民力也.實邪之傷, 攻不可緩, 用峻厲之藥, 而以常藥和之 ; 富強之國, 可以振武也.然而, 選材必當, 器械必良, 克期不愆, 佈陣有方, 此又可更仆數也.孫武子十三篇, 治病之法盡之矣."

573) 徐大椿, 用藥如用兵論 : "用之得當, 則疾病立消, 有如兵家用兵, 用之得當,則旗開得勝."

574) 송혜진, 내가 먹는 음식이 3대까지 간다, 'SBS 스페셜' 밤 11시 20분, 조선일보, 2009.11.14. : "지금 내가 섭취하는 음식이 3대 후손에게까지 영향을 미친다? 최근 유전학자들이 내놓은 첨단이론 '후성유전학(epigenetic)'에 따르면, 우리가 매일 먹는 음식은 DNA를 조절하는 스위치에 영향을 미쳐, 3대 후손의 미래까지 결정한다고 한다. "식탁에서 무엇을 먹느냐에 따라 인류의 미래가 바뀔 수 있다는 주장이다."

575) 孫思邈, 備急千金要方, 養性篇 : "安身之本,必資於食.不知食宜者,不足以存生也也"/ "是以善養性者,先飢而食,先渴而飲,食欲數而少.不欲頓而多,則難消也.常欲令如飽中飢,飢中飽耳.蓋飽則傷肺, 飢則傷氣,鹹則傷筋.酢則傷骨, 故每學淡食.食當熟嚼,使米脂入腹,勿使酒脂入腸."

576) 孫思邈, 備急千金要方 : "食能排邪而安臟腑,悅神爽志以資血氣.若能用食平痾釋情遣疾者.可謂良工.長年餌老之奇法.極養生之術也.夫爲醫者, 當以先洞曉病源,知其所犯,以食治之.食療不愈.然後命藥.藥性剛烈,猶若御兵,兵之猛暴.豈容妄發,發用乘宜,損傷處衆,藥之投疾殃濫亦然."

577) 孫思邈, 備急千金要方 卷第二十六 食治, 序論 第一 : "仲景曰,人體平和,惟須好將養,勿妄服藥,藥勢偏有所助,令人藏氣不平,易受外患.夫含氣之類,未有不資食以存生,而不知食之有成敗,百姓日用而不知,水火至近而難識.余慨其如此,聊因筆墨之暇,撰五味損益食治篇,以啟童稚,庶勤而行之,有如影響耳."

578) 唐代医家,汴州(今河南开封)人.以医名于时,公元874〜880年,曾任剑州(今四川境内)医学助教,药局奉御.他以古代有食医可治百病,将《神农本草经》,《本草经集注》,《新修本草》,《食疗本草》,《本草拾遗》中有关食疗的药物分类编写,并加上自己的意见,附医方等,撰成《食性本草》10卷,后世药物学家的著作多所引用.士良子孙多以医为业,宋代杭州陈沂即其后人.

579) 陳直(生沒年度未詳),字遂初, 浙江杭州府仁和縣人,民籍,明朝政治人物。

580) 陳直, 養老奉親書: "序, 昔聖人詮置藥石,療諸疾病者,以其五髒本於五行,五行有相生勝之理也.榮衛本於陰陽,陰陽有逆順之理也.故萬物皆稟陰陽五行而生,有五色焉.有五味焉.有寒熱焉.有良毒焉.聖人取其色味冷熱良毒之性,歸之五行,處以為藥,以治諸病.順五行之氣者,以相生之物為藥以養之；逆五行之氣者,以相勝之物為藥以攻之.或瀉母以利子.或瀉子以補母,此用藥之奇法也.《陰符經》曰:天地, 萬物之盜；人, 萬物之盜.人, 所以盜萬物為資養之法.其水陸之物為飲食者,不啻千品,其五色,五味,冷熱,補瀉之性,亦皆稟於陰陽五行, 與藥無殊.大體用藥之法,以冷治熱,以熱治冷.實則瀉之,虛則補之, 此用藥之大要也.人若能知其食性,調而用之,則倍勝於藥也."

581) 忽思慧, 飲膳正要: "序: 朕惟人物皆稟天地之氣以生者也.然物又天地之所以養乎人者,苟用之失其所以養,則至於殘害者有矣.如布帛菽粟雞豚之類,日用所不能無,其為養甚大也.然過則失中,不及則未至,其為殘害一也.其為養甚大者尚然,而況不為養而為害之物,焉可以不致其慎哉."

582) 元朝延佑年间,元仁宗在新疆打败沙皇侵略军队,班师回到了大都.因数年的军营生活,四处奔波,操劳过度,肾气亏虚,患了阳痿症.太医忽思慧知道后,用羊肾韭菜粥为他调治.取羊肾1对,羊肉100g,韭菜150g,枸杞30g,粳米100g.将羊肾对半切开,切成丁.羊肉,韭菜洗净.切碎.先将羊肾,羊肉,枸杞,粳米放锅内,加水适量,文火煮粥,待快煮熟时放入韭菜,再煮一会,每日让元仁宗食用.不到3个月,元仁宗阳痿竟愈,还使王妃怀了孕.他非常高兴,命忽思慧将此粥列为宫廷食膳良方.经常服食.

583) 曹慈山, 老老恒言: "燥秘澀不通.桃仁.粥.大麻仁粥.治大小便不通,及風.秘,熱秘,血秘.大麻仁粥.蘇麻粥.大麻仁,.蘇子. 粥. 生脂麻油,治熱秘大便不通. 生脂麻油."

584) 袁枚, 隨園食單 : "詩人美周公而曰,籩豆有踐,惡凡伯而曰.彼疏斯稗.古之於飲食也,若是重乎!他若易稱鼎烹,書稱鹽梅.鄉黨,內則,瑣瑣言之,孟子雖賤飲食之人,而又言飢渴未能得飲食之正.可見凡事須求一是處,都非易言.中庸曰,人莫不飲食也,鮮能知味也.典論曰,一世長者知居處,三世長者知服食."

585) 章杏雲, 調疾飲食辨 : "病人飲食,藉以滋養胃氣,宣行藥力,故飲食得宜足爲藥餌之助,失宜則反與藥餌爲仇)"

586) 王士雄, 随息居饮食谱, 前序 : "呜呼！国以民为本,而民失其教,或以乱天下.人以食为养,而饮食失宜,或以害身命.卫国,卫生,理无二致,故圣人疾与战并慎,而养与教并重也."

587) 권순일, "이러면 죽는다!" 수명 단축하는 나쁜 습관 4, 코메디닷컴(kormedi.com), 2018.9.15. : "당신의 생활방식 가운데 서서히 당신을 죽게 만드는 것이 있다. 장수를 하려면 이런 생활방식을 떨쳐내야 한다. '치트시트닷컴'이 수명을 짧게 하는 나쁜 생활습관 4가지를 소개했다. 1. 과음…2. 만성 스트레스…3. 수면 부족…4. 빈곤한 식사."

588) Amy Capetta, 20 Worst Eating Habits That Are Shaving Years Off Your Life, Here's how your diet could be killing you, Eat This Not That, JULY 30, 2020(https://www.eatthis.com)

589) Are you Shortening Your Life with these 5 Unhealthy Habits? Augusta Health, August 29, 2017 : " The truth is these following activities can reduce the quality of your life and shorten the years you spend on this planet. If you want to live longer, avoid the following: i) Smoking Cigarettes, ii) Excessive Drinking, iii) Poor Food Choices, iv) Too Much or Too Little Sleep, v) Sitting for More Than 7 Hours a Day."

590) 清宮八仙糕 : (材料)茯苓100克,生晒参15克,山药100克,糯米粉150克,砂糖适量,莲子100克,薏苡仁100克,粳米粉150克,砂糖适量.(做法)将茯苓,人参,山药,莲子,薏苡仁共磨成细粉与粳米粉,糯米粉,砂糖一起加水适量,拌匀,压成米粉饼约50块,入笼蒸熟即可.

591) 九仙王道糕 : "養精神,扶元氣,健脾胃.進飲食,補虛損,生肌肉,除濕熱.蓮肉,山藥,白茯苓,薏苡仁各160g.麥芽炒,白扁豆炒,芡仁各80g,柿霜40g,白砂糖800g,爲細末,入粳米粉5升,蒸糕晒乾.任意食之(回春)."

592) 황임경·황상익, 세조의 의약론 에 관한 연구, 醫史學 제12권제2호(통권 제23호) 2003년 12월 (Korean J Med Hist 12 97–109 Dec 2003), 大韓醫史學會 ISSN 1225–505X p.102

593) 전게서(세조의 의약론에 관한 연구), 醫史學 제12권제2호(통권 제23호) 2003년 12월(Korean J Med Hist 12 97–109 Dec 2003), 大韓醫史學會 ISSN 1225–505X p.106

594) 전국 의사 총궐기 대규모 집회…"문재인 케어가 나라 망쳐" 격렬 시위, 의사 5만1,000명 대한문 앞 결집 "정부 일방통행식 정책에 의사 사명감 짓밟혀", 2018.5.20. 뉴스데일리

595) 약선이란? 새로난병원 홈페이지(saeronan.com), 2021.6.28.

596) 朝鮮王朝実録, 中宗実録, 中宗39年10月26日 : "上不豫.政院問安,仍啓曰:昨命王子,駙馬,內宗親外,令勿問安,而臣等居近窗之地,故敢問安.傳曰:知道予證,大槪則似歇,然大便尚不通,故方議藥耳.內醫院提調問安,【彦弼私問內官朴漢宗曰:上體夜來如何?漢宗曰.內官亦不親侍,不能詳知.大槪以與昨同.但聞上方曉入寢云,以是觀之,則似爲少歇矣.傳曰:予證女醫知之.女醫長今言:去夜煎進五苓散二服,三更入睡.且小便漸通,大便則如舊不通,今朝始用蜜釘云.政府問安,仍啓曰:昨者命勿問安,故退去,然未安於心,故敢問安.答如政院.

597) 朝鮮王朝実録, 中宗実録 , 中宗10年3月21日 : "傳曰:大抵人之死生,豈關醫藥?然進藥大王前,失宜者,論屬書吏,固有前例.未知於王后,亦有此例耶?其考前例以啓.且醫女長今,護産有功,當受大賞,厥終有大故,故未蒙顯賞.今縱不能行賞,亦不可決杖,故命贖杖,此,酌其兩端,而定罪之意也.餘皆不允."/中宗10年3月22日:"臺諫啓前事,又曰:'醫女長今之罪,又甚於河宗海.産後衣襨改御時,請止之,則豈致大故?刑曹原律,不用正律,而又命贖杖,甚爲未便.皆不允."
/ 中宗17年9月5日:"大妃殿證候向愈,上賞藥房有差.【提調金詮·張順孫,承旨趙舜,馬粧一部,弓一丁,箭一部,醫員河宗海馬一匹,米太十石,金順蒙馬一匹,醫女信非,長今各米太十石,內官,飯監,別監亦皆有賜.傳曰:近日,久不視事,不得接群臣,心甚未安.然慈殿猶未永差,姑待數日,當御經筵."/中宗19年12月15日:"傳曰: 百工技藝,皆不可闕,而勸課節目,非不詳盡矣.但各司官員,不致力勸課,故卒無成效.其中醫術,尤爲大事,而不各別勸課焉,今之粗解其術者,皆成宗朝所敎養者也.今則其勸課事,何以爲之?其問于醫司以啓.且醫女料食,有全遞兒,有半遞兒.今者,全遞兒有窠闕,而不啓其應受之者,必以自下啓之爲難也.但醫女大長今,醫術稍優於其類,故方出入大內,而看病焉.此全遞兒, 其授長今."/ 中宗28年12月2月11日:"傳曰:予累月未寧,今幾差月復.藥房提調及醫員等,不可不賞.左議政張順孫熟馬一匹,禮曹判書金安老,前都承旨丁玉亨,常山都正末孫加資,常山都正獻藥於患腫之初,易至濃潰,故亦與賞列.醫員河宗海加資准職,同知朴世擧,洪沈加資,各賜米太六石,金尙坤加資,兒馬一匹,金守良,盧漢明,掌務官員等,各兒馬一匹,醫女大長今,戒令各米太幷十五石,官木緜正布各十匹,湯藥使令等,賞賜有差."
/ 中宗39年1月29日:"傳于政院曰.予頃者感寒,得咳嗽證,久未視事,故少差而爲經筵,其日適寒,前證復發.醫員朴世擧,洪沈及內醫女大長今,銀非等議藥事,曾已下諭也,此意言于內醫院提調.且中和【二月初一日】晝物,【別進御膳】亦可停矣." / 中宗39年2月9日:"傳曰.內醫院提調尹殷輔,鄭順朋,各賜熟馬一匹;都承旨李澄,醫員朴世擧.洪沈皆加資;柳之蕃,韓順敬,各兒馬一匹;醫女大長今,賜米,太幷五石;銀非米,太幷三石;湯藥使令,各給官木綿二匹."/ 中宗39年10月25日:"議政府,中樞府,六曹,漢城府堂上及大司憲鄭順朋等問安,傳曰.知道.是日醫女長今出言:去夜三更,上入睡,五更,又暫入睡.且小便暫通,大便,則不通已三日.云醫員朴世擧,洪沈入診脈,則左手肝腎脈浮緊,右手脈微緩.更議藥劑,五苓散加麻黃,防己,遠志,檳榔,茴香,五服以進."
/中宗39年10月26日:"上不豫.政院問安,仍啓曰:昨命王子,駙馬,內宗親外,令勿問安,而臣等居近密之地,故敢問安.傳曰:知道予證,大槪則似歇,然大便尙不通,故方議藥耳.內醫院提調問安,【彦弼私問內官朴漢宗曰:上體夜來如何?漢宗曰:內官亦不親侍,不能詳知.大槪似與昨同.但聞上方曉入寢云,以是觀之,則似爲少歇矣.傳曰:予證女醫知之.女醫長今言:去夜煎進五苓散二服,三更入睡.且小便漸通,大便則如舊不通,今朝始用蜜釘云.政府問安,仍啓曰:昨者命勿問安,故退去,然未安於心,故敢問安.答如政院."/ 中宗39年10月29日:"上不豫.政院問安,傳曰:知道【承旨等問於內官朴杞曰:去夜上體如何?對曰:不能詳知,或云下氣始通.】內醫院提調問安,傳曰:知道.政府問安,傳曰:知道.六曹,中樞府,漢城府堂上等問安,傳曰:勿爲問安.朝,醫女長今自內出曰:下氣始通,極爲大快.云俄而傳于藥房曰:予今下氣如常,但氣弱耳.提調及醫員,醫女皆來往,而醫員勿入直,提調亦各散歸可也.提調回啓曰:臣等聞下氣如常,喜極不知所言.如有渴證,則當御生地黃煎,不可如常時御生冷.且各別調理爲當."

598) 辨病论治是中医诊疗疾病的一种基本方法,即根据不同疾病的各自特征,作出相应的疾病诊断,并针对不同疾病,进行相应的或特异的治疗.一种具体的病往往具有特定的病因,病机和症状,因而显示其特异性,并反映在病因作用和正虚邪凑的条件下,体内出现一定发展规律的邪正交争,阴阳失调的全部演变过程.因此,辨病论治可以把握疾病的基本矛盾变化,有利于从疾病的全局考虑其治疗方法,而且还能采用某些特异性治法和方药, 进行特异性治疗.

599) 洪錫謨, 東國歲時記, 端午 : "…按漢制有桃印以止惡氣.抱朴子作赤靈符,皆端午舊制.而今之符制盖出於此.內醫院造醍醐湯進供.又製玉樞丹塗金箔以進穿五色絲佩之禳灾頒賜近侍."

600) 찬 기운의 음식 : (채소) 도마토, 미나리, 배추, 양배추, 오이, 등 / (과일): 감, 귤, 딸기, 바나나, 배, 수박, 참외, 포도 등. / (곡식) 고구마, 녹두, 메밀, 밀가루, 보리, 팥 등. / (육류) 돼지고기와 오리고기 / (해물) 게, 문어, 오징어, 우렁, 조개 등

601) 따뜻한 기운의 음식 : (채소) 마늘, 부추, 생강, 파, 감자, 당근, 시금치, 우엉, 호박 등 / (과일) 진피(말린 귤껍질), 대추, 매실, 복숭아, 사과, 살구, 유자, 은행, 호두 등.

602) 이석간(李石幹, 1509~1574) 의명으로는 석간(石澗)으로도 쓰며, 영주군 두서(斗西)에서 출생했다. 본관이 공주(公州)이고 자는 중임(仲任)이고 호는 초당(草堂)이었다. 의술의 명성은 대국에도 자자하여, 명나라의 황태후(皇太后)의 불치병을 치유하고 난 뒤에 받았던 천도(天桃)를 먹고 그 씨앗을 술잔을 만들었고 이를 가보로 전하고 있다.

603) 김은아, 윤애옥, 선비의 다스림, 음식으로 통하는 길, 영주시민신문(yjinews.com), 2018.7.26. : "1433년 영주군수 세운 지방의료원에서 제민루(濟民樓), 유의(儒醫) 이석간(이 저술한 '경험의방서(經驗醫方書)'을 통해 영주 역사를 근간으로 한 음식개발연구에 집중, 한국선비음식문화원(食治院)에서 '식치음식전문가양성과정 교육프로그램을 운영, 22명을 1달간 선비식치처방을 배웠다. 현대인들에게 적합한 음식들로 예방의학을 기점으로 만들어졌기에 몸에 이롭고 관광 상품으로 좋다고 평가했다."

604) 이석간, 디지털 영주문화대전(yeongju.grandculture.net), 2021.6.1. : "…명나라 황태후(皇太后)의 병을 고쳐 주고 황제에게 받은 천도(天桃) 씨로 술잔을 만들었는데, 이것이 집안에 가보로 전해진다고 한다. 또 이황의 문하로 있으면서 스승 임종 때 마지막 첩약(貼藥)을 지어주었다는 일화가 전한다.특히 명나라 황제의 병을 고쳐 주고 돌아왔을 때, 조정에서 마을에 대청(大廳)을 설치해 주었다고 한다."

605) Principles of Healthy Eating(motherchildnutrition.org) : "1. Eat a variety of different foods. No one food contains all the proteins, carbohydrates, fats, vitamins and minerals you need for good health, so you have to eat a range of different foods. 2. Eat staple foods with every meal. Staple foods should make up the largest part of a meal. These foods are relatively cheap and supply a good amount of carbohydrates and some proteins. Staples include cereals (such as rice, maize, millet, wheat and oats), pulses (such as lentils, beans, chick peas and barley) and starchy roots (such as potatoes and cassava).

Unrefined staples like whole grains, brown unpolished rice, millet, barley and potatoes provide more sustained energy over a longer period of time and are also a good source of protein and a wide range of vitamins and minerals. Refined foods like white rice and white flour have much less nutrients and fibre...."

606) Heathy Dieat for therapy, Medical Dictionary, 2021.6.2. (topdoctors.co.uk).

607) 식이요법, 2021.6.2. 서울대학교병원, 의학정보 (snuh.org/health/compreDis/OT01/9.do)

608) 고려 시대 노예에서 조선 양반이 된 3집안, 고려 시대 아전에 양반이 된 8집안을 3노8리가로 조선 후반기에 세칭했던 말이다. 3노로는 정도전(鄭道傳), 서기(徐起, 1523~1591), 송익필(宋翼弼, 1534~1599), 8리 집안으로 동래 정씨(東萊鄭氏), 반남 박씨(潘南朴氏), 한산 이씨(閑山李氏), 흥양 유씨(興陽柳氏), 진성 이씨(眞城李氏), 여흥 이씨(驪興李氏), 여산 송씨(廬山宋氏), 창녕 서씨(昌寧徐氏)이였다.

609) 鄭道傳, 三峰集, 八道江山七言詩 : "泰山高嶽望丈士, 高節淸廉先輩道/岩下老佛天理達, 金剛山名古今宗/風前細柳時節路, 倫理道德崇尙道/明月淸風廣山照, 忠孝全心傳授統/鏡中美人貪色慾, 世間情慾相爭同/石中耕牛苦力中, 播種收穫勞績功/深山猛虎出入麓, 萬疊靑山嘉節中/四海八方相親樂, 泥田鬪狗解願躬."

610) 오익근 외 2, 소셜미디어의 빅데이터 분석을 통한 대구 음식에 대한 인식, 2017. 관광레저연구(dbpia.co.kr) : "대구 음식은 맵고 짜고 먹을 것도 없지만 호남 음식은 절정의 솜씨를 갖고 있는 것으로 회자되고 있다(영남일보, 2010). 이에 대구시는 2006년부터 지역 음식 중 대구 10미를 선정 및 홍보하는(daegufood.go.kr, 2017) 등 음식 관광 활성화를 위해 다양한 노력을 하고 있다."

611) '가마솥 더위' 대구·경북 온열질환자 65명... 4명 숨져, 뉴시스, 2016.8.10. : "대구 온열질환자 22명, 역대 최고치 육박, 전기사용량 8354MW... 지난해 최고치 능가"

612) [쇼맥] 올해 대프리카, 얼마나 더울까?, 대구 KBS, 2021.5.31. : "한국의 아프리카, '대프리카'로 불리는 대구의 여름 모습을 재밌게 만든 건데요. 실제 '대프리카'는 이름값을 하고 있습니다. 최근 10년간 일일 최고 온도가 33도가 넘는 평균 폭염일수, 국내 주요 도시 중 대구가 32일로 가장 많았습니다."

613) 許浚, 東醫寶鑑, 醫學入門, 本草總括 : "淡爲五味之本, 故本草不言淡.然有生, 必有化, 木味化甘,火味化辛, 土味化鹹,金味化酸,水味化苦,其應臟腑則相同也."

614) 论语,子罕篇 : "岁寒,然后知松柏之后凋也."

615) 徐居正, 黃虀餉姜晉山獻呈二十八字 : "吾家一兩甕鹽虀,相勸朝昏有老妻,肉食如君將底用,白饎黃菜故應迷."

616) 고구마에 사이다 같은 갑을 드라마, 시사IN, 2016.5.5.(sisain.co.kr) : "'고구마에 김치, 달걀엔 사이다.' 이 오랜 공식이 깨졌다. 요즘은 '고구마에 사이다'다. 먹을 때 목이 메어 답답한 '고구마'처럼 퍽퍽한 현실을 다루면서도, 가슴 뻥 뚫리는 '사이다'같이 청량한 전개가 핵심이다. '갑을 관계'를 다룬 드라마들의 플롯이 대개 그렇다."

617) Genesis18:20 : "Then the Lord said, 'The outcry against Sodom and Gomorrah is so great and their sin so grievous.'"

618) 三國史記,第五十卷甄萱列傳 : "太祖以精騎五千,要萱於公山下大戰,太祖將金樂崇謙死之, 諸軍敗北,太祖僅以身免...桐藪望旗而潰散."

619) 정인렬, [세풍] TK 정치 복원력의 결과, 매일신문, 2017.2.7. : "완고스러울 만큼 고집스럽고 변화에 제대로 빨리 적응하지 못하는 부정적인 어두움의 색깔도 감출 수 없다. ... 반골과 저항, 이질적 사 상과 이념의 수용 전통은 이어졌고 현대 정치사에서 그 드러남과 잠복은 되풀이됐다. 물론 특정 정 치 세력에 기운 적도 없지는 않았다."

620) 禮記, 文王世子篇 : "是故聖人之記事也,慮之以大,愛之以敬,行之以禮,修之以孝養,紀之以 義,終之以仁.是故古之人一擧事,而衆皆知其德之備也.古之君子擧大事"

621) 書經, 洪範條, 第五條皇極設 : "無偏無黨王道蕩蕩,無黨無偏王道平平."

622) 탕평채(蕩平菜), 한국민족문화대백과 사전 : "탕평채라는 음식명은 영조 때 여러 당파가 잘 협력 하자는 탕평책을 논하는 자리의 음식상에 처음으로 등장하였다는 데서 유래한다."

623) 정기환, [썰물밀물] 대구의 눈물, 인천일보, 2020.3.20.: "자유당 정권 시절, 대구는 대표적인 야당 도시(野都)였다. 1955년 9월 13일 자 대구매일신문에 '학도(學徒)를 도구로 이용하지 말라'는 사 설이 실렸다. '영원한 반골 기자' 몽양 최석채 주필의 글이었다."

624) 이영란, [화요진단] 신공항과 박근혜 선물 보따리? 영남일보, 2016.6.7. : "최근 부산권이 신공항 입지를 둘러싼 오버스텝(overstep)을 펼치면서 구실로 내세우는 것이 4·13 총선을 앞두고 터져 나 온 조원진 의원(대구 달서구병)의 '박근혜 대통령 선물 보따리'라는 말이다. 조 의원은 지난 3월29 일 새누리당 대구시당 총선 발대식에서 "대통령의 임기가 2년 남아있습니다. 이제 박근혜 대통령 께서 대구에 선물 보따리 여러 가지를 준비하고 계신다고 믿고 있습니다"라고 말했다."

625) "밥 잘 사는 예쁜 누나" 나경원, 이인영 첫 만남(동영상), SBS 뉴스, 2019.5.9.

626) 조선 지미가知味家, 월간 디자인 하우수(happy.designhouse.co.kr/magazine), 2021. 6. 24. : "아주버님이 오늘 가실 길에 우리 집에 다녀가려 하시니, 진지도 옳게 잘 차리려니와 다담상을 가 장 좋게 차리게 하소. 내가 길에 (다닐 때) 가지고 다니는 발상에 놓아 잡수게 하소. 다담상에 절육, 세실과, 모과, 정과, 홍시, 자잡채를 놓고, 수정과에는 석류를 띄우고, 곁상에는 율무죽과 녹두죽 두 가지를 쑤어놓게 하소. 안주로는 처음에 꿩고기를 구워드리고, 두 번째는 대구를 구워드리고, 세 번 째는 청어를 구워드리게 하소. (아주버님이) 자네를 보려고 가시니, 머리를 꾸미고 가리매를 쓰도록 하소. 맏이도 뵙게 하소. 여느 잡수실 것은 보아가며 차리소. 잔대와 규화는 김 참봉 댁이나 초계 댁 에서 얻도록 하소."

627) 李百藥,北齊書,元景安傳 : "大丈夫,寧可玉碎,不爲瓦全."

628) 이춘의, 내 체질에 맞는 음식은? 사상체질별 음식 궁합(강동경희대한방병원 한방소화기보양클 리닉 박재우 교수), 힐링팁(healtip.co.kr), 2019.11.29.

629) 韓国における身土不二運動, ウィキペディア (Wikipedia) : 1989年に韓国農協中央会会 長ハン・ソホンが,日本の有機農業の草分けである荷見武敬の『協同組合地域社会への道』 (家の光協会) を韓国で翻訳する際に「身土不二」(신토불이) の語を知り,感動して国産品

愛好運動のスローガンに使用した.しかし,韓国での反日感情から「韓国の国民運動に日本のスローガンを使うとは何事か！」と批判をうけたため,調査の結果『廬山蓮宗寶鑑』が発見され「中国仏典の教え。中国の伝統」として紹介された.日本の農協と異なり,事業別にわかれていない巨大組織である韓国農協では農協中央がすべてを一括して運営しており,そのような組織が「身土不二」をスローガンとするや,マスコミや学校教育などで宣伝され,一大ブームとなり,韓国国産野菜の消費が大々的に奨励された[5]。1990年から2003年の野菜年間消費量では、韓国の消費量は世界平均や日本の消費量をはるかに上回っている.韓国農協では国産品（韓国産）の野菜のみの販売を原則としており,さらにハナロクラブとハナロマートという大規模な店舗チェーンを運営している.

630) 大乘经 :"寂照不二,身土不二,性修不二,真应不二.无非实相,实相无二,亦无不二.是故举体作依作正.作法作报.作自作他.乃至能读所说,能度所度.信所信,能愿所愿,能持所持.能生所生,能赞所赞."

631) 北宋の僧智円,維摩經略疏垂裕記 :"二法身下顯身土不二,由依正不二故便現身即表國土.離身無土者荊溪云,此是法身身土不二之明文也."

632) 如此推崇国产, 韩国不成发达国家真是天理难容,2017.11.3.(sohu.com) : "亚洲四小龙:中国香港,中国台湾,新加坡与韩国...在韩国的世界非物质文化遗产'东医宝鉴'中有个词语叫做'身土不二',意思就是:身体和出生的土地合二为一，出生长大地方产出的东西最适合自己的体质."

633) 정복규, 사불여설(四不如說), 새만금일보, 2016.12.28. : "4불여설(四不如說)은 전주의 특질(特質)을 설명하는 말로 <-만 못하다 > 는 의미를 갖는 네 가지를 말한다.'전주사불여(全州四不如)'라고도 한다. 벼슬아치가 아전만 못하고(官不如吏), 아전이 기생만 못하고(吏不如妓), 기생이 소리만 못하고(妓不如聲), 소리가 음식만 못하다(聲不如食)는 것이다. 즉 아전, 기생, 소리, 음식 등 네 가지 중에 제일은 음식이고, 그다음이 소리이며, 그 다음이 기생이고, 그다음이 아전이라는 것이다."

634) 박이슬, 전주시, 국내 최초 유네스코 '음식 창의 도시' 선정, 국정브리핑, 2012.6.22. : "한국을 대표하는 맛과 멋의 고장 전주시가 한국음식의 세계화를 이끌게 됐다. 국내 최초로 유네스코가 인정한 '음식 창의 도시'로 선정됐기 때문이다. 지난달 7일, 유네스코는 전주시가 신청한 창의 도시 네트워크 음식(gastronomy) 분야에 대한 심사 결과, 최종승인을 결정했다. 전주시의 유네스코 음식창의도시 네트워크 가입은 국내 최초이자, 세계적으로도 콜롬비아 포파얀(2005년), 중국 청두(2010년), 스웨덴 오스터순드(2010년)에 이어 네 번째이다."

635) 윤항기의 과거사가 공개됐다. 디지털조선일보, 2017.12.27. : "21일 방송된 TV조선 '인생다큐 마이웨이'에는 싱어송라이터 윤항기와 가수 윤복희 남매의 아픈 과거가 공개됐다. 윤항기-윤복희 남매는 아버지의 병환과 어머니의 심장마비로 갑작스레 천애고아가 됐다. 윤항기는 '꿀꿀이죽'에 얽힌 과거를 회상했다."

636) 李時炯, 두 형제의 전쟁-형은 戰線에서 아우는 삶의 터전에서, 2010. 6월 월간조선(monthly.

chosun.com) : "문제는 이 꿀꿀이죽에 부대에서 버린 온갖 이물질이 들어가 있다는 것이다. 휴지나 담배꽁초 같은 것은 차라리 견딜 만했다. 하지만 이쑤시개는 도저히 참을 수가 없었다. 컴컴한 시장골목에서 급하게 죽을 말아 먹다 보면 날카로운 이쑤시개가 입천장을 찌르기가 일쑤였다. 나는 어느 날 용기를 내서 부대의 군목(軍牧)을 찾아갔다. '압(Yap)'이라는 소령이었다. 압 소령 앞에서 나는 짧은 영어로 군부대에서 나오는 음식 찌꺼기를 한국인들이 먹고 있으니, 제발 오물을 버리지 말아 달라고 부탁했다. 압 소령은 내 이야기를 듣더니 놀란 표정을 지으며 '너희가 진짜 그 음식 찌꺼기를 먹느냐(Really, did you have the wasted food)?'고 물었다. 내가 '그렇다'고 하자 압 소령은 '같이 한번 가서 보자(Let's go see together)'고 했다.

637) Lee Yong-sung and Kim Hyun-chul, From Trash to Delicious Treasure, The Korea Times, 30 December 2004.

638) BUDAE JJIGAE (ARMY STEW), May 13, 2019, My Korean Kitchen(mykoreankitchen. com) : "Korean army stew (Budae Jjigae) is a Korean fusion hot pot dish loaded with Kimchi, spam, sausages, mushrooms, instant ramen noodles and cheese. The soup is so comforting and addictive…Army stew or army base stew (Budae Jjigae) is Korean fusion stew that incorporates American style processed food such as spam, sausages, canned baked beans and sliced cheese. Budae (부대) is a general term for a military base in Korean and Jjigae (찌개) is a term for soup/stew. Hence the word army stew or army base stew was born. Soon after the Korean war (in the early 1950's), food was extremely scarce in Korea, so those surplus processed foods from the US military bases were a great supplement for Koreans. Among the US military base areas in Korea, Uijeongbu, an hour north of Seoul, is most famous for this stew.

639) 대구음식산업박람회(Daegu Food Tour Industry) : (주소) 대구광역시 북구 엑스코로10, (전화) 053-601-5213~4, (팩스) 053-601-5089, (메일) food@exco.co.kr

640) (사) 대구음식문화포럼 : (주소) 대구광역시 북구 옥산로 69-8, 3층, (전화) 053-959-0970, (팩스) 053-959-0971, (메일) dfcf0970@naver.com, (취지) 대표음식 육성, 국제경쟁력 제고와 정책적 지원, (사업) 외식산업육성, 식품산업전문인력육성 교육, 전통음식 관광 상품화, 세계화, 음식 스토리텔링 개발, 음식문화 개선 조사연구 등

641) 전준호, "대구 10미(味) 얼마나 아시나요?" 한국일보, 2016.10.11. : "'음식으로 대구경쟁력 키우자' 세미나 12일 개최, '대구를 한우로 특성화하자.', '서울에 대구 10미(味) 전문식당 열자.', '대구 10미 음식수 확 줄이자.' 대구 10미는 따로국밥과 동인동 찜갈비, 납작만두, 뭉티기, 복어불고기, 논메기 매운탕, 누른국수, 무침회, 볶음우동, 막창이다. … 주제발표를 하는 박진환 경북대 외식최고경영자교육 지도교수는 '대구 인근에는 전국 24%가 넘는 한우생산단지가 있어 품질 좋고 값싼 한우와 생고기, 대창구이, 곱창전골 등 한우부산물을 대구의 대표 음식으로 키워야 한다'고 주장했다. …안홍 대구보건대 교수는 '선정 10년 차인 대구 10미의 인지도가 낮고 대부분 식사보다 술안주인 것이 단점'이라며 '음식 수도 너무 많기 때문에 수를 줄여야 한다'고 말했다. 나주 3미는 곰탕과 장

어, 홍어고, 목포 5미는 홍어삼합과 간장게장, 민어회, 연포탕, 갈치조림 등이다. 탁훈식 한국공공마케팅연구원장은 '소비자가 듣고 싶은 음식 얘기를 개발하고, 들안길 음식점들이 만든 도시락을 동대구역에 모아 팔거나, 한옥을 대구 셰프 메모리얼파크로 관광상품화하는 등 다양한 스토리텔링이 필요하다'고 강조했다. 정봉원 영진전문대 교수는 '중국 시안 회족거리와 일본 가가와현 우동투어, 스페인 푸드세르파처럼 대구 관광지와 연계한 패키지 음식관광 상품이 필요하다'며 '단순히 고객을 알아보는 단골 관리에서 철저한 성향 분석과 감동서비스로 평생고객을 만들어야 한다'고 조언했다. 서울에 대구의 특색있는 음식을 맛볼 수 있는 '플래그십(flagship) 식당'을 만들자는 제안도 나온다. 플래그십은 시장에서 성공을 거둔 브랜드를 집중 마케팅하는 방식이다. 김병조 밥상머리뉴스 발행인은 '대구시가 건물을 확보, 전문음식점을 선발해 저렴하게 임대한 후 대구향우회, 재경동문회 등을 유치하면 향토문화관 역할을 할 것'이라고 말했다."

642) 조을영, 대구 음식은 맛없다, 요것만 빼고(복어불고기), 오마이뉴스, 2011.7.21.

643) 대구 여행 시 꼭 먹어봐야 할 별미음식들 추천!, 2018.8.2.(content.v.kakao.com) , 4.6만 조회 : "연탄불고기, 마약 옥수수빵, 닭똥집, 양념오뎅, 찜갈비, 복어불고기."

644) 윤은숙/송태희, 우리나라 향토음식의 인지도에 관한 연구, 한국조리과학회지, 1995년 5월, 제11호 제2호 pp.51~59, (koreascience.or.kr)

645) 전효진, 관광지 음식점의 메뉴선택요인에 대한 만족이 행동의도에 미치는 영향: 전주 한옥마을을 중심으로, 관광연구, dbpia.co.kr, 2012

646) 한국은행, 경남지역 음식업 현황과 육성방안(관광과의 연계를 중심으로), 한국은행 경남 본부, 2011년 2월

647) 동아시아 식생활협회(The East Asian Society of Dietary Life, easdl.or.kr), 서울시 관악구 관악로1 서울대학교 생활과학대학(222동) 606호, TEL : 010-9679-9555, FAX : 02-884-0305

648) 김재곤/송경숙, 축제이벤트에서의 전통향토 음식체험관광에 대한 관광동기가 기대도와 지역애착 및 관광만족에 미치는 영향, 한국콘텐츠학회(pdfs.semanticscholar.org), 2011.

649) 이수진, 신한류콘텐츠 음식관광 활성화 방안, dbpia.co.kr, 정책연구, 2010.

650) 이인옥/김태희, 국내 음식관광객 실태 연구, 한국호텔외식경영학회 학술발표논문집, dbpia.co.kr, 2015

651) 김상철, 지역축제의 향토음식 관광상품화에 관한 연구,dbpia.co.kr, Culinary Science & Hospitality Research, 2000.

652) 이동필/최경은, 향토 음식 산업의 육성 방안, repository.krei.re.kr, 2007.

653) 장순옥/이연정, 영천 향토음식에 대한 주민 인식과 관광상품화 의도에 관한 연구, Korean J. Food Cookery Sci. (kmbase.medric.or.kr), 2009

654) 최지아/이은주, 종가의 음식관광자원 가능성 연구 : 충재 권벌종가 팸투어 참가자 대상으로, Journal of the East Asian Society of Dietary Life, 2015.

655) 배영동, 안동 헛제삿밥으로 본 제사음식의 관광상품화와 의미 변화, 한국민속학, dbpia.co.kr., 2018.

656) 임현철/김지현, 음식디미방의 상품화 방안 연구, 한국외식산업학회지(dbpia.co.kr), 2009.

657) 강재희/강진희, 전주 향토음식의 힐링 푸드 이미지가 인지도, 구매의도에 미치는 영향 연구, 관광연구, dbpia.co.kr, 2014.

658) 신봉규/권용주, 음식문화거리 조성사업 평가에 대한 인식 차이 연구: 경기도를 중심으로, 호텔관광연구, dbpia.co.kr, 2009

659) 대구경북연구원(dgi.re.kr)의 전통(향토)음식에 대한 검색결과 : 1997-00향토음식(점) 및 특산품의 개발과 육성연구보고서-산업·경제, 2003-00경북지역 관광산업 경쟁력 강화방안연구보고서-문화·관광, 2003-00향토 유실수종의 지역브랜드화 방안연구보고서-산업·경제, 2003-00향토음식 선정 및 육성방안연구보고서-산업·경제, 2006-12서문시장의 구조 현대화 방안(안)연구보고서-산업·경제, 2007-12신라문화권 역사문화자원의 세계화 전략연구보고서-문화·관광, 2009-09경상북도 슬로푸드 밸리 조성방안연구보고서-도시·지역개발, 2010-11한국전통사찰음식연구원 운영 활성화 방안연구보고서-문화·관광 등

660) 곽종무, 대구지역 향토음식 선정 및 육성방안, 대구경북연구원, 2003.6. pp.47~65

661) 배철웅, 작문정치와 소설정치, 밀양신문, 2012.3.20. : "후보들은 당선되고 보자는 속셈으로 공약(公約) 아닌 공약(空約)을 남발하기 일쑤다. 반값등록금이니 동남권신공항 같은 중요한 공약들마저 태연히 부도를 내는 판이니 한국 정치는 작문정치(作文政治)란 비아냥거림이 나오지 않을 수 없다. 작문정치란 교실에서 작문 짓듯이 시정방침만 잔뜩 적어서 진열했지만, 막상 당선되고 나면 언제 그랬더냐 하는 식으로 펑크내고 마는 불신(不信)의 정치꾼들을 비꼬아서 하는 말이다. 19대 국회의원의 평균 공약 이행도는 59%에 불과하며 80%를 지킨 의원은 겨우 38명, 전체의 17%에 지나지 않는다는 조사결과가 나온 걸 보면 한국 정치는 작문정치가 아니라 저 혼자 소설 쓰다 마는 '소설정치'(小說政治)라고나 할까."

662) [정참시] 김종인 '독설'의 끝은 신당?…"언론의 작문" / 위기의 민주당…누가 이끄나?, MBC 2021.4.15.

663) 주호영 "김종인·금태섭 신당? 언론의 작문…국당 무조건 못 기다려" 코리아이글뉴스, 2021.4.15.

664) 향토음식의 세계화를 기대하며, 제주도민일보(jejudomin.co.kr), 2018.4.20./ 제주음식 세계화 위해…'어머니 셰프'들이(mk.co.kr), 2017.6.1./ 지역향토음식 세계화 기반조성 사례, 경도도 한식 세계화 관련, 2021.6.24., 농촌진흥청 농식품자원부(구한식세계화연구단, lampcook.com) / '제주향토음식 세계화와 발전 전략' 심포지엄, 제주의소리(jejusori.net), 2010.9.9. / 향토음식 세계화 박차, 원예산업신문(wonyesanup.co.kr), 2009.7.28. / 전통 향토음식도 세계화한다, 식품음료신문(thinkfood.co.kr) / 향토음식의 세계화를 기대하며, 제주일보(jejunews.com), 2018.4.23. / "향토음식의 세계화, 6차 산업인 창조농업 핵심", 매일신문(news.imaeil.com), 2013.12.26. / 향토음식·한국음식 세계화, 앞장서, 시사뉴스피플(inewspeople.co.kr), 2016.6.3./ 전통향토음식 세계화 나선다, 한국농정신문(ikpnews.net), 2008.5.24. / "한국 향토음식으로 외국인 입맛 잡아야", 중앙일보(news.joins.com), 2010.3.29. / 제주향토음식 '새로운 맛' 대중화·세계화 추진, 아주

경제(ajunews.com), 2015.5.21. / [평창올림픽] 강원 향토음식, 세계화에 도전, 국민일보(m.kmib.co.kr), 2017.2.1. / 대구보건대, 향토음식 세계화 앞장, 대구신문(idaegu.co.kr), 2014.7.29.

665) 박순자, 한국 향토음식 관광 상품화 방안 및 세계화 전략에 관한 연구(A Research for the Plan How to Develop Traditional Korean Foods into Tourism Products and Globalization Strategies), 초당대학교산업대학원, 2009.2. 석사학위논문

666) Sedef Sen, 2012. "The Relationship Between Psychology and Economics," Working Papers 001, Okan University Research Centre for Financial Risks, OKFRAM, revised Mar 2012.

667) 이시형, 경제는 심리다, 살림, 1999년5월 / 임혜련, 文대통령 "경제는 심리…과장된 공포와 불안, 경제 더욱 어렵게 할 것" UPI뉴스, 2020.2.4.

668) Prato CIRN 2008 Community Informatics Conference: ICTs for Social Inclusion: What is the Reality? Refereed Paper, Mike Nutt1 and Gilson Schwartz"The Story Economy: Digital Storytelling in Economic and Community Development", 2008.

669) 味噌汁(みそしる)は,日本料理における汁物の一つで,だしを味噌で調味した汁に,野菜や豆腐,麸や魚介類などの食品を実としたスープ様の料理である.御味御付(御御御付,おみおつけ)ともいう.

670) 石烹羊肋,百度百科(baike.baidu.com) : "石烹羊肋,起源于上古时代的一种原始成熟方式,即把食物置人热石块中成熟.甘肃省特二级烹调师钟利泉受广东菜肴'盐娟鸡'的启示."

671) 三國史記,百濟本紀,義慈王二十年六月:"有一鬼入宮中,大呼.百濟亡.百濟亡.卽入地 王怪之,使人掘地.深三尺許.有一龜,其背有文曰.百濟同月輪,新羅如月新.王問之巫者,曰同月輪者滿也.滿則虧,如月新者未滿也.未滿則漸盈,王怒殺之.或曰.同月輪者盛也.如月新者微也. 意者國家盛.而新羅.微者乎王喜."

672) 笑變形！韓網友試吃中國月餅, 他們的反應也太出乎意料了吧, 每日頭條kknews.cc), 2018.9.25. :"三國史記,中百濟義慈王時代發現了寫有.百濟是滿月,新羅是半月.的龜背記錄.對此有了.百濟是滿月,所以國運會衰敗.新羅是半月,所以今後更加昌盛直至滿月.這樣的解釋…所以相傳新羅人捏半月形狀的鬆餅,比起月亮已經圓滿的狀態,還是期望走向圓滿的含義更好."

673) 金富軾,三國史記,卷第三十二 : "按新羅宗廟之制,第二代南解王三年春,始立始祖赫居世廟,四時祭之,以親妹阿老主祭.第二十二代…冊府元龜云.百濟>每以四仲之月,王祭天及五帝之神,立其始祖仇台廟於國城,歲四祠之….<新月城北有滿月城,周一千八百三十八步…羅人徽織,以青赤等色爲別者,其形象半月,喬亦著於衣上,其長短之制未詳…"

674) 柏餅（かしわもち）は,平たく丸形にした上新粉の餅に餡をはさんで二つ折りにし,カシワ又はサルトリイバラの葉などで包んだ和菓子である.5月5日の端午の節句の供物として用いられる.カシワの葉を用いた柏餅は德川九代将軍家重から十代将軍家治の頃,江戸で生まれた.カシワの葉は新芽が育つまでは古い葉が落ちないことから,「子孫繁栄(家系が途切れない)という縁起をかついだものとされる.

675) 桜餅は,地方によって形状や製法が異なる.それぞれに分けて解説する.(関東風桜餅)関東で作られている桜餅.関東以外では長命寺餅とも呼ばれることもある.関東では関東風の桜餅のことを長命寺餅と呼ぶことは少なく,「長命寺の桜餅」と称した場合,向島の「長命寺桜もち」製の桜餅を意味する.最近のスーパーマーケットなどでは、関西風桜餅とセットで売っていることも多い.(関西風桜餅)全国で作られている桜餅.本項では便宜上,関西風桜餅とする.道明寺餅または略して道明寺(どうみょうじ)ともいう.関東及び一部の地域以外では,関東風の桜餅を見ることはほとんどなく,単に桜餅といえばこの道明寺餅のことを指す.